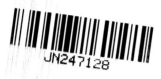

吉本隆明全集

6

1959−1961

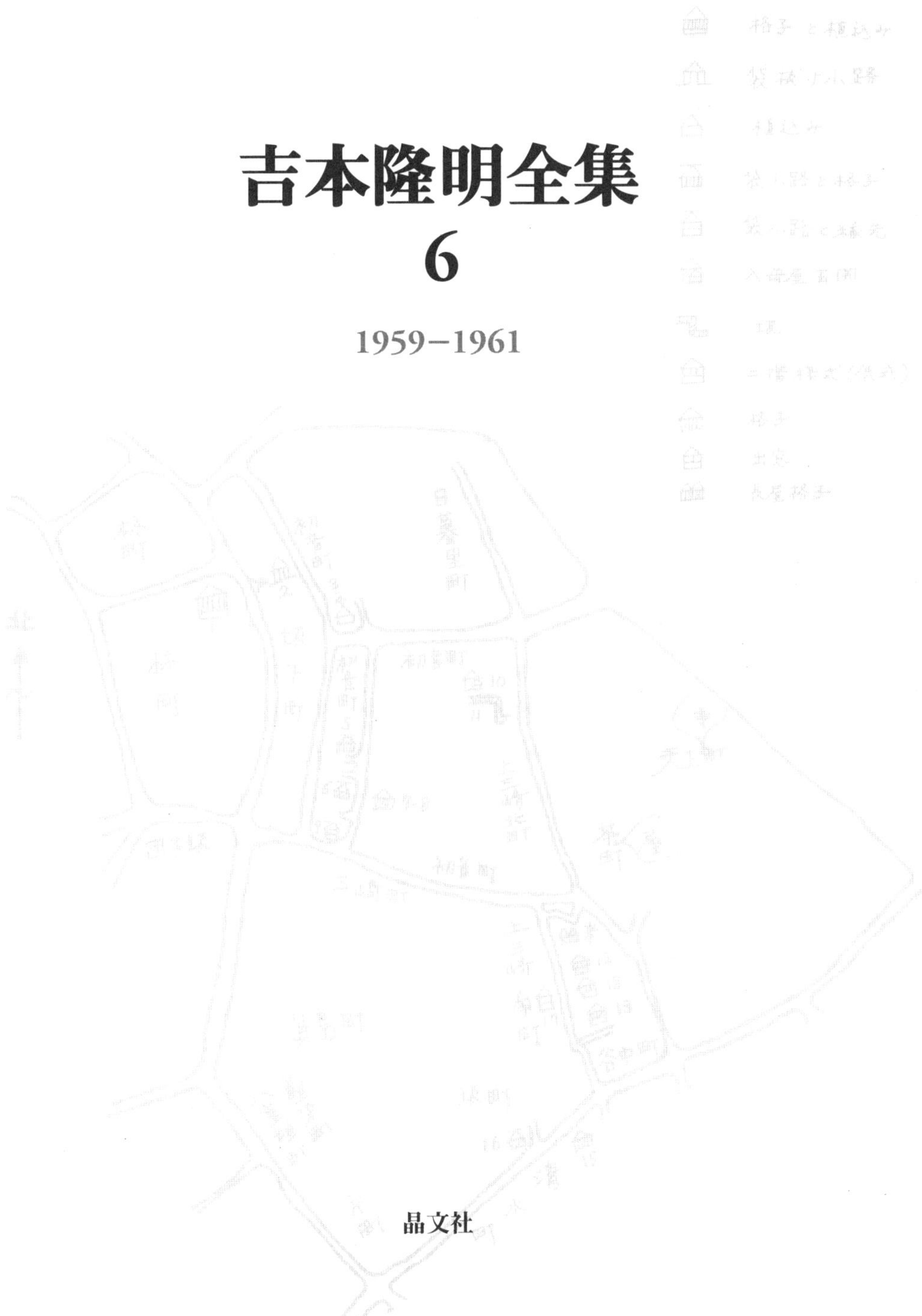

晶文社

吉本隆明全集6　目次

凡例 5

I

時のなかの死 14
孤独の幼女 19

II

もっと深く絶望せよ 29
工作者と殺人キッド 33
戦争のこと・平和のこと 38
「怒れる世代」をめぐって 41
社会主義リアリズム論批判 60
憂国の文学者たちに 64
戦争と世代 68
文学的表現について 83
詩人論序説 138
戦後世代の政治思想 156
若い世代のこと 159
知識人とは何か 163
短歌的表現の問題 178
日本ファシストの原像 208
大衆芸術運動について

言語の美学とは何か――時枝美論への一注意―― 213
カンパの趣意は明快そのもの 229
映画的表現について――映像過程論―― 231
読書について 255
腐蝕しない思想をもて されば希望は諸君のうちにある 259
芸術論の構図 260
短歌的喩について 266
〝パルタイ〟とは何か 277
ある履歴 282
擬制の終焉 285
短歌的喩の展開 307
白昼の部分と夜の部分 318
趣意書 323
想像力派の批判――現代批評家裁断―― 324
「四季」派との関係 343
政治と文学の背理 355
去年の死 360
慷慨談――「風流夢譚」をめぐって―― 363
睡眠の季節 368
現代学生論――精神の闇屋の特権を―― 376

「党生活者」 382
葬儀屋との訣別 390
頽廃への誘い 394
軋み 407
詩とはなにか 410
マルクス主義文学とは何か 444
混迷のなかの指標 453
想い出メモ 458
芸術とディスコミュニケーション 461
六・一五事件と私 467
交通が成立たない部分 473
前衛的コミュニケーションについて 475
現状と展望 489
未来は負い目 503
思想的不毛の子 507
文芸時評 511

Ⅲ

谷川雁論——不毛なる農本主義者—— 527
中野重治 536
埴谷雄高論 549

永久革命者とは何か　569
『虚空』について　582
萩原朔太郎──その世界──　587
石川啄木　599
室生犀星──因果絵図──　602
恥について　619
時代の書の因果　621
小林秀雄──その方法──　625
西行論断片　636

Ⅳ

河上徹太郎『日本のアウトサイダー』　641
井上光晴『虚構のクレーン』　643
橋川文三『日本浪曼派批判序説』　647
桑原武夫『研究者と実践者』　649
大江健三郎『孤独な青年の休暇』　651
『金子光晴全集』第一巻　653
椎名麟三『罠と毒』　655
金子光晴「落下傘」　657
感想──『銀行員の詩集《第10集》』──　659
武井健人編著『安保闘争』 日高六郎編『一九六〇年五月一九日』　662

歌集『喚声』読後　666
岡井隆歌集『土地よ、痛みを負え』を読んで　670
大岡信『抒情の批判』　675
埴谷雄高『墓銘と影絵』　677

V

岸上大作『意志表示』　681
本のうわさ——萩原朔太郎『詩の原理』——　681

＊

詩人のノート　681
『異端と正系』あとがき　682
『試行』第一～二号後記　684
小伝　686

解題　687

凡例

一、本全集は、著者の書いたものを断簡零墨にいたるまですべて収録の対象とし、ほぼ発表年代順に巻を構成した。
一、一つの巻に複数の著作が収録される場合、詩と散文は部立てを別とした。散文は、長編の著作や作家論、書評、あとがき類など形がそろうものは、さらに部立てを別にしたが、おおむね主題や長短の別にかかわらず、発表年代順に配列した。
一、巻ごとに、収録された著作の発表年代を表示した。
一、語ったものをもとに手を加えたものも、書いたものに準じて収録の対象としたが、構成者や聞き手の名前が表示されているものは収録しなかった。
一、原則として、講演、談話、インタヴュー、対談は収録の対象としなかったが、一部のものは収録した。
一、収録作品は、『吉本隆明全著作集』に収められた著作については『全著作集』を底本とし、そのうち『吉本隆明全集撰』に再録されたもの、あるいはのちに改稿がなされた著作は、『全集撰』あるいは最新の刊本を底本とした。また『全著作集』以後に刊行された著作については最新の刊本を底本とした。それぞれ他の刊本および初出を必要に応じて校合し本文を定めた。また単行本に未収録のものは初出によった。
一、漢字については、原則として新字体を用いた。芥川龍之介など一部の人名について旧字に統一したものもあるが、人名その他の固有名詞は当時の表記を底本ごとに踏襲した。また一般的には誤字、誤用であっても、著者特有の用字、特有の誤用とみなされる場合は、改めなかったものもある。
一、仮名遣いについては、原則として底本を尊重したが、新仮名遣いのなかにまれに旧仮名遣いが混用されるような場合、詩以外の著作では新仮名遣いに統一した。
一、新聞・雑誌・書籍名の引用符は、二重鉤括弧『　』で統一したが、作品名などの表示は底本ごとの表記を踏襲した。
一、独立した引用文は、引用符の一重鉤括弧「　」を外し前後一行空けの形にして統一した。

吉本隆明全集6

1959
|
1961

表紙カバー＝「佃んべえ」より
本扉＝「都市はなぜ都市であるか」より

I

時のなかの死

刺戟はいろいろな種類の混合からできていても、まったく類似した特徴がすべて感覚にみられるので、対立しあっているこのような特性に共通した基盤を〈時間〉という名称であらわしている。

——アンリ・ピエロン「感覚」——

1

時間に貼りつけられた画布のなかでは
ひとは死ぬことさえできない
死ぬためには植物のようにか　独裁者のようにか　また遅い芋虫のようにか
動いていなければならない
死をひきづったひとつの生と　生をひきづったひとつの死
が出逢えるのは感覚のなかだけだ

さてひとつの死は生についての履歴をもっていた
たたかいに斃れた少女は
どんな時間を着ていたか
〈日本の誇るべき息子たち娘たち〉のようか
否《ノン》
六月にうつる紫陽花の色のようか

否《ノン》
教授たちの貧弱な思想のようか
否《ノン》
父と母との掌のかたちのようか
否《ノン》
時代のようにあざやかな絶望
のブラウスと暗いズボンをはいて
あかるく賑やかな「市民」の行列と
ボタンのちぎれた「民族」の道化芝居の幕間に
孤立に死んだ　いや生きた

2

すべての中絶には意味がある
産みおとされなかった嬰児
と恋の事情　たたかわなかったものの凱歌
と革命の不遇　まして
まして少女の机のうえに
かきのこされた単語の中絶
死の刻にうかべた脳髄のなか
の情景の中絶には意味がある

弔辞がそこへゆけなかった
社会がそこにちかづけなかった
肖像写真がそれをうつさなかった
冷えてゆく死が追いつめる温もりのように
この世界のすべての恥と　かかれてない不幸が
少女のひそかな中絶を追いつめた
その意味がすべてだ
〈君は大衆には、おそれず
　に真理を語り、資本家階級
　への敵対の精神は、いかなる時
　にもかくそうとはしなかった。しかし、
　それ以外には君は、多くを語らぬ
　謙虚な魂の持主だった。〉
さて多くを語らぬものは
多くの中絶をもつものだ
死はいつも豊富なヴィジョンをせきたてて
時間の外へつれてゆく
それをさぐることは
世界をさぐることだ

3

ひとはどのようにして画布のごとき死から
のがれた生をみつけたか
ささいな愉しみと食べものの味覚
抱く手やまなざし　産みだされた幼児の酷似
こころの釘にひっかかった借財
そのひとつに重たい時間をつけて
しだいに死は死のまま生をつみあげた
残酷な八月の停止を忘れ
〈一九四五年八月の「ノート」から
　紫陽花のはなのひとつら手にとりて
　越の立山われゆかんとす
　手をとりてつげたきこともありにしを
　山河も人もわかれてきにけり〉
物の怪のような大豆かすに
失調した五年
を裏切るような思想のデータを憎悪した十年
さて時のなかで生はひとつの価値をなす
恋人のまなざしを所有すること

と不遇のない社会を所有すること
とどちらをえらぶかと時はつげる
市民はこたえる
恋人のまなざしと
窮乏のなかの永続
と愉楽のなかの一瞬と
どちらをえらぶかと時はさばく
労働者はこたえる
愉楽のなかで椅子のある解放と
死はいっさいのヴィジョンをなくし
生はたくさんの事実に吸収される

根をむしられたものの木霊が
ビルディングのあいだで隊伍をうみ
アスファルトの路で時代をつくりかねている
鉄路へゆこう　国有鉄道へ
平たいボタンと開襟の制服と霜ふりブルーの作業衣へ
つまり死んでいる革命
ふるえている労働者へゆこう
そこで希望の死をたしかめる
根をむしられたものの

木霊の空しさを

死は時のなかで生に挫折する　まるで
牢獄からでた革命家が
冬眠した金魚の眼に挫折するように
死への恐怖はどこからくるか
それは生への執着からでなく
時間の柵をこえるときの番人への恐怖だ
市民がじぶんの影をふんだとき
労働者がじぶんの影をぬけるとき
の恐怖だ
死への無畏はどこからくるか
それは柵のなかの時間の空虚
つなぐ愛や嫌悪の不在からだ　けれど
柵をこえてもうごく世界はない

4

さてひとつの生は死について履歴をもっていた
〈一九四二年の「追憶」から
　その軌道は絶えず死や暗い想念のほとりを、あたかも撰択するように追跡していた。

僕は老人が何か一種の占星術のようなもので僕のすべてを測っていたのだと思うよりほかなかった。僕はもうその頃人間が嫌いになっていたし、ひどく孤独になりたがった。海辺の四号埋立地へ昆虫や魚をとりにゆき、葦原の深くをくぐってよしきりの巣を見つけてまわった。草いきれや、かんかんあたる日の下で、まるで他界のような夢をえがくことは容易であった。

人間にたいして素直でなかった僕も、独りのときは無邪気で愛をもっていた。人たちは誰も僕を愛しなかったし、僕もそのほうが苦しくなくて好きであった。

皆不思議に僕を視ると世にも悲しい表情をしてみせるのだった。僕は漠然とそれが、僕の暗さや敏感な弱気の反映ではないかと思っていたが、もう僕が人々の圏外に追いやられていることは、はっきりと了解することができた。〉

〈一九五〇年の「ノート」から

精神は閉ぢられてゐて誰に対しても開かない　そして秘やかな夜が来た　勿論三月の外気は少し荒いけれどそれはあたかも精神の外の出来事のやうだ　夜は精神の内側を滑つてくる甍のつづき白いモルタルの色、あゝ病ははやく癒えないだらうか　僕は言ひきかせる《精神を仕事に従はせること》

怠惰といふのは漠然とした予望のことだ　そして明瞭な予望といふのは野心のことだ　僕は漠然とした予望のなかにゐた　そして時々は明瞭な忍耐のなかにゐた　理由もなく痛む脳髄・何ひとつ受感しない憂鬱な精神　死ぬよりもはるかにつらい……〉

〈同一九五〇年の「ノート」から

虚無は何も生むことをしない　僕はこれを熟知するためにどんなに長く滞つてゐただらう

僕は再び出発する　何かを為すために　この世には為すに値する何物もないやうに為すに値

しない何物もない　それで僕は何かを為せばよいのだと考へる
実践はいつも動機だけに関与されてゐる　そして人間史は無数の動機の、しかも悲哀ある動機の連鎖のやうなものだ……と　これだけは僕の心情が政治史や経済史から保存しておくべきだと思ふ唯一の痕跡だ　それで僕は虚無の歴史の如きものを僕の精神史のなかにも持つてゐると言はう〉

〈同一九五〇年の「ノート」から
死はこれを精神と肉体とにわけることは出来ない
それは自覚の普遍的な終局であるのだから僕がそれに何かを加へることが出来るとするならば　すべてのひとにとつてそれが無であるとき　僕にとつてそれが自然であると考へられるといふことだけだらう〉

死の履歴からぬけると　あらゆる行為は
真昼のように不思議になる
手にはめられた手錠も不思議
暴圧への恐怖も不思議
そして革命の思想も
組織からぬけてはてしなくうごき
劒戟小説家のこころや
魚屋の老父にとびうつる
けれど労働者よ　労働者
きみのふるえは組織のふるえ
きみのおびえは組織のおびえ

わななく反抗の舌の腫瘍
したがっていちばんつらい自恃の矛盾だ
劒戟小説家は劒戟小説を喰べ
魚屋の老父は魚を喰べるが
きみは時間の舌で自分の肉を喰べて
椅子のある愉楽にしたがう
きみの食肉がきみの感覚を死なせ
感覚の死が　柵をこえることはないか
きみの脳髄に神話以外の
手製の死が流れることはないか
死をひきづったひとつの生の木霊
と生をひきづったひとつの死の木霊
が根をむしられた時間のなかで出遇うとき

孤独の幼女

季節が空のうえにつめたいカゴをのせる
宙づりにされたわれらの時代に
八方からはしごをかけてよじのぼれ
革命家がおっこち　芸術家がおっこち　しまいにはお腹の膨らんだ
　イデオロギー宗派
がおっこちる
秘訣はあるのだ
遊覧カゴにのればすくなくとも鉄塔の頂き
までは自動的にのぼりつけるように
きみの孤独の幼女をさりげなくあやして
〈さあこれから　花屋敷の遊園地へいって
　人工衛星塔へのろう
　さびしい労働者の屋根もみえるし
　倫理的な商店のカバーもならんでいるし
　快楽のデパートの屋上もみえるよ〉

とやさしく誘ってやればいい
すくなくとも時代の眺望までは自動的にのぼれる
孤独の幼女がむずかりだして
きみにかじりついてくるのは
それから先だ

孤独の幼女はきょうだいがない
そこで玩具をかいこんだ
だいいちは玩具のような革命家または革命家のような玩具
頭は木製　眼玉はガラス
とうてい人語を解せなんだ
ねうちがあるのはオモチャ箱のすみだけ
つぎは玩具のような芸術家または芸術家のような玩具
罪がきえないうちに
未来の作品をつくろうなんて
柄《がら》じゃない
民衆のよじれたはらわたにまつわる蛆
悲劇をくいあさる喜劇
晩餐なのに朝食だとおもう阿呆宮の宦官

孤独の幼女は日が暮れる

ふたつの眼玉に糸をつけてすうっとひくと
玩具は眠り　じぶんも眠る
愁いと恐怖のあいだにふしぎな世界があるが
時代は昨日と明日しかないんだ
明日はなにか
玩具のたぐいはすべて否定
遊覧カゴは昨日の記憶
きみの孤独の幼女はそのまま
孤独の娘になる

Ⅱ

もっと深く絶望せよ

浅田光輝、橋川文三のふたりが、『読書新聞』（8月31日号）で、「若い世代と思想の転回」という対談をやっている。橋川は、そこで、若い世代の思想的な傾向を、四つに類型づけている。第一は、現在の大衆社会的な状況に同調している享楽的な思想無関心派である。第二は、戦後十何年かのじぶんの思想体験から、なにか継続的な価値をみつけようとして、戦争責任論や転向論に関心をもっているものたちである。第三は、戦後の情況そのものに独自な思想形成のカギをみつけようとする江藤淳や加藤秀俊のようなタイプである。第四は、あたらしい国家主義みたいなもので、たんなるレアクチョネールとはかんがえられないとしても、そういう傾向をも含んでいる石原慎太郎のようなタイプである。

この橋川の類型づけは、正確なものだが、ただ、ここに、第五の類型として、現在の独占体制を絶望的に感受しながら、その絶望感の本質をつかみえないでもがいている大江健三郎のようなタイプをくわえてしかるべきではあるまいか。

さいきん、大江健三郎の長篇『われらの時代』（中央公論社）、石原慎太郎のエッセイ「個性への復権を」（『中公』九月号）、開高健の『屋根裏の独白』（中央公論社）などを、やつぎばやによんで、これら若い世代の典型的な作家のなかに、予想外にふかく危機感と停滞感が滲透していることをしった。

わたしなどにいわせれば、この現象はなかなか痛快なことである。はじめは、文学共同体などという甘えきったことを提唱していた大江が、この作品では、主人公の靖男を、全学連の尖鋭コミュニストとの連帯か、自殺への孤立か、というところまでひっぱって造型してみせている。『太陽の季節』で出発した石原が、ここでは、現体制の膨脹と停滞とにぬけみちのない焦りをかんじ、「われわれは未だに本気でデモクラシイを信じるか？　何のために、どうして？　それが単に独裁主義のアンチテーゼであるという理由だけではないのか？」などとかくにいたっている。開高は、『裸の王様』どころではなく、ヒットラーの青年時代を素材に一人称の『屋根裏の独白』をかいている。おれたちは、権威も、大人たちもみとめない、ぐらいのセリフは、いちどぐらいは吐いたことのあるこれら若い世代の作家たちが、いまここで、それぞれの作家的な資質のちがいはあるにもせよ、権威を待望したり、権威をモデル化したり、現体制の停滞に焦りをかんじたりしている現象を、痛快といわずして何といいえようか。

ついに、この若い世代の作家たちは、くるべきところにきたのだ。これらの作家たちがこの危機の本質をつかみ、はっきりとしたヴィジョンをたてて未来へ出かけることができるかどうかを問われるのは、まさにこれからである。いま、いちように、かれらは試験台にたたされている。

もちろん、わたしは、じぶんが形骸化した権威によっかかっているにすぎないことも自省せずに、これら新世代にはファシズムへの傾斜があるなどとかいている『東京新聞』「大波小波」の匿名批評家などよりも、じつは、ファシズムが何であるかもしらないのに、ファシズムへの傾斜も、ファナチックな行動への傾斜も、独占体制への嫌悪感も、無意識のうちに表現しているこれらの作家の鋭敏な触手のほうを評価したい。若い世代の作家たちが、自己存在の稀薄感や倦怠感から脱出するみちは、批評家の説教などをきくよりも、じぶんで破滅の淵まででかけることのほかにありえないのだ。いまこそ、かれらは、文学的な出発にあたって揚言したように、大人たちも信ぜず、いまどき、戦争責任論などやっているわたしたちのような戦中派も信ぜず、徹底的に既成価値の破壊と偶像の破壊とじぶんの自滅行為へとつきすすむべきである。

まだ、世間が遊ばしてくれるうちは、マス・コミを謳歌し、アプレ行状を謳歌しながら、ようやく、戦後独占資本が飽和軌道にのってきて、たたかいはまさにこれからであり、芸術家としての真価を問われるのは、これからというときに、「先日、ある会合で日本の代表的な若い芸術家がシンポジュウムの打ち合わせに集まった。席上交された会話の中で、殆どの人間が自分の仕事に絶望し、その可能を信じないと言い切った。それは無気味なくらい互いに合致した告白だった。〝とうとうここまで来た〟と言う実感がみんなにあった。」（石原慎太郎「個性への復権を」）などと、弱音をはけば、大人たちからも、戦中派からも軽蔑されることを知らねばならぬ。なぜならば、時代はいまのところ浅田や橋川やわたしたち戦中派が見透している軌道のうえから、いちども外れてはいないからだ。

大江健三郎の長篇『われらの時代』は、わかい世代の思想と行動の様式を、いまの社会情況のなかでとらえてみせた注目すべき作品である。作品には三つ組のわかい典型が登場するが、そのいずれも、べつに、橋川がふりわけてみせた類型をはみだすものではない。しかし、その類型のひとつ、ひとつに、思想的な意味づけをあたえることに成功しているのは、大江が同世代をうちがわからとらえるだけの能力をもっていることをしめすものに外ならない。スキャンダルをまきおこすことにしか快楽をかんじないつまらぬアプレ享楽派でさえも、思想的な意味をあたえられてこの作品に登場する。

主人公の靖男は、作者にいちばんちかく設定された第一の類型である。かれは、じぶんをもうすこしはやく生れて《あの英雄的な戦争の時代》に若者であったら、生と死のさかいに希望を眼や唇にみなぎらせて生きることができたろうし、次の時代にうまれていたら友情と希望の社会に生きられたかもしれないが、うす汚れた平和と停滞の時代にうまれたため悲劇的なもの一切からさえぎられて、生ごろしにされて老いぼれてゆく世代であるとかんがえている。この主人公の世代認識が、作品全体をくまどっているモチーフであり、『われらの時代』にあたらしい性格をあたえているのは、たぶん、この世代認識の独自さによっている。

作品は、主人公と情婦である外人相手の娼婦、頼子とのながい性交描写からはじまっているが、この描写は、おそらく作者の独特な世代認識と時代観を象徴させるために、欠くことのできないものであろう。《外人相手の娼婦・頼子》は、従属的な日本の社会情況のシンボルであり、この情婦から「裸の体にじっとりとしがみつかれて動きがとれない、やりきれないとらわれの状態」にされている靖男は、作者の時代認識にフィルターされた若い世代を象徴している。主人公がこのとらわれの状態から脱出してフランスへゆこうとすることは、バラ色をした陰湿な女陰的世界から、硬くひきしまってすがしい性的実体である《西欧》へ脱出することにほかならない。

すでに、あきらかなように、大江はこの作品で、あらゆる現実的な行動と思想と物象とを、性的なシミリイやメタファで対応づけようとしている。たとえば、プール場で幼女にいたずらしながら自瀆し、モモに白濁した精液を流しながら連行される若い男は、日本の青年のおちいっている衰弱、停滞状態を象徴する。また、万年筆は指に握りしめられると性器のように汗ばんでこなくてはならないし、インキは勃起した性器の静脈のようにブルー色をしていなければならないのである。大江のこの方法が、最大の効果を発揮するのは、アプレ思想の象徴である《不幸な若者たち《アンラッキー・ヤングメン》》が、天皇に投げつけようとして便器のなかにかくしておいた手榴弾が、たまたま便所へやってきた少女のメンスの鮮血にまみれた脱脂綿と悪臭におおわれたとき、嘔吐をもよおしてテロの機会を逸する場面においてである。アプレ享楽派のすでに衝動的行動の挫折を象徴するのに、これほど効果的なものはないし、性的メタファはこの場面では意識しないで諷刺的な効果さえ発揮している。

大江は、なぜ、こういう方法を、貫徹してあきなかったのだろうか。わたしには、大江が性的な行動の実体によって、社会批判をおこないうることを、思想として信じていたからだとはおもえない。大江の性的暗比喩には、類推と対応づけの精緻さはあるが、思想としての自己主張はないのだ。大江は、おそらく、若い世代の停滞感と内閉感とを象徴させるために、性的な暗比喩が、もっとも適しているとかんがえただけにすぎまい。

だから、この作品で、大江が希望をもつ若者として設定しているアルジェリア民族戦線の極東代表部をつくる目的で渡航してきたアラブ人と、悪い党の指導者たちや、老いぼれの権威主義者たちを一掃しなければならぬと語る《民学同》のコミュニスト八木沢だけは、性的な暗比喩からあたうかぎり解放されている。いわば、大江は、停滞や無気力には性的メタファを適用するが、希望的なもの、健康なものには性的シミリイさえも適用できないのである。

大江の『われらの時代』は、若い世代の実体を主人公靖男に象徴される類型と、《不幸な若者たち》のトリオに象徴される類型と、コミュニスト八木沢やアラブ人に象徴される類型とによって、内側から思想的意味づけをあたえながら、現在の社会情況のなかでえがきだすことに成功している。おそらく、この作品の独自な意味は、この点だけにかかっているし、この点だけでも、他のどの作家もなしえなかったことを大江だけがなしとげたということができよう。この作品で、大江に思想らしいものがあるとすれば、現在の日本の情況のなかでは、現実的であろうとすれば、遍在する自殺の機会に見張られて孤立した行為の自由をまもるよりほかないし、希望的であろうとすれば《永久不発》の政治的行動に身をゆだねなければならない、という述懐のなかにある。

リアリティのあるものはすべて絶望的に衰弱してみえるし、希望的なもの健康なものは、すべて《永久不発》なものにすぎないという大江の思想は、あまり安直に日本の時代情況を絶望しすぎている。もっとふかく絶望しなければならぬ。現実的な社会はリアリティのある実体にはちがいないが、本質ではない。認識しようとしないかぎり情況の本質はけっして眼にみえはしない。

現在の社会的な情況の本質をみきわめるためには、ふかく絶望しなければならぬ。そうすることによって現実的なものと本質的なものとが重なってみえるところで、現在の独占支配は、本性をさらけだすのだ。

大江は、「怒れる若者たち」（『文学界』十月号）という座談会で、『われらの時代』にあらわれた思想を、つぎのようにうらづけている。

たとえば中共みたいな社会に日本がなることを望むかというと、単純にいって、僕はそれを望む。しかし、最近の参院選挙などを見ても、社会党が政権をとる見通しがないでしょう、とにかく現実変革を社会党へ望むことはできない。共産党は問題にもならない。僕らがどんなに進歩的なことを書いても、殺されることのないインテリの欲求不満の独りごとみたいな感じだ。ところが石原さん(慎太郎)のように、ネオファシズムを台頭させようということになると、僕はトンでもないことだと思うんですね。

社会党が政権をとる見透しがないから現実変革は望めないとか、共産党が問題にならないから絶望的だとかいうのは、現代の文学者の政治的絶望としても、あまりに、中途半端である。なぜならば、「現代における主体性とは何か?」(『論争』二号)をかいている黒田寛一も、「歴史と主体性」(『論争』二号)をかいている姫岡玲治も、大江とおなじ年代に属していようが、大江などよりもはるかにふかく現代の情況にも、日本の前衛的な政治にも絶望しながら、その絶望を主体的な希望のバネに転換しようと試みている。かれらは、若干のニュアンスの相違をしめしながら、全世界の官許前衛党の右翼化を批判し、歴史のなかの人間の主体の回復が、プロレタリアートの主体を結集したあらたな前衛組織の確立によってのみなしとげられることを力説している。すくなくとも政治的絶望の深さだけでも、大江は、これらの同世代にあやかるべきである。そうすれば、『われらの時代』にえがかれたコミュニスト八木沢は、たんなる希望的なるもの健康なるものとしてではなく、絶望的に希望的なる二重性として造型しえたはずである。

わたしは、「怒れる若者たち」というそれ自体ではくだらぬ座談会で、ブルジョワ独裁化した自民党によってしか政治行動はできないなどとはずかしげもなく公言している石原慎太郎にも、実行を断念することによって他者の精神に手をのばすのだと主張している江藤淳にも、これらに有効に反撃しえていない橋川文三や村上兵衛にも、ひどい不満はもたなかった。かれらには、すくなくとも、なるべきものになろうとする意力のようなものがあり、そのことによって現在の社会情況を感覚的に触知しえているからだ。危機がみえるものは、危機がみえないものより、それだけ本質的だ。たとえかれが正の役割を時代にたいして果そうと、負の役割をはたそうとそうである。

天皇制が崩壊して十数年、独占体制の膨脹と、封建遺制の無意味化した現状は、「奇型でない日本人の成長」（『論争』二号）をかいている柳父章のような若い世代を日本の土壌に産みつけたらしい。じぶんにも社会にも過大な要求はなく、深刻な分裂などおくびにもたず、生活者のバランス感覚をもって現実を処理してゆくタイプである。こういうタイプの出現は、たしかにあたらしいにちがいない。いわば、日本の戦後社会が独占体制のまったき支配にはいったシンボルのようなものだからだ。しかし、思想的な意味などくっつけようがないあたらしさである。中間階級以上の生活条件をもつかぎりは、現在の体制はこの程度には人間を新しくしてくれる。ただの社会的産物である。ちょうど、ラジオがテレビになり、シンクロ・リーダーがやがてシンクロ・シネ・リーダーになるとおなじ新しさで、わたしは、いっこうに意味づけをする気になれない。ただ、支配体制と土台の変化のバロメーターの意味をもっているだけだ。

すえ膳を食っているだけなのに、こういうタイプが大人になったら新しい時代が形をあらわすなどとは、とんだ自惚れである。かれらは、やがてまた、新しいすえ膳を食うにすぎまい。大江健三郎は『われらの時代』のなかで、このタイプに思想的意味をあたえようとして《不幸な若者たち《アンラッキー・ヤングメン》》という楽団トリオを登場させ、手榴弾あそびで自滅させた。たぶん、大江は独占体制の膨脹があたえてくれるすえ膳を食うことだけは、いさぎよしとしていないのだ。それを評価しなければ、若い世代の作家、批評家など、まだ、あぶくのようなものである。

大江について、『われらの時代』で、もっと容易に主人公の靖男を殺してしまわなければならないと批評し、「半死の人間をして新しい狂暴な戦慄に目ざましめるような、既成の価値論理に対する暴力的な作品こそ望ましいのだ。」とかいた石原慎太郎が、これをうらづけるため、作品「殺人キッド」（『中公』十月増刊号）をかいている。まったく、おあつらえむきに「殺意を殺意としてみとめるところからはじまるほうがはるかに人間的ではないか」という江藤のコトバが副題としてある。この作品をよんで、はたして半死の現代人が狂暴な戦慄に目ざめるかどうか検討しないわけにはいくまい。

「殺人キッド」は、寓喩小説のひとつである。西部の山奥の牧場で、くらしていたピストルの名人ビリー・ザ・キッドは、一台の飛行機がまちがえておとしていったキャバレーの宣伝ビラの美人にあうため、山から銀座の街へおりてくる。キャバレーで、宣伝ビラの美人ミッチーにあうが、勘定の代償として、何もかんがえずに、ボスと取引中の三人の男を射殺する。

キッドは、公判でピストルの不法所持について弁明する。この弁明のなかに作品の寓喩がある。みんなが、ピストルをすてて素手になったとき、一応の平和・一応の秩序がうまれたが、それは、ピストルをすてたことによって自身をすてたのだ。みんなはピストルを錆びつかせ、おれは、それをもってあるいた。どちらが人間的か。人間はピストルをもたねばならないのだから、おれは不法所持ではない、とキッドがいう。

さらにもうひとつの寓喩は、特別弁護人である奇妙な紳士の弁護のなかにある。人々はピストルをもとうとする意志をなくして、そのかわりに軌道を、秩序をもってしまった。その秩序のなかでわずらわされたくない、とおもって生きている。しかし、人間は周囲にむかって絶えず銃口を向けることによって直接現実に、参加しなければならない。キッドの殺人はこういう人間の象徴的良心が、一部の野心にしか利用されない社会構造の罪悪によって、ひき起されたにすぎない、と紳士がいう。

殺人キッドは秩序破壊的な人間の意志を、検事や裁判官は、秩序を、特別弁護人の奇妙な紳士は、秩序破壊的な思想の論理を、寓喩している。

監獄を逃げ出したキッドは、奇妙な紳士の集団へゆく。紳士は、キッドにかたる。おまえの裸のままでのピストル行使は、西部の山奥でしか通用しない。文明社会ではこれをまとめた大きな共同の指標をつくり、共同でピストルを射ち、人間と社会とを動かさねばならない。おまえは、おれたちの仲間に加わり、爆弾をなげてもらいたい。おれたちの仲間以外は全部殺してしまう外ないのだ。

キッドは、キャバレーの美人ミッチーも仲間に入れてくれと頼むが容れられない。キッドの仕掛けた爆弾は、ちょっとしか爆発しない。キッドは、ミッチーや自分の赤ん坊のためにだけ、ピストルを行使する気になって、ミッチーを連れて西部の山にかえる。

石原の「殺人キッド」の寓喩する思想は、はたして、戦慄的であろうか。いっこうに戦慄的ではない。ここにはサウジアラビアで姦通した男を胸まで埋めて、石打ちの刑を執行する光景をみて感動した（「個性への復権を」）という石原の文明批評が作品化されているにすぎないからだ。衝動的な原始行為に、人間の復権をみようとする思想は、文明のメカニカルな膨脹と高度化に、人間の衰弱の原因をみつけざるをえない。しかし、現代の独占情況のなかでの人間の衰弱や疎外は、けっして物質的な高度化や膨脹からくるのではなく、独占支配の高度化と集中によるのである。政治体制による疎外の構造と、物質による人間支配とを安直に混同すれば、石原のような倒錯した反抗におちいるのは当然であり、ブルジョワ独裁化した自民党によって政治行動をおこなうというひどい結論しかうまれはしないのである。

江藤淳にしろ石原慎太郎にしろ大江健三郎にしろ、ばかに安っぽく殺意とか殺人とか自殺とかいうコトバをもてあそぶが、それは、オモチャのピストルをもてあそぶ子供たちとおなじように、現在の社会情況の停滞をあらわすシンボルにはなるとしても、芸術的反抗をも行動をもしめすものではありえない。エネルギーとしての反抗から、本質的な反抗へ下りてゆく過程でオモチャのピストルのごとき観念は消滅しなければならぬ。

　わたしは、石原の「殺人キッド」をよみながら、現状破壊的なエネルギーよりも、原始的な衝動行為をえがくことによってエネルギーを集中せずにはおられない石原の一貫した衰弱を、この作品にもみないわけにはいかなかった。よほど、おめでたい批評家でないかぎり、この石原の衰弱が、秩序破壊のエネルギーにつながるなどと評価できないのである。おなじ若い世代でも、かつてレーニンの『国家と革命』を批判しながら、独占体制をぶちやぶる力は、火焔ビンでもなければ、竹ヤリでも、ピストルでもなく、団結であり、先進資本主義における革命で、まっさきにこんな武器をもてあそぶような事態がきたとしたら、プロレタリアートは敗北するほかないのだと説いた黒田寛一のほうが、はるかに現実的である。

工作者と殺人キッド

現在、みわたしたところ、いくらかでも、ましな芸術家たちのあいだには、強烈な観念崩壊のドラマがみられる。それは、壮観といってもよいものだ。戦争の十数年と、戦後の十数年をなんとなく支配してきた神話が、いま、はげしくうたがわれつつある徴候とみとめてよいとおもう。神話は、もともと単純だ。戦争は善であり、正義であり、おいつめられた平和は悪であるという戦中の神話が、うらかえしになって、戦争は悪であり、ざん虐であるが、平和は善であり、美しいという戦後の神話にかわってはみたが、もう、神話では間尺にあわなくなってきたのだ。戦後十数年の日本の平和は、とうとう飽和した独占体制をうみおとした。鋭敏な芸術家たちが平和もまた苛酷なものだとかんがえずにはおられぬ時代にはいったのである。

若い世代の芸術家は、こういう平和に焦りをかんじ、オモチャのピストルにもひとしい殺意とか殺人とか自殺とかいう観念をもてあそびはじめている。江藤淳が、自分を殺したり破滅させたりするより、群衆を殺した方がましだという暗喩で、現実にたいするマゾヒズムを戒めれば、大江健三郎は、われわれは自殺の機会に見張られながら孤立した自由をまもるか、とても現実的とはおもえない政治行動をする以外にみちはないというかんがえを展開する。石原慎太郎は、サウジアラビアで、姦通した男を地中に埋めて石打ちの刑を執行する光景に感動してきて、ここにアラブ諸国の文明の「個性」などを発見しているしまつである。これらの若い芸術家を崩壊感覚としてとらえているのは、自殺・他殺のロマンチシズムである。

なぜ、ロマンチシズムかといえば、かれらの意識には、潜在的に、殺リクに参加しなかったものだけがもつ殺リク憧憬が巣くっているからだ。大江健三郎の『われらの時代』のコトバでいえば、「あの英雄的な戦いの時代に、若者は希望をもち、希望を眼や唇にみなぎらせていた。」とでもかんがえているのだ。しかし、戦争も平和も、おなじようにデスペレートであり、苛酷であるし、また、おなじように冷静な日常性をもともなっている。つまり、人間の疎外された社会のつづくかぎり、わたしたちは、伝奇的な英雄的な行動などとは無縁なのだ。

しかし、戦後世代の作家・批評家にあらわれた殺人ロマンチシズムには象徴的な意味があるとおもう。それは戦後社会の飽和を、かれらがひとしなみに触知しえていることである。また、殺人ロマンチシズムがこういう若い知的エリートたちにびまんしていることによって、日本の独占社会も西欧なみの水準にまではいったことが推測されることである。もしも、今後、日本にファシズムが生れるとすれば、かつて天皇制のもとでびまんしたような中農的な意識を基礎にした農本ファシズムではなく、都市中間層を基盤にした西欧なみの社会ファシズムが主流をしめるにちがいない。

石原慎太郎は、ファシズムだというのではないが、すくなくとも飽和した独占体制がうみだしたヤンチャな孝行息子であることはたしかだとおもう。「怒れる若者たち」(『文学界』十月号)という座談会でこう発言している。


文学者が政治に対して積極的な野心がある場合ね、石川達三の形じゃだめなんだ。つまり、うまく言えないけれども、やっぱり自民党だね。政治というものはああいう独裁の形でしかない以上はね、最もプラクティカルなメチエとして、そのもの自体に行動的な足がかりが要るでしょう。

独占支配によって秩序破壊をやろうというところが、オモチャのピストルをやたらに発射したがる孝行息子である所以だが、石原にこういう幻想をいだかせるのは、今日の政治支配者も、戦争中のような専制と慈恵の使いわけだけではなく、多少は、近代的な口ぶりで大衆を支配する術を心得てきはじめたからである。石原が、最近、「個性への復権を」というエッセイや、「殺人キッド」(『中央公論』文芸特集号10月)という作品などで演じている観念崩壊のドラマは、人間の動物的な行動のなかにエネルギーをみつけてきた石原が、現実の社会体制にむかってまったくおなじエネルギーをむけかえようとしていることをしめしている。それは、高度な独占体制のなかでアラブ人の石打ち刑をやってみたいという時代錯誤と衰弱とをしめすものにほかならない。「太陽の季節」以来の一貫した衰弱が、この無意識のうちに鋭敏な作家の観念的行為を崩壊させ、一定の方向に顕在化させたのだ。

しかし、神話は徹底的に崩壊したほうがいいし、混沌とした行動のエネルギーは、体制か反体制かに顕在化したほうがいい。石原や大江は若く柔軟な感受性をもっているから、いま、まっさきにこの顕在化があらわれた。今日、反体制の側でも、神話の崩壊とともに混乱と分裂がおこっている。小集団はいたるところに発生し、それぞれの主張をもって動きはじめている。そこには、落し穴もあれば、危険もあり、時代的な危機もある。この傾向は、全体的にいえば、独占体制の膨脹と独裁化の圧力をうけたためのイデオロギー的な焦りをしめすもので、石原や大江などの戦後世代の観念的な焦りと同等であるとみられなくはない。しかし、時代は、この神話の崩壊と分裂の意味とを、かならずプラスの契機に転化できるまで徹底化せずにはおくまい。ここでも、おそろしいのは方向性のある少数感ではなく、無方向な多数感である。

谷川雁は、これらのなかで、方向性のある少数感の意味を、もっともよく触知しえているひとりであろう。かれは、知識人にむかってはホンヤク語的な知性を拒絶する大衆であり、大衆にたいしては、その沈黙を破壊する知識人である「工作者」という孤立集団を設定する。この設定は、はなはだ観念的であり、実践的ではない。しかし、専門芸術家とサークル芸術家などという設定をしている多数派にくらべれば、はるかに現実的であることはたしかだ。わたしは、谷川雁が、竿頭一歩をすすめて、前衛にたいしては、断乎たる戦闘的プロレタリアートであり、プロレタリアートにたいしては断乎たる前衛である「工作者」という少数派を設定できるならば、現在の情況で現実的でもあり、同時に実践的でもありうるのではないかとおもう。

しかし、このような設定は、谷川雁には不可能であろう。かれは、まだ、中国革命を主導した毛沢東の味が忘れられず、南国、トカラ列島臥蛇島の部落に、原始共同体の夢をみたり、「日本にもある人民公社」を想定したりしているし、また、はなはだしくは、工場のなかに裏返された村をみているのである。わたしたちが、主観的なパトスで現実を視ようとすれば、現実はうらとおもて、ひとつの極と他のひとつの極との分裂、対立、融合のすがたでしか視えない。しかし、両方の眼でみれば、政治支配の実体と、生産様式の実体とを混同してはならないことが、すぐに理解できるはずである。高度な独占資本主義を本体とし、そこに日本的な手工業も中小企業もあり、西欧的な中小企業もあるというような日本の社会の多様で錯綜した生産様式上の併存現象を、日本が後進国であるなどと錯覚してもらっては困惑するほかないのである。

谷川雁における観念の崩壊は、ちょうど神話の崩壊に相当するところあたりで歯止めがきかず、原始共産制のあたりまで徹底的に崩壊してしまっている。なるほど、それ以上は崩壊のしようがあるまいから、たしかにそれは土着のエネルギーが潜在するぎりぎりの強固な地点であろう。しかし、そういうエネルギーが有効であるかどうかは、まったくわからないのである。

谷川雁と石原慎太郎は、たしかに、現在の観念崩壊のドラマを象徴する立役者である。谷川は、ひとかどの性格俳優であり、石原は、世襲の大根役者であるちがいはあるとしても。しかし、馬耳東風で、マス・コミ芸術を理論化している芸術家などよりましであることは確かだ。

戦争のこと・平和のこと

『文学界』（十月号）の「怒れる若者たち」という座談会のなかから、戦争世代と戦後世代の「戦争のこと」についての問答の一部をかかげてみよう。ここで、戦争世代と戦後世代というのは、便宜上の区分けで、両方とも、戦後世代（戦後文学派という意味ではなく、戦後に自己形成をとげた世代という意味である。）とよばれるものである。


橋川（文三）　戦争のことはどうなんですか。

石原（慎太郎）　戦争というのは、要するに人間の存在にとって極限的な状況で、その中でそれを摑むことは案外イージーなんですよ。ところが今日では人間の存在がはるかに稀薄になっている。戦争中よりも現代のほうが人間の存在は稀薄だと思うんですよ。戦争は文学にとっても泣きどころみたいなもので、その中の人間を書けば一応の感動というものを受けるでしょう。小説家はいつもそういうところでしか仕事をしていない。

村上（兵衛）　だけれどもそういう点は、僕らのように戦争の時代を経てきた人間からいうと、まだ一つも戦争が書かれていないという不満があるでしょう。

石原　それはあるでしょうけれども、今になってまだ戦争ばかり書いて、どうなるんですか。

村上　だけれども書いて貰いたいな。（後略）

ここで、石原慎太郎が発言している内容が、現在の若い世代の意向を全般的に代表するものであるかどうか知らない。だが、先ごろ「わだつみ」会の再出発にさいして、学生活動家のなかからも、今更、「きけわだつみの声」でもあるまい、いまは、平和のためにたたかうべきときだという発言があったことが、新聞記事にもみえていた。あるおおきな部分の代表的な声が、石原の発言や、こういう学生活動家の発言に反映しているとみても、大過あるまいとかんがえられる。

このような声を当然であるとおもう。わたしだって、戦前派の文学者や思想家が、わたしにむかって、「お前なぞ子供で知るまいが、おれたちは治安維持法の強圧下に反体制的な文化運動をやってきたんだぞ」などといえば、何をいってやがるか、いったい、戦前はともかく、戦争中は、どうだったんだ、とやりかえしたくなるにきまっている。

だから、わたしは、前世代にたいしてしか、戦争体験をひけらかさないことに原則としてきめている。ときどき、戦前派のエピゴーネンにすぎない若い世代が、「いまさら、戦争なんて」という発言をすると、やりかえすことはあるとしても。しかし、わたしは、戦前の反体制文化運動の実体を、わたしなりに究めながら、じぶんの主張をうらづけようとしてきた。不思議でならないのは、「いまさら戦争のことなんて」とかんがえている若い世代が、じぶんじしんできずきあげた思想から、戦争世代の戦争中の出処進退を検討し、おまえたちは、戦争中、とんでもない馬鹿なことを仕出かしてきたその方向から、この方向へと針路を転じなければ、未来につながる何ものも見出すことはできない、おれたち若い世代のかんがえている方向こそ未来につながるのだという主張をやったのをきいたことがないことである。

わたしなどは「いまさら、戦争のことなどごちゃごちゃいってもしかたがない」などと発言している若い世代の文学者は、たいてい戦前派のエピゴーネンで、むしろわたしのような戦争世代よりも古い意識の持主だとおもっている。かれらは、老いぼれ祖父さんの已れを美化した昔話を、ほんとだとおもって聴いて育ったジイサン孝行な孫であり、それは、反逆の息子である戦争世代には我慢のならない図である。そういえば、石原慎太郎にしろ大江健三郎にしろ、江藤淳にしろ、その文学的な仕事は、どこか祖父さんに好かれそうな相貌を呈しているような気がする。

わたしは、実際的に、世代間の分裂があるということを信じている。それは、第二次大戦という日本の近代史上の最大の事件にたいする体験の分裂によるのである。しかし、本質的には、世代の分裂などというものを信じてはいない。ただ、思想の分裂があるだけだ。実際的には、存在する世代の断層を、本質的には分裂を存在させてはならない――というところまで運んでゆくことが、わたしたちの課題ではないか。

一方の極に、たとえば鶴見俊輔のような戦争世代からの、じぶんの体験に固執してはならない、体験を予言にかえなければ未来にはつながらない、という発言がある一方には、安田武のような戦争世代からの、じぶんは今後何十年でも、くりかえし戦争体験を掘りさげて、そこから思想の源泉をくみとるのだ、という発言がある。どちらが正当なのか。もちろん、両者は、おなじことを盾の両面からいっているにすぎない。決定的なことは、この両者が、「戦争」、具体的にいえば、第二次世界大戦の一環としての太平洋戦争を、思想的にも、社会的にも、きわめて重要視しているという一事である。

個々の人間は、かれがたとえおなじ情況に当面し、おなじような水準の省察力をもっていたとしても、その精神的な体験の質は、個々別々である。世代もなにもあったものではない。しかし、このような個別的な体験を、現実の社会の質がおおきく規制する。わたしたちが、じぶんの思想形成の方法や精神体験を個別なものとみるかぎり世代の問題などは、おこりようがない。この個別的な思想形成を社会にかかわらせようとするときはじめて世代の問題がおこる。

わたしは、戦争の体験を、「高村光太郎」論や、ある論争などで、すこしかいたことがあるが、いつもそれを部分的真としてしかかけなかった。戦争――とくに太平洋戦争の体験なんてものは、こんなもんじゃなかった、という思いが残った。たぶん、村上兵衛なども、先にあげた座談会でたくさんの戦争文学がかかれているにもかかわらず、こんなもんじゃあないという思いでよんだため「まだ一つも戦争が書かれていないという不満」を表明したのだとおもう。わたしも、文学だけにかぎっていえば、井上光晴の若干の小説をのぞいてこの不満をいまもいだいている。

わたしは、じぶんが他の世代の人々に理解されないからといってべつに不満にはおもわないし、世代的な分裂や、思想的な分裂がおこったとて、べつにこまった問題だとはおもっていない。人間の思考形成の方法は、いつも了解不可能な課題と普遍的な課題とのあいだに身をよこたえることを前提としているからだ。おまえたち、ひとつおれのいうことをわかってくれと掻きくどく図も、おまえたちにはおれのいうことはわかりっこないさという図も、わたしたちに必要な方法とは無縁である。ときとして、じしんが、そういう醜態をさらさないわけではないが。

分裂すべきものは分裂に徹することによって、微かに共通の了解点をみつけだす。若い世代は、戦争世代をも無視して、じぶんの課題をつきつめたほうがいいとおもう。それだけが、他の世代を了解させるみちである。他人がじぶんとおなじでないことが気にかかるとき、それは主体を喪失しているときである。

もちろん、わたしは、戦争の問題をとりあげるばあい、この課題をさけてとおるものは、かならず未来において、ひどい罰を体験するにきまっているという確信をもたないことはなかった。しかし、このようなわたしの確信が、客観的な正当性をもつものだと思ったこともなかったのである。わたしたちは、じぶんのかんがえを展開するばあいに、客観的な時代の真にちかづこうとしながら展開するのだが、客観的な正当性をはじめからねらってゆくわけではない。

戦後十数年たってみると、あきらかに過去に戦争があったということが不確定なことのようにおもえる世代が、自己形成をしはじめていることが感ぜられる。これは過去に戦争があったことを、まがりなりにも、自己形成の途中で体験したものの戦争にたいするかんがえと、かなりちがっている。これは、当然のことである。このへだたった世代が、現在の社会情況をとらえるばあいに異いがあるか、また、未来にたいするヴィジョンにちがいがあるか。さして、ちがいばえがしないようにみえる。このことがほんとうは問題である。ことに、未来にたいするヴィジョンが不確定である点で、へだたった世代が、すこしもへだたっていないとすれば、問題である。そのうえ、若い世代のほうが復古的なヴィジョンをいだいているとすれば、なおさらそうである。

現在、いわゆる「平和」のなかで、わたしたちは、いちように生きている。偶発的な事件にも、予定どおりの事件にもぶつかって生きているが、これを社会の総体としてみるときは、すべて、実際に起ったことの連続のなかで生きている。それなのに、未来の社会的ヴィジョンが、なぜ不確定であるのか。なぜ、戦争を体験した世代も、体験しなかった世代も、せっかくの体験や無体験から、未来を構想する方法をあみだしえないのか。あみだしたとしても、社会情況の必然を、本質的な必然ととりちがえた空想家しかうまれないのか。また、あみだしえたとしても石原慎太郎のような祖先がえりや大江健三郎のような腸管内イメージによってしか、なしえないのか。これが問題のなかの問題であるとおもう。

必要なのは、戦争と平和とをうわべで区別して、戦争は過去のこと、平和はいまのことであるという認識を前提とするのではなく、現象的には、戦争も平和も未来であったり過去であったり、善であったり、悪であったりすることができるが、本質的な戦争こそ、悪であり過去であり、本質的な平和こそ善であり未来であることを前提として、戦争体験や戦後体験が論ぜられることだとおもう。いまさら、戦争なんて、などという若い世代は、ほんとは「昔はな」などと戦争談をかたっている祖父さんの膝の上にいるので、ほんとは平和のなかでさえ、生きていないのかもしれない。

「怒れる世代」をめぐって

さいきん、石原慎太郎の「ファンキー・ジャンプ」「殺人キッド」や大江健三郎の「われらの時代」「上機嫌」などの作品をつづけざまによむ機会があった。またこの二人の若い世代の作家の発言を中心においたような、江藤淳の司会による新世代作家芸術家のシンポジウムを『三田文学』誌上でよむことができた。

これらに共通しているものは、もうもうたる熱気のようであるが、くわしくみていくと、現在の社会情況のなかでの不満や不安や、自己存在の稀薄感にたいするいら立ちのようである。これは、ひとりの戦後青年としてのいら立ちや不満と文学者、芸術家としてのいら立ちや不満とがわかちがたく混合して感じられる。佐々木基一は、本紙でこのいら立ちや、不安を、日本の社会にたいするトータル・ヴィジョンがなく、明日の世界と日本がどのような方向に動いてゆくかの明確な見通しがどこにも与えられていないためにおこっているので、これはなにも若い世代にかぎらず戦前派にも戦中派にも共通した問題であると指摘している。これにたいして、大江健三郎は、佐々木基一が凡百の批評家とちがって、若い世代のいら立ちやあせりの責任を分担してくれているというわけでこの点について共感している。それは、戦争世代にも共通した問題であり責任を分担しなければならないかもしれない。だが、すこしまってほしいとおもう。

いくら、現在の日本の社会情況にたいする総体的なヴィジョンがたたないからといえ、わかっている

郵　便　は　が　き

恐れ入りますが、52円切手をお貼りください

101-0051

東京都千代田区
神田神保町1−11

晶文社行

◇購入申込書◇

ご注文がある場合にのみご記入下さい。

■お近くの書店にご注文下さい。
■お近くに書店がない場合は、この申込書にて直接小社へお申込み下さい。
送料は代金引き換えで、1500円(税込)以上のお買い上げで一回210円になります。

宅配ですので、電話番号は必ずご記入下さい。
※1500円(税込)以下の場合は、送料300円(税込)がかかります。

(書名)　¥　(　)部

(書名)　¥　(　)部

(書名)　¥　(　)部

ご氏名　㊞　TEL.

ご住所 〒

晶文社　愛読者カード

お名前《ふりがな》　（　　歳）　ご職業

ご住所　〒

Ｅメールアドレス

お買上げの本の
書　　　名

本書に関するご感想、今後の小社出版物についてのご希望などお聞かせください。

ホームページなどでご紹介させていただく場合があります。（諾・否）

お求めの書店名		ご購読新聞名	

お求めの動機	広告を見て（新聞・雑誌名）	書評を見て（新聞・雑誌名）	書店で実物を見て / 晶文社ホームページ〃	その他

ご購読、およびアンケートのご協力ありがとうございます。今後の参考にさせていただきます。

条件だけは、はっきりしておこうではないか。第一にわたしたちの社会が、戦後十数年たって飽和した独占情況にはいったということである。第二に、ここではコミュニケーション手段が、すくなくとも文学や芸術に関係のある部門だけをかんがえてみても、高度の技術と広範囲な伝達領域をもつようになったため、文学者や芸術家は、じぶんの好むと好まざるとにかかわらず、複雑で広範囲な人々と強制的にコミュニケートさせられてしまうことである。第一の条件は、わたしたちを、真に人間的である本質からばらばらにきりはなし、遠ざけてしまう傾向をはらんでいる。だが、第二の条件は、表面上はわたしたちを好むと好まざるとにかかわらず、複雑で広範な人々とコミュニケートさせる傾向をふくんでいる。わたしたちは現在、このふたつの間の矛盾が極度に深まり大きくなった社会情況のなかにいるらしいことを確認してはどうか。すくなくとも、これくらいのことは戦前派も戦中派も、若い世代も共通にふまえたうえで、問題が立てられるのでなければ、世代的な分裂も自己主張もあったものではない。むしろ、思想的な分裂とでもかんがえたほうがましである。

現在日本の文学者や芸術家のあいだにある世代的な主張の分裂や断層は、もちろん、戦争体験が世代によって（思想によってではなく）分裂していたということに、原因している。思想的な分裂ならば、戦前もあり戦中もあり、戦後もあるにきまっている。いまここで、思想的な分裂をどうするか、という問題はしばらくおく。世代的な分裂をどういっしょにしてゆくかという問題をとくために、戦前の体験と戦争の体験と戦後の体験とをむすぶ環を根本的に検討しうみだしてゆかなければならないということは、戦前派や戦中派、わけてもわたしたち戦争世代が主張し、追及してきたところである。

しかし「怒れる若者たち」という座談会のなかで、戦争世代である橋川文三や村上兵衛がこのことを強調しているにもかかわらず、大江健三郎や石原慎太郎は、ふたりの発言を、あたかも、戦争に回顧的に固執することであるかのように理解して、馬耳東風のごとくであるようにおもえた。これでは、戦前派から若い世代の怒りやいら立ちは「演技」のようにみえると評せられたり、戦争世代から眼をひらいてみつめ、探求すれば見えるかもしれないものを、眼をつぶったまま反抗しているにすぎないと評せられても仕方がない。

大江健三郎や石原慎太郎など若い世代の作品や主張などをよみながら、改めて感じないではおられなかったのは「敗戦」というものが、戦前、戦中と戦後とを分ける時点として、いかに巨大な壁であるか、ということであった。戦後に自己形成をなしとげた若い世代にとって、戦争期や戦前は、はるかな昔の影絵のように感じられる。それほど、戦争と戦後の社会的な転変や断層はおおきいのだとおもう。明治以後の近代史のなかで、最大の社会的変化は、この「敗戦」の時点をさかいにして展開したのにちがいない。

これにたいし、戦前派や戦争世代にとって、戦前、戦中、と戦後のあいだの断層は、たえず自分の考えをすすめてゆくばあいの内的課題であり、また、体験的な課題である。近代史のうえで最大の事件である敗戦の社会的な断層の構造は、じぶんの思想形成の過程で、踏んでゆくよりほかない道なのだ。だから戦前派や戦争世代と若い世代とは、いずれが幸か不幸かと問うことも無意味だ。おまえたちの若い世代にたいする批判は、幽霊の正体みたり枯尾花、でほんとうにじぶんたちをみていないというのも理由がない。大体、他の世代をわかろうとせず、過去は、未来的にのみ過去だということもかんがえなければ、未来はいつも過去に循環した未来で、この道はいつかきた道ということになりかねない。現に若い世代のムードにそれが無いといえようか。もし、衣装の新しさに眩惑されないかぎりは。

社会主義リアリズム論批判

一九三四年、ソヴィエトは、第一次五カ年計画をおえる。いわゆる同伴者的な芸術家たちが、プロレタリアートのほうへうつってくるとともに、労農通信員の運動が労働者や農民のなかからプロレタリア作家をうみだしてくる。こういう情勢のもとで、プロレタリア文学のヘゲモニイを確立するため、ブルジョワ文学やプチブル文学とたたかわねばならないと主張してきた〝ラップ〟は、有害なものとして解体される。〝ラップ〟がかかげた唯物弁証法的な創作方法のスローガンは、芸術の特殊性をかんがえない機械論として批判され、全ソ作家同盟の単一組織がうまれるとともに、社会主義リアリズム論が提唱される。

社会主義リアリズム論の成立が、もともと、三〇年代のソヴィエトの国内の情況ときりはなしてかんがえることができないことは、こういう事情からよく理解される。じじつ、ソヴィエト作家同盟の第一回大会はスターリン―ジュダーノフの定義をうけて、社会主義リアリズムをつぎのように規定したものである。

社会主義リアリズムはソヴィエト芸術文学および文学批判の基本的方法であって、現実をその革命的発展において、真実に、歴史的具体性をもって描くことを芸術家に要求する。そのさい、芸術的描写の真実さと歴史的具体性とは、勤労者を社会主義の精神において思想的に改造し教育する課題と結びつかねばならない。

戦後、一九五四年の第二回大会では、この後半が、「社会主義から共産主義へ漸次的に移行する現在の条件のもとでは、社会主義リアリズムの方法はソヴィエト国民の創造力のいっそうの高揚、共産主義への途上によこたわるいっさいの困難と障害の克服を、作家があらゆる手段をつくして促進するのを助けるものである。」とあらためられた。

ここには、社会主義リアリズム論が、《ソヴィエトの芸術、文学および文学批評》についてだされた一国的な性格をもつとともに、社会段階のすすむにつれて政治的な役割がかきあらためられているように、なんらかの意味で、《芸術の現実にたいする直接的有効性》の概念にささえられていることがあきらかにされている。現実的な文学は生活を再現し、凸面鏡のように一つの視点から生活のさまざまの現象を選びとるのである、というベリンスキイ以来の一元的なロシア・リアリズム概念が、政治的な反転手術をうけて再生されている。

ふつう〝ラップ〟が解体されて、指導的なアヴェルバッハらの唯物弁証法的創作方法のスローガンが批判され、芸術の特殊な役割をみとめ、形式、スタイル、ジャンルの多様性をうけいれる社会主義リアリズム論が提唱されたことは、公式的な機械論からの発展とかんがえられているが、この通説は眉につばをつけてきかなければならない。唯物弁証法的創作方法から社会主義リアリズム論への転換には、芸術概念としての重大な転換がおこなわれている。唯物弁証法的創作方法には、科学と芸術とをいっしょくたにする誤りがあったにもかかわらず、芸術が人間の社会的な抑圧をとりはらう目的ともかかわるものだ、という概念は生きていた。社会主義リアリズム論は、この本質的な問題をしりぞけて、芸術を体制的な政策との結合におきかえた。アヴェルバッハの機械的な誤りは批判されたが、それにかわったのはキルポーチン・ルナチャルスキー・ジュダーノフ・スターリンらの体制迎合的な折衷論であった。

たとえば、文学は党のものとならなければならないというレーニンのコトバは、社会主義リアリズム論において、最初のもっとも悪しき曲解をうけた。《党》というものを《全人類の生活条件の根本的革新》を目的とする前衛組織という意味で設定したレーニンには、革命者としての人類、社会にたいするヴィジョンがあった。しかしすでに現実の体制にのっかり、足早やに建設を、とかんがえずにはおられなかった三〇年代の亜流たちは、ただの官僚にしかすぎなかったため、社会情勢におうじて《党》がうちだす政策に、文学が従属すべきものとしてしか、レーニンのコトバを解することはできなかったのである。文学や芸術が、被支配者のあいだにある現実的な抑圧や、社会的な疎外を止揚する方向に、精神的につくりだされる想像世界であるという本質的なもんだいは追放され、一国社会主義建設のスローガンに対応する政策文化のもんだいにすりかえられた。社会主義リアリズム論は、唯物弁証法的な創作方法からの政治的には転落であり、芸術的には寛容をよそおった折衷論でしかなかった。ことわるまでもなく、ここで、資本主義諸国にとりまかれて一国社会主義の建設をすすめざるをえなかった三〇年代のソヴィエトについて、社会主義リアリズム論の提唱は、やむをえなかったかどうか、などという文学史家のこのむ話題をむしかえしているのではない。ただ、社会主義リアリズム論によって、芸術文学の概念が反転手術をうけた、という見落しえない事実を指摘したいだけだ。

芸術文学から本質をぬき、政策文化のもんだいに反転した社会主義リアリズム論の成立は、現在、とうていまともに論ずるに価するとはおもわれない。しかし、わたしたちは、日本の芸術理論がさまよっている水準をはなれて、とびあがることもできない。三〇年代、日本のプロレタリア文学運動は、作家同盟の解体期に、芸術理論としての検討など、思いもおよばないというような、じつにみじめな社会主義リアリズム論争をやっている。戦後十五年をへた現在でも、日本の進歩的な文学芸術は、社会主義リアリズムを玉条とこころえているリアリズム芸術家と、終着駅とかんがえているアバンギャルド芸術家のほか、なにも見出すことはできない荒涼とした風景のなかにあるのだ。

もちろん、哲学者三浦つとむや黒田寛一の創造的な芸術論の断片があり、若い森茂の独創的な見解があり、公称マルクス主義者よりもはるかにマルクス主義的な文学者たちの業績があるとしても、それは、ほとんど正当に評価されていない。わたしたちが、なお徒労の感にたえながら社会主義リアリズム論の検討にむかわねばならない理由が、ここに存在している。

スターリン—ジュダーノフ定義において、社会主義リアリズム論はおおざっぱにいってふたつの批判すべき問題を提出している。

第一は、「現実をその革命的発展において、正しく、歴史的具体性をもって描きだすことを芸術家に要求する。」という規定からあきらかにされているように、芸術文学のほんとうの理想像が、現実を歴史的な具体性をもってえがきだし、典型的な情況のなかで生滅する人間の典型的なキャラクターを、生き生きと劇的にとらえるリアリズムにあることを主張している点である。

第二は、「芸術的描写の真実さと歴史的具体性とは、勤労者を社会主義の精神において思想的に改造し教育する課題と結びつかねばならない。」というコトバに、端的に象徴されているように、芸術の教育的、政治的な直接効用性が前提とされていることである。

ここに、芸術が生活の認識だとするベリンスキイ以来のロシア・リアリズム論の歴史が、政策主義的に結晶している。たとえば、わたしたちは、芸術は一つの階級のイデオロギーの一部であり、階級生活の組織化された一つの形式であり、階級の力を結合し、きたえる一つの手段である、というようなボグダノフ的な見解を左にみて、芸術の特殊な法則をかんがえることなく、文学と政治の問題をとりあげてはならないとするルナチャルスキイ的な折衷論を右にみて、リアリズムと芸術の政治的な効用性とを結びつける論議を、いくつも想定することができる。そして、じじつ、この中間にあらゆる俗論が情勢に応じて発生したのである。

その後、レーニンのトルストイ評価をうけて、芸術の本質的な価値が、客観的現実をどれだけ真実に反映しているかによってきめられるとする反映論がうみだされ、エンゲルスの手紙がほりだされて、典型的な情況における典型的な性格がえがかれねばならないとする典型論にまでゆきついた。

日本では、蔵原惟人が、二〇年代から三〇年代までのソヴィエト芸術理論の下につくりあげたナップ芸術理論を自己否定して、客観的価値論にたっしたのは、一九三一年の「芸術理論におけるレーニン主義のための闘争」においてである。ここで、蔵原は、芸術作品はそれぞれの階級のイデオロギイを反映しているばかりでなく、また、なんらかの形でそれぞれの時代の客観的現実（自然および人間の生活）を反映していて、ここに芸術の客観的な価値が存在すると主張した。これが、おそらくレーニンのトルストイ評価をふまえてかかれた日本で最初の論文であった。戦後、除村吉太郎や野間宏が典型論について言及した。しかし、典型論は、現実の反映論とべつのものではありえない。それは、芸術を具体的な現実の反映であるとするリアリズム概念と、芸術のプラグマチックな政治有効性の概念とが、もっとも精緻なかたちでむすびついたもので、いずれにせよ、社会主義リアリズム論をささえているふたつの本質的な問題点、いいかえればリアリズムの優位性と直接効用性のわくをはみだすものではありえない。

社会主義リアリズム論の主張するように、ひとつの芸術作品が、歴史的な現実を生き生きと反映し、歴史の必然につながる典型的な情況のなかで、典型的な性格がヴィヴィッドにえがかれているとき、それは文学芸術の理想のすがたとすべきであろうか？　また、芸術文学は人を思想的に改造したり教育したり、社会的な困難や障害を克服したりするのを、たすけることができるか、それは芸術のつくられる本来的な目的であるのか、効用の問題であるのか、わたしたちの眼前によこたわっているのは、いぜんとしてこの問題である。

いま、すぐれたリアリズム論者であるルカーチの「上部構造としての文学」のなかから、ひとつの見解をきこう。ルカーチは、つぎのようにかいている。

そこでわれわれはつぎのように規定することができる。ふるい土台がたおれると、ふるい文学的および芸術的上部構造は、上部構造として完全な否定にゆだねられ、いきた文学や芸術（すなわち上部構造）たることをやめるのである。

しかし他方、本来とうにすぎさった時期の上部構造だった文学作品や芸術作品が、これまでの歴史全体の経過において、あらゆる時期にわたって重要なやくわりを演じたという事実は、厳然としてうごかしがたい。われわれはこの現象をどう説明できるだろうか？

わたくしのおもうところでは、この問題に対する答えは困難ではない。それぞれの階級はイデオロギー闘争において、モリエール流の立場にたっているのだ。——「わたくしは自分にやくだつものをみつけるかぎりつかみとる。」

ルカーチは、おもしろいことに、ふるい土台のうえに咲いた芸術は、土台の消滅とともに上部構造であることをやめるなどとかいて、芸術の上部構造性を手品か何かのようにみなしている。かれは芸術が現実を反映するということを、現実の反映が芸術であるという対偶と同一視して、現実がふるくなれば芸術もふるくなると結論しているにすぎない。芸術はたしかに現実を反映する。しかし、それは現実にたいし、現象的には自立した精神的な表現世界であるような上部構造であるため、土台が変化しても、ふるい芸術が、土台の消滅とともになくなるなどということがおこりうるはずがない。

ともあれ、ルカーチは、ここで、現実の反映が芸術であるというリアリズム概念と、イデオロギー闘争における芸術の有効性を、ふたつながら信じているようにみえる。それはルカーチが、現実を反映するという芸術の必然的な属性と、本質とを混同したためにうまれた見解としかおもわれない。

どんな芸術文学も、形式やジャンルにかかわらず、芸術家の内部をとおして現実を反映してゆく。この反映は、芸術文学のもつ必然的な属性であるということはできるかもしれないが、芸術の本質とはいいえないのである。芸術の本質は、創造過程をとおって、表現として想像世界を定着させるという、必然的な迂回路の性質の中にみつけることができる。もし、ルカーチのいうように、イデオロギー闘争によって芸術の創造や享受がえらばれるものであるとすれば、なぜひとは直接政治や科学をえらばず、迂回路をえらぶのであろうか。それに、こたえることができまい。

社会主義リアリズム論は、芸術が現実を反映するものであるという属性を、意識的に方向性をもってとらえかえし、迂回路にもにた想像世界を、具体的な現実情況と人間の典型によって塗りこめようとするのに似ている。なぜ、そうしなければならないかを、だれも説明することはできない。芸術作品の想像世界は、そこにリアルな現実がえがかれていても、現実の社会過程とは、きりはなされた想像の世界を構成することによって、はじめて成立する精神の自発的な疎外化であることにかわりないからだ。

社会主義リアリズム論のいう芸術と現実との関係は、たとえば、絵にかいた餅と、ほんとうの餅との関係とおなじである。このとき典型的な餅をえがいて、あくまでもほんとうの餅に近づけるか、あるいは、ほんとうの餅よりもさらにリアリティのある喰えそうな餅をえがくことが、芸術の本質的な目的であるというのに似ている。芸術がほんとうの餅よりも喰えそうな餅をえがいても、直接喰うことはできない。食欲を刺激されるだけである。

おそらく、芸術が現実にたいする食欲を刺激することは、芸術のもつ必然的な属性、または目的の一部ではあるが、本質的な目的ではない。なぜならば、それが芸術の本質的な目的であるとすれば、食欲を刺激されるよりも、直接、現実にたいして喰いかかる方を、だれもがえらぶべきであり、その方が本質的な目的にかなっていることは、うたがう余地がないからだ。

ここに、ほんとうの餅にたいして、餅以外のものを描くことが、芸術の表現として成立しうる理由がある。ひろい意味での反リアリズム芸術文学は、すくなくともリアリズムと同等の権利をもつ根拠がうまれてくる。効用性だけでいっても、餅以外のものがかかれているのをみて、人は餅にたいする食欲を刺激されたり、餅にたいして喰いかかることもありうるのだ。

社会主義リアリズム論は、それ自体が芸術のわずかに一属性の上に成り立っているにすぎない。わたしたちが、現実の社会過程よりもっと典型的に、具体的な現実を反映している想像世界を表現したり、精神的に享受しようとする欲求をおこすのは、ただひとつの場合だけにかぎられている。このときにかぎってリアリズムの概念は成立することができるのだ。

すなわち、芸術文学が、現実を歴史的な具体性をもってえがきだすことによって、現実の社会で疎外されたり、階級的な制約をうけたり、抑圧や葛藤にくるしんだりしている人間の実体を、想像世界として綜合的に再現したいという欲求があるときである。したがって《現実を革命的発展において描く》とか、《典型的情況における典型的性格》をえがくとかいうことは、それ自体がリアリズムの概念と矛盾しなければならぬ。わたしたちが、窮極の社会ヴィジョンとしてえがくことができる無階級の社会でないかぎり、たとえば、現実の社会主義社会においても、（まして三〇年代のソヴィエトでは）リアリズムによって構成された芸術文学の想像世界は、《現実の革命的発展》や《典型的情況における典型的性格》よりも、生きている人民の疎外や矛盾や抑圧の実体をこそえがきださずにはおかないはずだからである。わたしが唯物弁証法的な創作方法のスローガンから、社会主義リアリズムの提唱への転換には、芸術概念のうえで重大な転換がおこなわれているとかんがえるのは、このことに関連している。

芸術の本質的な目的が、必然のいきおいで要求する概念は、リアリズム概念をつつみながら、もっとひろいはんいにわたることはうたがいない。わたしたちが、現実の階級的な疎外や、人間的な抑圧のある社会にありながら、その実体を想像世界として表現したいとかんがえたとき、そこにリアリズムの概念が成立するにちがいない。しかし、このような社会にありながら、抑圧や疎外のない想像世界を表現することも現象的には可能であり、また、現象的には、現実社会とまったくきりはなされた想像世界をつくりあげることもできる。このときには、大なり小なり反リアリズムの概念が成立する。反リアリズム芸術文学のおおきな機能は、抑圧された現実にたいする食欲を刺激するのではなくて、それを、整合したり、解放したりするものとかんがえられる。
レーニンは、革命の過渡期、一九二〇年につぎのように云っている。

我々は美なるものを保留して、それを一つの模範として、それを熱心に研究しなければならない。たとえそれが「古い」ものであろうと、ただ単にそれが「古い」と云う理由で、何故我々は真に美なるものに背を向けて、それをより以上の発展の出発点とはせずして永遠に棄て去ってしまうのか？　何故我々は新しい物を、ただそれが新しいと云うのみで、従うべき神として崇拝するのだ？それは馬鹿げた事だ、全く馬鹿げた事だ。（中略）
私には、表現派、未来派、立体派、及びその他の「流派」の作品を、芸術的天才の最高表現であると評価する事が出来ない。彼等は私に何の喜びも与えない。（中略）
現在の困難と危険は「パンと曲馬団」に依って征服され得る、と多くの人々は正直に考えている。パン――然り……曲馬団――宜しい！　然し我々は曲馬団は真の偉大なる芸術ではなくて多少共に低級な娯楽である、と云う事を忘れてはならない。

狐つきどもや、マヤコフスキイらレフ一派の芸術的三百代言ともっとも遠いこの柔軟なこころをもった革命家が、いいたかったことは、はっきりしている。かれは、ちょうど《党》というものの目的を《全人類の生活条件の根本的革新》として設定したとおなじように、芸術の本質をかんがえている。芸術が階級イデオロギーの一形式であるとか、階級闘争の一手段であるとかいう芸術政治屋の見解からも、詩作品でなければその解決が考えられぬ課題が社会にはあるなどと称するマヤコフスキイのような三百代言からもはなれて、芸術文学の本質が、ひとつの精神的な生活過程であり、現実社会において階級的な疎外や抑圧をよぎなくされている人間が、現実的な制約を想像世界において止揚しようとする方向につくられる表現であり、これを精神的に体験しようとする人民の欲求であることを、ひとりでに洞察していたとおもえる。それは、狐つきや芸術的デマゴーグでさえなければ、だれにでも洞察しうることであった。レーニンは、混乱した過渡期において、もともと少数の特権的な文化の所有者しかうみ出せず、また関与することができない芸術文学が、重要でないことを断言する。それゆえに、芸術文学を政策文化にすりかえようとする狐つきや、芸術表現のハンイ内で新しがろうとしているにすぎないレフ一派の芸術的三百代言たちが、くだらぬものにみえたのだ。

わたしたちは、抽象的な人間として現実社会にあるのではない。階級的な抑圧や疎外のなかで生きている。しかし、この階級的な人間が、無階級社会において開花すべき本質的人間を観念的にふくまないと考えることはできない。このようにして過渡的な社会では、現実からも、芸術家からも現象的に独立した想像世界である芸術は、階級的と本質的との二重の世界として現われざるをえない。

二〇年代において、ソヴィエト芸術理論がまず決定的に放棄する予兆をみせたのは、芸術文学と、人間の本質的な疎外の関連であった。この点において、芸術的政治屋とレフ一派とを、べつものだとかんがえるのは馬鹿気ている。かれらはおなじ穴のむじなであったにすぎない。この傾向は、三〇年代の社会主義リアリズム論において完璧なものとなった。かれらは、芸術文学を絶対化することによって政策文化の問題にすりかえたか、芸術を相対的にしかかんがえられないため、政策文化に転化して絶対化したのである。

社会主義リアリズム論は、芸術文学の表現にとって、わずかに一属性であるリアリズムを、本質的なものとして見做したとき、本質的な政治の問題、いいかえれば人間の疎外の現実的な打破の問題をはなれて、現象的な政策とむすびつくにいたった。《現実をその革命的発展において、真実に、歴史的具体性をもって》描くというのは、痴呆的なまでの美辞にもかかわらず、芸術が表現としての独特な構造のなかにもっている現実的な役割を、まったく無視するものにほかならなかった。ルカーチは、芸術に形式をあたえる作業が、どんな意味をもつかについて、「上部構造としての文学」のなかで、つぎのようにかいている。

芸術的形式は、ある具体的な土台（それがかたちづくる人間関係）のもっとも本質的、法則的な諸状態を、具体的な、つまり個性化された人間の人間的形象化と、有機的にむすびつければつけるほど、それだけ完全になる。芸術的形式賦与が、それによってかたちづくられ、そのうちにえがかれた具体的な人間関係を、われわれが直接体験するような状態にさそいこむことができるほど、当の芸術作品の存続はそれだけ確実になる。

これは、おそらく、《現実の反映》論から《典型》論にいたる社会主義リアリズム理論の見地から、芸術の形式にあたえた理解のうちもっとも簡潔な、すぐれたもののひとつである。しかし、芸術が現実を反映するという必然的な属性を、現実を反映せしめることこそ芸術の本質的な形式であると置きかえたためにおこる錯誤を、もっとも鮮やかにしめすものにほかならない。まちがいなくルカーチは、絵にかいた餅に、直接ほんとうの餅を体験するかのように誘いこむ形式を与えることができたとき、その画餅は永続性があり、そのためには、ほんとうの餅を典型化した形式を与えねばならないと主張している。しかし、芸術の形式賦与は、表現過程においてはじめて可能であり、芸術の本質的な形式も、芸術の役割も、表現としての独自な構造によってきまることを、まったくかんがえていない謬見にほかならないとおもわれる。

表現としての芸術は、具体的な現実の社会過程と、現象的に切れれば切れるほど、また自立すればするほど、リアルな想像世界を形成することはうたがいない。

わたしたちの具体的な体験は、ルカーチの見解に反して、芸術にえがかれた具体的な人間関係が、わたしたちが直接体験するような状態にさそいこんだからとて、それを存続することのできる芸術の価値とはみとめないのである。まして、それが、土台の本質的な法則とむすびついたために実現されたとはかんがえない。芸術の形式はただ、創造主体が、あらかじめ観念的な先行性としてもっている現実にたいする洞察や体験や、わけても芸術形式的な蓄積の総和が、表現過程によってあらわれるのであって、ルカーチのいうように土台の法則性とむすびついて、いいかえれば主体の外側に存在するものではありえないのだ。

芸術は、現実の社会的な生活過程にたいして、精神的な生活過程であるため、あきらかに土台にたいし上部構造のひとつである。それならば、他の上部構造たとえば、科学や政治とどこがちがうのか。科学や政治は、あきらかにひとつの出発点から他のひとつの終結点へひとをゆかせることを、本質的な目的としている。しかし、芸術は、まず想像的な世界をつくり、その世界が、芸術家からも、現実の社会生活過程からも、現象的に自立することを目的としている。なぜこのようなものを創らねばならないのか？　現実を変えるためか？　否である。まず、想像的な世界を、主体からも現実からも自立させ、またそのような想像世界をひとに体験させるために、芸術はつくられるのである。

現実を変えるためには、科学または政治をえらばねばならぬ。芸術がその想像世界を体験した人々のこころに働きかけ、間接的に現実を変えることに役立つ（それは役立つ）にもかかわらず、芸術はそれを目的として創られるのではない。それでは、なぜ、芸術は、つくられるのだろうか？

日本の若い有能な芸術理論家、森茂はつぎのようにかいている。

貨幣が人間と人間とを完全に切離してしまったブルジョア社会では、芸術は創造においても享受においても、直接的には全く個人的存在でしかあり得ない。芸術の本質である感覚の社会化が、ここでは純個人的にしか行われ得ない所に特徴がある。他のあらゆる労働から切り離され自立を強要された芸術創造は、個人的活動として社会的活動を行う矛盾を解決するために、芸術の自立的な型式と内容を作り出す。

芸術はそれ自身が本質的に社会的なものでありながら、現象的には個人的なものとしてあらわれ、そしてあたかも、芸術の創造と享受の過程が社会の中に実存するのでなく、芸術の型式と内容が、社会そのものに近づこうと努力することによって芸術の中に社会があるようにみえる。

近代芸術―ブルジョア芸術の本質である模写、あるいは写実、あるいはレアリズムは、この努力そのものに他ならぬ。

この結果、人は、現実生活では社会的人間であることを感じることはできないが、芸術の中で芸術の享受と創造においては社会的であることができる。

この芸術の本質は、ブルジョア社会が続く限りあるいはブルジョア生産関係が持続する限り変りはしない。社会革命なしに、生産関係の変革なしに、芸術の型式だけを変えれば、芸術の個人性格をなくすことができるなどというのは、全くの型式主義であり修正主義であり、改良主義である。

森茂のこの見解は、現在のところで達しえられた芸術の社会的な性格についてのもっとも精密な理解のひとつである。しかし、ここで社会革命ということに、生産関係の変革ばかりでなく、人間の本質的な疎外の止揚をふくませなければ、森のいうようにはならない。

だからわたしは、ここで、つぎのようなことを云うべきである。芸術文学は、まず想像世界を表現して、それを芸術家の主体からも、土台からも、現象的に独立させなければならないという本質的性格を盾にして、現実には社会的な抑圧や疎外のなかにある人間が、その制約のなかにありながら、現象的に制圧のない想像世界をつくりだしたり、体験したりしたいという意識的な、または無意識な欲求によって創造され、享受されるということだ。ことは、あくまでも、現実の社会過程とは、まったく現象的に別な想像世界をうみだし、自立させるという芸術の性格を前提としなければ成立しない。このような想像世界がどんな形式によってつくりだされようと、それによって、現実の疎外された社会の抑圧や制約が、実際に解き放たれるわけではない。

ただ芸術は、現象的に社会からも芸術家個人の主体からも切りはなされた想像世界であるという性格によって、現実の社会よりも自由に綜合的に人間や形象や事件とぶつかり、かかわりあうことができるため、このような想像世界を体験したり享受したりする人々は、現実的な社会制約を超えた本質的な世界や本質的疎外を、精神的に体験することができるのである。

これによって人は、社会的制約や抑圧のない世界においてのみ体験しうるかもしれない本質的な人間としての可能性や綜合的な疎外を、ただ、芸術文学の世界でだけ精神的に体験することができる。

このような芸術文学の本質的な性格は、いうまでもなくリアリズムの概念を正当化するものではない。芸術文学の本質からすれば、リアリズムの概念が成立するのは、階級的な社会では、個人的に断片的にしか体験できない抑圧や疎外の実体を、綜合的に再現しようとするときにおいてだけである。だからこそ、芸術文学の本質的なリアリズムは、スターリン―ジュダーノフ定義における社会主義リアリズム論と矛盾するのだ。

このようにして、芸術に形式をあたえようとする表現過程でおこるリアリズムと反リアリズムとは、社会主義リアリズムを玉条とかんがえている芸術家や、アバンギャルドをとおって社会主義リアリズムへの図式をかんがえている芸術家のかんがえているような、芸術史的なハンチュウでもなければ、創造行為の外側にならんでいる看板でもなく、芸術文学の本質的な性格が、必然的に要求する概念であるということができる。

芸術家は、なぜ、あるときには、リアリズム形式をえらび、あるときは反リアリズム形式をえらぶかは、芸術文学の本質的な性格のうち、どれをえらぶかによってのみ、きまるのであって、わたしたちの幼稚な芸術理論家が、一九二〇年代から三〇年代にかけてソヴィエト芸術史が体験した問題を、本質的な問題や典型的な問題にすりかえることによって、類推的にあみだした俗流の図式的な見解にしたがって、えらばれるものではない。

日本で社会主義リアリズム論が、はじめてうけいれられたのは、プロレタリア文学運動の解体期にあたっている。たしかに、「かしこには社会主義を勝利的に建設しつつある労働者政権の側への、動揺していたインテリゲンチャの大衆的『転向』が行なわれている。ここでは古いものの勝利が一時的ではあれ事実となっており、その側への広汎な中間層の大衆的転向が行なわれている。」(北厳次郎「社会主義的リアリズムの批判」)という彼我の逆立ちした情勢においてであった。

当然のことであるが、社会主義リアリズム論自体を批判し、検討するだけの水準を日本のプロレタリア文学運動はもっていなかった。(いまも、もっていない。)したがって、彼我の逆立ちした情勢のなかで、元来が情勢的でもあり、一国社会主義的でもあるリアリズム論を、いかに焼き直してうけいれるべきか、あるいは焼き直すべきではないか、という情勢論に根本的な争点があらわれた。そして焼き直すべきであるという主張には、社会主義リアリズム論にたいする芸術理論的な批判などは思いもおよばないような空白があり、焼き直すべきでないという主張には、コミンターン方式的な事大的官僚根性のほかなにもないという悲劇がびまんしていた。わたしたちは、現在、この論争から芸術理論として摂取すべきものはなにもない。ただ、組織論としていくつかの問題をひき出すことができるだけだ。

まず、ソヴィエトにおいて〝ラップ〟の唯物弁証法的な創作方法の偏向が批判され、社会主義リアリズム論が提唱されたことは、蔵原、小林、宮本などの芸術理論と組織論の誤りにたいする反撃の強力な楯として利用された。徳永直の「創作方法上の新転換」はこの典型である。徳永は、蔵原理論に主導された作家同盟の唯物弁証法的な創作方法のスローガンが、科学と芸術とを卑俗に同一視したため、まずスローガンを持ち出し、理論を考え、それに適合するような人間やきれっぱしをあつめてくる機械的な創作をうみだしたことを指摘した。そして、社会主義国ソヴィエトと資本主義国日本とではまったく社会構成がちがうのだから、社会主義リアリズムのスローガンもそのまま日本に適用してはならないと主張したのである。徳永のモチーフは、〝ラップ〟的な偏向が批判されたというソヴィエト文学界の情勢を楯にして、日本の作家同盟の主導的理論をつき落し、またソヴィエトで提唱された社会主義リアリズム論自体にたいしては、彼我の情勢の差異を主張することによって、これを生活現実に密着したプロレタリア・リアリズム論に代えようとするところにあった。

社会主義リアリズム論が、一国社会主義的な性格をもち、また情勢によって可変であることをかんがえれば、徳永の主張は、このかぎりにおいて正論であった。このことは、その後の徳永がどのような屈折をたどったかと、まったく峻別して評価しなければならない。わたしたちは、いま論争当事者の根本的なモチーフまで推測することができないから、徳永の主張が、《逃げ腰で吐かれた正論》かどうかつまびらかでないが、正論であったことは確かである。

たとえば、宮本百合子の「社会主義リアリズムの問題について」は、ソヴィエトにおける社会主義リアリズム論が、日本のプロレタリア文学運動においては、解体期の遁辞にすりかえられる傾向があるのを鋭敏にかぎわけ、それがインテリゲンチャへの追随でもなく、抽象化され超階級化された技術偏重論でもなく、ましてや階級性や革命性を抹殺した卑俗現実主義の大衆追随ではないことを強調した。しかし、宮本（百）は、蔵原理論を頂点とする創作における唯物弁証法的方法のスローガンが必然的に提起され、かつ一定の役割を果したことを強調して、作家同盟の愚劣な政治主義にたいする自己批判を拒否し、あらたな組織論と芸術論の組みかえの志向をほうきしたのである。

中野重治の「社会主義的リアリズムの問題」も、宮本（百）と同様に、世界プロレタリアートがソヴィエトで創り上げた社会主義リアリズム論が、世界共通のものとならぬはずがないという視点から、ソヴィエトにおける社会主義リアリズム論を、普遍化しようとした。ここにあるのは情勢判断にたいする無理解と、コミンターン方式的な事大性にほかならなかった。

川口浩「否定的リアリズムについて」、伊藤貞助「社会主義的リアリズムか！ 日和見主義的リアリズムか！」、久保栄「社会主義リアリズムと革命的（反資本主義）リアリズム」は、いずれもその根柢において、社会主義リアリズム論の一国社会主義的な性格と、情勢論的な性格とを洞察し、ソヴィエト的現実と日本的現実との差異を了解しないのは、鸚鵡のリアリズムにすぎないことを主張するものであった。川口浩は、否定的なリアリズムが、《主題の積極性》時代にうばわれた市民権を要求する必要があると説き、伊藤貞助はナルプの解散とプロ作家のブルジョア化の傾向に反対し、久保栄はこの時期に、ほとんど唯一といってよい組織論の転換についての正論をはいた。久保栄はかいている。

こうして、資本主義体制下のプロレタリア芸術家のまえには、きわめて困難な、きわめて輝かしい課題が横たわる。今や狭隘な「枠」をとり払わなければならない吾々の作家たちは、しかも広汎な革命的芸術運動の一般的レベルへ決して解消することなく、自己の指導的地位に対する深い階級的自覚をもって、この統一戦線のなかの先頭的一部隊として活動しなければならないのである。すなわち、さまざまな思想体系とさまざまな発展段階とを含む革命的芸術家に対して、生活的真実をさまざまな度合で部分的に反映する反資本主義的リアリストに対して、個々の成熟した形象の総和によってではなく、これを統一づける社会的モメントの優位の視角からのみ綜合的な生活的真実を描き得るということを、その創作的実践と理論的誘掖を通じて教えなければならないのである。

久保栄の論文は、このような組織論のくみかえのプログラムを提出したという点をのぞいても、社会主義リアリズム論にじっくりとした考察をくわえた唯一といってよいもので、そのことは社会主義リアリズム自体が空しい芸術理論であるのとおなじように、結果的には空しいものであるにもかかわらず、評価されるべきである。

久保栄が、反資本主義的リアリズムによる広い統一戦線をといたところを、三十二年テーゼの戦略目標とむすびつけて全人民的革命文学、革命的ロマンチズムを内に含むところの《革命的リアリズム》を文学スローガンとすべきであると説いたのは北巌次郎（神山茂夫）であった。北は、当面する革命の性質が、社会主義への転化の可能性をもったブルジョア民主主義的なものであるから、まとまった政治的傾向をもたず思想ももたなくても、また農民的に、都市貧民的に、或いは民族的に、その階級的立場や層が違っているにもかかわらず、米と平和と自由という点で一致する全人民文学のスローガンとして、ソヴィエトの社会主義リアリズム論をうけとらねばならないことを主張したのである。

北が、「プロレタリア文化戦線の見透し」、「社会主義的リアリズムの批判」などによってしめした批判のなかには、社会主義リアリズム論の日本の情勢における適用の問題をのぞいても、いくつかの重要な指摘があった。そのひとつは、文化を生産力の発展段階にしたがって区別しようとする蔵原の一貫した生産力理論的な傾向に批判をくわえ、社会の構成は、いろいろの経済制度をふくみ、その主要な生産様式をもとにして文化がかんがえられるものであって、直接文化を生産力とむすびつけてかんがえるのは、あやまりであることをあきらかにした。それにともなって、文化とくに芸術運動の問題が、土台にたいして独特な反作用をおよぼす点をかんがえて、独特なプログラムをたてなければならないことを指摘した。

さらに北は、小林多喜二の「右翼的偏向の諸問題」のなかでの政治の優位性にたいする理解を批判した。小林多喜二が、政治の優位性を単に《主題の積極性》や組織的活動と、《党の作家》になることとの統一にもとめているのを卻けて、文化は政治によって決定されながら、逆にある程度政治に働きかけるものであるから現実の社会関係のなかにおける組織的問題として政治の優位性をうけとめられねばならないことを指摘した。

北巌次郎のこれらの指摘は、芸術理論の問題としてではなく、芸術運動の組織論の問題としてみれば、当時の政治情勢と理論水準において、もっともすぐれた見解をしめしているといいうる。あきらかに、久保栄と北巌次郎の論文をむすぶ線上で、現在では物たりないとしても、当時における組織論と文化プログラムの転換のめどが含まれていたとみるべきである。

憂国の文学者たちに

わたしたちは、現在、戦前よりもはるかにふくれあがった独占社会に生活している。このような社会、いいかえれば高度のブルジョワ社会では、文学者は、あらゆるものにたいして否定的意志をつらぬくことなしには、存在理由をもちえない。したがって、わたしはひとりの文学者として、安保改訂に反対し、抵抗する。

文学芸術は、もともと、文学者の個別的なモチーフによって創造され、個別的なモチーフによってひとびとに享受されるかぎり、現実社会にたいして何の用もなさない仕事にしかすぎない。文学者はこの意味で社会的に無用の長物である。ところで、資本主義社会にあっては、文学や文学者は、このような無用の長物としてしか存在できないのである。それは、独占支配が人々のほんとうの心と生活の利害を個別的にきりはなしてしまっているからだ。ひとりの文学者としてのわたしは、社会的に無用の長物であることによってのみ意味をもち、無用の長物であるがゆえに、あらゆるものを否定することによってしか、存在の理由がないのである。

文学者としてのわたしが、安保改訂に反対し、抵抗するのは、けっして、他の憂国の文学者のように、安保改訂が民族の従属や、日本人の拘束のシンボルであると考えるからではない。このような憂国の文学者を、わたしは現在の日本社会の段階で錯誤者としかよびえないのを残念におもう。わたしは、ただ、安保改訂が、独占支配のシンボルであるとかんがえるから、恒久的に反対するのである。

しかし、ひとりの人民・大衆・市民としてのわたしはただすべてのものを否定するがゆえに安保改訂に抵抗するといっただけではすまされないだろう。わたしたちが現在生きている独占社会の特徴は、いちめんにおいては人間のほんとうのこころや生活の利害が、ばらばらに切りはなされていて、疎外が極端にひどくなっている社会であるが、いちめんからみれば、個人の独立性が相対的にではあるが存在できる社会である。この個人の独立性という主張は、どこまでもおしすすめてゆくと、個人の独立性と矛盾するような国家社会の法制は、これに従属するひつようがないという主張に帰着する。わたしたちが、安保改訂に反対する統一戦線を広くふかくしようとするならば、このような観点を基礎にするよりほかにかんがえられない。

わたしが、あえて、こういう発言をするのは、戦争世代にぞくするからである。戦争世代は、民族的な、あるいは国家的な幻想共同体の利益のまえには、個人は絶対的に服従しなければならないという神話に、もっとも、ひどくたぶらかされ、呪縛をうけてきた世代である。わたしたち、戦争世代の戦後社会でのたたかいは、いかにして国家とか民族とかいうものを体制化しようとする思考の幻想性を打ち破るか、という点に集中された。そのために、戦争責任論、天皇制体験などを検討し、いわば特殊的な体験の意味を自己批判することによって、それ自体の幻想性をあきらかにしようとしてきたのである。

いま、わたしたちが刻苦してやってきた仕事が実をむすぼうとしているとき、多くの文学者たちは、ふたたび、わたしたちの仕事を無にしようとしているような気がする。

「世界が明るくなってきたのに日本は民族的な重苦しい、破滅につながった道へ引きずりこまれそうになっているのです。」（小田切秀雄）

「ところが政治的な拘束、それに基く文化の拘束が行われるうちに日本中の政治的なひいては肉体的な、生き生きしたものがだんだん失われていって、みんなしなびてしまうんじゃないかと思う。」

（大江健三郎）

「砂川も立川も内灘も、そのほか全国各地の日本人対アメリカ人、日本人対日本人のさまざまな流血事件というものは安保条約がひき起したんだといってもいいすぎじゃないと思います。」（開高健）

「ここでも（「未来の会」のこと）やはり反対声明を決議しました。これは私たちが、太平洋戦争に入る前に日独伊防共協定が出されるのを見て来ているその体験を共通にしているところから出されたものです。」（野間宏）

「戦争をやりたい人間、戦争になるともうかる人間、今すぐ戦争にならなくても、その準備だけですでにもうかる人間、戦争に向かって国がはっきり歩み始めると、せっせと金がもうかってしようがない人間、こういう人間は、安保条約改定にみな賛成しています。しかし私たち文学者は、戦争ではもうかりません。」（中野重治）

「そうでなくても、絶えず一方に鉄砲を向けている。それが自分の方に飛ぶんじゃないと安心しているけれども、そういう構えをつづければ、先方も、こちらに鉄砲をむけるほかない。そういう結果をさそい出すのが、今度の安保条約の本質なのです。やぶ蛇とはまさにこのことです。」（中島健蔵）

「文士、小説家という者が、こういうことについて一体何をゴタゴタ言うかという疑問を持つ方があると思うのですが、しかし、それは直接にわれわれの感情生活をむしばみ、われわれの道徳生活をむしばむ、そういうものをもっているから、その地点に立って、小説を書いている人間が、それがわれわれ日本人の精神生活の基本に関係してくるという点、その点から考えたことを申し上げたかった次第です。」（堀田善衛）

これらは、『新日本文学』12月号「文学者は発言する（安保条約改訂反対）」のなかからの引用である。

この部分的には真でないことはないが、まるで子供のようなことを云っている文学者のなかに、ほんとうの意味での戦争世代、幻滅の世代がいないということは喜ばしいことである。ここには、共通の呪縛がある。日本人・民族・法制だけを抽出して、わたしたちの社会的な疎外をすべて、それに集中しようとする非論理。こういう子供のような非論理で、安保改訂には無関心であるが、現実認識では大人である大衆を動かすことができるはずがない。

わたしたちの未来が暗く、現在生活は不安定となり、感情生活や道徳生活がむしばまれ、混乱しているのは、これらの文学者の見解に反して、直接安保条約のせいではなく、独占資本支配の社会情況のためである。そのような独占支配の国家意志のひとつとして安保改訂は行われようとしているのだ。だから、戦争で、戦争世代と同様に痛めつけられた大衆は、これらの文学者の日本人の従属とか民族の危機とかいう発言には動かされなくても、また、安保問題に《現象的には》無関心であっても、個人の生活権や人権を侵すような国家の法律などは、わが身の利害にかかわる段になったら、絶対に従わないという点は、胆に銘じて知っているはずだ。わたしたちが、人々にむかって呼び醒まし組織しなければならないのは、あの戦争の惨禍から大衆が身に刻んだこの体験である。啓蒙しなければならないのは、むしろ、ノド元すぎれば熱さを忘れている、これら憂国の文学者たちである。

戦争と世代

この間、ある同年代の人と話していたら、どうも、われわれ戦争世代というのは、どこをみわたしても、ぱあっとした奴はいないですね。ひとつ不毛の会とかというものでもつくりますかね、と笑っていた。

わたしは、そう、ぱあっとしないですね。文学の面だけみても、戦前派の連中も、戦後の若い世代の連中もそれぞれ、自己主張みたいなものをうち出してよくやっているけれど、戦争世代は、せいぜい、戦争体験を忘れないで、ふかく追及していかなくちゃあいかん、ぐらいの消極的なことを、いったりしてね。たしかに、ぱあっとしないですね、とこたえた。

現在、文学の世界でも、政治の世界でも、実社会でもいい。べつに無能力者でもなさそうなのに、一向にふんぎりのつかないようなかっこうで、何のために生きているのだか、仕事しているのだか、結果からみればわからないような生き方をしている三十代の人物に出会ったら、ほとんど例外なく、ことばの真の意味での戦争世代である。

わたしは、それを匂いのようなもので嗅ぎわけると何だかほっとしたような同窓会気分になる。ところが、この同窓会は、なかなか、ひとつ一杯やろうなどということにならない。たいていは、座が白けるような傷つけあいをやって解散ということになる。

なぜだろうか。それは、戦争と敗戦の体験が、ばらばらに人間が切れていることを、とことんまで叩き込んだからである。かれはみるべきものは、みてしまった。自己の醜態も、他人の醜態も。板のうえに寝たり、草のうえに寝たり、着物や靴をはいたまま寝たりすることもおぼえてしまった。敗戦で復帰した世界は平和で、生命の心配はまずないとしても、意外にこまごまとしてしち面倒な日常であった。なぜ、口紅や女のプリント染めをつくるために高度の技術をつかわねばならないのだろう。ビニールの風呂敷をつくるために学問をしなければならないのだろう。なぜ、書類のたばをさばくために老いねばならぬのであろう。このような、自問自答がはてしなく生活のなかでくりかえされる。

もちろん、こういう自問自答は倒錯したものであることを知っている。人間が最後の理想として描きうるものは、だれもが、平等に平凡にくらしうる社会でしかないということを。しかし、それは容易いようで、人類がそのような社会にたっする時代は、ちょっと想像のほかにあることがわかる。だからこそ、偶然にもそういう生活を獲得したひとびとは、生き生きとしている。しかし、戦争世代は、だれもがそうなることが、いかに困難で厳しい条件であるかということを知っている。だから、いつでも有頂天になれない。

わたしは、文学や芸術の世界で、いま、その現状を主導している戦前派や戦後の世代は、じつは、わたしたち戦争世代よりも前の世代だとおもっている。わたしたちの世代が、日本の戦後の文学芸術になにかをもたらしうるとすれば、それは、まったくこれからであるとおもう。単に、現在、戦争世代が活躍していないとか、大した仕事をしていないとかいうことではなく、わたしたちの不毛の格闘が、ついに、完成されたという自覚が存在しえないからである。

それまでは、日本の文学、芸術も、政治も、何もかも、空白が残っているのだ。いや、充たされている、戦争世代の入りこむような空白な思想は、どこにも存在していないというひとがあるかもしれない。しかし、それは、どんな孤立も、どんな挫折も、しょせんは、いつか回復するものであるという確信を、戦争体験からつかんだ世代を、けっして失望させない。戦争世代は、はじめから道のないみちをきりひらき、そこをいくよりほかに方法がない世代である。まことに、生きながら殺されることもたまらないし、死んだまま生きることもたまったものではない。

このような戦争世代の手探りのみちが、どこかで現実の情況と交錯しなければならないとおもう。

敗戦の日、わたしは動員で、富山県魚津市の日本カーバイトの工場にいた。その工場には、当時の福井高等工業学校の集団動員の学生と、当時の魚津中学校の生徒たちがいた。わたしは天皇の放送を工場の広場できいて、すぐに茫然として寮へかえった。何かしらぬが独りで泣いていると、寮のおばさんが、「どうしたのかえ、喧嘩でもしたんか」ときいた。真昼間だというのに、小母さんは、「ねててなだめなさえ」というと蒲団をしき出した。わたしは、漁港の突堤へでると、何もかもわからないといった具合に、いつものように裸になると海へとびこんで沖の方へ泳いでいった。水にあおむけになると、空がいつもとおなじように晴れているのが不思議であった。そして、ときどき現実にかえると、「あっ」とか「うっ」とかいう無声の声といっしょに、恥羞のようなものが走って仕方がなかった。

八月十五日以後の数日は、挫折感のなかの平常心のようなものであった。せっかくつくった中間実験工場の設備をこわしたり、工場の石炭を貨車につみこんで運んだりする作業をやった。無表情、無感情で、まさに生きながら死んだものは、こういう具合でなければならない典型的な貌をしていた。何かの拍子に笑いがかえってくると、ひどくはずかしい気がした。わたしがリアリスティックに現実を認識するとは、どういうことかを、まなんだ最大の事件は、敗戦である。

やがて、動員学生は、みんなそれぞれに引きあげる日がきた。ある晩、友人と海辺をあるいていると、福井高等工業学校の学生が、円陣をつくってお訣れストームをやっていた。わたしも、それに加わって彼等と訣れた。その後、かれらがどうなったかをしらない。わたしに「べんけい」と仇名をつけて喜んでいた魚津中学校の生徒たちもどうなったかしらない。こういう作文をいつか、かいてみたいとおもっていたのでかいておく。

村上兵衛さんの『冬に蒔かれた種子』をよんで、おれはいったい登場人物のどれに似ているかなとかんがえてみた。すると、登場人物の男性の全部、市郎、勇次、亮吉に部分的に似ていた。ようするに十六歳から二十歳ころまでのわたしは、何ものでもない庶民の卵にしかすぎなかったかもしれないが、しかし、この何ものでもない存在が、敗戦にぶつかり啓示したものを、掘下げ、拡大し、ねり直し、うちのめすよりほかに、生きながらの死を、すこしずつ解き放していくみちはなかったのである。

文学的表現について

さいきん、視聴覚文化と活字文化というまがまがしい腑わけが、一部の批評家や芸術家のあいだで、まともに、とりあげられている。なぜ、まがまがしいということばをつかいたくなるか、といえば、こういう問題のたてかたで、芸術の現代的な性格をかんがえようとしている論者たちが、社会的な善意だけは、もっているつもりらしいからだ。だいたいこのばあいにつかわれている文化という概念が、なっとくしにくいものだが、論者たちは視聴覚文化というコトバで映画やテレビや絵画音楽などを想定し、活字文化というコトバで、文学やその他の言語表現を念頭においているらしくおもわれる。現代の文化を視聴覚と活字にわけようとするこんたんからして不可解であるし、言語表現を《活字》文化というコトバでいいあらわすにいたっては、ほとんど、唖然とするほかはない。

映画やテレビは、芸術的な表現としてみると、具体的な《映像》と《動き》を特質とし、言語表現その他によって補足された芸術をさしている。絵画はこれとは本質的にちがっていて、具体的な、あるいは抽象的な形象と色によって概念を表現する芸術である。ラジオや活字芸術は、音声や文字によって感覚的に意味を表現する言語芸術である。したがって、視聴覚文化と活字文化という問題のたてかたが、まったく文化の性格について語るべきことを語っていない無意味な区わけにすぎないのである。

文学的表現もまた、視聴覚以外のものによって媒介されるものではない。いや味をきかせば、視聴覚文化にぞくしている。そして、あきらかに文学的表現は、視聴覚に媒介されて一定の意味と感覚を統一的にあたえることによって成立っている。《活字》は、言語ではなく、視覚的な記号にしかすぎない。《音声》というものも言語ではなく、空気の振動による媒質的な記号である。わたしたちは、《活字》（文字）や《音声》が、視聴覚的な感覚性と意味を統一的にもつにいたったとき、それを言語表現というのであって、《活字》や《音声》の排列されたものをさして、言語表現とよんでいるのではない。しかし、《活字》や《音声》のようなメディアにすぎないものを、表現の実体とかんがえ、メディアそのものの性質に芸術の性格をみようとする論者は、さいきんになってあらわれたのではなかった。昭和三年十一月の『文芸春秋』で、横光利一は、「文学の形式とは文字の羅列である、文字の羅列とは、文字そのものが客観性を持った物体であるが故に、客観物の羅列である。」という形式主義芸術論にとって歴史的な謬説を発表している。しかし、視聴覚文化が活字文化を追放するのが、現代文化の方向だという珍説は、さすがに、資本主義が戦前の数倍にふくれあがった戦後にして、はじめて可能であった。その理由は、かんたんで、芸術表現のメディアを、芸術表現の性格と錯覚している論者たちは、生産力の増大とテクノロジイの発達にともなう芸術表現のメディアの高度化を、あたかも芸術表現そのものの問題のようにとりあつかうため、必然的に文化の性格を、メディアの性格によって腑わけせざるをえないのである。

芸術がブラウン管のうえに表現されようが、スクリーンのうえに表現されようが、活字やタイプで表現されようが、そのようなメディアの性格や技術というものは、芸術表現の問題のなかにあるとかんがえるべきものではない。それは、あらゆる芸術の問題のらち外にあるメディアの問題であり、また、芸術の諸ジャンルの性格の問題からさえ、らち外にある問題にすぎないのである。このことは徹底してかんがえる必要がある。たとえば、今後、テレビや映画が、どのような高度に発達した表現メディアを獲得したとしても、この種の芸術が、《映像》と《動き》と、言語表現をかりて、概念をうみだそうとする芸術であるという性格の問題とは、まったく無関係なのである。

ゆきがかり上、この種の、表現メディア＝芸術の性格、というかんがえかたが、具体的にどのような誤謬をうみだすかを、つきつめてみなければならぬ。

佐々木基一が、「記録芸術とは何か」という短文（『東大新聞』一九五七年十二月四日号）のなかで、「わたしの考えでは『カラコルム』とか『南極大陸』のような映画は、たしかに記録映画であるかも知れぬが、絶対に記録芸術ではない。これらの作品は、映画でなければその解決が考えられぬ課題を追求していないからである。」とかいたことにふれながら、哲学者三浦つとむは、「この論理だと、赤ん坊や白痴や病人など、人間でなければその『解決が考えられぬ課題を追求していない』アクチュアリティのない存在は、たしかに生物ではあるかも知れぬが、絶対に人間ではない、という結論になってしまう。芸術理論のかたちをとって示されるから、東大生も食いつくので、人間論として示そうものなら小学生だってゲラゲラとくるにきまっている。」（『批評運動』十七号）と批判している。

この批評が正当であることはいうまでもない。佐々木はここで、映画表現のメディアを映画芸術そのものの性格として理解しているため、メディアを十全に駆使していない映画は芸術ではないという結論にたっしてしまったのだ。ここでは、たんに、《映像》と《動き》という映画表現の特質をもとにして表現主体と作品の芸術性を論ずるべきものが、メディアを高度に駆使できていない貧困な映画は芸術ではないという問題にすりかえられているにすぎない。しかし、こういう誤解からは、必然的に、ある表現が、芸術であるか、芸術でないかという問題と、ある表現がすぐれた芸術であるか、つまらぬ芸術であるかという問題との混同がうまれざるをえない。

佐々木基一は、「カラコルム」や「南極大陸」が、映画でなければ解決のかんがえられぬ課題を追求していないと評したとき、マヤコフスキイを念頭においていたにちがいない。マヤコフスキイは、『詩はいかにつくるべきか』（鹿島保夫訳、未来社）のなかで、詩作にはどんな知識が必要なのかを箇条がきにしながら、「第一、詩作品でなければその解決が考えられぬ課題が社会にはあるということ。社会的要請。」とかいている。佐々木は、このマヤコフスキイのコトバを表現上の問題として使ったため、詩表現と現実との混同にみちびかれた。佐々木の見解に反して、あるひとつの表現が、すぐれているか、いないかということは、それが芸術であるか、芸術でないかとは何のかかわりもないし、また、マヤコフスキイの見解に反してこの社会には詩で解決できる課題などは、何ひとつありはしないのである。

わたしたちは、ここで、やむをえず、芸術とは何か、それは何のためにつくられ、それは何のために享受されるか、それは社会にたいしてなにをもたらすのか、という性こりもない疑問につきあたる。この問題は、いまだかつてうまく解かれたためしはないが、わたしも、また、わたしなりの試案を、文学的表現の特質にそくしながらたどってみなければならぬ。

文学的表現は、言語表現のひとつのかたちであり、ありかたであることは、たれも異議なくみとめることである。したがって、感覚的な径路をへて意味を表現し、この表現の意味は、かならず感覚的な影像をともなうものとしてあらわれる。しかし、文学的な表現の芸術的な問題は、この言語表現としての一般的な性格のなかにはあまり存在しない。

三浦つとむは、『日本語はどういう言語か』(講談社)という、わたしたちが芸術理論をつくりあげるための拠点として利用できる現在のところ唯一のといっていい著書のなかで、映画やテレビと文学とのちがいをつぎのように説明している。

映画やテレビでは事物をありのままのかたちにとらえるのに、言語では単なる記号にすぎない、従って文学は過去の芸術でありもはや古くなった手工業的な表現方法であって、これからは映画やテレビがこれにかわる、——という人もあるようです。言語が事物の感性的な面を扱えないということはたしかにマイナスの面ですが、同時にこれは、感性的な面を扱わなくてもいいというプラスの面でもあるのです。乍大且つ複雑な感性的側面をもつ事物、たとえば《一生》《都会》《財閥》

《戦争》《国家》《社会》《宇宙》のような存在を簡単に表現できるし、さらには《関係》《価値》《法則》などの超感性的な事物も容易に扱えるし、キャメラを直接向けることのできない人間の心の中の微妙な動きを、直接にしかも生き生きと扱うことができるのです。映画言語論や映画至上主義はこれらのことを正しく理解しないで、一面的な長所を度はずれに強調したものです。

絵画や映画のような表現も、言語表現も、目なり耳なり相手の感覚に訴えることに変りはありません。言語は感性的な面での表現ではないにもかかわらず、相手の感覚に訴えるためにはどうしても感性的なかたちに表現しなければなりません。これは矛盾です。しかしこの矛盾を実現させなければ言語表現は成立しません。従って言語は、言語本来の表現である普遍的な面での表現のほかに、特殊的な感性的なかたちの創造としての表現をもかねそなえた、二重の表現として成立します。

文学者や詩人を、創造過程でなやます問題は、三浦つとむが矛盾というコトバで指摘している言語表現の特質を極度に徹底化した点においてである。たとえば、《一生》とか《階級》という表現は、この表現によって感覚的に人間の一生にたいするイメージや、階級的な現実にたいするイメージを喚起する表現である。しかし、文学者や詩人のほんとうの作業は、たとえば《一生》のイメージを認識させるために、モーパッサンの『女の一生』という一篇の長篇小説を必要とするというようなところに存在している。《一生》というような複雑な感性的側面をもつ概念を、徹底的に感覚的な影像をもった言語表現によって提示しなければならないという作業こそが、文学者や詩人をなやます創造過程である。三浦つとむのいうように、文学的表現は、複雑な感覚を含むものをも、超感覚的なものをも、容易に普遍的にとらえることを特徴としながら、しかもこのようなものを、きわめて単一な感覚と意味との関係に還元することによって表現しなければならないのだ。

わたしたちが、文学的表現とよんでいるものは、このように感覚的なものを言語的な表現にかえ、また、本来、言語的な表現によってとらえられるものを、非言語表現的に、いいかえれば映像をともなってとらえなければならない作業をふくんでいる。

彼方の岸をのぞみながら
澄みきった空の橋上の人よ、
汗と油の溝渠のうえに、
よごれた幻の都市が聳えている。
重たい不安と倦怠と
石でかためた屋根の街の
はるか、地下を潜りぬける運河の流れ、
見よ、澱んだ「時」をかきわけ、
櫂で虚空を打ちながら
下へ、下へと漕ぎさってゆく舳の方位を。

（鮎川信夫「橋上の人」から）

近代詩の歴史上、日本語ではじめて《不安》とか《倦怠》とかいうような、超感覚的な概念を、詩表現として成立させたのは、この詩人をはじめとするグループのおもな業績であるが、このような超感覚的なものを、文学的表現として成立させるために、この詩人は幻の都市を設定し、その設定によって、《重たい不安と倦怠と》が、《石でかためた屋根の街》と同質な感覚的表現としておかしくないようにしている。また、それによって、はるか地下を潜りぬける運河の流れとか、澱んだ《時》というように、感覚的表現と超感覚的表現とを強引に結合しても、なお一定の認識を感覚的にあたえることに成功している。

たった数行の詩をとって検討しても、超感覚的な言語の特徴を、文学として自立させるために、複雑な感覚化の操作がおこなわれることを理解することができる。このような操作、このような努力なしには、言語表現が、芸術として自立することはできないのである。いま、文学的な表現の他の特質をはっきりさせるために、まったくこれと対照的な作業をかんがえてみよう。

四人の僧侶
庭園をそぞろ歩き
ときに黒い布を巻きあげる
棒の形
憎しみもなしに
若い女を叩く
こうもりが叫ぶまで
一人は食事をつくる
一人は罪人を探しにゆく
一人は自瀆
一人は女に殺される

（吉岡実「僧侶」より）

ここでは、言語表現を文学として自立させるために、言語の感性的な側面が極度に拡大され、これにともなって言語の普遍的な関係による意味の機能が極端な制約と省略をうけている。いわば、文学的表現のもつ特性の一面を表示するのに適した典型的な例である。このような文学的な表現は、意味の機能のほうから理解するのがむつかしいため、しばしば難解と評されている。しかし、これは、言語の感覚的な表現とかんがえ、つまり、文字でかかれた絵画にちかいものとかんがえ、感覚的な移入をおこなうことによって、かなり正確にたやすく理解することができるものである。この詩人は《僧侶》という言語にともなう感覚的なイメージを、極度に拡大したり変形したりすることによって、わたしたちが常識的にもっている思想の意味が、尨大な盲点をもつことを啓示し、そこに詩人の主体の構造を切開してみせているのである。

このような、言語表現の特質を、文学芸術として自立させるために文学者や詩人がおこなう困難な反転作用——感覚的な表現をもって意味をあたえたり、超感覚的な言語を感覚的に表現したり、感覚的表現を拡大するために、意味を極端に制約したり、省略したりする作業——は、文学的表現を現実の社会から自立した世界であらしめずにはおかないし、文学者に、人民、市民、大衆からきりはなされた特殊人としての性格をあたえずにはおかないのである。またこのようにして、文学者自体のなかでもpeopleとしての自己と芸術家としての自己との分裂がうまれざるをえない。若いマルクス主義芸術理論家、森茂がいうように、「貨幣が共同体から人間一般を強引に拉し去ったように、感覚一般から美を無理強いに切り離し、感覚美を労働対象に具現せねばならない特殊な人間として芸術家が生れた」（『革命芸術叢書』解説）のは、じつに文学が、言語表現の感覚的側面と意味の側面とをふたつながらもっているという特質が、文学者に特殊な作業を強いるからにほかならない。

このようにして、文学的表現は、それが活字として印刷されようが、ラジオによって音声として伝播されようが、原稿用紙のマスのなかに文字としてかかれようが、そんなことにまったくかかわりなく、現実の社会過程とはきりはなされた、表現世界となってあらわれる。そこでえがかれた諸人物は、現実の人間とはまったくちがって、一定の感覚と意味を背負った人物であり、そこでえがかれた建物や事物は、現実にある建物や事物とはちがって、（たとえリアリスティックに表現されていても、）一定の感覚と意味とを背負っているのだ。

言語表現が、このように言語表現の感覚性と意味を統一させるための特殊な作業によって、現実の社会過程とは、おのずからちがった感覚と意味をもった世界として自立したとき、わたしたちは、それを芸術としての文学とよぶのである。

佐々木基一のいうような芸術の表現としての特質が高度に発揮されているか、いないかという問題は、芸術であるか、どうかということとは別問題なのであり、それはいい芸術かつまらぬ芸術かを決定する表現上の要因にほかならない。それならば、文学的表現の芸術的な価値は、表現上の要因のみによってきまるのだろうか。ここに、プロレタリア文学運動以来、いや、マルクス主義芸術理論の最大の難関である政治と文学の本質的な問題がよこたわっている。この問題を解明しなければならぬ。

わたしたちは、ひとつの文学作品を評価するばあい、ここに十人の批評家がいれば、十色の評価がうまれることを、体験的にしっている。種々のエピゴーネントウムによって共通の評価がうまれるということは、このばあい問題とならない。また、ここに百人の大衆がいれば、百色の評価がうまれてくることも体験的にしっている。いいかえれば、文学作品の享受・鑑賞はまったく個別的なものとして、個別的な人々の個別的な精神のモチーフにたいして秘やかにうったえるというかたちを、かならずもっているものだ。これは、芸術家としての文学者が、大衆からも people としての自分からも切りはなされて表現上の独特な作業にしたがい、あげくのはては、現実の社会過程とは、ちがった表現の世界を、個別的につくりあげねばならない事情と、ふかくつながっているようにおもわれる。

機能主義者はここでも、大多数の大衆が愛好する文学は、すぐれていると評価すべきだというかもしれないし、俗流政治主義者は、政治に役立つ文学は、すぐれているというかもしれないが、これは、すこしかんがえれば、《愛好する》《役立つ》というコトバの本質を解明していない同義語反覆にすぎないので、すこしも問題を解決していないことが了解される。

文学が、はじめは、現実社会とはちがった表現世界を芸術として自立させ、このような作業をしいられる特殊人として芸術家をうみだし、このような芸術家が、peopleとしての自己と芸術家としての自己に分裂してゆく過程は、文学を大衆が個別的な精神体験としてしか享受できないという事情とともに、文学のもつ社会的な制約とよばなければならない。こういう文学の社会的な制約は、階級的な社会、人間がいまだ解きはなたれない社会の構造の反映として存在しているのである。疎外された社会での、こういう文学芸術の特殊な社会的な性格を無視して、ジャンルを綜合すればただちに文学芸術が大衆化されるとかんがえたり、イデオロギーを表現に注入すれば、文学芸術が政治とむすびつくなどとかんがえることは、擬似マルクス主義者のみがかんがえうる俗論にしかすぎない。

プロレタリア文学運動が、こういう問題をめぐって、芸術的価値と政治的価値の論議を提出したのと、ほぼおなじ時期に、小林秀雄は、すぐれた文学のもつ本質的な性格について、つぎのようにかいている。

凡そあらゆる観念学は人間の意識に決してその基礎を置くものではない。マルクスが言つた様に、「意識とは意識された存在以外の何物でもあり得ない」のである。或る人の観念学は常にその人の全存在にかかつてゐる。その人の宿命にかかつてゐる。怠惰も人間のある種の権利であるから、或る小説家が観念学に無関心であることは何等差支へない。然し、観念学を支持するものは、常に理論ではなく人間の生活の意力である限り、それは一つの現実である。或る現実に無関心でゐる事は許されるが、現実を嘲笑する事は誰にも許されてゐないのだ。

若し、卓れたプロレタリア作者の作品の有するプロレタリアの観念学が、人を動かすとすれば、それはあらゆる卓れた作品が有する観念学と同様に、作品と絶対関係に於てあるからだ。作者の血液をもつて染色されてゐるからだ。若しもこの血液を洗ひ去つたものに動かされるものがあるとすれば、それは「粉飾した心のみが粉飾に動かされる」といふ自然の狡猾なる理法に依るのである。

(「様々なる意匠」)

いいまわしの混乱やあいまいさを気にかけないならば、ここで小林秀雄がいっていることは、文学はつねにその文学者の全存在にかかっている、いいかえれば、環境や社会に決定された芸術家としての《宿命》にかかっている、これをささえているのは、理論ではなく、生活の意力にささえられた全存在である、すぐれたプロレタリア文学が、もしすぐれているとすれば、あらゆるすぐれた作品におけるとおなじように、その作品が作者と絶対関係において表現されているからだ、ということに帰着する。

ここで、小林秀雄が混乱したことばによってさえも、いやおうなく認めているのは、文学創造が、文学者の《宿命》にささえられた個別的な作業であり、すぐれた芸術に共通項があるとすれば、それが芸術家と絶対的な関係にある表現だという点である。

ある種のマルクス主義文学者は、こういう小林秀雄のかんがえかたを、文学とその芸術的価値とを個人の宿命に還元しようとする謬見として退けるかもしれない。しかし、わたしは、そうはかんがえない。この小林の発言は、おそらく、階級的な抑圧や疎外のある社会では、文学芸術は大なり小なり個人的な作業としてあらわれ、その享受は、大なり小なり個別的なモチーフによって主観的に鑑賞されることを余儀なくされるという事実を、正当に指摘した見解にほかならない。わたしたちが、小林秀雄の思考方法と分離すべき点は、この先にかかっている。

文学が、言語表現としての表現上の要因からも、また社会的要因からも、階級社会では文学者の個人的創造としてあらわれ、また、作品の鑑賞が個別的なモチーフによっておこなわれるという事情は、小林秀雄のいうように絶対的な事情ではなく、社会的関係の反映なのである。また、それは、芸術としての文学的表現がもっている絶対的な性格ではなく、階級的な抑圧や疎外のある社会での特殊な事情にもとづいているのである。

文学が文学者の《宿命》によってつくられ、文学者の《血液をもって染色》されてはじめてすぐれた芸術でありうることは、まさしく小林秀雄のいうように階級社会における必然的な事情にちがいあるまい。この必然を必然として理解せず、安易にイデオロギー的粉飾をほどこして足れりとすれば、かならずくだらぬ芸術しかうみえないにきまっているが、この《必然的な事情》は、小林のいうように《絶対的な事情》ではありえない。ここにおそらく小林秀雄の錯誤があった。『ドストエフスキイの生活』や『無常といふ事』などで、戦争期をくぐった小林秀雄は、芸術家として、この時代のどのマルクス主義芸術家よりもすぐれていた。彼が、じぶんの《宿命》の理論に固執し、それを創造のバネとなしえたからであった。しかし、かれは、この《宿命》を絶対化してしかかんがえられなかったため、社会的関係の変動は、かれの《宿命》を包んだまま権力の動向へとひきさらったのである。

小林秀雄の芸術家の《宿命》の絶対化は、その必然の結果として、自己意識のなかでの、文学者とpeople の分裂という、階級社会における必然を洞察することをさまたげた。この点について一片の苦悩もなかったため、文学者としての小林秀雄と、people としての小林秀雄とは、平然として（即ち庶民的に）、分離したのである。

> 僕には戦争に対する文学者の覚悟といふ様な特別な覚悟を考へる事が出来ない。銃をとらねばならぬ時が来たら、喜こんで国の為に死ぬであらう。（中略）文学は平和の為にあるのであつて、戦争のためにあるのではない。文学者は平和にたいしてはどんな複雑な態度でもとる事が出来るが、戦争の禍中にあつては、たつた一つの態度しかとる事は出来ない。戦は勝たねばならぬ。そして戦は勝たねばならぬといふ理論が、文学といふものの何処を探しても見付らぬ事に気が付いたら、さつさと文学なぞ止めてしまへばよいのである。（「戦争について」）

このような揚言が、『ドストエフスキイの生活』や『無常といふ事』のような、戦争の現実とは無関係な文学的な大作とおなじ時期に発せられたことに注目しなければならぬ。文学者としての小林秀雄は、《宿命》の理論によって作品をうみつづけ、people としての小林秀雄は、これとは無関係に、庶民のべらんめえ口調で、戦争は勝たねばならぬと揚言する。このような芸術家と people の平然とした分離は、芸術としての文学的表現の社会性と、それが個人的な作業としてしか存在しないことのためにおこる矛盾によって、芸術家としての自己と市民としての自己との分裂になやんだ西欧ブルジョア社会のすぐれた文学者たちと、まったくちがったものにほかならなかった。しかし、小林秀雄がこういう不完全な形ではあるが、文学者としての自己と庶民としての自己とを分離する見解にたっしえたのは、ブルジョア文学者としていかにすぐれた芸術家であったかの証左にほかならないといいうる。そして、すぐれたブルジョア芸術家が、でたらめなマルクス主義芸術家よりも、芸術の本質についてよく教えていることは、このような小林秀雄の見解と作品によってもあきらかにすることができる。

わたしたちは、文学的表現が、階級的な抑圧や疎外のある社会では、個別的なモチーフによって創造され、個別的なモチーフによって享受されることを、表現としての要因と、社会的な要因とからかんがえ、これが、芸術としての独自な性格と、社会的な関係の反映であって、けっして、絶対的な芸術のありかたではないことをしることができる。

こういう洞察からうみだされる文学的な表現は、現に制約された社会にある文学者の個別的な《宿命》と、抑圧や疎外のなくなった社会においてあるべき人間の本質的な感覚や概念にたいする予感とを二重に反映しなければならない。だからこそ、階級社会での文学は、大なり小なり芸術と芸術的価値との分裂を体現せずにはおられないにもかかわらず、大なり小なりこの分裂を止揚する方向に創造をすすめることができるのである。

大衆芸術論者の根本的な誤謬は、過渡期的な社会では、芸術が必然的に芸術家の個人的なモチーフによる創造としてしかありえず、この享受や鑑賞から個人的なモチーフを除きえないということを、小林秀雄などとはまったく対照的な意味で、洞察しえていないところからきている。だから、芸術の諸ジャンルを綜合し、大衆娯楽を媒介すれば、芸術が大衆化されるということを、絶対化してかんがえているのである。しかし、抑圧や疎外のある社会では、芸術の表現自体が、ただ専門化されるというばかりではなく、社会とも大衆ともきりはなされて特殊化されること、また、これの享受でさえも、なぐさめや鑑賞の問題をはなれて、特殊化される傾向にあることを洞察しないかぎり、芸術の大衆化は、まったく無意味であることは、いうまでもないのである。

三浦つとむは、「リアリズムの信仰」(『前衛美術』第三号)でつぎのようにかいている。

芸術は「形象的認識」であるといった信仰をやめて、認識と表現との統一としてとりあげるなら、そこに観念と物との対立、矛盾の存在することをイヤでも認めざるをえない。この矛盾こそ芸術における本質的な矛盾であり、認識における矛盾と連結されて芸術発展の原動力をなすのである。なぜなら、認識がたとえ感性的なものを失っているにしても表現は物的な感性的な表現でなければならず、この矛盾ととっくみあうところに芸術家独自の苦心があるからである。

このような表現上の矛盾が意味をもちうるのは、芸術の社会的な性格上の矛盾とわかちがたくむすびついているからである。疎外された社会では、あくまでも個人的な創造としてしかありえない芸術が(映画や演劇が集団芸術であるなどといわないで欲しい。それは、個々の俳優または演出者の個人的なモチーフの総和であるというにすぎない)、表現として社会性をもつという矛盾とむすびついているからこそ、ある芸術がすぐれているかいないかという表現上の問題が、芸術的価値の問題(すなわち社会的問題)とむすびつけて、かんがえることができるのである。あくまでも社会の時代的な抑圧や制約を手ばなさず、これにたいする洞察や抵抗感から表現の問題に移行しながら、そこに抑圧や制約のない社会で開花すべき人間の感覚や思想が予感的に表現されているとき、わたしたちは、そのような文学を芸術的価値ある作品とよぶらしいのだ。もちろんこの芸術的価値は、疎外された社会では、ただちにすぐれた芸術か否かという問題と同一ではありえない。

わたしたちは夢ばかりみるわけにもいかないし、みすみす誤謬とわかっている理論のエピゴーネントウムとして作品を創造するほどの暇人でもない。わたしが、詩を創造する方法を問われたら、わたし自身の現実認識にあくまでも固執しながら、その現実認識をどこまでも相対化する方向に表現の問題をかんがえ、疎外された人間としての自己意識を社会的課題にちかづけようと努力する、とこたえるほかはない。

詩人論序説

1

マヤコフスキーは、『詩はいかにつくるべきか』(鹿島保夫訳)という理論的には低級きわまりないが、詩人としての資質だけでもっているような詩論のなかで、詩作をはじめるにあたって、どんな知識が必要なのかを五カ条あげている。つまらぬことばかりあげているが、煩をいとわずここに引用してみよう。

第一、詩作品でなければその解決が考えられぬ課題が社会にはあるということ。社会的要請。(社会的要請と実際上の要請との不一致についての、専門の仕事にとっては興味あるテーマ。)

第二、この問題における諸君の階級(ないしは諸君が代表するグループ)の要望を正確に知ること、あるいはより正確にいうならば、正しく実感すること。すなわち、目的の設定。

第三、材料、ことば、諸君の頭の貯蔵所・倉庫を、必要なことばで、表現力にとんだことばで、めずらしいことばで、新発明のことばで、更生されたことばで、造語で、その他ありとあらゆることばでたえず補充すること。

第四、企画と生産要具の整備。ペン、鉛筆、タイプライター、電話、木賃宿訪問用の衣裳、編集部へかようための自転車、がっちりした机、雨降りに執筆するための傘、仕事にとって必要な、あるきまわる余裕のある一定面積の住居、地方を沸きたたせている問題に関係ある材料を送ってもらうために新聞の調査編集室と連絡をとること、ｅｔｃ、ｅｔｃ。いやそのうえにパイプとシガレットも必要だ。

第五、幾年にもわたる日常的な仕事の結果はじめてえられる、きわめて独自的な、ことばの完成の実際的能力と手法――脚韻、韻律、頭韻法、イマージュ、スタイルの格調弱化、パトス、文飾(結尾)、表題、腹案、ｅｔｃ、ｅｔｃ。

ここで、マヤコフスキーがあげているところは、ことごとくでたらめというべきだが、その理由については、いくらかの解説を必要としている。それを個条がきにしてみなければならない。

第一に、社会には、詩で解決が考えられるような課題は、何ひとつ存在しないということである。小は、一本の万年筆をつくることから、大は社会を変えることまで、詩によって解決できるものは、この社会には存在していないということである。詩は、無用のものであり、現実の社会のためには、なにひとつ直接役立つことはない。もちろん、詩にたいする「社会的要請」などというものは、存在しないのである。ようするに、現実の社会におこる課題にたいして、詩はまったくゴクツブシな仕事であるということを、はっきりしておく必要がある。

詩の機能や有用性は、マヤコフスキーのようなレフ一派の俗流政治主義者や、プロレット・クルト派がかんがえていたようなところには、まったく存在していない。わずかに、マヤコフスキーのような見解が成立するのは、政策文化のジャンルでだけであって、政策文化自体は、詩の課題のごく一部を形成しうるが、詩の領域をここに限定しようとするのは愚の骨頂というべきである。

詩の世界は、現実の世界とはまったくちがった純想像の世界である。この純想像の世界で、詩人がＡ

から出発してBへたどりつくことを暗示したとしても、社会によこたわる課題にはなにひとつこたえることもできないし、解決することもできない。

ところで、詩の純想像の世界と、現実の社会との様相が、あたうかぎり一致するようなところを想定してみると、それは、社会的な現実のなかに、ひとつも人間を抑圧したり、疎外したりする要素が存在しなくなる遠い未来の社会を理想像として仮定した場合にかぎるということができる。

マヤコフスキーなどが芸術活動を行っていた一九二〇年代のソヴィエトでは、ひとつの偏見が支配していた。それは、詩が（芸術が）階級闘争の一手段であるとか、詩によって社会にはたらきかけるとかいう倒錯したかんがえかたであった。社会にはたらきかけたり、階級闘争をおこなったりするには、現実の社会に直接はたらきかけなければならない。それがまたなにより有効なことである。詩によって社会にはたらきかけるというのは、大なり小なり芸術的な三百代言の言い種であって、その心底には、詩のなかで政治的であろうとし、現実の社会のなかで詩的に生活したいという倒錯した心情がびまんしていたのである。

しかし、このようなマヤコフスキー的な倒錯、プロレット・クルト派的な倒錯は、うまれるべき理由がないわけではない。それは、もともと詩（芸術）というものが、社会的な生活をもっているとかんがえられるからである。

詩の純粋想像（このコトバは後に定義する）の世界は、一旦、創り出されると、それを創った詩人の心情からも形のうえで独立するし、また、現実の社会にたいしても、精神的な過程として形のうえで独立した世界となる。いいかえれば、詩はつくりあげられるやいなや、その性格のなかに公共性というべきものを獲得するのである。誇張していえば、一旦つくりだされた詩作品は、形のうえではこの世界から切りはなされ、独立することによって、すべての人々から享受され、理解されることを用意し、まちのぞんでいる状態を出現するということができる。

すくなくとも、一人の詩人の個人的であり、個性的である創造の成果が、いったんつくりだされて詩作品として完成したとき、それは公共的な性格をもつようになるということのなかに、詩の社会的な性格がかくされているとみなければならない。それは、マヤコフスキーのかいているように、社会には詩作品でなければ解決が考えられない課題があるためではまったくない。詩が（芸術が）その本性のなかにふくんでいる性格によるのである。享受側である人々や、人々の総体である社会が、実際上、詩など必要としておらず、詩によって現実上の課題を解決しようなどという馬鹿らしいことを考えない（にきまっている）ときでも、詩作品は、本性上、公共的な性格をもつというべきである。

第二に、詩はマヤコフスキーのいうようにひとつの階級（ないしはグループ）の要望を知り、そこに目的を設定してかきうるものであるか、という問題である。

政治上の課題を現実の社会に直接つきあてることをせず、詩（芸術）にそれを背負わせようとして詩（芸術）そのものを圧しつぶしてきた過去の理念は、まさしく、マヤコフスキーのように、資質的にはすぐれた詩人でありながら、無思想なために現実政治上の課題に圧しつぶされ（自殺に追いつめられるまで）てしまった詩人によって理解されたように、このようなかんがえかたに支配されてきたのである。

マヤコフスキーが自殺したのは、文学官僚の迫害によるものだなどというのは、ひいきのひき倒しであり、資質的には優れた詩人でありながら、こういう俗流政治主義的なことを、自らかき、それを実践せざるをえなかった無思想性のなかに、自殺にまで追いつめられるべき、必然がかくされていたとみなければならない。スターリン主義者によってつくりあげられた伝説（それをトロツキストに帰する）は、ことのほか滑稽というべきであろう。

詩が、階級（ないしはグループ）の要請を目的として設定してかかれるものだ、とするマヤコフスキーの見解は、まったく誤った政治主義である。

詩（芸術）の創造は、階級的な社会・現実に大なり小なり抑圧や矛盾がある社会では、大なり小なりまったく個人的な仕事である。それは、個性的な、つまり、その詩人だけが現実からうけとり、現実にたいして希望し、うったえ、感覚したところをもとにして、つくりあげられる想像世界である。もちろん、未来の理想的な無制約な社会を想定し、そこでの詩の創造をかんがえないかぎり、詩の創造を、社会的目的の設定からはじめることは、不可能のことにぞくしている。ましてや、一九二〇年代のマヤコフスキーの生きていた社会では、なおさらのことである。

だから、現実に抑圧があり、制約がある社会では、詩の創造はまず、いかにして詩人が個人的な出来事から感受し、個人的につきあたった出来事を解こうとしてつくりあげた個性的な思考や感覚をもとにして詩をつくりながら、その詩の世界を大多数の人々の思考や感覚にちかづけるか、というようにしか行ないえないのである。いいかえれば、あくまでも個人的な感覚や思考をもとにして詩をつくりながら、大多数の課題にできるだけ接近しようとすることによって、詩はつくられなければならない。

ところが、マヤコフスキーは、そうはかんがえなかった（実際にはそうした作品もあるが）。はじめから、社会的な目的の設定を説いたのである。これでは、行きづまることは、必然といわねばならない。

この問題を、現在の日本にあてはめてみよう。現在の日本の社会は、人間の本質を、ばらばらにきりはなし孤立化させ、死滅させるという体制は、極度にすすんでいる。それにもかかわらず、詩（芸術）のコミュニケーション媒体は、テクノロジーの発達につれて、極度に高度化し、また、広がっている。つまらぬ大衆芸術論者は、この後者のコミュニケーション手段の高度化や拡大を利用すれば、詩の社会化、大衆化はできるのではないか、というように形式的にかんがえる。しかし、それは、まったく不可能である。（現象的に可能であるように見えているから、こういう連中はあとをたたないのだが。）これは、マヤコフスキーとおなじような謬見に支配されているのだ。

現在の日本の社会で、詩を本当に社会化しようとすれば、極度に人間の本質を孤立化させられ、抑圧されている詩人が、その孤立と抑圧を個性的にうけとめ、それと対峙することによって詩をうみだしながら、そのような個人的な体験を、できるだけ大多数の孤立させられた人間の共通の課題にちかづけることによってしかおこないえないことは自明である。この前者の本質的な課題を放棄して、詩を社会化し、コミュニケーション手段の発達にたよろうとすれば、体制社会的な抑圧にたいする本質的な反撥をもたない、外観だけの大衆詩（芸術）ができあがってしまうことは、いうまでもないことである。それは、本当の意味で詩の社会化、大衆化でないばかりか、現実の社会ともなんのかかわりもないし、詩の本質とも無関係なものとなりうることは、いうまでもないのだ。

マヤコフスキーのように、詩によって現実の社会にお返しをしようなどという助平根性をだし、詩に社会的要請をあたえようとすれば、それは、ついに詩（芸術）表現と社会的現実との矛盾に身を裂かれるところまでゆきつかざるをえない。もちろん、現実はおもったよりも甘いから、マヤコフスキーのように自殺にまでおいつめられることなく、主観的には社会的要請にこたえたつもりの詩人があつまって、集団をくみ、事実は楽天的な阿呆の詩（芸術）をつくって存在することができるのである。

第三に、詩におけるコトバとは何かという問題がある。マヤコフスキーは、コトバを材料と一緒に頭の貯蔵所にいっぱい満たしておくということを説いている。これは、一種の比喩的ないいかたでもあろうが、それにしてもおかしいのである。

詩のコトバは、道具のようにしまっておいたり、とりだしたりできるものではない。これは、一般にコトバというもの全体についていいうることである。詩を創るとき、どのようにして創るか、という問題をかんがえれば、マヤコフスキーのいうところが、ほとんどでたらめであることがよくわかるのである。

頭のなかにあるとき、コトバは、コトバではなくイメージの象徴としてあるとかんがえたほうがいいとおもわれる。

詩が説明を排除するといわれるとき、詩のコトバとは、なにを意味し、それは、散文のコトバとどこがちがっているのだろうか。コトバを記号とか文字とかいう意味でつかうとすれば、詩のコトバと散文のコトバとはちがうはずがない。また、コトバを意味をいいあらわすものと解しても、詩のコトバと散文のコトバとはちがうはずがない。

たとえば、コトバを意味としてのみ解すれば、詩は難解であるという現在、現代詩がうけているような評価があらわれてくることになるとおもう。

わたしたちは、ある感覚、あるイメージを頭のなかに貯蔵していることができるようにみえる。しかし、コトバは、これを貯蔵することができないようにおもわれる。

詩のコトバと散文のコトバとを、本質的に区別するスケールをわたしたちはもっていない。ただ、コトバには感覚的なイメージと意味とをふたつながらともなう性質があり、詩のコトバは、この性質を最高度に発揮させるために、極度の一面的なコトバの機能の強調が、可能である状態をさすとかんがえうるのみである。

詩のコトバが、その感覚的なイメージ喚起の側面と意味の側面とを強調することから、詩人は、無意識のうちに未来の抑圧感覚なり、社会における感覚的な解放とはどういうものであるかを、想定しているらしいのである。詩のコトバの意味としての機能は、徐々にしか変化しないにもかかわらず、感覚としての機能は、ある程度、現実とは無関係に解放することができるようにみえる。そのために、詩人は、しばしば、コトバの意味としての機能をギセイにする。このようにして、詩のコトバの感覚的な機能を、現実からまったく独立に解放できると考えている（錯覚している）詩人を、わたしたちは、モダニストと呼んでいるのだ。

マヤコフスキーは、コトバを道具とかんがえ、詩を大なり小なり道具のレンガ積みとかんがえ、そこに「社会的要請」を、さしくわえた。それは、マヤコフスキーが、わたしがここで呼んだ意味でのモダニストであり、そのモダニズムを政治主義的に方向づけた詩人にほかならなかったからである。このようにして、マヤコフスキーは、抑圧や疎外のある社会では、詩は大なり小なり個人的な感覚体験と思想体験の産物であるという詩（芸術）の本質的な課題をとびこえて、自ら矛盾と倒錯をみちびいたのである。

2 音韻と韻律

詩の朗読、シュプレッヒ・コールは、昭和初年の現代詩の運動のなかで、かなりおおがかりにとりあげられたことがある。この問題の本質的な点は、詩人または、発声について特殊の修練をつんだ俳優いわば発声に確信をもったものによって、文字又は活字に表現された詩作品をよみ、これを享受者が聴覚から享受するという問題である。現在では、あたらしい形でラジオ、テレビなどを媒介として行なわれている。

現代詩人は、だれでも、このシュプレッヒ・コールが、限界をもってしか行なわれえないことを無意識のうちに理解している。この限界は、肉声による直接の朗読が、ラジオやテレビのような高度に技術化したメディアにかわっても、いっこうに変らないのである。シュプレッヒ・コールが提出する限界の本質はどこに存在するのかを検討しなければならない。

わたしたちは、音声や音声の持続を表現としてかんがえない。音声の持続が、一定の感覚と意味とをもったものを言語表現とかんがえるのである。

決定的なことは、音声の感覚的な性質は、言語の意味機能と直接にはかかわりがないということである。

部屋に入って　少したって
レモンがあるのに
気づく　痛みがあって
やがて傷を見つける　それは
おそろしいことだ　時間は
どの部分も遅れている

（北村太郎「小詩集」より）

短いがかなり複雑で高度な意味を感覚的に表現しているこの詩をとってみる。この詩の思想的な意味はつぎのように理解される。詩人がいま外の生活からはなれて、もっとも親密に日常生活をくりかえしている部屋にかえってくる。知りつくした部屋であるはずであるのに、少したってから、はじめてレモンがあるのに気がつく。親密な日常世界にかえってきたのに、詩人の意識は外の生活をつづけたまま、転換できないため、知りつくした部屋のレモンの存在にさえ気付かないのである。ややしばらく時が経ってはじめてレモンの存在をしる。しかし、それから瞬間を経なければ、レモンに痛みがあり、傷があるのに気がつかない。レモンの傷に気付いたとき、はじめて、詩人は、外の生活から親密な日常生活への転換がこころの中で行なわれたのを知る。こういう体験は、おそろしいことではないのか。詩人は、この体験に思想的意味をあたえようとする。かつて、人といさかいをして、いいくるめられ、こころは相手に否を感じているのに反ぱつの言葉があとからしか出てこなかった記憶はなかったか。かつて外の生活で小支配者から抑圧されたとき、感覚的な苦痛よりあとにしか言葉がわきでなかったという体験はなかったか。われわれは、こういう傷ついたおそろしい体験のなかでしか生活できないのではないか。この詩人は、ただ、部屋に入って、しばらくたってからしかレモンの存在に気付かず、その傷に眼がとまらなかったというありふれた日常体験から、すくなくとも、これだけの思想的な意味をつかみだし、それを感覚的に表現している。どこにも、むつかしいいいまわしはない短詩にしかすぎないが、この詩の思想的意味はかなり高度である。

この詩が音声によって表現された場合をかんがえてみなければならぬ。

〔hejani haiʒte Sukositaʒte〕
〔Lemonga arunoni〕
〔Kiʒuku jtamiga atʒte〕
〔jagate kizuwomitzker sorewa〕
〔Osoros : kotoda dʒikanwa〕
〔Donobubummo okureteir〕

勝手に音標化してみたが、こういう音標を個人でいくらかずつちがった音声によってつたえられたとき、すでに文字または活字の表現として、また、それを特長として感覚と意味とを統一されたこの作品が、正当に理解されないことは、あきらかであろう。この場合には、困難は二重化する。第一は、言語の意味の機能は、音声とは直接にかかわりがないことであり、第二には、すでに文字または活字に表現された詩を、音標化して表現するためにおこる必然的な制約と困難がくわわることである。

それならば、はじめから音標化を前提としてつくられた詩作品はどうであろうか。この場合には、音韻自体が言語の意味と本質的なかかわりをもたないという理由で、詩の表現が、はじめから意味の側面で制約をうけることはあきらかである。

言語理論のうえからは、音声と音韻とは、はっきりと区別されている。（浜田敦「日本語の音韻」『講座日本語Ⅱ　日本語の構造』大月書店、三浦つとむ『日本語はどういう言語か』講談社）音韻とは音声の表現としての面をさしている。いいかえれば、音声が確定した意味と感覚をもったとき、音の側面からそれを音韻とよんでいる。言語は、音のうえから音韻と韻律とのふたつの側面をもっている。音韻は言語表現の音の側面であるが、韻律は、言語表現が意味と統一してもつ感覚的な側面をさしている。

日々を慰安が
吹き荒れる。

（吉野弘『幻・方法』より）

音韻

〔hibiwoianga〕
〔Fukiarer〕

韻律

「**1**2 3 1 **2** 3 4
1 **2** 1 **2** 3」

ここで、いやおうなしに日本語の韻律の特長につきあたるわけだが、日本語は、意味と不可分であるような言語アクセントをもつものではない。「日々」を「**1**2」とアクセントをとっても、「1 2」ととっても、「1**2**」ととっても、大した相違を生じない。どの音を強調し低調しようが、さして問題とはならないのである。しかしわたしたちは、どこかにアクセントをおきながらこの詩の小節をよむことは確実だから、アクセントを日本語の韻律から無視することはできない。また、ここに日本語は、句切りによって韻律を生ずるが、「日々を慰安が　吹き荒れる。」を、「1 2 3 1 2 3 4　1 2 1 2 3」と句切ろうが、「1 2 3 4 5 6 7　1 2 3 4 5」として七五調に句切ろうが、「1 2 1 2 3　1 2 3 4 1」と句切ろうが、べつにさしつかえを生じないし、これは、おそらく現代詩の領域ではあまり問題となりえないのである。このような句切りの相違によって「日々を慰安が　吹き荒れる。」という表現がちがった感覚を意味にあたえるとはまずかんがえられないのである。

現代詩は、昭和の初年から、日本語の意味と形象的な感覚との統一をもとめる表現にすすんできたため、音韻または韻律と意味との関係について、ほとんど意識的な追及はおこなわれなかった。このことは、つくられた現代詩の作品が、結果として音韻または韻律から感覚的な効果をまったくうけとっていないということを意味するものではない。しかし、意識的に追及されたものではない現代詩の作品から、音韻または韻律のもんだいをひきだそうとする作業は、必然的にさほど重要性をもつものではないことを前提としなければならない。

わたしのせまい知見のはんいでは、日本の現代詩で、言語理論のうえでいう「音韻」の効果を詩表現に追及したのは、「荒地」の詩人加島祥造ひとりではあるまいか。

そりゃその通りだ、黒は黒
みんなのみる通り、黄色は黄色
髪の感触も顔の形も身体の格好も変ってる
ところは変ってるさ
でもね、デイヴ

（加島祥造「沙市夕景」より）

あえて音標化するまでもなく、第一行はS音の中二音おきの連音と、K音の中二音おきの連音、第二行は、M音の中三音おきの連音と、K音の中三音おきの連音、第三行は、K音の九重連音、第四行は第三行の重複、第五行はD音の連音と濁音のかさね、が意識的に試みられている。引用しなかったこの詩全体を評価すればあきらかになるのだが、この詩では、日本語の言語表現の音的な側面を意識的に追及する試みによって、実は言語表現の意味の側面が、かなり制約されていることが手易すく了解される。このような試みが実験的に意味をもちうるが、詩の本質にまで及ぶ効果をもちえないのは、元来、言語表現の意味と「音韻」とは本質的な関係が存在しないからである。詩人が現実からうけとった認識を、詩に表現するばあいに、なにも言語の「音韻」のかさねによって表現すべき必然性は、言語表現と現実との本質的な関係のなかに存在しないのである。

しかし、「音韻」の効果が、必然的な認識によって追及されたばあい、事情はいくらかちがってくる。

五月はみがかれた緑の耳飾り
二月は罐をける小さな靴
八月は錆びた西洋剃刀に裂かれた魚

（北村太郎「小詩集」より）

第一行は、「みがかれた」のM音と「緑」のM音と「耳飾り」のM音と、「緑」のR音と「耳飾り」のR音との連音があり、第二行は、「罐」のK音と「ける」のK音と「靴」のK音と、「二月」のT音と「靴」のT音との連音があり、第三行は、「錆びた」のS音と「西洋」のS音と「剃刀」のS音と「裂かれた」のS音と「剃刀」のR音と「裂かれた」のR音との連音がある。この詩のばあい、あきらかに連音韻は意識的に追及されているのだが、この詩人は注意ぶかく、詩の「韻律」と「形象的感覚」とのみっせつなつながりがあるかぎりにおいて、「音韻」の連音をつかっていることが了解される。この周到な用意によってはじめて連音が、一定の効果を言語表現のうえに与えているのである。しかし、この連音が効果をもちえているのは、この詩が形象的感覚を強調して詩人の季節にまつわる記憶の意味をとりだしている作品だからであって、思想的意味がつみかさねられた作品であったならば、連音の効果はただ浮きあがるだけで、けっして成功しなかったであろうとかんがえられる。

日本語の詩で、「音韻」の効果が、言語表現の本質にまでとどいているものをもとめるとすれば、明治以後の近代詩のなかに見出すのは、おそらく不可能である。わたしたちは、古典詩のなかにそれを求めるよりほかないのである。

かくとだにえやは伊吹のさしも草さしも知らじなもゆる思ひを　（藤原実方）

有馬山ゐなのささ原かぜ吹けばいでそよ人を忘れやはする　（大弐三位）

第一の短歌の「さしも」の重複、K音の重層、S音の連音、H音の連音は、ほとんど七・五の「韻律」と一体となって詩の意味と本質的に統一されている。第二の短歌におけるS音の連層、「そよ」の擬音的な効果、母音Iの連音、H音の重複についても同様である。これらの古典詩においては、自然にたいする認識と、詩人の心象の認識とが一体化され、日本語が本来的に要求する五・七音の「韻律」が、言語表現の「音韻」の側面と不可分のかたちで存在しているため、詩の意味は形象的感覚とよりも、「音韻」や「韻律」と統一されて詩表現の自立性を獲得している。このような古典詩からは、思想的意味の重層性をみつけることは困難であり、むしろ思想的ノンセンスによって、はじめて詩表現が成立しているものだということができる。わたしたちの古典詩が、思想的に貧困でしかありえないのは、古典詩形が、日本語の「音韻」と「韻律」にあまりに着きすぎており、あまりに音の側面において日本語の本質に徹底しているためであるということもできる。詩が言語の意味と映像的な感覚性との統一をもとめる方向に発展してきた日本の現代詩において、言語の「音韻」を効果的であらしめようとする試みが、いかに不可能にちかいかは、本質的な理由をもっているのである。

日本の現代詩は、日本語の基本的な性格に根ざす、五・七律とそのヴァリエーションの試みを放棄してしまっている。だから、五・七律または定型としての韻律はすでに、現代詩において問題となりえないようにおもわれる。それにもかかわらず、韻律の効果は、現代詩にまったく痕跡をとどめていないとは、いいえない。

空は
われわれの時代の漂流物で一杯だ
一羽の小鳥でさえ
暗黒の巣にかえってゆくためには
われわれのにがい心を通らねばならない
（田村隆一「幻を見る人」）

この詩の韻律を音数律とアクセントによって任意に書きなおしてみる。

123
1234512341234567812**2**34
1**2**341234 56
123451212341234 56
12345 1**2**34567**1**2345 1**2**34

ここでは七音となるべき四音や、五音となるべき三音が、わずかの五音とともに痕跡をとどめ、それが、この詩の超感覚的な表現である「時代の漂流物」や「暗黒の巣」や「にがい心を通る」という意味をたすけていないとはいえない。わたしたちは、あきらかに部分的にはリズムを感じながらこの詩をよんでいるのである。しかしそのような効果は、この詩人が行わけの方法や「時代の漂流物」や「暗黒」というような視覚的に映像をかんじさせる言葉を、「空」や「小鳥」というような具象的な対象を直かに表現する言葉と巧妙に結合させている詩的な効果と試みにくらべたならば、それほどのおおきな意味をもたないことが了解される。

島と島を
いくら加えても
それは
虚数だ！

無数は
一つよりも
少ない　　　（関根弘「島」）

この音数律とアクセントとはつぎのようになる。

1 **2** 3 1 **2** 3
1 2 3 1 2 3 4 5
1 2 5
1 2 3 4！

1234
12312 3
1234

この場合も韻律は、五音となるべき三音と五音が痕跡となっているが、田村隆一の「幻を見る人」とおなじような副次的な役割しかもちえていない。この詩人が、日本列島の思想的な象徴を、数の問題によって比喩している試みと効果にくらべれば、韻律の効果は、ほとんど問題とならないのである。

しかし、現代詩にはいまのところ韻律の効果をひつようとしているおそらく唯一の場合が存在している。それは、概念としてある心象の世界を、形象的感覚と意味との統一によって表現しようとする場合（前例の田村や関根のような場合）ではなくて、概念としてある心象の世界を、概念的な言葉の重層化によって思想的意味をもたせようとするばあいである。

橋上の人よ、
美の終りには、
方位はなかった、
花火も夢もなかった、
「時」も「追憶」もなかった、
泉もなければ、流れゆく雲もなかった。
橋上の人よ、
あなたの内にも、
あなたの外にも夜がきた。

（鮎川信夫「橋上の人」より）

これを音数律とアクセントによって書けばつぎのようになる。

1234567
1234567
1234567
12**3**41**2**31234
1**2**31**2**3**4**51234
12**3**41234、1**2**3**4**5**1**234567
1234567
1**2**345**6**78、
1**2**34**5**678**1**23**4**5

ここでは、七音となるべき四音と八音が、五・七音とともにかなりはっきりとあらわれている。そして、このような韻律が、「美の終り」とか、「時」、「追憶」、「夢」、「方位」とかいう超越的な感覚をもった言語を、詩の表現として成立させるために、かなりの重要な役割をはたしていることが理解される。このことは本質的には何を意味しているのだろうか。わたしは、日本語が現在の段階で、このような概念の超越的な表現に、形象的な感覚を与えうる地点にたっていないためだとおもう。換言すれば、この詩人がつかっているような言語が、表現として感覚的なイメージをあたえるほど、日本人のあいだに社会化されていないためであるとかんがえるほかはない。このために、現代詩は、現在の段階では、こういう表現を詩として芸術的に成立させるために、日本語の本質に由来する（いわば血肉化された）韻律と音韻との補助を必要としているのである。詩が時代的な制約を破壊する先駆的な試みを強いられるとき、詩人は必然的に詩を防衛しながらその試みに取組むものだということができる。

3　喩法論

1

文学的な表現、ことに詩の表現で喩法はしきりにつかわれている。それにもかかわらず、喩法がなぜ言語表現において可能となるのか、という問題にたいして、わたしたちは本質的な解答をあたえられていない。試みに手近かな著書から喩法にたいする説明を引用してみよう。ピエール・ギローの『文体論』（佐藤信夫訳　クセジュ文庫）は、喩法について、つぎのようにかいている。

語のあやすなわち**転義法**〔比喩〕は、意味の変化であり、そのうちでいちばんよく知られているものは、隠喩である。そのほかたとえば提喩は、白帆といって船を意味するように、部分を全体とみなすものだ。また換喩は、酒のかわりにお銚子をつけるというように、容器を内容とみなすものである。

転義法のおもなものは、隠喩〔メタフォール〕、諷喩〔アレゴリィ〕、引用喩〔アリュジョン〕、反語法〔イロニィ〕、皮肉〔サルカスム〕、濫喩〔カタクレーズ〕、代換〔イパラージュ〕、提喩〔シネクドク〕、換喩〔メトニミィ〕、婉曲法〔ウーフェミスム〕、換称〔アントノマーズ〕、転喩〔メタレプス〕、反用〔アンチフラーズ〕などである。

ここから、喩法の本質について知りうるのは、それが「意味の変化」であるということだけである。加島祥造、北村太郎、中桐雅夫などとならんで、日本現代詩のすぐれた理論家である鮎川信夫は、『現代詩作法』（荒地出版社）のなかで、喩法についてつぎのようにかいている。

　ところが、詩の表現に必要な言語の特性のひとつとして、その代表的なものに比喩があります。比（譬）喩は、直喩《シミリ》と隠（暗）喩《メタフォー》に分けるのが普通であり、もしこの意味の範囲を広くとれば、象徴《シンボル》も寓意《アレゴリー》も映像《イメージ》も、すべて比喩的表現のうちに含まれると思いますが、ここではいちおう直喩と隠喩を、その標準単位として考えてゆくことにします。

　詩の隠喩は、直喩の場合と同様、やはり対象に私たちの注意をひきつけ、同時にそれを新しく価値づけるものでなければならないのです。

　一つのものと他のものとの類似した関係を把握する能力は、隠喩の場合、ほとんど想像力の働きによるものであり、詩人はかぎられた言葉で無限に変化する自分の観念を示すために、広い想像の領域をもつこの方法を用いるのです。

　シュルレアリストの隠喩的表現は形のうえでは「隠喩」であっても詩の「隠喩」ではなく、そこには「一つの言葉を、通常の意味から別の意味に移す」という働きがほとんどありません。そこには、異質のもの、あるいは異質の「観念」を同時的平面的に並置しただけの、一種の型《パターン》があるだけなのです。

隠喩法には、〈もの〉と〈もの〉との対照の観念とともに調和の観念も含まれており、それ自体が独立した表現として一つの全体性を形づくる傾向があります。それは言葉のスピードと経済を本旨とし、すくない言葉で、ある事柄を言いつくそうとする心であるとも言えましょう。

隠喩についてのすべての定義に共通している観念は、「一つの言葉を、通常の意味から別の意味に移す」ということです。そしてこの「別の意味に移す」という働きが、直喩と隠喩を区別する最も大切な点なのです。

鮎川信夫の『作法』では、喩法の意味は、実例をもちいて、かなり精密に論じられている。しかし、依然としてわたしたちが欲しいのは、喩法は何故可能であるか、という本質的な問題から、喩法の実体にいたる過程である。これを追及してみなければならない。

2

言語表現のいちじるしい特徴のひとつは、言語の意味が、その言語の喚起する形象的な映像と一義的な関係をもたないということである。そして、言語の意味は、ただ普遍的な関係としてのみ、形象的な映像と結びついていることである。たとえば、「恋人」というコトバの喚起する形象的なイメージは、ひとによってまったく異っている。ある者は、このコトバによって小柄な特定の貌をした女性をおもいうかべるかもしれないし、ある者は、このコトバによって大柄の特定の貌をした男性をおもいうかべるかもしれない。いいかえれば、「恋人」、という言語表現は、無限におおくの異った形象的映像を喚起することができる。それにもかかわらず、喚起された無数の形象的映像は、それぞれにとって恋愛の対象である異性であるという普遍的な関係において同一である。このように、感覚的な形象と一義的なかかわりがなく、普遍的な関係に結びついてコトバの意味が存在しているということは、言語表現の著しい特性のひとつである。（たとえば、三浦つとむ『日本語はどういう言語か』参照）

さらに、わたしたちは、言語表現のいちじるしい特性を、感覚的な形象は、無限におおくの言語表現を可能にする、という側面からも問題としなければならない。たとえば、野原に白い花がいちめん咲いている光景を視たとする。ある者は、ただそれを「クローバ」と表現するし、ある者は「白い」と表現し、ある者は「たくさん」と表現し、あるものは「美しい」と表現し、ある者は、「いい匂いがする」と表現する。この可能性は無限であるということができる。あきらかに、視覚的な対象としては、同一のものを前にして、無数におおくの言語表現が成立する。いいかえれば、言語表現は、感覚的な形象を、無限におおくの関係の側面から把握し表現することができるという特性をもっている。

言語表現の意味が、感覚的な形象と一義的にむすびつかず、ただ普遍的な関係にだけ結びついており、また、感覚的な形象は、無限におおくの言語表現の意味とむすびつくことができるという、言語表現と感覚的な形象との関係が、喩法の成立する本質的な理由であることは、あきらかである。

したがって、わたしは、ここで、喩法をピエール・ギローのように修辞学的に分類することをやめて、ただ、感覚喩、意味喩、概念喩の三つにわけなければならない。直喩とか隠喩とか寓喩とかいう分類は、喩法の本質論からは、あまり意味がなく、表現類型としてのみ意味があるとかんがえられるからである。言語の感覚、意味、概念のあいだに、たくさんの対応が成立するため、そこに喩法が成立するのである。

(1)運命は
屋上から身を投げる少女のように
僕の頭上に
落ちてきたのである

（黒田三郎「もはやそれ以上」）

(2)美しく聡明で貞淑な奥さんを貰ったとて
飲んだくれの僕がどうなるものか
新しいシルクハットのようにそいつを手に持って
持てあます
それだけのことではないか
(黒田三郎「賭け」)

(3)きみの心のなかには
先月の部屋代や
月末の薬代が溜まっていたので
ちょっとした風圧にも
きみの重心は崩れてしまったのだ
(木原孝一「コンクリイトの男」)

これらの直喩や暗喩は典型的に意味喩である。(1)は、運命がじぶんの身上をおとずれた、というまったく超感覚的な述意を、すくなくとも現実性のある述意でおきかえるために、「屋上から身を投げる少女のように」という直喩法がつかわれている。このばあい、直喩法は、意味の機能としてつかわれているのであって、感覚の機能としてつかわれているのではない。いいかえれば、この直喩法で重要なのは、屋上から身を投げる少女の視覚的な形象ではなくて、失恋か生活苦か何か、いわば失意によって屋上から投身自殺した少女の行為の意味が、「僕」におとずれた運命の直喩法として成立しているのである。わたしが、ここで意味喩というのは、このように言語の意味機能の面によって成立する喩法をさしている。

(3)の場合は、あきらかにいわゆる暗喩であるが、滞納した部屋代や薬代が、おまえの心にかかってわずらわしていたという意味を、部屋代や薬代が心に溜まっていた、という暗喩法で表現しているので、

「心が重い」とか「気にかかる」とか、「うれいがたまる」とかいう日本語のいいまわしを、部屋代や薬代がたまるという表現と対応させることによって成立している意味喩であるということができる。

このような意味喩がなぜ成立するかは、言語表現の本質にかかっている。たとえば、(1)では、じぶんにある不可避な運命的なめぐりあわせがやってくる、という思想的な意味の表現は、普遍的な関係としてとりだせば、屋上から投身自殺して落下してゆく少女とも、工事場で、突然落下してくる鉄槌とも、その他、類似の状態とも、意味としての対応性をもつことができるからである。

(1)靄は街のまぶた
夜明けの屋根は山高帽子
曇りガラスの二重窓をひらいて
ぼくは　不精髭の下にシガレットをくわえる

（北村太郎「ちいさな瞳」）

(2)かなしみの夜の　とある街角をほのかに染めて
花屋には花がいっぱい　賑やかな言葉のように

（安西均「花の店」）

(1)はいわゆる暗喩であり、(2)は直喩である。しかし、そのようなクラシフィケーションは、さして問題ではない。これらが、感覚喩であるところに、言語の本質とつながる喩法の意味が存在している。(1)において、「靄」と「まぶた」とは、言語の意味の側面からまったく何の関係もない表現である。したがって、意味の面からは、このふたつの表現は喩法を構成することはできない。それにもかかわらず、靄が、地面や家々のあいだを白くたれこめている視覚的な映像は、あたかも、上まぶたをとじる視覚的な形象と対応することができる。この詩人のなかで靄という言語表現の喚起する固有な感覚的形象が、「まぶた」という言語表現の喚起するこの詩人に固有な感覚的形象とたまたま強く対応していたため、このような喩法が可能となったのである。第二行のばあいも、まったく、同じである。「屋根」という表現と、「山高帽子」という表現のあいだには、意味の面からはまったく何のかかわりもない。したがって、意味的に喩法を構成することができないはずである。しかし、夜明けのまだうすあかるいだけの街の屋根屋根の視覚的な形象は、くろい山高帽子の形象と対応性をもつことができるため、このふたつの表現のあいだに喩法が成立しているのである。

第二行の夜明けの屋根と山高帽子のあいだの喩法は、ふたつが形象をすぐに喚起するため、常識的に誰にでも可能な喩法であるということができるが、第一行は、「まぶた」という表現が形象的な名詞であると同時に、まぶたの母というように、ある非形象的な情感をも二重化した表現であるため、この詩人の独特な精神体験や記憶とむすびついた固有のものであるといわねばならない。

(2)の場合では、賑やかという形容詞(形容動詞ということもある)と、花がいっぱいのいっぱいという副詞とが、ともに量指示の言語であることからくる意味喩ともかんがえられないことはない。そのばあいは、「賑やかな言葉」というのは、多弁とか饒舌とかいう意味に解されなければならない。わたしが、この直喩法を感覚喩としたのは「賑やかな言葉」という表現を、賑やかな場所(レストラン、盛り場の街路等)で、てんでに行われている大勢の人間の会話、という視覚的な形象を喚起する表現と解し、それが、花屋の店先にいっぱいに投げ入れてある花の視覚的な形象と対応すると解したからに外ならない。このような解釈をとるのは、その前に、「かなしみの夜の……」という表現があって、孤独な精神状態において、花屋の花を、賑やかな言葉のように感じたことが暗示されているからである。このようにして、感覚喩は、ひとつの言語表現の喚起する感覚的形象が、ひとにより無数に異なることができるという言語の本質に根ざして成立しているということができる。

(1)ぼくがぼくの体温を感じる河が流れ

その泡のひとつは楽器となり
それを弾くことができる無数の指と
夜のちいさな太陽が、飛び交い
ぼくのかたくなな口は遂にひらかず
ぼくはぼくを恋する女になる

（清岡卓行「セルロイドの矩形で見る夢」）

修辞学的な分類によれば、「ぼくがぼくの体温を感じる河が流れ」、「その泡のひとつは楽器となり」、「夜のちいさな太陽が飛び交い」などは、暗喩法を構成している。また、わたしがここで提出している暗喩論によれば、感覚喩を構成している。しかし、これを暗喩と解しても、感覚喩と解しても、喩法構成に何らの必然性もないのである。いいかえれば、暗喩または感覚喩と解するかぎり、この表現は、失敗した喩法とでもいうよりほかにない。しかし、あきらかに、これらの喩法をまじえた詩の書き出しの一節は、感覚的な持続と転換の表現として、かなり成功したすぐれた表現である。

この詩のばあいの喩法のように、感覚喩としても、意味喩としても必然的な構成をもたないが、持続性の関係において喩法としての必然をもつものを、わたしは、かりに概念喩と名付けたいとおもう。概念喩は、なぜ言語表現において成立するのであろうか。おそらく、この問題が、詩の喩法論として最後の問題である。

一般に、わたしたちの内部世界には、現実の対象が、概念として把握されている。この概念を、内的な言語とよぶものもあるが、言語というのは、表現されたコトバをさすもので、内部世界に存在する概念をさすものではない。この概念として把握している現実の対象の特性を、表現行為を通じて外化するとき言語表現が成立する。ところで、表現行為という意識的な作業を、できうるかぎり自働化して、内部にある概念そのものを、できうるかぎり保存して外化しようとこころみたとき、どういう表現が成立するだろうか。この問題は、シュル・レアリストたちをとらえた表現上の問題点であった。

この場合、言語表現は、その意味の機能も、感覚の機能も、時間的統一性をうしなうことはいうまでもない。その表現は、意味構成にも、感覚構成にも必然性をもたないが、あきらかに、現実の対象を概念としての統一性において表現することができるはずである。

したがって、そのような作品は、意味をたどることも、感覚をたどることも、持続的には不可能であるが、概念としての統一性をたどることは可能となる。

この詩(1)の場合、詩人の体温のような温い水の流れている河という表現には、意味や感覚表現としての必然性はないが、意味や感覚そのものは、概念性として存在しているため、一旦、その河の流れに観念移入すれば、そのなかで、泡のひとつが楽器になるという喩法が、概念的な必然性をおびることになる。このようにして、「ぼくはぼくを恋する女になる」という表現も、言語表現としての感覚と意味の統一性をもたないにもかかわらず、内部世界にある概念としては、感覚と意味との統一性をもっているということができる。このように、意味喩としても、感覚喩としても必然性をもたないにもかかわらず、概念の直接表現として必然性をもつ喩法を、わたしは、ここで概念喩とよびたいのである。

3

いうまでもなく、文学的な表現においてわたしたちは、感覚喩、意味喩、概念喩以外の喩法にであうことはない。ことに、散文作品では、概念喩があらわれることさえ稀である。わたしは、直喩、隠(暗)喩、寓喩、換喩というような修辞学的な分類をかならずしもしりぞけるものではないが、とくに修辞的分類と次元のちがった感覚喩、意味喩、概念喩というような区別を採用したのは、この区別が言語表現にとって本質的なものであると考えるからにほかならない。

実際の詩作品のなかで、わたしたちが直面する喩法は、この三つにすぎないが、それにもかかわらず、これらの喩法は、しばしば、相互に重層化されてあらわれる。また、しばしば、感覚喩と意味喩とは未分化のかたちであらわれる。

(1)葬列のように
ゆるやかに
無数の黒い小さな蝙蝠傘が
流れてゆく　（黒田三郎「白い巨大な」）

ここで、「葬列のように」は、ゆるやかに、にかかる感覚喩であり、無数の黒い小さな蝙蝠傘は、人の群の感覚喩である。それにもかかわらず、このふたつの喩法は、無関係に独立しているのではない。さきに「葬列のように」という喩法があるため、「黒い」という形容が、「葬列」の意味とつながり、また黒い小さな蝙蝠傘の、のろのろした移動が葬列を連想させるものとして成立している。このようにして、ふたつの喩法は、それぞれの感覚喩としての性質を相乗化するように影響しあっている。

(2)どこか遠いところで
夕日が燃えつきてしまった
かかえきれぬ暗黒が
あなたの身体のように
重たくぼくの腕に倒れかかる　（鮎川信夫「淋しき二重」）

かかえきれぬ暗黒は、それ自体が感覚喩であるが、「あなたの身体のように」は、「暗黒」の意味喩を形成し、また、「かかえきれぬ暗黒が――重たくぼくの腕に倒れかかる」は、暗喩的な意味喩を形成している。

(3)ひとつのこだまが投身する
村のかなしい人達のさけびが

そして老いぼれた木と縄が
かすかなあらしを汲みあげるとき

ひとすじの苦しい光のように
同志毛は立っている　　　（谷川雁「毛沢東」）

この詩などは、意味喩と感覚喩とを重層化した表現の典型である。「ひとつのこだまが投身する」は、それ自体が感覚喩であり、しかも、次の行「村のかなしい人達のさけびが」の意味喩ともなっている。「老いぼれた木と縄」は、意味喩であり、「かすかなあらしを汲みあげるとき」は、それ自体が意味喩でありながら、前行の老いぼれた木と縄の感覚喩をも形成している。「苦しい光」は、意味喩であると同時に、「ひとすじの苦しい光のように」は、次行の「同志毛」の感覚喩を形成している。

(4)二十世紀なかごろの　とある日曜日の午前
愛されるということは　人生最大の驚愕である
かれは走る

かれは走る
そして皮膚の裏側のような海面のうえに　かれは
かれの死後に流れるであろう音楽をきく
（清岡卓行「子守唄のための太鼓」）

この作品で、皮膚の裏側のような、は、海面の意味喩を形成していることは、いうまでもない。そして更に、「そして皮膚の裏側のような海面のうえに　かれは　かれの死後に流れるであろう音楽をきく」は、全体として概念喩を構成しているのである。この二行が概念喩であることは、何人によってもあきらかであろう。なぜならば、これは、意味喩としても感覚喩としても、構成的な必然性はないが、概念の表現としての感覚と意味との統一性をもっているからである。

現代詩人のうち、黒田三郎、北村太郎、清岡卓行、谷川雁などの詩人は、喩法の宝庫である。しかし、喩法そのものの意味をかんがえるとき、喩法の宝庫である詩人は、すなわち優れた詩人であることを意味するものではない。これらの詩人の詩が優れているとすれば、喩法の重層化の過程で、これらの詩人の人間的な全内容が格闘を強いられ、詩表現のなかに投入されるため、それをふくめて、優れた詩（詩人）か、いなかが決定されるのである。いい詩かわるい詩か、いい詩人かわるい詩人かは、技法によって決せられるものではないという意味は、技法を使駆する表現過程で、必然的に詩人の全人間内容が投入せられざるをえないということにほかならない。技法的に単純であるようにみえる詩人の詩が、すぐれた複雑な作品として自立することがありうるのも、また、このような理由によっている。さらにすぐれた作品はすぐれた社会的価値をもつものであるかどうかという問題があるがそれはまた自ら別個の課題にぞくしている。

4　表現転移論Ⅰ

喩法の成立過程論は、つぎに必然的に喩法の構造論におもむくべきであるかもしれない。日本現代詩の喩法の類型をたどりながら、現在の日本の詩法の発展段階で、いかなる喩法の可能性があり、それがどのようなところまで境界をひろげることができ、それが将来どのような方向をたどるかを、本質的に指摘することがのこされた課題であり、また同時にそれは詩の本質論の最後の問題である。

この課題に手をつけようとするばあいに、すくなくともふたつの困難にぶつかる。ひとつは、芸術としては中世への過渡期に成立した日本の古典詩と近代詩以後の詩とを統一的に考察する視点がうまく確立していないことである。わたしは、『抒情の論理』(未来社)に収録されたいくつかの文章でそれをあつかったが、問題をばくぜんとしか提出することができなかった。この問題を、ふたたびはっきりととりあげておかなければならない。もうひとつは、近代詩以後の日本語の詩が、言語表現からみてどれだけの転移をしめしているかについて、分析しなければならないことである。おおきくかんがえて、まだ、いくつか困難はあるとしても、さしあたり、このふたつの課題を追及する前提がなければ、喩法の構造論へたちいることはできまい。かくして、表現転移論はまず必須の課題としてわたしたちの前によこたわっている。

『新体詩抄』の成立は、明治十五年であり、ここで短歌や俳句や漢詩とちがって、西洋の詩のように「句《ウベルス》ト節《スタンザー》」とをわけて表現した詩が、はじめて問題となった。しかし作者たちに西洋の詩を模倣するという明瞭な企意があったにもかかわらず、それは古典詩の韻律をもち、主題を花鳥風月からいくらかひろげたというものに外ならなかった。この制約を言語表現として考えれば、ひとつは、言語の認識構造の時代的な制約であり、ひとつは、古典詩形からの文脈による制約である。

春は物事よろこばし　　吹く風とても暖かし

庭の桜や桃の花　よに美しく見ゆるかな
野辺の雲雀はいと高く　雲井はるかに舞ひて鳴く
（尚今居士「春夏秋冬」）

現代詩の表現につうじている読者や詩人たちが、この日本近代詩の原初形である作品をみれば、詩になっていないとかんがえるかもしれない。すくなくとも、明治十年代半ばにおいて古典詩形を破った清新な詩であった作品が、なぜ、現在では表現として詩になっていないとかんがえられるのだろうか。この問題の本質的な解明が、表現転移論のもんだいにほかならない。このことは、同時に、この作品は、ほんとうに詩になっていないのかどうかの本質的な検討をもともなうものである。現在の現代詩もまた、その殆んどすべてが半世紀後には詩になっていないと考えられる運命にあることは、いうまでもない。そこで、過ぎ去ってしまった詩、つまらぬ詩というような常識的な見解をこえて、なぜ、過ぎさってしまったと感じられるか、なぜ、つまらぬ作品と感じられるかという理由を、本質的に解明できるならば、予見の役割をはたしうることは、うたがいないのである。

尚今、矢田部良吉のこの作品が、詩になっていないつまらない作品とみえる根本的な理由は、対象をどこからどのように把握し、それをどのように表現しているかという過程がはっきりと成立していないという感じに帰着する。このばあい、対象は季節の「春」であり、作者は、この対象を、春は何となくこころがうきうきするとか、風があたたかいとか、春さく花はうつくしいとか、雲雀がさえずっているとかいう慣用の習慣化した観念をならべて表現として構成しようとしている。そこには、すこしも、対象が作者の内部につかまえられ、つかまえられた対象が内部世界に染色されて表現されるという過程がないのである。

しかし、誤解がおこるのは、このような欠陥が作者自身に集中され、言語の認識構造の時代的な制約、または、時代固有性のもんだいを無視してしまう点である。当時の詩の表現段階では、言語過程の本質的な把握は、習慣化された観念の並べ方のなかにしか成立しえなかった。この作品には、現代詩人や読者ならば見落してしまうかもしれない詩としての条件は、やはり存在している。即ち、対象である「春」の習慣化された観念のならべ方そのもののなかに芸術性があるのである。

たとえば、この詩では「春は物事よろこばし」のあとに、「吹く風」という対象が択ばれ、それが暖いという触覚的な表現でしめされる。そのつぎに、「庭の桜や桃」が対象にえらばれ、それが美しいという視覚を暗示する表現でしめされ、おわりに「野辺の雲雀」が対象にえらばれ、視聴覚的にしめされる。このばあい、いうまでもなく、習慣化された春の観念として、風や桜や桃や雲雀をえらばず、川水や野の草花や子供たちや食物を対象にえらぶこともできれば、その他、無数の対象によって春の観念を表現することができるはずである。それにもかかわらず、春はこころがうきうきして、よろこばしいという表現のあとに、吹く風が触感的にえらばれ、つぎに、庭の桜や桃が視覚的にえらばれ、そのあとで、野辺の雲雀が視聴覚的にえらばれているという撰択の固有性のなかに、作者の主体は存在しているということができる。これが尚今の作品を、当時、新体の詩として自立させた理由であり、また逆にいえば、現在の現代詩の段階からみて、ほとんど芸術性を感じさせない本質的な理由である。

尚今の作品に典型されるような、対象の習慣的な観念の羅列の方法という点に、表現としての日本近代詩の原点をさだめることができることは、ほぼまちがいない。わたしは、いまここに原点をさだめて、日本近代詩がどのような表現転移を蓄積してきたかを追及してみなければならない。いうまでもなく、わたしたちは、当時の読者が、矢田部尚今のこの作品を読んで実感したとおなじような美的な感覚を、まったくおなじように感覚的に実感し再現することは不可能にちがい。それにもかかわらず、当時の読者たちの実感をささえた本質的な理由が、わたしが指摘したような点にあったことはうたがいないのである。ここに、現在の段階での表現の理論が、過去の作品に適用された場合でも芸術の理論として成立しうる根拠があるのだ。

対象にまつわる習慣化された観念を、いかに撰択し排列するか、このもんだいのなかに日本の近代詩の芸術的な起点があった時期に、詩の外的な形式もまた、長歌、今様、短歌、などの音数律が習慣的な意味でかりてこられた。『新体詩抄』が採用している五・七韻律に習慣以上の必然性をみとめることができないのはそのためである。このようにして、近代詩の表現転移は、対象の集中化と分化との過程として、まずはじまるのである。この過程は、詩の外的な形式のもんだいとしては、はじめに伝統的な古典詩形が、習慣的にかりられたにすぎなかったのが、次第に、必然的な形式となり、つぎに表現転移の過程が、詩の外的な形式をやぶるというような過程としてあらわれる。五・七形式は、はじめに習慣的につかわれ、つぎに必然的につかわれたとき、近代詩は、詩として古典詩形から自立したということができる。この時期は、大体において明治二十年前後であり、『新体詩抄』から五年くらいのちにあたっている。

阿蘇の山里秋ふけて
なかめさひしき夕まぐれ
いつこの寺の鐘ならむ
諸行無常とつけわたる
をりしもひとり門に出で
父を待つなる少女あり
袖に涙をおさへつゝ
憂にしつむそのさまは
色まだあさき海棠の
雨になやむにことならす

（落合直文「孝女白菊の歌」明治二十一年―二十二年）

このような詩が、『新体詩抄』の作品、たとえば尚今居士の「春夏秋冬」にくらべてもっている特長は、叙事性または物語性であることは、だれでも、すぐに気づくところである。しかし、この物語性は、抒情詩にたいして叙事詩としてあらわれたというよりも、表現転移として必然的にあらわれたとみるほうがよいのである。この物語性は、表現論としてどのような意味をもつか。第一は、習慣化された観念の羅列が解体して、作者が対象を持続的に追おうとする欲求である。このような過程で、対象の撰択は、「春夏秋冬」のばあいのようなたんなる連想の偶然性からはなれて、持続された対象像と対象像のきれ目としておこなわれる。

落合直文の「孝女白菊の歌」のばあい、詩は、あきらかに作者主体がひとつの位置から対象を叙述するという形で成立している。まず、阿蘇の山里の秋の夕景が視覚的な像をともなって表現され、つぎに、寺の鐘の音が聴覚像として記述される。作者は、ここで対象の視覚像をせばめて、里家の門にでている少女をえらぶ。その少女は袖を眼にあてて泣いている。

しかし、この詩の表現が、視覚像や聴覚像をともなうような位置でおこなわれているにもかかわらず、形象的なイメージを喚起する力が弱いのは、なぜであろうか。その最大の理由は、傍線を引いた個処にあきらかなように、つかわれている喩法が、習慣化された観念を連合したものにすぎないからである。鐘の音が「諸行無常とつけわたる」という意味喩は、仏教の風俗化された観念として習慣的であるため、鐘の音の意味連合としての飛躍をともなわないのである。また、門に佇んでいる少女を「父を待つなる少女」という意味喩（これが父をまっている少女という表現ではなく、門に佇っている少女の意味喩であることについて解説を要しないとおもう）で表現するためには、先験的に読者に例のあの孝女白菊の物語についての知識を必要とする。このために「父を待つなる少女あり」は、諸行無常とおなじように、習慣化された風俗観念によって成立しているということができる。また、袖を眼にあてて泣いている少女を「色まだあさき海棠の　雨になやむにことならす」と感覚喩によって強調するばあいもまったくおなじことがいえるのである。

この作品を、さらに微細に分析してゆけば、各語と語のあいだに、おなじような習慣化された表現をみつけだすことは容易である。しかし、それにもかかわらず、「孝女白菊の歌」は、対象を持続的に追及すべき作者主体の位置を獲取し、対象の撰択が持続の切れ目としておこなわれているという点に、表現の転移があることはあきらかである。

透谷、北村門太郎の『楚囚之詩』は、「孝女白菊の歌」とほぼ同年にかかれているが、表現転移の段階としては群を抜いてすすんでおり、とても典型とはなりえないほどである。そこでは、すでに五・七律が必然的にやぶられ、主体の位置は、さまざまに転換している。しかし、湯浅半月の『十二の石塚』や磯貝雲峯の「知盛卿」、塩井雨江の『湖上の美人』などにも共通した点は、叙事性または物語性という点にあり、このことは、流行とか傾向とかの問題以上に、対象を持続的に追うために必然的にとらざるをえなかった形式とみるのがあたっているとおもう。習慣化された観念の偶然な連想から逃がれるために、近代詩はまず物語性を必要としたとみるべきである。

主として表現上の必要からとりいれられたとおもわれる明治二十年前後の近代詩の流行は、物語性を、あるいは叙事性を排除しながら、対象にたいする作者の主体の位置を確立するもんだいに向わざるをえなかったということができる。したがって、次の宮崎湖処子の詩などは、孝子白菊の叙事的な華麗さにくらべてどんなに貧困であるようにみえても、表現転移の段階からは進展しているとみるべきである。このことは、かえって尚今居士の「春夏秋冬」にくらべることによって、はっきりするのではないかとかんがえられる。

いとけなき時魚とりて、

遊びし川を来て見れば、
かへらぬ水のいまも猶、
むかしのまゝに流れけり。

水のながれのさら〳〵と、
いつも変らぬ音きけば、
この川べにてすぐしたる、
いとけなき日ぞしのばるゝ。

（宮崎湖処子「流水」明治二十六年刊『湖処子詩集』より）

ここでも「かへらぬ水」というような慣用の観念を連合した表現をみつけることができるが、作者主体は、対象である流れ水をみながら、はっきりした表現位置を確立し、そのために物語性をひつようとせず、ただ回想を意味連合することによりこの詩を成立させている。川の水を視覚的に表現している「かへらぬ水」、聴覚的に表現している「いつも変らぬ音」という句は、「孝女白菊の歌」のばあいの傍線部分とおなじように、慣用の観念によって連合された意味喩を成しており、かならずしも川水の感覚的な表現でないことは、すぐに了解される。このように、本来的には対象のたんなる感覚的表現であるべきものが、未分化なかたちで喩法的な機能を兼ねてしまうということは、古典詩形（たとえば短歌）などによくあらわれるもので、このような表現が消失してゆく過程は、近代詩が表現としての固有性を確立して自立する過程のひとつの目安になっていることがわかる。

この湖処子の作品では、各節は、対象の持続的な追及の反覆として成立しているから、この点に関しては、さきの孝女白菊からの表現段階の進展をみることはできない。そして、名実ともに近代詩が、その固有表現の最少条件を獲取するのは、明治三十年前後のことであり、たとえば、北村透谷のような例外的な逸材の作品をのぞいて、この時期をほぼ正しい意味での日本近代詩の自立期とかんがえてさしつかえないものとおもわれる。わたしたちは与謝野鉄幹の『東西南北』（明治二十九年）と、島崎藤村の『若菜集』のなかにその典型的な例をみつけることができる。

汽車は美濃路へ近づきて、
とみに寒さの身にしむに、
窓おし明けて眺むれば、
雪こそすさべ伊吹山。
西の都に、のこしたる、
父の病やいかならむ。
比叡が根おろしこの夕、
同じく雪をさそはずや。

（与謝野鉄幹「汽車中の作」）

第一行は、作者主体が作中の人物に移行して、汽車が美濃路へ近づいた気配を表現し、第二行は、作中の人物が寒さをおぼえたという感覚の主観的な述意であり、第三、四行は窓をあけて雪の降りしきる伊吹山をみるという動作と視覚との表現である。そして、このような動作と視覚の追及は、必然的に第五行以下の連想表現への転換を導く。このように対象の持続的な追及が、必然性をもって表現転換をみちびくという美的なもんだいは、この時期はじめてあらわれたのである。孝女白菊では、このような対象転換は、ただ持続の切れ目としてしかあらわれなかった。それ以前では、習慣化された観念の羅列の仕方としてしかあらわれなかったのである。

こひしきまゝに家を出で
こゝの岸よりかの岸へ
越えましものと来て見れば
千鳥鳴くなり夕まぐれ

こひには親も捨てはて、
やむよしもなき胸の火や
鬢《びん》の毛を吹く河風よ
せめてあはれと思へかし

（島崎藤村「おくめ」）

この『若菜集』の作品になると、対象の転換法はさらに複雑である。詩は、作者が詩のなかの「おくめ」という娘に感情移行してはじまる。恋ごころをいだいて夕方、家を出て、こちら岸からあちら岸へ渡ろうと河辺へきてみると、千鳥のなくこえがきこえた、というのが「おくめ」に移行した作者の第四行までの表現である。さらに稠密にかんがえれば第一から第四行までは、作者主体と「おくめ」に感情移入した作者とが未分化のままの表現である。この未分化のままのサスペンションが、必然的に第五、六行の「こひには親も捨てはてゝ　やむよしもなき胸の火や」という「おくめ」の意中の表現を喚起する。ここには継続と展開の感覚がある。この二行は、「おくめ」に感情移行した作者という微妙な設定なしには不可能な表現である。そして、最後の二行で、作者主体にかえって「鬢の毛を吹く河風よ　せめてあはれと思へかし」という願望が表現される。もちろん、この二行も「おくめ」に感情移行した作者の独白ととれないことはない。だから、依然として作者主体と「おくめ」に感情移行した作者とが未分化であるためのサスペンションは、最後までつらぬかれているとみることができる。

このようにわずか八行くらいのあいだに、「おくめ」の動作の表現と、千鳥のなく情景の聴覚的な表現と、「おくめ」の意中の描写と、作者主体の願望の表現が転換をうけながら、ひとつの持続の必然的なつながりと展開をあたえられている。この詩が成功した理由は、藤村が作中のおくめという娘に感情移行することによって意中の表現を可能にしつつ、それになりきった主観的な独白体にはせずに、作者主体としての立場をもサスペンスしている独特な方法の効果によるだろうが、この詩や、鉄幹の詩にいたって、詩としての表現の美的な条件は成立したということができる。

明治三十年から四十年にかけての日本近代詩は、表現としての最少条件の成立という基盤をふまえて、喩法を自立させる過程としてみることができる。おそらくこの時期に、近代詩の喩法は、慣用された観念や知識の連合から、作者主体による意味連合や感覚連合として自立し、そのことによって対象の持続的な追及の過程で必然的におこなわれる喩法としての資格を獲取したのである。主体的な喩法の原初形は、すでに土井晩翠の『天地有情』（明治三十二年）や藤村の『落梅集』にあらわれる。

同じ「自然」のおん母の
御手にそだちし姉と妹《いも》
み空の花を星といひ
わが世の星を花といふ。

（土井晩翠「星と花」）

この詩の芸術的な自立感は、ただ、星を空にある花として意味連合し、花を地上の星として意味連合させたことによるだけであることに注目すべきである。いわば、喩法だけで成立している詩ということができる。これは、三十年までの表現の試みを前提としなければ、不可能であることはいうまでもない。

小諸なる古城のほとり
雲白く遊子《いうし》悲しむ
緑なす蘩蔞《はこべ》は萌えず
若草も藉《し》くによしなし
しろがねの衾《ふすま》の岡辺
日に溶《と》けて淡雪流る

（島崎藤村「小諸なる古城のほとり」）

雪をかぶった岡を「しろがねの衾」に感覚連合させた感覚喩は、現在、どのように幼稚におもわれても、近代詩がはじめて作者の主体的な概念像によって喩法を自立させたもののひとつである。この感覚喩には、慣用のイデオムの借用もなければ、風俗化された伝承の借用もない。作者が主体的につくりだした喩法である。「淡雪流る」もおなじである。雪をかぶった岡が、日をいっぱいに反射している光景が、雪が日に溶けてゆく連想を喚起する。この最後の行はだからたんに視覚的な光景の描写ではなくシンボルの表現であることはすぐに了解される。

藤村、鉄幹、晩翠などを中心とする浪漫主義から、泣菫、有明などを中心とする前期象徴主義への過程は、表現転移の面からみれば、喩法の自立、深化の過程であった。この喩法の自立、深化の過程は、おおよそ二つの側面をもった。ひとつは晩翠の「星と花」に原初形があらわれている。星を空の花と意味連合し、花を地上の星と意味連合する場合のように、慣用されたイデオムの連合ではないが、べつに作者主体にとって必然とはいいがたい観念を複雑化させる過程である。もうひとつは、藤村の「小諸なる古城のほとり」にあらわれた喩法のように、対象の持続的な追及のばあい、主体の内在的な必然によってうまれる喩法を、複雑化してゆく過程である。

前者の例を、たとえば泣菫の詩集『二十五絃』（明治三十八年）のなかの「公孫樹下にたちて」などに典型的にみることができる。泣菫はこの詩の書き出しを、じぶんが対象としてうたおうとしている久米の皿山のあたりに日をうけてそりたっている銀杏の樹からはじめずに、日をうけて照りはえている伊太利の古跡や円柱や回廊、また、北海の漁士たちがのる破れ帆の舟にあたる日の描写からはじめる。日に映えている久米の皿山の公孫樹から、日に映えている情景として、伊太利の古跡や、北海の漁船が、観念連合されるのである。そして、晩翠の「星と花」とおなじように、この観念連合の面白さだけが、泣菫の「公孫樹下にたちて」に、芸術的な自立感をあたえているということができる。

後者の例も、また、泣菫や有明の作品からおおく見つけだすことができる。泣菫の詩集『白羊宮』（明治三十九年）から例をひけば

み冬となりぬ、日暮れぬ、
ひねもす森にあらびし
脚早《あはや》の野分《のわき》は、うしろ寒《ざむ》に、
そそけの髪もみだれて
北山あたりいそぎぬ。
もとあら木立の落葉林《おちばばやし》、
木の息ごもりたゆげに、
残りの葉こそは風にあへげ。

（薄田泣菫「師走の一日」）

「森にあらびし脚早の」は、「野分」の意味喩、「うしろ寒に」は感覚喩、「そそけの髪もみだれて」は意味喩である。「息ごもりたゆげに」は「木立の落葉林」の意味喩、「風にあへげ」は「残りの葉」の感覚喩である。すでにここでは、喩法は必然性をおびて、人物のある状態の意味と感覚に連合され、この

連合なくしては詩として成立しないという位相で喩法はつかわれている。藤村の「小諸なる古城のほとり」は、「しろがねの衾の岡辺」という喩法がなくても、対象の動きや主情を描写する表現によって詩としての成立条件をもつが、泣菫の作品では、喩法がなければ、「落葉林を風が吹いてゆく」という詩として成立しない単純な対象構造しかのこらないのである。このようにして、喩法は、前期象徴詩においてはじめて、それなくしては詩が成立しないような表現要素として自立性をもつにいたった。

この時期に、伝承韻律として慣用され、必然化された五・七音数律が破られて、さまざまな音数律のヴァリエーションが行われたのは、このように喩法が自立した詩の不可欠の要素にまで深化した過程とふかくつながっている。いわば、言語表現の必然的な意味と感覚連合なくしては、詩が成立できなくなったため、詩人たちは当然、この連合法に表現重点をおき、五・七音数律が外在的な制約とみえはじめたのである。それにもかかわらず、音数律自体は泣菫や有明によっても破られなかったのは、詩の対象をおおく自然物においたために古典詩形との関連がたちきれなかったのであった。

5 表現転移論Ⅱ

有明と泣菫とをいただきに詩の脈流をつくった明治三十年代の後半の象徴詩にたいして、四十年代からの白秋や露風を詩宗とする象徴詩の脈流を、ふつう、後期象徴詩とよんでいる。この前期象徴詩と後期象徴詩とを、わたしたちは、どのような特質によってわかつべきであろうか。

さきに、すでに前期象徴詩にたどりついて、ようやく詩の喩法が欠くことのできない要素としてもちいられるにいたった経緯をのべた。このことは、なによりも詩人たちが、新体詩形のなかで、対象をみているじぶんの感覚がどういう状態にあるかを、詩のなかにかきこむことができるようになったことを意味している。だから、自然物、たとえば風や森の樹木を対象にしたばあいでも、人間が髪をふりみだしたさまや、息をついてあえいでいるさまに比喩することによって、感覚の状態を封じこめる手法が、有明や泣菫の作品のなかにあらわれてきたのである。なによりも、自然物を擬人的な感覚や意味になぞらえて比喩する喩法のおもしろさが、かれら前期象徴詩人たちを熱中させた。したがって、前期象徴詩の芸術性はかれらのその試みのうちに成立したのである。

後期象徴詩は、この過程がさらに徹底する過程であった。それは、いわば質的な転移をさえもたらしたのである。いま、その意味を、対象が自然物であるばあいに限定してかんがえてみる。前期象徴詩では、詩人が、対象である自然を、じぶんの感情や感覚でもって染色しながら表現し、その過程で擬人的な喩法のおもしろさを、芸術として成立させた。後期象徴詩では、これは徹底したものとなったために、むしろ、詩人がじぶんの感覚や感情のつかみどころのない実体を、何とか言語によって実体化しようとして、対象である自然物は、その手段またはだしにつかわれているかのような印象を呈した。対象の感覚への従属化は、後期象徴詩のもっとも鋭い特質にほかならないといえる。北原白秋の『邪宗門』から例をとれば

腐れたる林檎の如き日のにほひ
円《まろ》らに、さあれ、光なく甘げに沈む
晩春《おそはる》の濁重《にごりおも》たき靄の内、
ふと、カキ色の軽気球くだるけはひす。

（「濁江の空」明治四十一年八月）

ここには、沈んでゆく夕日や晩春のもやのような自然物がうたわれているのだが、その自然物は、有明の詩にある野分の颪や、落葉林にくらべて、何と身ぢかな印象をあたえることか。いや、むしろ、これらの自然物が、詩人の感覚のなかにさえあるようにみえることか。そして、第四行目の「カキ色の軽

気球」にいたっては、実在の軽気球よりも、幻想として感覚された軽気球としての象徴をおびている。このような後期象徴詩の表現転移は、近代詩人たちが、はじめて対象（主として自然物）の描写によりかかって、感覚をのべることから脱して、もやもやとして無定形に消えたりあらわれたりするじぶんの感覚内容を、言語によって現実化することができるようになったことを意味しているとおもえる。このようにして、対象は至近の距離または、感覚の内部にひきよせられ、また、おなじ理由によって、「都市の屋根の色」や「軽気球」や「鉄の音」のように、日常、詩人の感覚の変化にあずかっている生活内対象がはじめて詩のなかに登場するのである。このような例を露風の詩集『廃園』の作品にみつけることも、きわめて容易である。

もし独り心愁へて
時雨の夜の都市をゆき、
かつまた歩み、
往来《ゆきかひ》絶えし路の辺《べ》に佇むあらば
人よ、汝《いまし》が胸の上に、
想《おもひ》の耳をかたむけよ、
かくも哀しくふる雨の
夜の音色に……。

（「時雨の音色」明治四十一年十二月）

ここでの時雨は、中世詩のなかにあらわれたような時雨でもなければ、前期象徴詩のなかにあらわれた意想のなかの自然でもない。詩人の感覚が直接交感すべき都市の時雨であり、また、感覚のなかに時雨をきこうとする自意識によってとらえられた自然である。もちろん、後期象徴詩人たちは、感覚のなかに自然や実在の対象をとらえることに専念したわけではない。ただかれらの自然物の取扱いのなかに、新体詩以来の詩の推移をもっともあざやかにたどることができるというにすぎない。

日露戦争後の詩人たちの動向は、かれらにとって戦後社会が、なにものでもないほどの飽和感をあたえたのか、あるいは感覚の交錯のなかにだけ王国があるとかんがえられるほど、絶望感をあたえたのかいずれかであった。しかし、すくなくとも、この時期になってはじめて、近代詩人たちは、新体詩形のなかで、じぶんの感覚が、独立した仮装建築となりうるものであることを知ったのである。

明治四十四年に出版された白秋の詩集『思ひ出』は、このような後期象徴詩の位相を、思想的な意味でうらづける優れた詩集であった。当時、この詩集にたいして、重苦しいいまの世相のなかでは、思い出は唯一の逃避口だと評して、この詩集の思想的な意味をとらえたのは高村光太郎であったが、これは、いうまでもなく後期象徴詩全体の思想的位相をも、言いあてた評言であった。

わが友よ、
けふもまた骨牌《トランプ》の遊びにや耽らまし、
かの転《まろ》がされし酒桶《さかをけ》のなかに入りて、
風味よき日光を浴び、
絶えず白きザボンの花のちるをながめ、
肌さはりよきかの酒の木香《きが》のなかに日くるるまで、
わが友よ、
けふもまた舶来のリイダアをわれらひらき、
珍らしき節つけて『鵞鳥はガツグガツグ』とぞ、そぞろにも読み入りてまし。

（「午後」）

もちろん、この詩は、じぶんの少年時代のひとこまを、よき時代として回想した詩である。そして、ここに後期象徴詩の思想的な意味がよく象徴されている。

この詩を、表現転移のひとつの段階としてみるときは、まず、作者の主体に、表現的意味の統一性が存在していることをしめしている。そのために、酒桶のなかにはいって、日光をあび、木にしみついた酒の香をかぎながら、日がくれるまでカルタ遊びをしようという前半と、外国語リイダーをひらいて読み入ろうという後半とは、えらんだ対象に、何の脈絡がなくても、持続した統一の感覚をあたえる。もっとこまかくいえば、骨牌あそび、酒桶、日光、ザボンの花、リイダアというような何の脈絡もない対象に詩人の想像が転々としているにもかかわらず、統一した意味のイメージをあたえる。ことに、「珍しき節つけて『鵞鳥はガツグガツグ』とぞ」というような無償な表現が、よき少年の時代の意味を、思想的に照しだすというような効果は、詩のコトバの各行に、それなりの芸術性の成立の重みをかけねばならなかった前期象徴詩では、おもいもおよばないものであった。

いずれにせよ、後期象徴詩以後の近代詩が展開されるなかに、(1)には、詩人の主体的な感覚の言語による実体化が堂に入ってゆく過程と、(2)文学的意味の統一性が、詩人の主体のがわで確乎として思想的な意味をもち、それが、一篇の詩の全体をますます精みつに統御してゆく過程を、ふたつながらみることができる。もちろん、この二つの過程は、あるばあいには一つの詩作品の楯の両面をなし、あるばあいには、何れかひとつに偏した傾向詩となってあらわれる。

いま、このふたつの過程が、後期象徴詩の段階から、すこしずつ表現転移されてゆく状態を実際にしるために、(1)として露風の詩集『白き手の猟人』（大正二年）から「黄昏のゆめ」を、(2)として生田春月の詩集『霊魂の秋』（大正六年）から「誤植」の一篇をあげよう。

たそがれか。わが身は優しく死なんとす。

溺るる色ともろともに、
悩みに憊《つか》れ、うち夢み、
溺るる色ともろともに。

並木は街に煙りたり。
うち揺ぐみ寺の鐘、
それもまた夢のうち。

うるはしく記憶の星はふりきたる。
数かぎりなき夜の天《そら》に、
香ひつゝ、顫へつゝ。

（「黄昏のゆめ」）

我が生涯はあはれなる夢、
我れは世界の頁の上の一つの誤植なりき。
我れはいかに空しく世界の著者に
その正誤《しやうご》をば求めけん。
されど誰か否と云ひ得ん、
この世界自らもまた
あやまれる、無益なる書物なるを。

（「誤植」）

前者を白秋の『邪宗門』の詩と、後者を『思ひ出』のなかの詩と比較すればよい。「黄昏のゆめ」が、

『邪宗門』における油絵具をやたらに塗り重ねたような感覚の実在化、言語化にくらべて、いかにスムースな感覚表現になっているかがわかる。街にけむる並木も、寺の鐘も、すでに感覚の表象として存在することができている。そして、第三節の「記憶の星」という感覚喩は、「記憶のなかの星」でもなければ、「記憶のような星」でもなくて、まさに「記憶の星」そのものとして、感覚内部を表象しているのである。もちろん、この詩を思想的にみれば、たんにメランコリイにおちいった詩人の内的な衣裳を言語化しているにすぎないのだが。

ところで、生田春月の「誤植」のほうは、そこに感覚のあざやかな実在化をもとめることはできない。しかし、詩人の思想は、一篇の詩のなかで文学的な意味を統御している。この世界は、ひとつの書物、しかもあやまれる無益な書物として意味喩され、そのなかで、じぶんの生は、誤植された活字に意味喩される。じぶんの生の下らなさが、世界を全部くだらないとかんがえることによって、かろうじて耐えられているさまが、ひとつの思想詩として定着されている。白秋の『思ひ出』のなかの詩の思想性は、文学的意味の統一としてかろうじて成立つようなものであったにすぎないが、ここでは詩人の主体は世界に意味をあたえようとするのである。もちろん、だから、『思ひ出』の思想は低級であり、「誤植」の思想が高級であるというようなものではない。ただ、「誤植」が、世界をどうつかまえ、じぶんの生きている意味をどうとらえるか、ということだけによって、芸術としての自立感をもっていることをかんがえれば、そこに近代詩の表現のうつりゆく段階が象徴されていることはあきらかである。

福士幸次郎、正富汪洋、白鳥省吾、百田宗治、福田正夫など、大正期の民衆詩人たちの詩作品は、おおくこの表現段階を象徴している。近代詩が、この表現段階から一歩ふみだす徴候をみせたのは、おそらく山村暮鳥の詩集『聖三稜玻璃』においてであった。それは、一口にいえば、後期象徴詩の特質が、無定型なもやもやとした感覚を言語過程によって実在化しようと試みたのにたいして、感覚的な表象(イメージ)そのものを実在の対象であるかのようにあつかう位相で表現しようとしたことである。

これは、ある意味では、後期象徴詩の特質が徹底化されたものにほかならないが、この徹底化は、表現段階として質的な転換をうんだのである。これによって、日本の近代詩は、はじめて、感覚の世界を仮装の実在物として取あつかう方法をえとくしたのである。すると、いままで、人間の意識の外に、意識とはべつに詩の対象界が存在し、また、意識のイメージを詩の対象界としてあつかうばあい（後期象徴詩）でも、実在物とはちがうこころの世界をあつかうものだと考えていたのが、この段階にきてはじめて、こころの世界も、実在物とおなじように、詩人の主体とは仮装的に独立の世界とみなしてあつかうことができるようになり、詩の対象界は、ほとんど無数の可能性としてひらけたのである。暮鳥の『聖三稜玻璃』（大正四年）から、その最初の徴候をさぐってみよう。

みなそこの
ひるすぎ
走る自働車
魚をのせ
かつ轢き殺し
麗かな騒擾《さはぎ》をのこし。

（「曲線」）

つりばりぞそらよりたれつ
まぼろしのこがねのうをら
さみしさに
さみしさに
そのはりをのみ。

（「いのり」）

まず、きわめて外観的なところから問題としてゆけば、水底に走る自動車が魚をひき殺したり、釣りばりが空からたれさがり、それを呑む魚が、実在することもないし、また実在の対象として観察することもできない。にもかかわらず、これらの詩は、それが実在し、観察できるものであるかのような位相で表現しているのである。もちろん、これらの詩の対象となっているのは、詩人があるときうかべた感覚的イメージの世界であり、その原型となっているイメージは、前者の詩では、水槽かなにかのなかで、ぶくぶく泡立っている水の像であるし、後者の詩では、眼底幻覚であるにちがいない。だから、このような感覚像を言語化することは、後期象徴詩人たちもまたやったことにちがいないのだ。しかし、後期象徴詩人たちは、あくまでも感覚の世界を、感覚の世界とみなしてコトバによって実在化させようとした。しかし、暮鳥は、感覚の世界を実在の世界とみなして言語化しようとしているのである。このために、実在的な意識と独立した対象をあつかうばあいには、はっきりと矛盾であるような表現、たとえば、水底をはしる自動車が魚をひき殺すというような表現が可能となったのである。

このように、近代詩人が、自己感覚の世界を、自己の意識とは独立した世界であるかのように取出しうるにいたったことは、劃期的な事件であった。このことは、思想的には、自己がそのなかに生活している社会の総体を、あたかも自己の外側の独立した社会として把握できるような思想的段階と対応するものである。暮鳥自身は、『聖三稜玻璃』以後、思想的にはヒューマニズムの世界に転じたが、かれが道をひらいた表現段階は、必然的な過程として、萩原朔太郎や佐藤惣之助によっておしすすめられたのである。

萩原朔太郎の詩集『月に吠える』（大正六年）は、暮鳥の達成をふまえ、これを文学的意味の統一性によってとらえた最初の試みであった。

浅利のやうなもの、
蛤のやうなもの、
みぢんこのやうなもの、
それら生物の身体は砂にうもれ、
どこからともなく、
絹いとのやうな手が無数に生え、
手のほそい毛が浪のまにまにうごいてゐる。
あはれこの生あたたかい春の夜に、
そよそよと潮みづながれ、
生物の上にみづながれ、
貝るゐの舌も、ちらちらとしてもえ哀しげなるに、
とほく渚の方を見わたせば、
ぬれた渚路には、
腰から下のない病人の列があるいてゐる、
ふらりふらりと歩いてゐる。
ああ、それら人間の髪の毛にも、
春の夜のかすみいちめんにふかくかけ、
よせくる、よせくる、
このしろき浪の列はさざなみです。

（「春夜」）

第一行から第七行までは、暮鳥の『聖三稜玻璃』の世界とおなじように、春のなまあたたかい夜の詩

人の感覚的イメージの世界を、実在物であるかのようにあつかって、軟体の生物に感覚喩した表現である。第八行以後は、おおざっぱにいえば、このような感覚世界に文学的な意味をあたえようとして、潮水が軟体生物をあらい、渚があり、腰から下のない病人の列が歩むというように文学的展開をこころみたものである。このばあい、潮水や渚や、腰から下のない病人は、詩人によってあたえられた文学的意味（思想）であって、もはや、第一行から第七行までの軟体生物や手とは、まったくちがった表象としてつかわれている。

ここには、後期象徴詩以後の感覚の表現とその思想的意味が、ある契機をもって吻合されているのをみることができる。もちろん、わたしたちが、可能性としてえがくような意味で、ここには高度の思想性は存在しない。しかし、高度の感覚世界の表現が、ある程度の文学的意味と統一されて集大成されている。朔太郎自身は、詩の思想性をしだいに獲取していったのだが、そのばあいには、感覚世界の退化をまぬかれなかったのである。

わたしたちは、感覚的な世界とその思想性とが、かんがえられる可能なかたちで統一されている所を、近代詩人たちのうちにみつけだすことはむつかしい。これはかならずしも表現段階の必然的な制約とはいいえないかもしれないが、また、個々の詩人たちの資質の貧しさにばかり原因をおわせることもできないのである。この微細なかねあいを意識的に考察するところに詩における表現の理論が成立するということができる。

大正期の詩は、表現段階として萩原朔太郎の処女詩集を、本質的にこえることはなかった。このことは、詩として芸術的にすぐれた作品がうみだされなかったことでもなければ、詩人として初期の朔太郎をこえる詩人がうまれなかったことを意味するものでもない。表現としての段階と、詩としての芸術性とはまったくべつものでもありえないが、同一のものでもありえないという意味においてである。たとえば、高村光太郎のこの時期の思想性は、はるかに朔太郎をこえたし、佐藤惣之助のいくらかの作品は、表現段階としては、本質的に朔太郎の達成をこえられなかったとしても、そのなかであたうかぎりの展開をしめして、つぎの表現転移を潜在的に用意したのである。たとえば佐藤惣之助の『情艶詩集』（大正十五年）のいくつかの作品は、ほとんど同一の表現段階では、限界までの達成をしめしている。

すでにかの女は
ふしぎな野山の匂ひをもち
夜半の
発光する奇蹟をたつぷり身にふくむでゐるやうな
眼をひかり
のろり、のろりと家の深みを歩いて
どこかあいらしい鬼狐の友だ。

瓜をたべると
ものの隅に蹈り、髪をたれて
もう夢を見てゐる
幼いやうな、悲しいやうな
だんまり、むつつり
うしろは、へんに茂つた
ふかい田舎の歴史がぼう〳〵
どこかに泥をふくむで
ぢつとしたかの女は

もう
梢に半月をもつた宵の梟である。
（「わが家の下婢」）

家のなかを不器用に歩きまわり、部屋のすみにうずくまって瓜をたべたりする田舎の娘さんの所作から、この詩人が感覚的な思想としてみちびきだしえたものは、この詩人のなかであるひとつの表現段階の時代性が、もはや極限まで成熟していたことをしめしている。

戦後世代の政治思想

——テントの中でも月見はできる
雨がふったらぬれればいいさ（雪山讃歌）

1

現在、わたしたちは、おおきく膨んだ国家独占社会で、くらげのように浮きつ沈みつしながら生きている。足はアスファルトや土をふみしめているが、思想はアトム化してめまぐるしい社会現象を追うため、人間はついに社会現象そのもののようにしか存在できない。この新しい社会体験はわたしたちの周囲が、戦前よりもはるかに膨大にふくれあがって視えるところからきている。そこでは、鋭い社会的な不安定感が、形にそう影のように飽和感とむすびついている。

しかし、あるものは、いや、戦前にくらべれば、十分に高度になった社会様式のなかで平和な日々を享受しているというかもしれない。これもまた、当然なことである。波立った海でも、水面下数十米で、すでにおだやかな世界に到達できるのだ。わたしが危機とよぶとき、だれかが平和とよび、わたしが時代閉塞とよぶとき、だれかが希望のもてる未来とよぶとしても、異議をとなえることはできない。そこには、現実理解の共通点がないからである。わたしたちの政治思想や文学思想を、混乱と分裂におとしいれている原因はここにある。まず、わたしたちは、水面上にとびだして、現在、政治的に、思想的に、あるいは文学的に、生活的に直面しているあらゆる困難が、独占支配から派生したものであることを確認したうえで、おもむろに水面下の世界に下降してみなければならない。

水面下の世界では、老いた父母のように必然的な社会様式ものこっていれば、ドライな太陽族のような社会様式も根づいている。零細生産が、ひびわれた手で組まれているかとおもえば、小市民的な雰囲気の中小生産のようなものもある。どのひとつも、きわめて高度化した独占社会にとって必要でないかぎり存在できない。水面上にとびあがれば、一括して国家独占社会とみえる世界も、水面下に下降してみればこれらのすべての様式にゆきあたる。わたしたちの社会構成と生産様式上のからみあいは、複雑をきわめていて、どこにも典型がみつからないのである。

しかし、ここから社会総体のヴィジョンを組み立てえないならば、独占支配を眼のあたりにみながら、混乱と分裂と錯誤をくりかえすほか、何もなしえないのである。もともと、混乱も分裂も錯誤も、それが必然であるかぎり、認められなければならないが、現在のような政治思想の老衰を、放置できる度量はだれももちあわせてはいないのである。

最近、わたしたちは、安保条約改訂の反対運動で、進歩的な文学者、思想家たちのもっとも安易な合唱をきいている。いずれ三文指揮者がいるのだろうが、そこでは、安保改訂を、国家独占が社会体制を維持し、発展させるために打つ政治的な布石のひとつであり、独占支配を永続化させようとする試みであるという理解はまれである。したがって、基本的人権や生活権と背反するような国家意志には従う必要はないというブルジョア民主主義的な認識をもとに統一戦線がくまれるのではなく、もっぱら、条約だけをぬきだしてきて、民族の自立か従属か、戦争か平和かの問題が、安保改訂反対の基礎にすえられている。

たとえば、民主主義文学運動の主体である新日本文学会は「日本民族の完全な自立と世界平和の確立をたたかいとるために」安保改訂反対の宣言を発している。丸山真男、佐々木基一、野間宏、杉浦明平、石母田正などの「未来」同人は、米・ソが平和外交にむかい、前途に希望を感じさせる世界情勢のなかで、スエーデン、オーストリア、アラブ連合、インド、インドネシアをつらねる中立地帯が拡大しているとき、軍事的双務条約の匂いのする条約改訂をすすめることは、日本を意図せざる戦争にまきこむ危険を冒すものであるという反対理由を声明している（『世界』五九年十二月号「日米安全保障条約改定問題に関する声明」）。また、中島健蔵、竹内好、堀田善衛、江藤淳、開高健などの第一回《安保批判の会》は、世界は戦争回避と軍縮に向いつつあるとき、中国を仮想敵とみなすような条約改訂には反対であり、われわれはいかなる国をも仮想敵とせず日本の独立を念願するものだ、という申し合わせを発表している（同右「安保改定についての申し合せ」）。

いったい、世界情勢にたいするこういう素人政見のような判断と、現に、じぶんが文学者や思想家として体験し、実感し、そこから想像力の源泉をうけとっている社会的な現実の問題を、どうむすびつければこういう見解をみちびきだすことができるのか。文学者や思想家ならば、現在、ラジオ、テレビ、週刊誌、新聞、雑誌、映画などによって社会的コミュニケイションを拡大され、きわめて容易に社会総体の動きに参加できる情況でありながら、思想をうみ、文学をうみだすために、欠くことのできない主体意識が、稀薄になり不安定になっていることを実感できないはずがない。また、こういう稀薄感や不安感と、拡大したコミュニケイション・ルートにはさまれた矛盾が、現に若く鋭敏な文学者たちを、焦躁やヒステリックな叫喚にかりたてていることも周知の事実である。

思想も文学も創造的でありえなくしているわたしたちの社会にたいする血肉化された認識は、すべての思考の拠点である。なぜ、文学者や思想家たちは、身辺に実感される社会の情況にたいする認識から出発して、安保改訂がほんとうは何をいみするかを洞察する過程を、ねばりづよくたどらないで、国際政局に一憂一喜する素人政治家、政治ファンの表情にかわってしまうのだろうか。文学思想や政治思想が、思想として社会の土壌に根づかず、また社会の総体にたいするヴィジョンをもうみだしえないで、ただ、現象的に政治情勢に反応するだけにとどまるとき、ほんとうの意味で思想の危機ははじまっているのだ。

戦争中、わたしたちは、生産力と社会の構成と政治支配とのみっせつなつながりを、いきいきととらえることができなかった思想家や文学者たちが、民族の自衛や日本人の独立をスローガンにして侵略戦争の提灯をもったことを知っている。（その一部は、現在、安保改訂を日本人の独立か従属か、戦争か平和かの問題におきかえている思想家や文学者と同一である。）その錯誤は、いま、ふたたび繰返されようとしている。

　戦前派の思想家や文学者たちは、かつて太平洋戦争は、侵略戦であり、そこでとなえられた民族の自衛や日本の独立のスローガンは悪であったが、いま、平和と中立と民族の独立をスローガンにして安保改訂を阻止するのは善であると主張するかもしれない。しかし、それは、悪をうらがえした無反省無責任な善でしかない。錯誤にみちた政治的な善意は、無智な悪よりもいっそう悪であるというのは、政治思想をつらぬく鉄則である。これら戦前派の文学者、思想家たちの政治思想のどこに、戦後十数年を営々としてきずきあげてきた思想的な努力のあとがあるのか。ただ、うわべだけの政治情勢にひきずられ、三文指揮者のタクトのふりかたによって、そのときどきに誤った方向へ駈けだしては、落胆した表情で引きかえす往復運動を、なんべんも繰返してきたにすぎないのである。

　わたしがおそれるのは、戦前派の思想家や文学者たちが、反体制的な運動という名分に甘えて、無責任に復活させている民族の独立とか日本人の中立とかいう題目が、社会の構成や政治支配との有機的なつながりから、まったくきりはなされ、この傾向が、太平洋戦争をまったくしらぬ戦後世代の若い文学者や思想家たちをとらえはじめているという事実である。いや、むしろ、過去の戦争からきりはなされ、くらげのように現在の独占社会にもまれて苛立っている若い世代の思想家や文学者たちの方向のない焦躁感のなかに、戦前派の無責任な思想は、鏡を見出しているというべきかもしれない。ここに、わたしたち戦争世代が、社会構成と政治支配の本質を追究し、現在の社会を総体のヴィジョンにおいてとらえる作業をつづけねばならない理由がある。わたしは、かならずしも適任ではないが、手あかにまみれた政治思想の伝授形式を破壊するのは、幻滅の世代に課せられた任務のひとつである。

2

若い世代の代表的な文学者のひとり石原慎太郎は、現在の社会情況をつぎのように受感している。

今日の状況に、ある鋭敏な人間だけが感じる不安定、或いは不満（他の殆どはすでにそれへ半ば飼い馴らされてしまった。今日、危機意識などと言う言葉がいかに大袈裟で空々しい実感でしか人の耳に響かないか。でありながら本質的な危機は殆ど無際限に増大しつつある）は、われわれのいわゆる伝統的行動範型と新しい状況との喰いちがいによると言える。である限り文明の遅滞の表明は当然、新しい行動範型への模索、そのエネルギーの絶望的な流出となって現れる。その不満、不安が革命や社会改革と結びつかぬ限り、我々は周囲に加速度的に増加する犯罪或いはノイローゼにその姿を見るだろう。今日の状況は正しくその後者である。

この遅滞を脱けていくために、この状況に於ける復権を遂げるために、我々はこの状況に於いて人間を主体者たらしめる新しい行動範型を捜さなくてはならない。（『三田文学』五九年十月号「刺し殺せ！」）

石原は、ここで、若い世代の文学者たちをとらえている不安や不満を、独占支配そのものが強いている人間的な矛盾とかんがえるよりも、社会構成のもんだいとしてかんがえている。伝統的な固定化した行動範型に足をとられているため、新しくふくれあがった社会情況に適応する行動がみつからないことに、苛立ちの原因をみている。石原の理解は、日本の近代主義的な思想家や文学者たちが、いままでに展開している見解とあまりちがったものではない。従来から近代主義者や政治上のブルジョア革命論者は、わたしたちの社会構成や生産様式や生活様式にある伝統的なものを、高度の独占社会の日本的な特質として理解はしなかった。高度な独占資本主義が生きのびてゆくためには、日本では、こういう沢庵石のような特殊な土台石がひつようなのだとはかんがえずに、石原のように、新しい社会状況は、はじめから伝統的なものと対立するものだとかんがえてきた。したがって、その主要な政治的な、または、思想的な指針は、なにはともあれ伝統的な行動範型や社会様式を一掃することによってすべての問題は解消するものであるとしてきたのである。

ここに、日本的モダニストたちの文学的な、思想的な、また政治的な倒錯があった。じっさいは、高度な独占近代そのものを解消させることなしには、わたしたちの社会の伝統的な行動範型は解消しはしないのである。枯れくちた枝をきりとれば、樹木全体が蘇生するとかんがえるのは、モダニストの特徴であり、そこにいくらかの真がないわけではないが、枯れくちた枝は、そもそも樹全体の質にもとづいているのだ。

石原慎太郎の思想を、いわゆるモダニストと区別しているのは、伝統的行動範型というばあいの《伝統的》という概念のなかに、日本的な特殊な土台石や、枯れくちた枝ばかりでなく、既成の文明概念のすべてを含めようとしている点である。かれは、意志的に手ぶらになったまま、まったく一筋縄でいかない社会構成をもち、あらゆる歴史上の類型からはみだす要素をもった現代の日本の社会にたちむかおうとかんがえる。よるべきものは、「彼一個人の、粗野でも生々しい、肉体主義的な、宇宙的な価値判断で、いや価値判断とまでいかなくとも、その情念で行動するような人間」しかありえないのは当然である。

石原の理想とする人間は、現在の苛酷な独占状況のなかでいったいどんな行動ができるのか。かれが既成の文明概念をすべて否定しているかぎり、現在びまんしているうわべの平和を思想的に享楽することに甘んじることができない。ふくれあがったコミュニケイション・ルートはただ苛立ちの原因でしかない。しかも頼るべきものは肉感的な行動と判断だけである。かれの行動が、独占支配そのものをおびやかす方向にむかわないかぎり、たえず苛立ちを自家生産するために、他者と断ちきれた衝動的な状態に自分をかりたてる行動にむかわざるをえない。

巷に言う太陽族？　平気で人殺しをする青年たちは小説を書かない。残念な話だ。私だって平気で他人を刺したり殺したりしたいものだ。そこまでいけない。そのコンプレクスがおどおどいったり来たり妙にストイックな小説を書き上げさすのだ。

平気で人殺しをやってのける、無統制な殺意、あの厚顔な放埒を仕事に持ち込みたいものである。

（『三田文学』前出）

これは、石原の創作信条であると同時に、思想の宣言でもある。石原の錯誤は、はじめに、現在、正当に受感している稀薄感と、そこから脱出したいとかんがえる焦躁感の原因を、独占支配とその社会構成にもとめないで、新しい社会情況と固定した行動様式とのギャップにもとめたときはじまっている。わたしたちの独占支配とそのしたにある複雑な社会の構成と様式の総体に対応するような、さくそうした思想的ヴィジョンをつくりあげるかわりに、石原は肉感主義的な思想と行動の様式にまで退化するほかにみちがなかった。この文学思想を、政治的に転換すれば、「個性への復権を」（『中央公論』九月号）や「怒れる若者たち」（『文学界』五九年十月号）で表明したように独占権力によって殺意を行使したいという願望となってあらわれる。

石原の思想は、ここまできたとき、けっして石原が自負するように新しいものではない。戦争中、日本の社会ファシストたち（それ自体は、絶対主義体制下で、天皇制の独占資本構成の側面を象徴する稀少価値をもっていた）によって手あかによごされた思想の再版にしかすぎない。ただ、戦争中は農本主義ファシストにおしまくられて、おどおどとあらわれた思想が、戦後社会のブルジョア化にともなって公然とあらわれているだけである。石原の思想は、戦前派の文学者や思想家と対比してみると鮮やかな異質さをしめしているようにみえる。それは、類型を拒絶している。たとえば、現在、民族の独立や日本人の中立を提唱している思想家や文学者たちは、まったく、石原と対称的におもわれる。しかし、このちがいはよく注意すれば、独占支配にたいする思想退化の形式的なちがいであって、思想退化という一点で差別することは困難である。ここに戦前派と戦後派の断層と回帰とが象徴されているとみなければならない。石原は、共同社会の掟や習慣などはあくまでも個人の意志的な行動や発想のまえには無力なものであり、無拘束なものであるとかんがえる点で、戦後日本の社会の高度化を象徴するラジカル・リベラリズムとしての資格を獲得している。しかし、社会構成と政治権力とのみっせつな関係に着目していないため、独占権力のもとで個人と共同社会との価値転倒ができるという幻想にゆきついてしまっている。

3

たとえば石原慎太郎は社会ファシズム的であり、大江健三郎はリベラルな進歩主義者であるというような、外観的な区別は無意味であろう。石原には、ラジカル・リベラリズムの実感主義が強固に根をはっているし、大江健三郎にも、退化した民族主義、国家主義的な発想が強く支配している。大江の政治思想をうかがうのにもっとも適しているのは、「現実の停滞と文学」（『三田文学』前出）であるが、そこで大江は、現在の日本の政治的な停滞をつぎのように理解している。

われわれはまた断固として日本の再軍備に抗議する。しかしわれわれは、軍事的にまったくの真空地帯である日本を、それが憲法の規定するところであることがあきらかであるにかかわらず、今やリアリスティクに思いうかべることさえできない。われわれは再軍備反対の声をたかくあげながら、自分の胸にわだかまる一つの暗い陥没に気づかずにはいられない。

一九六〇年に社会党が政権をえたとしても、自衛隊の解体は決しておこなわれはしない。現に、自衛隊の完全な消滅のあと、日本はたとえば朝鮮との外交問題をいかにして乗りきるかについて自信のある回答を発することのできる思想家が進歩的な陣営にいるかどうかはきわめてうたがわしい。かれらは保守政権を非難しつづけながら、実は現状維持のムードに安堵をもとめているのであり、自分たちがあらためて政治の遂行者として日本の軍備の問題を検討する必要にせまられることがあるなどとは思ってもみないのだ。かれらの思想を支える土台は保守政権の固定化というコンクリートをぎっしりとうちこんだ地面の上に乗っているのである。

現代日本の政治の場における進歩的な勢力の力の限界をわれわれはあまりにもよく知っており、日本をめぐる諸外国の圧力についても充分に知っている。日本の社会主義化はすでに日本人の手のなかにある問題でなく、外国人の手のなかにある。この絶望的な情勢判断はコミュニストたちにむかってもあえてくりかえされなければならない。

大江の政治思想では、戦前派の進歩的な思想家や文学者との癒着がいちじるしい。ここでは、独占社会でのあらゆる社会的問題が、まったく考慮のほかにおかれている。ただ、大江の見解を独自にしているのは、社会党の政権を樹立して、軍備を解体し、軍事協定を解消せしめるというヴィジョンを実感をもってえがいていることである。しかし、大江は、日本は従属国であり、すべての元兇は米国にあるため、日本の解放は、ソ連圏の力なしにはおこなわれないという他力本願的な無責任論理、今日、前衛的な諸政党からふりまかれている謬見を無条件にうけいれているため、その反映として、軍事的な真空地帯になった日本はどうなるか、というような《暗い陥没》を感じてしまっている。世界はべつにソ連圏と米国圏からできているのではなく支配者と非支配者とからできているという見地は、ほとんど実感の外におかれている。

石原慎太郎にしろ大江健三郎にしろ、文学者としての社会にたいする感覚的な認識をはなれて、政治思想の領域にはいりこもうとするとき、奇妙に戦前派の思想家、文学者との癒着をしめすのは、なぜだろうか。皮肉をきかしていえば、それは、過去を忘れてしまった世代と、過去が絵巻物としてしか存在しない世代だからである。戦前派は、戦争中、傍観者または転向者的な協力者として、戦争から思想形成の血肉となる体験をくみとらずに過ごしてしまった。このような世代にとっては、戦争期は忘れはてたい悪夢にしかすぎない。かれらは、戦後十数年、いわば混乱した戦後社会のなかで、戦争の悪夢を忘れるような刺激に惑溺してきた。戦後社会が、飽和した独占段階に整備されたとき、かれらは、この社会そのものに対立すべき何らの思想もうみえなかったため、ついに国家独占そのものの問題を、日本人の民族の独立か従属か、戦争か平和かという問題としてしか提起することができないのである。これこそ、歴史の皮肉であり、わたしたち戦争世代の戦争責任論や天皇制体験の検討を、ただ、すぎさったものを掘りかえしている時代おくれとしてしか理解できなかったものたちが、当然うけとるべき思想的ちょうばつである。

これにたいし、石原や大江の政治思想があざやかに啓示しているのは、敗戦をさかいにした時代的な断層と、その断層にゆらいする形式をかえた回帰の問題である。戦争世代は、敗戦を契機にして日本の近代社会の本質を批判的に解明する作業を強いられた。これは、よそ眼からみれば大なり小なり倫理的な衣裳をストイックに被っているようにしかみえない。しかし、石原慎太郎などがひとつの典型としてしめしているのは、このような倫理的な衣裳をひつようとしない姿勢である。戦後社会は、強制的な制約感を石原などにあたえていない。石原が、「戦後を、この混乱と停滞を誰よりも享受したのは、われわれなのだ。何故ならわれわれにはその以前は殆どなかったのだから」(『三田文学』前出)というとき、象徴的な意味をもっている。戦後の混乱と停滞を体験したのは、生き残ったすべてであるが、戦争世代は《その以前》を意識のなかの断層としてもち、自己を方向づけるさいにたえず検討すべき対象としてもっている。しかし、石原などにとって《その以前》は戦争絵巻物としてしか存在しない。しかも、この絵巻物は、敗戦が日本の近代史の最大の事件だったという理由によって、遠い博物館の陳列室のように隔てられている。

じつは、戦前・戦中の時代が、絵巻物として、しかも遠い障壁によってへだてられた博物館の陳列室としてかすんでみえるという特質は、若い世代の政治思想を共通づける最大の指標である。ここに若い世代の未熟さだけをみつけようとするのは無意味であって、じつは、戦争・敗戦の体験がいかにおおきな意味を日本の社会にもたらしたか、かれらが身をもって象徴しているとみるべきであろう。皮肉なことに、若い世代の政治思想こそ、敗戦が日本の近代史を前期と後期とにわかつ重要な段落であることを象徴しているのである。

これにくわえて、第二の問題が重複する。かれらは、戦前・戦中と段落のちがった戦後に自己形成をとげながら、思想的には戦前派の乳をのんで育ったのである。戦前派が、戦後社会のなかでしめした思想的な混乱や政治的な錯誤や停滞にひきまわされ、しらずしらずのうちにその恩典によくしながら自己形成をとげたのである。いわば、戦争世代が異和感と陥没感にたえながらひそかに思想の自己批判を実践していた戦後十数年のあいだに、かれらは、戦前派との断層と癒着の理由をふたつながら身につけていたのである。

4

この間、戦前派とも戦争世代ともちがった独自の思想形成をとげえたのは、もっとも苛酷に戦後政治の混乱と錯誤にひきまわされた戦後世代の政治家たちだけであった。

かれらは、石原慎太郎や大江健三郎など若い世代の文学者、芸術家たちが、戦前も戦中も体験しなかった過去として必要としないばあいにも、独自にそれを検討しなければならなかった。なぜならば、過去と現在の社会にたいする科学的なヴィジョンなしには、あらゆる政治的行動はなりたたないからである。石原慎太郎、大江健三郎など《怒れる若者たち》が、ほとんど例外なく、自己形成と芸術的行動において、戦争・戦前への洞察をはじめから放棄し、放棄することを世代的な特権と化しているのにたいし、若い世代の政治家たちは、これをつかみとろうとしてひとつの独自な見解をたてている。むしろ、大江や石原のような同世代の文学者たちと逆に、戦前・戦争期と戦後期とを意識的に接続する努力をしている。たとえば「共産主義者同盟綱領草案」（『共産主義』4号）は、太平洋戦争期から戦後期にかけての社会的ヴィジョンをつぎのように分析している。

また、極東における市場分割の死闘は、やがて日米帝国主義者の公然たる軍事的対立をまねいた。戦時経済の要請は、巨大な重化学工業の発展を促した。これらの部門への進出は、厖大な固定資本の調達にこたえる大規模な資金の集中を必要とし、財閥の封鎖性を桎梏たらしめずにはおかなかった。株式公募、信用体系に対する国家統制、国家資金の撒布等の手段により、日本帝国主義は、国家独占資本主義へと推転した。

これらの努力にもかかわらず、最大の資本家的富を集積したアメリカ帝国主義者の力量の前に、日本帝国主義者はついに屈服せざるをえなかった。

しかし、第二次大戦によって壊滅的な打げきをこうむった日本資本主義は、おそいかかるプロレタリアートの攻勢を、いくつかの譲歩によってきりぬけることに成功した。

彼らは農民に土地を解放し、小農として若干の保ごを与えることによって、プロレタリアートの闘争をきりはなし、天皇制権力を背景にひっこめ、人民にブルジョア民主主義的権利を与えることによって、自己の政治的威信をつなぎとめようとした。

このような方向は、第二次大戦での仇敵日本の弱体化を狙うアメリカ帝国主義者の意図とも一致した。

しかし、敗戦、占領という事実は、日本ブルジョアジーにいくつかの後退をよぎなくさせたとはいえ、日本資本主義の合法則的発展を無視したアメリカ帝国主義の専横なふるまいや、「全一的支配」を結果しはしなかった。むしろアメリカ帝国主義者の占領政策は、「民主化」の偽装のもとに、日本資本主義の合法則的発展を劇的に促進した。財閥の解体は、国家独占資本主義の発展が、財閥の封鎖的性格を、解消せしめる方向に進むことをはやめ、徹底化した。復金再融資、見返り資金特別会計等の国家による資金の援助は、戦争経済によって推転を必然とされていた国家独占資本主義の機構を保有せしめようとする意図からでたものに他ならなかった。

この独自な分析のうち、とくに、注目すべき点はふたつあるとおもわれる。そのひとつは、太平洋戦争期における上からの至上権による、株式公募、信用体系に対する国家統制、国家資金の撒布等の手段が、国家独占資本主義への転化をかえってうながした、という見解である。他のひとつは、敗戦・占領という事実によっても、日本資本主義の合法則的な発展を無視したアメリカの《全一的な支配》は、不可能であったという見解である。

わたしなどがいだいている太平洋戦争期から戦後期にかけての社会的ヴィジョンは、これとはすこしちがっている。第一に、太平洋戦争期は、天皇制下における独占資本主義の高度化と、封建的な諸要素の緊張がつよまってゆく潜在的な過程であり、敗戦・占領は、天皇制権力の消滅、独占資本主義の機能破壊から回復への過程、農業における封建的関係の消滅の過程、独占資本の権力掌握の過程である。いいかえれば、太平洋戦争期は、三二テーゼが規定する権力構成がしだいに構造をかえていった過程であり、敗戦・占領は、ブルジョア的な変革がしだいに完成する過程である。わたしは、べつに社会経済学者ではないから、この見解に政治的な箔をつけようとはおもわないが、なお若い世代の政治家たちの見解は、思想的に検討すべき問題をのこしている。かれらは、三一テーゼを評価し、二七、三二テーゼを不毛とかんがえ、「帝国主義戦争の決定的前夜に絶対主義『天皇制打倒』と二段階革命論のドグマによって、いうに足るほどのプロレタリアートの闘争を組織することができなかった日本のマルクス主義的前衛は第二次大戦中の決定的な瞬間を無為にすごすしかなかった」(『共産主義』4号「綱領討議を組織するに当って」)とかいているように、戦前・戦争期・戦後期を連続した一本の直線のように、一貫して独占資本の高度化、国家権力化の過程としてとらえている。たとえてみれば、石原慎太郎や大江健三郎など同世代の文学者が、戦前・戦争期を巨大な隔膜のむこうにある過去とかんがえて芸術的な行動のらち外においているのと、ちょうどうらはらに、戦前・戦争期・戦後を直線的なアスファルト路で切開しているのににている。

わたしなどの過去のヴィジョンは、これらとはちがっている。すくなくとも、わたしは、日本のマルクス主義的前衛が第二次大戦中の決定的な瞬間を無為にすごすしかなかったとはかんがえず、無為から協力への二段階の転換をへてきたと評価し、その原因を独占資本的な要素と封建的な諸要素との複雑な関係を、天皇制の絶対主義的な性格が規制したため、社会構成を水面下の世界で総体的なヴィジョンにおいて把握しきれなかったものだとかんがえてきた。三二テーゼの機械論のせいよりも、さくそうした日本の社会構成のなかで、それを適用するだけのヴィジョンをもちえなかったためだとかんがえてきたのである。だから、帝国主義戦争の決定的前夜に、絶対主義「天皇制打倒」と二段階革命論（社会主義革命への強行的転化の傾向を持つブルジョア民主主義革命——註）のかわりに、三二テーゼをもってきたとしても、なにほどの相違があったとはかんがえることができないのである。

ここには、戦前・戦中・戦後をつらぬく日本の社会にたいするヴィジョンの相違があるとともに、よりおおく戦争世代と若い世代との体験の断層があるとかんがえられる。わたしに戦争体験がなかったら革命はなによりも政治権力の問題であるとでもいってすましていただろうが、残念なことに政治権力と社会構成とを有機的につなげるヴィジョンなしには、あらゆる行動が成立するとはかんがえられないのである。わたしのような戦争世代が、じぶんの戦争期体験を割高にみつもりすぎているのか、または、若い世代が天皇制の消滅した戦後に自己形成をとげたため、戦前・戦中の天皇制の社会構成におよぼすおおきな圧力を割安にみつもりすぎているかのいずれかである。なぜならば、現在の社会状況にたいするヴィジョンについて、わたしは、若い世代の政治家の見解にそれほど異論をもたないのである。たとえば、若い世代の政治理論家のひとり、姫岡玲治は、現在の日本の独占資本の国家権力化の段階を分析しながら、つぎのようにかいている。

金融独占資本は、その過剰人口を農業その他の中小企業に形成し、保有し、それを一方では労働力の給水源として利用しながら、他方では、独占価格による独占利潤の取得のための収奪の対象としても利用するのである。したがって、金融独占資本のもとでは、農業その他の中小企業の残存と再形成とは、機構的に必然とされるのであって、金融独占資本の基礎に手をふれずには、これらの旧社会の残存物を一掃することはできないのである。このように金融独占資本が旧社会を徹底的に分解することによって純粋な資本主義社会の実現にすすむという傾向を、逆転することになったのは、まさに資本主義が特殊歴史的社会たることを示すといってもよいであろう。（『共産主義』3号「民主主義的言辞による資本主義への忠勤」）

わたしのとぼしい知見では、共感すべき提言のようにおもわれる。わたしは、いままで、日本の近代主義的な思想家たちが、前近代的な社会様式、思想様式とかんがえているものが、高度の近代的な社会様式、思想様式と対立ばかりするのではなく、それは現代の日本の社会様式、思想様式の総体の構造として理解すべきではなかろうか、という疑いを二、三かいてきた。近代主義的な思想家が封建的な様式、または、伝統的な様式として反近代とかんがえているものは、高度の独占社会のいわば必然的な属性であって、文明開化を単純に西欧近代にむすびつけ、前近代的な、または伝統的な様式を未開化にむすびつけるのは不当である、と、おもわれたのである。姫岡のこころみている分析は、これを思想的にほんやくすれば、前近代的な様式は、むしろ高度の国家独占状況の必須の成立条件とみなしているようにおもわれる。このようにして、若い世代の政治家は、広汎に資本主義以前の関係をのこしたまま帝国主義国となる後進資本主義国においても、もはやプロレタリア革命以外に、いかなる社会的矛盾の解決もありえないという結論に到達するのである。

このような現状分析からは、現在の政治状況にたいする独自な見解がみちびかれる。たとえば、安保改訂の交渉は、日本の独占体制がその発展の過程で、米国独占体制につきつけた独立化の要求によってはじめられたもので、その妥協点は、双方の独占資本の冷静な利害の均衡にもとめらるべきもので、この安保改訂によって日本の《従属が深まった》などという見解は一片のドグマにすぎぬとされる。安保条約の問題を、日本資本主義発展の内在的論理と市場争奪戦における国際ブルジョアジイ間の協定として理解し、労働運動の日常的なたたかいとむすびつけて説明するのでなくて、《わが国》の従属か独立か、戦争か平和かの問題とむすびつけるような傾向を、疑問の余地なくしりぞけている。

かれらには、政治権力と社会構成と生産様式とを直線でむすびつける傾向がみつけられるにもかかわらず、ただ国家意志だけをぬきだしてきて、「安保条約改悪のもくろみをはらむアメリカ＝岸体制」などを強調している連中よりも、はるかに正当な現状把握があるといわなければならない。注目すべきは、こういう若い世代の政治家の社会ヴィジョンの根底には、国家的な規制力や民族的な封鎖性をとかれ、高度化した戦後の独占社会のなかで、ばらばらにきりはなされた個的な意志によって自己形成をとげたものだけにみられる社会把握の方法があることである。かれらにとって社会構成だけが主要な思想形成のカギであり、国家とか国家意志などが精神的な規制力としてその思想形成のなかに傷を刻みこんではいないのだ。ここにはわたしたち幻滅の世代と若い世代とを結びつける唯一の通路があるとしなければならない。

おそらく、わたしたち戦争世代は、国家的な制約、民族的な幻想などを、もっとも、はげしく打ち破られた世代にぞくする。敗戦の当初など、国家とか民族とか日本人などということばは、きいただけでも傷がしみだすのを感じた。いまでも、抵抗なしには、このようなことばをつかいえない。こういう破産を根づよく解明しようとするとき、どうしても戦争責任や天皇制体験の解明にむかわざるをえなかった。いいかえれば、もっとも特殊的な、民族的な体験の解明に固執せざるをえなかったのである。もっとも幻滅したものにむかって、解明の矛先きをむけようとする傾向は、わたしたち戦争世代にある程度共通した思考方式であるということができる。わたしたちが戦争体験や天皇体験に固執するとき、それは、過ぎさった時代の一区劃に固執しているのではなく、民族的な特殊的な社会様式や思想様式を、もっとも密度のおおきい場所で解明しようとするものにほかならず、その原動力をなしているものは、民族的な特殊的な制約に思考を限定させようとするあらゆる傾向にたいする徹底的な否定にほかならないといえる。

わたしが、戦争・戦前の文学思想や政治思想の追究からもっとも学んだところは、あらゆる政治的な課題は、社会の総体的なヴィジョンとの有機的なつながりにおいて考察しなければ解き得ないという問題である。ここにわたしたちの挫折の蓄積がある。わたしなどが、戦前・戦中・戦後をむすぶ社会的なヴィジョンを異にし、その解明の方法を異にしながらも、戦後世代と癒着しうる可能性を見出しうるとすれば、この世界を、民族的な国家的な区わけによってみるのではなく、構成的にみることができるという点で、若い世代の政治家の思想とだけであろう。

若い世代のこと

昭和三十四年九月十二日の『図書新聞』で、たまたま文芸時評を担当したとき、大江健三郎の『われらの時代』について触れた。いまのところ、わたしは、そのときの評価をかえる必要をみとめない。だから、あらためて、なにかこの作品について再論する気はないのである。

この若い作家が、べつに『われらの時代』などという世代的自己主張をしなくても、『死者の奢り』以来の作品活動によって、かけ値なしに日本の現代文学の第一線に位置していることは、否定的な評価を長篇『われらの時代』にくだしているいかなる批評家も認めざるをえまい。それが認められないとすれば、批評家などといえたものではなく、せいぜい政治家になれないで、文学批評のはんいで政治的なあらさがしをやっているつまらぬ芸術政治屋にしかすぎない。

わたしが『われらの時代』を興味ぶかくおもったのは、大江がこの作品で、コミュニスト八木沢という若い世代の政治家を造形し、それとの対比において主人公の靖男の行動や思想の様式を表現している点であった。このコミュニスト八木沢が作中でもらす言動をとらえて、こういう社会ファシストまがいのせりふを吐かせる作者は怪しからんなどという批評をやった批評家がいたが、くだらぬ批評だとおもう。あきらかに、大江はコミュニスト八木沢によって、あらたな若い世代の類型をえがいたのであって、それは、従来、どんな文学者も想像しえなかったものにちがいはない。こういうことは、簡単なことのようだが、はっきりした現実感覚をもち、微細な時代の徴候を受感できる鋭敏な感覚と想像力がなければ、なかなかできることではない。まず、最初にあたらしい人物の類型を提出するということは、時代認識について先行していることが前提となる。出来上った人物は、作者の思想と造型力によって如何様にも歪み、限定されるが、社会にたいする感覚的な認識が、たれよりも優先しているという条件なしには、あらたな類型はえがきえないのである。わたしには、この一事だけでも、『われらの時代』という作品は評価されてしかるべきとおもわれたのである。

しかし、いったん、文学の領域をはなれて、政治的な問題について発言するとなると、大江健三郎には、相当に失望させられた。「現実の停滞と文学」（『三田文学』五九年十月号）のなかで、総評の太田薫などに敬意をふりまいてみたり、軍備なき日本は、朝鮮との外交でどうなるのか、などとかいているのをみると、あまりの情けない政治意識に落胆するほかはないのである。文学的な創造力のもんだいと、政治意識のもんだいを、単純に同一視するわけにいかない好適な例ではないかとおもう。やはり野におけ、というコトワザは、この作家にぴったりとあてはまる。

わたしが文学の面だけかんがえて、若い世代の作家には、当然出現すべくして出現していない空席があるようにおもう。石原慎太郎の隣りに、大江健三郎がいるが、大江健三郎の隣りには、誰もいないのである。石原慎太郎の右隣りには、たとえば、福田章二がいる。しかし、大江健三郎の左隣りには、だれもいないのである。この理由は、いくつかかんがえられる。ひとつは、日本の左翼文学が文学のなかで政治批評をやっているつまらぬ批評家と、コミュニスト八木沢的なセリフでいえば、老いぼれの権威主義者、芸術政治屋、政治的芸術屋しかいないため、若い世代は、その亜流としてしか再生産されないことである。もうひとつの理由は、政治運動自体のなかで、まったく同様の現象があるからである。こういう状態では、よほどの強じんな意志と才能とがなければ、優れたあたらしい類型の作家は、あらわれてこないのではないかとおもう。じぶんの馬鹿さ加減に気付かず、文学と政治の運動を閉塞させているコワイ小父サンが多すぎるのだ。一掃するにしくはない。まだ、強固な資本主義体制のなかにある現状で、大衆の運命よりも、じぶんの属している政党の組織原則の方が大切なような政治家は、革命者の名に値いしない。また、こういう政治家によって社会の変革はおこなわれるはずもない。

ようするに、わたしたちは、混乱の過渡期にもまれながら生きている。レーニンやトロツキーのような、すぐれた革命家もまだ生れていないし、すぐれた革命的な芸術家もうまれていない。すべては、看板をなぞっている亜流にしかすぎないのである。ただ、希望をもちうるのは、老いたるものは確率的に早く死に、若いものは学び、たたかい、おいつき、おいこす可能性をもち、幼児はどんな相貌で子供になり大人になるか判らないということだけだ。

ほんとうは、『われらの時代』も、若い世代の特権もあったものではない。文学思想や政治思想の継承方式のうちで、より年長の世代が刻苦して築きあげた基礎を、当然のものとして平然と出発点となしうるということが若い世代の特権である。また、自分の体験がどのように過誤の体験であろうとも、それをもとにしてねばり強く歩みつづけなければ、若い世代とのあいだに分裂を生ずるのが年長の世代の悲惨である。また、ねばり強く歩みつづけることができれば、おなじ距離を歩いた間に、若い世代よりも豊富な体験に邁進できるというのが年長の世代の光栄である。わたしたちの周囲には、特権を自ら放棄している若い世代と、光栄を自ら放棄している年長の世代とが多すぎて生産的なものが、かげをひそめているのが時代情況であろう。

知識人とは何か

わたしは、昨年中の大半をひとりの批評家と論争をしてくらした。もともとわたしは、そのわたしの敵から何ものも学ぶべきものをもたないことを識っていたので、論争ははじめから最後まで、ただ傷つけあいにおわった。わたしにしてみれば、その論争を塩にして、日本ファシズムの原型について、いくらかの考察をすすめえただけが収穫であった。

しかし、わたしたちは、現在不毛な、砂をかむような思いにたえることなしに、何もなしえない社会情況にある。そこで、わたしは、実りおおく紳士的な論争の機会にめぐまれ、尊敬にあたいする敵にめあわされても、けっしてそれを択ばないだろう。それは、一般的に、現在の情況の倫理にあわないのである。わたしたちは、あらゆる可能性から排除されている。不毛な敵とたたかうことなしに、すこしも歩むことはできない。それは責任であり、日常性の問題である。それは、知識人の資格でもあり、また、知識人であることを御免こうむるための資格でもある。

一九五二年、J＝P・サルトルはA・カミュとの論争で、こうかいている。

ところで、君や僕のような者は、舞台の柱につかまって、お互いに健全な疲労にひたって公衆の喝さいを受けているわけだ。だが、僕にはそんな芝居はできないからね。僕は自分の名前でしか、話したことはない。それに、僕は疲れていても、それを口にするのは少し恥かしい気がする。もっと疲れている人間が沢山いるからね。カミュよ、疲れたら一休みしようではないか。お互いにその方法を心得ているのだから。だが、僕たちの疲労を計算させて、世間を戦慄させようと望むのは止めにしよう。

サルトルは、ここで「老齢と不幸に打ちひしがれた老いたる闘士」である共産党員について語らず知識人について語る。知識人とは何か。それは、疲れたら一休みする方法を心得ているもののことだ。そして、何によって、その方法をえとくするのかを、おなじ論文で《知識という巨大な富》というコトバで語っている。

しかし、わたしは、知識人について、サルトルのように語るべき伝統と実感をもたない。また、わたしの網膜にうつる知識人の像は、《知識という貧弱な富》をもつジャーナリストか、知的道楽者である。床屋政論家でなければ組織の下僕である。

そこで、わたしたちの社会は誘惑するのだ。知識人などさらりとやめて、庶民または大衆になろうではないか、と。そしてわが日本知識人にたいして、たたかいを宣告するときの快感のようなものが走るのを覚える。わたしたちの社会が、庶民または大衆としての水準で、きわめて窮乏化し畸型であることは庶民や大衆の生活体験を複雑にしまた抵抗多いものにしている。生活水準が向上し豊かになったなどというのは、ただ、中間層以上にだけ該当するまったくの幻想である。そこで、庶民や大衆は、複雑な抵抗多い日常体験をもとにして、知識人、文化イデオローグ、思想イデオローグの優位にたつ可能性をもっているのが、日本の社会における特質であるということができる。

今日、日本の知識人は、平和を守らねばならぬという口実をたてにして、その向上したであろう生活水準と、高度化したであろう生活資料とを、手ばなすまいとやっきになっている。進歩主義的な保守が、日本知識人の指標である。わたしたちは、これを転倒しなければならない課題を負っている。

そのためには、庶民や大衆が日常体験を根強くほりさげることにより、知識人の世界、雰囲気、文化から自立しなければならないとおもう。かれらのふりまく文化、イデオロギーを、擬制的なものとして退けねばならない。この課題に耐ええないならば、庶民大衆の水準からは何ごとも始まりはしないのである。

知識人は、庶民や大衆になりうるだろうか。もちろん、日本ではなりうるし、わたしたちは、大なり小なり無意識に庶民や大衆でしかありえない社会に生きている。ただ、意識的に庶民や大衆であろうとつとめさえすればいいのである。このようにして、日本では知識人は、庶民大衆との二重性としてあらわれ、はじめて知識人としての自立性を得ることができる。それ以外の方法、たとえば、サルトルのように疲れたら一休みする方法を心得た知識人になろうと欲するものは、日本では、知的道楽者か、進歩主義的な保守にしかなりえないのだ。

すくなくとも、戦後、十数年、日本の知識人は、革命的な政党に巣くった擬制イデオロギー（それは、戦争中、日本のマルクス主義者の殆んど全部が、転向ファシズム・イデオロギーに滲透されたことによる）の批判者としての役割をはたすことによつて、自立性と進歩のために力をかすことができた。情勢はかわり、批判された政党も、批判した知識人も、いまは一体となって合唱をはじめている。戦争か平和か、民族の従属か、中立か、というような。

ここで、何かが終ったのである。批判された組織も、批判した知識人も、演技をおえた役者にしかすぎない。合唱は、にぎやかであればあるほど葬送にふさわしい。わたしは、その墓を掘ってやるほどの暇な人ではないから、わが道をゆこうとおもうのだ。

わたしの網膜には、敵がくろぐろと凝集した何かの核のようにうつっている。その余は、いかににぎやかな祭りを演じていようとも影にしかすぎない。ある不毛な、抽象的な重い力で、敵が存在しているのがみえる。これとのたたかいは、戦慄のない砂漠のようなたたかいであり、知識が試練をうける最後の場所である。
「時代はきびしく、また混乱している。」きのうまでの進歩的知識人は、きょうは、ただ、ムードとして保守を欲する反動にかわった。そして、また、予想もしない方向から、味方があらわれるかもしれない。知識やイデオロギーは、丁稚奉公人の頭に宿るものではないのだから、わたしたちは、年期という奴にころりとまいることを警戒すればたりる。また、わたしたちの歴史は、いつも、前方にわだちのあとをのこしているものではないことを理解すればよい。

さて、最後に、わたしたちの社会で、知識人とは何か、を語るべき段階にきた。それは、サルトルとは反対に、疲れても一休みすることを心得ないもののことである。一休みするものは、ヤブ入で、祖先がえりをやっている思想や政治や文化の丁稚奉公人にしかすぎない。サルトルのように、手易く歴史のなかにあるなどということを意味づけ、そのかわりに一服してはならない。ただ、疲れても休まない方法をさぐらなければならないだろう。

短歌的表現の問題

1

短歌表現の特質はどこにあるのだろうか。こういう根本的な問題にたいして、わたしたちがあたえられているのは、伝統的な詩型のひとつであるとか、定型的な音数律五・七・五・七・七から成る詩型であるとか、短詩型文学の一種であるとかいうような漠然とした解答にかぎられている。短歌的な表現のもつ特質を、こういう外観的なつかみかた以外のつかみかたであたえられてはいないのである。

しかし、実作者である歌人は、こういう外観的なみかたに満足することはあるまい。なぜならば、実作者は短詩型のなかで、短歌でしか当面しない独特な表現上の格闘を、いつもしいられているからである。短歌に固有な表現上の問題に方向性をあたえうるような理論的な解明はできないか。これが、短歌表現論の本質的な課題であり、また、短歌が芸術としてもっている社会的な性格をあきらかにするために、欠くことのできない前提条件である。わたしはここで、この問題に二三触れてみたいとおもう。

まず、はじめに、短歌が現代でもなお保存している表現の原型を仮説として設定してみなければならない。わたしのかんがえでは、この原型はつぎのように仮定することができる。

1 |客観的表現|空白|

2 |客観的表現|主体的な感覚をあらわす助詞・助動詞・形容動詞等|

ここで客観的表現というのは、自然とか事物とか客観物の表現ということではなく、作者主体のがわから客観的に叙述している表現というほどの意味である。このような原型的な作品を、『短歌』の新春特別号「短歌作風変遷史」の現代の部から二三えらびだしてみよう。

国境追はれしカール・マルクスは妻におくれて死ににけるかな　（大塚金之助）
隠沼の夕さざなみやこの岡も向ひの岡も松風の音　（藤沢古実）

この作品は、国境を追われたカール・マルクスは妻より後に死んだとか、隠沼に夕さざなみがたち、こちらの岡も向いの岡も松風の音がしているというだけの意味で、それがどうしたとか、だからどうなのだとかいう作者の主体的な意志をのべる表現は存在していない。ここに、短歌的な表現の原型があると仮定して、さして不都合はうまれてこないとおもう。なぜ、ただ、何々がどうであるというような客観的表現だけで、作者の主体をあらわす叙述がない表現が、詩の作品として一定の自立感をあたえうるのであろうか。それは、一見、ただ客観的な叙述にすぎないとみえるこれらの短歌的な原型も、よく分析してゆくと、かなり複雑な主客の転換をいいあらわしているからである。「国境追はれし」の一首で具体的に分析してみよう。

「国境追はれしカール・マルクスは」

ここまでの表現で、作者の主体は、じつは観念的にカール・マルクスに移行して国境を追われているのである。

「妻におくれて」

この表現で、マルクスになりすました作者が、「妻にさきだたれてしまったな」と述懐しているのである。（あるいは、一旦、観念的にカール・マルクスになりすました作者の主体は、ここでふたたび固

有の作者の立場にかえって、マルクスが妻が死んだ後も生きていたという歴史的事実をのべていると解釈してもよい。）最後の、

「死ににけるかな」

のところへきて、作者は自分の主体的な立場にかえってマルクスの死の意味をかんがえている。一見すると単に歴史的な事実を客観的に表現しているにすぎないとかんがえられるこの作品も、高速度写真的に分解してみると、作者の主体が、一旦、観念的にマルクスになりすましたかとおもうと、マルクスのせりふをつぶやき、また、作者の固有の立場にかえってその死を主体的に意味づけるというような、複雑な転換を言語表現の特質に即してやっていることがわかる。（この転換が、創造過程で無意識的にあるいは習慣的におこなわれたか否かはもんだいではない。）こういう、作者が短歌詩型のなかでやっている転換が、一首の芸術的な感動をかたちづくっていることは、うたがうことができぬ。表現分析に慣れるため「隠沼の」一首にも触れておきたい。

「隠沼の夕さざなみや」

この表現で、作者の主体は、夕方の隠沼の水面にたっているさざなみを視覚的にみて、ある感情をよびさましている。

「この岡も向ひの岡も」

ここで、さざなみを視ている作者の視線は近景の岡に移り、つぎに遠景の岡にうつる。

「松風の音」

で、作者の主体は、岡の松に吹く風の音を聴いている。

句の時間的な構成としては、一瞬にすぎない短歌型式のなかで、作者が視聴覚を移動させている実際の時間と転換の度合は、かなり複雑であり、これがこの作品に芸術性をあたえている本質的な表現上の理由である。素朴な誤解をさけるために、あえていえば、このような言語分析は、実際に作者がそうし

てつくった写実的な作品であるかどうかということとは無関係であり、また、わたしは、べつに、「国境追はれし」や「隠沼の」の二首を、短歌としてそれほどすぐれているとおもっているわけでもない。

この種の短歌的な表現の原型をしめしながら比較的に成功した作品をあげておこう。

畳の上に妻が足袋よりこぼしたる小針の如き三月の霜　（山下陸奥）

「畳の上に」

で、作者の主体は畳に視線をおいている。

「妻が」

で、作者は作者である一般的な立場から突然妻にたいする「夫」という特殊な立場に転換する。この転換は巧みで重要である。

「足袋よりこぼしたる」

で、作者は妻の立場に、観念的に移行しながら、同時に夫である立場で妻の足袋をみている。足袋という表現が生々しいのは、この特殊な設定による。

「小針の如き三月の霜」

小針の如きというのは作者が視ている霜の形にたいする直喩であるとともに、作者の主体を夫という特殊な立場に設定したために妻にたいする情感がひとりでに喚起した針の連想であり、その情感は、春めいてきた三月という季節感につながっている。客観的表現─空白 というにすぎないこの作品が、いかに複雑な作者主体の視覚と観念の転換や連合を表現しているかはあきらかである。いわば短形に限定されることにより、複雑な主客転換と観念連結を変り身はやく行わねばならないという短歌的な宿命が、逆に短歌に独特の表現性格をあたえている。

2

現代短歌の性格を問題にしようとするばあい、とくに重要とかんがえられるのは、いままでのべてきた短歌的な表現の原型に、ひとつのヴァリエーションを設定しなければならないことである。このヴァリエーションは、客観的表現→空白　または、客観的表現→主体的な感覚を表現する助詞・助動詞・形容動詞等　という原型をとりながら、この客観的表現が超感覚的な言語や抽象的な言語による作者の主観の表現となっている場合である。実例を示してみれば次のようである。

呪詛の声今は弱者の声として歳月が又許し行くもの　（近藤芳美）
人間の類を逐はれて今日を見る狙仙が猿のむげなる清さ　（明石海人）

これらの作品の表現としての骨格は、さきに原型として示したところとすこしもかわっていない。それにもかかわらず、これらの短歌で、ただちに形象的な感覚をあたえる言語は、明石海人の作品のなかの、「狙仙」という人名と「猿」という言葉だけである。「呪詛」とか「弱者」とか「歳月」とか「人間の類」とかいう言語は、いずれもそれ自体で形象的な感覚をあたえない抽象的な言語にほかならない。こういう言語にしかない表現を重層化して、かなり複雑な思想的意味を感覚化しているのが、これらの作品の特長であり、いいうるならば、現代短歌がもっている特長の一方の傾向を典型的にあらわしているということができる。しかも、表現の骨格は、短歌的な原型をくずしていないのである。この種の作品が、なぜ、かなり高度な思想的な意味を感覚的に表現している短歌詩型となりえているかを具体的に分析してみなければならない。近藤芳美の作品を例にとれば、

「呪詛の声」

これは呪詛を発する人々の声という意味で、客観的な表現である。それにもかかわらず、この表現が超感覚的な非具象的な表現であるため、作者の主体が、同時に呪詛を発する人々のなかに投入されうる特質をもっている。あくまでも客観的に呪詛を発する人々の声を表現しているにもかかわらず、主体をも投影している二重性の表現である。この作品のあたえる複雑な思想性は、まず、はじめの導入句がすでに内包している。

「今は弱者の声として」

「今は」という表現は、作者の主体的な判断であるが、ここで作者の主体は、過去にさかのぼって呪詛の声の発せられた時代をかんがえ、ふたたび現在にひるがえって「今は」と表現しているのであり、この主体的表現を、呪詛の声のすぐあとにはさむことによって、呪詛の声に時間的な二重性をあたえることになっている。この「今は」によって、作品の思想性は、さらに複雑化している。だから、呪詛の声は、過去のある時代（作者は具体的に昭和初年を想定しているのだろう）にも、そのとき弱者の声として蔑視されたが、現在もまた、弱者の声として無視されようとしているという思想的な意味の二重性を表現しえているし、また、同時に、作者は主体的にそのときも、いまも自分は弱者の声を発する人々のなかに内包されるという感慨をも表現しえている。

「歳月が」

弱者の声として、という表現で投入せられている作者の主体は、ここではっきりと分離して作者の立場にかえり、客観的に歴史というものを「歳月が」と表現している。

「又許し行くもの」

「又」は、さきに「今は」という表現で喚起した過去のある時代と現在との時間的な二重性をうけることばとして成立している。「許し行くもの」は、いうまでもなく［客観的表現］［空白］の［空白］にあたる表現を背後にかくしており、ここで、作者は主体的な立場にかえって、このように呪詛の声を弱者の声として圧し殺してすぎてしまう歴史とは、いつも憤ろしさに耐えないという主体的な意志を、空白によって表現しているのである。近藤の作品は、いつもそうであるが、短歌的な原型を保存しながら、超感覚的な言語を使うことによって複雑な思想的意味を感覚化することに著しい効果を発揮している。

明石海人の作品を例にとれば、

「人間の類を逐はれて」

これは、客観的な表現でありながら、人間の類を逐われた（ライ病で）のは、作者である「わたし」なのだという性格をもった表現として存在している。人称の省略は、日本語の特長みたいなものであるが、短歌は詩形がみじかいという特質によって、この人称省略を逆説的に活用することができる。この作品の場合でも、「人間の類を逐はれて」という表現を、ただちに作者の主体的な表現とかんがえるのは、誤りであるとおもう。作者の主体からみれば、あくまでも、だれかが人間の類を逐われたのであって、そのだれかはこの作品では、「わたし」であるという関係をしめす表現とかんがえるべきである。

「今日を見る」

ここでも近藤の作品の「今は」とおなじように、時間指示の名詞「今日を」は、なかなか複雑な表現である。「今日を」という短歌や俳句でしかつかいえない表現によって、昨日や一昨日もみたし、明日もみるかもしれないが、ことさら今日みるのである、という意味を、内包している。その今日とは、人間の類を逐われた（この場合、ライの宣告をうけた）今日なのである。

「狙仙が猿の」

もちろん、狙仙の猿の図のかけ軸か何かを意味するであろう。しかし、表現論としてみれば、この作品のなかで、「狙仙が猿の」はかなり複雑である。狙仙の猿の図は、この作品で、具象物を表現している唯一の表現である。したがってこれは、作者の主体的な立場からも視ることができるし、人間の類を逐われた作中の「わたし」からも視ることができる。じじつ、この「狙仙が猿の」という唯一の具象的な表現は、作者の主体的な立場からの視覚的表現でもあり、また、作中の「わたし」からの視覚的表現でもあるという二重の意味をもっている。この二重性によって、作品にある普遍的な展開の感覚をあたえることに成功している。この「狙仙が猿の」という具体的な視覚表現がなかったら、この作品は、これほど優れたものとはなりえなかったのは、うたがいない。たとえ、思想的な意味として、もっと緊迫したコトバがつかわれた場合を想定しても、そう断定できるとおもう。

さらに、

「むげなる清さ」

という表現は、前句が作者の主体と、作中の「わたし」との二重の視覚表現であることによって、はじめて鮮やかな印象をあたえている。「むげなる」という形容動詞は、作中の「わたし」が狙仙の猿を視た印象であり、「今日を見る」ためにはじめてうけとる印象を形容している。しかし、「清さ」というのは、おそらく、作者の主体からの印象と作中の「わたし」からの印象を二重にうけているのである。だから、昨日も一昨日も、明日も、狙仙の猿は清しい印象なのだが、人間の類をおわれて今日みた印象は、「むげなる」清さだったのである。わたしは、年少のころ、明石海人の「白描」をよんだとき、この「狙仙が猿のむげなる清さ」というのを、狙仙の猿は、むげなる清さをもっているという作者の先験的な印象が以前からあり、それを偶然ライの宣告をうけた日に見たときの心情の表現という風に理解していた。いま、あらためて解析してみると、そうではなく、「清さ」という印象が、先験的なもので、「むげなる」という形容をつけた「清さ」が、ライの宣告をうけた日の印象ととるべきであるという見解にかたむく。もちろん、「狙仙が猿」は、ふだんは、何の印象もないつまらぬものと思っていたのが、ライの宣告をうけてあらためて「むげなる清さ」という印象を焼きつけられたのだ、という見解も成立つが、これをとらないほうが、この作品が単純そうでありながら、複雑な印象をあたえる理由を解きうるとかんがえる。

3

短歌的な発想の原型は、形象的なイメージや具象的な自然物を表現するという地点から、現代短歌においては、形象をともなわない超感覚的なコトバや抽象的なコトバをつかって、思想的な意味を感覚的に重層化する方向へ移動していることは、ほぼ推定できるところである。このばあい、一見すると古典詩形のひとつとしての短歌的原型を保存しているようにみえながら、その言語表現としての転換の複雑さは、日本語の散文ではとてもかんがえられないほど、変り身はやく展開され、それが、現代短歌にいまなお芸術性をあたえていることを、具体的な作品を解析しながら指摘してきた。

このような現代的な原型を軸にして、短歌表現はどういう特長をもって、拡がっているのであろうか。この問題は、現代歌人の全作品を入念にたどることによってしか、解くことはできない。わたしは、その鮮明な特長のひとつとして、ここでは、喩法の導入ということと、超感覚的な、あるいは抽象的な言語の感覚化の方法をあげたいとおもう。

肉うすき軟骨の耳冷ゆる日よいづこにわれの血縁あらむ　（中城ふみ子）
山の宿にをとめのままに老いむとす蒼き乳房をひとに秘めつつ　（大野誠夫）

これらの作品には、短歌に独特な喩法の典型がしめされている。一般的にいって喩法は、言語表現の意味の関係が対応づけられるようなふたつ以上の構文のあいだにすべて可能なはずであるが、短歌的な表現は、その喩法に二重性をあたえることができるし、また、もともと喩法として存在しない句に、喩法としての重複性をあたえうるところに特質があるということができる。中城ふみ子の作品を例にして具体的にこれをしめせば、

「肉うすき軟骨の耳」

このはじめの表現は、肉うすきというコトバが視覚的な形容であるために、作者の主体からは客観的な表現であり、次に軟骨のという触覚的にうけとれる形容によって、この耳が作者の主体にもうけとれるものとなっている。このふたつの感覚的に異質な耳の形容は、即物的な形容でありながら、すでに即物性をはなれた感覚を暗示しえているのは、このように視覚的形容と触覚的形容とを重ねたところからきている。

「冷ゆる日よ」

ここで冷ゆるという自動詞によって、耳は主体的な表現として集約される。

「いづこにわれの血縁あらむ」

短歌的な構成からだけかんがえれば、この下句は、上句とは無関係であり、したがって全体の構成的な意味は、耳が冷たくひえてくるようにおもわれる或る日、自分の血縁はどこにいるのだろうか、どこにもないのだ、ということを考えた、というほどのものになる。たとえば、これが現代詩の表現であったら、それ以外の理解は不可能なものとなり、この上句と下句は、行わけされることになる。しかし、この短歌の場合、あきらかに、これとはちがった重層化された意義がある。いいかえれば、「肉うすき軟骨の耳冷ゆる日よ」が、「いづこにわれの血縁あらむ」という表現の暗喩としての機能をはたしているとかんがえることができるのである。したがって、この作品の思想的な意味は、「いづこにわれの血縁あらむ」ということだけであり、「肉うすき軟骨の耳冷ゆる」というのは、いづこにわれの血縁あらむ、ということを暗喩的にのべた表現としての意味をもっている。この即物的な耳の表現が、即物的な

意味のほかに、このような暗喩的な意味を二重に内包できるのは、作者が、耳の形容句に、主体的な表現と客観的な表現とを変り身はやく重ねており、それが短歌的な可能性の特長をなしえているからである。

まったく、おなじように、大野誠夫の作品で、

「蒼き乳房をひとに秘めつつ」

という表現は、乳房をひとにかくしながら、という動作をあらわす即物性の外に、「山の宿にをとめのままに老いむとす」の暗喩の機能をはたしていると解すべきである。だから、この作品の思想的意味は「山の宿にをとめのままに老いむとす」ということだけに存在している。なぜ、この下句が暗喩としての機能をもちうるかの理由は、中城の作品のばあいとまったく同様である。それは、一見すると視覚的な表現のようにみえる「蒼き乳房」という表現が、作者の主体的な立場からの概念的な表現としての意味をも内包しており、また

「ひとに秘めつつ」

という表現も、作中の「をとめ」が他人に乳房をかくす動作を表現しているようにみえながら、同時に、作者の主体が、山宿の「をとめ」に与えた概念的な意味をも重複させているからである。したがって、この短歌の全体の表現のなかで、「蒼き乳房をひとに秘めつつ」という表現は、暗喩的に表現された「山の宿にをとめのままに老いむとす」の同義句としての性格をも内包することができるのである。

ここにあげた中城ふみ子や大野誠夫の作品は、短歌的な喩法のもっとも典型的なものであるが、いわば、短歌的な喩法が、作品のなかで構成的な意味の機能と、暗喩としての機能とを重複してもつところに特質があるとすれば、あきらかにつぎにあげるような作品は、この重複性を分離するために、短歌的表現自体を客観的表現と主体的な表現とにおおきく分離し、その対照性のなかにかろうじて短歌的な特質を保っているということができる。この類型は、最近の傾向として意外におおいので、ひとつ典型と

して設定しておきたいとおもう。

1　客観的表現｜主体的表現

2　主体的表現｜客観的表現

噴水は疾風にたふれ噴きゐたり　凜々たりきらめける冬の浪費よ　（葛原妙子）

暗渠の渦に花揉まれをり　識らざればつねに冷えびえと鮮しモスクワ　（塚本邦雄）

言ひつのる時ぬれぬれと口腔見え指令といへど服し難しも　（岡井隆）

マッチ擦るつかのま海に霧ふかし身捨つるほどの祖国はありや　（寺山修司）

これらの作品では、何れも上句は客観的な表現であり、下句は主体的な表現である。ここには、短歌的な表現に特有の転換と連合の変り身のはやさは存在していないが、そのかわりに主体的表現と客観的表現の対応性の深度と、観念連合の飛躍は最大限まで発揮されている。これ以上に観念の対応性と飛躍とをすすめれば、短歌的表現としては分解することはいうまでもない。じじつ、この類型の作品のうち失敗したものは、判じ物以上の如何なる意味もない愚作におちこんでいる。

このような現代短歌の欲求と方向が、なぜおこるかという理由は、わたしが最初に短歌的表現の原型として設定した 客観的表現｜空白 や 客観的表現｜主体的助詞・助動詞・形容動詞等 と、客観的表現｜主体的表現 や 主体的表現｜客観的表現 とを対比してみれば、一目であきらかである。現代歌人が、その主体的な思想表現の感覚化を、客観的表現との変り身はやい転換と連合の効果によっておこなうことにあきたらず、主体的な表現を助詞や助動詞・形容動詞などによらず、句構成として、徹底して叙述したいという欲求をもちはじめているからである。

実例としてあげたこれらの作品は、一首の思想的な意味を、はっきりと下句の主体的な表現のなかに集中している。この集中は、たとえば、先にあげた中城ふみ子や大野誠夫の作品で、下句又は上句が、結果として対句の暗喩としての機能を重複してもつに至っているのとはちがって、まったく、意識的に行われているということができる。このような集中の結果として、これらの作品の上句は、すべて、さきに引用した短歌的な原型を保存した作品の客観的表現よりもはるかに単純な言語構成をもっている。葛原妙子の作品では、

「噴水は疾風にたふれ」

この表現は、作者の主体の立場からは、客観的な表現であり、疾風だけが主体的な意味をともなうともかんがえられるだけである。

「噴きゐたり」

噴きゐ、は客観的な表現であり、たり、が主体的である。したがってこの上句で、転換は、客→主という一回しかあらわれておらず、短歌的原型を保存した表現のばあいの客観的表現の複雑な転換とは比較すべくもない。この上句の芸術性は、このような単純な客観的表現が、下句の主体的表現の集中された機能に、導入と暗喩の機能をあたえている点にある。塚本邦雄の作品では、

「暗渠の渦に花揉まれをり」

で、もっとも単純な文語センテンスにすぎないが、これが視覚的に下句の思想的な意味の感覚化を全面的にたすける暗喩の機能をはたしている。岡井隆の作品では、上句の転換は、やや複雑である。

「言ひつのる時」

これは、作者の主体的な立場からは、作中のだれかに移行して言いつのっていることを、まず、しめしている表現である。したがって、はじめに主体的な立場と、作中のだれかの立場とを二重性に内包することを意味している。

「ぬれぬれと」

この表現で、作者は主体的な立場に分離し、作中のたれかの状態を表現している。

「口腔見え」

ここで、はっきりと主体的な立場から、作中のたれかの口腔をみるという表現に集約される。いわば、この上句は、作者の主体と作中のたれかが、未分離である表現から、分離し、主体的に集約する過程を表現し、そこに、心理的なサスペンションがあたえられていることがわかる。これが下句の「指令といへど服し難しも」の思想的な意味を暗喩的にたすけているのである。この作品のばあい、上句に感覚的な思想性をあたえているため、下句の主体的表現との分離や対照性は、前二首ほどに深くはない。いいかえれば、より短歌的表現の特質を発揮しているということができる。

寺山修司の作品では、

「マッチ擦るつかのま」

ここでは、表現主体と作中のマッチを擦るものとは、不分明のままあらわれている。

「海に霧ふかし」

ここでも、作中のたれかが、マッチを擦るつかのまに霧のふかい海を視たのであると同時に、作者の主体からも、海のふかい霧をみたのだということを二重化したままの表現である。そして、下句の最後、「ありや」で、はじめて作者の主体的な表現として集約され、作中のだれか、は消失して、作者の主体的表現となって完結するのである。じつは、この作品で、上句は、けっして下句の暗喩としての機能をもちえていない。これは、先の三首の上句とはちがっているのである。だから当然、この作品の意味は、霧のふかい海辺でマッチを擦ったとき、たまたま、身を捨てるにたるほどの祖国というものが、自分にあるのかという考えが浮んだという程のものでしかありえない。それにもかかわらず、上句が下句にたいして観念の連合性を印象づけるのは、作者が、最後の「ありや」という表現にいたるまで、作者の主体と作中のマッチを擦るだれか、とを分離せず、最後の「ありや」で、作中のだれかを、一挙に消失させているからである。

わたしは、おそらく現代短歌の類型を、きわめてはっきりした特質だけで拾いあげて設定してきた。それにもかかわらず、これだけの類型によっても、現代短歌がどのような方向にむかっているかを推定することは困難ではない。短歌表現論としての課題は、できるかぎり多数の類型を想定しながら、ついに創造の方法を示唆するところまで到達することである。その道ははるかだが、この雑論をもとにして、また日をあらためて次の仕事を提出したいとおもう。

日本ファシストの原像

1

神山茂夫は、『天皇制に関する理論的諸問題』（葦会）のなかで、満州事変以後おこった血盟団事件、五・一五事件、神兵隊事件、二・二六事件などの一連の血なまぐさいテロ事件について、つぎのようにかいている。

満州侵略戦争は軍上層部がくわだてた、ブルジョア地主的政党による内閣の指導権を奪取し、国の内外政策を軍閥の欲するままに展開せんとする広汎な武力的計画（三月事件、十月事件のごとき）にもとづくところのものであり、その発火点であった。

さらにこれにつぐ血盟団、五・一五、二・二六事件等一連の暴力的テロおよび軍事的一揆の打撃と、国民的好戦主義並びに排外主義の横行につれ、国内政治特に政界上層部と政府におけるブルジョア的勢力およびブルジョア地主的政党の勢力は、議会とともに漸次その政治的地位と役割を低め、すでに高度の独立性と絶対主義的性質をもつ官僚機構、特に軍部の地位と役割は飛躍的に拡大し強化した。これは中日戦争の拡大と発展につれてますますきわ立って来た。

ここに世上「ファシズム」と称されているところの、日本の天皇主義的、軍国主義的、冒険主義者の種々の「クーデター」の客観的役割が露出している。

これらの事態の本質は、近代的ファシズムではなく歴史的におくれた軍事的・封建的帝国主義特に軍部の反動支配の強化である。

この本質の上に、一連の軍事的一揆、各種政派の動向、種々の人物の言動等が起りかつ消えて行く。これらを一部の人々は区別せず、熟考せず、現象をも、その本質をもひっくるめて、ここに血なまぐさい事件に驚いて、それをファシズムと称している。

この現象的な日本「ファシズム」を貫ぬく特質は——

第一に、極度の天皇主義である。

第二に、軍部の援助と使嗾のもとにその目的遂行のために行われたものである。

第三に、極度の冒険主義と対外侵略性を特徴とする。

第四に、統一的政綱と政策を欠く徒党的小集団であり、相互に対立し闘争している。

第五に、労働者農民的政党および労農組合から分裂し発生した日本主義的「ファシスト」党派および組合もほとんど直接軍部と結び、その手先きとしてのみ存在しうること。

第六に、軍事ファシスト的様相をより明確に示すにいたったのは二・二六であること、等である。

この見解は、わたしの知っているかぎりでは、もっとも正確な日本ファシズムへの理解である。神山はここで五・一五事件から、二・二六事件にいたるまでの、民間右翼思想家と軍部青年将校によるクーデターを、近代的なファシズムとは区別されるべき擬制的なファシズムであり、それがあきらかに天皇制の絶対主義官僚的な支配に直通するものであるとの理解にたっしている。わたくしたちは、神山がここで規定しているファシズムをかりに農本的ファシズムとよべば、あきらかに、これに対立する意味で、天皇制のブルジョワ・地主的な側面に直通する社会ファシズム（擬近代的ファシズム）を想定しなければならない。そして、この農本ファシズムと社会ファシズムとの対立と癒着との特質のなかで、はじめて日本ファシズムの本性をあきらかにすることができるのである。註(1)

私見によれば、日本で社会ファシズム的な政治運動を推進し、これに附随するかたちで文化組織を小規模ながらもつくり出したのは、中野正剛一派の東方会ファシズムと、そこに寄生した文化ファシズムであった。そのおもな指標は、国家機構を絶対的な意味をもった全体社会として思想的に論理づけ、国家機構をもって統制をおこなうことにより、資本制を維持する点にあった。それは、農本ファシストたちとは対立しながら、軍部統制派と結合することを通じて、間接的に天皇制の絶対機構に包摂されるべき性質をもつものであった。そして、かれらのイデオロギーの最大の現実的な基礎となったのは、広域経済圏論、ブロック国家論である。戦争中、東方会ファシズム、文化ファシズムは、ブルジョワ・イデオロギー的な必然と、天皇制の特殊な双面性によって支配的な力をもちえなかった。そして主要な打撃をうけることなく戦争をくぐりぬけることができたのである。そのため、この擬近代的ファシズムが、どんなもっともらしい思想を流布し、デマゴギーを一般化したかは、なお、検討すべき余地をのこしている。わたしは、乏しい資料によりながら、いくらか詳しく、東方会ファシズムのイデオロギーにふれ、日本における社会ファシズム（擬近代ファシズム）の問題をあきらかにしてみなければならぬ。

東方会の性格について、中野正剛は、『国家改造計画綱領』（東方会叢書第一輯）註(2)のまえがきで、つぎのようにかいている。

一、東方会は筆者が嘗て東方時論を出せし時、之を中心として設けられたる会合である。
一、当年の同志今は四散して、或は大臣となり、或は江湖に流離し、或は鬼籍に入る。当年の荒木中佐は今日の陸相であり、幹事役たる小村欣一侯は志を抱いて既に地下の人となつた。
一、爾来縷々として一脈を伝へし東方会を振興して旧盟友と新知己とを会す。これが今の東方会であつて、本体は一個の文化及び時勢研究の団体である。

一、東方会に籠居して、友人同志の言説に傾聴し、嚥下して自己のものとなし、吐き出して一個経世の言となすもの、此の国家改造計画綱領である。

一、東方会は何処までも文化団体であつて、政治及び社会運動其他に関与しない。文武官民中の志を有する者、相会して正義廉恥の交をなすものである。

一、東方会の研究は四方に発散して、順次に天下の共鳴を得ば、或は東方会と別個に国民運動の指標たるべき東方改造同盟を組織するかも知れぬ。

一、本綱領中、最も肝要なる教育改造方針を欠く。特に之を重要視して、他日別に天下に問ふつもりである。

一、末後の言説三篇、筆者の心境と振興日本の外交指導原理とを明かにし、綱領に尽きざる所を補ふものである。

一、若し天下の要望により、亜洲を聯ねて東方改造同盟起らば、本篇は実に其の飛檄である。

満州事変にはじまり、日中戦争をへて太平洋戦争にいたる時代は、貴族・ブルジョワ・軍官僚喰いであった中野正剛を、ヒトラーかぶれの社会ファシストに変質させる過程であり、一個の文化団体、時勢研究団体であった東方会を、自ら誇示する日本最初の全体主義ファシスト政党に変質させる過程であった。そして、その間に、《文化組織》による文化ファシストたちを産み落していったのである。

わたしの知見のはんいでは、東方会のイデオロギーは、終始、中野正剛が昭和八年にかいた『国家改造計画綱領』をでるものではない。ここに日本における社会ファシズムの問題は、集中してあらわれている。この綱領は、軍部と民間の農本的なファシストたちによって企てられた五・一五事件を直接の刺激として、満州事変以後の時代的な転換を間接の契機としてかかれたものであった。いうまでもなく、当時、非合法的な形で流布されていた北一輝の『日本改造法案』は、中野が原形として模倣したものである。中野は北にたいして独自な綱領を対立的に提出しようと試みたものにほかならぬ。もともと、党人くずれのブルジョワ・イデオローグにすぎない中野と、本来的な土着の思想家であった北とは、比肩しうべくもないが、中野の綱領と北の法案のあいだには、ブルジョワ・イデオローグが民族的な国家機構を至上化した場合と、日本型の社会主義者が民族的な封鎖性に足をとられていった場合とのあきらかなちがいを指摘することができる。支配イデオローグとして急進化した中野が、北を模倣して『国家改造計画綱領』なるものをでっちあげながら、北の『日本改造法案』などを卓上理論であるとし、自らの綱領を「機」に即したプログラムとよんだのは、このような北と中野の本質的なちがいをしめすものにほかならない。

中野正剛の『国家改造計画綱領』は第一、非常時宣言、第二、政治機構の改革、第三、統制経済機構の確立、第四、金融の国家統制、第五、商工業の国家統制、第六、農業の国家統制、第七、財政政策の改革、第八、労働の国家統制、第九、日満統制経済の確立、などの諸項からできている。

まず、第一の非常時宣言において、中野は世界情勢と国内情勢の緊張に言及し、資本主義の無力を、一切の既成政党の無力にすりかえてみせた。「かくして、全国民は深甚切実なる不満と不安とに陥り、恐るべき社会的大動揺の兆候は歴然として眼前に顕はれて来た。かの五・一五事件の公判が開かるるや、都市と農村とを問はず、全国民の熱烈なる同情は被告の志士的心事に注がれてゐるが如き、以て人心の激変を語るものではないか。(中略) 吾々は悲壮なる五・一五事件の被告の熱情に対し、建設的指導原理を提供し、天下に向つて改造の指標を掲げねばならぬ」とかいて、軍部や農本ファシストたちに同情する擬態をしめしながら、かれらが天皇制の絶対主義的な側面に直結して、資本主義打倒を目的とするテロ行為に走ったのにたいし、中野は資本主義の無力を既成政党の無力におきかえ、あたらしい国家統制によって、ブルジョワ独裁を企図しようとするにほかならなかった。中野が《建設的指導原理》というとき、無智ながらも農本ファシストたちがしめした資本主義の打倒はおしとどめられ、資本主義の国家統制による修正と永続化が目的とされた。五・一五事件の被告のエネルギーに、建設的指導原理を提供すると称する中野の綱領は、木に竹をつごうとするに、ひとしいものであった。そして、ある程度意識的に、農本主義者、軍部下級将校たちがしめした行動力のエネルギーを、北一輝の法案の影響から、自らのブルジョワ独裁論の方向に吸収しようと試みたということができる。東方会のこのような意図は、十五年戦争の全期を通じて実現されなかった。軍部や農本ファシストたちの行動力は、天皇制絶対権力の錯綜した支配力を強化することに役立ち、中野正剛ら東方会ファシストたちのブルジョワ独裁の企図は、ドイツ、イタリアのように実現せず、わずかに資本制軍需生産の合理化と金融産業資本の帝国主義的な膨脹をたすけるだけにおわった。この日本的ファシズムの二様の終末のなかに天皇制下の社会構成の特殊な性格が集中してあらわれたのである。

第二の政治機構の改革において中野正剛がしめした方策は、つぎの諸点であった。

一、一切の既成政党政治と絶縁して、強力内閣を組織し、合法的手段により、独裁的に非常時対策を断行すべし。
二、一定年限を限り、議会より非常時国策の遂行に必要なる独裁的権限を内閣に委任せしむべし。
三、衆議院議員選挙法を改正し、職業代表に重心を置き、従来の一般代表議員数を総議員数の一定割合に減ずべし。
四、行政機関の合理化を計り、中央各省及び地方府県の根本的廃合を断行し、根本国策の遂行と、行政事務の簡捷とを期すべし。

もともとブルジョワ・イデオローグにすぎない中野正剛の政治方策は、上からの行政権の掌握によるブルジョワ独裁政策の推進ということにつきている。これが変革論として《卓上理論》にすぎないことは、行政権の掌握ということが、天皇制下の権力掌握とはまったく別問題であり、たんなる行政執行権を独裁化することによって、ブルジョワ独裁化を推進する政策をおこなうというにすぎないことでもあきらかである。日本型の革命思想家であった北一輝は、中野とちがって行政権を、権力掌握と誤解するほどの愚かさはしめしていない。北は『日本改造法案』のなかで、「**憲法停止**　天皇ハ全日本国民ト共ニ国家改造ノ根基ヲ定メンガタメニ天皇大権ノ発動ニヨリテ三年間憲法ヲ停止シ両院ヲ解散シ全国ニ戒厳令ヲ布ク。」とかいたのである。もちろん、北は、天皇制下の絶対主義革命によって、資本主義そのものを解消させるかのような幻想をいだいたため、その行動的な結末は、天皇制そのものを強化するにおわったが、中野ははじめからブルジョワ独裁以外のものを構想しはしなかったのである。

第三の統制経済機構の確立において、中野ははっきりと北との相違をあきらかにしている。

一、国民的生産力の組織的発展をもたらし、一般国民の福利を増進する見地に立ちて、資本主義を矯正し、強力なる統制経済機構を確立するを急務とする。

二、国家統制経済とは個々の経済企業の国営乃至国家社会主義化に非ず。個々の企業経営は原則として、民営を許し、国家は須らく国民的経済力の動向に就て、計画的指導を加ふべきである。

三、統制経済実現の為には、所謂経済参謀本部を設置し、特に次の三種機関を以て之を構成すべし。

イ、経済国策決定機関（経済国策審議会）

ロ、調査、立案及監督機関

ハ、顧問機関（顧問委員会）

経済政策の構成において、中野ははっきりと修正資本主義的な本性をあきらかにし、また、それが国家社会主義とちがう点を強調した。国民的生産力の組織的発展をもたらすためには資本主義を国家独占的に《矯正》しようとする中野にしろ、ドイツ、イタリア的な国家社会主義にしろ、それがブルジョワ独裁にしかゆきつかないのは必然である。しかし、中野正剛は、この統制経済機構の確立という一点において、北一輝の改造法案と自らの綱領が異なるものであることを誇示したかったにちがいない。この根からのブルジョワ・イデオローグは、北やその影響の下に無智のエネルギーを発揮した農本的ファシストたちの土着のエネルギーを、こういう上からの吸盤を強化する方策によって吸収しようとこころみたのである。心情的には曲りなりにも下からの変革をこころざした農本ファシストと、上からの統制を意図した東方会ファシストの相違がここにあらわれた。

第四の金融の国家統制において、金融資本の全面的な統制による、信用量の増減とその合理的配合が論じられている。北一輝が、個人的な資本限度を超える資本及び私有財産限度を超える財産を没収して、新しく設定した銀行省に集中し、それによって金融統制を行うべきであるとしたのにたいし、中野は日本銀行の機能を、行政的な金融統制機関の規律に従属せしめる、という全面的な資本独裁を企図している。そして国家融資をうけた産業資本は、その経営及び利益処分について国家独占の監督に服しなければならないと論じた。

広域経済圏論が、国家資本独裁論とむすびつけられたのは、主として産業資本論の面においてである（第五、商工業の国家統制）。中野は、産業政策の方向を、アジア・ブロック建設の方向において統制すべきであることを論じた。「我国がアジア・ブロックの指導国たる位置に鑑み、重工業、機械工業、及び化学工業等の振興を促進すべし」というのが、生産力増強と合理化を主張する根拠であった。

田中惣五郎は『北一輝』（未来社）のなかで、改造法案を論じながら、「国家資本と私人資本。社会と民主。社会民主主義である。この公と私の併立は、ファシズム的風潮が一応日本をつつみこんだ昭和十三年（一九三八）四月一日（前年七月に日華事変がはじまる）に発せられた『国家総動員法』をテコとして、さまざまの公社、公団の形で、国家資本と私的資本の融合と併立を見るにいたったことと若干対応するものであろう」とかいているが、この意味では、中野のブロック経済論もまた、天皇制の下での資本の国家独占化、帝国主義的な膨脹の過程での産業政策論の側面において、戦時下に実現されたことと対応するものであった。しかし、情勢が中野の企図通りに進行しなかったのは、天皇制のもっていた双面性にもとづくものであって、天皇制が中野的ブルジョワ独裁制を一面においては生みながら、それと対立する絶対主義的な官僚軍事制を残留させることを、必須の条件としたからにほかならないといえる。

中野の綱領において、北とちがっていたところは、中間層的な政策を加味することによって、独占資本下における、ブルジョワ独裁の方法を把握していた点であり、いわば、戦後におけるマネージメント資本主義論者のブルジョワ独裁論と近似する政策を示したことである。その極端なあらわれは、中野が重要産業に対して、産業種別に資本家組合のようなものを組織し、生産と販売、原料の購入、資金の調達、会計制度及び労働条件の標準化等の合理化統制を行わせるという構想をたて、すすんで中小企業にたいしては合理化のほかに、健全なる中産階級支持の見地を加味しなければならないことを論じた点である。いわば、北の改造法案を聖典とする農本主義者たちの行動に影響されて、急進化しようとする中間層にたいする独占資本の側からするイデオロギー的な政策は、中野の綱領においてもっとも端的にあらわれたのである。ここには予言的に戦後独占によって行われようとしている政策が記述されており、文化ファシストによって考えられているブルジョワ民主主義革命論の原型があきらかに存在しているということができる。

中野のブルジョワ・イデオローグとしての性格は、農業政策のなかに、さらに端的にあらわれている(第六、農業の国家統制)。中野の農業政策で、もっとも主要な問題点は、「農村救済を以て、単に地主階級の救済に堕せざらしむるため、特に耕作権の確立を急務とす」とかいて、私有限度を超える土地と皇室の所有地を分割して、土地をもたない農業者に給付するという、北の改造法案の条理に対応する綱領をもうけている点である。この条項なしには中野の綱領はもともと軍部および農本ファシストたちの行動的エネルギーを吸収できる代物ではないし、また、ここに中野のブルジョワ・イデオローグとしての性格が封建的な土地所有にたいして対立している要素があらわれているということもできる。しかし、中野は、封建的な土地所有に代えるに米穀の資本独裁的な《合理的生産計画化》を強調し、農業金融の整備を主張したにすぎなかった。それは、まがりなりにも皇室財産の国家下付、所有土地山林株券の下付、皇室費の制限の問題に言及することによって、天皇制の物質的な基礎を考慮の対象とした北一輝の改造法案とは比較すべくもなかった。それにもかかわらず、小作農に耕作権を与えるという幻想的な綱領を提出することによって、北の法案に対抗せざるをえなかったところに、時代的な背景があらわれたのである。

中野の綱領がブルジョワ独裁的な本質をもつ、時代迎合的なビホウ策にすぎなかったのはあきらかである。一方で「租税体系を根本的に変革し、貧者の負担軽減と、富者への重課を断行し」などとかきながら、当時の資本主義的危機の打開策として、「現下の財政膨脹に応ずるため、非常時公債の増発を認むべきも、その条件は努めて低利とすべし」（第七、財政政策の改革）などとまったく矛盾したことをかかねばならなかった。

北一輝が私有財産限度を壱百万円とし、超過額は無償で国家に納付させる所以を、「現時ノ大資本家大地主等ノ富ハ其実社会共同ノ進歩ト共同ノ生産ニヨル富ガ悪制度ノ為メ彼等少数者ニ停滞シ蓄積セラレタル旨ニ係ハル」としたのとは、雲泥の相違だというべきである。

中野の綱領のうち、もっとも興味ぶかいのは労働政策である。中野はつぎのようにかいている。

第八、労働の国家統制

一、統制経済下に於ける労働者及び農民は、腐朽せる自由主義下の偏見を清算し、国家的見地に立てる新指導精神を確立し、以て綜合的国力増進の中枢機能たる真使命に邁進すべし。
二、国家は国民的利益の見地より労働者及び農民の生活向上を保証し、適切なる社会的施設を断行するの責務を負ふも、同時に、労働者及び農民の行動に対して公的統制を加ふべし。
三、統制経済下に於ける労働者及び勤労階級は、各々その業種別組合を組織して、国家の公認を受け、企業家と団体交渉をなし、其の正当なる階級利益を擁護し、進んで生産協働体たる使命を発揚すべし。雇傭主は使用者が公認組合に加入せる故を以て、雇傭を拒否するを得ず。
四、国家は生産力の破壊と停頓とを来すが如き一切の私的闘争は厳格に之を禁止する。国家はその最高至正の立場に居りて、凡ての労使間の紛争を調停裁断し、苟くも背反するを許さない。

ここに社会ファシストとしての中野のぎまんがもっとも鋭く象徴されている。中野がしきりにかいている《国家》とか《国家的見地》とかいうものは、もともと実体のない観念にすぎず、国家権力にたいする科学的な省察がない点は、北の場合とかわりがない。しかし北が国家的というばあい、民族的な共同体の伝統的構成を意味しているが、中野が国家的見地というばあいに、ブルジョワ国家機構そのものを意味していることは、あきらかである。また、佐野、鍋山的な転向者は、ほとんど中野と逆立した地点から中野との同一点に結合するものであった。中野はブルジョワ・イデオローグとして、資本主義の危機をきりぬけるために、国家を《最高至正》のものとして設定し、これによってブルジョワジーと労働者、農民との階級的な対立を、折衷しようとし、そのことによって資本制生産の永続化をはかったのである。佐野、鍋山は労働者、農民の階級的観点にたちながら、日本の社会構成と権力の特殊性を科学的にとらえることができず、それを、民族的特殊性と伝統性の問題のなかに解消せしめた。ここにおいて民族社会主義への転向が生じ、それは、結果的に国家社会主義へと移行していったのである。

中野のマルクス主義運動にたいする批判は、人民を国家観念の外に逸脱せしめた故をもって未熟と矛盾とをはらむものであるという点におかれた。そして、階級闘争一点張りの原理をすてて、「国家的見地を恢復せねばならぬ」とされたのである。「労働者と農民とは各々其の職能により、須らく綜合的国力増進の最前線に立ちて奮闘すべきである。綜合的国力とは、国家の武力、経済的生産力、労働者、農民及一般大衆の体力、智能力精神力等総てを総括するものである。此の綜合的国力増進の障害たる限度に於て資本主義を打倒すべし、此の綜合的国力崩壊の害毒たる認識に於て共産主義を撲滅すべし」などという卓上理論は、綜合的国力などというものがブルジョワ独裁の固定化に直通する幻想であることを理解せずにおこなわれた、社会ファシスト、転向者、民族的社会主義者に共通した指標にほかならなかった。

綜合的国力の増進が、たんに日本だけの限られたはんいで労働者、農民と資本家との統制的な協調によって成しとげえないことは、自明であるため、中野はブロック経済論をかりて日満両国の相互依存を正当化せざるをえなかった（第九、日満統制経済の確立）。中野がとりわけ強調したのは、日満両国の通貨本位の統一と、日本資本団による国家的統制下における満州開発であり、いわば実質的に金融と産業資本の投下による満州併合の政策であった。満州中央銀行インフレーション的方策（日本はその公債発行に応募すべし）。日満合弁の満州開発金融機関建設。日本資本団の満州産業への直接投資。日本国家の保証による満州への建設用材の信用売込み。欧米資本の吸収（日本の仲介を要す）。これらの条項のことごとくが実質的に日本のブルジョワ独裁による帝国主義的な膨脹政策以外の何ものをも意味するものではない。

北一輝は、すでにはやく改造法案のなかでこの問題を、「国家内ノ階級争闘ガ此ノ劃定線ノ正義ニ反シタルガ為メニ争ハルル如ク、国際間ノ開戦ガ正義ナル場合ハ現状ノ不義ナル劃定線ヲ変改シテ正義ニ劃定セントスル時ナリ」とかいて合理化している。民族至上主義者としての北が、あくまでも心情的な基礎にたって日本の帝国主義的な膨脹の合理化をやったのに対し、中野は、ブルジョワ独裁によるブロック経済圏確立をもとめてこれを合理化したのである。ここに、日本の農本的ファシズムと社会ファシズムとの本質的な差別があらわれたばかりか、社会ファシズムが天皇制のブルジョワ支配の側面につながりながら、封建的な側面に直結した農本的ファシズムを圧倒することができない根本的な理由があらわれているということができる。

2

東方会は、昭和十四年、中野正剛、杉森孝次郎編著『全体主義政策綱領』（育生社）を発表し、自ら誇示して日本で最初で唯一のファシスト政党に結晶した。中野正剛のいう一個の文化団体、時勢研究団体は、ここに昭和八年に中野がえがいた『国家改造計画綱領』を基本とし、これに農本ファシズムによって称えられたイデオロギーを加味して、一個の日本的な社会ファシズム政党に転落したのである。東方会綱領は次のようにかかれている。

一、正義国際の建設により国民生活の活路を開拓すべし。
一、国際非常時の克服に傾注し、全国民均等の努力と犠牲とに愬《うった》ふべし。
一、政治によりて広義国防を担任し、軍部をして安んじて狭義国防に専念せしむべし。
一、生産力の急速なる拡大強化を目標として統制経済の動向を是正すべし。
一、全体主義に則り、階級的特権と階級闘争とを排除すべし。
一、農民、労働者、中小商工業者、俸給勤務者の生活を保障し、国家活力の源泉を涵養すべし。

ここで、中野正剛の国家統制を基本とするブルジョワ独裁論は、政治的イデオロギーとしての全体主義に統一された。東方会における全体主義イデオロギーの根柢は、北一輝の改造法案とおなじように低俗化された社会有機体説であり、国家を全体とすれば、人民はその分肢であるから、国家の発展は分肢の発展であり、分肢の発展は国家の発展であり、しかるがゆえに公益と私益とは矛盾するものではないという論理によって国家全体主義の合理化が行われた。国家そのものにたいする科学的な省察はすこしも行われず、アプリオリに至上権があたえられたばかりか、全体と分肢というかたちで、幻想的な共同性は、個人をその歯車のひとつの位置におきかえたということができる。戦後、全体ということばが組織ということばにかわって、組織と個人とは矛盾するものではないとか、組織という観点なしには批評は成り立たないなどという論理が展開されたことがあるが、もとより社会ファシズム理論の焼き直しにしかすぎない。そこでは、個的な意志の共通性として、組織ははじめて意味をもつにいたるという観点は、まったく存在せず、典型的なファシズム組織論、国家論が行われているのである。

さらに東方会ファシズムは、国家全体説を情勢的に意味づけるため、日本を特殊的全体的国家と規定し、それをつぎのように性格づけている（杉浦武雄）。

A、土地を要件とする。膨脹はよいが縮小はゆるされない。八紘一宇の大精神であり、建国以来の信念である。
B、臣民を要件とする。減少をゆるさない。生成発展、弥栄《いやさか》え行くは日本民族の信念である。
C、万世一系である。絶対である。
D、目的は八紘一宇。変更あるなし。

すでに、理念としての東方会イデオロギーは、昭和八年の中野のブルジョワ独裁論をさえ逸脱し、ほとんど農本ファシズムの戯画的な部分とのイデオロギー的な差別はなくなってしまっている。

このようなブルジョワ独裁論からの退化は、東方会の農民運動方針と労働政策方針のなかに、いちじるしくあらわれた。東方会の農民運動は、建国の精神に基づき、民族の伝統に則って、共産主義、社会主義、自由主義的農民運動を排撃し、全体主義的共同社会を建設することを目標とするというように、中野の綱領は改変され、天皇制の絶対不可侵が主張されるとともに、中野の国家統制によるブルジョワ独裁論は、「高天ケ原の神話社会を、二十世紀に於て現代の工業文明を内包したまま再現することである。我々は資本主義の欠点を攻撃するが、決してその長所を否定するものではない」（稲村隆一）というような、文化ファシストのユートピア論をうらづけるにふさわしい方針におきかえられたのである。

戦後、東方会ファシストは、われわれは戦時下も農民運動をつづけ、労働者の体位、健康の保全を主張することによって抵抗したなどという詭弁をまき散らした。たとえば、岩田潔は、昭和十四年の《全体主義労働政策並びに運動方針大綱》のなかで、つぎのような項目をかかげている。

一、労働者の体位を低下し、健康を損傷し労働力を減耗し、労働力の再生産を妨ぐる労働強化に反対し、労働時間を合理的に制限すること。
一、物価の変動を考慮に入れた弾力性ある最低最高賃金の制定。
一、失業及失業不安に対し、労働需給の強制統制、合理的失業保険の実施。
一、臨時工及人夫制の廃絶。
一、出征軍人遺家族援護の制度化。
一、労働技術養成機関の普及。
一、地域的に労働大衆の修養、娯楽機関の設置。
一、労働者住宅、医療機関の完備。
一、労働紛争議調停最高機関としての労働裁判所の設置。

一、労働団体の法認。

この擬似ナチズム的な項目のいずれも、それ自体として不都合を含むものではないが、これらはいずれも労働者の階級的な観点から主張されているのでもなく、ヒューマニズムの立場からの方針でもない。全体が発展するためには、分肢の労働力を保全し、労働力の再生産プールを健全に保たねばならないという倒錯したニヒリズムの観点によって主張されているにすぎず、実質的には、ブルジョワ独裁を強化発展させるために、労働力の保全を強調しているにすぎない。ここに、東方会ファシズムによって戦時下主張された、資本制生産の枠内におけるユートピア確立論の本性があったということができる。

わたしは、いままで、日本における社会ファシズムのイデオロギーと政策について、やや詳しく触れてきた。戦争期において、社会ファシストたちは、言うに足りる主導力をもつことはできなかったため、これをとりあげることは、戦争期におけるイデオロギーを論ずる場合にさして重要な意味をもつものではない。戦争中、社会ファシストがやったことは、天皇制の軍封的な側面におびえながら、独占資本制生産の合理化と、金融産業資本の満州にたいする侵略的な投下を、イデオロギー的に推進したにすぎなかった。それは、農本ファシズムのように擬制的にしろ資本制の絶滅を題目としてとりえず、はじめから修正資本主義をスローガンとするブルジョワ独裁の変種にすぎなかったため、大衆の心情的なレベルにさえ接触することは少なかった。それにもかかわらず、日本における社会ファシズムの形態をとりあげることなしに、天皇制下に発生したファシズムの総体をつかむことはできないし、強いては、天皇制のもつ双面性――ブルジョワ地主的近代支配と軍事的な封建支配を把握することはできないのである。

敗戦は、天皇制の絶対主義的な性格と、天皇制の封建的な側面に直結した農本ファシズムを絶滅させた。しかし、独占資本そのものは、不変資本を破壊されはしたが、何人によっても打ち倒されはしなかったのである。労働者や農民は、天皇制の封建的な組織化の下に統合されるか、独占支配的な側面に組織化される以外に道はなかった。そして、思想的には、そのいずれかのイデオロギーの影響下に立ったのである。このような情況下における敗戦は、労働者や農民を天皇制支配から解放したが、かれらが自主的に資本主義自体を打ち倒す思想をもちうるだけの基盤を用意することはできなかったのである。敗戦後の日本が当面したあらゆる困難の社会的根拠はここにあった。

無傷なイデオローグといえば、獄中に十数年もへだてられた数えるほどの指導者と、消極的にしか守られなかったリベラリズム以外には存在しなかった。労働者や農民は、社会ファシズムか農本ファシズムの影響を、ただ、《全体》あるいは《民族》の優位から、《組織》の優位にきりかえて出発しなければならなかったのである。

このような特殊な事情によって、天皇制権力のイデオロギー的な戦争責任の問題は、農本ファシズムと社会ファシズムのイデオロギー構造によって追及されねばならず、この解明によって戦時下と戦後をつなぐ、農民運動と労働運動の問題点を摘出する作業がつづけられなければならない。

わたしのかんがえでは、戦争中、日本ファシズムのイデオロギー的な支配下にあった大衆運動や軍隊のなかの、個々の農民や労働者や兵士は、戦争にたいして社会的な責任をもつものではない。組織のなかの個々の農民や労働者や兵士は、それぞれの戦争体験のなかで個別的に検討すべき思想的な課題を担っているにすぎない。しかし、大衆運動としての戦時下の労働運動や農民運動や軍隊は、組織的な責任を戦争と戦後にたいしてもつものである。このように、個々の成員としての労働者や農民や兵士は、個人的に社会的な責任をもたないにもかかわらず、組織としての大衆運動や軍隊は、あきらかに社会的な責任をもっているという矛盾した二重性によって、大衆運動や軍隊の戦争責任は、主としてイデオロギー的に検討されなければならないはずである。実際におこなわれた残虐的な行為や、戦力増強のための生産行為は、戦争権力の責任に集中されるべきである。

組織労働者や農民や兵士のイデオロギー的な責任は、大衆組織としての労働運動や農民運動や軍隊が、組織そのものとして日本ファシズム・イデオローグのイデオロギーにたいして相対的な自立性をもちえなかった点にもとめられなければならないとおもう。組織としてファシズム・イデオローグを揉みこなすだけの民主制と自主性をもちえなかったという責任は、大衆運動と軍隊の戦争責任として最大の要点をなしている。したがって、戦争中、産報や農報のさん下にあった労働運動や農民運動が、戦後、社会主義政党のさん下に転換したということで、戦争責任と戦後の課題は解消するものではない。やはり、そこでも、社会主義イデオローグのイデオロギーを、揉みこなすだけの組織の民主制と自主性を確立すべき課題がのこされており、イデオローグのイデオロギーを組織の存在自体によって批判しかえす課題を、大衆運動は担っているといわなければならない。

大衆運動の担っているこのような課題は、戦争中の社会ファシズムや農本ファシズムのイデオロギー構成が、戦後の大衆運動のなかで、どのように滲透しているかの追及と不可分のかたちをなしていることはいうまでもないことである。日本ファシズムの検討が戦時下に支配イデオロギーの役割をはたした点と、戦後大衆運動にのこした残像との二重性によって、いまなお、とりあげられなければならない理由はここに存在している。

3

庶民的な準位での戦争体験と責任の問題は、大別してつぎの三つにわけることができる。

第一、日本の庶民社会における人間関係の特殊性にもとづく体験と責任の問題である。

鶴見和子・牧瀬菊枝編『ひき裂かれて』(筑摩書房)のなかから、実例に即してこの問題点をあげてみよう。ここに集められた記録のほとんどすべては、この第一の問題を提示しているが、具体的には、高橋やえ子「八月十五日まで」をとることにする。

東京在住の主婦が、子供を連れて、親族の未亡人の家に疎開し、そこで共同生活をはじめる。未亡人と疎開の主婦とは物質的な基礎がちがっている。主婦は疎開者であり、夫は出版関係者であり、未亡人の方は、食糧補給ルートをもたない。この両者は米ビツを共同にし、その代償として主婦は勤労奉仕の場合に、自分が未亡人の責任を果すことを約定する。しかし、食糧が乏しくなり米ビツの底をつくと、未亡人一家と主婦一家は餓鬼道的なイガミ合いをはじめる。主婦の子供が、食事をしながら茶碗をさしだすと、未亡人は喰べさせまいとしてしっせきする。主婦が配給のクジで当てたナベを未亡人が欲しいというとき、主婦はそれを断わる。こういう日常体験としては、やりきれない精神的な葛藤は、戦時下、すべての大衆が大なり小なり刻みこんでいる生々しい記憶にほかならないといえる。

ここには、二つの問題がふくまれる。ひとつは、このような戦争期の生活体験をつきつめることによって、庶民社会の人間関係における矛盾を顕在化し、個我主義的な市民社会関係への転化の契機をみつける問題である。他のひとつは、このような極限情況におけるいがみ合いの原因を支配体制とのいがみ合いに転化する問題である。わたしのかんがえでは、このはじめのひとつは、戦後の大衆的な社会での人間関係を転換するために有力な体験的な基礎をあたえた。しかし、あらゆる場合に、戦後の大衆指導者は、庶民のこの戦争体験を、支配体制にたいするいがみ合いに転化する方策をとらず、相も変らず、反体制的な運動の問題に民族問題をもち出したり、日本人の独立をもち出したりして、大衆がけっして再体験しまいとかんがえている問題を強いてきたのである。庶民社会の人間関係で、戦争中体験したいがみ合いを、支配体制にむけかえることは、自発的には行われ得ない。庶民的な準位での戦争体験と責任の問題で庶民社会の人間関係があるとすれば、以上の二つに要約することができる。

日本の戦後社会の現象を解明する場合に、それを天皇制消滅後の独占情況、大衆社会情況一般の問題としては、解消できないような、大衆の意識的特質がしばしば存在するが、それは、このような庶民的な準位での戦争体験の影響を考慮にいれることなしには、解くことはできないとおもわれる。

第二は、庶民のイデオロギー的な戦争責任の問題がある。『ひき裂かれて』のなかに、津村しのの「無知の責任」という一文がある。この記録集のなかでは、数少ないイデオロギー問題を提出している体験記である。この主婦の提出している問題はつぎのようなものである。

戦争中、人間魚雷に乗って死ぬことを夢としていた弟が、戦後あるとき、「たとえ、自分に偽りが全然なくとも、おれたち（わたしをも含めて）の取った態度、また思ったことは、悪いことであった。エゴイズムからでも、戦争に協力しなかった人のほうが正しかったのだ」という。主婦はこれにたいして、「いや、わたしはそうは思わない。戦争をはじめから否定し、知性ある節操で消極的にでも反対の姿勢をとった人々に対しては、もちろん心の底から頭を下げるけれど、それとは別の人々の中でも責任をとって自決した軍人のあり方はどうしても立派に思え、戦争悪をはっきりと認識しておりながら、時の政府の前に影をひそめて生きていて、戦後になってからわたしは弱い人間ですなんてひとりごとを言って、きずのつかない程度に自分をあばいて見せるインテリのあり方のほうが不潔でいやだわ」と主張する。弟は、これに反駁する。「例をひけばね、いま流行の新興宗教に夢中になっている人々が、自分はきれいな気持で信仰し、選挙の際にはその宗教から立候補した人々に、正しいと思って投票し、政治がその宗教の色にされてしまおうとしたとき、その人々のやったことは、はたして悪くなかったかということだね。動機さえ正しければ許せるとすれば、泥棒だって許せる場合もあることになってしまう」。

さらに、この主婦の記録は、弟の死を決定的なものとする出征を、悲しみもせず平然として見送った母親が、死の病床で「いろいろのことがあったけれど、どうしてもいちばん大きなことは、八月十五日のことだったよ、一億玉砕しないで生きているということが不思議でね。幾日も幾日も、ご飯がどうしてものどに通らなくてね。廃人というのだろうね。あんな状態を――」と述懐するのを記録している。残念なことに、わたしたちの戦争責任論は、心情的な基礎として、ここに記録された主婦と弟と母親の準位を超えることができていない。超えていると自負する思想史家の戦争体験論はじつはこの心情的基礎をしゃ断しているにすぎない。この主婦は、結論として無智であることの責任をひき出している。いいかえれば、庶民のイデオロギー的な戦争責任は、無智の責任という点に集約されるとかんがえている。庶民的な準位で流すかぎり、この主婦によって引き出された無智の責任という問題以上のものを引き出すことは不可能であろうが、問題はそれを超えておおきくひろがる部分をはらんでいる。

国家権力によって行われる戦争は、その体制下にある庶民を、好むと好まざるとにかかわらず動員する。物質的な意味ばかりではなく、その精神を動員して体験的な意味をあたえる。このような動員にたいして不変な精神的体験をあげうるとすれば、限られた日常体験だけである。この記録の主婦も弟も母親もあたうかぎりの精神的体験を戦争に注入した庶民に属しているが、けっして日常的な精神体験を全部喪失したわけではない。そこで喪失されなかったものは、戦争にたいしての日常的な精神体験である。すくなくとも、この日常的な精神体験にいりこむとき、「狂瀾怒濤の世界の叫も　この一瞬を犯しがたい。あはれな一個の生命を正視する時、世界はただこれを遠巻にする。」（高村光太郎「梅酒」）という精神的体験の世界が構成される。

庶民社会というものは、このような日常的な精神体験の世界を、当然の生活世界とかんがえる部分社会である。また、イデオローグの世界は、このような世界を唾棄すべき日常の世界、または、三度の食事とおなじように習慣的なとるにたらぬものと考える世界である。しかし、このような日常的な精神体験の世界は、日本の庶民やイデオローグのかんがえるような空無の世界ではなく、社会的に意味を与え解明されなければならない世界である。こういう観点は、「無知の責任」を引き出した主婦の記録が、まったく掘り下げようとしていない点である。かくて、彼女は、無限に、時代的変換にさいして「無知の責任」を繰返すほかはない。いわば、いつまでも庶民であるほかはない。庶民でありながら、その日常的な精神体験の世界に、意味をあたえられるまで掘り下げることができたとき、彼女は、庶民の社会にいて庶民でない存在となることができるはずである。それ以外の庶民の道は、つねに擬制的な保守と擬制的な進歩にひきまわされ、無智の責任を蓄積する道にほかならないと考えられる。

庶民の日常的な精神体験の世界にくさびを打ちこんで、そこから時代的転換とともに転向するイデオローグの精神体験の世界を、きびしく批判的にえぐり出し、また、イデオローグの精神体験の世界から、庶民の日常的な精神体験の浮動性をきびしく批判的にえぐりだすことのほかに、無智の責任を解消させる方法はかんがえられない。

第三に、庶民の異質のイデオロギー間の葛藤の体験と責任の問題がある。

『ひき裂かれて』のなかに、田村ゆき子「学徒出陣」という記録がある。この集のなかで、庶民的なイデオロギー（それはイデオローグたちの思想的模写）間の葛藤をえがいている唯一のものである。

学徒出陣をひかえた息子と陸軍中将で司令官である叔父とが、この記録の主婦の家で談合し、たまたま戦争観について激しく対立する。天皇に御苦労であったといわれて、ありがたがっている叔父に、息子がいう。

「おじさんはありがたいかもしれないけれど、戦死したり傷ついたりした兵隊はありがたいでしょうか」。「おじさんは、部下の兵隊がみな喜んで命令に服従していると思われるかも知れないけど、それは大間違いですよ。こんな意味のないくだらない戦争に、ぼくは大事な命を投げ出そうとは思いませんよ。まるで、どぶに捨てるようなもんだ」。叔父の軍人的庶民はこたえる。「いや、この光輝ある歴史と伝統のある日本に生れたわれわれは、幸福だよ。国家あっての国民だからな。国の危急存亡の時、一命を捧げることのできるのは、無上の光栄というものだ」。息子はいう。「それじゃあおじさん、その国を危急存亡の中へ追いやったのはだれですか。この戦争を聖戦というのですか。その糸をあやつるものの、手先に躍らされるのはまっぴらですよ」。叔父「英一や（息子の名前―註）聞きなさい。わが国の御歴代の天皇は、国民の上に御仁慈をたれ給うて、われわれを赤子《せきし》と仰せられる。恐れ多いことではないか。遠い話だが、神武天皇はひじょうな御苦労をなされて国内を御平定あそばされた。民のかまどの仁徳天皇のお話もよく習ったろう。明治の御代からこのかた、国運は隆々たるものだ。みな御稜威《みいつ》のいたすところだ」。息子「おじさんは『日本書紀』をお読みになったでしょう。武烈天皇はどんなことをしましたか。人民の妊婦の腹をさいて胎児を引きずり出したり、人民を木に登らせて下から弓で射させたり、その他天皇たちの非行はたくさん挙げられているではありませんか。これが御仁慈というものですか。それで『大君の辺にこそ死なめ』か」。

　このような叔父と息子の対立には、後日譚がついている。やがて、敗戦となり帰京した息子は、家が焼失して、主婦は疎開、夫は近所に間借りの状態で真夜中に帰京し、仕方なくさきの叔父の家の戸を叩いたが、先の大口論にもかかわらず、ずぶぬれの軍服姿の息子をみて、「おお、帰ってきたか。さあさあ、お入り、御苦労だったな」と、温かく迎えたというのである。

　もちろん、この叔父と息子の対立は、ファシズムとリベラリズムの対立ではなく、庶民のイデオロギーの対立である。そして、本来的には、ここにこそ、庶民の無智の責任が鮮やかに浮き彫りされている。息子も無智、叔父も無智であり、その大口論は、けっきょく、ファシズム・イデオローグとリベラリズム・イデオローグの思想をただ模写して演じているにすぎないといえる。庶民の生活的な心情に根をおいて大口論をしているわけではない。この叔父と息子は、庶民のうちでインテリゲンチャに属しているだろうが、その両者の対立のなかに無智の責任がかえってあらわれている。これにくらべれば、さきの「無知の責任」という記録に登場する主婦や弟や母親は、無智とはいえないのである。なぜならば、そのイデオロギーは戦争権力イデオロギーを模写していることにかわりないが、あきらかに自分たちの生活意識と体験によりふるい分けたかぎりにおいて、支配イデオロギーをうけいれているのである。そこに、固有の庶民の質が存在し、自立しているからである。『ひき裂かれて』という母親の戦争体験の記録は、典型的に日本の庶民社会の人間関係と発想が戦争という極限の情況で露呈した問題を提出している。そこに千差万別の体験的なちがいがあるとしても、集約すれば以上の三つの問題にわけてかんがえることができよう。庶民と庶民社会の戦争体験からみちびくことのできる最大の教訓は、日常的な精神体験と生活体験の意味が、庶民自身の手によって掘り下げられ、それをもとにして庶民社会が、イデオローグたちの社会にたいして自立性を獲得しなければならないという点に帰着する。

庶民社会における庶民は、文化イデオローグや思想イデオローグの流布する文化や思想を、日常生活によって得た精神体験によってふるい分け、拒否し、また批判することによって独立性を獲得しなければならないとおもう。「無知の責任」をかいた主婦たちのように戦争に没入した庶民も、「学徒出陣」に登場する息子のような厭戦的な庶民も、こんどこそは心を入れかえて平和思想に没入しようと単純に考えるのではなく、庶民や庶民社会として自立するために、日常生活の意味を掘りさげようとかんがえることによって、戦争体験と責任の問題に対処することができるはずである。この方法だけが、庶民を、イデオローグや、イデオローグの部分社会にたいして優位にたたしめ、自立させる唯一の道であることは疑う余地はないのである。少しでも、戦争イデオローグのかわりに平和イデオローグに追従することによって、戦争責任の問題が解かれるとかんがえたとしたら、庶民社会と庶民は、社会の基底として批判的に自立することはできないのである。庶民がイデオローグとイデオローグの部分社会の精神的、思想的模写体としてあるかぎり、イデオローグたちの時代的転換による転向は、いつまでも無くなることはない。イデオローグの部分社会の戦争責任も解決されない課題として残されるはずである。

庶民や庶民社会は、支配イデオロギーをささえるプールであるかぎり、文化的・思想的イデオローグの形成する部分社会を、日常生活体験によって批判し、拒否することによって自立できたとき、強固な反体制的な生活思想の基底にかかわる可能性をもって存在している。

庶民の戦争体験のうち、責任の問題を排除しうる場合が存在しているとすれば、それは、戦争権力とそのイデオロギーを、全生活体験によって実践した場合である。このとき、責任のあらゆる問題は、すべて戦争権力とそのイデオロギーが負わねばならない。たとえば、沖縄の男女学徒隊の記録である『みんなみの巌のはてに』(光文社)が提出している問題はこれである。その男女学徒隊は、戦闘の前線にたたされて、ほとんどすべてが死んでいる。かれらの行動がすべて全生活的であることは、そののこされた遺書と行動によってあきらかにしめされている。


お母様!

愈々私達女性も、学徒看護隊として出動出来ますことを、心から喜んで居ります。

お母様も喜んで下さい。

私は、「皇国は……」信念に燃え、生き伸びて来ました。軍部と協力して働くのは、何時の日かと待つて居りました。愈々それが私達に報いられたのです。何と私達は幸福でせう。大君に帰一し奉るに当つて、私たちはもつともいい機会を与へられました。今働かねば何時働きますか。しつかりやる心算で居ります。(大嶺美枝「遺書」より)

ご両親様
どうか健在であつて下さい。私も今度鉄血勤皇隊に入り、郷土沖縄に上陸した敵と戦ひます。しつかりやります。御安心下さい。
万一私が戦死した時に、よくやつて呉れたと思つて、決して嘆く様なことはしないで下さい。父上の病気も一日も早く恢復なされて、再起奉公なされて下さい。私もそのことを御祈り致します。母上も父上を激励されて、恢復させて下さい。

最後に御両親様の御健康と御発展とを祈ります。さよなら。

（小渡壮一「遺書」より）

ここに集められた記録が、すべてポジティヴな心情をもって貫かれているのは、戦争と戦争イデオロギーの受容態度において、庶民として自立性をもちえているからである。だから、イデオローグの世界からは、これらの記録が無智と無謀の記録としてみえるとしても、もっとも無智の責任の無い庶民の戦争体験が、ここに集録されているとみなければならない。だからこそ、イデオローグによって、戦争権力にだまされた無意味な死という判定を下されたとしても、イデオローグの部分社会にたいし、逆に優位に立とうとする庶民や庶民社会の自立性がここに存在しているのだ。

戦争のような極限情況においては、庶民大衆の社会が、イデオローグたちの社会よりも優位にたつということは、公理とおなじようにあきらかである。だから、イデオローグは、庶民や大衆を、日常性によって愚かなものときめるのではなく、自立した情況における庶民や庶民社会の優位性と対決し、それを超ええないとすれば、自身がイデオローグとして自立することはできないのである。

『みんなみの巌のはてに』のような庶民の戦争体験の記録が提出している唯一の問題は、自立した庶民と庶民社会が、社会の支配的な体制そのものの上に優位にたつことができるか、ということだけである。これらの記録は、そのすべてが、文化的・思想的イデオローグの世界を超えるだけの優位をもっていることを実証しているが、支配体制そのものを超えることができないことを、まるで鉄壁にかこまれた自立性であるかのように鮮やかにさししめしている。もちろん、これらの記録から少年少女ファシスト像をぬきだし、戦争権力にだまされた庶民の無惨な死を視ようとすることは、根本的な誤解でなければならない。

4

昭和十四年、日本の社会ファシズムはその宣言で「東方会は建国の精神を拡充して外に正義国際を実現し、内に正義国家を建設するを以て目的とする。而して謂ふ所の正義は唯心と唯物と伝統と科学との一元化を前提となし苟くも単なる観念論に堕するを許さず、之を国内革新に具現し、之を対外進展に実践し、盛んに其の経綸を行ふは、実に更生日本現下の使命に属せり。須らく日本国民を覚醒して、世界の東方に文明の曙光を点じ、万国の公心を開拓して人類の福祉を増進すべし。非常時日本の打開は非常時国際の是正と其の調を一にし、内外に省察して寸毫偏私あるなし。是れ実に我等同志の信条にして、協心協力その達成を切望する所、敢て天下に宣して国民大衆の蹶起を促す所以也」とかいて、農本ファシズムとの折衷をあきらかにしながら、「日本が世界独歩の全体主義国家である事の信念の下に出発した最初の政治団体」の看板をあげた。しかし、昭和十五年の新体制運動、大政翼賛会運動において、東方会、社会大衆党その他の社会ファシズム政党は、軍部、農本ファシズムに押されて、運動を社会ファシズムの方向にむけることはできず、「日本的、戯画的、ナチ崇拝者、中野、橋本等は、沈黙を強いられ」（神山茂夫「日本の情勢と日本労働者階級の基本的任務」、『激流に抗して』所収）た。

太平洋戦争をイデオロギー的に主導したのは、軍部、農本ファシズムのイデオロギーであり、社会ファシストたちのブルジョワ独裁論は、自発的なさまざまの折衷的な試みにもかかわらず、社会主義的な匂いがあるというデマゴギーによって慴伏させられたのである。

たとえば、戦争期の庶民によって記録された戦争体験のイデオロギー的な葛藤のなかに、社会ファシズムの影響を見出すことは、ほとんど不可能である。その資本制生産の合理化論は、産業資本家に恰好なイデオロギー的なよりどころを与えたにとどまっている。また、日満ブロック経済論と、資本の満州重工業への投下などの中野の綱領が、金融資本により植民地合併に理論的な根拠をあたえた面のほうが影響として大きかった。日本の社会ファシズムが、イデオロギー的に影響をあたえたのは、マルクス主義転向者、社会民主主義者、リベラリストの一部分にしかすぎず、いわば、イデオローグの部分社会を同化したにすぎなかった。社会ファシズムの戦争責任は、ブルジョワ独裁論さえも貫徹できずに、天皇制の地主＝官僚的な封建制に屈服せざるをえなかったという面をのぞけば、むしろ、戦後責任の問題に結びつけなければならない側面をおおくもっている。

日本の社会ファシズムの戦時下の主要な責任と問題点は、かれらが産業資本と金融資本の帝国主義的な膨脹政策にイデオロギー的な根拠をあたえた点に存在した。中野が綱領で言及した経済政策は、日本資本団によって満州重工業の発達、資源開発として具体化されていったのである。そして、金融、産業資本の流出にともなって、満州協和会服を着込んだ新型大陸浪人が流出して、五族協和のイデオロギーを宣布した。それが、転向マルクス主義者、ファッショ化した社会民主主義者、社会ファシストの吹きだまりを形成したことは、周知の事実である。

おそらく、わたしたちは、庶民や庶民社会の自立性、日常的な精神体験の深化という観点からは、日本の社会ファシズムの戦時下の実体の批判に、射程をのばすことは不可能である。この観点から対決しうるのは、農本的なファシズムに対してであって、農本ファシズムの心情的な基礎は、庶民社会を貫通することができたように、庶民社会の自立性という地点からは農本ファシズムを貫通することができる。

しかし、日本の社会ファシズムの実体が提出する最大の問題は、日本における社会思想の変質過程が、そこに集中せられたという問題である。東方会ファシズムのように、純然たるブルジョワ・イデオロギーが、民族的な観点とブロック経済論にたすけられて到達した地点は、下から、社会主義思想が民族絶対化の観点と接合して到達した地点と合一した。それは、本質的にはブルジョワ独裁イデオロギー以外のなにものでもないにもかかわらず、ドイツ、イタリアのナチズム、ファシズムのように明確な社会ファシズムにはゆきつかず、天皇制の軍封的な側面と折衷したイデオロギーとして、ブルジョワジーの支配を合理化したにすぎなかった。この結着点は、東方会ファシズムのばあいも、転向者的ファシズムの場合も、まったく同質なものとしてあらわれたのである。

戦時下における日本ファシズムのこのような変質過程は、天皇制が、単に、独占資本と封建的な諸勢力の合併した権力ではなく、それ自体が独立した機能をもつ特殊な支配力であったことを物語っている。この天皇制の強大な強制力によって、日本の社会ファシズムは、たんに社会主義とブルジョワ独裁イデオロギーの相互滲透したものではなく、その性格をもちながら、天皇制の絶対主義的な滲透力をも受けた二重の変質となってあらわれたのである。

イデオローグが構成している部分社会の変質過程は、庶民や庶民社会が日常生活的な精神体験によって自立性をもちえなかったことと、ちょうど裏腹に、これらの社会ファシズム的なイデオローグたちが、自己意識のなかでイデオロギーと日常生活的な精神体験の問題を分離することができなかったことにもとづいている。いいかえれば、かれらのイデオロギーは、イデオロギーとしての自立性を、庶民社会からもちえなかった。そのことによって、庶民や庶民社会の日常的な体験に光をあてるような機能をイデオローグとして、はたしえなかったのである。農本ファシストたちのイデオロギーが、社会ファシストたちとちがって、庶民や庶民社会をある程度、根本からゆさぶることができたのは、かれらが日常的な生活意識で庶民的であり、庶民社会を超ええなかったため、天皇制の軍封的な側面にかえって直通することができたからである。

これに反して、戦時下の日本の社会ファシズムは、まったく、自立的なかたちで流出した庶民と庶民社会の行動的な戦争体験にたいして、いちども優位をたもつことができなかった。そのかぎりでは、検討するに価するようなプラス面をすこしももってはいない。しかし、独占資本の再生産理論に結びつき、その帝国主義的な膨脹をたすけたことによって、すくなくとも部分的にはブルジョワ・イデオロギーの機能をはたし、ブルジョワジーにたいする優位性をつかんだということができる。日本の社会ファシズムの問題が、敵対的な意味で、意義をもちうるのは、戦後においてであり、中野正剛が昭和八年に構想した綱領は、ある部分、戦後資本主義と文化ファシズムの具体的な目標と重なっている。

註(1) 丸山学派が天皇制ファシズムというばあいの天皇制というコトバは、天皇制権力もその下での社会構成も、大衆やイデオローグの意識構成をも、すべて包括した概念とおもわれる。ただ、包括していないのは生産諸関係である。したがって、日本ファシズムの形態を区別しにくい。

註(2) 昭和八年十月 千倉書房発行。

大衆芸術運動について

A・　大衆芸術運動といえば、いかにももっともらしくきこえるが、ようするに創造サークルということだな。ひとつ創造サークルは如何にあるべきか、という点からやってもらいたいな。

B・　駄目だよ、おれは、サークル専門家じゃないからな。こういう問題は、鶴見俊輔とか谷川雁とか日高六郎とかにやってもらうさ。おれは、まえに、労働組合運動に足を入れていた時期、このサークルというのをてんから馬鹿にしていたんだ。底辺にいる、職人さんといったほうがよい労働者がいる。相当、年もとっているが、組合運動などには関心があるのかないのか一向にわからない。集会でも発言などしない。しかし生活は根深い。こういう連中がいちばんこわいんだ。その上の段階に、年も若く活潑な活動家がいる。この連中が、いちばん頼みになる。しかし、この連中と、底辺にいる職人さんとをくらべてみて、ひそかに、これはいかんという気になったことが何遍もある。そこが、いちばんの問題が横たわる地帯だ。これにくらべれば、サークル活動など何ものでもないというわけさ。

A・　そんなことを言っては、はじまらんさ。げんに全国に無数の創造サークルがあり、これは労働運動に関係のあるのも、ないのもある。そして、サークル指導者やチューターと目されているものもいる。きみが、サークルなどつまらんといっても、現に、そこから作品がかかれ、それを評価する専門家もいる。

B・　サークル活動をやって、芸術作品をつくりたいものには、どんどんつくらせればいいさ。もし、労組と関係があるサークルだったら、労組は予算をあたえてどんどん援助する。孤立サークルだったら身銭をきって、作品をつくりあげていく。問題は、それだけだ。いやでもサークル活動家は、すぐれた芸術作品をつくることが、いかに困難な長い修練を必要とするかを認識するだろうし、その過程で、社会生活でぶつかったとおなじだけの体験を手に入れることができるはずだ。甘ったれるなということさ。芸術を創ることが、自分の性にあわぬことを知ったら、サークル活動をやめること。そして、働き、妻子を養い、地道に生活体験を蓄積し、なお、余裕があれば、他人のため、社会のためにたたかうのだ。

いい加減にサークル大衆をおだて、啄木の歌じゃないが、「ひとひとり得るに足らざることをもて大願とせし若きあやまち」というような箸にも棒にもかからぬ大衆文化人をつくりあげるのに加担している馬鹿な「専門家」などは、大衆の一生を台無しにした見せしめとしてみんな火あぶりにしてしまえ。

A・　おいおい、おだやかでないことをいうなよ。サークルが前衛の母胎だ、といっている奴もいるくらいだぜ。世の中は広いんだよ、おまえのいうほど簡単にはいかんさ。

B・　馬鹿をいうない。サークル町やサークル村から前衛がうまれてたまるか。そんなところから生れる前衛だから偉そうなことをいいながら、現状維持、既成政党になりさがるのさ。ようするに進歩的な文化地帯を泳ぎまわっている連中よりも、ただの生活人だが、胸三寸に鉄火を呑んでいる大衆のほうが頼もしいということさ。進歩的専門家よりも、職人的な芸術家のほうが、芸術についても人間についても、社会についても知っているさ。そんなこと、常識だせ、おい。

A・　おまえは、集団から芸術がうまれるってことを信じないのか。サークルから新しい創造がうまれることを信じないのか。

B・　あたりまえさ。集団あるところ、芸術なし。うそだとおもったら、文壇という集団をみよ。新日本文学会という集団をみよ。サークル集団をみよ。そこには、芸術の新しい創造はないし、また、絶対にうまれえない理由があるのだ。集団、団結、それが有効なのは、われわれの時代では、政治運動だけだよ。これは徹底しておかないと、政治でもない芸術でもない、また、政治家でもない芸術家でもない畸型がうまれる。こういう原因は、個々のサークル活動家や芸術家の責任というよりも、社会の構成と支配のなかに存在しているのだ。

A・　それじゃあ、おまえのいうことを認めれば、大衆芸術運動など無意味だということになるじゃないか。

B・　その通り。通りのいいときだけ「進歩的」という肩書を欲し、威張り、時代が不利になると「転向」してみせたわれわれの専門家のいうような意味では、大衆芸術運動は無意味さ。

ただ、ここにひとりの大衆がおり、労働者がいる。かれは、まったく下層の不毛な生活を強いられている。しかし、かれは、文学でもよい、音楽でもよい、絵画でもよい、それを好きで創ってゆきたいとかんがえている。わずかな時間をさいて、独りで机に向ったり、ハーモニカをくわえたり、絵筆をとったりしている。このままで孤立しては、続かないかもしれない。しかし、続けられれば、優れた新しい芸術をうむかもしれない。こういう人物をたすけたり、たすけあって創造活動をつづけさせるためにのみ大衆芸術運動は必要なのさ。また、有効なのさ。そういうたすけ合いのうえにたって、共通の創造目標がかかげられるようになれば、立派なものさ。だから大衆芸術運動の最大の要件は、生活的、経済的な基礎と相互扶助。あとは、ねばり強い創造的努力。こういうサークルがあったら、それは、育てるためにあらゆる努力をおしむべきではない。しかし、あるかね？

A・　無いだろうよ。あっても、表面にはなかなかあらわれてこないだろうな。それをみつけだしてくるのは、おれのような政治活動家の責任かも知れない。

B・　そうさ。政治活動が創造的であるためには、馬鹿な進歩的専門家が喰い荒して、箸にも棒にもかからなくなったサークルなどを問題にしてはだめだよ。かれらはやがて馬脚をあらわし、それに指導されたサークルは滅亡する。しかし、この時代に真なるものは、次の時代にも真たりうる芽をはらんでいる。その芽を探すことが大切だろうよ。

A・　おまえの言うことは、どうもうっとうしくていかんな。希望はないかね、どこかに、希望は。

B・　ひとごとみたいなせりふを吐いてはこまる。希望などあるものか。おれたちのなかになければすべてのなかにないさ。

A・　しかし、おまえは過渡的な希望というものをみとめないのかね。現に無数のサークルがあり、創造活動をやっている。それは、おまえのいうとおり、滅亡するかもしれない。また、あるいは、そのなかからいくつかの芽がそだつかもしれない。その場合に、いくつかの芽がそだつかもしれないという希望において、現状をとらえるのが実践的なかんがえかたではないのかね。おまえのようなのは傍観者の絶望ではないのかね。

B・　おいおい、そのせりふは、いちいち名前はあげないが火あぶり組の専門家のせりふに似ているぜ。それこそ傍観者なんだよ。そういう希望的な言辞をふりまいてあるいている方がね。ほんとうの大衆でもなければ、ほんとうの大衆指導者でもない。自己満足型で、歴史を移してゆくのにレンガ石ひとつ加えないくせに、いい子でだけはありたいといった連中だよ、そんなことをいうのは。おれは、こういう連中を憎悪するね。この連中を憎悪することによって、歴史を移してゆく方法の核心をつかむことができるのだ。支配者にたいする憎悪は、歴史を移してゆく心情の核をつくってくれる。しかし方法の核はむしろこの進歩的な偽物を憎悪することによってしか、つかまえないのではないかね。おれはけっして、その連中と時代を共にしないつもりだし、不幸にして時代が、その連中の手をかりてうごかさなければ、うごかされないとすれば、おれは、煙草屋にでもなってくらすさ。きみも、うかうかしないでくれ。おれたちは、自分で自分を進歩的と許した瞬間に反動に転化してしまうということを、しってもらいたいね。これがわからないのは、宗教家ではあるが、思想家や政治家ではないよ。

大衆芸術運動だっておなじことさ。それが政治や大衆運動に、役立つと考えた瞬間に無意味なものに転化する。それが、精神的な創造活動だとかんがえているときだけ、政治的に意味をもっているし、有効なんだ。

言語の美学とは何か

——時枝美論への一注意——

文学の創造のばあい、あるひとつの形象的なイメージや精神状態のパターンが、たしかに概念としてあるのに、うまく表現できないでなやむことがしばしばある。ちょうど、失語症にかかったように言葉が空っぽになった感じだが、よくかんがえてみると、対象をどのような関係からつかまえるかが、まだ確定できない状態であることがわかる。いったん、対象をある関係にふみこんで表現しはじめると、言葉はあたかも、その関係にあつまってくるように感じられる。作家は、これを、書き出しが難しくて、とか書き出しさえきまれば、とかいういいかたで語っている。

まったく反対のばあいもある。いかほど表現をついやしても、はっきりと対象をつかまえたという実感をもちえないで、無意味な饒舌にしかすぎないばあいである。太宰治が「兵法」という短文のなかで「文章の中のここの箇所は切り捨てたらよいものか、それとも、このままのはうがよいものか、途方にくれた場合には、必ずその箇所を切り捨てなければいけない。いはんや、その箇所に何か書き加へるなど、もつてのほかといふべきであらう。」（角川文庫『もの思ふ葦・如是我聞』所収）とかいているのは、この問題をさしている。

いずれのばあいも、文学の表現が、対象の概念的な像を、たくさんの可能性のなかからひとつの関係としてえらびだすことと、ふかくつながっているようにおもえる。わたしは、これを言語表現の特質にむすびつけるため、もうすこし立ちいってかんがえてみたい。

言語には、「恋人」とか「石」とかいうように、ただちに形象的なイメージを喚起できるものもあれば、「恋しい」とか「苦しい」とかいうように、形象的なイメージをともないえないものもある。しかしいちようにいえることは、ある具体的事物や精神状態（ふくめて対象といってもよい）と、言語表現のあいだには、一義的な関係が存在しないということである。「恋人」や「石」という言葉から喚起される形象的なイメージは、ひとによってまちまちでありうるし、また、「恋しい」、「苦しい」という精神状態も、ひとによって、時と場所によって、まちまちである。言語のばあい、具体的にはまちまちである男や女や石ころが、「恋人」、「石」という関係または概念において同一なものとしてとらえられるし、実際にはまちまちである精神状態が、「恋しい」とか「苦しい」とかいう側面で、同一のものとしてとらえられるのである。

わたしたちが、文学の創造過程でぶつかる失語状態や過剰状態の問題は、これと無関係ではない。対象と言語表現とのあいだに一義的でないさまざまな可能性があるため、じつは、そのなかからひとつのはっきりした関係をつかまええない状態にほかならない。無数の可能性のなかで、対象をひとつの関係で把握する過程が、言語表現の意味の側面にほかならない。かくして、文学者が創造過程でぶつかる困難は、概念的な像を意味として形成できない状態であることが了解される。

時枝誠記は、すでにはやく、その労作「言語過程に於ける美的形式（二）」（『文学』昭和十三年一月　第六巻第一号　五七―七七頁）のなかでこのような言語表現の特質を、いくらかちがった観点からつぎのように説明している。

若し感情を表はす語が、我々の感情そのものを喚起し得るならば、我々は、「悲し」「嬉し」「楽し」等の語の連発によつて他人を喜ばせ又悲しませることが出来なければならない筈である。然るに事実は正にその逆である。それは何故であるかと云ふならば、「悲し」と云ふ語の表出は、自我の活動である感情の直接的な表現ではなくて、かかる感情が一旦自我の外に置かれ、客観化され、そして概念的に把握されて表出されたものだからである。従つて「悲し」と云ふ語は、概念或は表象を喚起し得ても、感情それ自身を誘発することは出来ない。このことは言語が他の一切の表出と截然と区別せらるべき特質であることは嘗て述べた処である。

時枝誠記のこの観点によれば、「悲しい」という言語に対応する具体的な精神状態があると、それが一旦客観的には対象化され、概念的につかまえられて、「悲しい」という言語表現となってあらわれる。だから、「悲しい」という言語表現は、概念或は表象を喚起し得ても、具体的なその精神状態を喚起しえないとかんがえられている。

ここには、いくつかの問題がある。だいいちに、ある対象を概念として把握し、それが客観化されることは、すべての表現に共通のもので、あえて言語表現にかぎらないのではないか、ということである。つぎに、なるほど悲し、嬉し、楽し、などの言語は、直接に対象である具体的な精神状態を喚起しないかもしれないが、「恋人」とか「石」とかいう言語は、あきらかに直接に具体的な対象の形象的イメージを喚起するのではないかという問題である。

時枝誠記のいうように、ある具体的な精神状態を直接表現しうることは言語だけにある特質であるが、言語の特質ということはできない。たとえば、「恋人」という言語から、人は「感情それ自身を誘発すること」ができるのである。このばあい、「恋人」という言語によって、それぞれちがった「恋人」の形象的なイメージが喚起され、その具体的なイメージが感情を喚起するという理由で、かならずしも「恋人」という言語と一義的に結びついた感情とは云えないが、あきらかにある感情を誘発されるのである。したがって、この問題は、つぎのようにかんがえられねばならない。ここに、「悲しい」という言語に対応するある具体的な精神状態があるとき、言語表現はそれをひとつの関係の側面から把握し、対象化することによって「悲しい」という表現に到達するのである。その精神状態は、関係をかえれば、「苦しい」と表現されるかもしれないし、「辛い」と表現されるかもしれず、このばあいの可能性は、無数に存在しているというべきである。

しかし、時枝誠記は、その独自な言語の特質把握から、言語表現の美醜快不快の根拠が、言語の表出する素材（対象というべき意味─註）の美醜善悪に関せず、言語過程全体を対象として言語美学の問題をかんがえるべきだとして独創的な理論を提出している。（『文学』昭和十二年十一月　第五巻第十一号　二十一─六十四頁「言語過程に於ける美的形式について（一）」をも参照）いま、そこで提出された言語過程の構造形式を検討してみなければならない。

時枝誠記によれば、基本的な言語過程はつぎの四つの構造形式にきせられる。

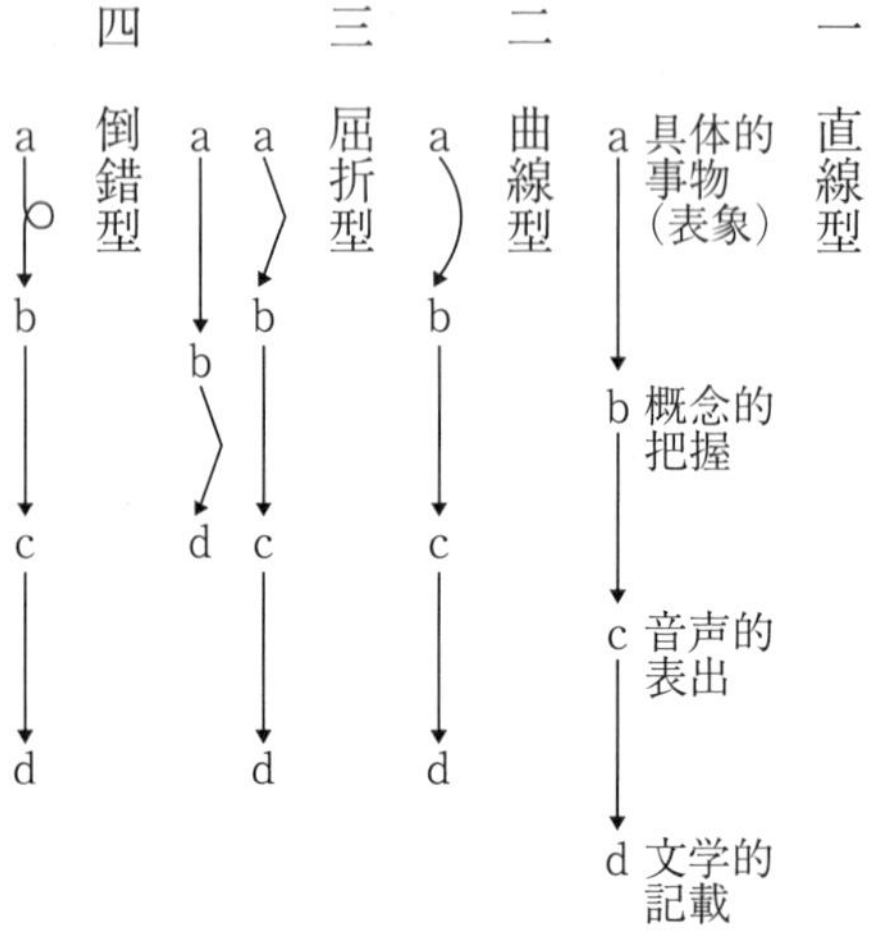

ここで、直線型というのは、たとえば、Aという人物が死んだという事実にたいして、「Aは死んだ」というように直線的な経路で表現にたっするものである。曲線型というのは、たとえば「死ぬ」という事実にたいして、「なくなる」とか「かくれる」とか表現することで、元来が物が見えなくなるという言語をつかって、死ぬという事実をあらわそうとするもので、時枝は「表出されるものを、それが直接に判断される概念よりも、更に広い概念に於いて把握し、而も当初の事実を表出しようとするのである。」と説明している。この過程は、次第に直線型に移行する傾向があり、美的意識は絶えず新しい効果多き曲線型を創造することを余儀なくされる、という点に曲線型の美的な根拠があたえられている。

屈折型の例として提出されているのは、「義貞の勢はあさりをふみつぶし」というような川柳で、たとえば、新田義貞に関するわたしたちの連想の常範を遮断して、意想外な観念と結合させたところに、この川柳の滑稽感の根拠をみようとする。倒錯型は、「君は馬鹿だ」という代りに「君は利口だ」というようなもので、反対概念の表現によって、対象に未来的な意味をあたえるものである。なお、屈折型のばあいに、事物と概念的把握の関係のほかに、概念的把握と表現とのあいだに屈折をみとめているのは、たとえば、「涙」のことを「恋水」と表現するばあいをさしている。

時枝誠記が、ここで提出した言語過程の構造形式は、言語過程全体のなかに言語美学の成立条件をみようとする点で、劃期的な意義をもつものといわなければならない。それにもかかわらず、この構造形式にはふたつの問題点が存在している。そのひとつは、具体的な事物を対象にして、概念的な把握がおこなわれるばあい、概念的な把握によって具体的な事物の概念的な形象はイメージとして残存し、けっして消滅しないということである。したがって、時枝構造形式のbにおいて概念的な把握は、意味概念と像概念との二重性において存在しなければならない。

他のひとつは、以上の理由によって、概念的な把握から表現にいたる過程は、二重性をもって行われ、したがってこれがたとえば、文字によって表現されるばあい、それは意味表現と像表現の二重性をもつにいたる。この二重性の問題のなかに、文学的表現の美的な問題は存在しなければならない。すでに、概念的な把握において具体的な対象ａが意味概念と像概念に二重化する結果、表現された言語はその意味と像とのあいだに一義《アンドイティツヒ》的な関係をかならずしももたない。この言語表現の特質のなかに、言語美の成立する根拠がなければならない。

わたしは、ここで、時枝誠記の言語過程の表式を、わたしなりに修正してみなければならぬ。まず、言語の基本的な過程はつぎのようになる。

a　具体的な事物、具体的な精神状態
↓
b　概念的意味把握、概念的像把握
↓
c　音声による意味表現と像表現
↓
d　文字による意味表現と像表現

いま具体的に花をいっぱい開かせた桜の樹木が並んでいる風景をみたとする。すると、わたしたちはそれを概念的に「サクラ」として把握するとともに、概念的に「サクラ」の形象的イメージをも把握している。これが、音声または文字によって〔ＳＡＫＵＲＡ〕又は「桜」と表現されたばあい、なにがおこるか。あきらかにこの表現は、桜という意味の表現であるとともに、形象的な桜の像をも喚起する。それにもかかわらず、表現された桜という音声又は文字が喚起する桜の形象的な像は、具体的にみた桜の像とは、かならずしも一致しないのである。いいかえれば、表現者自身の概念的な桜の像は、音声または文字の桜が喚起する像とは、一義的な関係をもってはいない。音声又は文字の表現をうけとった個々の人物は、それぞれちがった桜の形象的な像を喚起することができる。

これは、対象が具体的な物事でないばあいも同様である。たとえば、いま具体的に（悲しい）という精神状態にぶつかったとする。これは概念的に「悲しい」として把握されるとともに、「悲しい」という概念的な像としても把握される。この概念的な像は、たとえば具体的な情況の像であるかもしれないし、過去に体験した「悲しい」という精神状態の記憶像であるかもしれない。この概念的な把握が、音声又は文字によって〔KANASHII〕「悲しい」と表記されたとする。時枝誠記のいうように、この表現によって、人は悲しいという感情それ自体を誘発されはしないが、あきらかに「悲しい」という意味と精神状態の像を喚起されるのである。この精神状態の像は、その表現をうけとった個々の人物によってちがっており、すでに、表現者自身の概念的な像とは一義的な関係をもたないのである。

このように、時枝教授の言語過程の表式を修正することによって、わたしたちはちがった言語の美的な構造形式にゆきつくはずである。わたしのかんがえでは、それは、次のようなものとならざるをえない。

一　基本型

a　具体的な事物、具体的な精神状態
↓
b　概念的意味把握、概念的像把握
↓
c　（音声的な意味表現と像表現）
↓
d　文字による意味表現と像表現

ここで基本型というのは、対象であるaがそのまま概念的な意味と像把握から、そのままのかたちで表現の意味と像とをあたえるばあいをさしている。

黒い異様な臭気を放つ穴の近くで珍らしく通りかかった男が、今日は二十日ですか、二十一日ですかと彼にきいたが、彼がこたえようとする間もなくふうふうといいながら返事もきかずに通りすぎていき、そのときはじめて仲代庫男の眼の中に涙があふれた。(井上光晴「虚構のクレーン」)

この文章を言語過程に即してかんがえてみよう。「黒い異様な臭気を放つ穴の近くで」は、作者が黒い穴を視覚的に概念把握するとともに、嗅覚的に概念把握している対象を近傍からみている位置で、そのまま表現したものである。「珍らしく通りかかった男が、今日は二十日ですか、二十一日ですかと彼にきいたが、」は第一文の位置で珍らしく通りかかった男が、「彼」に日付をたずねたことを表現している。「珍らしく通りかかった男が、」は、作者の通行人にたいする視覚的な概念把握そのままの表現であるとともに、文中の「彼」の概念把握の表現ともなっている。「今日は二十日ですか、二十一日ですか」は、概念的に把握された男の会話の直線的な表現である。この文章は、いずれも作者の主体が作中の「彼」と「通行の男」に移行した場合の「彼」の対象にたいする概念的意味把握と像把握の直線的な表現と、最後の「そのときはじめて仲代庫男の眼の中に涙があふれた。」という文章のように作者が、「彼」を対象として把握した概念的意味と像との直線的な表現からなっている。かなり複雑に表現の意味が、視覚・嗅覚・視覚と統一的に展開されているが、その構造形式は、「桜が咲いている」というように単純な文章とかわりない。

この文章が喚起する美的な感覚は、異様な穴のそばで、通りかかった男が日付をたずね、返事もきかずに立去ったとき、「彼」は涙を流した、という単純な意味概念を、視覚や嗅覚や聴覚の概念像を喚起する言語をくみあわせて、あるときは通行人に、あるときは文中の「彼」に、あるときは作者の主体に対象把握の位置を変動させながら表現しているところに成立していることはうたがいない。ここでは、対象から表現にいたる言語過程そのものには、何らの複雑な手続がほどこされているわけではないのである。

二　意味連合型

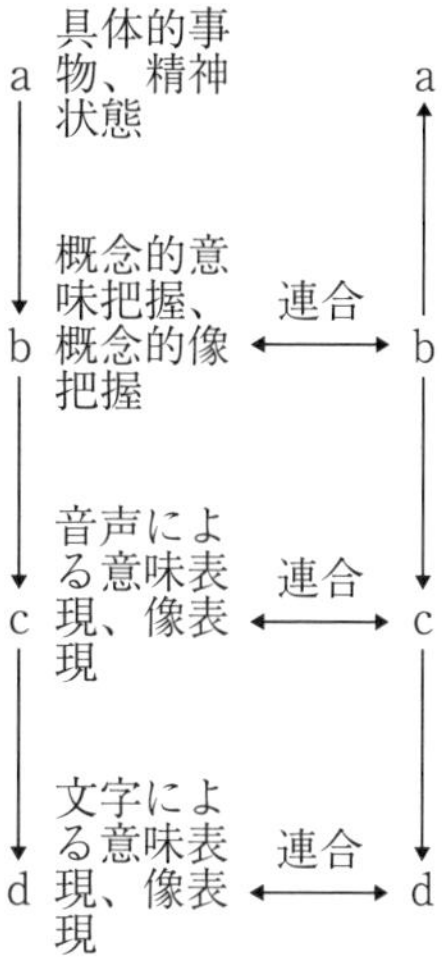

ここで意味連合型というのは、具体的な対象を概念的に把握したばあい、その概念的な意味把握の面において、それに対応する概念的な意味が連合され、それが表現になってあらわれるものをさしている。たとえば、

僕ら、村の人間たちは《町》で汚い動物のように嫌がられていたのだし、僕らにとって狭い谷間を見下す斜面にかたまっている小さな集落にあらゆる日常がすっぽりつまっていたのだ。（大江健三郎「飼育」）

この文章などは、典型的に言語過程における意味連合の美的なもんだいをしめしている。「僕ら村の人間たち」という対象は、作者の主体から村の人間という概念的な意味把握をうけ、それは概念的な像把握を伴う。ここで、「汚い動物」という概念的な意味が像をともなって村の人間の意味概念と連合し、「僕ら村の人間たちは《町》で汚い動物のように嫌がられていたのだし、」という表現となってあらわれる。このばあい連合された「汚い動物」が、「汚い豚」とか「汚い牛」のようにさらに関係概念をせばめたものであったら、意味連合とならずに感覚連合と称すべきであろう。「あらゆる日常がすっぽりつまっていたのだ。」は、「あらゆる日常生活が絶えまなくその中で行われていた」というほどの意味であるが、日常性というものへの作者の概念的な意味把握が、「つまる」という概念の意味と連合してこういう表現を成立させている。ここで、「すっぽり」という副詞を形象的に解すれば、感覚連合ともとられなくはないが、むしろ作者の日常性というものにたいする理解が、つまるという表現を連合したと解しておきたい。

　このような意味連合が成立するのは、具体的な事物や精神状態の概念的意味が、あらゆる可能性のうちのひとつの関係の面において言語表現の意味となってあらわれるためである。「日常」と、「つまる」とが意味連合しうるのは、「日常」というものが、無数の可能な面から概念的な意味をあたえることができるためである。

　ここで、あげた文章の美的なもんだいは、言語過程のなかにある意味連合の転換そのもののなかにあり、表現の意味と感覚的な形象との複雑な転換や統一のなかにあるのではないことが容易に理解される。

三　感覚連合型

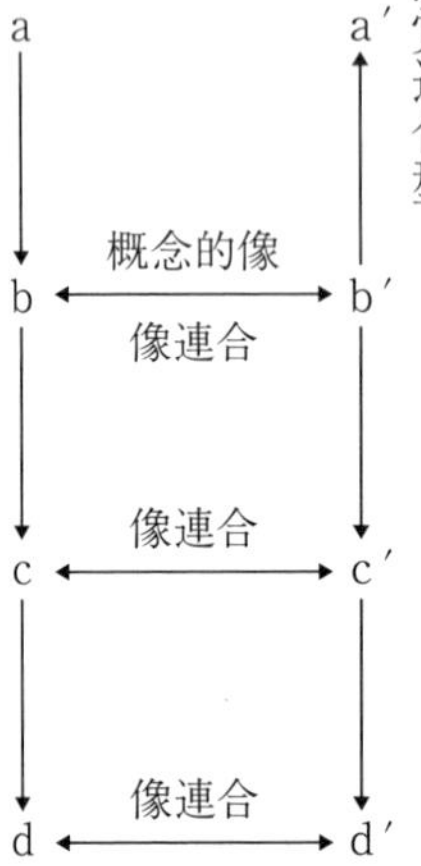

僕も弟も、硬い表皮と厚い果肉にしっかりと包みこまれた小さな種子、柔かく水みずしく、外光にあたるだけでひりひり慄えながら剝がれてしまう甘皮のこびりついた青い種子なのだった。そし

て硬い表皮の外、屋根に上ると遠く狭く光って見える海のほとり、波だち重なる山やまの向うの都市には、長い間持ちこたえられた伝説のように、壮大でぎこちなくなった戦争が澱んだ空気を吐きだしていたのだ。（大江健三郎「飼育」）

失望が樹液のようにじくじく僕の躰のなかにしみとおって行き、僕の皮膚を殺したばかりの鶏の内臓のように熱くほてらせた。（大江健三郎「飼育」）

これらの例は、感覚連合の典型的なものである。「僕」または「弟」にたいする作者の概念的な像把握が、まだ幼ない硬い種子にたいする概念的な像と連合することによって、冒頭の表現が成立している。また、戦争にたいする概念的な像が、澱んだ空気にたいする概念的な像と連合することによって、「戦争が澱んだ空気を吐きだしていたのだ。」という文章が成立している。

このような表現が成立するのは、「戦争」という現実的な実体を概念的に「センソウ」として把握するばあいに、その意味把握にともなう像は、いくつもの可能性をもつためである。あるものは「センソウ」という概念像として流血場面をともなうかもしれないし、荒廃した都市の像をともなうかもしれないし、この場合のように澱んだ空気に連合するような像をともなうかもしれないのである。

わたしのかんがえでは、時枝誠記の構造形式のうち、曲線型・屈折型・倒錯型はいずれもここでいう意味連合型、または感覚連合型に包括される。時枝がかいている「美的意識は絶えず新らしい効果多き曲線型を創造することを余儀なくされるのである。」という意味は、言語において感覚連合や意味連合がつねに無数の可能性をはらんでいるため、たえずあたらしい連合の方法がもとめられるということにほかならない。おおざっぱにいえば、いままで提出してきた言語過程の形式によって、散文による文学的な表現の美的なもんだいは、すべてすくいあげることができる。それにもかかわらず、一九二〇年代以後の文学のなかで、絵画における色、音楽における音程のような、もともと概念的な表現ではありえても、言語のように概念の関係把握である「意味」をもちえない表現分野とおなじように、言語表現をつかってみたいという実験と欲求があらわれた。これは、つぎのような構造形式によってしめすことができる。

四　概念移行型

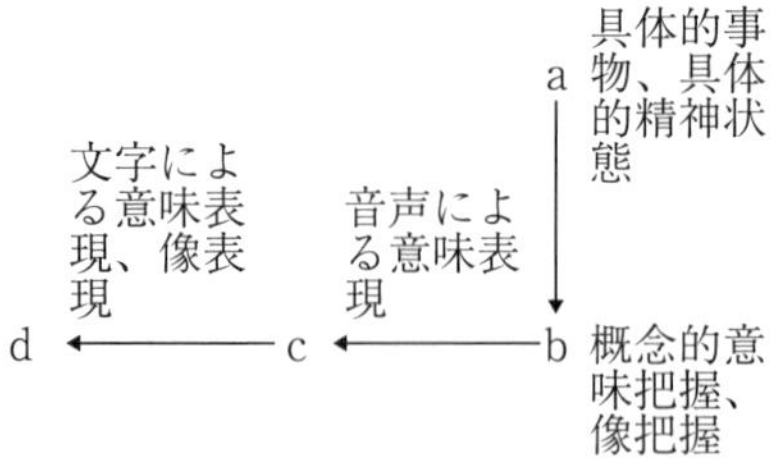

これは、いわば、概念的な意味把握と像把握を言語表現によって記述したいという欲求である。音声にしろ、文字にしろ、いったん言語表現となったばあい、「意味」と統一的にしか像表現は成立しない。いいかえれば、あるひとつの関係把握と不可分の形でしか形象的イメージは表現されないのである。しかるに、概念的な把握の段階では、意味概念と像概念とは無数の可能性をもって存在している。したがって、概念段階にある無数の可能性を、そのまま言語表現によって記述したばあいには、その表現は言

語表現の特質に規定されながら、しかも概念段階における豊富な可能性をもちうるのではないかという欲求が当然おこらねばならない。

わたしの知っているかぎりでは、日本の現代作家でこの方法をとった作品をうんでいるのは、おそらく、島尾敏雄ただひとりである。

父の口から吐かれた瓦斯体のものを母の口からの別の瓦斯体によつて、中和させるか何かしなければ、此の廃墟のただ中に奇妙に取残された或る地点を中心にしてこの国全体が崩壊しさうであつた。（島尾敏雄「夢の中での日常」）

やがて私はその家を出てゐた。口の中は歯がぼろぼろにかけてしまつてゐた。手でいくらつまみ出しても、口の中には歯の粉砕された粉がセメントの様に残つた。私は自分の口をまるでばつたかきりぎりすの口のやうに感じてゐた。（同右）

傍点の部分を一見するとこれらの文章は、さきにあげた意味連合と感覚連合とすこしもちがわないようにみえる。しかし、すこし注意すると、これらの文章が現実的な「意味」として不可能なことを、可能なように表現していることに気づくはずである。たとえば、「手でいくらつまみ出しても、口の中には歯の粉砕された粉がセメントの様に残つた。」という表現で、事実そのまま記述しているような印象をあたえるが、現実的にありうべからざることであることがわかる。これは、概念的な意味と像把握を、そのまま記述しているためにおこる印象である。「私は自分の口をまるでばつたかきりぎりすの口のやうに感じてゐた。」という表現もおなじである。これは、さきの感覚連合のばあいのように、自分の口の像をばったやきりぎりすの口の像と連合させた表現とはうけとれず、自分の口がばったやきりぎりすの口になってしまったという感覚をあたえる表現となっている。現実的には不可能な変身が、妙に生々しい感覚をあたえるのは、作者が概念的な像把握の段階でじぶんの口をばったやきりぎりすの口にしてしまい、それを言語表現によって記述しているからである。わたしたちは、フランツ・カフカの小説が、しばしばこの方法をもちいていることを知っている。

五　主体転換型

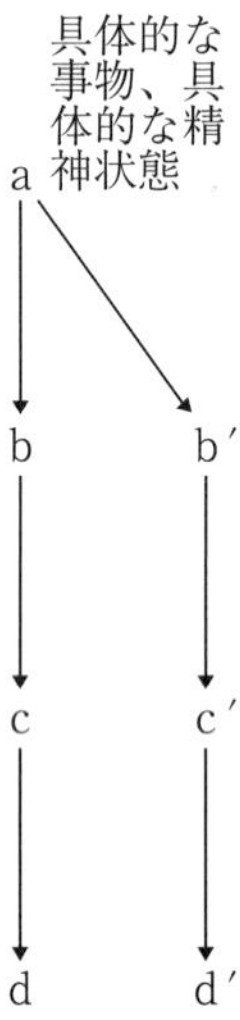

(1)　彼はそれまでの分を送ろうかどうかとしばらくためらうように考えたが、結局、そのノオトをまた机の引出にしまいこんで寮をでた。（井上光晴「虚構のクレーン」）

(2)　いいか、ここにあるものはなんでも持っていけ、アメ野郎にとられるよりは、みんな持っていけ、とわめく魚雷班兵曹のくしゃくしゃになった顔を踏みつけるように、突如ザッザッと銃剣をつけた水兵たちの一隊があらわれて何処にいくのか、軍需部の岸壁を速足で行進していき、なんだあいつら、戦争に負けたというのに、と鹿島明彦の背後で酔いつぶれていた兵曹がひどく血走った眼をあげて呟いた。（同右）

ここであげた二つの文章のうち、第一は、作者が文中の「彼」に移行して、まず、ためらうようにかんがえ、つぎに、ノオトを机の引出にしまって、寮をでていくまでの動作を、主体の側から描写して表現している、ふつうの一回転換の文章である。しかし、第二の側は、すこしちがっている。作者はまず、

「いいか、ここにあるものはなんでも持っていけ、アメ野郎にとられるよりは、みんな持っていけ」とわめく魚雷班兵曹に移行し、つぎに、突然、作者主体にかえって銃剣をつけた水兵の一隊の行進を描写し、また突然、「なんだあいつら、戦争に負けたというのに」、とつぶやく兵曹に移行し、最後の「ひどく血走った眼をあげて呟いた。」という表現で、その兵曹を対象に転化して、作者主体にたちかえって描写したうえで、この文章はおわっている。この間の、作者主体の転換は、かなりかずおおく重層化されている。

このような、主体転換を重ねた表現は、あきらかに言語過程に美的な感覚をあたえるひとつの根拠となっている。そして、この主体転換を伴うかたちで、概念的な像の感覚的な転換が表現される。たとえば、第二の文章で、二人の兵曹のわめいたりつぶやいたりするコトバや、ザッザッという靴音をあらわす副詞は、聴覚的な概念像をともなう表現であり「軍需部の岸壁を速足で行進していき」という表現は、視覚的な概念像をともなう表現である。このような感覚的な転換が、言語美の要因となりうることもまた論をまたないのである。

わたしのかんがえでは、文学作品にあらわれる言語過程の美学的な構造形式は、基本的には、いままであげてきた五つの形式をもってつくすことができる。しかし、文学的な表現は、実際には、概念的な意味と像把握の波のように流動する持続状態であるため、この基本的な五つの形式は重なりあったり、接続したりしてあらわれ、それが、いわゆる文体を形成することは、いうまでもない。だから、文体としてあらわれる重層化したり、接続したりする言語美の持続状態のなかに、文学の文体美学の問題があらわれる。

ここで注意しなければならないのは、文学作品の芸術性が、文体美学の問題にほかならないとおおくの批評家たちが錯覚している点である。この錯覚から、文体論によって文学作品の評価が可能であるとする誤解がうまれる。この誤解は、どこからくるのだろうか。

ほんとうは、言語過程の全体を対象として文学の美学的な考察は、はじめて成立するという時枝誠記の理論が、劃期的な意味をもっているのは、この理論が文体美学の問題のなかに、文学作品の芸術的なもんだいの全てがあるのではないことを、無意識のうちに指摘している点である。問題はつぎの点にある。

a 具体的な事物、具体的な精神状態 ―――― b 概念的意味把握、像把握

いままで、わたしは、右の過程への考察をあまりおこなわず、表現過程に重点をおいてきたが、ほんとうは、対象としての具体的な事物・精神状態が、いかに概念的な意味と像の把握となるか、という問題は、きわめて重要であり複雑である。なぜならば、この過程に、文学者が現実の対象といかにぶつかったかという過去と現在の精神的体験の蓄積がいやおうなく現実を反映する主体の問題としてあらわれることはうたがいないからだ。いいかえれば、如何なる社会的な現実を如何に生きてきたか、という文学者の人間的な問題が、具体的事物や精神状態を概念的に反映する主体の質の問題として、ここに存在するからだ。そして、文学者が如何に生きてきたかという問題は、概念的な把握の段階をへて表現過程のなかで自己検証されて言語表現となるのである。表現過程は、だから文体美の形成過程であるとともに、作家の精神体験が自己対象化される過程をふくみ、この自己対象化が、さらに作家の精神的体験に何かを加えるのである。文学作品の芸術性とは、文体美のもんだいにまぜられた作家の精神体験の全蓄積過程をもいやおうなしに含むものであることは、あきらかである。しかし、これは別個に独立してあつかわれなければならない課題に属している。

カンパの趣意は明快そのもの

本紙三月七日号「読者の声」に掲載された多田赫子の質問にたいし、羽田デモ検束、起訴者の救援カンパの発起人に名をつらねた一人として答えたい。「趣意書」の誤読からくる政治的な猜疑から救援カンパそのものの趣意を救援したいからである。

「趣意書」をみれば、誤解の余地のないほど明快なように、救援カンパは、羽田において安保条約反対の意志を表明し、検束、起訴された学生たちの救援を目的としている。そして、「当日の学生たちの行動は、新安保条約に反対する人びとの意志をはっきりと代表したものの一つと考え」、検束や起訴を「納得の行かない取扱い」とかんがえさえすれば、だれでもが賛成できるものであると、わたしはかんがえるのである。

ここには、安保条約反対の人々の内部に、政治的対立をひきおこすようなどんな意味もふくまれていないことは明瞭ではないか。だいいち、救援カンパに政治的な意味があるなどと、かんがえることから馬鹿気ている。

あえて、わたしに関してだけいえば、うす汚れた匿名批評家（『群像』四月号をみよ）のひねこびた悪罵のように、救援カンパによって抵抗者づらの代替りにしたり、『アカハタ』二月十八日号の主張のように政治的意味をあたえたりするほど、もうろくはしていないつもりだ。

文学者のはしくれとしてのわたしは、みずからの仕事、みずからきずいた思想の経路によって自立しているのであって、大衆運動や学生運動や政治運動によっかからなければ思想的にあんよできないほど馬鹿ではないし、文化的徒党をくまねば物の云えないほど卑屈でもない。

　わたしは、救援カンパに参加、不参加というたかが金の問題で、人を判断するつもりもないし、また、救援カンパに反対ならば黙ってそっぽをむいていればいいので、余計なちょっかいをかけて邪魔するな、などとけっしていわない。どんな批判をも歓迎し、それにこたえる用意をもっている。

　ただ、多田赫子に云っておきたいのは、今回の救援カンパは、趣意書からはっきりわかるように学生運動内部の対立とは、何のかかわりもない地点から発起されていることである。よく、初歩的な政治運動家や大衆運動家は、組織内部の大衆討議によって解決すべき内部的対立の問題と、外部の問題とを混同するが、いずれも自立した別個の問題である。

　最後の質問にこたえる。わたし一個人は原理的に羽田デモを正しいとかんがえている。大衆運動がもっとも効果的な方法で大衆意志を表示するのは、あたりまえのことであり、べつに自慢すべきものでも、非難すべきものでもないのである。

映画的表現について
——映像過程論——

1

わたしは、いままで、本格的な映画批評をやったことはない。二、三度、映画作品を短評したことはあったが、そのばあいにも、じぶんを映画愛好者の位置におき、愛好者が好きな映画をみて、自分勝手な連想や空想をたのしむという姿勢を逸脱しないようにこころがけてきた。もちろん、文学作品の批評をやるように、映画作品をまえにして、文学的な批評を展開することは、わたしにもできないことはない。しかし、映画を文学批評的にとりあげることは、言語表現と映像表現との本質的なちがいを無視した不毛な批評におちいることは、わかりきっている。わたしは、それを好まなかったので、愛好者のとりとめもない感想以外の批評をかかないようにしてきた。映画作品から文学的内容をひきだして論じている批評家たちは、おおく玄人じみた素人でしかない。しかし、これと反対に映像と映像の衝突にモンタージュ論の基礎をすえ、知的映画の概念を提出しているエイゼンシュテインなどは、俗流化した客観主義者のそしりをまぬがれまい。エイゼンシュテインは知的映画についてつぎのようにいう。

知的映画は観念の映画であろう。

それは、イデオロギーの、完全な、直接的な、表現であり、さまざまの概念の組織であろう。「弁証法的方法」とか「観念主義」とか「史的唯物論」といったものが、その主題である。

特殊な、個々の事件という、形式をとらずに。

日附や一般化の形式をとらずに。

これらの哲学的概念の方法ならびに組織そのものに徹して、それを直接具象化することによって!

新しい概念や観念を、幾百万の大衆に伝える可能性は、観念発生の過程のなかへ弁証法的闘争を直接織りこむことのできる映画にしか、めぐまれていないはずである。(『映画の弁証法』角川文庫)

客観主義と政治主義とを結合した二〇年代のソヴィエト芸術理論の影響下にあえいでいたエイゼンシュテインを、いまさら小づきまわしても仕方がないが、このような考え方が、ふたたび復活しないためには、系統的なモンタージュ論の批判が表現論としておこなわれねばならないとおもう。客観的モンタージュ論は、たんに映画のテクニックにすぎないものを、映画の本質にみせかけ、映像的表現にほかならないものを手段化してしまう。映画の美学について、おおくの映画理論家たちは誤解している。この小論をかくために、内外の映画理論家たちの著書を、十冊ばかりよんでみたが、そのなかには長年実際に映画製作にたずさわったもの、映画理論にうちこんだものだけが指摘しうる貴重な示唆はばらまかれているが、全体として依存しうる理論は存在しなかった。わたしたちは、映像表現の成立過程を、はじめから検討してみなければならないようにおもわれる。

映画美学の本質的な問題は、映像成立過程の全体にあることはあきらかである。この基本的な過程を図示してみれば、つぎのようになる。

1	具体的な事物	現実過程
2	概念的な意味と像把握	人間の内部過程
3	文字による意味と像表現	脚本・台本過程
4	映像と補助手段による意味と像表現	映画表現過程

映画表現の問題を論ずるばあい、この全部の過程をとりあげず、いずれかひとつの過程を無視することはできない。もちろん1、2、3まで（脚本・台本過程まで）と、4の映画表現過程とは、かならずしも同一の人物によって扱われるとはかぎらないが、映画芸術家はかならずじぶんのなかでこの全過程を総括することを余儀なくされる。いま、この全過程を単純な例をあげて説明しながら、映画表現の第一の問題が、言語表現と映像表現の相互変換のなかに存在することをあきらかにしたい。

1、いま、具体的に一匹の「犬」がいるとする。これが映像表現となるまでのひとつひとつの過程をたどってみよう。2の過程でこれが概念的な意味で〔イヌ〕として把握されるとともに、概念的な像として、犬の映像が喚起される。映画のような映像表現の特長は、すでにこの過程と、3の脚本・台本過程のあいだに存在している。一般に概念的な段階では〔イヌ〕の意味は、具体的な対象である当の犬の形象とかならずしも結びつく必要はない。概念的な〔イヌ〕は、ある者にとっては、眼前の犬をはなれて自分が過去に飼っていた犬の像にむすびつくこともできるし、また、友人の飼犬の像にむすびつくことができる。概念的な〔イヌ〕に対応する像は、人によってまちまちでありうるもので、必ずしも、眼前にいる犬の像と結びつくものではない。

しかし脚本・台本過程では、つねに概念的な〔イヌ〕ではなく、特定の犬が表現される。いいかえれば、台本・脚本過程で表現される「犬」は、つねに犬の具体的な映像と一義的に（一通りに）むすびついていなければならない。もちろん、この過程が台本や脚本ではなく、文学作品であるばあいは、この文学作品の言語表現は、具体的な映像と一義的にむすびつくように書き改めなければならない。その理由は、いうまでもなく、言語表現と映像表現の本質的な差異にもとづくものである。言語表現のばあい、たとえば「犬」というコトバは、特定の犬だけをさすのではなく、茶色い犬も黒い犬も、小さな犬も、大きな犬も、「犬」というコトバに含むことができる。また、人によって「犬」というコトバから喚起されるイメージは、それぞれ異なることができる。しかし、映像表現では、映像として表現された「犬」は、その具体的な犬以外のなにものでもないのである。このように具体的な犬の映像と「犬」という概念とが一義的にむすびつくことが、映像表現の特長である。

このようにして、脚本・台本過程における「犬」は、具体的な一つの特定の犬の像とむすびついているが、これが、4の映像表現の過程でどのような問題をひきおこすだろうか。もっとも、簡単なのは、脚本・台本にかかれた「犬」という表現は、具体的な一つの特定の犬の形象とむすびついているが、この犬の形象を近くからとらえるか、遠くからとらえるか、カメラの位置を上方にしてとらえるか、下方にしてとらえるか、横からとらえるか、正面からとらえるか、という可能性がおこってくる。このような「犬」の映像の位置、遠近、他の映像との関係づけという問題のなかに、映画表現における主体と対象とのかかわりあいがうまれてくる。

このような過程は、たとえば、「犬」のような具体的な対象ではなく、精神状態のばあいにもまったく同様である。たとえば、「悲しい」という言語表現が、脚本・台本過程では、かならず、特定の情景や事件の映像と一義的にむすびつけられる。言語表現としての「悲しい」というコトバは、本来、かならずしも、ある特定の条件とむすびつくものではない。友人と死別しても、恋人と喧嘩しても「悲しい」というコトバで表現することができる。しかし、映像表現では、「悲しい」という概念は、かならず、特定の情景または事件とむすびつくのである。これが、映像表現の段階では、その情景または事件を、遠写するか、接写するか、俯瞰するか、下方から写すか、また、他の情景といかなる関係で写すかという問題のなかに主体の問題があらわれてくる。

エイゼンシュテインのモンタージュ論の根本的な誤謬は、かれが、映像表現の全成立過程を映画美学の対象とすることができなかったため、概念的な意味と像とが多様にむすびつくことができる言語表現を、いかにして概念的な意味と映像とが一義的にしかむすびつくことができない映像表現に転換するか、という過程に映画美学の問題があることを無視して、もっぱら、表現された映像と映像との衝突のなかにのみ美学の問題を限定したところにあった。そしてこのような誤謬から、一コマ、一コマの映像をいかに組合わせるかという問題のなかに、映画芸術家の主体の問題があると錯覚したのである。

しかし、4の映像表現過程の説明であきらかなように、フィルムの一コマ、一コマの映像は、たんなる映像ではなく、どのようなカメラ位置から対象をとらえたかということによって、それ自体が映画芸術家の主体と不可分に結びついた表現に外ならない。したがって、フィルムの一コマ、一コマの映像をいかに組合わせるか、という問題は、エイゼンシュテインの見解に反して、一つの修正過程（文字でいえば、推敲ということ）にしかすぎない。もちろん、修正過程は、芸術のばあい重要な芸術家主体の自己検証の過程であり、結晶化の過程であるが、ここに美学の根本問題をみるのは、一コマ一コマの映像表現が、客観的な映像ではなく、芸術家主体と結びついた映像であることを理解しない謬見にほかならないということができる。

このような理由によって、映画美学の問題は、基本的につぎの二つの過程に集約することができる。

第一、言語表現から映像表現への転換過程。

第二、映像表現における主体の位置転換過程。

映画の美学的な問題をこのふたつの過程に集約することによって、必然的にモンタージュそのものの意味は、異なったものとならねばならない。

今村太平は、『映画の世界』（新評論社）のなかで、レフ・クレショフの実験についてつぎのようにかいている。


ここに五つの画面がある。それを番号順にならべると、
1　一人の青年が歩いてくる。
2　一人の娘が歩いてくる。
3　二人は出会い握手する。青年が指さす。
4　広い階段のある大きな建物。
5　階段を上って建物に入る二人。
観客は右のシークァンスを「二人の男女が道で出会い、ある建物に入った」と解する。ところが現実にはそうした事件はなかったのである。それはモンタージュの魔術である。すなわち歩いてくる青年は、モスクワのG・U・M・ビルディングの近くでとられ、娘はゴーゴリ記念像の下で撮影され二人の握手はボルショイ劇場のそばで行なわれた。そして青年の指した建物は数千キロかなたのワシントンにあるアメリカ大統領の官邸《ホワイトハウス》であった。そして最後に二人が入った建物は聖ヴェルサイユ寺院といわれる。モンタージュはこれらのバラバラのシーンをつないで現実にはなかった時間と空間の統一をもたらす。クレショフはこれを、「創造された地図」（Creative Geography）とよんでいる。

ここで展開しようとしている映像過程論によれば、この説明は誤解をふくんでいる。この実験は、たんに脚本・台本過程から映像表現過程にいたる言語→映像転換過程の問題にしかすぎない。

いま、「二人の男女が道で出会い、ある建物に入った」という意味を、映像表現によって示そうとして、クレショフのようにこれを五つのシーンにわけたとする。(いうまでもなく、これが唯一の表現方法ではなく、無数の方法が可能であるが。)はじめに、「二人の男女が道で出会い、ある建物に入った」という表現を言語の特性について分析してみよう。「男女」というコトバは、性の関係によって人間を類別したものだから、このコトバにともなう具体的な映像は若い男女でも、老いた男女でも、小柄な男女でも、すべて可能である。また、「道」というコトバは、それが、どこの道であろうと、どのような種類の道であろうと、具体的な映像をあたえることができる。「建物」というコトバも、それにより喚起される具体的な映像は多様でありうる。基本的にはクレショフの五つのシーンが、それぞれ任意の場所で映され、それを組合わせて「二人の男女が道で出会い、ある建物に入った」ことを映像表現することができるのは、このように言語が具体的な事物を関係の面においてとらえ表現する特質から、その表現に無数の具体的シーンを与えることができるという理由によっている。だから、クレショフの実験を、「創造された地図」などとよんで意味づけるのは、まったくナンセンスであって、この問題は、「言語表現→映像表現」の転換の問題として意味づけられなければならない。クレショフ的な見解がうまれるのは、ひとつには、シーンとなった映像を主体との対応された像とかんがえられないためであり、もうひとつは映画美学の問題として「言語表現→映像表現」の転換を無視するからにほかならない。かくして、映写実技の問題にすぎないものを、「創造された地図」というように意味ありげに名づけるほか、なくなってくる。

今村太平は、つぎに、クレショフがプドフキンと共同して行なったモンタージュの心理的実験についてかいている。

それは俳優イワン・モジュヒンの顔に三つのちがうショットをつないだものである。第一のショットはスープ皿、第二のショットは死んだ女の顔、第三のショットは熊のおもちゃと遊ぶ女の子であった。するとイワン・モジュヒンの顔が、それぞれ表情をかえるように見えたのである。スープ皿は彼の顔をもの思わしげに見せ、死んだ女の顔は彼の表情を悲しみでみたし、熊のおもちゃと遊ぶ女の子は彼をほほえませたといわれている。この変化も現実にはなかったものである。それは観客のイリュージョンである。イリュージョンが同じ顔にちがう印象をあたえた。イリュージョンが関係のない事件に筋と統一をあたえたのである。(『映画の世界』)

映像過程論は、このような説明を排除するのである。この問題は、映像表現の過程(4の過程)における主体転換の問題にほかならない。イワン・モジュヒンの顔にスープ皿や死んだ女の顔や熊のオモチャと遊ぶ女の子のショットをつなぐことは心理的実験の問題でもなければ、観客のイリュージョンの問題でもない。(だいいちある同一のショットから観客がすべて同一の概念が喚起されるとかんがえることからしてばか気ている。)

これは、俳優イワン・モジュヒンの顔の映像に対応する表現主体の立場(位置)と、スープ皿、死んだ女の顔、熊のオモチャと遊ぶ女の子の映像と、それぞれ対応する表現主体の立場(位置)とを、重ね合わせるというもっとも単純な形での表現美学のもんだいである。そのために、主体とそれぞれことなった対応関係にある映像の重ね合わせが、観者に異なった芸術的な感覚をあたえたのである。いいかえれば、このような実験は、心理の実験とはなりえないが、映画表現における映像過程の主体転換が喚起する美的なもんだいの実験となりえている。

映像過程論によって、エイゼンシュテインやプドフキン流のモンタージュ論は、根柢的にくみかえられなければならない。映像過程論からすれば、映像美学の根本的な形式は、つぎの諸点にわけることができる。

たとえば、記録映画『南極大陸』のように、南極の自然物を対象とした直接的なシークェンスを取捨してつなぎあわせたような、もっとも単純な映像表現過程である。このばあいの美的な感覚は、直接、南極の風物そのものの美からくるもので、何ら芸術的表現の手段を加えていないようにみえるが、これは、まったく誤解である。この場合では、3の脚本・台本過程が、概念的な自然像を選択するというもっとも単純な形で行なわれており、また4の映像表現過程で、遠写、近写、カメラ位置の転換という形で、主体転換のくみあわせがおこなわれている。この概念的な選択と主体転換によって、この場合も、芸術的な表現行為がおこなわれており、それが『南極大陸』のようなもっとも単純な記録映画に芸術性をあたえている本質的な理由である。

それならば、高度な記録映画をかんがえたばあい、どんな問題が提起されるだろうか。

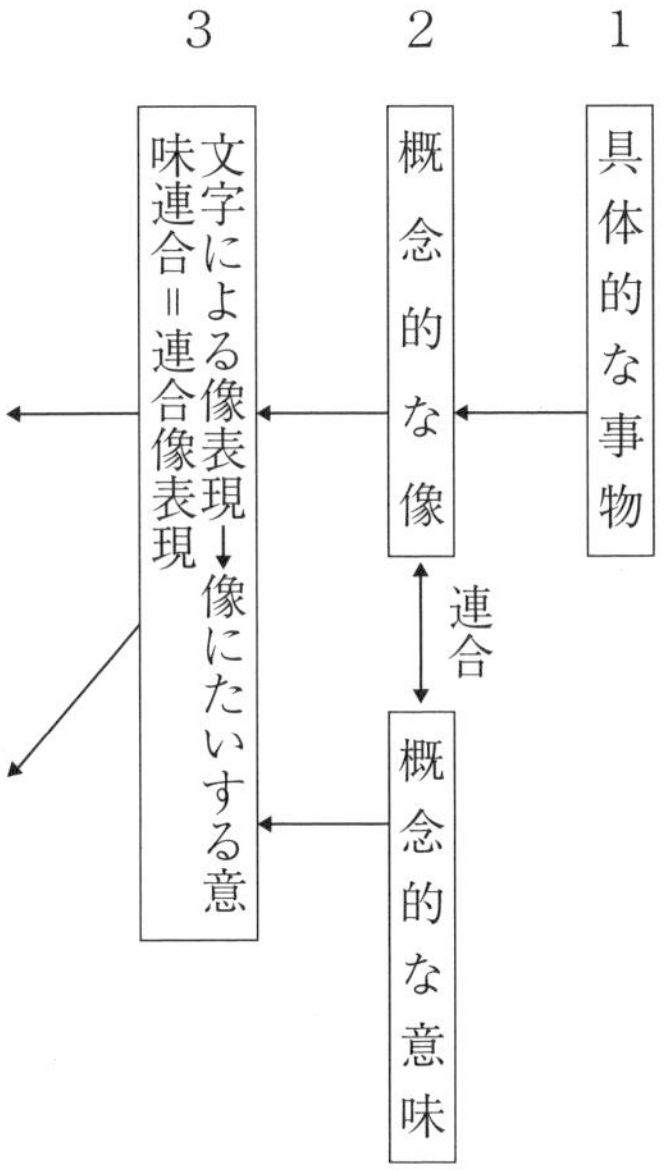

4

映像による像→意味連合＝連合像

すなわち、高度の記録映画では、1の現実過程における具体的な対象が、創造主体によって概念的な像として把握されたさいその像にたいし概念的な意味が連合され、これが3の脚本・台本過程で最初の「概念的な像」、つぎの連合された意味によって喚起される「連合像」とともに、4の映像成立過程で重ね合わされることになる。すなわち、具体的な対象の映像は、概念的な意味連合によって喚起された連合像の映像とかさねられて表現されることになるのである。だから、高度な記録映画は、記録でありながら、創作の性質をもつことができる。これを、具体的な例をもって説明しよう。

1の具体的な対象が一匹の犬であったとする。

2の創造主体の内部過程で、対象の犬の概念的な像が把握され、それとともにこの像に連合する概念的な意味が喚起される。この概念的な意味連合は、創造主体にとって特有のものである。たとえば、ある映画芸術家にとって「犬の好きな恋人と訣れた悲しみ」が意味連合されたとする。この意味連合にともなって、たとえば、「その恋人と最後に訣れた場所の情景」が、連合像として喚起される。これは、3の脚本・台本過程で文字表現される。（もちろんこの過程がなくてもよい。）4の映像表現の過程では、対象の一匹の犬とともに、この連合された像が重ねられて表現されるのである。

これについては、あらためて説明するまでもない。先のクレショフとプドフキンが行なったモンタージュの心理的実験というのは、じつは、映像過程論からいえば、この像・像連合＝連合的意味の形式に包括される映画美学の基本形のひとつにほかならない。

← 具体的な事物

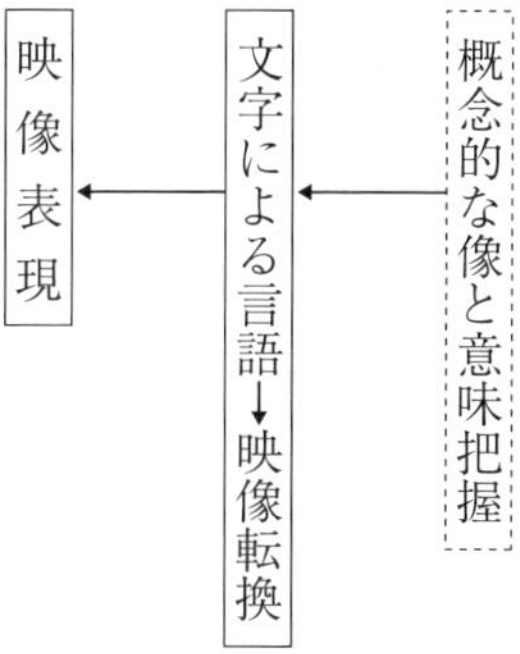

クレショフが「二人の男女が道で出会い、ある建物に入った」という意味を、映像表現する場合におこなった実験は、いうまでもなくこの基本形の美学的な問題である。もともと、ひとつのコトバに無数の形象的なイメージをともなう文学的表現を、ひとつの意味に特定の映像が一対一で対応するように転換する過程に映画美学の根本的な問題があることは、いうまでもない。この脚本・台本過程によって基本的に決定される問題は、たとえば既成の文学作品を台本化するばあいには、台本化の過程をへて、映像表現の問題に移行する。そして、この場合、1、2の現実過程と人間の内部過程は、脚本家が文学作品をよむことによって逆に想定された原作家の現実過程と内部過程にほかならない。

エイゼンシュテインは、かならずしも、映像過程におけるこの問題を理解しなかったわけではなかった。「撮影台本か。いや、映画小説を！」（『映画の弁証法』）のなかで、

シナリオ・ライターは、かれ特有の手段によって、知覚のリズムを、シナリオにあたえる。
監督が加わって
この知覚のリズムを
監督自身の言葉——すなわち、映画の言葉に移しかえる。

監督は——
文字による報告にかわるべき、映画的同格物を発見する。
問題の根本は、これであって——
画面連続の順序や、シナリオにおける事件の物語的な連続などではない。

とかいて、シナリオの性格を、知覚のリズムをあたえることにあると述べている。知覚のリズムというあいまいな言葉を、言語表現から映像表現への転換といいなおせば、この過程にたいする理解は明瞭である。しかし、エイゼンシュテインは、映像成立の全過程を把握していたわけではなく、映画製作者としての経験的な帰納をかたっているにすぎない。

これは映像転換といいかえることも可能である。なぜならば、フィルム上に表現された映像は、たんに客観的な映像ではなく、主体によって対応づけられた映像であるからである。いかなる位置から、いかなる他の映像との関係において対象である映像が表現されたか、という問題は、映写技術の問題ではなく、映画美学のうえからは、主体転換の問題にほかならない。そして、この過程で、フィルムのシークェンスを切りはりしたり組合わせたりする問題は、修正過程であり、美学の問題としてのモンタージュではないのである。修正過程によってなしうるのは、表現の結晶化であるにすぎない。

おそらく、映画美学の基本的な形式は、いままでのべてきたところに要約することができる。実際の映画作品において、わたしたちが当面するのは、これらの基本的な形式の接続や重層化された映像の流れである。

ただ、映像は、どのように現実の時間や空間とおなじように流れても、完全な形で、意味を形成することができない特性をもっている。

その意味形成の範囲は、身振り（アクション）のうち言語とおなじ機能をもつものの限界にはばまれることになり、それ以上の意味構成は、観客の連想力をたよるほかはなくなる。ここで、はじめて映像表現においては、言語表現、擬音の補助手段をかならず必要とするにいたる。

映像に用いられる言語表現（会話、字幕）は、映像表現の意味形成を完全にし、物語性をあたえる機能をもっているということができる。（映画音楽の機能は、まったく別の問題に属している。）もちろん、映像は意味構成をなしえないため、言語ではないし、言語とおなじ機能をもちえない。

しかし、映像に概念的な意味を連合させることができるため、映像になれれば、それに連合する概念的な文法ができるようになり、あたかも、映像で意味を述べたり、映像で思考したりできるかのように錯覚されてくる。

いうまでもないことだが、この場合、対手（または自分）の概念的な意味連合力の助けをかりているので、映像自体のなかに意味表現力が単独で存在しているわけではない。

この問題については別個に論じなければならない。

2

さきの小論で、わたしは、映画美学の基本的な形式についてほぼ概括することができた。今日、おおくの映画理論家によって論ぜられている問題が、この基本的な形式のひとつまたはふたつを詳論しているにすぎないことはいうまでもない。（たとえば、ベラ・バラージュのクローズ・アップの理論は、映像過程論における主体転換表現形式の問題である。主体転換表現において主体と対象との対応を近接したとき何がおこるか。）しかし、映像過程論がほんとうの意味をもつのは、映像をきりはなされた映像とみずに、ひとつの映像表現の背後に現実過程からはじまる映像成立の全過程をみようとする点にある。映像をフィルムにうつされ、スクリーンに投影されたカゲの像としてみずに現実過程を底辺とする構造をもった像としてみるのである。このような視点が、どれだけの威力をもち、どれだけ既成の映像概念をくつがえしうるかを検討するために、ふたたび古典的モンタージュ論のもっとも主要なもんだいのひとつを、映像過程論からとりあげてみなければならない。

プドフキンは、『映画監督と映画脚本論』（佐々木能理男訳・往来社）の序文のなかでつぎのようにかいている。

> 戦争にあてられた巻の発端において、私はダイナマイトの大爆発を表現したいと思つた。この爆発に完全な真実性を与へるために私は莫大な分量のダイナマイトを地面に埋めておいてその爆発を撮影した。この爆発は実際には実に素晴しかつたが、――映画ではさうでなかつた。スクリーンの上にはおよそ退屈な、生命のない事件であつた。
>
> その後、私はながい間の研究と実験とを経て、これまで撮影されたものの一断片をも使用せずに、私の欲した通りの効果をもつた爆発を「モンタージュ」した。私は猛烈な火焰を展開させる火焰放射器を撮影した。さらにこれらの緯に一層の効果を与へるために、私はマグネシュウム閃光の短い画面をば、明暗のリズミカルな転換をなすやうに組立てたそれらのものの間に、私はずつと以前に撮影した溶解物の画面を配合した。これらの画面は特殊の光調をもつてゐるために私には適当であるやうに思はれたのである。かようにしてつひに、私の狙つた画面効果が出来上つた。今度こそ私の企図した大爆発がスクリーンの上にあつた、実際の爆発に相応したありとあらゆるものがあつた、ただ真実の爆発がなかつただけである。
>
> 私は、この例によつて、モンタージュが映画的真実性の創造者であり、自然は単にその仕事のための原料たるに過ぎないことを力説したい。このことは、映画と現実性との関係にとつて決定的なことである。

エイゼンシュテイン・プドフキン流のモンタージュ論の錯誤を、これほど鮮やかにしめす例はあまりないため、とりあげるに便利である。プドフキンは、ここで、たんに経験的な蓄積によって手に入れることができる映画実技(トリック)の問題を、(あるいは修正過程を)映画美学の根本的な課題であるかのように錯覚しているにすぎない。

いまここで、プドフキンが表現したいとかんがえたのは、「ダイナマイトの大爆発」に対応する映像である。いま、「ダイナマイトの大爆発」という言語表現が、プドフキンの台本にかかれていたと仮定しよう。かれの当面している問題は、映像過程論からいえば、言語表現→映像表現という美学上の一過程に外ならない。「ダイナマイトの大爆発」という言語表現は、言語の本質によって、どのような種類のダイナマイトをどのように大爆発させようが、それがダイナマイトであり、大爆発でありさえすれば成立する。いいかえれば、「ダイナマイトの大爆発」という言語表現は、無数の映像表現を可能にするものであり、いま、プドフキンは、その無数の可能性からひとつの映像をえらび、表現して言語表現に一対一で対応させる課題に当面しているのだ。その映像を実物のダイナマイトから択ぼうが、マグネシウム閃光と溶解物を重ね合わせようが、その材料のいかんなどは表現美学の問題とはかかわりない実技の問題にしかすぎない。

プドフキンは、まず、実物ダイナマイトを地面にうずめて爆発させ、それを撮影した。いったい、プドフキンは何をしたことになるのか。映像過程論でいえば、直線表現(前小論の基本的形式一に相当する)をやったのである。このばあい、すでにわたしが記録映画『南極大陸』を例にしてあきらかにしたように、美学上の可能性は、ただ、カメラ位置をどこにとるかによって、対象と主体の位置を転換することのほかにのこされていない。いいかえれば、プドフキンの内部過程で「ダイナマイトの大爆発」という概念的な意味がさまざまな像と連合する可能性はないのである。そのような映像表現が、スクリーンの上に退屈な生命のない映像をあたえたとて、それは実物のせいではなくプドフキンがえらんだ表現美学が単純であったせいである。かれは、このとき、無意識のうちにカメラは対象を模写する道具にすぎないとかんがえたため、フィルム上にうつされる映像を、現実過程から内部過程をとおり言語過程をとおってはじめて成立した構造をもった表現として解することができなかった。

映像過程論からいえば、「ダイナマイトの大爆発」を表現するばあいに、実物をもちいても可能だが、さまざまな像を連合して大爆発の像を主体的にえらび、それに適合する材料を重ねて映像を作りあげればよいことが容易く理解される。プドフキンはながい間の研究と実験によってマグネシウム閃光と溶解物を重ねたばあいかれの主体的な「ダイナマイトの大爆発」の概念像に対応する映像表現を見出した。もちろん、この場合、マグネシウム閃光と溶解物の重ねに普遍的な意味があるのではなく(いいかえれば他の材料を組合せてもかれの概念像を満足させる可能性は無数にある)、プドフキンの概念像とその映像表現過程に美学的な意味があるのである。そして、この概念像から映像表現への過程には、脚本・台本過程のあるなしにかかわらず(この場合台本があったろうが)言語表現→映像表現の転換が美学的に重要なもんだいとして横たわっていることはあきらかである。

ここで、読者は、素朴な疑問につきあたるかもしれない。もしも台本に「ダイナマイトの大爆発」とかかれ、プドフキンがそれを映像表現したのだとすれば、このばあいの現実過程や主体の内部過程は、映像過程論からどのようにかんがえるのか、と。これは、重要であるがきわめて単純な疑問である。もちろん、この場合「ダイナマイトの大爆発」と台本にかいた台本作家の内部過程と現実過程へと逆にたどってかんがえればよいのだが、台本作家は、かならずしも現実のダイナマイトの爆発を眼の前でみたり、あるいは過去に実際に体験して表現するとはかぎらない。それにもかかわらず現実過程としての「ダイナマイトの大爆発」を設定することができるのは、言語表現というものが、その本質的な構造としてそれに対応する現実の認識構造をふくむからである。「ダイナマイト」という名詞は、現実のダイナマイトの実体の認識をしめし、「の」という助詞は、ある認識対象が他の認識と関係づけられようとする状態をしめし、「大爆発」という抽象名詞は、バクハツしている実体の視覚的状態を固定的にとらえた認識をしめすのである。このようにして、たとえ、台本作家が、現実の対象を眼のまえにしたり、過去に体験しないで表現したばあいでも、言語そのものが現実の認識構造をもつために、現実過程を設定することができるわけである。

映像過程論からみたばあい、ほとんどすべての大（？）映画理論家の理論が、本質的には縦深的な過程である映像表現を平面的にかんがえて理論化したり論争したりしている現象論にすぎないか、または、映像成立過程の一部分にすぎないものを切りはなして絶対化しているため、部分的には卓見も有効性ももちながら総合的にはたくさんの誤謬をみちびいていることが了解される。これは、古典的モンタージュ論の開拓者であるエイゼンシュテインやプドフキンから、わたしたちのもっている唯一の体系的な理論家といっていい今村太平にいたるまで、けっして例外ではない。まして、その他においてをやである。

ここで、その一、二の問題をとりあげてみなければならぬ。

花田清輝は「柳田国男について」（『近代の超克』所載）のなかでつぎのようにかいている。

おもうに、今日の課題は、いたずらにルネッサンス以来の活字文化の重要性を強調することにあるのではなく、柳田国男によってあきらかにされた活字文化以前の視聴覚文化と、以後の視聴覚文化とのあいだにみいだされる対応をとらえ、前者を手がかりにして後者を創造することによって、活字文化そのものをのりこえていくことにあるのではなかろうか。ということは、むろん、活字文化をかえりみないということを意味しない。それのもつ固定性、抽象性、純粋性、高踏性をもう一度、あたらしい視聴覚文化のなかで、流動化し、具体化し、綜合化し、さらにまた、大衆化するということなのである。

このような発想の効用論としてのつまらなさは、すでにわたしによって何度も批判されているからここではふれない。たとえば、ここで視覚文化として想定されているものの一つである映像表現が、活字文化として想定されている言語表現と対立や類別の関係になく、過程構造の関係にあることは映像過程論によってあきらかであろう。こういう現象論が、いうまでもなく、「機」（流行）（「『慷慨談』の流行」『中央公論』昭和三十五年四月号参照）にのった思いつきの空中楼閣であることを解明するのに労はいらないのである。もちろん、花田清輝やそのエピゴーネンたちは、文化というものが上部構造であり、いいかえれば精神的な生活過程であり、活字のような「物」や、視聴覚のような「感覚器官」とむすびつけて類別すべき性質のものではない、というイロハからやり直すよりほかにみちはない。もし、対立や類別の意味ではなく、質的な相違として文化や芸術を性格づければ、言語文化と非言語文化として大別したほうがいいのである。そして現在のところ言語文化は、書物、ラジオ、映画、テレビその他を媒体としてもち、将来その媒体の種類の増加と技術の高度化をもたらすだろうが、これらを本質的にささえているのは言語過程そのものであると解すべきである。非言語文化は、現在のところ音楽、絵画、花道、茶道、香道その他などとして存在しており、その媒体は音楽のばあい楽器、音声であり、絵画のばあい色材と画布であり、花道のばあい自然物の花およびその構成材料であり、香道のばあい発香物であり、茶道のばあい器具と茶である。

このようにかんがえてくるとき、活字文化と視聴覚文化などという概念が、いかに混乱した把握にもとづく錯誤にほかならないかが了解されよう。

すでにくりかえしてきたように、映画的表現は、現在の段階では、基本的に言語過程に媒介された映像過程として成立している。そして、聴覚を媒介して、音楽や音声や擬音によって補強されている一方で、字幕のたすけをかりている。映画的な表現を、映像表現としてのみかんがえることは、いまの段階ではまったく無意味であるが、将来、映画が、純粋の映像表現として成立する可能性はかんがえられるだろうか。いいかえれば、画布のかわりにフィルムのうえに描かれた絵画のようなものとして自立することがありうるだろうか。わたしはありうるとかんがえる。このばあいの表現媒体は基本構造としてつぎのような機能をもちさえすればよい。すなわち、あたかも、画布のような機能をもった板のうえに点や線や面や、あるばあいには具象的な形態を描いたとき、その軌跡が感光軌跡として移動するフィルムに転換されるような装置さえ考案すればよい。もちろん、このような装置は、現在のテクノロジーの段階でも製作することができる。このような装置を媒体とされたフィルムの映像は、映画表現として純粋に映像表現のみから成立することになる。このばあいの表現美学の基本的なもんだいは、

第3　形象表現
　　↓
第4　光学的（明暗または色彩）形象表現

という転換のなかに存在する。そして、第3の形象表現までにいたる過程は、絵画のばあいとまったく同じである。これだけの基本的な考察さえあれば、現在、言語過程を基体として成立している映画が、将来かりに純粋の映像表現としての性格を獲得したばあい、言語過程（文学的表現）のかわりに、形象過程（絵画的表現）を基本とする映画の方向をさすことは容易に理解することができる。もちろん将来の映画がこの何れか一方にかたむくことはかんがえられまい。すなわち、つぎのように想定することができる。

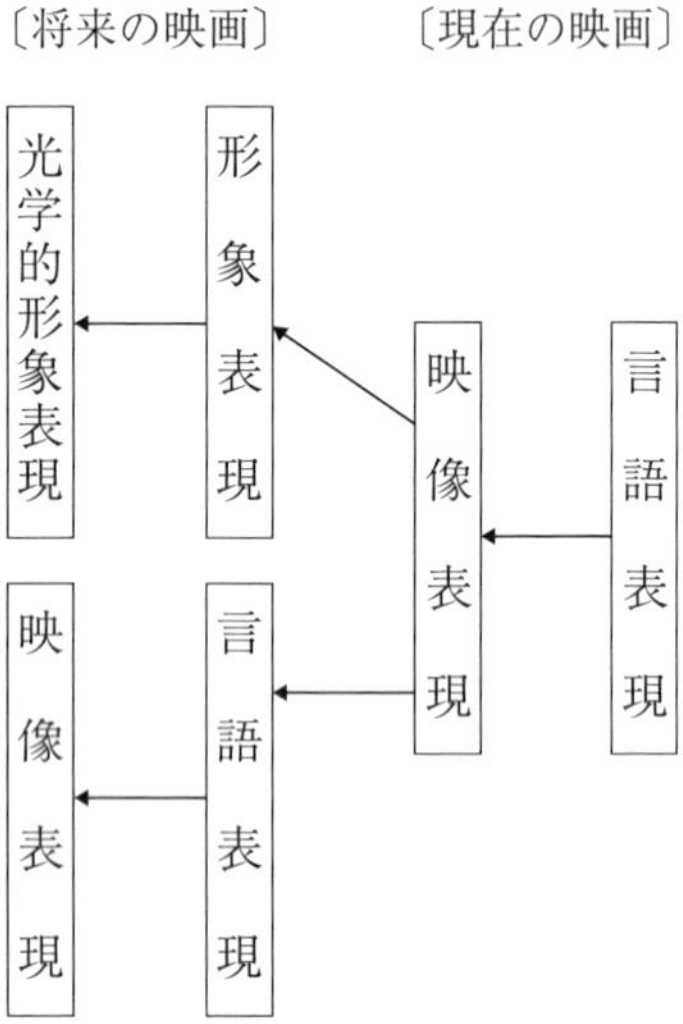

このようにして、映像過程論は、現在、わかい世代の映画批評家たちの論争にたいしてひとつの別個の視点をあたえることができる。

現在、岡田晋、柾木恭介、安部公房、中原佑介、佐々木基一などが、映像に重点をおくべきか、言語過程なしに映像表現は成立しないとみるべきか、文学主義か反文学主義か、という論争を提起し、いまだに決着のつかない状態にある。もちろん、これらの論争が決着をつけられないのは、論者たちが、映画的な表現は本質的にいかなるものであるかを把握することができず、局所的なもんだいを争っているにすぎないからである。それらは、おなじ局部的な土俵のうちで論議をたたかわしているものであることは、映像過程論のいままで展開してきた基本的な論議によってもあきらかである。

岡田晋は、「映像の論理と言語の論理」(『現代芸術』三号)のなかで、映像表現には言語は不要であるという映像至上論者の説はあやまりであるという柾木恭介の論議をとらえて、つぎのようにかいている。

とんでもない。（自分はそんな極端なことを言った覚えはないという意味——註）ぼくは映画の世界において、今まであまりに言語の方に重点がかかり、ショットのもつイメージがおろそかにされていたこと、そしてこのイメージは、言語とはちがった形で組み立てられるべきであり、ちがった形で現実を反映すべきことを云っただけなのだ。もし映画が、こうした機能を確立して、自分の立場を押し進めるなら、おそらく言語を使っての現実認識とはちがった、もう一つの別の認識、いいかえれば世界のちがった面にスポットをあて、ぼくたちの思考を豊かにするにちがいない。

柾木の論議は、現在、言語文化のうえに存在している映画的表現の範囲で、正当であるということができる。しかし、映画が、純粋の映像表現として成立するばあいは、言語過程のかわりに、形象過程をもとにした映画の成立が可能であることは、まったく、考察のほかにおかれている。もっとも、言語は「信号の信号」だなどという生理的な意味で「言語」というコトバをつかっている柾木は、芸術表現としての言語とは、まったく無関係なところで「言語」というコトバをつかっているわけで、わたしにいわせれば、すでにカテゴリイの混乱でしかない。柾木は、事物を概念的に把握する大脳の生理学的機能を「言語」（系）と呼んでいるのであるが、このような生理学的な範疇で呼ばれる「言語」は、文化的、芸術的範疇で呼ばれるべき「言語」とは、まったくちがったものなのである。音声または文字によって表現される以前に「言語」は存在せず、事物の概念的な把握があるだけだという意味で「言語」というコトバがつかわれなければ、それは、文化、芸術のような上部構造の表現過程をもんだいとすることは無意味なのである。柾木の根本的な視点にまつわりついているのは、花田清輝やエピゴーネンと同様に、文化、芸術、文学の表現論を生理機能とむすびつけるのが唯物論であるかのごとく錯覚する俗流客観主義にしかすぎない。

岡田晋は、これにたいして純粋に映像的表現として自立した映画という問題を提起することができず、柾木とおなじ土俵で映画のもんだいをかんがえながら、しかも言語を使った現実認識とちがった映像認識をかんがえようとしている。もちろん、岡田の見解は、映像の成立過程を縦深的にかんがえることができないため、言語表現→映像表現の転換のもんだいに外ならないものを並列して、言語と映像は現実認識がちがうというもんだいにおきかえているにすぎない。岡田が映像表現の自立性をかんがえるならば、とうぜん、言語過程（文学的表現）を基底とする映像表現ではなく、形象過程（絵画的表現）を基底とする映像表現を考察の対象とすべきである。いいかえれば、絵画的表現→映像表現の転換に、映画美学のもんだいを追及すべきである。

わたしは、べつに映画理論に専念した経歴をもたないが、今日、若い有能な映画批評家たちのあいだにおこなわれている論争をたどりながら一種の絶望感におそわれる。かれらが、映画的表現の本質をふまえたうえで、世界的な水準をこえた論争を展開できる日は、いったい、いつのことだろうか、と。現在、わたしたちは活字文化と聴視覚文化というような常識を絶した無能な区わけが、どうどうと通用している風土のなかにあるのだ。いまさら、映画的表現の原理論などは無意味だ、などとはとんだ自惚れのいいぐさである。

安部公房、中原佑介と佐々木基一の文学主義か、反文学主義か、という論争も、映像の成立過程を総合的にとらえることができないためにおこった、おなじ土俵の論争にしかすぎない。いま、双方の言い分を詳細にたどる余裕はないが、安部、中原は、映像と言語とを二元的にとらえるのでなく、言語を媒介にして映像の役割がはじめてとらえられるとするもので、そのかんがえは、映像過程論と外見的には、きわめて近似しているようにみえる。しかし、たとえば、「そういう観点からも、（映像の重要性という——註）われわれは、言語と映像という二元論を否定し、言語のもつ対象からの間接性と、映像のもつ直接性の衝突ということに、能動的な態度をとることの必然性を主張したいわけである。」（「再び文学主義を！」『キネマ旬報』二月下旬号）などとかいているのをみると、映像成立過程にたいする本質把握がなく、衝突とか能動的とかいうコトバに酔ってただ、言語表現↓映像表現の転換過程だけをもんだいにしているにすぎないことがわかる。現在の段階で、映画表現をかんがえるばあい、これは正論であるにちがいない。しかし、ここでも、柾木のばあいと同じように、「言語」というコトバの本質把握がちがっており、したがって、絵画的表現↓映像表現の転換として映画が成立しうることが考察からはずされている。

これにたいし、佐々木基一は、大戦後、既成の秩序や因果律が現実的な世界情況として崩壊したため、ストーリーよりも映像のほうに重点がおかれる反文学主義的な傾向が生じた、という歴史的な現実との対応論によって応酬する。もんだいは、おなじく、ストーリーであっても、ストーリーではなく事物の羅列された表現であっても、それにかかわりなく、現在の段階で、映画が、言語表現↓映像表現という転換の過程をかならず必要としているのだということを、佐々木が本質論として把握しきれないところにあるのはいうまでもない。まさか、などというべきではあるまい。なるほど、現象的には、どんな映画批評家も、いまのところシナリオがあってはじめて映画がつくられるということも知らぬものはないから、わたしが、いや、きみはほんとうは知らないのだといえば、おこりだすにちがいない。しかし、これらの論争者たちは、言語表現↓映像表現の転換を、本質的な意味ではつかまえていないとしかおもわれないのである。そうでなければ、ストーリーの意味が減退したか、しないかというような現実的な流行のもんだいが、言語表現に重点があるか、映像表現に重点があるかという問題にすりかえられるはずがないのである。

わたしは、つぎに、映画的表現において補助的につかわれる音楽、音声、擬音、字幕などの機能的な意味を映画過程論からあきらかにしたうえで、映像過程の具体的なディテールの構造を解明し、そして最後に映画の製作に役立つ理論的な建設にいたる過程をのこしているが、追々、その仕事を提出してゆきたいとおもう。映画的表現論は、批評家たちの思いつきによる勝手な論議をはなれて総合的につくりだされねばならない。理論の当否はべつとして、批判し、摂取し、発展させるべき体系的な理論家として今村太平しかもたないわたしたちの映画理論の風土においては、なおさらそうであるとおもうが、どうであろうか。

読書について

現在、わたしは、推理小説、時代小説をとりまぜて、ひと月に、十数冊くらいの量を読む。これは、べつに仕事とも何も関係のない暇つぶしのようなものである。先頃、今年度の芥川賞と直木賞の候補作品というのが新聞に掲載されていたが、おどろいたことに直木賞候補作品は一冊を除いて全部よんでいるのに、芥川賞候補作品は一篇を除いて全部よんでいなかった。どうせ、暇つぶしとすれば、芥川賞候補作品より、直木賞候補作品のほうが、はるかに面白いのだから仕方がない。

仕事に関係のある書物はよむが、そのよみかたは調べるといった方がいいもので、けっして読書というるものではない。こうかんがえてみるとここ数年来、わたしは一冊も書物をよんでいないということになる。

書物をよむということは、そこにかかれた表現をたどり、著者の精神的な生活を、追体験することをさしているから、たとえ、数十冊の推理小説を追っても、ひとつもよんでいないこともあるし、たとえ、一冊の他人にはつまらないとおもわれる書物でも、精神的な大事件のようによむこともありうる。

わたしは、まだ弱年だから、これからどのような書物に出会い、どのような精神と遭遇し、どのように震憾されることがあるかわからない。それを考えることはたのしくもあり、また、おそろしいような気もする。いままでの読書の体験のうち、おそろしい精神的な事件のようなよみ方をしたのは、十代の半ばごろよんだファーブルの『昆虫記』と、二十代のはじめ頃よんだ『新約聖書』と、二十代の半ば頃よんだ『資本論』であった。

あえていえば、この何れの場合も、完全にこれらの書物を理解したとはいわない。しかし、たしかにわかったという感じがしたのである。『昆虫記』をよんだ時期は、ちょうど太平洋戦争のはじまる一年くらい前である。ファーブルの分析的な緊密な文体をたどりながら、たしかに、ここに、一生を棒にふってどこかの路ばたにうずくまって蟻地獄の生態などを観察している孤独な人間がいるような気がした。それは、十代の柔軟なこころにはおそろしい感動であった。昆虫の生態を観察しているファーブルは充実した時間のなかにおり、すこしの孤独もないのだが、そういうことに生涯をついやしうるということで、わたしは人間の孤独とは何かということを感じないではおられなかった。実用的ならざるもの、役に立たざるものは価値なしというような窮乏した職人的家系のなかにいたわたしには、人間が昆虫の観察のために一生を費しうるのだということを『昆虫記』を通じて知った。そして、そのために浪費された時間は、たしかに『昆虫記』の観察のなかに詰めこまれていることを了解したのである。そこには鋭利な分析的な文体と、なめるように対象を観察したものにしかありえない感覚的なイメージがあり、その背後に、うずくまって虫を観察している充実した孤独な老人を視たような気がした。

『新約聖書』をよんだのは、敗戦直後の混迷した精神状態のさ中であった。その頃は、ちょうど天地がひっくりかえったような精神状態で、すべてを白眼視していた時期であった。そんなとき、十代によんだ『昆虫記』のことなどを想い出すことができたら、随分道がひらけたろうとおもうが、そんな時期にかぎって眼は現実の社会的動きに苛立っているものだ。いまおもうと、自分がコッケイでもあり、悲しくもあるが、富士見坂の教会などに行って、牧師の説教をきいたりしたこともあった。だめなのだ。彼らは、「新約書」の理解を、まったく、まちがっているとしかおもえなかった。綺麗事じゃないか。新約書なんて、そんなものじゃないよ、という抗議を、こころのなかで何度もあげた。わたしは、その時も、いまも、新約書を理解した日本の文学作品としては、太宰治の「駈込み訴へ」が、最上のものではないかとかんがえている。芥川龍之介の「西方の人」は、太宰の「駈込み訴へ」一篇に及ばないのである。やがて、わたしなりの新約理解をたどって、「マチウ書試論」という評論をかき、このときの新約書からうけた恩恵に、いささか、むくいることができた。新約書の作者は、おそらく人類の生んだ最大の思想家の一人である。そこにある愛憎の大きさは、とうてい常人のたどりうるものではないとおもう。しかし、創られた新約書より、神話の書である旧約書のほうが、書物としては、はるかにすぐれていると考えたのは、ずっと後になってからである。

『資本論』をよんだのは大学院の研究生時代であった。わたしは、ジイド、リストの名著『経済学説史』や、ジョセフ・シュムペーターの経済史を一読してから、スミスからマルクスまでの古典経済学の主著をたどっていった。シスモンディやロウドベルトウス・ヤゲッツオなどにも触れていたので、『資本論』の発想が確然たる独創とはおもわなかったし、同時代の人間は、おなじようなことを模索するものだなあと思ったが、『資本論』の精密な膨大な論理の体系は、ほとんど有無をいわさぬ形で常人に隔絶していることを感じた。素人であるわたしがこんなことをいうのは、『資本論』の解釈に一生を費してやまない学者にたいして、後ろめたい気がするが、あえてゆるしてもらえば、わたしは、『資本論』を千年に一度くらいしかあらわれない種類の書物だとおもう。その圧倒的な論理は、どうしようもないのである。

『資本論』にくらべれば、『ドイツ・イデオロギー』などは、ただ天才の書であるというにすぎない。レーニンの『帝国主義論』などは、天才的な実践家の政治哲学の書であるというにすぎまい。また、『金融資本論』をかいたルドルフ・ヒルファディングは、世界的な水準のマルクス主義経済学者であるというだけだ。

このようにかんがえてくると、わたしの読書範囲で、ほとんど現実的な事件とおなじように精神を動かした書物には、何か共通の性格があるような気がする。それは情熱の火柱が太いというようなシェクスピアにたいする太宰治のいいかたが当っているのかもしれないし、また、たとえば、常人ならば数時間くらいしか耐ええない思索を、連続的に数年間耐えつづけるような、並はずれた精神の力が書物に存在していることかもしれない。

しかし、また、べつのことをいうべきである。人間とは、生れ、子供となり、青年となり、壮年となり、老人となり死ぬまでの間に、何か為すべきことを程度に応じて為すために生涯があるのだ、というような軌道をまったくはずれて、とにかく、どんな微細な事であれ、巨大な事であれ、事の大小にかかわりなく、その事のために膨大な時間を浪費することのできた人間の精神的な生活が書物のなかにあるとき、その書物は事件のようにわたしのこころを動かすのではないか。

『昆虫記』のファーブルも、『新約書』の作者も、『資本論』のマルクスも、また、やがてわたしが遭遇するであろうすぐれた書物の著者も、その著書によってどうしようと考えるよりまえに、彼自身の生自体が必然的にそこにのめり込み、のめり込んだ主題につきすすんだままやがて気がつくと、膨大な時間を浪費していた、という種類の人物であることはうたがいない。ファーブルは、昆虫を眺めて、ふとわれにかえったらシラガのお爺さん、新約書の作者は人を愛憎して、ふとわれにかえったらシラガのお爺さん。マルクスは資本主義社会の正体をあばいて、ふとわれにかえったらシラガのお爺さん。読書が、こういう人物の精神に出あうためになされるのでなければ、あるいは、書物よりも、現実のほうがずっとおもしろいのではないかとかんがえる。

腐蝕しない思想をもて されば希望は諸君のうちにある

現象的なものではない、本質的な思想闘争のない現在の状況は絶望的である。したがって未来への希望は、本質的な思想対立とたたかいをまき起すことによってのみつながれうるだろう。十五、六年も現象的な平和が続いていることは、明治以降の近代のなかでは、はじめてのことであろう。この中で平和的にして大衆的な規模で「転向」が行われている。だからわれわれはまったく新しい思想的な課題に直面している。学生諸君が権力からの弾圧にたえうるだろうことはうたがいない。しかし、平和的なムードの中で、思想を腐蝕させないで保ちつづけることは、またきわめて困難なことであり、これから以後、諸君に課せられている、大きな問題である。ここから、いわば現在の社会的な情勢における必然として、学生運動が、あるときは前衛的な役わりを、あるときは学生運動固有の役わりを負わねばならないという現在のありかたが生れてくる。これに耐えよ。その時、未来への希望は諸君のうちにある。これに耐えぬなら諸君も腐り、崩壊してしまうのである。

芸術論の構図

こんど、ルフェーヴルの『美学入門』を、いくらかていねいによんでみた。印象を一言でいえば、たくさんのガラクタのなかに、ところどころ芸術の本質について鋭い洞察がちらちらのぞかれるといった態である。この印象は、おそらく、ルフェーヴルが、芸術についての囚われた誤謬概念、とくに社会主義リアリズム論を神器感覚としてもっているため、それを何とかしてマルクス・エンゲルスの本質的な洞察の断片（たとえば、滝崎訳マルクス・エンゲルス『芸術論』参照）とつなぎあわせようと無理しているところからきている。

『美学入門』におけるルフェーヴルのあいまいさ、折衷性、不透明さ、誤解は、もともと矛盾するマルクスの芸術についての本質的な洞察と、スターリン・ジュダーノフの定義による社会主義リアリズム論とを、あたかも同族のように根拠づけようとする、喜劇的といっていい努力があたえる印象にほかならない。わたしは、つぎのような個処へきて、おもわず噴き出さざるをえなかった。

美学の諸問題におけるマルクス主義の位置は、あきらかである。「マルクス主義芸術」などはないし、美的な創造のためのマルクス主義的処方箋というものもない。とはいえ、芸術に関するマルクス主義理論はある。それは——どの理論でもそうだが——実践を明らかにし、また創造者に影響することで、逆にその実践に働きかける。

誤解をさけるために断っておくが、わたしが噴き出したのは、この個処がつまらないとおもったからではない。逆に、この個処が『美学入門』のなかでもっとも優れた洞察のひとつであることが、何ともいえず滑ケイにおもわれたのだ。「マルクス主義芸術」などがなければ、「社会主義リアリズム」なども無いにきまっているじゃないか。そんなことは、きみ、すこしでもマルクスをかじったことのあるものにとっては、常識だよ、という観点を、ルフェーヴルよりもはるか以前に展開しているのは現在、世界中で三浦つとむの仕事だけである。わたしは、ためらわずに日本の三浦つとむが、煙草「ピース」の宣伝ではないが世界的水準で、もっともすすんだ芸術理論家であるといわざるをえない。

おもうに、ルフェーヴルは、一九二〇年代以後のソヴィエト芸術理論のがらくた山にわけ入って、あたかも迷路をさまようような体験をしたにちがいない。そして、迷路からほんのすこし日の光りがもれてきて、うす明るくなったとき、この『美学入門』をかいたのであろう。わたしは、こういうルフェーヴルをあざ嗤おうとはおもわない。迷路を正路だとおもっている人間は、ごまんといるし、わたしも、「社会主義リアリズム」だとか「リアリズムとアバンガルトとの弁証法的統一」だとかいうのが、如何にでたらめきわまる論議であるかを知るまでに、プロレタリア文学理論の迷路のなかを数年さ迷った。

現在、日本の進歩的な芸術家や芸術理論家を支配しているのは、自然主義的リアリズムから社会主義リアリズムへという図式か、アバンガルトを通って社会主義リアリズムへという図式である。ところで、社会主義リアリズムでかかれた作品や、アバンガルトでかかれた作品は、どこにあるのだ？　それは、いったいどんなものを指すのだ？　こう、たずねてもたれもこたえられるはずがない。それは、当然である。社会主義というコトバを冠しようと、冠しまいとリアリズムとか、シュール・リアリズムとか、アブストラクトとかいう区別けが、まったく現象的なもので、本来、区別するに価しない区別にすぎないからだ。

たとえば、人々が社会主義リアリズムの作品と称する一枚の絵画をもってきて、さあ、どこが社会主義で、どこがリアリズムだかおしえてくれ、とたずねたとする。写真を貼りつけたものでないかぎり、どんな模写的な絵画にもシュール・リアリズムやアブストラクトの要素が介在するし、赤旗や労働者がかいてあるから社会主義だとでもいうよりほかに、社会主義的なイズムなどは芸術作品に指摘できないのである。理由は、いうまでもなく、社会主義リアリズムだとか、アバンガルトだとかいう区別けが現象的な区別けにすぎないから、この線はリアリズム、この貌は社会主義という風にいうより外ないためである。

芸術の形式とか内容とかいう概念についてもおなじことがいえる。ひとつの文学作品をまえに、さあ、この作品の形式はどれで、内容がどれだかおしえてくれ、とたずねても、たれも答えることができない。ルカーチにしろ、ルフェーヴルにしろ、やっきになって、芸術の内容や形式を解明しようとしているが、それはすでに前提が転倒されているのだ。形式とか内容とかいう概念は便宜的な意味以上の意味で、つかうことができないから、理論的な解明の対象になりえない性質の概念にしかすぎない。こういう現象論から世をあげた喜劇が出現する。自然主義リアリズムから社会主義リアリズムへ、とか、アバンガルトを通って社会主義リアリズムとかいう喜劇が。もともと、実体も本質もない概念を、どこからどこへ移行しても、芸術の創造にとって何ごともはじまるわけがないのである。

芸術の社会的効果とか、現実にたいする作用とかいう概念もまったく同様である。芸術表現というものが、すでに社会（的）であるから、芸術が、創造者をはなれて他に何かの影響をあたえるのは当然であるが、そのあたえかたは、それぞれの享受者の社会的状態と人格的状態によって、まちまちであることはあきらかなことである。この問題を、現象的に一般化して、政治と芸術とのかかわりあいとか芸術の政治的効果や社会的効果を論ずることはまったく袋小路をさ迷うに似ている。

これら現象論の段階にさまよっている芸術理論の諸問題を、本質的な段階から解明しながらルフェーヴルのいうように「実践を明らかにし、また創造者に影響することで、逆にその実践に働きかける」ところへ到達すべき課題が、芸術の理論にとって最後のそして最初の問題であることは、いうまでもない。このことは可能であろうか。わたしは可能であるとおもっている。

それにもかかわらず、このような芸術理論の体系がうみだされなかったのは、一九三四年、ソヴィエト作家同盟成立以後の社会主義リアリズム論の神権が、それに反するものは反人間であるというほど、呪縛となって全世界の進歩的な芸術理論家を支配したからに外ならない。この呪縛を克服するためには、ひとは、まず、呪縛のなかに身を挺し、迷路を体験しなければならなかったのだ。現に、もっとも創造的マルクス主義者のひとりである黒田寛一門下ですら、社会主義リアリズムもアバンガルトも否定すれば、芸術至上主義者であるとかんがえるほどこの呪縛は巨大なのである。そして残念なことに、このような呪縛はそれにかわる理論の現物をつくりあげ、眼のまえにつきつけないかぎりなくならないだけの魔力をもっている。

わたしたちの芸術理論のつきあたらなければならないのは、芸術の本質論からはじまり、表現論にいたる過程で、芸術の表現の本質的な法則をあきらかにすることによって、創造者に影響し、方向性をあきらかにすることである。わたしのかかわっている言語系の芸術にそくしてこのことをすこしはっきりさせておきたい。

文学の理論をつくりあげようとするばあい、おそらく方法はふたつあるとかんがえる。ひとつはじっさいの作品を解明することによって文学の本質的な構造をあきらかにするみちである。もうひとつは、言語とは何か、という本質的な問題からはじまり、言語の表現の構造を解明しながら、現実の文学作品の本質的な構造と法則をあきらかにすることである。ルフェーヴルは、さきに引用した個処において、この後者の方法を想定しているようにおもわれる。ただ、ルフェーヴルは、『美学入門』ではまわり道を散歩してしまったのだ。この後者の方法をたどるばあい、わたしたちにあたえられている遺産は、たとえば、つぎのような諸点である。

第一は、言語というものが、現実化された意識にほかならないこと。

第二に、意識とは、存在が意識されたものにほかならないこと。

第三は、精神的な労働が専門化した社会では、意識は現に働きかけている実在の対象についての意識以外のものであるかのように空想することができること。（註・想像力、リアリズム、反リアリズムなどの現象的な概念は、すべてここから本質的の問題となる）

第四は、意識にとって最後の課題は、人間の本質的な諸力に到達することであること。したがって実在の対象（人間も含めて）を本質的に人間化することである。

第五は、現在の社会的諸関係が現在の生産力と矛盾するときは、現実化された人間の意識は、社会的関係と矛盾しうること。（註・これは先進社会と後進社会、先進個人と後進個人についても同様である）

第六、人間の現実的な感覚が、人間にとって本質的な感覚であるようなことになることが、芸術にとっても社会にとっても最後の問題であること。

このような基本的な諸要素から表現論へ展開することが、さしあたっての問題であるということができる。ところで、芸術の本質論と表現論との関係は、どのようなものとなってあらわれるのだろうか。

以上のような諸点を素朴に誤解すると、たとえば、文学というものは、紙という実在の対象を、インキ文字や活字で加工し、人間化するものであるというように錯覚して、視聴覚文化と活字文化などという区別けに到達するのである。じじつは、これとちがって、文学（芸術）の表現というのは、存在（人間もふくめた実在の対象）を、像によって、いいかえれば意識を現実化することによって人間化する過程のことであって、ここに言語過程が、意識された対象をどこまで本質化しうるか、という問題と対応しうる理由があらわれてくる。これが、文学（芸術）の表現論のさいしょのもんだいである。

現在にいたるまで、わたしたちは、大衆に役立つ芸術はいい芸術だとか、大衆を政治的、文化的に教育する芸術はいい芸術だとかいう現象論にさんざんかきまわされてきた。このような現象論が、横行しえたのは、芸術を表現の本質において把握しえなかったためであるということができる。いうまでもなく、表現の本質をかんがえれば、いい芸術かわるい芸術かは対象をどれだけ本質的に人間化して表現することができたかということによってきまり、このような表現過程が現実の諸関係によって最終には規定されながら、じっさいには意識の空想力や連合力によって現実化されるものであることをしることができる。

もっとも革命的な芸術とは、先行するどのような芸術よりも、より普遍的に、より本質的に意識された存在を現実化した芸術をさし、もっとも革命的な芸術理論とは、先行するどのような芸術理論よりもより普遍的な、より本質的な理論のことをいうのであって、これが、ものたりないような気がして、社会主義リアリズムだとかアバンガルトだとかいう現象論をもてあそぶかぎり、狐は落ちるわけがないのである。

現在、進歩的な芸術家や芸術理論家が現象的にとらえている芸術の方法や構造の概念は、すべて本質的にとらえなおすことができるばかりか、それによって具体的な創造に影響をあたえ、それに先行することすら可能であるということができる。わたしたちが芸術的にほしいのは、ただ時間と神話から解き放たれて、本質へとむかうことができる意識とである。

短歌的喩について

わたしは、ここで、とりあえず言語の音韻をおもてにあらわれた（外化された）意識の領域のことであると仮定しておきたいとおもう。したがって、言語の音韻は人類（ホモ・サピエンス）にとって固有のものであるということになる。たとえば、修練さえすれば日本人が中国語をしゃべることもできるし、欧印語をしゃべることもでき、この逆もまた可能であるというのは、言語の音韻が、外化された意識ハンイとして人類に固有なものであるところからきているとおもわれる。このばあい、アクセントの長短や強弱のちがいになやまされたり、音結合のちがいや訛音になやまされたりするが、ひとつの人種が、他の人種の言語をしゃべれないという先験的な理由はどこにもないから、このような仮定はまったく不都合であるとはいえない。いま、さしあたっては、それだけで充分である。

外化された意識の領域として共通でありながら、その結合の方法がちがうためにそれぞれの民族語は、特殊な音韻結合と韻律をもつことになる。おおくの国語学者は、日本語の韻律が等時的な拍音をもち、アクセントの強弱や長短はそれほど問題にならないことをみとめている。すなわち、語の区切りごとのアクセントがわずかに問題となるくらいのものである。それとともに、拍が単純で「一一二種類の文字さえおぼえれば、あとはどんなことばでも書ける」（金田一春彦『日本語』）ということもまた特徴をなしている。

日本語が等時的な拍音をもち、拍が単純であるということは、わたしたちの意識ハンイが等密度に構成的であり、意識内結合の仕方が単純であることを意味すると仮定しよう。たとえば、あるひとつの自然の風物を、わたしたちが意識するばあいに、その概念像は等密度に構成的であり、単純な意識場面に封じこまれ、それが外化して言語表現となる傾向をもつ。これにたいし、たとえば、西欧人が、おなじ自然の風物を意識したばあい、その概念像は密度をことにし、より複雑な意識場面に外延されて、それがおもてにあらわされて言語表現となる傾向をもつ。わたしたちの認識が構成的であり、また象徴的である（つまりのっぺらぼうで含みがおおい）のにたいし、西欧人の認識の方法が濃淡的であり説明的である（つまり遠近法をもち論理的である）のは、このような傾向のためではないのかと想定される。

このようにかんがえてくると、日本語における「定型」とは、本質的に何を意味するのかはあきらかである。すなわち、それは等時的に展開される意識場面の構成的なリズムをさしている。等時拍音は、「定型」をとるとき、必然的に音数律となってあらわれるだろうが、音数律の本質的な意味は、意識場面が構成的な異同の秩序をしめしながら、等時的に外化されたものとみるべきだとおもわれる。

外化された意識場面の構成的な秩序として五七五七七をもっている短歌の美学的なもんだいは、基本的にいえばふたつの側面からかんがえることができる。ひとつは、いかなる対象をいかなる関係において感覚と概念によって意識したばあいでも、かならずこの秩序のなかに封じこめて外化し表現しなければならないという問題である。もうひとつは、これにくらべればたいしたことではないが、拍のすくない言語で短型式を自立させるために、必然的に連音の効果をうみだすということである。

桑原武夫は、かつて「第二芸術論」（『世界』昭和二十一年十一月号）のなかで、短歌とおなじく定型の短詩である俳句をとりあげて、ひとつの作品から芸術家の位置を決定しえないという理由で、その芸術としての条件を否定してみせたことがある。桑原は、まず、専門家と普通人の句を十五えらび無署名でならべたうえ、その作品から専門家と素人の優劣をきめることができないことを指摘し、「作品を通して作者の経験が鑑賞者のうちに再生産されるというのでなければ芸術の意味はない。」、「人生そのものが近代化しつつある以上、いまの現実的人生は俳句には入りえない。」ということを実証的に論じながら、俳句を未完結な芸術としたのである。桑原の論点は、短歌にたいして適用したとしても、ほぼ、おなじ結論をうみだすことは手やすく了解される。しかし、こういう実証から、中世職人組合的な結社の社会的な性格を論じた個処は、正論をふくんでいるとしても、桑原が短歌や俳句などの本質的な性格をまったくかんがえず、無意識のうちに西欧の写実主義芸術観を下敷にしているため、いわば、その論議はプラグマチズムの限界がはっきりあらわれたにすぎなかったといえないことはない。

もともと、認識が構成的であり内包的である日本語の伝統的な定型詩のもんだいを、十九世紀の西欧の写実主義芸術観から論じて、現実的人生がどれだけ入りこめるかとか、自然または人間社会の法則性がどれだけとらえられるか、というところに価値基準をおいて論ずることは、バケツで馬の重量をはかるような見当外れであることは、いうまでもないのである。桑原の観点からは、西欧のモダニズム芸術もまた芸術としての条件を未完結にしかもっていないものと結論されるかもしれないのである。

対象が自然物であっても、人間社会であっても短歌や俳句は、それを意識場面の構成的な対比やくりかえしに封じこめて外化し、表現しなければならないため、対象の模写を前提とするリアリズム概念は、すでに、アプリオリに成立しないということができる。万葉集の自然詠をとっても、アララギ派のリアリズム短歌をとっても、すでに、その外観上の模写が構成的であり、象徴的であらざるをえず、そのうえに短型という限定がくわわるため、この特徴はさらに集中されるものとかんがえられる。桑原は、俳句が附合いの発句であることをやめて独立したところに、ジャンルとして無理があったのであろうが、と述べて、短型化が芸術としての未完結性をもたらしたかのようにかんがえているが、これは、無意識のうちに、短篇小説より長篇小説のほうが余計に現実社会を反映し、短詩よりも長詩のほうが余計に現実的人生を反映するからまさっているという模写リアリズム観にわざわいされているとみられなくはない。

もともと、発生の順序からかんがえれば桑原の見解はまったく逆であって、短歌的な附合いが、進化し自立した過程で発句は成立したものであるから、俳句のほうが進化した形式として存在しているといえよう。この短歌から俳句への短型化は、したがって、日本語の、内包的な性格がもたらした必然的な集中作用とかんがえ、いわば、構成度と内包度が高度化したものとしてとらえたほうがかえってよいとおもわれるのだ。俳句や短歌のような日本語の特質がうみだした特殊な詩を芸術的に裁くためには、本質的な芸術観によるほかはないのであって、この意味では桑原の第二芸術論はまったく無意味にちかいものであったということができる。芸術の芸術としての価値は、桑原のいうように現実をどれだけ真実に反映したかによってきまるのではなく、対象をどれだけ本質的に感覚化し、本質的に人間化した表現となりえているかによってきまるとしなければならない。

このような観点からすれば、桑原の十九世紀写実主義の芸術観から展開された第二芸術論は、美学的にはまったく特殊をもって特殊を審判したということができるもので、わたしたちが、短歌や俳句のような定型短詩において当面しているのは、おそらくこれとはちがっているのである。それは、日本語の言語的な本質と、構成的、内包的なその性格がもっとも集約されたかたちであつまり、そこでの言語表現のもんだいをかんがえることは、日本語での文学的な表現のすべてのもんだいをはらんでいるといえる。桑原によって指摘された定型短歌が作者の実人生を反映せず、専門家と素人との作品優劣を断定しがたいという特長は、短詩型のもつ「省略」の美的なもんだいであり、いいかえれば、「主体語」が省略されるため、作者自体が、どのような定位から、どのような対象を、どのように表現しているか、がはっきりと作品にあらわれないため、一種の「懸垂」(サスペンション)の状態におかれるという美学のもんだいにほかならない。桑原は、それを第二芸術性のごとくかんがえているが、このサスペンションまたは省略の美学はそのままうらかえせば、日本の定型の美学のおおきな支柱となっている。そして、もうひとつの支柱をなすのは、わたしが、すでに「短歌的表現の問題」(『短歌研究』昭和三十五年二月号)

で指摘し、解析した変り身のはやい主体の場面転換のもんだいである。

ところで、昭和初年いらい、現代短歌は、「省略」と、かわり身のはやい場面転換の美のほかに、喩法のもんだいを導入した。現代歌人たちは、この時期はじめて、定型の秩序の構成的な対比やくりかえしのなかにおいても、意味や感覚の連合が可能であることをみつけだしたのである。わたしたちは、短歌的表現の全貌をはかるために、現代短歌における意味や感覚の連合法のなかに、いくつかの類型をみつけ、それをできるだけ解析してみなければならない。

いちはやく英雄となる犠牲死のおみなの如き膚さらせり　（近藤芳美）
あたらしく冬きたりけり鞭のごと幹ひびき合ひ竹群はあり　（宮柊二）
病歴をききてゐるときかすかなる何か眩暈のごとき過去あり　（福田栄一）
大空を風わたるとき一枚の紙鳴るごとくわが胸も鳴る　（五島美代子）
かへがたき祈のごとき香こそすれ昼のくりやに糠を炒り居る　（佐藤佐太郎）

これらは、修辞的には直喩とよばれているものである。しかし、短歌のばあい、たんに直喩がつかわれはじめたという もんだいではなく、「主体語」の省略や、場面の転換のすばやさを美学の支柱とする短歌的な表現のなかで、一見すると迂回であり、無駄であるようにおもわれる意味や感覚の連合が導入されたという意味をもっており、したがって直喩法としての問題は、重層的であるということができる。たとえば、五島美代子の一首を例にとれば、その作品としての本来的な意味は「大空に風がふきわたるとき、じぶんの胸もなった」というだけのことであるから、桑原武夫流にいえば、そんなつまらぬ意味を表現したものが芸術といえるか、ということにもなる。しかも、そのうえに「一枚の紙鳴るごとく」という、本すじの意味には意味をくわえない表現が導入されている。しかし、そのために「一枚の紙鳴るごとく」は、たんに「わが胸も鳴る」の直喩であるばかりでなく、「一枚の紙」が「大空を風わたるとき」に、はたはたと鳴るというように、上半句「大空を風わたるとき」と必然的なつながりをもち、いわば重層した視覚連合の機能をはたしている。わたしたちは、このような重層的な直喩の機能が、もし、この作品が非定型であったら、たんに上半句と下半句の橋わたしとしての二重性しかもちえないことをおもいみるべきではなかろうか。すなわち、短歌における直喩は、音数律の構成的な対比を強化する本質的な機能をはたしつつ言語の意味や感覚を連合するということができる。

落すべき葉は落しけむ秋空の疾風に揉まれさやぐ樫の木　（窪田章一郎）
一人身に病みてまどろみ日暮るれば吾を包みし空気優しく　（宮柊二）
いくばくかわれの心の傾斜して日当る坂を登りつつあり　（宮柊二）
押され合う吾ら一瞬しずまれば何かさけべる鋭き英語　（近藤芳美）

短歌における暗喩は、直喩とはまったくといっていいほど、その機能がちがっている。それは、おなじように言語の感覚や意味の連合であるにもかかわらず、短歌的表現の支柱である省略の美をたすけ、強化する作用をかならずともなうものだということができる。たとえば、宮柊二の作品で、「空気優しく」は、暗喩的な表現法である。このばあい、やわらかく温もった空気の触覚が、やさしい人間の雰囲気の感じと連合してうまれた感覚連合の表現であるということができる。しかも、「空気優しく」は、「空気が優しい人の雰囲気のような感じだ」というかなり長い意味の表現の省略としての機能をはたしており、それが短歌的表現の特徴と合致するものとなっている。このような短歌における暗喩の機能が、暗喩一般のもんだいに解消しえないことは、何人によってもあきらかであろう。したがって、短歌の直喩が、音数律の構成的な対比を強化する機能をともなうとすれば、短歌の暗喩は、対象の関係意識の外化した表現としての「意味」の機能を凝縮させる機能をともなうということができる。

遠い春湖に沈みしみづからに祭りの笛を吹いて逢ひにゆく　（斎藤史）
わが頭蓋の罅を流るる水がありすでに湖底に寝ねて久しき　（斎藤史）
夕花のこずゑ重たきかげあたり掛けてあるのはわが仮面なり　（斎藤史）

ごく若い世代の歌人たちをのぞけば、このような概念の喩法にであうのは、おそらくこの歌人だけである。これらの作品は、言語の「意味」を、実在の対象物を意識し、外化して表現したばあいの関係のつかまえかたとして解するかぎり、意味をなしえていない。いいかえれば、湖にしずんだ自分に笛を吹きながら逢いにゆくとか、頭蓋のヒビを水がながれるとか、夕花のこずえに、じぶんの仮面がかかっているとかいう表現は、現実的な意味としてナンセンスなのである。それにもかかわらず、これらの作品が仮象の意味をリアルに感じさせるのは、意識内の概念自体を、あたかも実在の対象物であるかのように仮象して表現しているからである。現象的な区別けでは、超現実主義とよばれているものは、本質的にはこのような概念の自己表現の一部にほかならない。このような概念の喩法が、短歌的な表現においてもつ意味は、もともと構成的であり、内包的である意識場面の概念を、ただ音数律によって外化するということであるため、ある意味では何ら短歌特有の重複した機能をもたない概念喩一般のもんだいであるということもできるし、ある意味では、短歌の表現としての本質がもっとも自然にあらわれるということができる。この方法はきわめて自在な印象をあたえるが、それは意識された対象を表現するばあい、その対象が、もはや実在の対象となんのかかわりをもたなくてもいいところからきている。斎藤史の作品についていえば、遠い日の春に湖にしずんでしまった自分に、いまの自分が祭の笛をふいて逢いにゆくという表現の意味が、じっさいに自分が湖の底に沈んだのかどうか、その自分に祭の笛をふきながら自分が逢いにゆくことができるかどうかという現実的な意味とまったく無関係でありうるところに、概念的な喩法の特長はあらわれている。

いままで例をあげてきた喩法は、短歌的な表現を、詩的な表現の一般論から統一的にとりあつかうことができるばあいにかぎられている。そして、このばあい、喩法一般のもんだいに、短歌に特有な機能が重複してあらわれるというにすぎない。しかし、すこし調べてゆくとわたしたちは、短歌に固有ないわば短歌喩ともいうべきものを、どうしても想定せざるをえなくなってくるのである。これは、西欧近代詩の喩法概念からは、けっして律しえられないが、言語表現のうえからどうしても喩法の機能をもち、しかも短歌にしかあらわれないものをさしている。このような喩法の本質が、短歌にとっておそらく最後のもんだいでもあり、最初のもんだいでもあるということができるから、すくなくとも短歌が芸術かどうかを論じようとするばあいには、現代歌人が短歌的表現のなかにつけくわえた短歌喩の美的なもんだいにまで、ぜひとも垂鉛をおろすことがひつようであろう。

たちまちに君の姿を霧とざし或る楽章をわれは思ひき　（近藤芳美）
鷗らがいだける趾の紅色に恥《やさ》しきことを吾は思える　（近藤芳美）
矢車草なれの紫紺やこのゆふべわらべとわれのこころ浄かれ　（坪野哲久）
ジョセフイヌ・バケル唄へり　てのひらの火傷に泡をふくオキシフル　（塚本邦雄）
百鳥のこゑも絶えたる裾野ゆき民のすべての事件を感ず　（大野誠夫）

ここで、上句と下句とは、まったくちがった（無関係な）意味と対象を表現していながら、全体として表現の統一性をたもっている。さらに、詳細にみてゆくと、はじめの三首では、上句がそれぞれ固有の意味表現であるにもかかわらず、下句の感覚喩となっているし、終りの二首では、上句は下句の意味喩となっていることがわかる。最初の作品と最後の作品を例にとって、これを具体的にしめせば、最初の作品では、たちまちのうちに霧にとざされてしまった「君」のすがたの視覚的なイメージが、「或る楽章」の聴覚的なイメージを喚起し連合しているし、最後の作品では、さえずりさわいでいた鳥のこえがとだえてしまったさくばくな感じの裾野をあるいているという意味表現が、下句の「民のすべての事件」の意味を喚起し、連合しているのである。しかも、これらの作品で、上句の喩法的な機能は、喩法そのものではなくて、それなくしては短歌＝表現が成りたたない不可欠の意味を全体的な統一のなかでもっている。このような様相を、わたしたちは現代の短歌的な表現以外にみつけることができないのである。

こういうばあい、かならず上句が客観的な表現をなし、下句が主体的な表現をなす（場合により逆）ことを、わたしは、すでに、「短歌的表現の問題」のなかでしめしておいた。こういう、上句と下句との独特な関係は、複数のセンテンスをもって一首を構成できる程度の長さをもった、音数律の表現にのみあらわれるということができる。いいかえれば、音数律が、意識場面の構成的な対比や連合のハンイとして強力な機能をもっているため、かりに、上句と下句とがまったくちがった対象についての意味表現であっても、これを統一的に連合することができるのだと解されるのだ。しかし、この場合、上句と下句との対象の相異性には一定の限界があり、この限界をこえて上句と下句とが対象の意味や感覚をことにすれば、短歌的表現として成立しえなくなる。たとえば第四首目の塚本邦雄の作品はこの限界性をしめすに都合のいい作品ということができる。

この塚本の作品では、ある種の鑑賞者からは、統一した短歌的な表現とはうけとられないほど、上句と下句の対象の意味はちがっている。上句と下句とは、ほとんど、絶対的といっていいほど何の必然的な関係もないのである。それにもかかわらず、短歌として自立しえているのは、この表現が、掌の火傷をオキシフルで手当しながら、ラジオのジョセフィヌ・バケルの唄をきいている作者の像を全体として喚起し、そこにとらえにくい日常の一瞬をとらえている独特の視角を感じさせることができているからである。もちろん、このばあい、上句を下句の意味喩と解することもできれば、下句を上句の意味喩と解することもできる。なぜ、塚本のこの作品が、全体としてある視角からとらえた作者の像を、喚起できるのだろうか。この問題は、すくなくとも表現された上句と下句との意味をたどってゆくかぎり解くことはできない。そこには、ジョセフィヌ・バケルが唄っている、ということと、てのひらでオキシフルが泡をふいている、ということが、順序よくならべられているにすぎないからだ。おそらく、このばあい、短歌的な統一を保たせているのは、音数律として外化された意識場面の構成的な対比とくりかえしと連合だけであり、そこには言語の意味連合性は関与していないのである。したがって、ここから短歌喩の限界について、ひとつの法則をみちびくことができる。すなわち、上句と下句の対象的意味の相違が、意識場面の構成的な統一を外化したものとしての音数律の統一性を破壊しないかぎりにおいて、短歌的表現は成立すると。

すでにのべたように、短歌的な表現において、喩法があらわれたのは、例外をのぞけば現代、つまり昭和初年以後のことにぞくしている。たとえば、その理由として、現代歌人たちがはじめて西欧の近代詩や日本の現代詩の表現と対比させて、短歌のもんだいをかんがえるようになったのが、昭和にはいってからであるというようなことがかんがえられるのかもしれない。しかし、短歌表現の段階のもんだいとしていえば、まったく、べつのことを問題とすべきである。

比較のため例をあげれば、日本の近代詩のばあい喩法は、すくなくとも明治三十年代の象徴詩運動のなかで、ほぼ完全なかたちであらわれてきている。それにもかかわらず、短歌の喩法が、ほぼおなじかたちであらわれるのは、昭和になってからなのだ。ここに、短歌の喩法があらわれるための独特な困難がはさまっているはずで、この困難が、本質的な意味での音数律の構成にあることはたやすく了解されるところである。外化された意識場面の秩序が、五七五七七という五と七のくりかえしと、七七の対比をもっているために、このようなめんどうな秩序のなかで、意識がげんにむきあっている対象の関係や感覚についての意識からはなれて、想像力をもつことが、きわめて困難であったことが、短歌の喩法の出現をおくらせた原因であるということができる。それとともに、昭和になってはじめて短歌の喩法がみちびかれたということのなかには、偶然以上の契機がふくまれていたとみなければならない。あたかも、わたしたちが日常の社会的な関係のなかで、環境のハンイで物質的な充足がえられたばあいには、社会構成の矛盾や制約が存在しないかのように幻想することができるように、現代歌人たちは、この時期にはじめて短歌的な音数律の構成的な秩序を、制約として意識せずに表現のもんだいをかんがえうるようになったのではなかろうか。いいかえればこのとき、歌人たちははじめて対象の関係についての意識が、意識場面の構成的な秩序と矛盾するまでに想像力をはっきりすることができるようになったとかんがえられる。

そのうえ、概念喩は、対象についての意識が、対象をはなれて自立しているかのように幻想できなければ、けっしてうみだすことができないといえるから、たとえば、斎藤史の作品にあらわれたような概念の喩法は、現実の社会関係のなかでの人間の疎外が、あたかも人間の自立であるかのように幻想できるようになった昭和初年のマス化社会を背景にかんがえることなしには、本質的に理解することはできないのではないかとおもわれる。

〝パルタイ〟とは何か

わたしのイマージネーションのなかに、パルタイ国のパルタイを登場させなければならない。それが、「パルタイはどこかに実在し、奇妙に複雑なメカニズムで動いており、たえずのびちぢみしてはわたしのような個人をのみこみまた吐きだしているにちがいない。しかしその存在は非常に抽象的なものだ。そしてそれがさまざまな《掟》と《秘儀》の総体からなっていることは、わたしにはある種の宗教団体とおなじにみえるほどだ。」（倉橋由美子『パルタイ』）といいうるものかどうかは、いまは、たいして問題ではないとおもう。

パルタイ国のパルタイは倫理的な意味をもっていないから、その存在は衛生無害であり、無益なのである。ときどきパルタイ・コンプレックスをもった知識人などがやってきて、バラ色の期待を吐きかけると、パルタイはたちまち膨んで、革命後の右大臣、左大臣はおれたちだというような奇妙な錯覚がおおったりするが、それはつまらぬ幻想やくすぐりにすぎない。

いまこの景観に数人のパルタイ員を登場させよう。ひとりはパルタイズム哲学者であり、他は、パルタイズム詩人、文学者である。この数人は、パルタイ革新派と目されていると了解してほしい。かれらは、パルタイ幹部から蛇蝎のように忌み嫌われている青年たちが、パルタイ国の支配者に捕えられ、起訴されたとき、自主的にか、または、さして気にもとめずこの青年たちの救援に参加してその名をつらねる。

パルタイ幹部は、これをかぎつけて、かれらを呼び出し、利敵行為だからやめるべきだ、と強要する。これらのパルタイズム哲学者、詩人、文学者たちはそれに服して参加を取消したりする。これは、ごく庶民的な感覚では人間として〈オント〉であるにちがいない。しかし、パルタイ組織の統制に服するのはパルタイ員として当然であるという原則が、庶民的〈オント〉を打消してくれるから、かれらは〈オント〉を感じないですむ。しかし、これらの哲学者、詩人、文学者たちが、いまは時期ではないから黙って服するが、やがて、パルタイ幹部の頽廃をつき上げてみせるという弁明をもうけたり、いま、パルタイ幹部から蛇蝎のように忌み嫌われている青年たちも、もとをただせばおなじパルタイ員で、ただ、すこし血気にはやってパルタイをとびだしただけだと考えているとしたらそれは、ほんとうの〈オント〉というべきではないか。

なぜならば、かれらは、パルタイ以外は、非パルタイまたは反パルタイであり、非パルタイは、パルタイに服すべきもので、反パルタイは異端であるという固定意識から脱けでていない点で、パルタイ幹部とえらぶところはないからだ。

ここで、第二の登場人物が必要となる。かれらはパルタイ員または、非パルタイであるが、パルタイも反パルタイもあまり信じていない点で共通している。たまたま、ここに、パルタイ幹部から蛇蝎のように忌み嫌われている青年たちと、当面の情勢で共同戦線をはっている文化人や文学者があらわれたとする。さっそく、パルタイ幹部は、機関紙やジャーナリズムの編集にたずさわっているパルタイ員を意識的に、または、無意識的に動員して、この文化人や文学者を批判するカンパニヤを組織する。たまたま、ふだんからこの文化人や文学者をこころよからずおもっていたり、過去にこっぴどく批判されたことのあるパルタイ員は、時を得たりとパルタイ幹部のカンパニヤに同調する。

曰く、警官にぶんなぐられた際の膏薬賃は、件んの文化人に支払わせせよ。曰く、パルタイや反パルタイ員となって組織的責任をとることもせずに、青年たちを煽動する文学者は怪しからぬ、等々。

やがて、進歩ジャーナリズムで量的に多数を占めているパルタイ員やパルタイ同伴者は、件んの文化人や文学者の虚像を流布することにある程度成功するかもしれない。つぎにおこるのは、パルタイ同伴文学者のカンパニヤへの参加である。さすがに、ていさいだけは、何々論ということになっているが、中味は、ひとりの文化人、ひとりの文学者が年月を重ねてつくりあげてきた思想の重さについて何も省察をくわえていない愚論にしかすぎない。かれらは、おそらく、件んの文化人や文学者を非難することはできないはずだ。なぜなら、かれらは、文学者としてのじぶんの思想をかけてパルタイとたたかったこともなければ、パルタイ員としての資格をかけて自らの組織の頽廃とたたかってもいないのだ。

そのうえ、なお悪いことは、今日、パルタイ幹部から蛇蝎のように忌み嫌われている青年たちの組織が、パルタイ分派に毛が生えた組織だくらいの認識しかなく、このような反パルタイ組織の出現がどんなに貧弱な組織であっても、戦後思想史、しいていえば、近代思想史が必然的に産み落したものであることをまったく理解していないことである。その意味では、パルタイ幹部の認識のほうが、逆説的にはるかに優れているとさえいえる。

第三の登場人物はわたしのイメージのなかに存在するだろうか。存在している。かれはパルタイ員であり、パルタイ員にあらずんば人に非らずということを頑固に信じている。政治的な責任をとることは、パルタイ員となることであるということも信じている。そしてあらゆる責任は、政治責任に帰するとかんがえている。もちろんイデオロギー的な責任や芸術的責任をかれがかんがえないのは、その政治主義的な芸術理論の構造にもよるだろうが、それよりもパルタイ員でありさえすれば、どのような芸術や芸術理論をもてあそんでも許されるとかんがえるような意味で、政治責任というものを理解しているからにほかならない。

それほど、政治責任を至上のものとかんがえるならば、政治家になったほうがよさそうだが、そんな気配はなく、文学のなかで政治談義をやって、文学者でもなく政治家でもないヌエ的な存在になってしまっている。

かれは、数年まえ、まだ何をかいても誰からも非難されることもなかった安全な時代には、前進また前進などとひとかどの革命家気取で、パルタイ・コンプレックスをもった文学者をこきおろしていたが、より困難な情況にはいったいまでは、何ごとも機をうかがうことなくては叶うまじ、などとかいてジャーナリズムの喝さいをはくしているのだ。はずかしくおもえ。かれは、どうやら文壇の議席を獲たかもしれないが、芸術家としてすでに死んでしまったというより外ないのである。

パルタイ国のパルタイとは何か。いまより四十数年まえ、オロシャ国のレーニンは、つぎのようにかいている。「社会主義のもとでは、『原始的』民主主義のうちの多くのものが、不可避的にふたたび活気づくであろう。なぜなら、文明社会の歴史上はじめて、住民大衆が立ちあがって、投票や選挙だけでなく、日常の行政にも、自主的に参加するだろうからである。社会主義のもとでは、すべての人が順番に統治するであろう。そして、だれも統治しない、ということにすみやかに慣れるであろう」と。

これは、レーニンの空想だったのだろうか、またはオロシャ国の修身の教科書であろうか。倉橋由美子の「パルタイ」によれば、パルタイに入るには、ぶ厚い〈経歴書〉をかいて提出し、そのなかには〈革命〉の必然性にたいする把握が充分にされていなければならないそうだが、おそらくパルタイを逸脱するためにも、オロシャ国のレーニンの言葉が、空想であるのか、修身の教科書であるのか、または、科学的なヴィジョンであるのかについて、正しく答えることを必要としているはずなのだ。

こんど、倉橋由美子の「パルタイ」といっしょに、古賀珠子の「魔笛」、岡松和夫の「壁」をよんでみた。いずれも、パルタイの生態を解明した文献である。作者はいずれも若い世代らしく、パルタイも男女関係も警官殺しも、風俗の戯画としておなじ平面にはめこまれている点で共通していた。これでは、パルタイにあらずんば人に非らずの批評家も、パルタイ・コンプレックスの批評家も、倫理的な意味がつけようがないらしく、やれ作者はほんとに傷ついていないとか、推理小説まがいだとか、最初から

「感動」というような心情を拒否しているとかいっているだけであった。

作者が、主題の積極性などというものに、あまり信をおいていない作品から、主題の意味をつつき出そうとすることは、はじめから、無理なのだが、これらの作品をパルタイ関係文献としてよんだわたしは、文献的な意味を見つけ出さなければならない。これらの作品の文献的な意味は、強いていえば、若い世代にとって、パルタイを出たり入ったりすることが、深刻な意義をもたなくなったらしい徴候がよみとられるという一点にかかっている。

これは、頽廃であるのか、希望であるのか。もちろん希望のひとつであろう。そして、わたしのイマージネーションのなかで、パルタイ国のパルタイがますますオロシャ国のレーニンの言葉を忘れて遠ざかってくれることも希望のひとつというべきである。

ある履歴

『ユリイカ』八月号に、田村隆一が「若い荒地」という詩的回想をかいている。そこで、深川門前仲町の今氏乙治さんの私塾に通っていた小学校六年生のわたしが府立三商の生徒であった北村太郎、堀越秀夫、島田清などの詩人と遭遇するところがでてくる。そのときの記憶は、やがてわたしが府立化学工業学校へ入学してからも、今氏私塾にいた島田清しか残っていないが、後に幼稚な詩をかきはじめたころ、今氏さんの私塾に集まって研究会をやっていた北村太郎や島田清などのグループははっきりと覚えている。書物をよむことを覚えさせてくれたのは、その今氏さんというかくれた優れた教育家のおかげであった。

そこで、書棚にある改造社版の「現代日本文学全集」をかたっぱしからよみ、今氏さん所蔵の翻訳小説をあさり、ときにはファーブルの『昆虫記』のような優れた書物に遭遇したわたしは、ひとかどの文学少年となり、おまえこの頃軟弱になったと親父をなげかせた。

このころの書物で記憶にあざやかにのこっているのは、『昆虫記』と、今氏さんから借りた英訳本ドイツ現代詩集のうち第一次大戦戦後派のヤンガー・グループの詩人クルト・ハイニッケの詩である。今氏私塾で、学校の軍隊式教育とうらはらな自由な環境につかり、生涯の黄金時代をすごしたのは、二・二六事件前後から太平洋戦争直前までである。

昭和十六年に私塾をやめ、翌十七年に米沢高等工業学校へ入学のため米沢へ去った。そこでの最大の書物からの影響は、宮沢賢治、高村光太郎、「四季派」の詩人などの感情や生活にたいする構えであり、保田与重郎、小林秀雄などの思想的な構えであり、横光利一や太宰治の小説の世界であった。この辺りがその頃のわたしの思想源であり、西田幾多郎や京都学派、高坂正顕、鈴木成高、樺俊雄などの著書をよみ、そこからマイネッケとかランケとかディルタイとかの名を覚えはしたが、今おもいだしてみても空っぽで、記憶にあざやかにのこっているのは、『宮沢賢治名作選』(松田甚次郎編)、高村光太郎『道程』、保田与重郎『日本の橋』、小林秀雄『ドストエフスキーの生活』、横光利一『旅愁』、太宰治『富嶽百景』くらいなものである。

しかしこれらをすべてあげても、動員生活の労働や、寮生活の友情の葛藤や、戦争の運命に追いつめられて刻まれてゆく生存感からえとくしたものには及ばなかった。

敗戦によって読書の履歴がどうかわったかは、思想がどう変ったかと対応する。まず、こんなものは、皆うそっぱちだとおもうと、棚にならんだ書物を見るのも胸くそが悪くなり、蔵書をリュックにつめたり、風呂敷にくるんだりして神田へもっていって売り払った。かわりに、『国訳大蔵経』と岩波文庫の古典をできるだけ集めてかえり、以後しばらくは、それを読んでくらした。にわか転換の平和も民主主義も、文学者も、みな胸くそが悪いばかりだったので古典は唯一の場所であった。さいわい、保田与重郎や小林秀雄から古典にたいする態度のようなものを感得していたので、けっして退屈はしなかったのである。

戦争の自己批判のようなものが徐々に形をもってきたのは、こういう時期をへたあとであった。精神が平静さにしだいに立ちかえったことと、無類に滅茶苦茶な世相のなかで、人間どんなことをしたってだれから文句をつけられる筋合はないのだという原理を体得したこととが基底をなしていたかとおもう。まるで、おずおず首を出すかたつむりのように、しだいに枠はめ倫理から体をだして、栄養失調と金の欠乏にもかかわらず、闇市をうろうろし、カストリを飲んであるいた。

読書における戦争の自己批判は、まず、おれの視野はせまくおれが宇宙だとおもっていた世界のほかに、宇宙はいくつもあることを知らずにずり落ちていたというところに集中された。おれのこころに何の関わりがあるのかとおもって見むきもしなかった社会経済学書や哲学書を乱読したのはこれからである。日本古典でいささかきたえられていたので解説書などよまずにジイド、リストの経済学説史などでアウトラインをつかむと、いきなりスミス『国富論』、マルサス『経済学原理』、リカアドオ『経済学及課税之原理』といった具合にとりついて、わかってもわからなくても、お次は『資本論』ということになった。

さて、古典経済学最後の巨匠マルクスよ。あなたの『資本論』における完膚なきまでの別格性と、ごうごうたる体系の完璧性をしばらくおけば、サン・シモンやシスモンディやロオドベルトゥス・ヤゲッツオやバクーニンのような群小社会主義者の著書からしんしんたる興味を感じたといっておく。

これらの社会経済学や思想書の影響と、心情のニヒリズムと混迷から遭遇した『新約書』との影響がないまぜられて、戦後十数年のわたしの生活と行動とを思想的に支配することになる。さて、次は何か？

擬制の終焉

——しっ、静かに！　葬式の行列が君の側をとおってゆく。君の双の膝こぞうを地面に向って傾けよ、そして野辺おくりの歌を歌いはじめよ。
（ロートレアモン『マルドロールの歌』第五の歌）——

安保闘争は、戦後史に転機をえがくものであった。戦後一五年間、戦中のたいはいと転向をいんぺいして、あたかも戦中もたたかい、戦後もたたかいつづけてきたかのようにつじつまをあわせてきた戦前派の指導する擬制前衛たちが、十数万の労働者・学生・市民の眼の前で、ついにみずからたたかいえないこと、みずからたたかいを方向づける能力のないことを、完膚なきまでにあきらかにしたのである。長い年月のあいだ白痴や無能力者と雑婚はしたが、誇りたかい家系意識だけはもっていた前衛貴族の破産は、すでに戦争責任論の過程で理論的にはあきらかにされていた。しかし、かくも無惨にそれが実証されることは、だれも予想していなかったのである。もちろん、かれらとても、低姿勢の弁、たたかわざるの弁を、民族・民主革命の展望とむすびつけたり、国民的共同戦線論で飾ったりすることはできるかもしれない。労働者組織のほとんどたたかい得ない現状や独占資本の安定の強さを引きあいにだして擁護することもできるかもしれない。最後にたたかうものが、よくたたかうのだ、というように。しかし、ここにこそかれらのおもな錯誤がよこたわっている。かれらの盲点は、戦後支配権力の構成的な変化にみあった人民の意識上の変化が、ブルジョア民主主義の徹底的な滲透と対応している事実に眼をおおっている点にある。ここでは、戦後いくたびも繰返されてきたように、あやまってたたかえば自滅し、たたかわなければ後衛に転落し、じっとしていれば独占体制内の擬制的な安定によって腐蝕し、変質してしまうことが、まったく理解されがたくなっている。たたかわなければ墓場にへそくりを握りしめてゆくことにほかならないのを、戦前の総くずれの記憶がかえっておおいかくしているのである。

六月一五日夜、国会と首相官邸の周辺は、ふたつのデモ隊の渦にまかれていた。ひとつの渦は全学連主流派と、それを支援する無名の労働者・市民たちで、その尖端は国会南門の構内で警官隊と激突していた。その後尾は国会前の路上にあふれていた。そして、頭をわられ、押しつぶされ、負傷した学生たちは、つぎつぎに後方へはこびだされて、救急車がかわるがわるやってきては、それをつれていった。

他のひとつの渦は、この渦とちょうどT字形に国会と首相官邸のあいだの路をながれて、坂を下っていった。そして、ちょうどT字形の交点のところで、腕に日本共産党の腕章をまいた男たちがピケを張り、この渦が国会南門構内で尖端を激突させている第一の渦に合流することを阻害していた。そこで、T字形の交点の路上には真空が生まれた。その一方では、つい眼と鼻のさきで流血の衝突がおこり、負傷者は続出し、他方では、労働者・市民・文化組織の整然たる行列が流れてゆき、その境では日本共産党員が、ふたつの渦が合流するのをさまたげている情景があった。そのとき、わたしたちは今日のたたかいが国会にあること、指導部をのりこえて国会周辺に坐りこむことを流れてゆくデモ隊に訴えながら、このピケ隊と小衝突を演じていた。安保過程をかんがえようとすると、この夜の情景が、象徴的な意味をおびて蘇ってくるのを感ずる。

安保闘争のなかで、もっとも奇妙な役割を演じたのは日共であろう。なまじ前衛などと名のってきたために市民のなかに埋没することもできず、さりとて全運動の先頭にたつこともできないために、旧家の意地悪婆のように大衆行動の真中に割ってはいり、あらゆる創意と自発性に水をかけてまわった。安保のなかで日共といえば、指導部とは独立に活動した少数の優れた人たちの顔を除けば、このときピケを張っていた腕章の男たちと、大衆の渦のなかで『アカハタ』を売りあるいていた男と、宣伝カーの上でニヤニヤしながらデモ隊にむかって御苦労さんなどと挨拶していた男しかおもいださない。もちろん、宣伝カーのうえからニヤニヤしながら挨拶している中央委員は愚劣である。ひとびとのたたかいの渦のなかで、『アカハタ』を売っている男も、アンパンを売っている男よりも愚劣である。大衆のたたかいへの参加を阻害しているピケ隊の男たちも愚劣である。安保闘争が創意あるたたかいとして盛りあがるためには、これらの愚劣な役者たちが消滅することがぜひとも必要であった。

しかし、なぜかくまでに、かれらは運動の阻害者として登場しなければならなかったのだろうか。おそらく、その理由はふたつある。ひとつは、かれらにとって思想的敵対物である共同・革共同全国委主導下の学生運動が、安保闘争のなかで実践的な主導力をはっきりしたことが、旧家意識だけはあっても、たたかいを主導できない前衛貴族に憎悪をいだかせたことである。もうひとつは、安保条約そのものの本質にたいする見解のちがい、そこからくる戦略戦術のちがいが、デモ隊の渦をふたつに分割して、けっして合流させまいとする行為にかりたてざるをえなかったことである。

おおよそ、政治理論を原理とする組織は、どんな組織でも、じぶんたちだけが真理のちかくにあり、その他は真理のとおくにあるとかんがえ、実践的にそれをたしかめようとする。これはあながち前衛ばかりではなく、市民主義者たちの組織でもかわりはないのだ。安保闘争の過程で、いつも大衆運動のあいだに割って入り、ついには反米愛国という気狂いじみた排外主義の方向へ、大衆をひきずってゆこうとした日共の態度は、それ自体として敵対物であるが、けっして倫理的な悪と解すべきではない。かれらもまた、じぶんの政治的理論を真理として売りにだし、買わないものをたたき出したかったのだ。真理の競り売りがこういう奇妙な形で実現することを防ぐためには、これらの組織をけっして強大ならしめないことにするほかないのである。合同反対派を粛清してスターリニズムをうみ、スペイン人民戦線を割って崩壊させ、ハンガリア事件をひきおこした政治のダイナミズムは、安保闘争のさ中で、国会の周辺でおなじように再現された。小規模ではあっても、このダイナミズムのなかで、ある者は死に、あるものは傷つき、官憲の手にとらえられ、死に目を体験してたたかい、その一方で、たたかいを阻害し、利敵行為とののしった組織がいたのである。これを倫理的次元で非難してもびくともしない根性くらいは、かれらとてももっているはずだ。彼らを前衛とよばないためには、ただ、苛酷にしずかに、根深く、永続的に対立し、ついにこれに追いつき、追いこし、かれらが真理として売りにだしたものを止揚するたたかいをつづけるほかはないのである。さいごに誰がわらうかは、たたかいの時がきめるだけだ。

さて、ここでひとりの喜劇役者を登場させて、擬制前衛の性格にメスを入れる緒口をつくろう。安保闘争の激動をおえた時期をえらんで、日共トリアッティ主義者の芸術的支柱である花田清輝は、「現代史の時代区分」(『中央公論』九月号)という文章をかき、安保闘争に言及している。すなわち、「わたしは、一九六〇年の安保反対闘争を、断じて一九一八年の米騒動のようなものだと考えるものではないが——しかし、それが、ほとんどナショナリズムの立場からなされているということに——したがって、それと中国革命との関連が明瞭にとらえられていないということに、わたしなりの不満を感じた」と。

この政治的芸術屋が、徹頭徹尾くだらないのは、はじめは、安保闘争の主導勢力に、匿名批評をかりて水をさし、さいごまで、大衆が流血によってあがなった運動を傍観しながら、その傍観を特権と化して安保闘争敗北の過程にメスを入れるという器量ある芸術家の立場を固守しえないで、安保のたたかいを評価するような擬態をしめし、古くさい革命家気取りをすてきれない点にあるのだ。ソヴィエト革命と中国革命を転機にして世界史の時代区分をもうけなければならないという花田の思いつきなどは、安保の大衆行動の渦のなかで、アンパンを売ったらもうかるのではないか、と思いついたアンパン屋とおなじ程度のものにすぎないが、わたしがここでとりあげたのは、花田のナショナリズムとインタナショナリズムの理解が、日共イデオローグの転倒した思考法をよく象徴しており、そのるいは安保闘争の敗北の要因にまでつながっていると、かんがえるからにほかならない。

もちろん、花田などがかんがえているコミンターン式のインタナショナリズムと、それにともなう一国革命——ソヴィエト革命・中国革命の評価は、ソヴィエト一国社会主義擁護論の所産と思考法であり、本来的にはナショナリズムの変態にほかならない。ここにナショナリズムとインタナショナリズムについての日共的理解を、まったく転倒すべき契機が存している。わたしたちが、インタナショナリズムというばあい、ソヴィエトや中国の一国革命の影響などによって、時代を区分することではありえない。国家権力によって疎外された人民による国家権力の廃滅と、それによる権力の人民への移行――そして国家の死滅の方向に指向されるものをさして、インタナショナリズムと呼ぶのである。一国社会主義指導部の成立を世界史の指標とするのではなく、それぞれの国家権力のもとでの個々の人民主体への権力の移行の方向をさしてインタナショナリズムというほかには、幻想のなかにしか、インタナショナリズムは設定できない。

「世界史の動向を決定したロシヤ革命や中国革命に比較すれば、そもそも日本の敗戦など、とるにたりない一些事にすぎないではないか」というに至って、花田のコミンターン式思考法は、その正体をあきらかにしている。もちろん、インタナショナルな観点からすれば、日本の敗戦による日本国家権力の変貌と、その下での日本人民の運命の変貌にくらべれば、ロシア革命や中国革命などは、とるにたりない一些事にすぎないのである。そもそも、花田のような古くさいスターリニストには、こういう見解は、ほとんど理解できないにちがいない。花田の思考は頭のなかに世界史などという架空のものをでっちあげて、各時代はその時代の神をもつなどとうそぶいているランケ流の俗物史観ににているが、それぞれの国家権力のもとでの個々の人民のたたかいの動向の総和以外に、世界史の動向とか、革命のインタナショナリズムなどは存在しないことは、いうまでもないのである。

花田にくらべれば、花田によってナショナリストと批判されている竹内好のほうが、戦中・戦後のにがい体験をふまえて、はるかにすぐれたインタナショナリズムへの理解を披瀝している。安保闘争にふれながら、竹内好はこういっている。

第三の点は、この問題に国際関係を絡ませてはならない、ということです。敵は国際関係を絡まそうとしてアメリカの大統領をもってきてその力を借りて無理押ししようとしている。われわれが、例えば他の外国、ソヴィエトとか中国とかいうものの手を借りてこようとするならば、非常に不幸な状態が起きます。日本が戦争の口火を切るような危険が起りかねない。われわれは絶対にそれをやってはならない。あくまでも日本民族の、自分だけの力を頼もうではありませんか。どこの外国の手も借りない、またこれは借りることはできません。外国の手を借りたのでは、いたずらに危険を起すだけであります。敵が外国の力を借りようともわれわれは借りない。国民の力だけでこれをやろうではありませんか。（「戦いのための四つの条件」）

日本民族とか国民とかいうコトバにひっかかれば、ここにナショナリストの像をみちびきだせるかもしれないが、むしろ反対に、国家権力とのたたかいは、そのもとでの人民の主体によるものであるというインタナショナリズムの萌芽があきらかにされている。

これに反して、安保闘争で阻害者としてあらわれた日共指導部は、花田とおなじようにコミンターン式窓口主義者にほかならなかった。かれらは、毛沢東の「革命の性格は民族的・民主主義的革命」をまるのみにして、安保闘争を反米愛国の闘争に仕立てあげたのである。わたしは、ここで、毛のいう民族的・民主主義的革命があやまりである所以をとりたてて論じようとはおもわない。とりあげたいのは、ナショナルなものとインタナショナルなものとの転倒された図式である。

いま、ひとりの中国共産党の指導者が、日本の安保闘争について規定し、革命の戦略について言及している図がある。それとうらはらに、この毛の規定を金科玉条のように固守し、それに反するものは利敵行為であるとののしる日共の指導者がいる。この図式をさしてナショナリズムの典型というのだ。もしも、われわれは日本の人民の国家権力にたいするたたかいを、いついかなる場合にも支持し援助するとだけいうソ連や中共の指導者がおり、それとうらはらに、日本の国家権力にたいする条約闘争は、日本の人民の力でやってゆくのだという日本の政治指導部があったとすれば、その図式をインタナショナリズムと呼ぶのである。ここにおいて、日共は、花田のような狡猾な理論的阻害者とおなじように、安保闘争の実践的な阻害者としてあらわれざるをえなかったのである。

一五日夜、その尖端を国会南門の構内において、国会をとりかこんだ渦は、あきらかにあたらしいインタナショナリズムの渦であった。それはなによりもたたかいの主体を人民としてのじぶん自身と、その連帯としての大衆のなかにおき、それを疎外している国家権力の国家意志（安保条約）にたいしてたたかうインタナショナリズムの姿勢につらぬかれていた。首相官邸のまえをとおり坂の下へながれてゆく渦は、社会主義国家圏という奇妙なハンチュウをもうけ、そのようごのためには弱小人民の国家権力にたいするたたかいを勝手に規定し、また人民の利益と無関係にそれを金科玉条として固執する変態的なナショナリズムの亡霊を背負ったものたちに嚮導されていた。それはコミンターン式の窓口革命主義の崩壊する最後のすがたを象徴するものにほかならなかった。かれらはいかなるたたかいにおいても、たたかいを阻止し、ひたすら大衆が自分たちの指導をこえてたたかわないことを望み、ひたすらたたかいの現場から遠ざかろうとする姿勢につらぬかれていたのである。

わたしたちは、このふたつの渦がけっして合流しえなかったことの意味をあらゆる方向から検討することができる。いまこれを、指導部の方針の問題としてみれば、未熟ながらも労働者人民のインタナショナリズムをめざし、プロレタリア革命の過程を潜在的にひめながら国家権力の国家意志（安保条約）を廃絶しようとするたたかいの渦と、一方は、反米・愛国・民族独立・民主をめざそうとするものの渦であった。第二の渦が第一の渦に合流するためには、眼にみえない神話の柵、窓口革命の柵、インテリゲンチャの劣等感の柵、人民の自己権力への覚醒の柵をこえることが必要であった。少数の自覚的なもののたちにとってこの柵は、すでに戦前・戦中・戦後の擬制的なもの一切への検討と批判の過程において超えられ、廃棄されていた。しかし、すべてのものにとってそれは自明の理になりえなかったのである。

花田清輝は「『慷慨談』の流行」（『中央公論』四月号）のなかでかいている。

> 勝海舟は、当時、長崎にいたイギリス公使に託して、難なくロシヤの軍艦を追い払ってもらった。そして「外交家の秘訣は、彼を以て彼を制するということにある」といった。現在、大砲だか、核兵器だか知らないが、アメリカからの武器の献納を拒絶したいとおもっている平和主義者たちは、イデオロギーの如何を問わず、ただちにソ連に依頼して、危機をきりぬけるべきではなかろうか。蟷螂の竜車に向うような抵抗だけが抵抗ではない。

この種のオポチュニスト、ふるびた窓口主義者は、反米愛国の側の渦に身を投ずることなしには、安保闘争のなかでいかなる役割を演ずることもなかったことは、はっきりさせておく必要がある。国家権力にたいする大衆のたたかいは、いつも蟷螂が竜車にむかうようにみえるものであり、これをさけて一国社会主義権力に依存しようとするものの末路がどのようなものであるかは、あえてハンガリア共産党指導部の例をひくまでもないことである。オポチュニストはたたかいの後で、まるで死屍にあつまる蛆のように紙のうえで大衆のたたかいをなぞる。花田清輝やそのエピゴーネンの芸術家たちが、安保闘争をどのようになぞろうともわたしたちは依然として健在であることをあきらかにしておかなければならない。六月一〇日のハガチー・デモこそ、花田清輝的なトリアッティ主義者がブルジョア排外主義に転落して演じたトラジ・コメディであった。

さて、わたしたちは、六月一五日夜のふたつのデモ隊の渦を、その構造において微細に検討してみなければならぬ。

一五日夜、国会南通用門から警官隊の抵抗を排除して構内にはいり、抗議集会をひらいた学生・先進的市民・労働者・知識人の指導的役割をはたしたのは、共産主義者同盟、および革命的共産主義者同盟全国委員会であった。そしてこれらは、共同戦線をはりながら、安保闘争の全過程で、全運動の頂きをはしりつづけてきた。ここ数年来、日共にかわる前衛をめざして進歩的知識人・ジャーナリスト・日共文化人などが目をとおしたこともないような粗末な研究誌によって、政治理論をつみかさね、実践的につとめてきたこれらの組織の実力度をかたることなしに、安保闘争をかたることはできまい。

戦後資本主義が拡大安定期にはいった五五年前後から、日共および日共周辺の知識人・芸術家たちは、ひたすらマス・コミを謳歌し、これを合理化する理論をつくり、平和的共存をたいはいてきにうけとめて、ソ連や中共に依存してまてば革命でもやってくるかのように痴呆状態を呈した。かれらが、平和と民主主義・歌と踊りとミュージカル・視聴覚文化と活字文化などという阿呆の題目をとなえていたとき、戦後世代は、マス・コミ圏外でもっとも主要な政治理論上の業績を達成しつつあった。

これらの潜在的な過程は、すでに安保闘争において、どれが何をなし、またはなさないか、をあらかじめはっきりと予見させるにたりるものであった。たたかいにおいては、だれもじぶんが日常に掘りつづけてきた穴に似せて穴をほるほかはないのである。共同・革共同全国委などが、まがりなりにも全運動を主導しえたのにたいし、日共が正統派づらをして運動を分断し、あらゆる合作を阻止する以外のなんの役割もはたしえなかったのは当然であった。ジャーナリズム左翼として公認されていることにいい気になってきた日共派が、がく然として眼をさましたときには、すでに理論的にも実践的にものりこえられていたのである。かくして第一回戦はおわった。日共派は、少数の独立活動家をのぞいて、反米愛国派と市民民主主義派とに解体しながら安保行動のうずのなかに没し、あるいは阻害者としてあらわれるほかなかった。ここでもっとも滑稽なのは、はじめに、安保闘争の主導的勢力に水をかけながら、運動がおわり、これらが一定の成果をおさめたとみるや、おれたちはきみたち学生運動を支持してたのだなどとおべんちゃらを呈し、じつは、無名の無党派学生および市民大衆がじぶんの足と手でもってあがなった運動の成果をわが田にひき入れて、過去もそうであったように現在もまた「バスに乗り」はじめたものたちである。わたしは、共同にしろ革共同全国委にしろ、安保闘争を無名の学生大衆の行動過程において考察せず、自らの指導性について手前味噌な自惚れをならべたてるとき絶望をかんじないではおられない。かれらもまた、ロシア革命や中国革命を、レーニンやトロツキーや毛沢東において考察したおれた無数の大衆の成果について考察できない官僚主義者に転落するみちをゆくのであろうか？　なんべんも強調しなければならないが、いかなる前期段階でも、一定の政治理論と行動方針を大衆のなかに与える指導者よりも、ひとりの肉体としてたたかう無知の大衆のほうが重要なのであり、また重たいのである。ここでは、やむをえない場合、必然的に指導者は自分の責任をかたるのであり、みずからの指導性を手前味噌に誇張するとき、官僚主義がうまれるほかないことは、あらゆる前期段階の歴史があきらかにしている。

安保闘争を主導した共産主義者同盟政治局は、「共産主義者は安保闘争から何を学ぶべきか」（『戦旗』昭和三五年七月五日）において安保闘争を総括した。

共同政治局の見解によれば、戦後の復興をとげて世界資本主義の競争にのぞむために、日本の資本主義はふたつの課題をになっていた。ひとつは国際的な威信を確立することであり、もうひとつは大規模な合理化によって経済競争力をうるために、安定した政治支配をうちたてることであった。日米新時代のスローガンによって作られた岸政権はこの課題をはたすために、安保改訂を中心的な政策として強行せざるをえなかった。

安保闘争のもりあがりは、支配権力の安保にかけたふたつの課題を挫折させ、岸政権は全人民の憎しみをうけて退陣し、アイク訪日の中止によって国際的汚辱をあびなければならなかった。このような意味で、安保闘争は支配階級にたいする労働者階級の「政治的勝利」であった。しかし、安保闘争は、戦後のすべての大衆闘争とおなじように、素手でたたかわされ「資本家的秩序の枠内での示威運動」というプチ・ブルジョアの御託宣を戴かされた。

このような前提にたって、共同政治局はつぎのようにかいている。

もし、全学連の革命的街頭行動に引きつづいて、広はんなプチブルの政治的昂揚中で、労働者階級が、六月四日の「ゼネスト」を、資本家階級の秩序を、その根幹部で、わずか一カ所でも破壊せしめる革命的ストライキを敢行しえていたら、それ以後の闘いは根本的に変っていたであろう。

五・一九以降の事実は、正に日本のプロレタリアートこそ世界プロレタリアートの最前列にあって、プロレタリア革命を遂行しうる戦闘力の保持者であることを立証した。

それは資本主義の危機がより成熟した段階にあっては、革命的街頭デモから全国的暴動へ、さらに武装反乱からその勝利へ前進しうることを示している。

共同とともに安保闘争を主導した革共同全国委は、これにたいしてつぎのような骨子から批判をくわえた。（武井健人編著『安保闘争』現代思潮社）

第一に、安保闘争は条約のための闘争であって、展望のいかんにかかわらず、ただちに独占資本との階級的対決ではありえない。

第二に、労働者階級の立ちあがる基盤のないところで政治的街頭行動の高揚によって革命はありえない。

第三に、〈虚偽の前衛〉（日共）の支配下にある労働者階級を直ちにたちあがらせることはできない。

第四に、したがって、安保闘争後の課題は、反スターリニズム・プロレタリア党のための闘争である。

さて、ここに安保過程を主導したふたつの組織のあいだのおおざっぱな対立点がある。問題はどこにあるのか。わたしたちは、安保闘争のなかでしばしば矛盾をかんじなければならなかったことをしっている。それは、どんなはげしい街路デモを展開しても、最大限に見積って岸政権を安保自然成立以前にたおして解散にみちびきうるという政治的効果がかんがえられるだけであるにもかかわらず、はげしい街頭行動なしには、それすら不可能だというディレンマであった。そこには革命的な情勢はすこしもなかったし、日本資本主義はかなり安定した経済的基盤にたって成功裏に政策を実施していたため、市民・労働者は秩序消滅のためにたちあがる主体的な姿勢をもっていなかったのである。しかし、それは革共同全国委の見解のように、安保がただちに独占資本との階級的対立でありえなかったがためではない。安保新条約は独占権力の国家意志として改訂されようとし、それは経済構成として日本独占資本の利害に関していることはいうまでもないことである。安保闘争それ自体は、独占資本との階級的な対決をふくむものとしてはじめて存在したのである。このような情勢のもとで、全学連のはげしい街頭行動につづいて、市民と労働者のほう起があったとしても、それは政権の打倒、そして最大限にみつもっても一揆的な一時的政権奪取であり、すこしも革命ではありえなかったのである。いうまでもなく政権の打倒・政権の奪取と、権力の人民への移行とは似ても似つかぬものである。ただたんに政権が自民党から社・共にうつることは、革命でも何でもなく政権の交替にしかすぎない。

たしかに、革共同全国委のいうように、労働者階級がたちあがる客観的な基礎のないところでは革命はありえないにちがいない。しかしこのことは、全学連のはげしい街頭行動につづいて、労働者・市民が主観的にたちあがらないことを意味するものではないし、たちあがることが不毛であることを意味しはしない。主観的に労働者階級がたちあがったとしても、革命ではありえないというにすぎない。

革共同全国委が共同をブランキズムとし、市民主義の運動をプチブル運動として、頭のなかに馬糞のようにつめこんだマルクス・エンゲルス・レーニンの言葉の切れっぱしを手前味噌にならべたてて、原則的に否定するとき、かれらは資本主義が安定した基盤をもち、労働者階級がたちあがる客観的基盤のない時期——いいかえれば前期段階における政治闘争の必然的な過程を理解していないのだ。プチブル急進主義と民主主義運動しか運動を主導できない段階が、ある意味では必然的過程として存在することを理解できないとき、その原則マルクス主義は、「マルクス主義」主義に転化し、まさに今日、日共がたどっている動脈硬化症状にまでおちこまざるをえないのである。革共同全国委が反スターリニズム（これはいい）プロレタリア党のための闘争、いいかえれば労働者階級のなかに大規模な影響を与えうる前衛の創設に安保闘争の総括を集約するとき、そして、「小ブルジョア組織」が「運動のプロレタリア的性格を超え」る段階が、安保闘争においても、今後おこりうる政治闘争においても必然的に存在したし、また存在することを洞察しえないとき「組織的・思想的な独立を断乎として守りつつ」ついに硬化した官僚リゴリズムに転化せざるをえないのである。だれも認めもしないのに、伝統四〇年などというつまらぬことを自慢にする組織などは、ひとつあればたくさんなのだ。

なお、わたしたちはこれからかなりの長期にわたって急進インテリゲンチャ運動の優位な情況のもとで政治闘争を体験することはうたがいない。そのためにこそ、たんに労働者階級に組織的な基盤をもった前衛党の創設のためのたたかいによって、万事解決し、あとは経済的危機さえ招来すれば、という安っぽいかんがえかたを転倒しなければならないのだ。

インテリゲンチャの急進化の現象は、いうまでもなく現存する支配構成が、そのもとでの大衆にあたえている疎外感覚をはかるバロメーターにほかならない。このバロメーターの読み方をしらずに、前衛づらをしたいやつは、どうもうまれてくる時期をあやまったらしい。おそらく、わたしたちが今後体験するのは、いくたびもくりかえされるインテリゲンチャ運動の解体、再編の過程であり、そしてこの過程は、家系だけをたよりにした前衛貴族や小ぢんまりと硬化したい前衛志願者をゆさぶればゆさぶるほど、また波濤のなかにのみつくせばのみつくすほどよいといわねばならない。

安保闘争のなかでもっとも貴重だったのはいかなる既成の指導部をものりこえてしまい、いかなる指導部をも波濤のなかに埋めてしまうような学生と大衆の自然成長的な大衆行動の渦であった。もちろん、これらは旗じるしとしては、あるいは共同や革共同全国委のもとに、あるいは社・共や国民共闘会議または市民主義イデオローグのもとに大衆行動に参加した。しかし、かれらがこれらの旗じるしにすこぶる満足してあるいている人形だとかんがえたとしたら、お目出たいといわなければならない。イデオローグは、真理の競売を大衆行動によってたしかめようとする。大衆はさまざまなイデオロギイの萌芽を、萌芽のまま行動によって語る。安保闘争の過程でおこったさまざまな悲喜劇は、すべて、指導的イデオローグと大衆とをはっきり区別してとりあげなければならないことをおしえた。

革共同全国委は六・四の労働者運動の政治ストについてこうかいている。

だが、若き革命的労働者のこの果敢な闘争は、プロレタリア階級闘争の全局面を打開するには、いまだ弱く、若き革命的労働者の闘いは、六・四ストを闘いとるに精一杯だった。公認指導部は、六・四ストの大勢が動かし難くなるとみるや、このストライキ闘争の巨大な爆発を押えるために必死の策動を行った。その策動の一つ一つが、田町電車区・品川電車区・下十条電車区・尾久機関区・全逓中郵においてなされた。公認指導部は、ストを闘う労働者と学生運動との革命的交流が、公認指導部の枠をハミでた闘争に発展することを恐れてあらゆる卑劣な手段に訴えてもその交歓を断ったのである。

六月四日未明、全日本の眼は、国鉄労働者の闘いにそそがれていた。だが、電車が動き、社会がブルジョア的理性を完全に取りもどしたとき、闘争に立ち上った国鉄労働者も支援の労働者、学生もなにごとが起きたかを理解した。つまり何も期待していたことは起きなかった。

さよう、期待したものはなにもおこらなかった。いや、わたしたちは国鉄労働組合指導部・全学連指導部・進歩的文化人・国民共闘会議指導部のそれぞれが演じた一場の茶番劇をさえみたのであった。それは、全安保闘争の茶番の縮図でもあった。六月四日、未明、品川駅ホームで、国鉄労組指導部は、すわりこみの学生・労働者・市民の構内広場集会の要請をこばみ、本日のストは国鉄内部（何が内部で、何が外部か！）のもんだいであり、われわれは規定通り（革共同全国委曰く―精一杯の）の時限ストをやるから退去してもらいたいなどという逆立ちした発言をおこない、しまいにはもう三日もねていないから帰してほしいなどという泣きごとさえならべた。これにほろりとなった鶴見俊輔・藤田省三らは仲介にはいって、とにかく話し合いを、ということで全学連指導部を説得した。全学連指導部もまたここで、運動の主体性をたもつことができず、そのためらいを学者・文化人の仲介にゆだねた。さよう、闘争の現場に着流しでやってきた是々非々主義のイデオローグに局面をゆだねたのである。

国鉄労働者がすわりこみの学生・労働者・インテリゲンチャを追いだすためにスクラムを組んでおしかけるという情報がつたえられるにおよんで、この夜、品川駅構内にすわりこんでいた学生大衆と労働者・知識人は安保闘争の労働者的な性格について最後につないだ一筋の糸がきられるのをかんじた。これは、学者・文化人の仲介を渡りに舟とかんがえたかもしれぬ国鉄労組指導部と全学連指導部のあずかりしらぬことであった。まして、プチブル急進主義者の外部からの（なにが外部で、なにが内部か）焦燥としかそれを評価できない前衛官僚志願者のあずかりしらぬ問題であった。かれらは、大衆行動における大衆の意識構造を理解しえないで、ただ労働者大衆をイデオロギイ的、組織的員数とかんがえて運動を総括したのである。

わたしたちはこの局面で、現在日本の労働者運動が、フレームだけあって、なか味は変質しつくしているというかねてからの構造分析を現実にはっきりと確認しないわけにはいかなかった。すでに数次にわたる国会周辺の街路デモにおいてただお座なりに請願し、すばやく現場を遠ざかるという労働者運動の性格とあいまって、運動の絶望的な局面をはっきりと知ったのである。この夜の性格は、そのまま安保闘争のうらぶれた命脈と、内実は崩壊の状態にある労働者運動の実体を象徴するものであった。

こっけいなのは、国民共闘会議指導部であった。かれらは各グループから説得隊をだして構内の学生・労働者・画家・インテリゲンチャをひき出そうとこころみたのである。かれらの論理は、いかにたたかうか、ではなく、いかにたたかいの名分をとるか、であり、戦後一五年、いつもたたかいの名分だけを擬制的に獲得して進歩陣営を名のり、その実は運動そのものを空洞に変化させてきたのである。

喜劇は成立した。事後に品川駅事件を俎上にのせて構内にすわりこんだ学生・労働者・市民にたいして筆誅をくわえた竹内好・日高六郎や、『アカハタ』に奇妙なルポルタージュをかいた西野辰吉のような観客をもふくめて。むろん、喜劇の主役は、安保闘争の主導的な勢力とカッコ付きの未来をになう「プロレタリアート」である。そして、絶望と疲労のうちにこの夜はあけたのである。

安保闘争であきらかになった労働者運動の実体は、けっして革命的労働者が既成指導部とたたかいながらはじめての政治ストを獲取したというような物神的なものではない。革命的労働者をいかに獲得しようとも、革命的という概念が、戦後の拡大安定期にはいった独占資本社会のなかでどのような実体構造と見あっているか、そこでの労働者意識の変化はどのようなものとなっているかの把握と見あわないかぎり、どうすることもできないことを、安保過程はおしえるものであった。まことに、労働者にいたる道はちかくてとおい。わたしたちは、安保闘争がまずインテリゲンチャの急進的または漸進的な運動によって主導されたことをはっきりと認め、このインテリゲンチャ運動の構造を媒介するみちをたどらなければならない。

全学連の学生運動を急進的インテリゲンチャ運動の典型とすれば、漸進的なインテリゲンチャ運動は、市民・民主主義イデオローグのもとに主導された。そして、この漸進的なインテリゲンチャの運動は、当然のことではあるが五・一九の安保単独採決以後に急速にせりあがってきたものであった。議会主義の原則をまもれ、民主主義をまもれ、という旗じるしのもとに安保条約の絶滅を目標とするものから、平和と民主主義をまもれ、戦争反対にいたるまで、その潮流は多様にわたった。そのなかで、もっとも主導的な役割をになったのは、丸山真男学派・竹内好学派・久野収・鶴見俊輔など「思想の科学」研究会の主流であった。

竹内好は「戦いのための四つの条件」(『思想の科学』一九六〇年七月号)で、五・一九以後の事態をつぎのように「民主か独裁か」というかたちでとらえた。

第一にこの戦いは、民主主義か独裁かという非常に簡単明瞭な対決の戦いであるということであります。権力の独裁化は進んでいるのです。ファシズムが日毎に成長しております。これにたいして私たちの民主主義がいつどこでこの独裁の進みを止めて、芽を摘みとるかという戦いであります。この場合にこういうイデオロギカルな明解な戦いの形を忘れないように、絶えず忘れないように戦陣を組んでいかなくてはならない。そこでこの独裁を倒し民主主義を私たち自身の手で再建するという目標に外のものを絡ませないようにしたいと思います。なるほど安保の問題からこの問題が出て参りました。しかし論理の順序から申しますと、まず何を措いても民主主義を再建しなければなりません。安保の問題はその後に延せばよいのです。

ここでは、ほとんど了解をこえることが語られている。岸政権による安保単独採決からとつぜん独裁という概念がとびだす。そして、これに対立する概念として民主主義がとびだす。ブルジョアジイは独裁のために議会民主主義をひつようとするということは、採決が紳士的におこなわれようが暴漢的におこなわれようが、それとは無関係であるという最小限度の常識がここでは奇妙な混乱をしめした。竹内好はここで独裁という概念と民主という概念に実体をつけずにひきまわしている。独裁とは人民の意志を無視して公的な決定をおこなうものであり、民主とは人民がみずからの自主性で公的な権利をおこなうことであるという概念は、普遍概念としてすべてから超越させられた。そこには、現在この時点で独裁とは具体的にどのような実体としてあらわれ、民主とはどのような実体としてあらわれるかという問題はぬけおちたのである。しかし、ある意味では、たとえば「民族の独立」と竹内好がいうばあい「独立」というのは、戦後の日本が、人民の自主的な自覚によって再建されず他律的なものとして与えられたものだという認識にうらうちされていたように、「民主」というコトバに、国家権力にたいして日本の大衆が自己権力の自覚をもっていない状態からの脱出の意味をふくませたことはあきらかである。戦後、国民文学論で、竹内が「独立」ということばで国家的自主性の状態をかんがえたように、安保過程における「民主」で国家権力にたいする人民の自立性の問題をかんがえたのである。

そこで、すべての進歩的文化人は、竹内好のアッピールにそれぞれ勝手な実体をつけることになった。日共トリアッティ主義者は、平和と民主主義をまもれというスローガンのうしろに、ひそかに民主的社会主義革命の進行を夢みた。ブルジョア民主主義革命論者は、草の根までの民主主義を構想した。市民主義者は、国家権力とは無関係な職業人としての市民的エトスに着目し、市民会議の構想をふくらませた。これらの思想家たちは、五・一九以後の事態のなかで、学者・研究者・文化人をはじめとする専門家・市民の大衆行動の盛りあがりのなかに、市民意識またはブルジョア民主の自覚が内発的に滲透する過程を夢見たのである。そのためには、五・一九の岸政権の暴挙を、独裁専断のシンボルとかんがえる必要があった。

わたしは、これら市民・民主主義の思想家たちが、はじめて政党コムプレックスから自立して独りあるきの大衆行動にむかったことを評価せざるをえない。かれらの民主主義（現実的にはブルジョア民主）の滲透運動は、そのまま民主主義（ブルジョア民主）の死滅運動にほかならないのである。わたしたちはいつもみずからの自立性においてみずからの思想を死滅にまで追いつめるより外ないのである。ここでもまた、かれらのかかげる旗じるしは、真理の競売り市場で「市民の皆さん、いっしょに歩きましょう」という形でかかげられたのである。

市民民主主義の運動を、戦後史のなかに側面から位置づけたのは丸山真男であった。丸山真男は「八・一五と五・一九」(『中央公論』八月号)のなかで、五・一九以後の市民民主主義運動の高揚を、戦後一五年間のあいだに、外からの「民主化」政策―その産物としての上からの日本国憲法が、支配層によって厄介視されるようになったまさに同じ過程の間に社会的意識として人民のなかに沈澱し、内発性と自発性の原理的根拠になったものとみた。

丸山真男によれば、戦争期の天皇制下に統一的に組織化されていた「臣民」としての大衆は、戦後、「民」としての大衆に環流し、これはふたつの方向に分岐した。ひとつの方向は、「私」化する方向で、個的な権利、私的な利害の優先の原理を体得する方向へ流れてゆき、一方はアクティヴな革新運動に流れたが、これはエトスとして多分に滅私奉公・公益優先的な意識を残存しているとかんがえている。丸山真男によれば、この第一の方向の「民」は、政治的無関心のほうへ流れてゆき、支配者による第二の方向の「封じ込め」に間接的に力をかすことになった。安保闘争は、まさに、このふたつの人「民」の間に、人間関係でも、行動様式でも、望ましい相互交通の拡大される一歩をふみだしたものだと評価された。

このような、丸山真男の見解は、進歩的啓蒙主義・擬制民主主義の典型的な思考法をしめし、現在、日共の頂点から流れ出してくる一般的な潮流をたくみに象徴している。

戦後一五年は、たしかにブルジョア民主を大衆のなかに成熟させる過程であった。敗戦の闇市的混乱と自然権的灰墟のなかから、全体社会よりも部分社会の利害を重しとし、部分社会よりも「私」的利害の方を重しとする意識は必然的に根づいていった。ことに、戦前・戦中の思想的体験から自由であった戦後世代において、この過程は戦後資本主義の成熟と見あって肉化される基盤をもった。丸山はこの私的利害を優先する意識を、政治無関心派として否定的評価をあたえているが、じつはまったく逆であり、これが戦後「民主」(ブルジョア民主)の基底をなしているのである。この基底に良き徴候をみとめるほかに、大戦争後の日本の社会にみとめるべき進歩は存在しはしない。ここでは、組織にたいする物神感覚もなければ、国家権力にたいする集中意識もない。まして、安保闘争のなかに「市民主義」などという怪しげな旗じるしをかかげて参加し、真理の競売り市場に自己主張することもなく、私的生活の基底から安保を主導する全学連派を支持する声なき声の部分をなしたのである。かりに、市民民主主義・国民共闘会議・全学連派の旗じるしのもとに参加しても、かれらをつきうごかしたのはスローガンではなく、戦後一五年の間に拡大膨脹した独占秩序からの疎外感にほかならなかった。この声なき声は、戦争期に一人の兵士として戦争を体験し、あるいは庶民として戦争の苦労を体験した年長の世代の、全学連は生ぬるいという声なき声と合して安保闘争をささえる基底をなしたのである。

また、これら社会の利害よりも「私」的利害を優先する自立意識は、革命的政治理論と合致してあらわれたとき、既成の前衛神話を相対化し、組織官僚主義など見むきもしない全学連の独自な行動をうみ、まず、戦前派だったら自分でこしらえた弾圧の幻想におびえてかんがえもおよばないような機動性を発揮した。戦前派が、全学連派を暴走とよんだとき、天皇制権力からいためつけられたときの傷がうずくのを覚えたのだが、全学連派は、すくなくとも幻想された弾圧恐怖からあたうかぎり自由であった。ここに、戦後社会の進展度と権力構造の変化と大衆の意識構造の変化にたいする戦前派と戦争世代以後の理解の断層があらわれたのである。

このような「私」的利害の優先原理の滲透を、わたしは真性の「民主」（ブルジョア民主）とし、丸山真男のいう「民主」を擬制「民主」であるとかんがえざるをえない。いわば、それは、擬制前衛思想のピラミッドから流れくだったところに生まれる擬制進歩主義の変態にほかならなかった。

じじつ、丸山真男や竹内好のいう市民民主主義の運動は、社・共と国民共闘会議の指導下に合流し、これらの指導から自由に奔放に自立することができなかった。かれらは、擬制の指導ピラミッドから流れおちる滴の一つとして、市民主義の旗じるしを大衆行動のなかで競り売りし、社・共や国民共闘会議の転向ファシズム的組織感覚から自由であった学生・労働者・インテリゲンチャの運動を非難さえしたのである。かれらが、この指導部から自由にふるまいえたのは、安保過程の終熄する数日まえにすぎなかった。さよう、何よりも自由であり他の自由をもさまたげないはずの市民民主主義者たちが！

これらの思想家たちは、おそらく決定的に「独裁」を誤解したように「民主」をも誤解していた。「実務の中の思想」の会の「ビルの内側から」（『思想の科学』七月号）というレポートはそれを明らかにしている。一サラリーマンはこうかいている。

五月二〇日の朝、私は新聞をみてがく然とした。興奮状態のまま満員電車に揺られ、話し相手を求めて会社にかけ込んだ。ところが二〇日の朝はもちろんのこと、現在に至るまで、私の職場ではタダの一言も今回の政府の暴挙は話題にならなかったのである。私自身からも話はきり出さず、全くいつもとかわらぬ日常業務に浸った。会社の机に向うとやはり暴挙のことなど口にせず、ゆっくりとペンを走らせるのが一番自然に思えてくるのだ。一言でいえば、企業体のもつ一種特有のムードに押されてしまったということだ。

レポートの筆者はこの手記に触れて、ビルの内と外とは、あまりにも異なった秩序と雰囲気に分れており、われわれはその両側を往復しながら、われわれ自身の位置のとり方にとまどいを感じねばならなかった、と告白している。

このレポートは、ビルの内側の動かない部分を遅れた部分とし、安保行動に参加した部分を進んだ部分とし、前者を傍観者とみることの不当性を指摘している点で、市民・民主主義のどの思想家の擬制をもこえている。しかしこのような実感的な「民主」を身につけながら、ビルの内側が現実の日本の経済を担った実務のプログラムが進行している場所であり、責任をとる場所であるというように、じぶんを資本家的福祉思想のなかに封じこめてしまっているのである。このレポートの筆者は実感的な私的優先感が、擬制の「民主」に傾いているちょうどそれだけ、じぶんの生活の生産を資本家的な公益優先のなかにのめりこませているのだ。

おそらく、安保過程での市民・庶民の行動性は、市民・民主主義思想家の啓蒙主義とちがっていたばかりか、むしろまったく無縁でさえあった。漠然とした何もかも面白くないというムードから、物質的な生活が膨脹し、生活の水準は相対的には上向しはしたけれど絶対的には窮乏化がすすんで、たえず感覚的に増大してくる負担を感じながら、五五年以後の拡大安定化した社会を生きてきた実感にいたる多様のなかでかれらは、安保過程で、はじめて自己の疎外感を流出させる機会をつかんだのである。すくなくとも、労働者運動にあっては、戦後何回か体験した大規模な大衆行動の機会も、市民または庶民にとって戦後はじめてつかまれた機会であった。かれらは市民主義または国民共闘会議の旗じるしの下にあっても、思いだしていたのは戦争の記憶だったかもしれず、また焼け出されてほうりだされた敗戦時の無権力状態の記憶かもしれなかった。すくなくとも国民共闘会議や、市民主義のイデオローグにはない破壊力が、これらの市民や庶民のなかになかったと考えるのはイデオロギイ的盲目にしかすぎない。

安保闘争は奇妙なたたかいであった。戦後一五年目に擬制はそこで終焉した。それにもかかわらず、真制は前衛運動から市民思想、労働者運動のなかにまだ未成熟なままでたたかわれた。いま、わたしたちは、はげしい過渡期、はげしい混乱期、はげしい対立期にあしをふみこんでいる。そして情況は奇妙にみえる。終焉した擬制は、まるで無傷ででもあるかのように膨脹し、未来についてバラ色にかたっている。いや、バラ色にしか語りえなくなっている。安保過程を無傷でとおることによって、じっさいはすでに死滅し、死滅しているがゆえに、バラ色にしかかたりえないのだ。情況のしずかなしかし確実な転退に対応することができるか否かは、いつに真制の前衛、インテリゲンチャ、労働者、市民の運動の成長度にかかっている。

短歌的喩の展開

短歌的表現の性格をめぐってきたこの小論が、ちょうど短歌的喩の展開について言及するところにさしかかったいま、言語表現の価値について、いくつかの想定をしておくのが適当かもしれない。いうまでもなく、わたしがあつかっているのは、言語の美についての特定の部門であるため、一般的意味論での意味的価値論にそのままくみすることはできない。言語は意味をもつとおなじように感覚をもつということを仮定することなしには、言語の芸術をあつかうことはできないとおもわれるからである。

黒人歌手朱色の咽喉の奥見えてアヴェ・マリア溢れ出す Ave Maria　（塚本邦雄）

もんだいをわかりやすくするために、もっとも単純なところからはいってゆこう。引用したのは塚本邦雄の作品のなかで、すぐれたもののひとつである。いま「朱色」という表現の価値をかんがえてみる。「朱色」というコトバの意味は、硫化水銀（朱）の色からきた赤と橙白との中間のひとつの色のことである。そして、どうじに「朱色」というコトバが、その色の視覚的イメージを感覚的に指示するものであると想定する。

ところで、この「朱色」というコトバを、塚本の短歌の定型脈のなかに投入したとする。すると、この「朱色」というコトバは、もとの意味と感覚的イメージとしてことなった効果をうみだすことがわかる。まず意味からいえば、「朱色」というコトバの意味は、あきらかに原義を指示しなければならないにもかかわらず、「朱色の咽喉」という表現からむしろ赤紫の口腔の色の印象的意味に転化する。また、感覚的な面からいえば、「朱色」の感覚的イメージは、原義イメージを指示するにもかかわらず「黒人歌手朱色の……」というように、黒人の黒い皮膚色と対照された「朱色」の感覚的イメージは、鮮烈な感覚を強調されたイメージに変形膨脹することがわかる。もっとつきつめていえば、この「朱色」は、黒人歌手が歌とともにあけたてする口腔の形のイメージから、ふくらんだりつぼんだりする感覚的イメージさえあたえられるのである。

このように、「朱色」というコトバが、原義としてもっている意味と感覚をグルントにして、ひとつの詩脈のなかにはいったときうける意味と感覚の変形や拡大をもって表現的価値を想定するのである。このことは「歌手」というコトバについても「奥」というコトバについても、「アヴェ・マリア」というコトバについても、「溢れ出す」というコトバについてもいいうる。そして一首の全体が意味と感覚のこのような響きあいによって変形・拡大されたものの相乗効果のインテグレーションを、原義からかんがえて一首の表現的価値として想定する。

しかし、問題はおそらくつぎのような点にある。一首が全体としてひとつの表現の美的な価値をなして芸術として自立したとき、この自立が、歌人のどのような現実と思想とを暗示し、それがどのように社会的な存在としての機能をあたえるか、というモチーフを、一首の作品がかんがえさせることを強いたとしたらどうなるかということである。ここで、わたしたちは、ひとつの作品の表現としての美的な価値が、社会の共通の認識と現実のなかにひきおろされ、そこでのもんだいをもとわれなければならなくなることを了解するのである。しかし、それにもかかわらず、芸術にかんする考察が、表現の美的な価値のもんだいをぬきにして、社会とむすびつけられて論じられるとき、それは表現次元と現実次元とのあきらかな混同にみちびかれる。

ところで、定型短歌は、さらにここにあらかじめ観念的な先行性として歌人のもんだいを社会の場にむすびつけることには、さらにもうひとつの関門を想定しなければならなくなる。このことは、逆にいえば、わたしたちが、ある程度、短歌のもんだいを表現の美的なもんだいとしてのみとりあつかうことを可能にしているのである。

わたしは、さきに、短歌の喩法を類型的にたどりながら、短歌的喩の概念を提出した。いうまでもなく、短歌的喩のもっている意義は、短歌形式のなかで、現代歌人たちが、表現の美的な価値（これは作品の芸術としての全価値ということとはちがう。全価値をいうばあいには、いままでふれてきたように、表現が作者のどのような現実のどのような思想から由来するかという問題のすべてをもふくめてかんがえなければならない。）を追及してゆく過程でうみだしていった共通の類型・語法の本質的な類型にほかならない。その類型には必然もあれば、時代の相互影響もあるが、それを喩という概念で抽出しうるかぎり、わたしたちは、そこに本質的な共通性をみつけだすことができるし、その展開の過程に表現の推移をたどりうるものだとかんがえざるをえないのである。すなわち、修辞学上の喩の概念はここでは、まず発生しおなじ時代としての相互影響によっておぼろげながら流布され、つぎに共通の類型をなして抽出され、これを外側から喩として定義するという全過程をふくめてとりあつかわなければならないし、それがとりあつかいうるものであるという想定のもとにたつのである。

わたしが、短歌的な喩といったとき、修辞学的な喩の類型にはいるものから、ついに短歌形式だけにしかおこりえない喩をもふくめてかんがえ、さらに、せまい意味では短歌独特の喩をさしたいとかんがえた。だから短歌的喩のじっさい的な機能は、表現の価値の増殖であり、その本質は先行する意識としての定型のなかで言語の意味と感覚との響きあいの強調が、共通性として抽出されたものにほかならないとおもえる。

さきの小論でのべたように、現代歌人たちは、詩的喩一般から、しだいに短歌的喩ともいうべきものを抽出していった。それはまず典型的に、上句と下句とを相互に感覚的または意味的喩としてわかつところにあらわれたのである。当然、ここで予想されることは、この典型的な短歌喩からヴァリエーションをうみだしてゆく過程である。

こんど、岡井隆『斉唱』、塚本邦雄『日本人霊歌』、寺山修司『空には本』などをはじめ、若い世代の代表的な歌人たちの作品をとりまとめてよんでみた。もちろん、わたしのモチーフは、個々の歌人たちを論ずるためでもなく、これら新世代の歌人たちの作品傾向を、世代的にとりまとめて論ずるためでもなかった。短歌的喩の成立過程が、どのように変化してきているかを、できれば本質的にしりたかったのである。しかし、まだまだ読みがたりずに、うまくいかなかった。いまぶっつづけに短歌作品をよみつづけた印象をたとえてみると、呪文のようにある楽章がくりかえし、くりかえし耳に鳴っているのに似ている。個々の作品の意味や、出来ばえを忘れてしまったあとでも、この印象だけは共通の呪文のように忘れがたい。

きっと、時枝誠記ならばこの印象の総和を継時的展開のもっとも純粋なものとよぶであろう。たしかに、そうにちがいない。短歌作品をぶっつづけによんだ印象が、音楽の断片のくりかえしのような残聴のイメージとしてのこるということは、それが古典詩形として練りに練られてきたことによっている。短歌にあっては、一作品の文学的意味が、この継時的で、同時的でない短形式によって制限される。この制約を歌人たちは、いかにして特権に転化しようとするか。

いうまでもなく、短歌的喩は、現代歌人たちがこの問題を、創造のもんだいとして課したときどうしても生みだされるべくして生みだされたものである。若い世代の作品のなかにも、わたしがすでに解析した短歌的喩の典型をみつけだすことは容易であった。たとえばつぎのようなものである。

灰黄の枝をひろぐる林みゆ亡びんとする愛恋ひとつ　（岡井　隆）

岡井隆の『斉唱』のなかですぐれた作品のひとつだが、ここでは、上句と下句とはまったくべつのことを云いながら短歌的な統一をもっている。このばあい、灰黄の枝をひろげている林を前のほうにみたとき、じぶんの失われようとしている愛恋をおもいだした、ということだろうか。それとも、失われようとしている愛恋をおもいだしていたとき、その愛恋が、あたかも灰黄の枝をひろげている林の視覚的イメージのようだと作者がかんがえたとき、この作品は成立したのだろうか。おそらく、いずれでもなく、また、いずれでもよいのだ。そういう機能のなかに短歌的喩の独特な問題がよこたわっている。上句は、下句の感覚的な喩をなし、下句は上句の意味的な喩をなしていればよい。もちろん、この反対のばあいもあるし、また、ふたつとも感覚的喩ばかりであることも、意味的喩ばかりであることもあるのは、すでに言及したとおりである。

しかし、こういう五七五と七七でわかたれる短歌的な転換は、意味の転換と音韻転換とが一致するために、いっぽうでは深い屈折感をあたえながら、いっぽうでは転換の単調感をあたえてしまうこともじじつである。わたしのみたところでは、若い世代の歌人たちはこの問題からいくつかの短歌的な転換のヴァリエーションをうみだしている。たとえば、

向うからは見抜かれている感情と怖れて去りきその浄さゆえ　（岡井　隆）

草に置くわが手のかげに出でて来て飴色の虫孺を争う　（岡井　隆）

ふるさとにわれを拒まむものなきはむしろさみしく桜の実照る　（寺山修司）

廻転木馬のひとつが空へのぼりゆくかたちに止まる五月の凪よ　（山口雅子）

形式的にいえば、ここでの転換は、五七五七と七にわかたれている。そして、このような短歌的転換

は、わたしのおおざっぱな観察にあやまりなければ、若い世代の歌人たちのほかでは例外的にしかあらわれてこないのである。もちろん、外形的には同じようにみえるこの短歌的転換は、すこしちみつにみてゆけば、微妙ではあるが、転換の機能としてちがっていることが手易く了解される。

第一首の転換は、相手からじぶんの感情がみぬかれていることを、じぶんが知って、それをおそれる、という複雑な意味転換を表現しているために、喩としての転換は、おわりの七にもちきたさざるをえなくなったものにちがいない。現代の若い歌人が短歌でなにを表現したいという欲求をもつかが端的にあらわれているので、対象にうつったじぶんの感想を、じぶんの感情が反映しているという自意識の表現が必然的にこのような短歌的な喩をうみだしているのだ。第二首はこれとすこしちがって、サスペンションの美を極度にまで発揮しようとするこの歌人の意欲を語っている。「草に置くわが手のかげに出て来て飴色の虫」というところまで、ひとびとはこの作品のモチーフをしることができない。このために、いわば予望の美をあたえられ、おわりの「嫣を争う」にきて、一挙に作品のモチーフがひらけるとともに、短歌的転換がおこなわれるのである。

ところで、外形式的な意味で、短歌的な喩のヴァリエーションをかんがえるならば、第三首はその典型的なものである。ここでは、五七五と七七にわかれていた短歌的な喩が、そのまま、五七五七と七とにわかれている。「桜の実照る」は岡井の「灰黄の枝をひろぐる林みゆ」とまったくおなじように、それ以前の句の感覚的な喩にほかならない。

このような理解の仕方について、当然、第一首と第三首は、短歌的喩の機能としてまったくおなじとみるべきではないか、という疑問がおこるかもしれぬ。むろん、この疑問は正当性をもっているが、わたしが第一首と第三首の短歌的喩としての機能をべつとみるのは、寺山修司の第三首の作品では、岡井の第一首とちがって、「ふるさとにわれを拒まむものなきはむしろさみしく」の意味転換は複雑ではなく、したがって複雑な意味転換を短歌型に表現しようとするために必然的にとられた喩の形式とかんがえるべきではないからである。このことは、寺山修司の作品では、「むしろさみしく」が古典的な意味での懸詞の役割をさえもつ余裕をのこしていることからも了解される。

第四首では、おわりの「五月の風よ」は、それ以前の句の感覚的な喩をも、意味的な喩をも構成していない。いわば、息をまた入れかえて「五月の風よ」と表現しているために、それ以前の句を風呂敷のように感覚的に包んでいるのだ。だから、第一首、第二首、第三首をいわば分離のきわまった喩とすれば、第四首は包括の短歌的喩であるということができる。短歌的喩の変態を、五七五七と七とに形式的にわかつならば、わたしたちが現代歌人の作品でぶつかるこの種の喩は、すべていままでのべてきた四首の微妙なヴァリエーションのなかに封じこめることができるかもしれない。

この種の喩が、なぜ若い世代の歌人のなかにあらわれてきたのかは、しばらく問わないこととして、それがひとつの必然であることを知るために、さらにこの種の喩がきわまったかたちを想定してみなければならない。

＊一瞬にからみ合い地に帰りゆく夜鷹のそれを見たり息づく　（岡井　隆）
＊母の内に暗くひろがる原野ありてそこに行くときのわれ鉛の兵　（岡井　隆）
＊眠られぬ母のためわが誦む童話母の寝入りし後王子死す　（岡井　隆）
児を持たぬ夫の胸廓子を二人抱かむ広さありて夕焼　（新井貞子）
冷えてゆく冬夜にてよどみ水槽の金魚も耐えつつあらん何かに　（長沢一作）
＊翅のやうな下着も靴も帰りゆく手に渡したるのち孤独なり　（大住杉子）
＊メスふかく剖《き》りたる患部また灼きて体温ひくくなりわが未知　（大住杉子）
我が生《よ》にて終らむ父の母の血よ短かきことはいさぎよし何も　（青木ゆかり）
＊ホルマリンを射せば揚羽蝶の脆かりし少年の日を憶えをり掌は　（滝沢　亘）

短歌的転換は、ここではおわりの数語においつめられる。もはや、詩的喩とよぶことができないようにみえるところで、かろうじて短歌的喩は成立している。これらの作品をよくしらべてみると、新井貞子の第四首、長沢一作の第五首、青木ゆかりの第八首では、「夕焼」、「何かに」、「何も」は、転換の機能をなしているが、詩的喩の機能をなしていないことがわかる。しかも、この転換が数語においつめられているために、さきに引用した山口雅子の作品の「五月の風よ」のように、息を入れかえた包括の機能をもちがたくなっている。このことが、この三首のおわり数語の転換を、たんなる技巧的な倒置のようにみせてしまっている理由でなくてはならない。

これにたいして、第一首の「息づく」はそれ以前の句の意味喩に、第二首の「鉛の兵」は感覚喩に、第三首の「王子死す」は意味喩に、第六首の「孤独なり」はかろうじて意味喩に、第七首の「わが未知」はかろうじて意味喩に、第九首の「掌は」は、感覚喩にそれぞれなりえている。そして、おそらく作品としてのできばえは、このおわりの数語の転換が、どれだけ喩としての機能をはたしえているかによって左右されているのだ。

ここで、短歌的喩の価値という概念についていくらか触れてみなければならない。短歌的喩の価値は、それがどれだけの感覚的または意味的な喩の機能をはたしたかによってきめられる。それは、それ以前の句の意味と感覚をどれだけ詩脈の原義からうごかしえたか、そして喩自体が、その転換としての機能からどれだけ意味と感覚のはんいを拡大しえたかによってきまるということができる。あきらかに、新井貞子の第四首、長沢一作の第五首、青木ゆかりの第八首では、「夕焼」、「何かに」、「何も」は、短歌的転換としての原義のほかには、意味と感覚をひろげているところはほとんどないのにたいして、そのほかの作品では、転換としての原義のほかに感覚と意味を拡大し、その響きをひきずっていることがわかる。喩としての価値をもんだいにすれば、後者のできばえのほうがいいという結論をくだしてあやまりはないのだ。

このような若い歌人たちの作品に必然的にか、または相互の影響のもとにあらわれている短歌的喩のヴァリエーションは、いくつかのあたらしい問題をひきおこす。ここでは歌人たちは対象をじっくりながめ入り、その観察のちみつさを誇ることもしないし、視覚と意味とのすばやい転換がつくりだす短歌的調和をもしんじていないようにおもわれる。たとえてみれば、定型のなかでできるだけながく散文脈による内部観察を持続させながら、あと数語になってあわてて転換と一首の統一を強行するという操作ににているのである。いいかえれば、意味の転換の複雑さが、喩のヴァリエーションを要求するというようにかんがえられるのである。省略はここで短歌の特権となるから、短歌的定型に移入するかぎり省略がかえって豊富な語のイメージの可能性をあたえることになる。

若い歌人たちの作品のなかへの散文脈のはいりかたは、外形式としての五七五七七の破壊よりも、もっと本質的にはじまっていて、まず意味転換の複雑化の欲求としてあらわれているとみるべきである。これがどこへゆくかは速断することができないとしても、この過程は必然的な相互影響であるようにおもわれる。

さて、いままでかんがえてきた短歌的喩のヴァリエーションは、極限のかたちとしてどのように想定することができるだろうか。さいわいに、きわめて少数であるが、このような極限形の短歌的喩を、若い歌人たちの作品からみつけだすことができる。たとえば、

はつなつのゆふべひたひを光らせて保険屋が遠き死を売りにくる　（塚本邦雄）

ことごとに負けゆくわれの後方より熱きてのひらのごとき夕映　（柏原千恵子）

これらの作品では、転換はあたかも一首の作品がおわった瞬間にはじまっている。そして短歌的喩と

してかんがえれば、空白形の喩であり、一首がおわった瞬間に、この空白形の喩が、一首全体に原義をはみだした余効果をひびかせるのを、だれでも感受することができるはずである。ここでも、当然疑問がおこらなければならない。じっさいに一首のなかにない喩を想定するよりも、むしろ短歌的喩が存在しない作品と解すべきではないか、と。まことにもっともだが、わたしはそういうかんがえかたをとらない。だいいちに、そう解釈すると、これらの作品が一首がおわったあとにものこしているサスペンスの感覚を、どうしても理解できない。たとえば、塚本邦雄の作品でいえば、初夏の夕方、ひたいを光らせて生命保険の外交員がやってくるという一首の意味が完了したとき、なぜ、作者はこういう作品をつくったか、どういう作者の思想がこういう作品を成さしめたか、とかんがえることを読者に必然的に強いるつよい余効果をまったく理解することができないのである。これは柏原千恵子の作品でもかわりない。じぶんは、いつも負け犬だとかんがえながら夕日を背にしてあるいているという一首の完了が、その情景のイメージから作者の思想を読者にかんがえさせる理由を理解しにくいのである。

このことは、たとえば、つぎのような作品と比較すれば、はっきりする。

道のべの電線に来てとまりたる行々子はすぐに啼きはじめたり　（山口茂吉）
ひさしく見てをりしとき檜の端のふかき曇りをよぎる鳥あり　（吉野秀雄）

ここには、短歌的喩は成立していない。このふたつの作品からわたしたちが感ずるのは、ある瞬間のある情景とそれをみている作者の心情の状態を、かなり巧みに定着したという問題であって、一首の完了とともに作品全体にかえってゆく余効果は存在しないのである。その理由が、このふたつの作品が、叙景にたくした叙情歌といったものであるのにたいして、塚本や柏原の作品が、意味転換の複雑さをもとめて、ついに短歌的喩の成立を、一首が完了したのちの空白形にもとめざるをえなかったという必然にあることはうたがいない。

短歌的な喩の形態的なヴァリエーションとしては、塚本や柏原の作品によってしめされたもの以上の極限形を想定することはできない。わたしは、塚本や柏原の作品を、たとえば、引用した山口や吉野の作品から一サイクル段階を異にした表現の進展（これは作品の芸術としての価値の進展とは、一応かかわりがないことははじめにのべた通りである。）とみるのである。

若い世代の歌人たちは、現代の散文の課題とおなじように、意味転換の複雑化によって、意味の響きあいによる表現の価値の増殖をもとめ、短歌的喩の成立を極限にまでおいつめる試みをやっている。この試みがどのような意義をもつかはべつとしても、わたしがこの小論でみてきた短歌的喩のヴァリエーションが、歌人たちのこの欲求に根ざしていることは、あきらかである。

白昼の部分と夜の部分

わたしたちが、同時代の社会を総体としてつかみだし、どこをおせばころがるか、どういう形をととのえれば、もっとも力が凝集しうるかをしろうとするときぶつかる困難はつづめていけばたったひとつのことに帰着する。このひとつの困難にくらべれば、社会分析の方法と知識をもたないとか、専門の体系をもたないとかいうことは、とるにたりないことにすぎないとさえいえる。

この困難とはなにか。それは社会の総体をつかみだそうとするものの視点が、たえずその社会の生命ある部分から反作用をうけているということである。かれの眼は、かれが現に透視しようとしている社会そのものからいつも揺さぶられている。世のいわゆる学者とか、哲学者とか、政治活動家とかいうものの現状分析が、ことごとく死物にしかすぎないのは、かれらがこのことを意識していないため、思想がすでに尺度にかわり、尺度をあちらこちらにあてはめて精緻な構造をつくりあげてはみたものの、肝腎の分析主体が、どうしようもない白痴と化していることを自覚しないことからきている。このようにして、現在、わたしたちはたくさんの楽天的な未来図をつくりあげているさまざまな種類の物差をもった技師たちの氾濫にうんざりさせられているというわけだ。

この点について現在どこをみわたしても、よい徴候をみつけられない状態にある。たえず楽天的な尺度に転化しようとする思想を、思想として保持するために、はげしい主体的たたかいをじぶんに課しながら、現代日本の権力社会の構造にせまろうとするただひとりの思想家さえ見出せないのだ。いや、たんにひとりの思想家さえ見出せないというにすぎないならば、事態はさほど深刻ではない。すでにじぶんが思想家としては失格し、物差をポケットにさしこんだ技術者にすぎないのに、じぶんは思想家だとおもっている楽天家たちが氾濫していることが、どうしようもない深刻な喜劇なのだ。

楽天家たちの特徴は、じぶんの主観をとりまく小情況がバラ色にみえると、すべての現実がバラ色であると錯覚することである。みよ、われわれの組織は脹れあがったが、敵対的な組織は四分五裂したというようなことを、鬼の首でもとったようにほこっている政治家がいかにおおいことか。また、安保闘争に市民たちが参加したということをとらえて、市民革命を謳歌した思想家たちがいかに多数であったことか。これはすべての主観的な願望がつくりあげた幻想にしかすぎないのである。

現在、わたしたちの独占支配の情況は、ますます速度をあげ、膨脹しつづけている。もっとも正直にみつもって社会の経済構成が危機に直面するというきざしは、ちかい将来にはかんがえられない。ひとびとは膨れあがった生活財にとりかこまれ、うんざりしながらも、この膨脹に追尾しようとして絶対的窮乏のなかの相対的向上のために骨身をけずらざるをえなくなっている。あらゆる職場で労働者は、ただこの相対的向上だけを視て、そのほかをみないようにつくりかえられ、あげくのはてはあきらめさえも植えつけられている。中間層は、やけくそといちかばちかではどうにもならない壁を感じて、しだいに柔和な顔でこつこつと、という方向に転換しはじめている。

これにたいして、反権力の政治運動はどうであろうか。二倍にふくれあがったなどというつまらぬことに有頂天になって議会主義の土俵にじぶんからすべりこんでゆく組織がある。いいわけだけはちゃんともうけてある。レーニンは革命的議会主義を説いたではないか、と。しかし、かれらは決定的にまちがっているのだ。革命的なイデオロギーがほんとうに思想として土着していない現在の日本で、しかも、しずかではあるが反権力の後退期にあって、みずから議会主義の土俵にすべりこんでゆくのは無意味であるということを理解しない。レーニンの思想はここでは尺度と化し、レーニンにとっては政治過程の必然的な体験であったものが、たんなる政治の技術者の手にかかると教条にかわってしまうのである。

また、じぶんたちは既成指導部の左翼にあたらしいプロレタリア党をつくりあげるのが集中的な課題だと称して踊りだす政治組織がある。かれらは無思想な教条主義者であるという点で既成指導部とすこしもかわらない。ただ取柄はすこしがん固だというわけである。たとえ、どのような誤謬をもつとはいえ、大衆のなかに先験的な像として政治指導部が残像しているかぎり、これを克服し止揚する方法はただひとつ集中をさけ、反集中の組織として政治思想運動を展開しながら、既成指導部の分解のときをえらんで、集中することでなければならないはずだ。

現在の反権力的な政治運動に唯一のとりえがあれば、分裂し対立しながら思想的なたたかいをくりかえしている部分であろう。これさえも、すでに教条主義への転落のきざしをみせているが、ただそこに流動があり思想の土着化への模索があるかぎり、まだ、望みはないわけではあるまい。

ところで、このような現代日本の情況を、思想と現実社会との構図としてたとえてみると、白昼の部分と夜の部分とが、くっきりと区別されている世界ににている。そして人々はおのれが、もし欲するならば何れの部分へも出入りすることができる。白昼の部分へゆこう。そこでは便利な生活財がいたるところに氾濫し、娯楽も休息も道具立てだけは具わっている。十年後には経済成長率は数倍になると称する権力者がいるし、さよう、鍋釜はたしかに数倍になったと納得する大衆がいる。いちばん窮乏したひとびとでさえ、白昼の部分へでれば、一時の憂さをはらす設備はととのっている。この部分では、革命家もまたタイム・スイッチつきの電気釜で飯をたいている。さて、夜の部分へゆこう。そこは、すべての疎外のあつまるところであり、混沌とした吐息や瞋りが渦巻いている。白昼の世界ではけっこう生活に不自由のない中間層も、夜の部分へくると、やりきれない感覚的負担を吐き出す。下層の労働者は、いま白昼のすべての繁栄から、じぶんだけがおきざりにされたことを感じ、瞋怒を練りかためる。革命思想は、いっさいの白昼の住人たちとかかわりなく、この混沌と渦巻いている夜の部分に、形をあたえ、分析し、つかみとろうと悪戦をつづけている。ひとびとは、白昼の世界がやりきれなくなると、階下におりるように、または、左の棟へ引越すように夜の世界へやってくる。そして、これが知識人の左翼化であり、政治組織の左翼化であるというわけだ。

構想は、まったくかえられる必要がある。わたしたちの目指すのは、白昼の部分と夜の部分からなる現代日本の社会の構図を、まるでわたしたちが構図の外に立っているかのようにとりだすことでなければならない。構図のなかで白昼から夜へ、夜から白昼へ移動することを左傾化とか左翼化とよぶことを、じぶん自身にもひとにも流布すべきではないのだ。

いま、わたしたちの社会では、かつてない奇妙な思想分布図がえがかれている。白昼の部分では、前衛を名告る組織までもふくめて楽天劇がすすんでいる。保守から進歩までそれぞれの主観のうちに、思惑と希望をふくらませて、しずかな調和劇が幕をあげる。タクトをふっているのは民主主義であるのかどうかしらない。そして劇の舞台はそのまま地すべりをはじめている。たしかに、そこには進歩があり保守があるのだが、それでも地球は動いているということは、陰微にすぎて気づかれないままに時は過ぎてゆく。

ところで、夜の部分では小集団が目白ろおしに乱立して対立と抗争をくりかえしている。白昼の部分など知ったことではない。調和は破壊され、否定につぐ否定はくりかえされる。ここでは劇は進行する方向が乱れ、タクトをふっているのは誰だかわからない。トロツキズムだって？ 冗談じゃない。そんなものは都合のいい尺度にしかすぎない。もしも、わたしたちが夜の部分の対立と抗争とを手放しな調和劇に化してしまえばタクトはひとつの尺度がふるうことになるだろう。しかし、そうはならないし、また、そうはさせてはならないのだ。

ただ、ここでなによりもあきらかなことは、どんな思想もそれが土着しないかぎり、ひとりの人間の意識をかえることはあっても、社会の総体をかえることはできないということだ。もちろん、夜の部分の対立や抗争のなかに、いまのところ、どんな希望もふくまれているわけではない。そこでは、おもにマルクスやレーニンやトロツキー思想を、どちらがよりよく理解しているか、あるいは日本の伝統的な思想が、どれだけ普遍性をもちうるか、というような低い次元で問題が沸騰しているにすぎない。そして、始末にわるいことは、それぞれが低い次元だということがひとびとによって気づかれずに泡立っていることである。

ところで、現在の日本の社会情況のなかでこの白昼の部分で進行している地すべりの速度は夜の部分でおこなわれている思想の乱立がひとつの結末にみちびかれるだけの時間をゆるすだろうか、という問題が最後にのこされることになる。

わたしは、いま現在の社会状況にたいして奇妙なうそ寒さをかんじているが、このうそ寒さは、けっきょくこの最後のもんだいにひっかかってくるようにおもわれる。地すべりの速度を主導的にきめるのは、社会の経済構成と、権力の意志とであるが、もちろんわたしたちにとってあまりかんばしくない事態というのは、僅少の差でもって地すべりの速度がはやいばあいにかぎるのであって、地すべりがきわめてはやすぎれば、夜の部分はとりのこされた形で安泰であり、あまりにおそすぎれば、余裕をもつことができることになる。

わたしはここで、ひとびとに夜の部分の住人になることをすすめるべきだろうか。このもんだいは、けっして簡単ではない。夜の部分と白昼の部分とが、ひとつの建物の階上と地下室のようでもなく、二軒長屋の右と左でもないとすれば、白昼の部分で、足もとに深い孔を掘っていけば、そこが夜の部分であり、夜の部分で足もとを埋めてゆけば、それが白昼の部分にかわる、というような位置に、白昼と夜を構想するほかはないのである。わたしのいう夜の部分と白昼の部分という比喩を、だれかが革命と非革命と解しようと、思想形式と日常生活と解しようと、被支配者と支配権力と解しようと、新しい左翼と古い左翼と解しようと、未成と既成と解しようとすべて自由でなければならぬ。

趣意書

今次の安保闘争における最大のたたかいのひとつであり、また全局面のおおきな転換をもたらした六・一五闘争が過ぎて半歳ちかくになろうとしております。この間に、安保闘争に参加した方々は、たたかいの教訓をそれぞれにふまえながら新しい姿勢で新しい有形無形のたたかいを組んでおられることと存じます。

このような時期に、六・一五闘争の先頭にたってたたかった学生、労働者にたいする不当な裁判が行われようとしております。被告団は元気いっぱいで公判闘争にたちあがっており、それを支援する弁護団の献身的な努力もつづけられております。しかし、闘争をかちぬくために必要な資金は充分とはいえず、これを安保闘争に参加された全労働者、市民、知識人の方々の御援助にまつほかない実状にあります。すべてたたかいは多くの人々によって忘れられた時に、はじめて真のたたかいが開始されるということができます。被告団と弁護団の困難な公判闘争をささえるため皆様の資金援助をお願いする次第です。

想像力派の批判
——現代批評家裁断——

かつて、小林秀雄は「様々なる意匠」で、もしわたしが文芸批評家たることを生涯のねがいとするなら、バルザックが「人間喜劇」をかいたように、あらゆる天才らの喜劇をかかなければならないとうそぶいたことがある。小林のいったとおりなら、文芸批評家を論ずるためには、あらゆる天才らの喜劇をかく男たちの喜劇をかかなければならないことになる。しかし、幸か不幸か現代では「人間喜劇」をかく作家たちもいなければ、天才たちの喜劇をかく批評家たちもいなくなっている。そして、それにもかかわらず、かかれた文学作品は、逆に文学者と、作品を鑑賞するにたえる大衆をつくりだすことをやめない。しかし、文芸批評のほうは、文芸批評家をつくりだすかもしれないが、文芸批評を鑑賞する大衆をつくりだしはしないのである。やむをえず現代の批評家たちは、ギルドをつくって村落にあつまらざるをえなくなっている。この事情はある意味では、作家たちが文壇を形成していった明治の当初の事情とにていないことはない。作家たちのギルドが崩壊しかかっている現代において、これが批評家たちをおとずれている皮肉なめぐりあわせにほかならない。そこで、わたしは、批評家自体を論ずるよりも批評家たちのギルドを、ギルドの神を論ずればたりるのではないかとかんがえざるをえないのだ。たとえば、福田恆存、中村光夫、江藤淳、佐伯彰一、村松剛、篠田一士などのギルドの神が、想像力であるとすれば、平野謙、荒正人、本多秋五などの神は、政治と文学のあいだであり、花田清輝、佐々木基一などの神は、映像と活字のあいだにほかならぬ。ひとあって、かれらは外にも神をもっている、想像力派は政治的立場においておおむね保守反動であり、政治と文学のあいだ派は進歩的であり、映像と活字のあいだ派は革命的であるというような、世上流布されている常識に依るとすれば、そんなものは三文のねうちもないといわなければならない。想像力派が保守反動的なムードをまきちらしても、そのなかにきらりと革命的な見解がきらめいていることもあれば、映像と活字派の革命的ムードのなかに、度しがたい保守反動性がつらぬかれているばあいもある。たとえば福田恆存が平和論にくってかかったり、安保闘争における進歩的文化人にくってかかったりするばあいがそれであり、花田清輝が戦中派へのふんまんやるかたなく、ナショナリズムとインターナショナリズムを逆立ちさせたり、佐々木基一が戦中リベラリストとしての郷愁にひかれて、じぶんの小刀ではとうてい切れそうもない戦中派の巨体をわざわざわい小化して料理しているなどは後者であろう。また、政治と文学のあいだ派でも、私小説をためつすかしつして玩賞する批評家もあれば、宇宙の高みにまでかけのぼってついに地上にかえりつかない批評家もいるのだ。ようするに、このばあい、すぐれた保守派は、擬似的な進歩派より真の進歩派にちかく、すぐれた非革命派は、擬似革命派よりも真の革命派にちかいというべつの常識を適用すればよいので、文学者の政治的立場などは、保守反動を気取っても、革命派を気取っても程度のもんだいにすぎず、いずれも擬似的なことにかわりはないと、はじめからなっとくしておけばたりるのだ。

そこで、わたしたちは、文学者を論ずるには文学的土俵をもってしなければならぬ。文学的土俵のうえにたってみわたしたとき、想像力派と政治と文学のあいだ派と映像と活字のあいだ派とは、いったいどっちが進歩でどっちが保守ということになるのだろうか。もっとも、文学、芸術には保守も進歩もないというのがマルクスなどのような常識人の芸術についての理解であるから、こういう問いはおろかなりということになる。だから、想像力派は、文学の自律性の信者であり、政治と文学のあいだ派と映像と活字のあいだ派は、政治と文学のかかわりあいの信者ではあるが、おれは文学の専門家で政治にはかかわらないというような顔をしながら、ときどき突拍子もない政治的見解をのべるかとおもうと、いっぽうでは、文学を政治的に論じたり政治を文学的に論じたりするが、けっして政治を政治的に文学を文学的に論じないというような点で、すべて同類にひっくるめたうえで、本論にすすむよりほかしかたがない。

一群の批評家たちは、ここ数年、まるで伝染病にでもかかったように想像力と言語のもんだいをとりあげてきている。江藤淳の『作家は行動する』はそのさいしょの体系的な成果であり、福田恆存の「批評家の手帖」は、言葉の機能をめぐるアフォリズムですべてうずめられている。また、近くは、中村光夫と佐伯彰一、村松剛、篠田一士とのあいだに論争などもおこなわれたもようである。わたしも、また、ここ数年来、時枝誠記や三浦つとむなどの言語学者の仕事に触発されて、言語の芸術としての文学という発想につかれてきたが、これらの批評家たちが、言語と想像力のもんだいをめぐってどんな論議を展開しているのかあまりつまびらかにしなかった。

おそらく、わたしが言語にたいして関心をもち、言語の表現としての文学という発想にのめりこんだモチーフは、これらの批評家たちのモチーフとちがっているだろう。わたしのほうは、「『マルクス主義芸術』などはないし、美的な創造のためのマルクス主義的処方箋というものもない。とはいえ、芸術に関するマルクス主義理論はある。それは——どの理論でもそうだが——実践を明らかにし、また創造者に影響することで、逆にその実践に働きかける。」という『美学入門』におけるルフェーヴルなどとほぼおなじ観点にたって、マルクスの芸術にたいする理解（これはいわゆるマルクス主義芸術論、つまり、社会主義リアリズム論、またはアバンガルドをとおって社会主義リアリズム論へ、ということとまったくちがう）のうえに、ひとつの理論をたてようとかんがえてきた。いわば、プロレタリア文学理論けんとうの必然的な成りゆきである。

しかし、われわれの批評家たちは、おおむね、文学の美的自律性という見地から想像力と言語について論じており、そのモチーフは、作品のなかから作者の人間をみつけ、作者の人間を知るために、生い立ちや生活や社会の時代環境をしらべるというおもに政治と文学のあいだ派によって流布された批評家的通念――いいかえれば文学作品をそのものとして批評するよりも作品の周辺や作中人物や作者に実証的な光をあてる人性的な批評――にたいするぬきがたい嫌悪にもとづいているようにおもわれる。このことは、ひとごとながらすこし深読みしておいたほうがいいのかもしれぬ。「近代文学」による政治と文学のあいだ派が、戦後展開してきた批評は、ある意味では、批評家は天才たちの喜劇をえがかねばならないという小林秀雄の批評原理の実践にほかならなかった。作品のなかから作者の宿命的な人間像をとりだしたところで批評のもんだいはおわるという小林の原理は、その影響をうけた戦後批評家によって果敢に実行にうつされてきたといえる。作品よりも作者の人間のほうがおもしろいという人性的な関心は、もし、作品のなかに作者のモデルとおぼしき人物がうごきあるくとすれば、いっそう都合がいいことになる。自然主義文学から私小説をつらぬきプロレタリア文学へいたるリアリズム系統の作品は、もし、作者とその日常生活、つぎには、作者とそれをとりまく社会、そのうえは、作者と社会にたいする政治的態度というように段階をすすめてかんがえれば、いずれも人性的な批評観によって貫通することができる好餌にほかならないといえる。政治と文学のあいだ派の批評家にとって、小林秀雄の人性的な批評原理は、プロレタリア文学作品のなかで、作者の政治イデオロギーを背負った人物が演ずる政治と人間のダイナミズムをさぐろうとするばあいにも、けっして破産することはありえなかったのである。

しかし、文学作品は、言語の次元につくられる仮構の世界であり、そこにどんなにいきいきと現実社会に生活しうごきまわる人物が登場し、それがどんな政治行動をとり、どんなイデオロギーをたたかわせようと、わたしたちのまわりに現にうごきまわっている人物と似ても似つかぬものだということも、またうごかしがたい事実である。たとえ批評家が作品のなかから作者のひととなりをぬきだし、作中人物の言動を実在の人物のように探求しようと、最少限度、作品世界と現実世界とのちがいだけは勘定にいれておかねばならぬ。わたしにいわせれば、文学批評が、作品の美的評価にとどまろうと、社会的評価にわたろうと、作者についての人間学的な追求の場と化そうと、ようするに批評家の好みのもんだいにすぎないが、この最少限度の戒心だけは批評家がこころにとどめなければならない。昭和三四年、江藤淳が『作家は行動する』をかき、政治と文学のあいだ派の代表的な批評家のひとり平野謙を想像世界のいわれを解せぬ実在論者と批判したとき、まず、小林秀雄以後の日本的近代批評は、その原理を他の原理によってはじめてうたがわれたということができる。

江藤淳によっておこなわれた批評原理の転回は、おそらくある時代的な必然性と吻合する契機をはらんでいた。

後にとりあげるように、江藤の見解はかならずしも作品の現実的な倫理的な価値を排して美的な想像的な価値をとるべきだというように転回されたものではなく、ふたつの価値を、想像世界と現実世界とにおける行動性というところで統一的につかもうとする試みであったが、江藤の発言のまわりに美的価値を優位におく福田恆存、中村光夫、佐伯彰一、村松剛、篠田一士などがつどいあって想像力のもんだいをいじりはじめたときそれはひとつの決定的な潮流をなしたということができる。

しかし、モチーフのちがいはともあれ、美はかならずしも、これらアルチザン批評家たちの独占物ではない。想像力や言語をアクシスにして文学を論ずることは、スターリン支配下、政策（政治ではない）との吻合をもとめてゆがみにゆがんだ社会主義リアリズム論や、これとおなじ土俵でとびだしもやらずうじうじしているアバンガルド論を否定するわたしのたちばからもまた可能なはずなのだ。うつべきは敵ではなく敵の神だ、というたれやらのひそみにならって、わたしもまた、まず、この派のギルドの神である想像力のもんだいを狙ってうちたいとかんがえる。

想像力とはなにか。この派の批評家のひとり佐伯彰一は「現代批評のジレンマ」（『中央公論』昭和三四年六月）のなかでこうかいている。

文学作品であるかぎり、――作品として訴える力をもったものであるかぎり、かならず作者の想像力は働いている。想像力とは、イメージを思い描き、作り出す力にほかならないが、作者にとってとくに、重要なのはさまざまなイメージを結びつけ、一個の作品という有機的な全体へと組み上げる綜合的な能力である。片や事実対、片や想像力としてとらえる時、十九世紀初頭のロマン派作家たちの多くにおけるように、想像力は、たんに事実から無限に脱走する空想力の別名となってしまう。もちろん、事実そのままはイメージではないが、現実のなかの多様な事物や物をイメージとしてとらえ、作品の中にとりこむ力こそ、現在、とくに重要だ。

きみの想像力概念は、「想像力は一般に、心像を生み出す精神の能力として定義される。」というジャンヌ・ベルニの解説書とどこがちがっているのか、などと半畳を入れるのはさしひかえておこう。ここでは、想像力というコトバは、文学作品を事実とはちがった想像的な世界としてつくりだす力だというほどの意味でつかわれているにすぎない。イメージとはなにか、イメージをつくりだす力とはなにかについて、一個の見解ももたないにひとしいのである。自然主義文学作品にも、風俗小説にも、大衆小説にも、文学作品であれば、想像力ははたらいている、それがひとに訴える力をもっている限りは。これでは、論争もなにもはじまらないのは当然である。だいいち、想像力を作品の創造力と同義にかいして、作品にうったえる力があるのは、想像力がはたらいているためだというにいたっては、混乱はどうしようもなくなっている。これがすなわち、想像力派ギルドたるゆえんのものだが、ただたんに、イメージを思い描き、作り出す力だというような概念のまま、想像力は文学作品のよしあしを決する至上の位置にまでおしあげられるのである。

こういう無邪気な態度は、けっして佐伯彰一ばかりにあるのではない。おなじく、この派の批評家のひとり村松剛は、「市民文学の幻影」（『中央公論』昭和三四年八月）のなかで、つぎのようにかいている。

想像力とはイメージを形成する力であり、（またしても解説書だ！——註）一方芸術作品とは、イメージの集合といってわるければ、イメージを喚起するもの、すなわち言語とか色彩とか大理石等々の、象徴機能の集合体にほかならない。従って文学に想像力よおこれ、とだけいうことは、文学よおこれと言うのとひとしく、むなしい同義語反復にすぎない。

ここでは、想像力はイメージを形成する力であるかとおもうと、つぎの瞬間には、言語や色彩や大理石とかいう表現媒体の集合体、すなわち、想像によって実現された結果である。そして、文学作品に想像力はつきものだ、というところから、文学イコール想像力の発現ということになっている。もちろん、故意に誤評しているのでなければ、文学作品には、概念の持続の表現による意味の展開もあれば、感覚の持続もあり、概念と感覚との転換もあるから、想像力の発現がすなわち文学作品でもなければ、イメージの多寡が作品の品質を決定するものでもない。イメージというものを作品のばくぜんたる感覚的印象という意味でつかうのでなければ、このような見解がなり立たないのはあきらかである。

もちろん、佐伯や村松は、想像力についてのじぶんの見解をもたず、じぶんの想像力の形についての自意識がないままに解説書の一般的な記述にたよって、自然主義文学作品にはイメージの創出があるか、どうかを論じているにすぎないため、ぬきがたい混乱におちいっている。かれらの見解によれば、自然主義文学作品には、自然主義的想像力の発現があるので、想像力が欠けているわけではなく、したがってもんだいは、事実につこうとする想像力か、外界に保証を求めぬ自律的な想像力か、という質のもんだいに帰することになる。

これにたいして、中村光夫は、言葉は「像」よりも観念にちかい抽象作用を持つ以上、言語によって喚起された映像が、かならずそれを生んだ「像」（イメージのこと）とくいちがうのはあたりまえで、作家はこのコトバの再現力の不完全性を積極的に利用するものだ、というまずまず妥当なオーバーベグリッフにたって、つぎにように反駁する。

彼等（自然主義文学者――註）は想像力を悪魔の誘惑のように恐れたので、これを殺すことが彼等の戒律でした。このことは彼等がその小説に描くことを事実のイメージと意識せず、事実そのものと錯覚したこと（少くともそれに無限に接近する可能性を信じ、それを理想としたこと）と表裏一体をなすので、これを僕等は、文学史の上で、自然主義における想像力の欠除と呼びならわしているのです。（「批評の使命」）

ごらんのとおり、想像力のもんだいをめぐるかぎり論争はきわめてグロテスクである。はじめに、作品の世界は現実の世界とちがったイメージの世界で、それをつくりだすのが想像力だという意味で、想像力というコトバをつかいながら、つぎには自然主義文学者は想像力を故意に殺して作品をかいたと主張している。自然主義文学者は、はたして想像力を悪魔の誘惑のようにおそれたか。そんなことがあるはずがない。かれらがおそれたのは空想的な主題の世界であり、その結果できる絵空事であった。かれらが殺したのは現実にたいするロマンチックな関心であったので、このことは、かれらがうみだした作品が現在からみれば結果としてロマンチシズムにすぎなかったということとは、まったくべつもんだいである。かれらの好みと資質にしたがって、そしてこれは重要なことだが時代的な限界を負って、想像力はかれらの作品形成の過程にしばしばおとずれたのである。これがもんだいのすべてにほかならぬ。

田山花袋は「描写論」（明治四四年四月『早稲田文学』）のなかでこうかいている。

普通人の言ふを敢へてしない、語るを敢へてしない、記するを敢へてしない陋劣卑怯の状態をも人性隠忍の状態をも、残酷無惨の状態をも猶ほ且つ描写して憚からないやうな心の状態に何うして到達したか。それを考へて見ることを諸君に勧める。単に「われは芸術家たるが為め」であらうか、又「かういふ処を覗つて写生しなければ変つた作が出来ない」為めだらうか。それはさういふ作者もあるかも知れない。さういふ芸術家肌の人もあるかも知れない。——否さういふ芸術家があるとすれば、さうした記述なり描写なりに、一種面白い可笑しい色彩をつけて描くに違ひない——諸君はその忌憚なき描写の陰に作者の悲痛なる主観の悶えを見なければならない訳である。

これはそのまま花袋が「蒲団」をかき、藤村が「新生」をかいたときの心がまえにほかならないが、何とそのいうところが現在の怒れる若者的作家のいうところと似ていることか。すなわち、問題は、文学作品には想像力はつきものであり、だからすべては自然主義的想像力の質にあるということでもなく、想像力を幻想力の別名と勘ちがいして、自然主義作家は、想像力を悪魔の誘惑のようにおそれたなどということでもない。自然主義作家たちは、個々の作家的資質にくわえて時代的な想像力の限界を負いながら、その限界のなかでせいいっぱいイメージを発揮する道を「いかなるものをも忍び見る冷かなる心、それがあつて、始めてライフが明らかに描かれるのではあるまいか。」というところにもとめたのである。これが、自然主義作品が、当時、ざん新で破壊的にみえながら、現在、佐伯や村松のようなじぶんの想像力のタイプを自覚しない批評家でさえ、ただ後代に属しているという理由だけで自然主義的想像力の限界や歪みについて云々することができるゆえんのすべてである。また、このことは現在ざん新にみえる怒れる若者的作家たちの作品でさえも、やがて、四十年後には想像力の限界や歪みとしてみえることを、予見しうるじゅうぶんな根拠にほかならない。

混乱は、中村光夫も佐伯、村松も、想像力をあいまいにしか理解しないままに、あたかも御幣のようにそれをふりまわして日本の近代文学の歪みなどを論じようとするところからおこっている。さしあたって、これらの論者たちにひつようなことは、想像力というものが、けっして作家のほしいままにできる空想力のことではなく、それが、時代の、くわしくいえば、社会の発展段階からの制約を負うものであり、想像力の本質が作家の個性や方法や傾向をこえるあるもの（こういっておく）をふくむということを認識することでなければならぬ。それなしには、近代文学の歪みを想像力のもんだいから照しだすことはできないのである。

さて、言語の特性からサンボリスムにおける詩語の問題をとりあげ、サンボリスムとの関聯においてその双生児である自然主義文学を論じている篠田一士のばあいはどうだろうか。

サンボリスムとほぼ時を同じくして急激な展開をみせた近代小説は「あるがままに事物をみる」というテーゼの下にその精力的な活動を開始した。いわゆるレアリスムであるが、ここでは言語の機能は詩の場合のように単一な方向をとらずに、その記号性というものをかなり必要としながら、やはり究極に「もの」としての言語、つまり想像的世界を目指さなければならないのだ。「あるがままにえがく」ということは読者に現実の日常的な世界のなかに「あるがままに」いるように思わせることであり、同時に現実の世界では決して経験できないような想像的経験を与えることである。

自然主義以来の日本の小説家たちはこうして近代小説本来の言語の二重機能を故意に、あるいは止むをえず単一化して、立体的であるべきものを無理やり平面化したのである。それは当然小説的世界の構築を不可能にするはずであったが、彼らは彼ら自身の実生活と作品とを強引にむすびつけることによって、その文学的難問を解決したのである。（「小説的言語の実験と回復」『中央公論』昭和三五年二月）

まったく、ありふれた近代主義者らしいありふれた見解である。花袋がきたんない描写のかげに作者の主観の悶えをよんでくれといっているのに、現代の批評家である篠田はのほほん顔で自然主義文学作品は実生活と密通してやっとのことで読ませたのだと主張している。日本の自然主義文学者が、せいいっぱいつとめて、その結果として現在からみれば平面的な描写であるというにほかならないものを、篠田は逆立ちして本来立体的であるべき言語の世界をかれらが無理やり平面化したのだと理解している。過去の文学作品は、座標であるじぶんが現在という時代の制約のなかで掘りつづけている孔の形をとおしてしかとらえられるものではないことを自覚しないばあいに、超越的な逆立ちした論理がうまれざるをえない。篠田もまた日本の近代主義者の通へいをけっしてまぬかれてはいないのである。

しかも、問題は奇妙な混乱をしめしている。篠田は、作品の世界、概念の持続によって意味を表現している個処は記号的世界であり、イメージを表現している個処は、言語が「もの」としてつかわれている世界であるというのである。詩において言語はそれ自体、一つの実在であるというサルトルの謬見を無条件に借用したあげくこういうことになるのだが、言語表現は、それが意味の表現であろうが、感覚の表現であろうが、イメージの表現であろうが、すべて記号的世界（記号というコトバをわたしは好まないが）にほかならぬ。もし、比喩として「もの」というコトバをつかうのでなければ、言語は「もの」となることも実在となることもできないのである。篠田の言語観はあまりにみすぼらしすぎる。言語は日常生活の場では、意味が一義的だが、想像的世界では多義的になるというような初歩的な誤解をはずかしげもなく披瀝して小説的言語について論ずるのである。日常生活の会話のなかで「あなたは利口です」といういばあい、この「利口」はほんとうの利口をいみするのか、あるいはばかだということか、または、ずるいということをいみするのか、というような単純なことをかんがえただけで、篠田の見解はまったくあてはまらぬことがわかる。もちろん、一般的意味論では、このばあい「利口」というコトバの原義が、会話脈のなかにはいったときにうける意味のニュアンスの偏差を言語の価値とよんでいる。これは日常的世界であろうと想像的世界であろうといっこうにかわらないのだ。しかし、言語は意味をもつとともに感覚をももっているからある文脈のなかにはいったとき意味のニュアンスとともに感覚のニュアンスもまた、原義からの偏差をうけざるをえないのだ。これを多義性といいかえるなら言語は、いつどこでも意味と感覚の多義性をもって、文脈のなかにあらわれるのである。

想像力派によってつちかわれている想像力と言語の概念の混乱は、ほとんどしゅうしゅうすることができぬ。ひとたびまともにその所論をけんとうしようとするとき微塵となって消散してしまうほかないのである。イメージはいかにして文学作品のなかに可能となるのか。それは、対象の概念的な媒体である言語が、感覚をともなうという性質をもちいることによってである。もともと、対象の感覚的表現をもイメージの表現をも媒介しにくい言語をつかって、意味とともにイメージや感覚を表出しなければならないという矛盾のなかに、文学の表現上のもんだいがかかっている。

自然主義文学作品が、佐伯や村松や篠田やそして中村光夫からイメージの不足や歪みをしてき
ヽヽ
され、花袋や藤村や白鳥の作品が、かれらのイメージの創出力の欠乏を糾弾されなければならないとしたら、それは作家的能力をこえて想像力の時代的な制約がくわわっていることとともに、自然主義作家たちが文学作品のなかでイメージの多寡に価値をおくよりも、概念の表出による思想的意味によりおおくの価値をかける文学観をいだいていたからにほかならない。

しかし、わたしはこの小論の限界をふみはずすまい。もんだいは、現在の想像力派によってふりまわされている想像力の概念が、いいようもなく混乱していて、まず尺度をたださなければならないという点にかかっている。そして、尺度はじつにこれらの批評家たちにとって神であるとすれば、その神は解剖するに価するといわなければならない。

想像力について、もっともせいみつな本質的なかんがえを展開したのは、サルトルである。中村光夫にしろ、佐伯、村松、篠田にしろ、いくつかの重要な見解をサルトルから借りてきているが、どうせ、

借用するならば毒を喰わば皿までだという徹底的な態度をうしなわなかったら、いやおうなくサルトルとの思想的な対決をせまられたにちがいない。そして、サルトルになびきたくなければ、想像力について独自な見解をたてざるをえなかったはずである。

わたしのみたところでは、サルトルは、意識が対象物を概念としてつかむ作用と、感覚としてつかまえる作用との織目のなかに想像的意識とよぶものを設定する。意識の概念作用は、一挙に対象物の中心に身をおいてする識知であり、いっぽう、感覚作用は対象物をおもむろにめぐり、たしかめてえられる外見の綜合的統一のことである。

ところが想像作用は、感覚的な識知とにているようで、まったくちがう。感覚は対象物をおもむろにたしかめ、つかみ、その全体をつくりあげるのに、想像は一挙にその像をはあくする。たとえば、水槽に泳いでいる金魚を感覚的に意識することは、まず、金魚の視覚的な反映があり、つぎに、反省的にそのうろこの具合はこう、尻尾は三つ叉、腹の色は白といった具合にして知覚的な全体像をつくりあげる。ところが、想像作用におけるイメージの対象物は、それを心におもいうかべる限りにおいてのみ存在する。だから、概念的なつかまえかた、感覚的なつかまえかた、想像的なつかまえかたは、同時におこなえないし、関聯もしていない。たとえば、水槽の金魚を視覚的にみているばあいに、同時にイメージとしての金魚をえることはできない。

ところで、サルトルによれば、一切の知覚は感情的反作用をともなう。水槽の金魚が視覚的反映として意識されたときには、感情はともなわないが、それを識知しようとする反省がおこるとき感情作用がともなうことになる。いま、金魚を視覚的反映の段階にとどめ、ほんらい知覚にともなうべき感情性をとらえようとする反省が高度になったところを想定すれば、サルトルはそのばあいイメージとしての綜合がえられるとかんがえる。だから、たとえば、水槽の金魚のイメージというのは金魚の視覚的な反映と、それに本性をあたえる感情の高度化されたものが綜合されてつくられることになる。

サルトルは、人間の意識が想像力をふるいうるために必要な本質的な条件として、意識が非実在物を存在するかのようにかんがえうる力をもたなければならないという。そして、ついに想像力の本質について、「非現実的存在は、世界内にとどまる意識によって、この世界の外に生み出され、人間が想像力を振うのは何故かといえば、それは人間が先験的に自由な存在であるからである」というようにかれの思想的立場と円環させるのである。

佐伯や村松や篠田や中村が、想像力についてサルトルをかりるならば、なぜ、ここまで徹底しようとしなかったのだろうか。すくなくとも、サルトルは、現代における人間の自由とはなにか、という問題をじぶんに課することなく、たんなるアルチザン批評家として想像力を論じ、自然主義文学の想像力の貧困や欠乏をいうことができないことを、はっきりとしめしている。わたしが、想像力の時代的な制約について強調したことも、このもんだいをいいたかったからにほかならない。

もともと、サルトルは「意識はそれ自身にひとつの固有存在を、即ちその絶対的な固有本質上現象学的排去を蒙らぬ固有存在を有つてゐる」(『純粋現象学及現象学的哲学考案』)とかんがえるフッセルのすぐれた後継者だから、意識の世界内における自立性を信じ、いかなるばあいでもそれを手ばなそうとしていない。しかし、わたしのかんがえでは、サルトルは倒置されたマルクスの鏡である。現在、マルクスの『経済学、哲学手稿』や『ドイツ・イデオロギー』にしめされた芸術にたいする理解の断片は、社会主義リアリズム論やアバンガルドをとおって社会主義リアリズム論へ、といういわゆるマルクス主義芸術論(本来そういうものはないのだから、いわゆるとしておく)のなかにはいきていないで、かえってサルトルのなかに倒転した像のかたちでいきている。もちろん、サルトルはじぶんをマルクス主義を止揚したマルクスの徒とかんがえているかもしれないが、止揚したものは、また止揚されるというのが理論の発展のディアレクティクにほかならぬ。ただ、誤謬にうずくまり政治的神権にもたれて安堵しているものの理論は、とりあげるにあたいしないだけである。

いうまでもなく、文学作品の創造のように精神的労働が分業として自立するようになると、意識は、じぶんがいまぶつかっている対象物以外のべつのなにかであるかのようにかんがえることができるようになる。文学者が文学作品をうむこともこのことをぬきにしてかんがえることはできないが、これは、いわば意識の仮構力一般のもんだいにほかならない。しかし、サルトルが、架空のことをかんがえ、感覚的に反省したり、構成したりする意識の仮構性一般のもんだいのなかに、さらに意識の綜合作用の織目にあらわれる想像的意識の構造をとりあげなければならなかった事情は、精神的労働として芸術が自立したこと一般のもんだいとはおのずからべつでなければならぬ。いいかえれば、想像力のもんだいは、意識の仮構法についての専門化された修練というもんだいをこえたなにかをふくむものとして考察すべきである。佐伯、村松、篠田や中村光夫が、想像力論議において、ます、つまずいた第一歩はここにあった。

では、想像力とはなにか。人間の感覚は、現実にたいするはたらきかけをつうじて、そのはたらきかけの態様によってしか発達しない。そしてこの発達を本質的にきめるのは生産にたいする労働の態様にほかならない。しかし、人間の感覚を本質のまわりでしだいに複雑に肉付けさせるものは、現実の社会での複雑な関係である。恋愛によっても、不和によっても、遊戯によっても、人間の感覚はじっさいには肉付けされてゆく。そして、疎外された社会では、いいかえれば疎外された労働のあるところでは、人間の感覚の現実的な肉付けと本質的な発達との矛盾は極端にまでおしすすめられるのである。

もしも、人間の感覚を肉付けする社会の現実的な諸関係が、感覚の本質をきめる生産諸力の態様と矛盾をきたすようになると、人間の意識は意識外の意識というべきものを概念作用と感覚作用のあいだにうみださざるをえなくなる。

たとえば、概念作用は、対象物の中心において対象を意識的な存在にしようとするが、この作用は、けっして対象を肉づきのあるものとしてつかむことはない。また、感覚作用は、対象物を外見的に統一しようとするが、その全像を同時的に構成することはできないのだが、生産的現実と社会的現実が矛盾するようになると、概念作用は概念的なはあくをこえて対象物を肉づけしようとし、感覚は外見的な統一をこえて構造をもった知覚におもむくことによってこの社会的な矛盾を意識の対象として実現しようとする。そして、ついには概念とも感覚ともちがうイメージが、それこそこのふたつの作用の織目のように、本質的な対象の不在を対象物にすることによって構成されるようになる。わたしはこれを想像力とよばざるをえないのである。

存在が意識されたものだとすれば、イメージは仮構の存在についての意識であるか、存在しないものについての意識であるほかはない。しかし、前者はいわば仮構力とよぶべきものであり、後者はまず存在しないものについてのイメージはおこりえないことからそれ自体背理にほかならない。わたしのかんがえでは、想像力はたんにサルトルのいうように非実在物を存在するかのようにかんがえうる力ではなく（それは空想力または仮構力である）、じぶんが欲求する対象物の世界を、じぶんの意識にとって矛盾であるとかんがえうる意識の能力をさしている。サルトルがはじめに、意識の綜合作用の織目に概念とも感覚ともちがった想像的意識を設定しながら、あとでは芸術作品は想像的世界（ほんとうは仮構的世界とよぶべきだ）であるというように、想像力を意識の仮構力一般にすりかえ、想像的世界は現実的世界を空無化することによって成立するとしたのは、いわば混乱であった。じじつはイメージは、人間が社会的疎外を意識の対応物として措定できるところでしか可能ではないはずである。入れ歯が火葬からまぬかれるように純粋意識があらゆる現象的なはくだつから、まぬかれるものだとかんがえるフッセルの後継者サルトルの見解に反して、想像力は不変ではなく、（不変なのは意識の仮構力だ）もしも社会的疎外がなくなったとすれば、対象の人間化という意識活動のなかに消滅するか、あるいは、まったくちがった意識の綜合作用としてのこるほかはないのである。

江藤淳は『作家は行動する』のなかで、おおよそつぎのような観点からサルトルを批判している。

もし、サルトルのいうように想像力が現実界を空無化するところに成立する意識であるというならば、芸術作品にはまったく現実的な価値はなく美的な価値だけがあることになる。いっぽうものをみること――知覚することとは、「想像界」を空無化することであるから、倫理が現実に密着した価値であるとすれば、「現実界」の価値と「想像界」の価値とは永久にあいいれないことになる。しかし、われわれのいる「現在」には「完了したもの」と「未完了のもの」との二つの時間の態様があるはずである。「完了したもの」とは、すでに実現されてあたえられている事実の世界、実体論的な世界である。いっぽう、「未完了」の世界というのは実現していない世界、実体としてあたえられていない世界である。自由になるということは、未実現のものを実現させること、あるいはじぶんの「現在」を主体的に前へなげだすことである。つまり、「未完了」の世界は可能性の世界、非実体論的な世界で、サルトルのいう「想像界」はこのなかにふくまれる。「未完了」の世界は実現されるべきものと、まったく想像の範疇にとどまるものとが分化されていない世界だから、「現在」からの行動によって大工が家をたてるようにそれを実現してもよければ、作家が小説を書くときのように、想像界にそれを実現してもよい。そしてもしイメージを実現を延期されたものとかんがえるならば、ことさら現実的な行動と想像界の行動、つまり、「倫理的価値」と「美的価値」との区別をもうけるひつようはない。即ち、作家もまた行動するものにほかならぬ、というのである。

江藤のこの想像力理論は、魅力的でないことはない。もちろん、ここには、意識が仮構しうる能力――作家が仮構の世界を実現しうる能力一般を、想像力ととりちがえるサルトルの混乱はひきつがれている。しかし、もんだいは、江藤がサルトルとはちがった意味で、サルトルとおなじように想像力の本質を誤解している点にかかっている。

江藤は、人間が自由であるためには、「未完了」の世界にむかって行動することでなければならないとして、大工が現実界に家をたて、作家が想像界に作品世界を実現する例をひいている。しかし、大工が家をたて、作家が創造的な行動をはじめたとてそのことはすこしも自由であることを意味しない。なるほど、そこで「未完了」の世界は、実現されたものに転化するだろうが、その自由はたかだか感覚の肉のあいだにたまった疲労素を解放することでしかありえない。なぜなら、大工が家をたて、作家が作品をつくりだすことによって、その対象の本質的な感覚化を実現しようとしても、疎外された社会では、所有の感覚なしには対象がじぶんの感覚対象とはならないにもかかわらず、かれはじぶんの実現したものを所有することはできないからだ。すなわち、このとき大工や作家をかりたてたのは、たんなる行動ではなく疎外された行動であり、そこでは感覚は所有の感覚にまで疎外されて、はじめてじぶんの本質を実現するほかはないのである。江藤のいう行動は、疎外された社会では、じつに疎外された行動にほかならず、それによってえられた自由は、本質的にはなんらの自由も意味するものではない。

いうまでもなく、想像力の理論において、サルトルは江藤淳よりもただしい。サルトルが想像力は、「現実界」を空無化するところに成立する意識であるというとき、すくなくともそこに疎外の概念はさか立ちした像をむすんでいる。だから、サルトルの「空無化」は、それをさか立ちさせることによってただしい疎外の概念をしめすにもかかわらず、江藤の「行動」は、さかさにふってもたたいても行動の質をみちびくことはない。

おそらく、江藤淳が、戦後日本の批評にあたえた原理的な転回は、かつて戦前においてプロレタリア文学者たちが衰弱したあとの行動主義文学論の位置ににている。サルトルが人間は先験的に自由だから想像力は可能なのだ、というさか立ちした理解にたっしたところで、江藤淳は行動がたかだか感覚の現象的な解放をあたえるにすぎないものをさして自由とよんでいるのである。もちろん、江藤によって転回させられた戦後批評の原理は、あたかも戦前行動主義によって転回させられたプロレタリア文学理論とおなじように、ある意味では江藤淳以前のところで屈曲したものであるにしかすぎない。しかし、江藤があたえた原理的転回のあとに、美的想像力派があつまって想像力のもんだいを玩具のようにもてあそぶことによって、この転回の意味はおおきな危機をひろげていったのである。

もちろん、江藤淳の想像力理論は、佐伯、村松、篠田などのように想像力はイメージをつくりだす力が想像力だなどという空疎な概念をふりまわして日本近代文学の歪みを照しだそうと試みている批評家たちとくらべればはるかに優れた理解にとうたつしている。なぜならたとえ誤解にすぎないとはいえ、行動による感覚の現象的な解放が、人間の自由につながるというように、想像力のもんだいを現代における人間の自由のもんだいにまで深化することを忘れてはいないから。

「四季」派との関係

わたしが、ここで「四季」派との関係というのは、べつにこの派の詩人とかつて知り合いであったとか、戦後知り合いになったとかいうことを意味するものではない。いまからかんがえれば、この派の抒情詩が衰退にむかっていたころにちがいないのだが、ちょうど十六、七のころはじめて詩をよみはじめたとき、まず最初に「四季」派の抒情の世界におめにかかった。たしかさいしょ手にしたのは、河出書房の『現代詩集』第二巻で、この巻には丸山薫・立原道造・田中冬二・伊東静雄・宮沢賢治の作品があつめられていた。念のためしらべてみると昭和十五年の刊になっているが、わたしがさいしょにこの巻にせっしたのは昭和十六年である。そして、それ以後昭和二十二、三年ごろまで、つきあいはつづいた。

はじめは、工業学校の上級生のとき私塾の勉強部屋でよみ、それから一年後、高等工業学校の寮で、万年床をしいたあっちこっちの部屋でごろごろしながらよみ、敗戦後は、家で机にむかって詩をつくるほうの姿勢でよんだ。なぜ、わたしは「四季」派の抒情詩などにひかれたのだろうか。優にやさしい世界だからか、あらあらしい現実に背をむけた世界だったからか、自然詠にひかれたからか、その生活に苦のなさそうな世界がせんぼうに耐えなかったからか、あるいはたんに当時の一般的な風潮にしたがったまでであろうか。いまかんがえてもはっきりしないが、これらの理由はすべていくらかずつ的にあたっていたにちがいない。

当時のわたしの環境からは、詩の好きな田舎高等工業の生徒をひきだすこともできるし、戦争の混乱のなかで動員につぐ動員にかりたてられていっこうに勉強などしなかった荒っぽい生活をぬきだすこともできるし、金がなくてしょっちゅう鬱々として寮にごろ寝していたすがたをぬきだすこともできる。すくなくとも「四季」派の抒情詩は、こういう戦時学生の生活のすべてに矛盾しないようにおもわれた。しかし、おそらくただひとつだけ、わたしは「四季」派の抒情詩をよみちがえていたにちがいないのだ。もちろん、これを顕在化させてくれたのは、敗戦後の混乱した社会であったが。

戦後一、二年たったころ、たしかバクーニンから、人間は現実社会にじっさいに欠乏感をいだいて生活していると、それを補償しようとして秩序の頂点に上昇しようとする意識をもつようになり、それが権力社会をささえる感性的な基礎となる、そして、この上昇感を下降感に転倒するとき反逆の感性的な基礎がえられる、という思想をまなんだ。そして、このころから「四季」派の抒情詩の世界とそれに惹かれたじぶんへの性急な嫌悪がきざしてきたのであった。はじめて接した思想の魅力は、とうてい「四季」派の抒情詩の及ぶところでなかったのである。

中村真一郎は、『立原道造詩集』（角川文庫）のあとがきに再録した文章で、つぎのようにかいている。

ぼくは今まで、数人の詩人に会つたことがあるが、彼だけは、どの詩人とも異つて、全く物語のなかの詩人のやうに――彼の書き続けた奇妙な抒情的小説の中の人物のやうに――こちらをも、その独自な夢想の中へ、いや応なしに誘ひ込んでしまふやうな、この世のものとは思はれない何かを、周囲に匂ひのやうに保つてゐた。だから、さうした雰囲気に耐へられない一部の人たちからは、非現実的な甘たれ小僧だ、といふやうな、あるひはもつと端的に、どうにも虫ずの走るやうな厭な奴だ、といふ悪評をかうむつてもゐた。

この虫ずの走るような、というのはたしか自己嫌悪をともなって「四季」派との関係をたったわたしのこころにもつぶやかれた。かれらの抒情詩の世界は、ようするに分限者の甘ったれた情緒ではないか、とく夢さめよと。しかし、すぐに、この派の詩人たちは、けっして喰うにことかかぬ分限者というわけではなく、ほんとうは爪に火をともすような粗末な生活を強いられている生活者であることに思いいたった。ようするに、「四季」派の抒情詩の世界は、この派の詩人たちにとっても憧れの世界であり、バクーニンのいわゆる上昇感性の産物にほかならないのだ。ほんとうのブルジョアだったらリアリズムの世界をがっちりした構成でつくりあげ、もっと、図太い実利の匂いをひびかせるはずではないか。

中野重治は堀辰雄の告別式につぎのようにいう。(『文芸』昭和二十八年八月号)

君は生涯にわたつて清潔であった。しかしそれは、はたを露骨に刺戟する類の病的潔癖とは無縁のものであつた。君は生涯にわたつて温雅であつた。しかしそれは、他の前に自己を曲げる類の妥協とは無縁のものであつた。特にこの温雅ということについて、『驢馬』の全同人が君の影響を受けたのであつたろう。

これらのことを、われわれは、『驢馬』を通して知つたのであつた。『驢馬』を通して、人世と芸術とにたいする自己の位置をきめて行く道で知つたのであつた。清潔と温雅と、それはこのガサツな人世のなかで、しばしば君にかなしげな表情をあたえたが、この二つを残されたものとして受け取つて、われわれは君に仕方なく別れるのである。

わたしは、こういう中野の視点をあまり信じない。『四季』の一時期の編集者でもあり、また「四季」派の詩人である堀辰雄の「ルーベンスの偽画」も「聖家族」も「美しい村」も「風立ちぬ」も、すべてつまらぬごまかしの世界のような気がする。すでに、「四季」派とこころの訣れをやったあとのわたしには、たしか『花を持てる女』という創作集に収録された、本所かいわいの伯母か何かのことをかいた作品のほかは、みなおおよそ「温雅」の反対の世界のようにおもわれた。その作品(題名を忘れてしまったが)には、下町の貧困な庶民の生活環境がにじむように色にでていた。それだ、それそれ、バクーニンだったらそこを掘れといったにちがいない。わたしは、文学作品がリアルな生活体験でなければならないとはすこしもかんがえないが、「風立ちぬ」や「聖家族」の世界にはじぶんにたいすると同様に失望しきっていたのだ。

三好達治にしろ立原道造にしろ堀辰雄にしろ、おそらく、たいへんつましいがっちりした生活者であったにちがいない。へまな浪費もしなければ生活上の失策もやらかさないような。ここに思いいたってからは、かなり客観的に「四季」派の抒情詩をよめるようになった。

わたしが「四季」派の詩にひかれた時期は、だいぶぶん戦争の時期であった。あらあらしい戦闘のいぶきは学生生活をめちゃめちゃに荒廃させ、かりだされたのは生々しい戦時の社会生活のなかであった。たたかいは、わたしのなかで屈折はあっても戦闘的に肯定されていた。それならば、あらあらしい戦争詩や愛国詩に血わき肉おどらせたか、というとまったくちがっている。戦争詩でよめるものは日中戦争期の高村光太郎の詩と、太平洋戦争期の三好達治の二、三の詩くらいであった。そして、高村光太郎の詩は、その心事が手にとるようにわかっていたからつまらない戦争詩にも最後までついていった。そそっかしい批評家は戦中派が戦争のにない手であったということから、戦争讃美の作品をよろこんでよんだように早合点するが、それとこれとはまったくべつなのだ。もっともはげしく現実の行動のにない手であるものは、現実の行動を示唆する文学作品に共鳴するとはかぎらないのである。

戦後、政治と文学の関係とか、政治に役立つ文学とか、政治的革命と文学的革命の関係とかいう問題のたてかたをしてきた批評家たちは、たいてい、政治的行動もほんとうにはやったこともなければ文学をつくったこともないものにきまっている。わたしがもし、レーニンのようなほんとうの革命家だったら、革命文学だとか、革命的に人民を教育する社会主義リアリズムだとかいう文学者をばかにするだろう。それは当然のことである。おい、そんな芸術で政治をやろうなどと無理しなくていいのだ。何よりもいい芸術をうみたまえ。現実がどんなにガサツでやりきれなくても、そこで生活したり行動したりせざるをえない人々を慰さめ、仮構の充実した世界に解きはなつためにね。「四季」派の抒情詩は、まさにそれに惹かれた時期のわたしにうってつけであった。いまそのひとつの作品のどこが年少のわたしをとらえたのか判別しがたいが、たしかにもっとも行動的であった時期のわたしをとらえたのである。

船長がラム酒を飲んでゐる。
飲みながらなにか唄つてゐる。
歌は嗄れてゆつくり滑車が帆索に回るやうに哀しい
鷗が羽根音をひそめて艫の薄闇を囁いて行つた。
聽て、河口に月が昇るのだらう。
船長の胸も赤いラム酒の満潮になつた。
その流れの底に
今宵も入墨の錨が青くゆらいでゐる。

（丸山薫「錨」）

この詩は高等工業の寮の友人Gの部屋の夜の記憶につながっている。かれはうしろむきに机にむかっていた。わたしは、ごろりと寝ころんでこの詩をよんでいた。船長の胃袋にラム酒がだぶついていて、そこに入墨の錨がうつっているのがイメージにうかんできた。この世界はいったい何だろう。Gの奴は、いま机のむこう側の顔で家にかえりたくてしかたがないにちがいない。奴の後姿は、いま郷里の家にいるときとおなじように妙にひっそりとして息子息子している。おれはいったいどうか。たいしてちがいあるまい。おれの家はせちがらく貧窮しているが、はなれているとまんざらでもないな、そんなことをかんがえていた。それからマントをひっかぶるとGと連れだって飲みにでかけていった。

「四季」派とのつきあいは、いつもこんな具合であった。この派の詩人たちとは、とうてい人間的につきあう気にはなれなかったから、抒情の世界でつきあったのだ。この時期、人間的なつきあいをやった詩人は宮沢賢治や高村光太郎の世界であった。宮沢賢治のほうは即座に熱があがって、ある日、七円ばかりをふところにして寮をとびだし、仙台にいる工業学校時代の友人を中継所にして花巻まででかけていったのをおぼえている。

現在、わたしは「四季」派との関係をまったく絶っている。しかし、「四季」派の抒情詩の世界は、いまも、あるいはいままたたくさんの少年たちをとらえ、ある関係を結ばせているにちがいない。その関係は、どこからくるのか。かつてわたしをとらえたすべてからその関係はかわらず結ばれているにちがいないが、あらためて検討しようとすれば、過ぎさった日のことを基にするわけにはいかない。

いまあらためて、この派の抒情詩をよみかえしてみると、その本質はかれらが自然詠の世界を強固にきずいているという点に帰着する。たとえば、当事者のひとりである三好達治は「その『四季』派には一般に自然観賞的態度とやや思念的な新抒情詩に就かうとする傾きが見られた。同時に邦語に対する破壊的といふよりは開拓的建設的な努力が見られた。それらの傾向はやや古風に平凡に見えるものではあつたが、当時にあつては他にこれに努めるものが殆んどなかつたから、それは決して無意味な企てではなかつたらう。」(『日本現代詩大系』第九巻)とのべているが、「四季」派の魔力は、たんに他にこの世界に努めるものがなかった、というようなものではあるまい。かれらは、中世詩人たちが花鳥風月に生理的感覚をゆりうごかされた地点で、自然を想像の世界として再構成したのである。

やがて　秋が　来るだらう
夕ぐれが親しげに僕らにはなしかけ
樹木が老いた人たちの身ぶりのやうに
あらはなかげをくらく夜の方に投げ

すべてが不確かにゆらいでゐる
かへつてしづかなあさい吐息のやうに……
（昨日でないばかりに　それは明日）と
ぼくらのおもひは　ささやきかはすであらう

——秋が　かうして　かへつて来た
さうして　秋がまた　たたずむ　と
ゆるしを乞ふ人のやうに……

やがて忘れなかつたことのかたみに
しかし　かたみなく　過ぎて行くであらう
秋は……さうして……ふたたびある夕ぐれに——

（立原道造「やがて秋……」）

夕ぐれがしたしげに、作者にはなしかけ、樹木は老人の身ぶりのようにかげをなげる。これは擬人的な喩法でもなければ、故意に気取っているわけでもない。自然物は入魂式をあげさせられて、作者と同位相で動きだし、会話を交換しはじめる。第二聯以下は、なんのことやらさっぱりわからぬ。すべて呪文でありつぶやきである。こころのなかに季節がとおりすぎると、作者はただそれだけのために呪文をつぶやかざるをえないのだ。いうまでもなく、このような徹底した位相で自然がうたわれた例は、中世詩の花鳥風月の世界にもなかったのである。

中世のもっとも理窟っぽい詩論家・鴨長明は、中世詩の世界についてつぎのようにいっている。

詮は唯だ言葉に現れぬ余情、姿に見えぬ気色なるべし。心にも理深く、詞にも艶極まりぬれば、是等の徳自ら備はるとこそ。譬へば秋の夕暮の空の気色は色も無く声無し、何処に如何なる故あるべしとも思ほえねど、すずろに涙こぼる如し。(『無名抄』)

すくなくとも長明の眼には、秋の夕ぐれの空は色もなく音もない自然物の世界であり、それがかれらの生理的感覚にうごきをあたえ涙をこぼさせるものとしてうつっている。いわば自然詠における地動説の世界である。「四季」派の世界では、いわば自然はうごき、かれらの心象の世界に移入する天動説の世界である。こういう呪文のような詩が、私たちにあたえる感興は、あたかも道ばたの捨て石の表面が人間の貌に似てきてやがてうごきだしたり、樹木が女の髪をふりみだしたすがたに似てきてささやきかけたりする地霊の世界をみるような気味わるいものであり、そういう自然物に入魂させるのが、この派の詩人たちの仕事であった。

わたしたちは、「四季」派の抒情詩の世界から、甘ったれたハイカラ趣味や、センチメンタリズムをそぎとり、小市民的な上昇感性をけずりとり、そのあとにのこったものの強固さにおどろく。その自然詠における独特の位相に着目する。かれらは、それをどこからえたか。古典文学にたいする素養からか。

ドイツ浪漫派からか。ヨーロッパ風の知識からか。どうも、いずれも信じがたい。生活の豪華さからか。それもちがう。かれらはいずれも小心なかなり粗末な生活者にすぎぬ。「四季」派においてわたしたちが当面しているのは現代社会のまっただなかに蘇生したあらたな自然秩序のもんだいであり、このもんだいの意味は、おそらく当事者たるこの派の詩人たちの思惑をはるかにこえていたのである。

四季派。雑誌『四季』は第二次（昭和九年）のものから純然たる詩誌の形をとつたが、堀辰雄の主唱に従つて丸山薫、三好達治がこれに加つた。同人はほぼ交遊関係になる雑然たる集合で、室生犀星、萩原朔太郎、後に竹村俊郎等も名を連ねた。津村信夫、立原道造、田中克己、神保光太郎等年少者の外、阪本越郎、竹中郁等も後に参加し、これらの詩人の外、神西清、芳賀檀、桑原武夫、河盛好蔵、呉茂一らもこれに協力した。更に後に中原中也、井伏鱒二、大木実らが加つてそれぞれ詩作を発表した。

コギト派。雑誌『コギト』派の詩人は「四季」派のそれとやや多分に共通する傾向をもつてゐた。田中克己は両誌に同人として属してゐたし、伊東静雄は萩原朔太郎の推挽するところであつた等、密接な両者の交渉を語つてゐる。近代詩興起後の新精神を経過して、ひたすら西欧詩の手軽な模倣に専心する態度に満足せず、一度は退いて伝統の自国文化を再検討のうへ、両者の考へ併せから出直す比較的細心な態度に於て、「四季」派と「コギト」派とはやや相似た行方を示したが、後者の民族古典への回帰の熱意はいつそう前者に勝つてゐた。従つてその詩語の邦語としての純粋度は、また後者に於て勝つてゐたであらう。そのやや国粋的な好尚は、折あしき時局的雰囲気との遭逢によつて、寧ろ彼らの若々しき才能を浪費せしめたかの憾みさへなくはなかつた。

これは、三好達治の回顧だが、「四季」派と「コギト」派との近縁は、三好達治のかんがえているよりも深刻で、前者の自然詠の世界の思想的な意味を、後者が強調したという表裏の関係としてかんがえられるものであった。「四季」派の詩人たちが自然詠によってただ呪文のようにつぶやいた無思想のささやきの意味を追及したいならば、手段はただひとつ「コギト」派の詩人たちの仕事に着目するよりほかないのである。「四季」派の詩人たちがみずから意識しないままにふみこんだ日本的感性の深層は、意識されなかったがゆえに、立原道造や丸山薫や三好達治から探りだすことはできそうもないが、「コギト」派のすぐれた詩人、たとえば伊東静雄の詩のなかに思想的な色合いをもってとらえられていたとみることができる。

太陽は美しく輝き
あるひは　太陽の美しく輝くことを希ひ
手をかたくくみあはせ
しづかに私たちは歩いて行つた
かく誘ふものの何であらうとも
私たちの内の
誘はるる清らかさを私は信ずる
無縁のひとはたとへ
鳥々は恒に変らず鳴き
草木の囁きは時をわかたずとするとも
いま私たちは聴く
私たちの意志の姿勢で
それらの無辺な広大の讃歌を

あゝ　わがひと
輝くこの日光の中に忍びこんでゐる
音なき空虚を
歴然と見わくる目の発明の
何にならう
如かない　人気ない山に上り
切に希はれた太陽をして
殆ど死した湖の一面に遍照さするのに

（伊東静雄「わがひとに与ふる哀歌」）

伊東静雄のばあい詩語は「四季」派の詩人よりもかえって翻訳語にちかくなっている。これは、「四季」派の詩人たちが無思想であったのにたいし、伊東静雄が思想詩人としての骨組をもっていたための必然的ななりゆきである。

伊東静雄のこの著名な恋愛歌は、なにを、どんな思想をうたっているのだろうか。自然物は人間にとって自然的なものであり、人間が意識しようとしまいと鳥はなき、花はさき、風はそよぎ、草木はうごいている、とかんがえる中世詩的な自然観はあやまりでなければならぬ、人間が意志をもち、意志の姿勢にあって聴くとき、はじめて鳥のこえはきこえ、草木のうごきは耳に鳴るのだ、ところで、このように人間の意志のあるところにしか自然物は実存できないとかんがえた瞬間から、人間が自然物にたいして虚無的な眼ざしで対することもできるようになる。しかし、恋愛も自然の一部であり、それがふたりによって肯定されているかぎり、人間はそのときには自然物から空虚を感じとることを拒否しなければならない、自然物から空虚をみつけだすくらいなら、むしろ自然物のまえでいっさいの人間的な判断を死なせてしまって、自然をただなすがままに放置しておいたほうがいいのだ。

これが、「わがひとに与ふる哀歌」をつらぬく思想にほかならないが、その指すところの自然観はほとんど「四季」派の詩人たちと対照的にみえるにもかかわらず、それは見かけだけのことで、「四季」派の自然詠の呪文のようなつぶやき、ニヒリズムもなければ不安もない、讃美もなければ、感動もない鉄筋のような抒情詩の世界は、伊東静雄のいう「如かない　人気ない山に上り　切に希はれた太陽をして　殆ど死した湖の一面に遍照さするのに」という思想に照応するものにほかならなかったといえる。

おもえば、若くして死んだ立原道造や中原中也は、さいわいであった。かれらも生きながらえていたらほかの「四季」派の詩人たちのように戦争を自然の一部のようにうたって讃美したであろう。わたしはそのことをすこしもうたがわない。三好達治が戦後ただちにうたった嘆きは、「四季」派の詩人すべてのなげきであった。

海にもゆかな
野にゆかな
かへるべもなき身となりぬ
すぎこし方なかへりみそ
わが肩の上に雪はふる
雪はふる
かかるよき日をいつよりか
われの死ぬ日と願ひてし

（「雪はふる」『四季』昭和二十一年八月）

政治と文学の背理

戦後十五年たったいま、文学がひとつの転換期にたったことは多くの批評家たちが一致してみとめているところである。この根拠として批評家たちは、いくつかの徴候をあげている。たとえば、そのひとつは、政治と文学との関係について思いをこらし、これを二本の足として出発した第一次戦後派の作家たちがあまり積極的な作品を提出できないでいる情況のなかで、安岡章太郎、庄野潤三などの第三の新人とよばれた作家たちが「海辺の光景」「静物」のようなかなりの力作をうみだしていることである。このことが意味するのは、日常的な世界にこもってそこを掘りつづけた作品が、強固な安定した構成感をしめしているのに日常生活をこえて大情況にたちむかおうとする意欲をもった作家たちは、どのような姿勢をかまえたらよいのかわからなくなっているということではあるまいか。現実に抗する政治とはなにか、現実に抗する作家の姿勢とはなにか、こういう課題がすべて混迷のなかにうしなわれているのである。

よほどの教条主義者は、現在わたしたちが直面している独占情況に深くくさびをうちこんでゆく姿勢を、はじめから放棄してただ神だのみのように強いくせをまもっているだけだ。しかし第一次戦後派の作家たちは、良心的であるがために、現実の情況の混迷をそのまま主体的な姿勢のなかに反映し創造のモチーフをつかみきれなくなっている。これにたいしかつて私小説の再版ではないか、と批判されてきた第三の新人たちは、日常身辺にかぎられてきた凝眼を成熟させ、それが混迷をただ混迷として反映している雑然とした現在の文学情況のなかでは、かえって落着いた深い眼のように映ってきているということができる。

これにくわえて、さらに、大江健三郎、石原慎太郎、倉橋由美子、北杜夫などの若い作家たちが、もはや無視することができないひとつの傾向として出現しているという事実がある。これらの若い作家たちは、それぞれの資質上のちがいはあるが、共通項としてひとつだけをことさらあげつらえば、伝統(過去)から切れていることである。伝統から切れているというのは、自己の存在を歴史(文学史)のなかに意味づけたり、自己を現実のなかに位置づけるよりさきに、作家主体が先験的に社会のなかに在ってしまったという立場にほかならない。この徴候こそ、現在、わたしたちの文学が決定的な転回期にさしかかっているという意味のうち、もっとも重要なもののようにおもえる。これらの文学者たちが、自己の主体を思想的に意味づけようとするとき(例えば大江健三郎の「われらの時代」、石原慎太郎「挑戦」、倉橋由美子「パルタイ」)かならず過去のだれかの思想の模倣しかできないのに、べつに作品に思想的な意味をあたえまいとするとき独自性を発揮するのはそのためである。

現在の文学的な転回は、批評活動のあいだからみてとることができる。社会主義リアリズムによる批評家たちは、みずからの内部にみずからつくった桎梏におしつぶされて、何らの創造的な批評活動もできないまま、つぎつぎにおこってくる文学的現象のまえに自失してしまっている。アバンガルドをかかげる批評家たちは、マス・メヂアの発達にきりきりまいさせられて、あしたに映像文化と活字文化をとなえるかとおもうと、ゆうべにはナショナリズムとインターナショナリズムをとなえ、右にゆれ左にゆれ永遠のオポチュニストの地金をいかんなく露呈してしまっている。そして、ここでもっとも混迷を混迷として反映し積極的な批評を展開しえないで立ちすくんでいるのは、第一次戦後派の批評家たちである。いわば、政治についても知り、文学についての理解もふかく、政治と文学のあいだのダイナミズムに身を焦してきたこれらの批評家たちは、良心的であるがゆえに情況をどうとらえるべきかを測りきれなくなっているのだ。
ここでも、第三の新人に相当する第三の批評家たちは、想像力を軸にして文学の自律性を復位させようと試みている。これらの批評家たちの主張が、相対的に鮮明度をもっているのは、大情況に抗する批評原理が、硬化と動揺のなかに沈んでしまっているからだ。

わたしたちに、いま必要なことは、これらの文学情況をすべて相対化するにたりるだけの否定の原理をつかみ、それを深めることである。そのばあい、否定の要因となる点はいくつかある。第一に、文学とは本質的に何であるか、という問題をきわめることである。そこから文学は政治とどんな関係にあるか、文学が政治に役立つものであるか、役立つとすれば、どのような経路によってか、をきわめる問題がでてくる。第二に文学に階級性があるか、あるとすれば階級文学というものは成立するかという問題を根底から検討しなおすことである。第三に文学芸術を表現として表現を中心として考察する方法をつくりあげることである。

わたしたちが、過去にもっている文学についての理論は、すぐれた文学者の個性的な体系としての文学論であるか、または、文学をすでにできあがった結果としてかんがえたうえ、それが現実をどれだけ典型的に反映しているかとかそこにえがかれた人物がどんな世界観をもっているか、どんな社会情況のなかでうまれたかとかを分析することにかぎられてきた。そしてその結果からこの作品は進歩的だとか保守的だとか、階級的観点がぬけているとか論議されてきたのである。

こういう問題のたてかたをするかぎり、しばしば奇妙な現象がおこらざるをえなかった。進歩的な世界観をもち、進歩的な政治運動の周辺からうまれてくる作家たちが、あるところまでくると枯死し停滞してしまうのである。また、一方では、政治などに何の関心ももたず、文学が好きでそれに固執してきた作家たちが、相対的にすぐれた作品をうみだすが、これらは前者とは逆にジャーナリズムによって枯死したり停滞したりしてしまうことである。いっぽうは、政治との関係において文学が枯死させられ、一方は、ジャーナリズム（商業資本）との関係において停滞させせられるというのが、わたしたちを文学的にまちうけている陥セイにほかならないといえる。この問題を批評の立場から考えればいつにかかって、わたしが否定の要因としてあげたような問題が本質的に解明せられていないために文学の創造にたずさわるものに有効な暗示をあたえられないことに帰してしまうのである。

わたしたちは、いまひとつの転機にたっている。それぞれのたずさえている問題意識が、いちようにひとつの壁にぶつかっているようにみえるときは、その要因は時代の客観的な情況にあると考えてよいと思う。まず、わたしたちが生きて、ぶつかり、悪戦しながらとらえようとする情況がどのようなものであるか、それはどこへゆこうとしているのかを、ぜひともつかまえなければならない。文学者はそれを感覚的なヴィジョンとしてとらえようとも、科学的ヴィジョンとしてとらえようとも、これが文学者においておこる政治の問題であり、いいかえれば文学者における文学と政治の関係のアルファであり、またオメガであるということができる。このようなヴィジョンを含んだ上で、文学者はひとつの主題をとらえ表現として構成するので、ここで、その主題が身近な日常世界から選ばれようと、大情況から選ばれようと、それとはかかわりなく社会の総体のヴィジョンが作品をおおうことになる。

いま、わたしたちの周辺から、わたしたちが現に生き、そして直面している社会とは何か、それはどこへゆこうとしているのか、について回答をもとめよう。ある者は、それをバラ色に語り、ある者は絶望的に語るにちがいない。また、この社会はどこへゆくのかを問うても答えは同じようであるに違いない。絶望も虚妄であり、希望も虚妄であり、ニヒリズムも虚妄である。また、組織にしめあげられれば、しめあげられるほど喜びにぞくぞくするというマゾヒズムも虚妄である。いま、わたしたちにいちばん要すのは、砂を噛んでそれをすぐはき出すのでもなく、やりきれずに沈黙するのでもなくそれを味わい識別するにたえる心ではあるまいか。わたしたちは、飴をなめることにも、辛子をなめることにも、かなり熟達し耐えてきた。しかし砂をなめて味わい識別することは、おそらく昭和初年から数えて、初めて現在の膨大な独占社会情況がわたしたちに、強いているということができる。

わたしの心には、いま、強烈な否定が渦まいている。この渦を吐きだすことを何ものかがわたしに強いる。しかし、別の心が、砂を噛んで味わうことを教える。ここに主体的な姿勢と歴史の経験的な事実とが交叉する地点があるのを感ずる。わたしが文学的に自分に課する課題はきわめて自明である。それは、既成の文学概念にたいする強烈な否定が、砂を噛んで味わうにした作業と接続するところ、いいかえれば、否定が砂を噛むことであるような作品と理論をうみだすことである。カミサマ願わくばわたしの射程に立ちふさがりますように。

去年の死

まだそういうことに意義があるとおもって花田清輝と本気になって論争していたころだったとおもう。京都大学で上山春平氏などと談たまたまその論争におよんだとき、論争はわたしのかちです、確率からいけば花田さんの方がさきに死ぬにきまっていますから、といっておおいに笑ったことがあった。ところが、どっこいそう巧くはいかないことを昨年はおもいしらされた。六月十五日の警官隊との押しあいでは、息が苦しく、胸部はへしおれそうで、ああ、おれもここで死ぬなと一時は観念せざるをえなかった。そのときの残像は「時のなかの死」という詩で女子学生の死の描写にのこしておいた。死はどこにでもころがっていて、一休和尚のように「門松は冥途の旅の一里塚」というように老衰の自然死ばかりをあてにすることはできないとさとった。もっとも、花田清輝のように時いたらばいつでも人生におさらばするなどと称して、週刊誌のゴシップを種に諷刺詩をかいて、闘争のほうはもっぱらテレビでというほうが長生きをするともかぎらない。この人生、そうかんたんにおあつらえむきの死場所などあたえてくれるものではない。

昨年の死で、もうひとつわたしの記憶に生々しいのは、国学院大学短歌研究会の優れた歌人、岸上大作君の自殺である。かれは温和な内気な学生であったが、六月十五日の押しあいへしあいのどこかにいたということをきいた。文字通りその日の体験は、岸上君の転機をなし、時代の重圧のなかへ出てゆこうとしたようである。『短歌研究』十一月号に「しゅったつ」という作品がある。

血によりてあがないしもの育くまんにああまた統一戦線をいう
美化されて長き喪の列に訣別のうたひとりしてきかねばならぬ
欺きてする弁解にその距離を証したる夜の雨ふらしめよ

しかるに、岸上君は「みえない関係がみえはじめたとき」、とつぜん自殺してしまった。その原因はよくわからないが、かれの眼に、時代はどうしようもない閉塞として映ったようである。わたしは、マヤコフスキイの自殺にはあまり関心をもたないが、わたしたちの若い詩人の自殺にはうごかされ、一本の刃がこころをつらぬくのを感ずる。

岸上君、なにはともあれ自殺なんてべらぼうなことではないか。なぜなら、弱者は時代に耐ええず死ぬ、とうそぶく連中がいるかぎり、わたしたちはみずから死んではならないのだ。また、政治には裏切りやペテンはつきものだなどと称するサド＝マゾヒストが、いっぱしの活動家気取りでいるかぎり、（こういう奴はじぶんが裏切りの経験者にきまっている）きみの詩は政治をはなれてはならなかったのだ。

わたしは、「去年《こぞ》の死」について語りすぎたかもしれない。しかし、半歳にして「去年の死」に何のかかわりもない構造的改良派が、大手をふってそこらを歩きまわっているのだから、まんざらそれを語ることは意義がないわけではないとおもう。

さて、新年は、こういうペテン師たちのお手並を拝見する年になりそうである。「去年の死」はいずれもいくらかは悲劇的な外貌をもたざるをえなかったが、ペテン師たちは賑やかなおしゃべりをかわしながら楽天的に死ぬ。おおきく深く息をしながらかれらの破局を観察しよう。ことわっておくが、この破局は人々の眼には商売はんじょうと視えるにちがいないのである。

また、こういうことをいうわたしを傍観者などといってはいけない。きみとわたしとは傍観と参加の意味がちょうど逆立ちしている。わたしのことばには参加者の否定のかなしみがあるが、きみのことばには傍観者の否定のかなしみがない。それがないかぎりいくら組織活動してもきみは革命者になれないと知るべし。

慷慨談

――「風流夢譚」をめぐって――

わたしは、いままで、深沢七郎の作品をほとんどよんでいない。この作家をもちあげてきた（そして「風流夢譚」にいたってもっと自重してもらいたいなどといった）批評家たちの興行的批評眼をあまり信用できなかったせいである。これが、平野謙とか奥野健男のような、作品のなかにじっくりはいってゆく眼をもった批評家が推賞していたら、事情はちがっていたかもしれぬ。

ところで、「風流夢譚」という作品は、たまたま雑誌をおくりつけてきた日に、手もちぶさたであったため、よむことができた。よみながら、あるところは独り笑いをし、あるところは腹をよじらせて哄笑した。これは、高級落語に類する作品である。そして、深沢七郎という作家の特質が、この一作でわかるような気がした。あるいは云いちがうかもしれないが、深沢は書く作家《ライター》ではなくて、語る作家《テイラー》であり、講釈師の系譜にぞくするのだ、とおもう。落語家や漫才師の才能が延長されたところに、一個の作家がうみだされるようになった、といえるところに現在のいわゆる「マス・コミ支配下の文学」の特徴がするどくあらわれているといえなくもない。

「風流夢譚」で、わたしがもっともくすぐられたのは、「……なのはどうしたことだろう。」という語り口の反覆であった。この文脈にくると独りでに笑いがこみあげてきた。ふたつみっつ例をあげてみると、「私が変だと思うのはこんな秩序を乱すようなことをふだん私はしないのに、そんなことをして、また、まわりの人達も文句を言わないのはどうしたことだろう。」「彼女がこんな磨き方をする筈がないし、私は声もかけないで黙って見ているだけなのは、どうしたことだろう。」「私は黙って見ているだけで、拾ってやろうともしないのはどうしたことだろう。」……

ざっとこんな調子で、あまりながくもない作品のなかで、九回もこの語り口がくりかえされるのである。そして、そのつど、おれは夢をみているのかなといったように小首をかしげている主人公のイメージがうかんで、一種のトボケた味の反覆に可笑しさがこみあげてくるという仕組みになっている。わたしには、ここらが作者のこころみた唯一の意識的な技巧であり、あとは語り師としての才能が自然にすべり出したものとおもわれた。傑作ではないが、月例の作品のなかでは最上等の部にぞくすることはうたがいない。

ところで「風流夢譚」という高級落語は、作者のまったく責任外のところで（このことが重要である）現実上の殺傷事件をひきおこした。作品にはたまたま「天皇」「皇后」という名の登場人物や「皇太子」「美智子妃殿下」という名の登場人物が、金属性の首をきりおとされて横わっていたり、主人公と「昭憲皇太后」という名の登場人物が罵りあって組うちをし、主人公の両股にこの老女の首が羽交締めにされるという一場の笑話が語られているのを、実在の人物を侮辱したものと錯覚した右翼団体が、出版社におしかけて決議文をつきつけたり、これを時評でとりあげた批評家にとく名のきょうはく状が舞い込んだりした。そして、あげくのはてには、右翼かぶれの少年が出版社主の自宅で留守居の夫人と手伝いの女性を殺傷した。

まず、この現実上の事件にたいしては「風流夢譚」とその作者は、何の責任もないことをはっきりさせておく必要がある。なぜならば、作中の「天皇」「皇后」「皇太子」「美智子妃」「昭憲皇太后」は、実在の人物とは似つかぬ人形劇のようにえがかれていて、現実的な感情を触発するはずがないことは誰の眼にも明らかだからだ。

もちろん、作中の主人公と「昭憲皇太后」という名の登場人物との罵り合いのあいだに、「なにをこく、この糞ッタレ婆ァ、てめえだちはヒトの稼いだゼニで栄養栄華《エーヨーエーガ》をして」、「なにをこく、この糞ッ小僧ッ」といったたぐいの応酬がいくつかあり、ここに作者深沢七郎の戦中天皇制にたいする批判のモチーフは、潜在的にはかくされているといえる。しかし、この程度の批判は、いわゆる戦中派にとっては、口に出すのも忌々しいほどあたりまえのことである。そして、すでに現実的な権力として天皇制が消滅している今日、じっさいには無意味にちかいモチーフであるにすぎない。

しかし、故意に誤読しようとまちかまえている反動連中は、たとえどんな作品をかいても、まちがいなく誤読に成功するだろう。深沢七郎の「風流夢譚」でなければ、何某という作家の「何々」という作品が誤読のだしにつかわれるだけだ。これを本末転倒して、文学者がみずから言論表現の自由をほうきするような作品をかいて後退すれば、反動勢力は跳りょうしないなどとかんがえるのは、戦中、戦後にかけてひたすら逃げることによって生きのびてきた批評家の妄想にしかすぎないのである。

「風流夢譚」を、安保闘争の文学的影響としてみる批評家は、わたしのみたかぎりでもいく人かあった。深沢は安保騒動からヒントくらいはえたかもしれないが、この作品と安保闘争とは何のかかわりあいもないのである。だいいち、安保闘争を主導したのは、天皇制体験からはほとんどなんの傷もうけていない戦後世代であり、そのたたかいの目標は直接には独占資本の国家権力だったので、反米愛国でもなければ、天皇制とのたたかいでもなかった。

現在、嶋中事件にたいして、右翼テロから民主主義をまもれ、言論の自由をまもれ、などといっているジャーナリストたちは、国家独占そのものの根柢にたいする批判を提起せず、構造的改良プランなどをおしゃべりしながら、反動勢力の発生や拡大を防げるとかんがえているのだろうか。それとも、自重した作品をかくことによって右翼の構造を改良するつもりなのだろうか。ここのところをあいまいにしないでもらいたいものだ。そうでなければ、深沢七郎のつぎには深沢八郎、九郎……がとんだ因縁をつけられるだけである。

しかも、ジャーナリストは、自分たちだけ右翼にあてたとしかおもわれない謝罪文をかかげたり、犬の遠吠えのような声明を発したりしながら、かんじんの文学者深沢七郎、さよう嶋中事件には何の責任もないのに、もっとも孤立にさらされている深沢を擁護するなんの意志表示もしないのである。きみたちは、いかに商売とはいえ、いつも時流に乗ろうなどとせずに、もっと文学者や思想家の節というものを大切にしてやったらどうか。そして自派以外の左翼に陰湿な言論統制をくわえているじぶんたちの態度もこの機会に反省したほうがいいとおもう。そうでなくて、本ものの文学や思想がうまれるはずがないのである。

ところで「風流夢譚」に関連して、なかのしげはるは、「テロルは右翼に対しては許されるか」(『新日本文学』一九六一年一月)という時評をかいている。それは、安保闘争―「風流夢譚」―「夢」―「革命のイメージ」―天皇の戦争犯罪責任という連環をとりあげた雑文であるが、一読してわたしはその見解のほとんどすべてに同意できなかった。これが、今日、左翼の代表的な意見だなどとおもわれたらすこぶる心外だから、こと「風流夢譚」の部分だけにでもふれておこう。

なかのは、「風流夢譚」について、夢みる自由だけは他人から手出しをできないものだが、それを公表すると別の問題がでてくるという。それは、一般論としては、革命といえば暴動や混乱や流血を空想する革命のイメージの弱さの問題であり、作家の「夢」としては小説を力強くはしないということだとのべている。しかし、わたしにいわせれば、こういう引出しかたがでてくる読み方は、右翼と紙一重しかちがわない作品論であり、一般論としては、プロレタリア文学運動以来ひきずってきた文学理論の弱さ、誤謬のもんだいである。ここでは一篇の高級落語は、その可笑性をしかつめらしい舌うちの音でうち消され、それが革命について誰にも断言できないような独断の上にたった教師風の説教にまでひきのばされる。(革命がどんな形でくるかを現在の段階で断定すること自体が、現実の苦況に眼をそむけようとする弱さである。)

なかのの革命談義は、さらに暴走する。「マサキリ」で「皇太子殿下」、「美智子妃殿下」の首が切られるという、革命とは何のかかわりもない夢譚の一場面から、革命にともなう民主的な裁判をふっとばして「マサキリ」を持ち出すことは、革命侮辱、その無視、あらぬイメージのふりまきということになるというような奇想天外な問題を引き出す。（もちろん作者はこの談義に責任はないと断わってはいる。）

わたしは、なかのの一般論としてのひとりよがりな革命談義をここまでよんで、ほとんど眼をおおいたくなった。この文学者は何を夢みているのだろう。現実の情勢をはっきりとふまえたうえで、これが語られているといえるか。ただ弱さを弱さでうわ塗りした自慰にしかなっていないのである。

なかのはせいいっぱい、作品の世界と、それから任意に引出される一般論とを区別しようと気をつかっている。しかし、一篇の作品をその物語の内容、作中人物のあつかいかたで評価しようとする誤謬からは、どうしても逃れられないのである。いいかえれば、作品の価値と作品の意味とを区別できないのである。なかのに象徴されているのは、文学理論の根柢的な変革以外には救いようがなくなっている左翼文学の現状にほかならないとおもえる。これはその革命談義の弱さとべつものではないのである。

わたしのみた範囲では、なかの的な評価の欠陥をまぬかれているのは「夢と現実」（『群像』二月号）の武田泰淳だけであった。武田は、作品世界と現実との区別をはっきりと説き、この作品から革命談義などを引出すのが見当はずれであることをたしなめ、だが作者深沢七郎が天皇制にたいしていだいている批判が、作品の潜在的なモチーフになっていることだけは見逃さずに拾いあげ、堂々たる一席の「象徴」論さえ展開している。そして、深沢七郎の孤立感をやわらげる周到な擁護さえ忘れていない。わたしが、武田のこの批評につけくわえることがあるとすれば、憲法に「象徴」とあろうがなかろうが、現在もこれからも天皇制などはいかなる意味でも現実的問題にならない、ただ、思想史、精神史の課題としてぬきがたくのこされているだけだということくらいである。

睡眠の季節

1

昨年、革共同全国委員会の機関紙『前進』は、「吉本隆明との訣別」という文章をかかげた。それと前後して、吉本批判の一連のカンパニヤが黒田寛一とそのエピゴーネンによっておこなわれた。わたしの眼にふれたかぎりでも、黒田寛一「党物神崇拝の崩壊」（『民主主義の神話』）、野原宏「前衛よいずこ」（『工業大学新聞』）、西谷文夫「吉本芸術論の陥穽」（『早稲田大学新聞』）その他がある。どだい、わたしはこの連中と訣別するほど深くつきあったおぼえはないし、それにデマゴギイばかりよくできているが批判になってない批判というやつだったので、黙殺することにした。だがのぼせ上っているこの連中は黙殺というのも反批判のひとつであることは通じなかったかもしれない。

それが証拠に最近、早大新聞会は記念論文集をだしたいからと、わたしの芸術論の原稿をもとめてきた。執筆メンバーをきいてみると、ほとんどこの連中か同伴者ばかりであった。わたしは執筆を断った。わたしは昼寝はするが政治ごっこにうつつをぬかすほど暇人じゃない。いったい、訣別した人間に、同伴者と誤解されるような論文集に執筆を依頼するなどとはどういう神経からだろうか。

おそらく、わたしのプチブル性が政治小僧の組織的な批判くらいで直ったり、潰れたりするような軽症ではなく、病い膏肓の深さにたっしているのを知らなかったのだろう。かれらは、ただマルクス主義の文献を読みかじって、こうしてはおられぬという衝動からプロレタリア党をつくれなどといい、学生運動や労働組合のなかにいくらかの足がかりをもっているにすぎまい。ほんとうのインテリゲンチャの根性もしらなければ、労働者の実体も知ってはいないのだ。インテリゲンチャといえば、おれたちはプロレタリア解放の党だぞと脅かすとあわてふためいて「前衛党」にとびこんだり、出たり、同伴したりする我が国の進歩的インテリしか頭に浮ばず、労働者といえば生身のない文献的プロレタリアートしか想像できないで物神化している典型的プチブルにしかすぎないのである

ある思想が生産的であるか、どうか（したがって労働者階級に役立つかどうか）は、かれがマルクス主義文献をよみかじって頭のなかだけ階級移行し、前衛を自称していささかの宣伝活動を実践するか否かによってきまるのではない。意識のなかに喰いこまれた思想の深度（すなわち価値）によってきまるだけである。不幸なことに、身は学生というタテからみてもヨコからみてもプチブルインテリゲンチャ以外の何物でもないのに、インテリゲンチャの自立した思想と運動をつきつめるまえに、だらしない革命家気取りに移行してしまう。これがくだらない政治組織にわざわいされた学生の政治意識の墓場である。街のただのおやじでさえ、現実の社会では学生を青二才としてしか総括しないということを骨身にしみて知っているはずなのに、頭のなかだけで喜劇を演ずる。こういうタルチュフについてルフェーブルはつぎのようにかく。

そのようなタルチュフは、次のように繰返して行く。《「党」は、インテリである諸君に対してずいぶん我慢している。「党」はただ諸君を助けよう、諸君が前進するのを助けようとばかり思っている。……諸君の中の古い人間、プチ・ブルを殺せ。……いや、いや、同志よ、それは君の中でまだ死んではいないのだ。この古い人間というやつは……》タルチュフが自分の中でブルジョアないしはプチ・ブルを殺したとき、彼には何が残るのだろうか？　彼は自殺したのだ。

まったく、喜劇は、いずこもおなじというほかはない。そして自殺者は、他界からプチ・ブル学生やインテリゲンチャやプロレタリアートを指導しようというわけだ。身のほどを知らぬなどといってもはじまらない。狐が落ちるまではやらせるほかはないのである。結論はきまっている。学生運動なぞはインテリゲンチャ運動として自立する以外に、社会の他のどの階級とも連帯することはできやしないのだ。それ以外の方法でみたされるのは、頭のなかだけ階級移行した前衛患者の自慰癖だけである。

病根は、ふかくまたとおい。昭和初年以来、我が国の「前衛党」と同伴インテリゲンチャがしこたまみせてくれたし、戦時下その実践的破産も演じてくれたドラマの第二幕は当分おりそうもないのである。ときはあたかも春で睡眠にはちょうどよい季節である。じぶんは「真打ち」だとおもう学生インテリゲンチャは、やさしい現在の局面を大根役者にまかせて大いに眠るべきだとおもう。

2

わたしの傍に、いま黒田寛一著『組織論序説』(前進社)という一冊の本がある。もちろん借り物で、金をだしてかったわけではない。だいぶ急いで、しかも背延びしてかいたらしく、空マワリした論旨で黒田のスコラ的な研究論文程度の説得力はない。よんでみて、とうていこの著書に展開された組織論を批判する気がおこらなかった。むしろ、こういう駄文を、これだけの量書きとばさなければならない政治家商売に、いささか哀悼の意を表したいような気もちになった。今日、こういう本を読んで学生たちは政治運動を志ざす次第であろうか。まことに心もとない気がする。

この本のなかで、黒田は、「擬制の終焉」から言葉の切れっぱしを二、三カ所引用して、わたしの思想を都市プチブルニヒリストと規定している。ふざけるななぞと開き直るよりも、にやにやするほかかない軽薄な規定であるが、それやこれやをだしにしながらこの機会に必要な最小限度の反論を試みておこう。黒田はかく。

そしてこの第一の潮流（共産同）の理論と実践に即自的に共感をしめし共鳴し、また、アナキスト・グループの「直接的行動」と踵を接して出現したのが、自称ブランキスト集団（《六月行動委員会》その他）であった。「擬制の終焉」（吉本隆明）とか「定型の超克」（谷川雁）とかのスローガンをかかげつつ、三池闘争や安保闘争における自己の行動への意味附与にのりだしたこの第二の潮流は、一括して、いわば「定型の超克」派と名づけることができよう。一方は「庶民」（実は都市小ブルジョア）のニヒリズムを、他方は炭鉱プロレタリアのアナキズムを、それぞれ自己の発想の基盤としているのだけれども……

さて、つぎに、黒田のエピゴーネン野原宏「前衛よいずこ」（『工業大学新聞』昭35・10・31）から引用してみよう。

公認の指導部に絶縁した進歩的インテリゲンチァの組織である六月行動委員会は、小ブル急進主義の温床である。（中略）

進歩的インテリゲンチァの最左翼を自認する詩人吉本隆明氏も又その小ブル的急進主義の代表者なのである。（中略）彼は、デモに動員された労働者大衆に対するアッピールで、数千数万の労働者を戦闘的デモに組織することを夢みる現代のドン・キホーテになって……

つぎはふたたび黒田寛一「党物神崇拝の崩壊」（『民主主義の神話』）である。

〈六月行動委員会の安保総括にこれぐらい集まるのだから、もっと宣伝すれば千人ぐらい集まるであろう、そうしたら彼らに棍棒をもたせて蜂起させれば革命情勢がつくりだせる〉などとつぶやくブランキスト吉本隆明。……

最後にもうひとつ、西谷文夫「吉本芸術論の陥穽」(『早稲田大学新聞』)から頭と尻尾を引用しよう。

たかが〝安保〟で頭にきて、職業革命家まがいの行動をあえてしたあの「吉本」と、最近の芸術理論家としての吉本とは、やはり一脈相通ずるものがあるようだ。(中略)かくして当然、理論ないし学問の継承発展の主体的構造がわからずに、マルクス主義を適用せんとするものに対して「マルクスの馬グソひろい」などという罵言を、彼(吉本)はあびせかけうるわけなのだろう。

これらは、黒田寛一およびそのエピゴーネンのマンガ的頭脳に像を結んだわたしのマンガを切り貼りし、ほんの一部分をよせ集めたものにすぎない。小賢しくもまた軽薄きわまるものであり、また有りそうに仮装されたデマゴギイである。わたしはデマゴギイの点で、日共都委員会の政治的屑たちが、その選挙総括で宣伝カーを拠出して選挙妨害をやった六月行動委員会、という架空の活動写真を作りあげたのと何らえらぶところはないと思った。

こっけいなことに、六月行動委の主要メンバーとして会を推進したひとりは黒田のエピゴーネンであった。まさに、黒田とそのエピゴーネンはいかなる意味でもプチブル急進主義者の温床に巣くっていた同族にすぎないのである。どんな手段を弄しても、じぶんたちは「革命的マルクス主義者」であり、わたしは(おおくの場合わたしイコール六月行動委になっている)都市プチブルニヒリスト兼ブランキスト兼プチブル急進主義者であると宣伝しようという心根は涙ぐましいが、わたしには、かくまでして自分たちの政治組織を押しだしたいというモチーフが一向にわからぬ。いや、それはどうでもいい。そういう権謀術策を弄しても、被害者が黙っているのは、あまりのばかばかしさにあきれはて、ついには若い身空で、と憐れんでいるのだという点に気がつかないとすれば、よほどのばかであるというほかはない。

眼の不自由な黒田寛一がとりまきから聴きかじったわたしの「つぶやき」などを歪曲して、引用するのは仕方がない。しかし五体健全な人間までが、デモに動員された労働者大衆に対するアッピールで、数千数万の労働者を戦闘的にデモに組織することをわたしが夢みた（夢みることが悪いとはおもわないが）とか、この連中に対して「マルクスの馬グソひろい」といったとか、（正確には「頭のなかに馬糞のようにつめこんだマルクス、エンゲルス、レーニンの言葉の切れっぱしを手前ミソにならべたてて」とかいた。）いけしゃあしゃあと書くにいたっては、その脳髄の正常さをうたがわざるをえないのである。

もっとも、わたしがプチ・ブル急進主義者であるとか、都市プチブル・ニヒリストであるとかいうのは、部分的にあたっていないことはない。しかし、それは、黒田が親がかりの都市プチ・ブル哲学者であり、そのエピゴーネンが親のスネかじり学生であるというのとおなじ意味においてである。

わたしは、黒田たちが雑誌『探究』を発行して孤独なねばりづよい理論研究をつづけ、そこで一定の創造的な仕事をしてきたことを高く評価してきた。（それは「擬制の終焉」でも評価している。）しかし、「たかが〝安保〟で頭にきて」反スターリニズム・プロレタリア党のための闘争というスローガンをかかげ、全労働者運動の前衛党を夢みて、爪先立った宣伝活動をはじめたとき、わたしはいたく失望した。わたしにいわせれば、これは、一面において安保闘争を過大評価したための転機であり、一面において現段階の急進インテリゲンチャ運動を過小評価したための錯誤である。おそらく、どんな運動も、まだまだ部分に就く（労働運動であれ、インテリゲンチャ運動であれ）よりほかに前進的ではありえないのは自明におもわれるからだ。もちろん、この場合、全労働者階級の前衛を自称する日共の組織論、その形態は、まったくわたしの関心の外にある。そういう組織論と形態が不毛なことは、十五年戦争におけるもっとも鋭い教訓であり、その欠陥はけっして幅ひろい統一戦線の提唱でおおわれるものとはちがった本質的なものだとかんがえるからだ。

黒田は『組織論序説』で、日共組織のスターリニスト的疎外をとき、官僚主義をついている。しかし、彼らの組織論と政治屋的な利用主義、デマゴギイのふりまき方の、どこに創造的な組織づくりの苦悩があるのだ。わたしは黒田らに、『組織論序説』における黒田自身のことばをおくらざるをえない。

（註二五）批判の対象をあらかじめ歪曲し変形した上でそれを「論破」するというスターリニストの伝統的なやり方は、批判者それ自身のゆがみの投影でしかなく、したがってうみだされるものはデマゴギーでしかない。（二百七頁）

わたしは、政治の素人にすぎない。こういうものは政治運動に口ばしを入れず、ましてや前衛党をつくる（あるいは前衛党である）と称する運動にはひたすら敬意を表し、同伴するのがわが国の進歩インテリゲンチャの伝統である。だから黒田やそのエピゴーネンも無意識のうちに「傍観的知識人」を批判しても、「傍観的知識人」のほうは、反批判しないと思いこんだかもしれない。かつて日共イデオローグ花田清輝がそう思いこんで、まったく黒田たちとおなじように術策的批判を提起したように。しかし、わたしはこういう伝統を信じないし、文学的仕事によって、この伝統を破壊してきた。わたしは、独力ですべてに耐えねばならないという教訓を戦争体験から学んだが、残念なことに「前衛党」などと称するものから戦中も戦後も学んだ体験をもたないから名目を崇拝する根性がないのだ。これは組織を否定するということと自ら別問題である。

　人間はすべて自分の歩んできた思想のプロセスをしらずしらずのうちに合理化しているものである。わたしの場合も、おそらくはそれにたがうまい。だが、本質的な対立点にたち、そこで問題を提起しようとするとき、わたしはわたしの思想のプロセスに拠る以外にいかなる後だても用意しないのである。わたしは、社会にたいしても歴史にたいしても傍観した覚えはないし、また、事の難易だけを問題にするならば、黒田の軽蔑するただの「庶民」が妻子を養いその日ぐらしの生活を維持してゆくことが、プロレタリア党をつくる実践よりも易しいなどという妄想をいだいたことはない。黒田らは無意識のうちにそういう妄想にふみこみ、それによりかえって政治運動から現実の困難なひだをとりさっているのではないか。他については、ここではいわぬが、わたしにたいする軽薄な政治ごっこでもしているような批判からそのことを思うのである。

現代学生論

——精神の闇屋の特権を——

昨年の安保闘争では、学生たちとジグザグデモで「運動」（からだを動かすこと）したり、坐り込みでごろ寝したりして、精神衛生的にじつに愉快であった。わたしの肉体がまだまんざら衰えていないことを発見したのも、ひとつの収穫であった。やつはプチブル・ブランキストだとか、トロツキストだとかいうレッテルなぞは糞くらえである。

また、わたしは、学生運動と思想的な共同戦線をはって力をかたむけてパルタイを攻撃した文章をかいた。このほうは、あまり愉快な思い出はない。わたしがささやかな支援をした共産主義者同盟と無党派の学生新感覚派は、思想的にも組織的にも安保闘争敗北の打撃をうけて分裂し四散してしまった。そして、陰湿な政治屋たちの組織に、安保闘争後の局面をゆだねることになった。裏切りやペテンも体験したが、この種の体験はあとになるほど胸くそがわるくなるものである。もっとも、共産主義者同盟の書記長であった島成郎君のように、爽やかな後味をのこした人物も稀にはいた。

こんなことをいうと、おまえはたかが安保ぐらいで頭にきた政治の素人だ、などという政治的屑がいるかもしれないが、屑はなにをやっても屑だし、爽やかな人物は何をやっても爽やかだということは、知っておいたほうがいいと思う。

わたしは、よくよく食うに困らないかぎり教師にはなるまいとおもっている。だから、おまえは学生が好きか、ときかれてもこたえようがない。また、おまえは学生にとくに関心をもち、期待するか、ときかれても、なかなか複雑で一口にはこたえられない。昨年のいささかの悪縁と、じぶんの過去の体験が、この種のもんだいに口をひらく唯一の機縁である。

じぶんの過去の体験にてらしても、学生というのはまだ人間になっていない美質と弱点をもった存在であるとおもう。自己を発見できない不安や苛立ちで目茶苦茶であった学生のじぶんが思い出されてくる。そして、その後の学生時代には予想もしてなかったさまざまの生活や体験がまざまざと浮んでくる。これが一時にどっとやってくると名状しがたい気持になる。

わたしが、学生生活の最後の年をおくったのは、敗戦直後であった。そのとき「春の枯葉」という戯曲を上演することになり、許可をもらうため太宰治をたずねたことがある。自殺の一年ばかり前だったとおもうが、そのとき、こんな問答をやったのをおぼえている。

「学校はおもしろいかね。」

「ちっともおもしろくありません。」

「そうだろう、文学だってちっともおもしろくねえからな。だいいち、誰も苦しんじゃいねえじゃねえか。そんなことは作品を、二、三行よめばわかるんだ。おれが君達だったら闇屋をやるな。ほかに打ちこんでやることはないものな。」

「太宰さんにも重かった時期がありましたか?　どうすれば軽くなれますか?」

「いまでも重いよ。きみ、男性の本質は何んだかわかるかね。」

「わかりません。」

「マザーシップだよ。優しさだよ。きみ、その無精ヒゲを剃れよ。」

わたしは、いま、学生に無精ヒゲを剃れといいきるだけの度胸はない。その当時は、敗戦の混乱で社会はたぎり立ち、わたしのこころは暗かった。いまは、社会は息ぐるしいほどの秩序をもち、わたしのこころはおなじように暗い。当時の闇屋に相当する商売は、いまの社会にはないのである。わたしは、か。

太宰治にならって、精神の闇屋になれ、それ以外に打ちこんでやるものはない、とでもいうべきだろう

　闇屋というのは非合法であった。正常のルートでなくてもかまわないから品物を仕入れてきて、これを販りつけて金をもうける。途中でポリスに押えられたら、仕入れてきた品物は没収され、説諭か罰金を食うことになる。

　現在の社会には有難い平和と民主主義が支配し（そうにちがいない）、これを守り行ない、破壊しようとする勢力に反対し……ということは認めても認めなくてもどちらでもいいが、精神の闇屋たる資格はじつにこういう有難い社会に存在する革命派とか進歩派とか保守派とか右翼とかいうのが、いずれも一皮むけばまやかしではないかと疑うこころをもつことである。いいかえれば、革命派や革命党になるまえに、かならず革命的であることである。

　太宰治は、革命的な文学者であった。かれは、革命的と革命派とのちがいをつぎのように解明した。

　「徒党」といふものは、はたから見ると、所謂「友情」によつてつながり、十把一からげ、と言っては悪いが、応援団の拍手のごとく、まことに小気味よく歩調だか口調だかそろつてゐるやうだが、じつは、最も憎悪してゐるものは、その同じ「徒党」の中に居る人間なのである。かへつて、内心、頼りにしてゐる人間は、自分の「徒党」の敵手の中に居るものである。（「徒党について」）

　しかし、我が国の革命派は、みずからはプチブル以前、革命的以前の学生のうちから、はやくもあれはトロツキズムだとか、ブランキズムだとか、解党主義だとかいう死語をふりまわすことをおぼえてしまう。それは、政治意識の墓場であり、そうなったらけっして革命的でありえなくなるのである。

　ところで、精神の闇屋も、運わるく精神のポリス（官僚）につかまると、仕入れた非合法の物品を没

しゅうされ、平あやまりにあやまらされることがある。昨年、いささか悪縁をつないだ学生運動の幹部諸君は、かかる官僚主義者に詫びを入れて、闇の仕入品を没収されたときく。それはたんなる事故にすぎまいから、恥っさらしだとはいうまい。ねがわくば、こんど再生するときは、闇屋の精神を、自立したインテリゲンチャ運動として我が国の思想的な風土に土着させてもらいたいものだ。

昨年の安保闘争における学生運動は、基本的に正しかった。かれらの指導者が、たんなるイデオロギストではなく、思想家だったら、ブランキズムだから駄目だとか、トロツキズムだからだめだとかいう愚論を排除して、インテリゲンチャ運動として自立し、目的意識的に醇化するみちをとれたはずだ。おそらく、わたしたちは日本の政治思想運動史にはじめての本格的なインテリゲンチャ運動の出現をみられたにちがいないのである。そして、それは本格的な労働者運動に道をひらく必要な道であった。だが、つまらぬ官僚主義者の大義名分をつきつけられて崩壊にむかった。

けっきょく、学生運動は、いっさいの政党支配をたたき出して、インテリゲンチャ運動として自立するほかはないし、また、ほんとうの前衛党をつくりたかったら学生運動なぞに色目をつかったり、前衛志願者のプールをもとめたりしても仕方がないのだが、こんなことをはたからいくらいっても、マルクス・リバイバルで恍惚となっている反対派学生や、日共革新派の尖兵をもって自認する学生は、寝言くらいにしかおもわないのである。わたしも、また場ちがいを好まないから、このへんで判断をとめることを択ぶ。

学生は宙吊りにされたインテリゲンチャである。ある日、ぶつんと綱をたち切られる。綱をたちきるものは何であってもよい。かれはどこへおちてゆくのか？　ある者は、株式会社機構の末端の事務椅子や計器の前に。あるものは精神の合法性のほかになにもゆるされない革新的なまたは保守的ジャーナリズムのデスクに。あるものは、現状維持のほか何も欲しない労働運動の書記の椅子に。そして少数のものは、「くり返しによって、おどかしによって、仮面をかぶったおどしによって、断言のもつ軽蔑的な力によって、一挙にあらゆる論争の上に席を占め」たがる政治的屑のあつまる集団へ。

しかし、現状ではたとえどこにおちても、生きてゆくことは依然として困難であることにかわりない。だから精神の闇屋にとっては、おちてゆく場所を択ぶことも、択ばないこともおなじようにみえるはずだ。どこへいってもこの世は明るい地獄だということを熟知しているから。ただ、学生はいわば普遍的な存在だが、いったん綱をたちきられておちてしまうと、おちた場所の特殊性をとおしてしか普遍がみられなくなることは疑いない。やがて、いやでもじぶんがただの生活人であることをおもい知らねばならない。だからこそ、普遍的な視野の幻想は、はやく醒めない方がよいのである。そして、醒めないうちに、醒めたものにはけっしてできない知識や思想や運動を蓄積したほうがいいとおもう。

おそらく、いまの学生生活は、十五年まえの学生生活にくらべて、はるかに宙吊りの程度が低くなっているだろう。社会でおこった事件は、たとえどこでおこっても手易く学生生活を貫通してゆくし、風俗も慣習もそのまま流通しているにちがいない。その間の事情は教師でないわたしにはよく判断できない。ただ、精神に関与するほかはないが、精神的にみれば、いまの学生は、十五年まえの学生よりもはるかに辛いにちがいない。十五年まえも、つまらぬ連中が雨が降る日は天気が悪いというようなつまらぬ言論を行使して、どうにもやりきれなかったことはいまとおなじだったが、社会の無秩序は底ぬけの廃頽もゆるしたし、どんな可能性もうけいれるようにみえた。

いまは、現象的にみれば、前途はすべて計量できるようにさえみえる。二十歳の学生は、十年後に三十歳になり、そのとき失墜した天使であることは、たとえかれが何を撰択しても、まずまちがいはない。しかも、地獄におちてやろうと思って眼をつぶってとびおりても、地獄へとどくまえに拡散した瞳孔をひらかざるをえないのである。

現在の膨脹した、そしてどこにもぬけみちのない社会で、精神の闇屋にはどのような途がのこされるのか。闇屋に闇屋の特権がないとすれば、この世の革新派の末端に合法的にしがみついて資本主義の構造を改良する商売をはじめるよりほかないはずであろう。だが、特権がないとはおもわない。精神の闇屋は、かれが一介の生活人にすぎなくても、精神は砂漠のなかで、この社会の革新派や保守派的な秩序の外で語ることができるのである。そこで語ることは、労働者階級の本質と対話することである。そして、現実の労働ボスや官僚と対話することではない。

戦後、ただ一人の革命的（革命派的ではない）文学者太宰治は「かくめい」について自殺の年にこうかいた。

じぶんで、したことは、そのやうに、はつきり言はなければ、かくめいも何も、おこなはれません。じぶんで、さうしても、他のおこなひをしたく思つて、にんげんは、かうしなければならぬ、などとおつしやつてゐるうちは、にんげんの底からの革命が、いつまでも、できないのです。

「党生活者」

こんど小林多喜二の「党生活者」についてかくまえに、かれの最大の対立者だった林房雄の『文学的回想』（新潮社）をよんでみた。林房雄の回想のうち左翼文化運動に足をいれた時代のところは、ひとがいうほど偏見もなく、またべつに反動的だともおもわれなかった。さすがに、林のなかにも政治運動や、まがいの文化運動の泥沼にふみこんだものが誰でも感ずる胸くその悪さが、数十年をへてなおおりみたいにたまっているらしく、むきだしの感情がところどころ貌をだしている。たとえば、『小林多喜二全集』第九巻評論集から、林自身との論争文をよみかえしたあとの感想としてつぎのようにかいている。

読後の感想は、ああ、これもまた愚かな党派の愚かな闘争にすぎなかつたといふことだけであつた。真理のための論争ではない。党派の利害が真理に先行し、真理を抹殺する「政治」の厭らしさだけが砂のやうに舌の先に残つた。

小林多喜二といふ凡庸な作家が、政治の歯車に巻きこまれて殺されたために、現代の偶像の一個になつてゐる。

二十九歳の私は、どんな事実を見せられても、厭世的にはならなかつたが、五十二歳の私は、こんな事実を見せられると、厭世と厭人の思ひに取りつかれる。――これが読後の感想であつた。

小林多喜二の「文学評論」は、今読んで見ると、どれ一つとして文学評論にはなつてゐない。にも拘らず、共産党といふ党派が存在するかぎり、彼のまちがひだらけの「文学評論」は「古典」として通用するであらう。

私は、この種の「政治」を信じない。小林多喜二はそのやうな「政治」を最高の政治と信じたために、あのやうな殺され方をしたのだ。


まったく、ごもっともだとでもいうよりほかない。しかし、政治の愚さに耐え、林房雄のように厭世や厭人にもならず、転向もしない方法だっていくつかある。ひとつは、じぶんがいつでも相手以上の政治的嫌らしさを発揮して、毒を吹きつけてやることである。もうひとつは、いつでも相手以上の党派性を発揮して、あらゆる党派をたたき出してやることである。そして、第三に、文学者に政治的な立場はあるかもしれないが、文学をつくることには、なんの政治性もないことをはっきりとつかむことである。しかし、政治は、乞食とおなじで三日やったらやめられない習慣性がある。現に林房雄の生涯は左右の政治にのめりこんだ生きた歴史であり、この『文学的回想』ですら、政治的でないとはいえない。レーニンの『何をなすべきか』という天才的な政治教程は猛毒をふくんでいて、その毒に耐えられないたくさんの凡庸な政治家志願の青年たちを人間的に駄目にしてしまう。かれは自分が駄目になった所以を他人の責任に転嫁することだけはえとくして、ただ徒党を物神化するにいたるのである。世のインテリゲンチャは政治のいやらしさが骨身にこたえるほどには政治にちかづかないくせに、徒党の物神化を遠巻きしてたすける。こういう政治風景は、小林多喜二という「凡庸な」政治作家を論ずるばあい無縁なことがらではないのである。

戦後すぐに、中野重治や宮本顕治のような共産党員文学者と、平野謙や荒正人のような同伴者文学者のあいだに、「党生活者」をはさんで論争がおこなわれたことがあった。

作中の「私」は、官憲の眼をくらます必要上、知合いの「笠原」というタイピストと同棲する。ところが、「私」のほうは党生活で夜になって家を出てゆく。「笠原」のほうは、昼間勤めに出て「私」を喰べさせるが、勤めからかえっても「私」と団らんすることもない。「笠原」は、世間なみの女らしい不満をもらす。一緒になっても散歩にもでてくれない、というような。「私」のほうは「笠原」に寄生していながら、この女は如何にも感情の浅い、粘力のない女で、とうてい自分と同じ仕事をやっていけない人間だ、というような虫のいいことを内心でかんがえる。

「笠原」は、シンパであるのを察知され、勤めを首になり二人の生活は窮してくる。「私」は最後の手段として「笠原」にカフェーの女給になったらどうかとすすめる。「笠原」は暗いイヤな顔をしてきいているが、しまいに「女郎にでもなります！」とヒステリックにこたえる。この女はすべて「私」の犠牲であるという風にしか、かんがえられず、そのためヒステリックになるのだ。犠牲というなら「私」は殆んど全部の生涯を犠牲にしている。しかも、それでさえ幾百万の労働者や貧農の日々の生活で行われている犠牲にくらべたら、ものの数ではない。これが、いつも「私」の論理の根底を支配している倫理である。

平野謙や荒正人の論点は、この「私」の「笠原」という女性のあつかい方が人間蔑視であり、また仮面をかぶったエゴイズムにすぎないという点にあった。これに対し、中野重治や宮本顕治の論点は、いや、作者はひとかたならぬ苦悶といたわりで女をあつかっており、これは「私」をおろおろしながら理解してくれる年とった母親にたいする「私」の愛情と差別をともないつつ一貫しているのだ、というような点におかれた。

しかし、いまにしておもえば、この論争は「党生活者」に関するかぎり意味をなしていない。問題ははじめから「私」の「笠原」にたいする態度が人間蔑視のエゴイズムか、いや、情況に追いつめられつつ一見、人間蔑視とも受取られかねないようにしかあつかいえなかった苦悶を人間解放の運動の苦戦とからめて評価すべきであるか、というような点にはなかったのだ。ここにえがかれた「私」と「笠原」

とのあいだの葛藤のようなものは、小市民であると労働者であるとにかかわりなく、日常生活のあいだにしばしば起り、たれもが黙って解決している程度のものだ。とくに深刻でもなければ、特殊でもないのである。もし、平野謙や荒正人のようにこれをおおげさに人間蔑視と呼ぶならば、小市民や労働者は、失業したり、長期出張で家をあけたり、放蕩したりする都度、人間蔑視のドラマを演じなければならないことになる。また、中野重治や宮本顕治のように「私」を美化するのは馬鹿気ている。ここにあるのは、この程度の夫婦（男女）間の葛藤を処理し、生活の方途をみつけることができない「私」の人間的未熟さ、夫としてのくだらなさ、耐乏性のない単純さでしかありえない。それは、この「私」が党生活者であっても、小市民や労働者であっても、そのことによって株が上ったり下ったり、赦されたり赦されなかったりするというたぐいの問題ではない。すくなくとも、「私」と「笠原」のあいだに関するかぎり、この「私」という人物は、世間にありふれた家庭の夫以下のつまらぬ未熟な男にしかすぎない。もちろん我が国の政治文学者たちが、夫や妻として小市民や労働者以下であることは、自ら暴露した自伝的な小説作品をよめばあきらかであって、あえて、「党生活者」の「私」だけをこき下ろす必要もないほどである。

「党生活者」という作品は、素材の珍らしさで稀少価値をもつことはうたがいない。わたしたちが文学作品をよむばあい作品のできばえ如何にかかわらず、素材の特異さに興味をひかれることはありうる。この作品の主人公は、世間の人並の生活とちがった生活をおこない、その周辺におこる事件を、世間人並の考え方とちがった考えかたで切りとってくる。それが素材の世界としていかにも物珍らしくかんじられる。作品のなかにでてくる「私たちのやうな仕事をしてゐるもの」、「世の人並のこと」ということばのくりかえしに注意しなければならぬ。おそらく、作者のなかには、「私たちのやうな仕事をしてゐるもの」と「世の人並のこと」とのあいだには千里の径庭があったのである。作者は、けっして「世の人並のこと」として「私たちのやうな仕事をしてゐる」という発想をもちえなかった。「私」は、したがって必然的に「世の人並のこと」を技術の問題としてしか理解することができない。

今獄中で闘争してゐる同志Hは料理屋、喫茶店、床屋、お湯屋などに写真を廻されるやうな、私達とは比べものにならない追及のさ中を活動するために、或る時は下宿の人を帝劇に連れて行つてやつたりしてゐる。それと同時に私達は又「世の人並に」意味のない世間話をしたり、お愛そを云ふことが出来なければならない。が、さういふことになると私はこの上もなく下手なので随分弱つた。この頃では幾分馴れては来てゐるが……。

平野謙や荒正人が、「私」の人間蔑視をつきたいならば、こういう点をつくべきであった。この「私」なる人物は、人間の本質とは何物なのか、人間を解放するとは何なのかを全く理解しないでくの棒にしかすぎない。「世の人並」の商人のもみ手のお世辞のなかにさえ三分の真実はあるかもしれぬ。しかし、この「私」は、お愛そや世間話を「出来なければならない」技術としてかんがえ、また、人間によってではなく、お愛そや世間話によって、「世の人並の」ひとの疑念をまぎらわせるつもりで、もそもそ三文の役にもたたないお世辞笑いのひとつも身につけようと努めるのである。「人と円満に交際する方法」といったたぐいのわいい本の著者とすこしもちがわない人間認識しかもちあわせてないのである。

このような「私」の人間認識は、必然的に政治を技術としてしか理解できない利用主義にまで転落する。「笠原」との対比において作者が肯定的にえがいている「伊藤」という女性は、主として人間を利用するのが巧い人間という点で作者に肯定的にえがきだされているのだ。

未組織をつかむ彼女のコツ（傍点は筆者）には、私は随分舌を巻いた。少しでも暇があると浅草のレビユウへ行つたり、日本物の映画を見たり、プロレタリア小説などを読んでゐた。そして彼女はそれを直ちに巧みに未組織をつかむときに話題をもち出して利用（傍点は筆者）する。（余談だが、彼女は人眼をひくやうな綺麗な顔をしてゐるので、黙つてゐても男工たちが工場からの帰りに、彼女を誘つて白木屋の分店や松坂屋へ連れて行つて、色々のものを買つてくれた。彼女はそれをも極めて、落着いてよく利用した。）

好きだからレヴュウへ行き、日本映画をみ、プロレタリア小説をよみ、男工と遊びにいったりしているのではなく、利用するためにやっているという作者の描写を信ずるならば、この「伊藤」という女性はまったく人間の屑としかいいようがない女である。ここでも「人を管理するコツ」といった類いのわい本にもみまがう低劣な人間認識が顔をだす。似て非なるイデオロギーがいかに人間を屑にしてゆくかをこの作者はまったく知らずに描き出している。

「党生活者」のなかから、この種の人間と政治にたいする技術主義、利用主義の描写をみつけだすことはきわめて容易である。主人公の「私」は、喫茶店につとめて「立ち腫れ」した「笠原」の足に触れ、辛さをかこつのをきいて、「立ち腫れ」でガクガクする足を後から靴で蹴られながら働いている紡績工場の女工の話をしてきかせ、「笠原」のつらさは自分だけが逃れれば逃れられるつらさとかんがえずに、直ぐそれがプロレタリア全体の縛りつけられているつらさとかんがえるべきだ、と説教し、「本当に！」という笠原を自分の胡坐のなかに抱えこんでやるのである。

この個処は、平野謙や荒正人に反論した宮本顕治によって「私」の「笠原」にたいする苦渋といたわりと愛憐をしめす描写として引用された個処である。まったく馬鹿気た見解である。ここにはレーニンがきいたらさぞかし嘆くだろう「私」の狡猾な論理があるにすぎない。個々のプロレタリアは「自分だけ」がつらさから逃れる環境をもったとき、一人でも多くそこから逃れなければならない。そういう論理によってしか個々の環境におかれたプロレタリアとプロレタリア全体とをつなぐ問題はでてこない。

「私」という人物は、自分が「笠原」に寄生しながら、「笠原」をよりよい生活条件に引き出そうと考えてみたこともないくせに、いつも、「笠原」よりも劣悪な条件にいる個々の大衆の環境をひきあいに出して、いわば倫理的に「笠原」を脅迫し、生活費の甘い汁だけは守ろうとするのだ。こういう「私」の論理が、けっして部分的な錯誤や欠陥ではなく、根底的な誤謬であることに気付かないとすれば、そういう批評家は革命について語り、プロレタリアについて語ることはできまい。まして、政治運動などやっても、ろくなことは仕でかすはずがないのである。

わたしは「党生活者」を、作中人物のあつかわれ方からとりあげてきた。このようなあつかわれかたは、すべて作者の人間と政治意識のもんだいとしてあつまってくる。そして、おそらくこの作品のばあい、作中の「私」の人間観や政治観は作者のそれとかんがえて大過ないようにできているのである。ここには、人間を当面の政治活動に利用できるか、できないかによってしか判断できなくなり、人間と人間との関係を技術やコツによってしか処理できなくなった悲惨な疎外された人物たちが、じぶん自らの疎外を意識しないままに登場し、言動する。もともと技術主義に流れる傾向のあったレーニンの思想をスターリンが機能主義化し、その末流がさらに利用主義化し、この作者のようなひと粒の麦は、ただ忠実にそれを、尊奉するよりほかすべがなかったのである。作中の「私」の、そして作者の悲劇をもっとも明瞭に語っているのはつぎのような個処である。

今では季節々々さへ、党生活のなかの一部でしかなくなつた。四季の草花や眺めや青空や雨も、それは独立したものとして映らない。私は雨が降れば喜ぶ。然しそれは連絡に出掛けるのに傘をさして行くので、顔を他人に見られることが少ないからである。私は早く夏が行つてくれゝばいゝと考へる。夏が嫌だからではない、夏が来れば着物が薄くなり、私の特徴のある身体つき（こんなものは犬にでも喰はれろ！）がそのまゝ分るからである。早く冬がくれば、私は「さ、もう一年寿命が延びて、活動が出来るぞ！」と考へた。たゞ東京の冬は、明る過ぎるので都合が悪かつたが。

わたしは、季節々々さへ、党生活のなかの一部でしかなくなった、という「私」の述懐をさして、悲劇だといおうとはおもわないし、また、雨が降れば、傘をさして顔を他人に見られることが少くなるから嬉しいという「私」の追いつめられた情況を、悲劇とよぶのではない。じぶんの人間的な疎外を疎外として意識することができず、情況の悲劇的な切迫を悲劇として認知することができないままに、無邪気にこういうことを述懐している「私」や、十五年戦争の前期に、こういう歪んだでくの棒みたいな「私」しかえがくことしかできなかった作者を、悲劇とよぶのである。たとえば、レーニンはロシヤ革命の前期に、こういう追いつめられた体験をなんべんもしたかもしれないし、そのような体験のなかで自分の人間をみる眼が、ちょうど「党生活者」の「私」のように利用主義的に歪んでゆくのを覚えたかもしれない。しかし、そんなことは口にも出さず、書きもせずに耐えては過ぎることによって自らの人間性を破滅からまもりえたにちがいないのだ。

しかし、「党生活者」の作者は、「私」にはちょんびりも個人生活はない、季節でさえ党生活のなかの一部になった、などという作品を無邪気に書くことによって、何々道話とでもよぶよりほかない低俗な教訓小説をのこした。この作者が虐殺されたことは、「党生活者」のような作品を残したことで一層後代の人間にはつらい記憶となる。後代は、一九三〇年代のはじめ頃「日本共産党」という密教的な前期集団があり、小林多喜二という作家が、その集団の生活を、「党生活者」という作品にえがいたと記録するとおもう。

葬儀屋との訣別

安保闘争後おおよそ一年ちかくのあいだは、まことに俗物たちの滑稽なうごきの絵巻物であった。老いも若きもあげて闘争の成果をわが田にひきいれようとしてまさにじぶんがあるべき必然のすがたをさらけだした。これらは、いわば死臭をかぎつけて集ってくる鳥の群れとも、葬儀屋とも喩えることができる。そして死んだのは一体だれなのだ。

樺美智子か？　岸上大作か？　それとも共産主義者同盟か？　それらはたしかに死に、あるいは解体に直面したといえる。しかし、ほんとうに葬儀屋たちから土砂をかけられたのは、個々の死者、個々の組織の消長の背後にあるひとつの魂であり、戦後史を擬制の手からまもりつづけてきた何かであった。

わたしのかつて敬愛した詩人は、生涯の危機にさいして「街上比興」という詩をかいている。

蹉跌は証だ。
真なるものは必ず蹉跌す。
蹉跌の深みに転落せぬもの、
己はそいつの友ではない。
君見たまへ、此のおもちや屋の
葉巻の灰は崩壊しない。

サンタクロオスにもらふなら
ほんとに火のつくハヴアナがいいな。

崩壊しないようにみえたのは、まさにオモチャ屋の店にならんだ擬制的な「葉巻」であった。ここに安保闘争敗北の喜劇的なあらわれをみなければならない。曰く、代々木共産党、曰く、構造的改良派、曰く、市民民主主義派、曰く、革共同全国委その他大勢。轉ったのはことごとくコケの集りだけである。「擬制の終焉」ですでに指摘した以上の動きも、それ以外の動きをもこれらの党派はしめさなかった。概括して烏の群または葬儀屋とでも名づけておくのがもっとも適当である。

葬儀屋の特徴はいくつかある。そのひとつは他人の悲劇を喰い物にして自分の腹を肥やすということである。そのふたつは、陰湿であるということである。そのみっつは、すでに硬直し死滅した物体しか取扱わないことである。これだけいえば、安保闘争をくぐったことがあるものはたれも思い当たるところがあるはずである。

わたしのかんがえでは、今後、一、二年のあいだに葬儀屋たちに吸収される部分と、葬儀屋たちから訣別する部分とは、しだいにはっきりと区別され、現在のような混沌情況は終そくするとおもう。そして、その情況がはっきりすることとは、望ましい唯一の事であるといえるかもしれない。わたしたちの当面するたたかいは、葬儀屋たちに死体をすべて吸収させ始末させた後に、これら前期集団を止揚するための「ほんとに火のつくハヴアナ」をつくりあげることである。

レーニンの「何をなすべきか」や「左翼小児病」を、普遍の真理のように教条化して、前衛党と自称したり、まさにそのステロタイプとして安保闘争後反帝・反スタ的なプロレタリア党をつくれなどといい出した大小官僚主義者にはやりたいことをやらせ、吸収されたい奴は全部収容させなければならない。その作業はできるだけ完全であればあるほど、そのあとに展開される真の政治運動や思想運動にとっては、これら前期集団を止揚する作業がやさしくなるからである。
わたしは、最近ある大学に文学の話をしにいって驚いた。そこでは、「変革期における学生の役割」とか「変革期における文学の役割」とかいう白々しいテーマが揚げられていた。学生インテリゲンチャの頭脳も、ここまで甘くなれば、もう完全に救いようがないのである。私はまずはじめに現在の情況が如何なる意味でも変革期ではなく、深刻な過渡期である所以をはっきりさせなければならなかったのである。

おそらく、現在を「変革期」などとかんがえている学生や教師は、安保闘争が良い意味でも悪い意味でも戦後史の総決算であったという認識がなく、その総決算の敗北を身をもって実感してこなかったのにちがいない。安保闘争はそれを主導した共産主義者同盟がプチブルブランキズムで労働者運動を媒介しなかったから敗北したというようなものではない。いちばん良くて急進インテリゲンチャ運動であり、その他はすべてそれ以下で、労働者運動にいたっては政治闘争をたたかう内実さえもなかったというのが実相である。それは、実力を出しきった敗北であることは、わたしたちが身に泌みて知ったところである。勝った勝ったなどと呼号している日共や、じぶんたちだけが「革命的共産主義者」だなどと称して日なたに当りたくなった革共全国委などは、まず、けちな謀略で他の組織や個人を陥れるまえに、自ら溺れるまで安心して負けつくすがよい。あとの始末は、わたしたちがただ真なる思想を呈示する以外にどんな謀略をも弄することなく付けるであろう。

わたしは安保闘争後に雨後の筍のように簇出した組織論や革命談義などは、すべて遊びだとおもっている。やれ、民族民主革命だ、やれ構造的改革だ、やれ、中間的市民革命だ、やれ、反帝反スタプロレタリヤ革命だ……まったく閑人の床屋革命論など犬に喰われるがよい。安保闘争は、たしかに既成の前衛神話を相対化した。しかし、これらの遊戯的な革命談義がかげをひそめ、ただ真なる組織形態と真なる思想と政治運動の方向だけが論議されるという風潮をうみ出すほどには、組織物神性を破壊することはできなかった。これらは、自己意識の底からほとばしるようにして革命を論じたり、組織論を展開しているのではなく、ただ自ら吹けば、とぶような徒党によりかかり、それを押しだしたいためにまるでオウムの歌くらべのように囀っているにすぎないのだ。

いま、わたしの関心をもつのは、安保闘争の負傷者や重傷者だけである。そうだ、死者もまたわたしの意識の底に重く沈んで、どうやら太平洋戦争の死者たちの像とかさなっている。ほんとうをいうとじぶんの力をつくさないのにこれらの死者がこころに沈むのが辛い気がするがあえて死者たちにはそしらぬふりをつづけようとおもう。

傷はやがて回復する。その深手を媒介してうち出された思想は、きわめて長い時間をかけて徐々に形をあらわし、そして現状をたえず媒介しながら前期集団を止揚し、おおきく確実に脈絡をつけながら、やがて結晶するだろう。それだけが徐々に進行する支配権力の攻勢に耐えるゆいいつの方向だから、かならず成し遂げられずにはおかない。大小官僚主義者にとう酔している部分が擬制とたたかいながらわたしたちの陣列に参加する日のあることを確信しながら、わたしたちは出発する。

蹉跌は証だ。
真なるものは必ず蹉跌す。
蹉跌の深みに転落せぬもの、
己はそいつの友ではない。

頽廃への誘い

過渡期というものはしばしば言い難いことが起るものである。頽廃が革命的言辞のうちに進行し、珠玉のような言葉は、流布されることを嫌い、一般性を卻けて、現実の底へ底へと沈んでしまう。そして凡庸な政治運動家も、優れた政治運動家も、それぞれ別々な意味でこの過渡期の力学とは無縁である。一方はまったくの思想的な盲目によって無縁であり、一方はそれを当然の基盤とかんがえるが故に無縁なのだ。いまわたしたちのあいだで、革命的前衛があらわれ、基幹産業労働者にその拠点を獲取するならば、経済的・政治的な危機において革命は成遂するなどと繰言をいっているものたちは、うたがいもなく凡庸な政治運動家の一群である。それらが死組織として転落するよりほかはないことは、過渡期のいわば力学的な必然なのだ。

安保闘争後、一年間にわたしたちが体験した政治情況と思想情況は、まさに深刻な過渡期の様相であった。まずそこで、安保闘争による躍進を謳歌したのは、たたかわざる前衛党であった。そして、たたかわざる前衛党の躍進を危惧し、焦躁にかられてプロレタリア党をつくれなどと名告りでたのもその代同物であった。烏合の衆はどれだけ集まっても烏合の衆である。他人の死臭を嗅ぎわけ、屍体を喰いちらすことしかできはしない。わたしたちは、これらの浅薄な政治劇と、それに随伴するインテリゲンチャの狂騒にたいしては、深刻な過渡期の力学を対置させなければならぬ。

しかし、いずれにせよ老いた頽廃は、自発的に死滅する。若い世代にあらわれた頽廃にたいしてメスを入れなければならない。そのひとつは安保闘争が急進インテリゲンチャ運動のブランキズムによって主導され、労働者運動を媒介しえなかったことが欠陥だと主張し、硬直した既成前衛党にたいして現象的に反スターリニズムを対置し、国際資本主義にたいし反帝を対置し、プロレタリア党をつくらねばならないという形をとって出現した。そして若いに似合わずすでにイデオロギイ環のなかに閉じこめられる部分は拡大していった。ここでは、急進インテリゲンチャ運動などは何べんやってもいいし、何べんでもやらざるを得ないのだという発想は皆無であったし、労働者の運動は現在内実は政治闘争をたたかえないほど後退しているのだという認識もなかった。そこにはプチ・インテリゲンチャに特有の労働者物神化と、硬直したモラリズムの裏がえしである策謀と、イデオロギイ宗教化とが位を占めていた。また、白髪の爺さんになるまではプロレタリア党をつくれと言いつづけねばならないという透徹した情勢判断もなかったのである。一労働者として企業に入り、しずかに確実に生涯の事業として運動をつづけようというような落着いた勇気もなかった。ただ、昨日学習した書物の言葉が今日主張され、昨日論議された結論は今日スローガンとなってあらわれているにすぎなかった。これが革命的マルクス主義の名において若い世代に行われている頽廃の例である。過渡期の波濤はこれらの頽廃に根こそぎの変革をうながすか、みずから硬直して死組織にはいる以外にはないのだ。

この一年のあいだに安保闘争後の局面について、わたしなどの判断を上廻ったとおもえることがある。それは敗北の打撃が予想外に深く広範にひろがったことをかんがえあわせて、やはりこの闘争が戦後史を劃するものであり、権力のたたかいにおいてふり搾られた最上の力によっておこなわれたことを納得せざるをえなくなったということである。

わたしは、いちども安保闘争を勝利とかんがえたことはなかったが、その敗北の深度においてこれほど決定的であったとはかんがえなかった。プチブル・ブランキズムだから敗れたのではない。それ以外ではあり得ない必然によって敗れたのだ。学生運動のかわりに労働運動が主線に登場し、共産主義者同盟のかわりに革共全国委が登場しても現情況ではどのような勝ち方もできないことは明瞭である。

この痛覚は、すでに一年まえに要求されていたにもかかわらず、安保闘争後一年のあいだに登場した諸勢力は、ただ組織エゴイズムをうりものにした葬儀屋にしかすぎなかった。今日、権力に抗する全勢力の頽廃を決定的に進行させ、その在り方を否定的にえぐり出すかわりに、自派勢力の拡大をしか志さなかった。それは、自らを楽天的な死組織の列に加える葬列にほかならないことを証明したのである。

わたしたちは、絶対的な力量において現在、権力に拮抗するだけの力をもたないということを憂慮し、あわてふためく必要はない。なぜならばそのばあい責任はひとりひとりの肩にかかり、既に情勢は成るようにしか成らないからだ。

しかし、このような情況において、楽天的な戦略談義に花を咲かせている組織や勢力の頽廃は正視するにしのびないものがある。過日、わたしはある学生とひとつの問答をやった。

「あなたはこの一年学生とはつき合わんそうですがほんとうですかね。」

「ほんとだね。」

「なぜ」

「馬鹿馬鹿しいからさ。きみたちはおれをあのけがらわしい進歩的文化人のひとりだとおもっている。おれはきみたちを労働者もしらず、まして労働運動もしらないし、涙といっしょにパンを呑み下した生活も体験しないプチ・インテリだとおもっている。こんな軽蔑しあった付き合いは頽廃だからな。」

「イデオロギイの一致さえあれば政治的な共闘はできますよ。」

「そのイデオロギイというのが問題ですよ。きみたちは何しろ組織の機関紙であたりかまわぬマルクス主義のオサライ論文をかく神経の持主だからね。性に合わんです。きみたちには黒田寛一のプチ・インテリ的スコラ哲学くらいが分相応だよ。」

「じゃあ、なぜ去年は共産主義者同盟と共闘したんですか。共産主義者同盟は理論的な雑輩で、黒田哲学と対馬ソ連論と宇野経済学とハッタリとの混血ですぜ。」

「ちえっ、ハッタリは革共同全国委もおなじさ。じぶんでは何ひとつ創造しようとしないで匿名で大口をたたいている学生がいるじゃないか。黒田哲学なんてのも三浦哲学のエピゴーネンだぜ。宇野経済学！　あの象牙の論理。対馬ソ連論てのは閑人の閑論さ。かれは戦争中、自らにがい目にあってきているのに、どうして日本論、日本革命論を執念をもって追及するかわりにソ連論など追及したんだ。戦争を知らない学生とはちがうんだ。

去年共産主義者同盟と共闘したのは、そこに新しい思想感覚をみたからだ。日本の現代史がはじめて産みおとしたものの影をみたからだ。日本の太平洋戦争はマルクス主義の転向を生んだ。これらの転向者は、その体験を思想的に構築することによって、いいかえればマルクス主義の土着の可能性に方向を与えることによってしか、戦後存在の価値はないはずなのだ。

ところで、日本の戦争そのものが生みおとしたおれたちの課題はなにか。それは反動的思想の体験を否定的に媒介するという逆方向から日本論、日本革命論をやることしかないし、それをやってきたさ。その結論の果てには、どうしても共産主義者同盟のような幻があらわれねばならないはずなのだ。これが、昨年共闘したモチーフさ。おれは革命的マルクス主義者だなどと自称したっておれたちは全く信用しない。吹けば飛んじゃった連中が何をやったか戦争中さんざん見てきたからね。」

「あなたの推賞する共産主義者同盟も、じぶんのプチブル急進主義を自己批判して、革命的マルクス主義者の組織、革共同全国委に同調してきましたぜ。」

「へえ、そうだとしたらとんだ買い被りだったよ。〈革命的マルクス主義〉なんてのは、福本イズムの興隆と衰退によって歴史的に戦争中完全に破産していますよ。今日の日共老世代は破産した〈革命的マルクス主義〉の居直った姿さ。革・革・革命的マルクス主義くらいがでてくるはずですよ。何かね、あの革共同全国委というのは。屑拾いみたいなけちなまねをしやがって。

革は挫折し、革・革が挫折し、革・革・革が幻《まぼろし》のすがたさ。」

ここまでかいたところで政暴法反対闘争で学生デモと警官隊との衝突がつたえられた。知人から電話がかかってきた。

「昨夜の衝突では警官側は高姿勢なようですよ。今日、午後一時から政暴法反対の中央集会があるはずですが、出掛けませんか。」

「よしましょう。昼寝をしますよ。」

そうこたえて、あとに無限の独白がつづくのである。安保闘争はいわば大阪冬の陣であった。外濠は埋められた。つぎに「国家安康」の鐘に因縁をつけて政暴法を強行採決してきたとしても、内濠だけでたたかって勝てないことはわかりきっている。安保闘争を敗北とかんがえることのできたものが、必敗の情勢をよく認知しているだろう。そしてこんどもよく闘うのは敗北をしっているものなのだ。敗北につぐ敗北の道をひたばしりに走りつづけるところにしか革・革・革の幻はあらわれないのではなかろうか。

ところで、安保闘争を勝利とかんがえたものたちは、政暴法闘争でも「勝利」するだろうし、つぎに何々闘争でも「勝利」するだろう。そしてその果てには徹底他力、組織物神、自己覚醒の放棄、官僚的屑の幻しかあらわれるはずがないのだ。敗北を知りながらたたかわなければならないときは必ずあるものだ。そのことはたんなる決断のもんだい以外の何も意味しはしない。しかし、一度、敗北した方法で、二度敗北することはだれにも許されないのである。「出掛けませんか」、「よしましょう、昼寝をしますよ」

いま、わたしたちに必要なのは敗北の認知を普遍化することである。勝った勝ったという大本営発表式の論理が、支配者の論理とドレイの論理との和解によって成立するものであることをはっきり眼の前につきつけられるまで、徹底的に頽廃は進行しなければならぬ。日本共産党、日本社会党、経験至上主義の労働ボス、進歩的インテリゲンチャ……これらからオプティミズムの影を根こそぎ取りはらい、もはやおちるところがないまで転落させるほか道がないのである。

ところで、ここに「革命的マルクス主義者」と称するものたちがいる。ただ鈍い頭脳にマルクス主義文献をつめこんだだけで何も取柄はないのだが、これらの頭脳に像を結んだ「革命的マルクス主義」を、革・革・革命的に変革しなければ、永久に、基幹産業労働者に組織的な基礎をもつプロレタリア党をつくらなければ革命できないという図式から逃れられないだろう。この図式には「何を」という革と、「如何なる現実で」という革がまったく欠けているのである。歴史的な現実過程から出発するのではなく、自己の脳髄の理解力から出発する。したがって「革命的マルクス主義者」たちは、政治屑的なゴシップ、うわさ話、プチ・インテリゲンチャ的愁嘆場の濁った空気を吸いながら、硬直したよそゆきの組織論を作るという矛盾しか呈示できないのである。

「あなたは随分えらそうなことをおっしゃるが、あなたの組織論てのはどういう骨格をもっているんですかね。きかせてもらいたいですね。」

「すくなくとも前衛があって労働者運動に拠点を獲取すれば、プロレタリア革命ができるなどという白々しいことは口にしないさ。レーニンをよめば文盲でないかぎり、そんなことはかいてあるからな。さしあたって疑え、すべてを疑えというスローガンでもってレーニンの組織論を現実の波濤のなかに沈没させるのが理想だとおもう。そうはいっても、レーニン全集をよむ奴もよんで改めて感動し、宗教的に信仰する奴もあとをたたないだろう。サラリーマンになり投資信託でマネー・ビルという青年があとをたたないようにね。だから信ずべからざる忍耐がいやになったら、沈黙して言わないよりほかない。きみは、いまの時代をどんな時代だとおもっているのかね。日本の現状勢はどう評価できるのかね。」

「変革期だとおもってますよ。おおざっぱに革命前夜ですね。」

「冗談だろう。再々いうとおり深刻な過渡期だろうさ。われわれはどんな敗け方の自由ももっているわけだが、口でやれ人民民主主義革命だ、プロレタリア革命だ、構造改革だ、市民民主主義革命だなどと遊び言を喋りちらしながら敗けるようなみっともないことは、おれはごめんだね。ドスの利いた敗けかたしかしたくないね。だから、組織論としていえることは、自立組織が各種各様にある求心的な運動をつづけ、脈絡をつけては、核のほうこうへ繰込み、また脈絡をルーズにして各種各様の自立的な運動をつづけながら徐々に結晶してゆくよりほかなかろうさ。大衆組織ではもの足りなくなった自立集団があってどうしてもやりきれなくなったら、中衛組織くらいにしぼってみればいいさ。それで爪先き立ちで無理だということがわかったら、もとの大衆組織に戻ればよい。中衛でもものたりなかったら前衛的結晶をやってみて、無理ならもとに戻ればいいさ。」

「われわれのような『革命的マルクス主義者』はそんな生ぬるいことには満足できないから既成前衛を打倒して唯一のプロレタリア党を目指すほかないわけだ。」

「そんなことをいって既成前衛と密通しそうなのは、『革命的マルクス主義者』だぜ。相似形はただ左右に移動さえすれば一致するからな。どんな意味でも大人である日本の労働者が、きみたちの『革命的マルクス主義』などに喰いついてくるわけがないじゃないか。喰いついてくるのは、同類だけだ。日本の労働者運動はね、きみたちが物神化するほど立派なものじゃない。まず、進歩的労働運動家に疎外され、そしてこの労働運動家が、かつて産業報国会運動のファッショ的指導者であったという意味で二重に疎外されている。そして日本の労働者は戦争下には天皇の絶対指令に黙々と服従し、戦後は既成党の方針に黙々と服従してきたという意味で、ドレイの体験を二重化している。いわば、いずれも前科二犯だ。どうして、いかにしてこれらの日本の労働者が階級として自立的に立ち上がる姿を幻《まぼろし》にえがくことができるのかね。こういうことに絶望したこともない奴が『革命的マルクス主義』だとは嗤わせるじゃあないか。

戦後最大の闘争といわれた安保闘争のなかで、おれは労働者運動の自立した姿、未来を予見させる幻をいちどでも、片鱗でもいい見たいとおもったが、無駄であった。ただ牛にひかれて善光寺詣りという姿をみただけだ。

何もしないで、絶望ばかりふりまくなどといわないでもらいたい。無智がさかえたためしはない。すくなくとも経験だけはおれのほうが労働者や労働者運動を知っているからな。絶望の根はもう十何年前からあるさ。」

「しかし、現に日本共産党は相対的に強大な勢力として存在し、日本社会党は大衆政党として労働運動に勢力を張っているわけだ。これらの存在を現実に否定できないで、しかも別途をたてようとすれば、どうしても反帝・反スタ・プロレタリア党をつくれという課題に集中せざるをえないでしょう。それ以外の方向は、すべて結果的に既成前衛を利することになる。あなたもそうだ。」

「なるほど、一見するといかにももっともらしくきこえる。しかし、きみとおれとでは既成前衛を否定するといっても、否定の深さがちがうし、モチーフが根本的にちがうさ。きみたちは、既成前衛が官僚主義的に堕落し右翼化している、その根源はさかのぼれば一九三〇年代以後の国際官僚スターリニズムとその従属者日共にあるという認識にたっている。だから反帝、反スターリニズムの前衛党をつくれなどという。スターリニズムの代りにトロツキズムを、さかのぼってレーニズムを、さらにさかのぼってマルクスをというように遡行する。しかしわたしのかんがえはまるでちがう。現にわたしたちのまえに前科二犯の前衛と大衆がいる。第一犯目も第二犯目もともに手に血をまみれさせてきた現実的過程である。この根源と切開の方法はどこにあるかをまずたずねる。わたしはいままでおもに第二犯目のプロセスを追及してきた。これはわたし自身にとっては十代後期の体験的もんだいだ。この否定のモチーフからは反帝・反スタ・プロレタリア党をつくれなどというスローガンは唐人の寝言以外の意味をもたない。きみたちは日共が強大になるかもしれない、スターリニストに革命をやられてはかなわないと危惧する。まるで自分自身の鏡をみて危惧しているのも知らないでね。しかし、わたしには日共が革命をやるなどとは全くナンセンスだからその強大を危惧することも皆無である。この意味でわたしは全マルクス主義者（じつは「マルクス主義」主義者）とまったく見解を異にする。日共によって革命がおこなわれる可能性は百パーセント存在しない。これは先験的とかんがえてもよい歴史的宿命である。だから、日共のたんなるアンチ・テーゼによって革命がおこなわれる可能性は百パーセントない。つまり反帝・反スタ組織によってね。これは明快な論理の帰結だし、現実過程の証明でもある。今日、構造的改良派から反帝反スタ派までを支配している理論の白々しさ、無思想性の根底はここにある。

わたしの思想は構造的改良派よりもきみたちのいう意味では右で竹内好や丸山真男に親近するし、またきみたちのいう意味では、反帝・反スタ・プロレタリア党をつくる連中よりは左だ。いやようするに、きみたちのようにマルクス主義にはスターリニズムとトロツキズムがあり、その領域に右翼ソフト・スターリニズムから左翼ハード・スターリニズムや、トロツキイ・ドグマ主義までがあり、それ以外は社会民主主義者やプチブル思想しかいないないなどとおもっている奴は駄目さ。問題外の外だ。」

「あなたは、政治イデオロギイと思想とを混同しているのだ。あなたのいいかたはただ混沌を混沌にかえすだけで、明瞭な実践的指針などは、そんなものでは創れない。政治的実践は、おまえは既成の前衛に対決し、これにかわる政治的前衛たれ、そうでないものは去れというほかはないのだ。」

「いよいよきみたちとの対話も大詰めにきたな。だからきみたちを前衛患者というのだ。きみたちにとっては、労働者階級の根幹に基盤をもった政治的前衛なくして革命なしという命題は、先験的範疇にまで病化している。しかし、わたしにいわせれば、それは、高々原理的な（現実的なではない）真理にしかすぎない。だから、前衛患者だとか、前衛などやめてサラリーマンになったらどうかなどという半畳が入るのだ。

きみたちは、わたしがただ否定し破壊的な言辞をふりまき、現在の政治・思想情況を混沌とかきまぜているとおもうかもしれない。しかし、わたしには、それが唯一の現在の建設だという確信がある。わたしたちの現代史の近々三十年の経過は、先験的範疇にまで病化した政治的前衛が、その舌の根もかわかないうちに崩壊したことをおしえている。いや崩壊したばかりではなく、逆に支配権力の政治的走狗の前衛として蘇生したことを教えている。これは現実の出来事であって、疑うにも疑いようがないのである。きみたちの血のなかにもその素質は混入しているさ。つまり遺伝さ。わたしたちが、実践的に現実とかかわるということは、いわばこの混入した素質の遺伝と意義のうちとそとでたたかうことを包括するものだ。きみたちは、きみたち自身と歴史的にたたかったことはない。これはいいかえれば、現実をかえるために、現実的にたたかったことはないということを意味している。ただ、頭脳の理解から入り事象に吠えかかっているだけにすぎないのだ。」

わたしたちは、いまたえずふた色の危機にさらされて佇っている。ひとつは、わたしが混沌と呼ぶ過渡期の思想、すべての既成の価値は否定されうたがわれながら、あらたな規範は形成されない情況――これらを細分化し稠密にふりわけて、粉々に砕いてある整序にゆきつきたいという欲望である。この欲望はわたしたちにすでにどうすることもできなくなっている客観的情勢の相を鏡にうつすように教えるとともに、その必然的な結果として絶望へ誘う。もうひとつの危機は、混沌を一挙にふりさばいて顔を出せば、まさに今日の現実に、その変革に出られるという錯誤である。かれはたかだか事象の面に顔を出し、やれ、人民民主革命だとか、構造的改良だとか、反帝・反スタ・プロレタリア革命だとか、ようするに今日の現実においては、言っても言わなくてもおなじ空言をもてあそぶことができるにすぎないにもかかわらず、事象への反応の連鎖から未来がひらけるというはてしない楽天にみちびかれる。この楽天は、歴史はかならずなるようになるというのと同義であるから、今日のインテリゲンチャの主観の情況を救済するが、かれら自身のほかには何ものをも変えることができないのである。

このようにして、わたしたちのまえには、ふた色の頽廃が進行している。これらは、いわば必然性をもって出現した頽廃であるから、ただ必然性をもって、やがて影をひそめるであろう。わたしたちが、自己権力を組織化し、その組織化が、労働者の階級的組織の課題をひきだし、それに席をゆずるという現実過程がおこなわれるためには、もろもろの党派的な楽天主義者たちが思想的に死滅し、わたしたち総体の努力によってかならず止揚されなければならない。まず、なによりも必要なことは、頽廃が進行することであり、進行させることである。頽廃者が自ら革命的マルクス主義者と称しようと、新左翼と称しようと、正統派と称しようとそんなことは何のかかわりもないことだ。」

「なんだ、結局全否定のくりかえしか。おれたちが、あなたにもとめるのは昼寝か、そうでなければ、具体的な革命のプログラムの提出だ。そんな非生産的な繰言はききたくもない。」

「冗談をいっちゃいけない。昼寝はすくなくともゼロだ。全否定はプラスだ。やれ、人民民主主義革命だ、構造的改良だ、反帝・反スタ・プロレタリア党をつくれなどといっているのはマイナスだ。こういう理論的な確信がなければ、昼寝もおちおちしていられないさ。まして、わざわざ否定をやってのける親切心もわかないさ。

それよりも、わたしたちは自問自答してみる必要がある。おまえは、現在のこの情勢のうちにあって、独りで被支配階級の本質を負って立つことができる自己前衛として、猫の首に鈴をつけにゆく科学的な確信を所有しているか？　ということをね。いますぐ、答えられなくてもいいさ。自問自答を果てしなくつづけさえすればね。現実は、やがてすべての反支配大衆にそのこたえを強制するかもしれない。匿名で、おまえはプロレタリアートの立場に立たないからプチブルだなどという吹けばとぶような理論的気焔をあげたり、じぶんが小者だということを狡猾に利用して、日共に所属しながら、反日共の革命的マルクス主義者とやらにおべんちゃらをつかって、わが身はどっちへ転んでも前衛だなどとやに下っているようにはいかないさ。

正直いって、安保闘争では大衆のひとりとしてどんな大衆行動でもやる覚悟だったが、こんな闘争で死んでたまるかという意識はたえず頭にちらついていた。六月十五日の国会内のもみ合いの最中にもね。

つまり死ぬ覚悟はなかった。

そこで、あとになって考えてみた。十五歳から二十歳までのあいだ太平洋戦争中、わたしはひとかどの文学青年だったが、この戦争で死んでもいいとおもっていたし、またそれは平気であった。すると、わたしは、戦後十五年のあいだに生活的な執着をふやし、駄目になったのだろうか、それとも、思想の年輪をまし成熟したのだろうか、ということをね。そこで、わたしのなかに、ふたすじの感慨がわいた。ひとつは、戦争中のわたしは、人間とは何か、生きるとは何かということをまるで知らなかったといってもいいということだ。それだけに決断明晰があった。ことわっておくがこれは、良い悪いという倫理的なもんだいではない。事実のもんだいである。もちろん、その当時も、自分の考えていることは一人前だとはおもっていたにもかかわらず、一人前というのは、だんだん質も量もちがってくるものだということをしった。もうひとつの答えは、やはり、死の認識、死をうけいれることができるかどうかが、思想の尻尾にたえずくっついて、何だかだといっても、生命知らずが強いということが、思想をしめくくるのは、まちがいではなかろうかということだ。死は不慮の交通事故によってもおとずれるし、権力とのたたかいによっても偶発されるかもしれない。これは、生活—現実の面でおとずれる。思想は観念のなかで現実にはいる。おおざっぱにいえばべつべつのことだ。

レーニンの亜流たちは、レーニンにおいて必至であり必死であった組織論を形骸だけうけとる。そして前衛の名をかりた頽廃者をつくり出した。『禍害なるかな、偽善なる学者、パリサイ人よ、汝らは一人の改宗者を得んために海陸を経めぐり、既に得れば、之を己に倍したるゲヘナの子となすなり。』という奴だ。前衛なんてやつより、たたかいに死んだ大衆のほうが優れているのだ。レーニンよりも、ロシア革命で死んだ大衆のほうが偉いのだ。指導者や前衛などというものは、嫌だ嫌だとおもいながら仕方なしに必然に成るよりほかに救いようはないのだ。資本主義の権力者は私的利欲のうちに必然的に成立し、革命の前衛は嫌だ嫌だのうちに仕方なしに成立する。これが前衛の心情的基礎と大衆の関係だ。

もしも、大衆が、とりわけて労働者がかれの全生涯の重さを、自己意識としてとり出すことができれば、じぶんを特殊者とかんがえているつまらぬ前衛患者はけしとんでしまうだろう。そこで、太平洋戦争期と戦後十五年を経たいまのわたしとのあいだにおこなわれた変化は、駄目になったということでもあり、また成熟したということでもあるといえるが、その自問自答は、じぶんの全生涯の重さを、自己意識とし自己権力としてとりだすことができるかどうかということに帰着する。」

「あなたのいうことは依然として寝言だ。政治過程というものは、そんな空想的なことではない。かれ、かれを棒でなぐり倒すという実践だ。科学的な理論によって導かれたところのね。」

「どうせそんなことになるだろうよ。もしもそれが可能な時代がきたらね。わたしの問題にしているのはそんなことではない。きみたちの棒では石の壁はなぐり倒せるかといっているのだ。棒はどこから如何にしてつくりだすのか。全生涯の重さを、自己意識としてとりだすことによってだということだ。モザイクの棒を、ずっしりした重みにみせようとするとざらにいる革命的マルクス主義者になるほかはないぜ。きみたちとわたしとは『何をなすべきか』において訣別する。レーニンの『何をなすべきか』の読み方もまるでちがうが、現在の日本の情勢において何をなすべきかもちがう。十年後のことは愚かだから問うまい。」

「結局、平行線か。」

わたしの問答は、ここで終らなければならぬ。わたしは、現にわたしが存在している現実的な場所にかえる。そして、わたしの対話者も、まさにその固有の現実的な場所にかえらなければならない。わたしと対話者のあいだに共通の現実性があるとすれば、今日膨大にふくれあがった独占資本のもとで虫のように生き、虫のように愉しみ、虫のように愛憎し、虫のように嚙みつき、といった生活に馴れきってはいないし、馴らされてはいないということだけだ。そのことがわたしたちが耐えてきた責任と今後耐えなければならない責任の証しである。

軋み

地方の炭坑地帯にすみ、政治的活動をしていると、大都市はどうみえるか。谷川雁の「東京へ行くな」という詩をよむとよくわかる。そこには理解されることを拒み、同時に無限の恨みだけは確かに都会に伝えてやろうという執念に似たものがある。

ところで都会の真中にすみながら、地方の炭坑地帯をみるとどういうことになるか。落盤、水没、ガス爆発におびやかされる劣悪な労働条件下、ツルハシにカンテラさげてこの世の地獄へ下りてゆくイメージが構成される。しかし、このようなイメージを構成する人種は、おおむね地方がいやになり都会へ憧れ出た地方人であるか、または、都会のなかの非都会人である。わたしなどは、焼酎などをたらふく飲み、女たちにたわむれかかり、もつ焼や煮込みなどを詰めこんで、結構おもしろおかしくやっている坑夫のイメージが、まっさきにやってくる。

快楽の機関にぎっしり囲まれ、機会はあたりを水びたしにしているなかで、閉鎖的な坑道を掘りつづけている独占支配下の都市庶民、労働者にくらべれば、かの炭坑地帯は天国ではなかろうか。逆説的にきこえるかもしれないが、今日、まず、真先に欲望と快楽を奪われるのは、大都市の住民であり、それが地方都市に波及し、都市的農村に及び農村にいたる。炭坑地帯はおそらくいちばん最後までこの世の快楽を味わえるところではないかとおもう。炭坑労働者は、べつに働く必要も、たたかう必要もないかも知れないが、しだいに追いつめられる快楽と娯楽の機会だけは、盃をなめるように味わうべきだとおもう。どうせ、やがては都市労働者なみにこの支配がつづくかぎり、快楽や娯楽を真に味わえなくなるのだから。

安保闘争後、進歩主義者たちは「草の根まで」民主主義を滲透させせよと地方農村へ出かけていった。さて、かれらが薬草をさがすように草の根をさがし、そこに民主主義という滲透性殺虫剤をまきつける速度と、今日の独占資本が、草の根を絶滅しようとする速度とどちらが早いのだろうか。これはお伽噺の材料でしかないのである。日本の進歩派が、地方都市、農村へ出かけていって、「おい、今のうち遊んでおかないと、もう遊べなくなるぞ」と遊説したり、進歩派学生が夏休みに「ひとつ田舎の寺の廊下で涼風に吹かれて昼寝をしよう」という帰郷運動でもやるようになれば、すこしは本格的になるのだが、如何せん進歩派先生、生徒は折角都会に住んでいながら擬似快楽を快楽と勘ちがいして地方農村に劣等感をもったり、逆に啓蒙しようなどとかんがえたりするアベコベ連中だからどうしようもないのである。

快楽がなお生き生きと存在しているところにしか、権力とのたたかいは存在しない。擬似快楽のあるところには擬似闘争があるだけだ。擬制の波は日本の至るところの地方に押しよせ、どうすることもならないのである。

伝えきくところでは、大正炭鉱の大正行動隊は、見事なたたかい方をしているそうだ。想像するのだが、そのたたかいは「味方は大方たおれたり、しばらくここをといさむれど、恥をおもえやつわものよ、死すべきときはいまなるぞ」という昔懐しいたたかいではないかとおもう。しかし、わたしたちの進歩派は、大正行動隊が如何なる快楽と娯楽にふけり、如何なる遊びを常日頃こととするかを伝えてはくれない。快楽が闘いの実体を測る唯一の尺度だということを理解するものが尠いのである。

わたしは、安保闘争後一年間、昼寝をして暮した。そして余分の金がたまにあると、女房と三歳の娘をつれて浅草へ遊びにいった。食い物あり、射的あり、パチンコあり、スマート・ボールありである。射的を例にとろう。十発の玉で、はじめは一個のタバコも落せなかったが、近頃では三個くらいまで落せるようになった。
この間、大正行動隊は、パルタイからの攻撃とたたかい、炭労幹部のダラクとたたかいながら果敢に工作したことがビラの跡にみえる。わたしのタバコ三個の上達は、大正行動隊のたたかいによく拮抗しうるや否や?

また、この間、わたしも関係している「さしあたってこれだけは」について、『アカハタ』は中央委署名の非難をのせた。また、佐々木基一というテレビ批評家が、『現代芸術』という月刊娯楽雑誌に批判をかいた。つい最近は、中野重治日共中央委員が、『新日本文学』という進歩ボケの雑誌におなじく批判をかいた。わたしは、すべてこれをやりすごした。何故ならば、わたしの眼中には、すでに革命ボケや、進歩ボケなど完全に無としてしか映らないからである。それらは、在っても無くても大勢には影響ないもので、わたしは、まさに射的屋の十発のコルク玉と格闘することをえらんだのだ。

わたしたちは、いますさまじい斜面にたっている。斜面の滑り心持は快適である。擬似快楽にふけっている者たちが、阿呆にみえるのである。滑りエネルギーは斧を振上げさせる仕掛けになっている。

わたしたちは、炭坑労働者の実体をしらないし、そのたたかいの意識の度合いをはかることができない。しかし、概してわたしの幼時体験と労働体験と歴史的判断からいえば、日本の労働者のイメージは脆弱で坑夫も例外ではないとしかおもえない。今日、もっとも快楽の豊饒にめぐまれた炭坑労働者が日本の労働者全体の規劃をひとまわり巨きくする原形質をつくりだすことができないかとわたしは夢想する。もっとも、こんな無いものねだりをするまえに、日本のインテリゲンチャが、観念をつないでいる鎖りをたちきり、たれもとめることができないほど、高く高くはね上り、広く広く跳びまわることのほうが先決なのだが。さて、わたしも一年間の射的の腕を実戦に試みようとかんがえている。

詩とはなにか

1

わたしのように、かきたいことをかく、といった無自覚な詩作者のばあい、詩の体験はいつもさめたあとの夢ににている。そのあとに意識的な光をあてておぼろ気な筋骨のようなものをとりだすことはできる。だが、詩的体験からひとつのさめきった理論をみちびきだすことは、とうていおぼつかないのである。いまわたしは詩についてある転換のとば口にたっている。予想もしていなかったことだが、自覚的な詩作へというかんがえがときどきこころをかすめてゆく。詩作の過程に根拠をあたえなければ、にっちもさっちもいかない時期にきたらしいのである。そのためかどうか、ここ二年ほど、あたらしく詩をかく機会は数えるほどしかなかった。

その間、雑事が多くなったとか、生活に追われたとか、政治づいたとか、いろいろ理由をかんがえてみても、それだけでは詩作がすくなくなった事実をおおいつくせない。過去にもそんなことがあった。その時は、経済学書や政治学書や哲学書をメモをとりながら読んでいるうちに、一、二年するとまた、いつか詩がかけるようになった。ここ一、二年の時期には思想的な評論や雑文をかいてきた。政治づいていくらか飛沫もあびた。この間、言語の芸術としての文学という課題の基礎的な理論について文献をあさり、ノートをとってきた。政治的な泥は、やがて政治的に対立者たちに酬いればたりる。だが詩の問題はけっきょくじぶんに飛沫がかえってくる。できるかぎりいままでの詩的体験を解剖し、補うべきものは他によって補いながらふたたび詩をかくための意識的な根拠をあたえなければならない。

一九五二年頃「廃人の歌」という詩のなかで「ぼくが真実を口にすると　ほとんど全世界を凍らせるだらうといふ妄想によつて　ぼくは廃人であるさうだ」という一節をかいたことがある。この妄想は、十六、七歳ころ幼ない感傷の詩をかきはじめたときから、実生活のうえでは、いつも明滅していた。その後、生活や思想の体験をいくらか積んだあとでも、この妄想は確証をますばかりであった。

すくなくとも、『転位のための十篇』以後の詩作を支配したのは、この妄想である。わたしがほんとのことを口にしたら、かれの貌も社会の道徳もどんな政治イデオロギイもその瞬間に凍った表情にかわり、とたんに社会は対立や差別のないある単色の壁に変身するにちがいない。詩は必要だ、詩にほんとうのことをかいたとて、世界は凍りはしないし、あるときは気づきさえしないが、しかしわたしはたしかにほんとのことを口にしたのだといえるから。そのとき、わたしのこころが詩によって充たされることはうたがいない。

年少のころ、日常いつもつきあたったのは、慣習的な精神への苦痛だった。たとえば、きみたちは素直で健全でなければならないなどと教師が説教したとすると、おおうそだとおもってたいてい馬鹿にした。また、そんな同年輩の少年にあしらうような感じをもった。いまはべつだが年少のころは、こういうのは精神を習慣に服従させた結果だとかんがえていた。たとえ、本人がどうであろうと、素直さとか明るさとかいうものは、この社会では、誰か他人（おおくは肉親）の手によって小環境が守護されてきたことを意味している。かれはのほほん顔の王様にすぎないが、かれを王様に育てた人物たちは、この社会からの疎外の波をアトラスのように支えたはずだ。こういうことが判りかけたのは、いくらか後になってからである。

しかし、慣習的な精神への苦痛や侮蔑は、実生活では解消することはできなかった。まず世間は、あらかた素直で健全な精神に荷担するし、明るく素直な少年は、闊歩した。わたしは職業軍人になろうと思ったことはなかったが、こういう同年輩の少年は、わたしの環境ではおおく職業軍人のような社会肯定的な方向へむかったようにおもう。わたしは羨望を感じ、孤独でありながら、その方向へ行けなかったというのが妥当なところである。だから、戦後になっても、戦争で死んだ同年輩に対する非難に、じぶんの異和を申し述べて同調するよりも、かれらの死を擁護した。

戦後、時代はかわり社会は一変したかにみえたが、ただひとつかわらないことは、素直で健全な精神は、社会を占有し、そうでないものは傍派をつくるという点である。これは、イデオロギイによって左右されない。たとえば、じぶんで、コミュニストとかマルクス主義者とか云っている連中を泣きおとすのは、簡単である。プロレタリアのためとか、前衛党のためとかもちだされて、まともに振舞える人物に、わたしは、ほとんど出遇ったことがない。また、革命的な立場にあるものを批判することは、支配者に荷担するものだという論理が擬装された信仰にすぎないことを看破できる革命的なインテリゲンチャに出遇ったことはない。

戦後でも、ほんとのことを口に出したら世界が凍ってしまうという妄想は、ますます強固になった。ただ、習得したのは迂路をめぐる方法であって、この点では少年時代から一向に進歩したとはおもわない。おそらく、「ほんとのこと」を口にできる社会や時代は、現在のところただ指向しうるだけである。わたしにとって、詩にほんとのことを吐き出すというのは現実上の抑圧を、詩をかくことで観念的に一時的に解消することを意味しているようである。

現実の社会では、ほんとのことは流通しないという妄想は、あるひとつの思想の端緒である。それとともに、詩のなかに現実ではいえないほんとのことを吐き出すことによって、抑圧を解消させるというかんがえは、詩の本質についてある端緒をなしている。抑圧は社会がつくるので、吐き出しても、また、ほんとのことを吐き出したい意識は再生産される。だから詩は永続する性質をもっている。ここ一、二年詩をかくことが途絶えがちだったとき、わたしは、批評文によってできるかぎりほんとのことを吐き出してきたといえる。しかし、詩がえらばれないで、たしかに批評文がえらばれた。このばあいでも、現代の日本の文学界では、批評文ではあぶく銭が手にはいるが、詩では銭がはいらぬ……等々のような卑近な理由があるのを否定しようとおもわない。しかし、それだけの問題ではない。わたしにほんとのことを吐き出したい気持が薄れたなどということもまずありえない。ここで辛うじていえることは、詩の場合には、ほんとのことはこころのなかにあるような気がし、批評文の場合にはある事実（現実の事実であれ、思想上の事実であれ）に伴ったこころにあるような気がすることである。だから、詩作が途絶えがちであった時期、わたしは内発的なこころよりも、事実に反応するこころから、ほんとのことを吐き出してきたということはできる。

詩とはなにか。それは、現実の社会で口に出せば全世界を凍らせるかもしれないほんとのことを、かくという行為で口に出すことである。こう答えれば、すくなくともわたしの詩の体験にとっては充分である。しかし、これは、百人の詩作者にきいて、百通りの答えがでるなかのひとつの答えにしかすぎない。以前なら、このほかに必要なしとかんがえ、判断をとめたにちがいないが、いまわたしには詩にたいしていくらか余裕をおいた好奇心がある。他の詩人や批評家や哲学者たちが、詩について何といっているか、たずねてみたい。ちがった答えにぶつかるのはじゅうぶん承知のうえである。

萩原朔太郎は『詩の原理』（新潮文庫）のなかでこうかいている。

夢とは何だらうか？　夢とは「現在《ザイン》しないもの」へのあこがれであり、理智の因果によつて法則されない、自由な世界への飛翔である。故に夢の世界は悟性の先験的範疇に属してないで、それとはちがつた自由の理法、即ち「感性の意味」に属してゐる。そして詩が本質する精神は、この感情の意味によつて訴へられたる、現在《ザイン》しないものへの憧憬である。されば此処に至つて、始めて詩の

> 何物たるかが分明して来た。詩とは何ぞや？　詩とは実に主観的態度によつて認識されたる、宇宙の一切の存在である。若し生活にイデヤを有し、且つ感情に於て世界を見れば、何物にもあれ、詩を感じさせない対象は一もない。逆にまた、かかる主観的精神に触れてくるすべてのものは、何物にもあれ、それ自体に於ての詩である。

朔太郎の原論で、「そして詩が本質する精神は、この感情の意味によつて訴へられたる、現在しないものへの憧憬である」という個処は、あきらかにわたしの詩の動機と接触する。「現在しないものへの憧憬」というものを、「現在しえないものへの憧憬」とでもいい直せば、一致さえするようにみえる。朔太郎が「現在しないものへの憧憬」というとき、わたしたちはふたつの意味をうけとる。ひとつは、絶望した生活者としての『氷島』の詩人の思想であり、もうひとつは、詩をかくということの状態において、たれもが感ずる現実との隔離感を、朔太郎もまた指しているのではないか、ということである。前者は、いわば詩人論の課題であるが、後者は詩論の課題としてここで近づこうとしている問題にぞくしている。この問題をもっとはっきりさせてゆかなければならない。

中村光夫は『小説入門』（新潮文庫）のなかでつぎのようにかいている。

> 詩の場合は作者の思想や感情は言葉によって直接に表現されます。詩の本質は歌であるとはよくいわれることであり、また結局において、正しい定義のように思われますが、歌は言葉であるとともに言葉以前の肉声――または叫び声――です、僕等の感動のもっとも直接な表現です。
>
> 詩はこの肉声に言葉をできるだけ近づける性格を持ち、そのために言語をその日常性社会性からできるだけ解放することを目指します。

ここでは、詩の本質が歌であり、歌は言葉以前の肉声――または叫び声であるという個処に着目したい。ほんとのことを口に出せば世界は凍ってしまうならば、それができない社会では、絶えず、ワァッとかウオウとかいう叫びをこころに禁圧しているとも考えられるからである。日常の会話でも対者から言葉をおさえられたとき、意識は言葉にならない叫びのようなものを呑みこむ。そして破瓜症の状態は、あたかも禁圧が叫びから言葉にまで及んだこととにていて、たえず何ごとかが口からつぶやかれるのである。ヴァレリイが『文学論』（堀口大学訳）のなかで「詩は、節調ある言語によって、叫び、涙、愛撫、接吻、歎息等が暗々裡に表現しようとし、また物体がその外見上の生命或いは仮想された意志によって表現したいと思っているらしい、それらのもの、或いはそのものを表現しまたは再現しようとするの試みである。」とのべているのは、中村光夫とほぼひとしい地点にたっている。言語のまえに有節音声があり、そのまえにはワァッとかウオウとかいう叫びがあったとすれば、そしていまもなお叫び声が人間と現実との関係に介在するとすれば、詩をこれに結びつけるのは、ひとつの見解たるを失わないのである。

マルティン・ハイデッガーは『ヘルダーリンと詩の本質』（斎藤信治訳、理想社出版部）のなかでつぎのようにいう。

> 人間の現存在はその根底に於て「詩人的」である。ところで詩とは我々の理解するところによれば神々並に事物の本質に建設的に名を賦与することである。詩人として住むとは神々の現在のうちに立ち事物の本質の近みによって迫られることである。現存在がその根底に於て「詩人的」であるとは、それは同時に現存在が建設せられたもの（根拠づけられたもの）として何らのいさをしではなく賜物であるの謂である。

詩は現存在に随伴する単なる装飾ではなく、またその場限りの感激でも況んやただの熱中でも娯楽でもない。詩は歴史を担う根拠でありそれ故にまた単なる文化現象とかましてや「文化精神」の単なる「表現」などではない。

現存在が詩人的であるとは、いさをしではなく賜物だ、という言葉や詩は歴史を担う根拠だという言葉はわたしの気に入る。これを、やさしく翻訳すれば、現存する社会に、詩人として、いいかえれば言うべきほんとのことをもって生きるということは、本質的にいえば個々の詩人の恣意ではなく、人間の社会における存在の仕方の本質に由来するものだ、ということになる。これを、わたしのかんがえにひきよせて云いかえれば、わたしたちが現実の社会で、口に出せば全世界が凍ってしまうだろうほんとのことを持つ根拠は、人間の歴史とともに根ぶかい理由をもつものだ、ということに帰する。

いま脈絡のない三人の詩人、批評家、哲学者は、たいへんちがったことを詩についていっているのか、またはあまりに類似したことをのべているのか。わたしには、すくなくとも眼の前の一本の花を、あるものは夢みたいにきれいだといい、あるものはただ白いとか紅いとかいい、あるものは花のなかに芯があるといっているようにみえる。これは、かれが保守的か、進歩的か、レアリストであるか、シュルレアリストであるかにかかわらない。たしかに詩そのものを指しているのだが立っている場所がちがい関心の在りどころがちがっているため、視ている部分がちがうというにすぎない。

いまこれらのちがった詩観に脈絡をつけてみた。詩の本質はまったくちがった部分に脈絡をつけることができる場所からしか視えないし、その場所に立つとき本質に立つということができる。この場所が何であるかをいまいう必要はあるまい。しだいに明らかにできるはずである。

引用した詩人、批評家、哲学者たちは詩とは何かを、あたかも眼前の一本の花のように視ているという点で、部分しか視えない場所に立っている。詩はたしかに一本の花とおなじで、朔太郎の詩、ヘルダーリンの詩というようにわたしたちの意識の外に独立してあるのだが、一本の花とちがってわたしたちの意識の外化されたものとしてあるのである。その意味では詩とは何かと問うとき必然的にある場所にいるのだが、このことは文学の党派性などという架空のものと似ても似つかないのである。

わたしはなぜ、じぶんがほんとのことを口に出せば、世界を凍らせるかもしれないという妄想をもったのだろうか。おそらく、年少の頃ある日ほんとのことを口に出したのだ。いや、ほんとのことと幻想したことを喋言ったのであってもよい。そのとき、対者であるAはじっさいに凍ったような表情をした。また、ある歳のある時、Bにほんとのことを言い、対者BはAとおなじ表情をした。C、D……もまた同様であった。わたしのまわりの小社会は、ほんとのことを口に出すとすべて凍った表情にかわった。もはや大社会でも事情はまったくおなじであることを合点せざるをえない。ここで、ほんとのことを口に出すと小社会は住みにくくなった。住みにくさを免れるには、ほんとのことをこころに禁圧しておくのがいちばんよい。時がくれば、ほんとのことを口に出したい欲求さえが消滅してしまうにちがいないから。しかし、どうしたことかほんとのことを口に出したい欲求は、なくならないばかりかますます強固になったのである。

何をさしておまえは「ほんとのこと」といっているのか？　こういう自問が当然おこってくるが、直接には答えようがない。ただ、わたしのいう「ほんとのこと」を口に出したいとかんがえるとき、じぶんをこの社会のあらゆる関係の外においているらしいのである。すくなくともその瞬間だけは、わたしはじぶんをこの社会の局外に立たせているのだ。それはじっさいには不可能なひとつの幻想的態度である。したがって、おそらくは「ほんとのこと」を口に出したいわたしの欲求もまた、この社会の慣習の淘汰によっては消滅しないのである。じっさい的な態度としては、わたし自身もまた「ほんとのこと」を他から口に出されると表情を凍らせるひとりの存在にすぎないと見るべきだ。この幻想的態度とじっさい的態度のあいだが、現実社会からわたしたちが何かをつかみだす場所である。いや、「ほんとのこと」というのは性格に由来する妄想にすぎない、といえるかもしれないが、わたしの性格はあたうかぎりさかのぼって、その場所からわたしがつかみだしたものであるし、さらにさかのぼれば、父母やその父母やらの環境のなかからつかみだされた遺伝にほかならないともいえる。

わたしが、「ほんとのこと」を妄想として意識に固定させるのは、わたしの自発的なこころの働きである。まして詩にかこうとするのは、わたしの自発的な意識を、かくという行為によって外化することにほかならない。しかし、ほんとうのことを口に出せば、世界は凍ってしまうという妄想をわたしがもつことと、その妄想を詩にかくことでその都度消滅させることはじつは別のもんだいである。そして詩の本質は、詩をかくということ、またはかかれた詩のなかにあり、どんな心の状態をなぜかくかということは、その背後からきて前面にあらわれる何ものかである。詩をかかない多くのひとびとは、ほんとのことを口に出せば、この世界は凍ってしまうという妄想を、それぞれの仕方で実生活のうえで処理している。かならずしも妄想はわたしに固有なものでも、詩をかくものに固有なものでもないのである。

しかし、たとえば朔太郎もハイデッガーも詩人がそれぞれの仕方で現実から禁圧されていることと、詩をかくことまたはかかれた詩とを一元的にむすびつけている。朔太郎では詩は現在しないものへの憧れであり、ハイデッガーでは歴史を担う根拠である。これは、詩をかくということを主体的にうけとめるかぎりやむをえない。だれでも、詩をかく瞬間にはじぶんの妄想とかくことを一元的に結びつけているのであり、それをべつべつなものとみるのは反省的な意識がはたらいてから後である。わたしたちはこういう端緒をめぐる問題から、しだいに詩の実情況へはいっていき、その過程で、いく度も、詩の本質とは何かへ立ちかえり、はっきりした仕方で詩の全体へ接近しなければならない。

2

現在の必要から詩の本質をたずねるには、発生の極小条件をみるのが有利である。さいわい、わたしたちは、詩の発生の研究について、国文学者、折口信夫のすぐれた仕事をもっている。この驚歎すべき研究は、学者たちのスコラ的な取扱いにゆだねておくにはあまりに惜しい気がする。ただ、鏡さえ用意すれば成果は生き生きと現代の詩によみがえってくるのだ、とおもわれるからである。できるかぎりここから汲みあげてみたい。折口信夫は「国文学の発生（第一稿）」（全集第一巻）で、叙事詩の起源についてつぎのようにかいている。

　一人称式に発想する叙事詩は、神の独り言である。神、人に憑《カヽ》つて、自身の来歴を述べ、種族の歴史・土地の由緒などを陳べる。皆、巫覡の恍惚時の空想には過ぎない。併し、種族の意向の上に立つての空想である。而も種族の記憶の下積みが、突然復活する事もあつた事は、勿論である。其等の「本縁」を語る文章は、勿論、巫覡の口を衝いて出る口語文である。さうして其口は十分な律文要素が加つて居た。全体、狂乱時・変態時の心理の表現は、左右相称を保ちながら進む、生活の根本拍子が急迫するからの、律動なのである。神憑りの際の動作を、正気で居ても繰り返す所から、舞踊は生れて来る。此際、神の物語る話は、日常の語とは、様子の変つたものである。神自身から見た一元描写であるから、不自然でも不完全でもあるが、とにかくに発想は一人称に依る様になる。

文学の信仰起源説をもっとも頑なに固執するのは、じぶんだとのべている折口学説の特長は叙事詩の発生についても典型的にあらわれている。わたしは、国文学者でもなければ、古代文学に堪能なわけでもないから、学問的な批判や実証の正否をあげつらうつもりはないし、またそういう読み方をしようともおもわない。だが、折口信夫の業績を評価するのにわたしなりの根拠をもたないわけではない。綿密な探索と一貫した判断力が結びついて独特な文体をなして動いているものは、もちろん素人にも感知できるが、文学、芸術が人間の意識の自己表現に発したという面を、一貫して立証しているところに、わたしは折口学説の水準をみたいのである。この学説の基本的な性格は、たとえ細部で修正されることがあっても、ほとんど恒久的な意味をもっている。

折口説をじしんのいうように文学の信仰起源説といってしまえば、みもふたもないが人間の意識の自己表出された態様として文学発生をかんがえたものとみれば、その射程がきわめて広い範囲におよぶことはいうまでもない。信仰起源説だから観念的だといったたぐいの俗論にこの学説を喰わせることは、豚に真珠を喰わせるようなものである。

あるひとつの種族間の意識の体験は、脈絡をもちながらそれぞれの人物のなかにしずみ、固着するとともに、共通の意識体験を抽出してゆく。それは、幻想的な一般者としての原始神である。もし、そこにひとりの個人の意識の表出力が、種族の共通した意識体験にたやすく同致できるような「巫覡」的な人物がいるとすれば、この人物の自己表出は神に憑いてあらわれることになる。「神、人に憑つて」ではなく、ほんとうは、人、神に憑いて、種族の共通の意識体験を表現するのである。わたしたちは、未明の古代人の意識体験をそれがあったとおりに再現することも想像することもできない。あたかも、センテンスをしゃべることを覚えた時期の幼児が猫に憑いたり、熊に憑いたりして終日飽きないでいるときの意識状態を再現することができないように。それは、ちがったしかし完結した想像世界であることはたしかだ。折口学説のかなめは、それが信仰起源説だから観念的だという点にはなく、詩の発生が（一般的には芸術の発生が）古代人の意識の自発的な表出力とかかわるものだということを実証と判断力によって貫いたところにある。

わたしたちは、この学説で芸術としての詩とは何かについて、きわめて貴重な示唆をうけたことになるのだ。次に、わたしたちは、詩としての詩とはなにか、いいかえれば詩の本質とはなにかについて、ひとつの理解にたどりつかなければならない。

おなじように、折口信夫は抒情詩の起源についてつぎのようにかいている。

呪言の中のことばは叙事詩の抒情部分を発生させたが、其自身は後に固定して短い呪文、或は諺《コトワザ》となつたものが多かつた様である。叙事詩の中の抒情部分は、其威力の信仰から、其成立事情の似た事件に対して呪力を発揮するものとして、地の文から分離して謳はれる様になつて行つた。此が、物語から歌の独立する径路であると共に、遥かに創作詩の時代を促す原動力となつたのである。此を宮廷生活で言へば、何振《ブリ》、何歌《ウタ》など言ふ大歌《オホウタ》（宮廷詩）を游離する様になつたのである。宮廷詩の起原が、呪文式効果を願ふ処にあつて、其舞踊を伴うた理由も知れるであらう。

呪言の総名が古くは、よごとであつたのに対して、ものがたりと言ふのが叙事詩の古名であつた。さうして、其から脱落した抒情部分がうたと言はれた事を、此章の終りに書き添へて置かねばならぬ。

古代人の意識の自己表出が神の口として、いいかえれば宗教的な自己表出の形をかりて叙事詩として語られたように、叙事詩の物語性が、さらに自発的な表出力の面で抽出されたところに抒情詩がうまれることが指摘されている。たいせつなのは、詩が、あたかも金太郎飴の切口のように、意識の自発的な表出性という断面をさらしながら分化するという特長である。詩としての詩の本質はこういう層面にあらわれるという示唆をここからうけとることができる。

わたしたちが詩の（一般には文学の）形式とかんがえているものの本質は、意識の自発的な表出という断面をさしているが、おそらくこれが折口学説から引きだすことができるもっとも貴重な示唆のひとつである。

叙景詩は、そんなに早くは発達して居ない。うつかりすると、神武天皇の后いすけより媛が、天皇の崩御の後作られた、と言ふ二首を叙景詩と思ふが、此は真の叙景詩ではない。——歌其もので研究するので、歌の序や、はしがきで、研究してはならぬ——だから叙景詩も、はつきりした意識から生れて来るものではない。新室ほかひの歌は、其建物の材料とか、建物の周囲の物などを歌ひ込めて行く。而も最初から此を歌はうとして居るのではない。即、茫漠たるものを、まとめるのである。昔の人は、大体の気分があるのみで、何を歌はうといふはつきりした予定が、初めからあるのではない。枕詞・序歌は大抵、目前の物を見つめて居る。

みつ〳〵し　久米の子等が　垣下《カキモト》に、植ゑし　薑《ハジカミ》。脣《クチ》ひゞく。

吾は忘れじ。撃ちてし止まむ　（神武天皇——古事記）

即、序歌によつて、自分の感情をまとめて来るのである。予定があつて、序歌が出来たと思ふのは誤りである。でたらめの序歌によつて、自分の思想をまとめて行つた。即、神の告げと同様であつた。（「万葉集の解題」）

云われていることは、ふたつにつきる。第一に、古代人の叙景では、対象は選ばれるよりも眼にふれた手近なものがうたわれ、うたわれながら感情をひき出したということである。第二に、このような手近な景物をうたうことが、宗教的自己疎外に似たものであったということである。まずシュルレアリズムとおなじような忘我の状態が触目の景物によって表出され、しだいに芸術的な意識の自己表出となって結晶し、おわるというのが叙事詩の発生についてここで指摘されている意味である。

わたしたちは、日本の文学、詩の発生説についてこれだけ一貫した体系理論を、折口学説のほかにもっていない。わたしのかんがえでは、折口説は、信仰起源を固定化し、普遍化しすぎたという点をのぞけば、間然するところがないようにおもわれる。古代の祭式が劇をうみ詩をうみ、音楽をうみ舞踊をうんだということは、そのかぎりでうたがう余地はない。しかし、信仰の意味を固定化してかんがえると、宗教的な表現と芸術的な表現が二重にうつされねばならないところを、ひとつに融着させてしまうことになる。古代人がじぶんを神憑りにおいたとき詩は表出せられたかもしれないが、このことはやがて、神憑りがないばあいでも、意識の状態としては神憑りと共通性をもつ芸術的な表出を可能ならしめる。このとき、信仰と詩とは分離し、詩としての詩が発生する。折口学説を信仰に封じこめないで、意識の自己表現として普遍化すれば、わたしたちは、画期的なひとつの学説をもつことになる。

発生期に叙事詩から叙情詩がわかれていく過程は、詩が、物語性を、いいかえれば何が語られうたわれているかを排除して、作者の、あるいは作者に憑いた超作者の自己表現性の断面によって分化されたものであることをおしえている。ヴァレリイが詩は節調ある言葉で、叫び、涙、愛撫、接吻、歎息などが暗々裡に表現しようとおもっているところを表現したり再現したりしようとする試みだ、とのべているところは、詩の本質を自己表現性としてみ、また、たえず詩の純化がその自己表現性をもとめておこなわれ、その断面で分化したことを指そうとしているようにみえる。まったくおなじように、ハイデッガーが詩とは神々並びに事物の本質に建設的に名を賦与することだと云っているのも、中村光夫が詩の本質が歌であり、歌は言葉以前の肉声または叫び声であるといっているのも、詩が意識の自己表現としての面で純化されるという性質に、詩の本性をもとめていることを意味している。

ところで、通俗的な唯物論者のあいだに、芸術の発生と本質についてひとつの傾向的な理論が流布されている。典型的なもののひとつとして、たとえば、プレハーノフの『芸術論』（外村史郎訳）があるが、その取扱い方をはっきりさせておく必要がある。プレハーノフは云う。

　私によつて上に引用された事実から見て明かであるやうに、韻律を感じ又はそれを楽しむ人間の能力は原始生産者をして好んでその労働の過程において一定の拍子に従はせ、又はその生産的動作に規則正しい声の響若しくは各種の懸垂物の節奏的な音響を伴はしめる。しかし何によつて原始生産者が従ふところのその拍子は規定されるか？　何故に彼の生産的動作においては正にこれであつて、それ以外のではない韻律が恪守されるのであるか？　それは与へられた生産過程の技術的性質によつて、与へられた生産の技術によつて規定される。原始種族のところでは労働の夫々の種類が夫々の歌を有し、その調子は常に極めて精確に労働のその種類に特有な生産的動作の韻律に適応させられてゐる。

プレハーノフはあたかも生産のための労働と芸術とを結びつけなければ、こけんにかかわるとでもおもっているようだ。そうなればつぎに、それにぴったりした事実を拾いあつめてくるというやり方を避けられない。このプレハーノフ的な見解を芸術の労働起源説とでも名付けておけば、今日、マルクス主義的と自称するものの芸術論は、大なり小なりプレハーノフ的な先験的信条主義を避けられないでいる。

プレハーノフ的な見解にはふたつの錯誤があることが容易く了解される。ひとつは、たとえ生産のための原始人の労働の態様が、芸術発生の起源をなしたばあいでも、かれらは意識の自己表現として芸術動作をおこなったのだという過程をまったく考慮していないことである。プレハーノフの見解では、猫が鼠をとるときの労働にともなうウナリ声や動作も、猿が木の枝きれで木の実を落とす動作や叫び声も舞踊や歌の起源だということになる。しかし、芸術は、古代人が意識の自発的な表出能力をもったとき、はじめて芸術と呼ばれるべき条件をもったのである。

わたしに、いわせれば、芸術の起源が祭式にあるか、生産のための労働にあるかは、どちらでもたいした問題ではない。また、探索すればどちらでも実証することはできるはずである。しかし、プレハーノフは問題の所在がわからず、労働と芸術の起源とをむすびつける空しい努力を試み、そう試みることがマルクス主義的であるとさえ錯覚した。もちろん肝じんなことは、原始人が祭式や労働の動作や節のある叫びを、たんなる反射的な動作や叫びとしてではなく、意識の自己表出として行なったとき、はじめて芸術の最小限度の与件が成立したという点にある。折口信夫が信仰起源説を固定化しながらも、この芸術の自己表出（神憑りによる）に詩の発生をみたのにたいし、プレハーノフは労働起源説に固執しながらこの芸術の必須条件である自己表出性をまったく考慮のほかにおいたのである。いわば、芸術論になってない芸術論の起源はプレハーノフあたりにあるといっても過言ではない。

もちろん、信仰を拾った折口信夫とおなじように労働を拾ったプレハーノフは、そのことによって誤ったわけではない。けっきょくプレハーノフはおおくの通俗マルクス主義者とおなじように芸術そのものが理論的にわからなかっただけである。たとえば、竹友藻風は『詩の起源』（昭和四年十月、梓書房）のなかで、呪文と詩の機能についてつぎのようにかいている。

フレイザアの説に従へば、魔術には積極的な魔術（positive magic）と消極的な魔術（negative magic）がある。前者は一般に巫術（sorcery）と称へられてゐるもので、「これこれの事が起るやうにこの事を為せ」と命ずるもの、後者は禁制（taboo）と称へられてゐるもので、「これこれの事の起らぬやうにこの事を為すな」と命ずるものである。この場合の叫は前者の例であるが、民謡の中には後者を反映するものも多少は発見せられる。

守よ、子守よ、日の暮の守よ、内をのぞくな、子が泣くぞ

といふ子守唄では内を覗くことが禁制（taboo）になつてゐる。このやうに除外例はあるが、然し大抵の民謡、殊にこの場合のやうな叫は皆積極的な魔術即ち巫術に於ける呪文（incatation）のやうなものである。呪文そのものに何等心を惹きつけるものがあるからではない。不思議なことにはこの呪文、即ちこの発生を繰返してゐると作業が容易になる。動かなかつた石が動いて来る。重

い鶴嘴を振廻はすことが何でもないことのやうに感ぜられて来る。その時彼等の動作は無我夢中の間に極めて律動的なものとなつてゐることを発見する。それと共に、今までの叫が最早叫でなく、ちやうどその律をそのままに移したやうな謡（song）になつてゐる。律動が謡を統一する。否、民謡に於いて確実に存在するものは唯この律のみであるといふことも出来る。言葉などは如何に論理を没却したものであつても、又、支離滅裂なものであつても一向頓着しない。故にこの場合の謡は謡といふよりも寧ろ音楽である。

ここには、呪文が作業をたすけ、労働が歌をつくりあげるというプレハーノフ的なもんだいがはっきりと示されている。こういう実例は民謡をさぐれば数おおく見つけだされるはずである。しかし、この場合でも重要なのは、叫びが律動的になるという面で、いいかえれば反射的な叫びから意識の自発的な表出としての叫び（律動的になる）に抽出されるという面で芸術の（詩の）発生がかんがえられるという点である。

西郷信綱は、『詩の発生』（未来社）のなかで、折口信夫に依拠しながら、折口学説をプレハーノフ的に修正しようと試みている。それは、いわゆる「マルクス主義」芸術理論の不毛性から脱しようとする努力として評価しうる。しかし「言語は人間の実生活、社会生活における意味の伝達という必要のために創り出され、その必要に仕える用具であって、本来決して詩固有のえらばれた用具ではないからである。」というような機能的（スターリン的）言語観にわざわいされているためもあって、もともと意識の自己表現としての詩の発生説として位置づけられるべき折口学説を、祭式から芸術がうまれたのは事実だが、その祭式は基本的には豊饒を招きよせるための経済的行為であったというふうにプレハーノフ的色彩で上塗りするにとどまっている。詩とは（芸術とは）何かを発生的に理解することは素通りされてしまっている。

よく、祭式を母胎に、文学や詩がおのずから、そしていつの間にやら自然発生し、分化したもののように説かれ、なぜそうでありえたかという疑問が素通りされているけれども、そんなのん気なものではないことはもう明瞭だといってよかろう。しかし芸術が、魔術の祭りから発生分化してきた事実は疑えず、「性の牽引」や「咄嗟の感激」にしても、それらが一定の形をとるには、おそらく祭りに媒介されねばならなかったであろう。これは祭式が母胎そのものとして、すでに潜在的に芸術的な何ものかをふくんでおり、決して霊魂観がどうの、祖先観がどうの、というようなことだけでは片づかぬ何ものかであったことを暗示している。

片づかぬ何ものか、はすこしも片づいていない。折口学説は、ここでは外観を模倣されながら、かえってプレハーノフ的な歪曲をうけ、しかも何も答えられていない。このもんだいについての折口信夫の見解は一貫して透徹しているはずだ。かれは、音声一途に憑るほかない不文の発想がなぜ当座に消滅しないで、永く保存され、文学意識にまで分化しえたか、と問い、それは信仰に関連していたからだ、とはっきりとこたえている。もし、ここで折口が信仰とよんでいるものを、意識の自発的な外化の能力といいなおせば、その形態が信仰的なものから芸術的なものに転化した過程はたどりうるはずであり、折口説はべつにプレハーノフ的な修正をひつようとしていないのである。

祭式にともなう叫び、呪文、歌のたぐいは、巫術師的な人物によって神憑状態の神語としてかんがえられ、社会の発展につれて、この神憑状態が慣習化すると、巫術師的な役割を割りあてられた人物が、意識的に神憑状態を表現して動作、叫び、歌を行なってみせるようになる。このとき宗教的なものは芸術的なものに、信仰された自己表現は、意識された自己表現にかわる。さきにものべたとおり、祭式の表現が、労働の動作手段の表現であるか、神憑りの神の動作手段の表現であるか、また祭式自体が生産物に影響をあたえるためのものであるかは、問題にならないのである。これを問題にするならば、それぞれの実例をならべるのは容易いことは、理論的に予想できることにすぎない。

ここでわたしは、発生説に新しい見解を立てるつもりはすこしもない。ただ、詩の本質とは何かを、発生の極小条件のなかではっきりさせてみたかった。詩が意識の自己表出の面で発生し、たえずその面で分化をうけた言葉の表現であり、発生期には詩はいつもリズムの面からみられた言葉の指示性としてあらわれ、その実用性（生産物に影響を与えるというような）は言葉の指示性の面からみられたリズムとしてあらわれたといいうればここでは充分である。

わたしたちは、詩をかくという意識状態がある緊張した放出状態のつづきであることを体験的にしっている。これは、いわば意識をたえず叫びの状態でみたし、言葉をその状態でうら貼りしながら表出していることを意味している。これは、わたしたちが言語をもたず、ただ有節の音声だけしかないとしても表出しなければならないはずの意識の自発的な叫びであり、それは詩が発生のときもっていた初原的な形での芸術だということができる。詩はいつもこれ以外の形を散文の方へふりわけることによってじぶんを醇化してきたものとかんがえてさしつかえない。

3

もちろん、散文でも大なり小なり意識の緊張や放出感を体験する。だからほんとうは詩と散文とはいつも程度のもんだいにしかすぎない。わたしが詩だとおもってかくのに、他人は散文だとか、訳のわからぬ独白だとしかかんがえないことは、しばしばである。たれも覚えがあるはずだが、詩と散文のちがいはかくかくしかじかだと定義した途端に、境界がぼけてしまって無意味な言葉の形骸だけが浮きあがってくる。しかし、それにもかかわらず、わたしたちは詩に文学そのものの原型を背負わせたところで、詩を定義しようとする意識的な試みをくりかえすのである。

　詩は言語でかかれる。そして言語はいつもわたしたちの意識が自発的に発したものとして実用性をもつか、または何かを指示する必要から発せられながら、自己表現としての意味をもつかどちらかである。だが、詩をかく状態では、「海」とか「河」とか「恋人」とかいう指示性のもっともおおきな言葉でさえ、意識の自己表出の状態で発せられるといえる。その憑かれた状態は詩の発生のときの初原的なこころの状態をはらんでいるようにみえる。また、とおい未来の言語の行手をもはらんでいるといえるかもしれない。ハーバート・リイドが「作詩過程にあっては、言語は、詩人の強烈な精神状態に応じて、同じくらい明確な力を持つ独立した客観的な〝もの〟として、意識にのぼってくるのである。」（『現代詩論』和田徹三訳）といっているのは、詩の言語が意識の自発的な表出としてあらわれることをいいたいのにちがいない。またサルトルが「詩的態度とは言葉を徴《シーニュ》としてではなく、ものとして考えることである。」（「書くとはどういうことか」加藤周一訳）といっているのもこのことを指しているようにみえる。

　しかし、詩において言語は「もの」としてあるのでもなければ「徴《シーニュ》」としてあるのでもない。詩をかくとき言語は意識の自己表出の頂きで指示性をもつのである。たとえば「海」という言葉は、意識の自発的な表出力によって花火のように打ち上げられ、その頂きではじめてあの青い水をたたえた「海」を象徴的に指示する。頂きに打ち上げられるまでは「海」という言葉は、初原的な叫びとおなじ塊りであるにすぎない。

　わたしたちは、詩がうまくかきおわったとき、散文である事実をうまく指示したときと比較にならない充実感または空虚感をもつ。そして、わたしたちの詩が他人に読まれたとき、詩の意味や主題やモチーフがまるで通じないとしても、この放出した感じだけは伝わるはずだという希望をいだくのである。巫女が神にじぶんがのりうつったことを信ずるように、わたしたちは詩においてじぶんが言葉にのりうつっていることを信ずる。放出感や充実感はその代償である、というのも巫女とおなじだ。

まず、このときの充実感または放出感はわずかのあいだしか持続しない。再体験するには、じぶんの作品でさえ読みかえさなければならないくらいである。わたしたちは、やがて元の木阿弥にかえって、ふたたびほんとのことを云えば世界は凍ってしまうというあの定常的な精神状態にもどらなければならない。つぎに、この充実感または放出感は、ある意味のことをはっきりと指しえたという感じとちがっている。Aはかくかくの理由によってBである、というようなことを散文でうまく論理づけても、ある澱のようなものが意識にさわっているのを感ずるが、詩をうまくかきおえたときには、澱がのこらないのである。

また、この充実感や放出感は、憑いた感じに似ている。神憑ったのでもなければ、狐が憑いたのでもなく、イデオロギイが憑いたのでもなく、自然が憑いたのでもなく、自己が自己に憑いた感じである。この自己が自己に憑いた感じは、まさしく詩の言語が、たとえば名詞のように事物を指す言語でさえ意識の自発的な表出としてかかれていることに対応している。

現実の世界では、わたしたちは社会的なコミュニケーションの必要から言葉をつかっている。あるいは必要の感じでといい直してみてもよい。(もちろん、このばあいでも、言葉は意識の自己表出にうら貼りされているのだが。)詩のばあいには、言葉は意識の自発的な放出で、あるいはその感じで表現される。もちろんこのばあいでも、コミュニケーションの必要、ある事物を指したいという必要はうら貼りされているのである。このちがいが、自己が自己に憑いた詩をかく状態と、自己が社会の事物のなかに事物との関係においてある現実の生活世界との決定的なちがいである。

わたしの読んだかぎりでは、この問題について、もっとも興味ある考察をしめしているのは、アイ・エイ・リチャーズ『詩と科学』(李歇河訳、研究社、昭和七年五月)であった。リチャーズは仮記述(Pseudostatement)という概念をこの状態に導入する。

詩的な接し方にあつては、仮記述が収まるべき凡ゆる諸帰結の額縁が予め明確に限定されてゐる。科学的接し方にあつてはこの額縁が限定されてゐない、依つてあらゆる帰結が許される。(中略)要するに仮記述は、それが何等かの態度に従属適合するか、または他の理由から考へて望ましき諸態度を結合させるとき、はじめてそれは「真実」である。この場合の真実と科学に於ける「真実」とは相背馳するものであつて、かくの如く類似した言葉を差別なく用ひるのは遺憾なことであるが、しかし今のところ混用を避けることは困難である。(中略)仮記述とは全く我々の衝動や態度を解放または統制するはたらき(尤もそれら相互間の統制の善悪も相当考慮されねばならぬが)によつて十分正当化された言葉の一つの形式であり、記述とはこれに反して真実性、即ち、それが指示する事実と厳格な学術的意味に於て一致することによつて正当化されるものである。

リチャーズの「仮記述」というのは、ここでいう意識の自発的な表出としての言語に相当する。リチャーズは「詩と科学」というふうに問題をたてたために、「記述」を学術的な意味で言語が指示する事実と一致するところに想定する。リチャーズのいう仮記述は詩をかく行為をよく云いあてているが、かれの記述というのは、じっさいには想定しにくいのである。

さきに詩をかく状態が自己が自己に憑いた感じであり、そのとき言葉は意識の自発的な表出となっているとのべた。そして現実の世界では、言葉は、交通の必要、事物の指示として表出されるとかんがえた。そして、このいずれのばあいも、前者は後者によって、後者は前者によってうら貼りされていることをしめした。わたしの考えからはリチャーズの記述の概念は成り立たない。なぜならば、このばあいも意識の自己表出によってうら貼りされているから、げんみつな意味で言葉の指示性の面でのみ「科学」的な記述を想定することはできないのである。リチャーズの概念では、たとえば、数学論文のようなものはもっとも純粋な記述にほかならない。しかし、わたしの概念では、数学論文でさえ意識の自己表出にうら貼りされているから、もし詩の読者が数学を理解する一定の力があれば、ある種の数学論文も意識の自己表出として、いいかえれば詩（初原的な芸術）としてよむことができるはずである。

わたしのかんがえでは、このもんだいについての主要な関心はリチャーズのように詩と科学というようにに設定されない。あきらかに詩と散文という形になる。詩と散文のあいだにはべつに厳密な区別がつけられないことは体験的にわたしたちが熟知している。あるものにとって梶井基次郎や堀辰雄の諸作品は詩であり、また、あるものにとって、現代詩の作品は散文である。それにもかかわらず、記述的な意味での詩と散文の区別はつぎのようにかんがえることができる。

ひとくちにいえば、散文は想像的現実であるが、詩は想像的なもの自体であるということだ。

現代の社会で、たとえば「理想的」という言葉は、インテリゲンチャのあいだではそのまま日常生活の会話につかわれても奇異に感じられない。だが、庶民のあいだではまだ熟していない。文学の世界ではほとんど何の抵抗もなくつかわれている。このようなもんだいをすべての言葉についてかんがえていけば、わたしたちは、日常生活語、書き言葉について現在的水準を想定することができるはずである。（その厳密な実証は言語学者の領域である）この水準は、言語発生いらいのしずかなまたは急激なつみかさなりの水準である現在的水準で、ある言葉は死語であり、ある言葉は慣用語であり、また、ある言葉はまだ熟していない言語である。

書き言葉における慣用語は、それをつかってつくりあげられる表現の世界がある安定性をもつ。現実に生活してそこで交わされる生活語が安定した意識から自己表出され、何かをコミュニケーションするように、書き言葉における慣用語の世界は、想像的世界の安定性に対応している。このような世界では意味があたかも現実における生活語の世界とおなじように流れ、また意識の自己表出も、たとえ突発的な高揚が挿まれているばあいでも定常性にかえらなければならないし、かえることができる。このような世界を散文とよびうるのではないかとかんがえられる。

書き言葉におけるまだ熟していない言語は、いつも意識の指示性からも自己表出からも励起された状態をともなう。この励起された意識状態の表現は不安定であり、ある完結性をもつ。そして定常的な意識からはじまって励起された状態から衰退をへて定常的な状態への復帰までの表現を詩とよぶことができる。

このような区別は、散文が慣用語でかかれ、詩はまだ熟さない語をつかってかかれるということとは別もんだいである。たとえ慣用語をつかっても詩では意識の表出としては励起状態でつかわれるのである。

ここで疑問がおこる。すぐれた古典作品はそれが詩であれ、散文であれ、すべて死語の世界であるはずなのに、なぜ生々しい価値をもつのか。

これにたいする言語の面からの答えは容易である。古典が死語の世界にみえる者、たとえばモダニストにとって古典はたいくつで読むにたえないし、つねに話し言語の現在的水準に生活している大衆にとっては、時代の遠い古典はちんぷんかんぷんな取りつけない世界である。芸術の価値は、意識の自己表出のインテグレーションにほかならないから、一定の理解力をもつ読者にとって古典は死語の世界であると否とにかかわらず価値があるのである。また、古典詩の価値は、その時代の定常意識を規準にして励起状態をかんがえることできまるので、現代の定常意識を規準にしてその当時の励起状態をかんがえるのではない。モダニストたちが、たとえば『万葉集』が幼稚な詩であり、藤村の『若菜集』が、現在じぶんが書いている詩よりもつまらない作品だと錯覚するのは、現在の状態で直接過去の励起状態をはかるからである。

アランは『文学論』（片山敏彦訳）のなかでつぎのようにかく。

これに比して歌は別種の表徴である。その性質は、弱さではなく強さである。それは、強制されたり、おびやかされたりしていない、自由な人間の形式を表現することによって強いのである。その形式は、自己の均衡の上に築かれていて、事物を帰服させながら、それにより頼むのである。その形式は、自身の法則にしたがって集中するのであり、自己自身と他からの働きかけとの間の調整を求めようとはせず、むしろ自身の諸部分のあいだに諧和を求める。腹と胸と脚と腕と、そして遠くを眺めている頭とに私が負うところのものは何か？　否、いっそうよく言い直せば、この形式の各部分が他の諸部分に負うところは何か？　各機能が他の諸機能に負うところは何か？　人間を司るのは人間の全体である。どんな一つの筋でもそれぞれの持場をもち、必要に応じて緊張したり弛んだりしながらその持場の役割を果している。これこそ歌が表現するものである。

どんな一つの筋でもそれぞれの持場をもち、必要に応じて緊張したり弛んだりしながらその持場の役割を果たしている、というアランの言葉は、わたしが詩において言語は、意識の自己表出としても、指示性においても励起されていて、想像的なものそれ自体であるとのべたところと対応している。現実の社会で交通の必要からとびかわされる生活語の世界を第一の現実とすれば、散文芸術の世界は第二の想像的な現実であり、詩の世界は第三の想像的な根元であり、詩をかくということはこの第一の現実において、第三の想像的な根元、自己が自己に憑く状態に励起されることである。なぜ、それが（詩をかくことが）必要なのか、はそれぞれの書き手のこころ、社会のなかに秘されている。しかし、一般的にいえば、人間はその原始社会において何らかの矛盾をもつようになったとき、意識の自発的な表出が可能になったとみることは成り立ちうることである。まず、社会的な矛盾は、意識のしこりをあたえ、しこりが意識の底までとどくと、意識は何かの叫びのようなものを自発的に表出する。もちろん、この場合わたしたちが充足感や快感とかんがえているところは、しこりの裏側にほかならないともいえる。

4

自己は自己に憑いた、意識は励起状態で言葉を表出した。そこでは散文の場合とおなじように海とか石とか樹木とかいう言葉がつかわれ、また「てにをは」がつかわれる。外観からは詩の言葉は何の変哲もないのである。しかし、詩では海とか石とか樹木とかいうように指示性の強いことばさえ意識の自発的な表出――叫びのような機能を高度に負わされ、また「てにをは」のような指示性のないことばさえ、高度の指示的な役割を負わされるというような矛盾が交響している。この状態を実現しようとする言語の努力から詩的喩がうまれたことはうたがいない。喩法は詩をかくことにとって本質的な役割と意味をもっているのはそのためである。修辞的な定義からはなれて、詩的喩の本質をあきらかにし、詩そのものの実情況に近づいてみなければならない。折口信夫は『古代研究』（全集第一巻）のなかで日本人の歌の譬喩についてつぎのようにかいている。

> 叙事詩の流れの中に、一つ変つた流れがある。其は、人の死んだ時に、読み上げる詞である。此を「誄詞《シヌビゴト》」と言ふ。此は、寿詞《ヨゴト》の分れで、叙事詩の変つたものである。昔の人は、貴族が死ぬと、一年位、従者が其墓について居る。此従者の歌ふ歌が、誄詞《シヌビゴト》から分れて来て、挽歌となつて来る。挽歌も、宮廷に於ては、宮廷詩人が代作する事になつて居る。譬へば、人麻呂自身の歌として考へると、解釈のつかないやうなものが多い。
>
> 　つまり、かう言ふ傾向から、日本人の歌に、譬喩が生れて来る。全くでたらめに、そこにある物を捉へて詠む、と言ふ処から「脣《クチ》ひゞく」の様な形が、出来て来るのである。其中に、少しはつきりしたものと、さうでなく、譬喩と主題とが絡み合つて、進んだ意味の象徴詩と似た形をとつて、

象徴的の気分を現す形がある。日本の譬喩の歌は大体、此傾向から発達して来るのである。

「脣ひゞく　吾は忘れじ」のばあい、脣が（薑を喰べると）ぴりぴりすることを忘れないという意味が、つぎの「吾は忘れじ」という言葉を誘い出している。いわば意味的な喩である。（この「脣ひゞく」は普通いわれている意味では直喩であろう。）

折口信夫がここでいっている意味は、でたらめの対象を手近なところから手当り次第につかまえて歌っているうちに、ある当りがあって、歌いたい真の対象への誘導のきっかけがつく。そのばあいのある当りの表現が喩のはじまりであるというのにほかならない。しかし、折口信夫があげているのは、意味的な当りのばあいだと、ほんとうは云うべきである。

青山に　日が隠《かく》らば
ぬばたまの　夜は出でなむ
朝日の　咲《ゑ》み栄え来て
栲綱《たくづぬ》の　白き腕《ただむき》
沫雪の　弱《わかや》る胸を
そ叩き　叩きまながり
真玉手　玉手差し纏《ま》き
股長《もゝなが》に　寝は宿《な》さむを
あやに　な恋ひきこし。

（武田祐吉校註『記紀歌謡集』）

ここで「栲綱の」や「沫雪の」は女の腕や胸にたいして像的な喩になっている。（ふつう言う意味ではこれも直喩であろう。）しかし、古事記の歌謡のような初原的な詩では、意味的な喩と像的な喩との区別はきわめて不明瞭である。「脣ひゞく」から、脣がぴりぴりとする痛覚が想起され、それが「吾は忘れじ」の「忘れじ」という感覚を喚起したとかんがえられなくないし、また逆に「栲綱の」、「沫雪の」の意味が腕や胸を誘い出したともうけとれる。わたしたちは「脣ひゞく」という言葉の自己表出が、どれだけの指示性の強さをもったか、また反対に「栲綱の」や「沫雪の」の指示性が、どれだけ自己表出性としての強さをもったかを古代人が感じたように感ずることはきわめて難かしい。しかし、いずれにせよ、詩的な喩の本質が、でたらめに歌われた手近な対象のうちから、ある述意にたいする意味的なまたは像的な当りに起源をもつということができそうにおもわれる。そして、この当りの意味や像は、歌われ、またはかかれた詩が励起された意識の交響する言葉として表現されるということのなかにはじめてあらわれる。

　この当りがまさにあるつぎの言葉にぶつかって励起状態ができ、それによって詩が詩としての本質をあらわす端緒をなすことをかんがえれば、ここに詩的喩の本質があることが容易く理解される。詩の喩は、詩の価値をたかめるための言葉の当りであり、いいかえれば意識の自己表出をたすけるもの、また自己表出そのものの原型である。

　アランが「暗喩表現は本来宗教的なものである。それは、或いは詳しい、或いは簡潔な叙述――しかしいずれにせよ真実の叙述たることを志すところの表現によって、われわれ人間の思想と感情とに支柱を与える。」（『文学論』前出）というとき、きわめて折口信夫にちかよっている。アランが暗喩は本来宗教的だ、といっているものは、ここでいう励起をさしているにほかならない。

　わたしの知っているかぎりでは、詩的な喩についてもっとも丁寧な考察をくだしているのは、北村太郎、加島祥造「詩の定義」（『荒地詩集』一九五三年、一九五四年）であるが、ここで喩は、直喩と隠喩（暗喩）とにわかたれて、その差別がよく見きわめられている。

詩人にとって譬喩（直喩も隠喩も含めて）は単なる文学的形式ではない。それはある意味では眼鏡のようなものである。彼の精神・肉体ではないが、彼の精神・肉体には、なければならぬもの、欠ければ見えぬものである。しかし十九世紀後半以後は、直喩のような度の低い眼鏡では、この世が見えにくくなってきた。まえに挙げたダンテとボードレールの二人の例において見ても、同じ直喩の眼鏡でさえかなり違った度数であることがわかる。ダンテは安心して一つの眼鏡を用いている。ボードレールと同じ度数の眼鏡をかけている十九世紀人は、ダンテと同じ眼鏡の中世人の数ほど、多くはなかったにちがいない。まして二十世紀以後、詩人の用いるものにはひどい乱視や、不具に近い近視の眼鏡など、無数にある。そして超現実主義者は、眼鏡そのものを叩きつぶしてしまったのである。だから秀れた詩人が少いのは、眼鏡のせいではないことは、すぐに了解される。現代において、すぐれた直喩がないわけではない。ただ、少くなったことについては、右のような見方もできはしまいか、というのである。（中略）

前にあげたハヤカワ氏の説のように、隠喩のもつ二つのものの直截な結合に反省が加わって直喩になる以上、直喩には必ずある程度の説明性（すなわち散文性）が存在する。十七世紀までの詩人達は叙事的対象を詩に高めるために、直喩法という有効な技術を自在に用いた。しかし現代詩になるにつれて、小説がその分野に手をひろげると、詩はもはや直喩を使うほどの叙事的対象をもてなくなり、自然に直喩的表現を排除しはじめた。（中略）

直喩は、思考過程から言うと、一つの比較が反省の結果表現されたもので、それだけに叙述的であり隠喩は比較が直観的結合から直ちに生れたもので、言語表現としてはより詩的（或る意味ではよりプリミティヴ）である。

ここでいわれている重要なことは、二つある。ひとつは、直喩が説明的、散文的で思考過程からは比較が反省の結果表現されたものであり、暗喩は、比較が直観的結合からみちびかれたもので、詩的プリミティヴであることである。もうひとつは、叙事的対象を小説に滲透されたため、説明的、散文的な直喩は現代では少なくなったという指摘である。

わたしは、いままで、詩的な喩を、像的なもの、意味的なものにわけ、べつに直喩と隠喩という区別をもうけなかった。わたしのいう像的なものは隠喩で、意味的なものは直喩に相当しているというわけではない。だから、脈絡をつけておくことが必要である。たとえば、さきに引用した古事記の「沫雪の弱る胸を」は、現代語にひきつけて語法だけでいえば隠喩的な表現であるが、ほんとうは、「沫雪のような　若やいだ胸を」という直喩としてつかわれている。北村、加島の反省的表現と直観的表現という区別は、古代語的なところでは、倒置された意味をふくむ、北村、加島が隠喩を或る意味ではよりプリミティヴであるといっているのは、この問題をさしていることはうたがいない。

げんみつにいえば、古代詩のプリミティヴな表現世界では、直喩とか隠喩とかは、混沌として区別しえない状態にあり、ほんとうは像的な喩と意味的な喩の区別しかありえなかったというべきだとおもう。わたしは、この喩の本質は、現代でもまた成立っていることをいいたいのである、修辞学は直喩や隠喩や提喩や……の別があることをおしえる。しかし、詩の本質は、喩にはひとつの本質があり、それは像的な喩と意味的な喩のいずれかのアクセントをひいてあらわれることをおしえるのである。たとえば、

彼は一九五〇年にインターンを終えた
若い開業医である。彼の
サファイアの瞳にうつるのは、貧しい
病める器である。

（*pride and prejudice*　北村太郎）

「サファイアの瞳に」は、古事記の「沫雪の　弱る胸を」とおなじようにあらわれている。しかし、古事記の歌謡で直喩的な「沫雪の」は、現代詩人北村太郎の「サファイアの」では、隠喩的である。しかし、わたしにいわせれば、「サファイアの」が、像的な喩であることが重要なのであって、直喩か隠喩かはけっして重要なものではない。サファイアの像（イメージ）が、「瞳」という言葉に当り、それが「瞳」という表現の自己表出性をたかめている。

いま、「サファイアの瞳」という隠喩的な表現を「サファイアのような瞳」とかけば、直喩的になる。そして、まさしく、北村、加島の論文が指摘しているように、説明的、散文的な印象をあたえる。なぜだろうか。

北村、加島の論文は、直喩は比較が反省の結果表現されるからだと説明している。わたしは、直喩と隠喩という区別はそれほど重要ではなく、ただ喩が像的であるか、意味的であるかが重要なのだとのべたばかりだから、べつの説明をとらざるをえない。

「サファイアの瞳」という隠喩のばあい、瞳がサファイアのようにかがやいているというのでもなく、瞳がサファイアで造られているということでもない。まさしく「サファイアの瞳」そのものであっても、サファイアという言葉のもつサファイアの像が、瞳の像と直結する。それは像が像に当って表現性をたかめる。

「サファイアのような瞳」という直喩的な表現では、くせものは、「ような」という副詞的ないいまわしである。この「ような」が、じつは、単なる助詞的「の」とちがって微弱ではあるが動きの像をあたえる言葉なのだ。したがって、はじめの「サファイア」は「のような」という言葉の動きの像に乗せられてから「瞳」という言葉に到達する。サファイアの像は「ような」という言葉の動きにのって迂回し、それから瞳につながるのである。

これから判るように「サファイアの瞳」という隠喩的な表現が、「サファイアのような瞳」という直喩的な表現よりも直観的であり、後者のほうが説明的であるという理由はでてこない。ただ「ような」という言葉の像の動きにのるか、のらないかのちがいにすぎない。しかし、それにもかかわらず「サファイアのような瞳」という直喩形のほうが説明的、散文的にみえるとすれば、この表現が、現代的な言語の水準で、意識の自己表出性を励起しない程度に文学的には慣用されているからであるとおもえる。いいかえれば、「サファイアの瞳」は、わたしのいう想像的な表出そのものでありうるのにたいし、「サファイアのような瞳」は、想像的な現実にほかならないのである。

おそらく、北村、加島の論文が指摘するような意味では隠喩が現代的におおくつかわれ、直喩はすくなくなったとはいいえないにちがいない。直喩にしろ隠喩にしろ、説明的、散文的になるのは、時代の言語水準からかんがえて文学的慣用語となった場合であって、直喩の本質が説明的、散文的であり隠喩の本質が直観的であるとはいいえない。いや、むしろ、詩的喩に直喩と隠喩という修辞的な区別があるとかんがえるよりも、像的な喩と意味的な喩があるとかんがえたほうがいいとおもわれる。わたしたちが、喩の時代性についていいえるのは、喩が詩的言語の像か意味に当って表出の励起をたえず高める方向にすすむということだけである。

詩的な喩のひらいている可能性は、ほとんど無際限だということができる。しかし、それは言語の像と意味との当りが無際限であるというのとおなじ意味で、またおなじ範囲でだ。たとえば、わたしたちは、シュルレアリストのように言葉を意識から自発的にとびだす弾丸のようにつかうこともできれば、レアリストのように言葉を現実を指示する手段のようにつかうこともできる。詩的な喩は、その起源において、古代詩人がそれ以外にはできなかったという理由から、勝手に手あたり次第の対象をうたいながら、当てたように、現代詩人は（シュルレアリストのように）当てることの連続によって喩の概念を拡大することもできる。シュルレアリストの詩は、いわば喩だけからできあがった詩だということもできるのだ。

詩のかなめに詩的喩があり、詩的喩は詩人の意識の自己表出力を励起状態に当てることにほかならない。それならば、喩だけからできあがったシュルレアリスムの詩は、もっとも詩の発生と未来へつながるかなめを射ようとしており、そこに最短距離への努力があるといえる。だが、おそろしいことに、言語は自己表出された意識であるとともに、意識の実用化であり、詩の言葉もまた散文の言葉や語り言葉とおなじように何ものかを意味していしまうのだ。何が価値ある詩か、というもんだいにおいて、わたしたちがシュルレアリスムにも抽象主義にも重きをおきえないのはそのためである。

5

わたしが詩をかく、この社会で語り言葉によって語り、散文の言葉でかけば、世界を凍らせてしまうにちがいないことを詩によって。わたしの意識のおくに何があるのかについては、ここで語る必要はあるまい。わたしの詩的態度のまわりには、それにふさわしい現実がとりまいている。政治小僧が革命的哲学者のふりをしてわたしを槍玉にあげる。もちろん槍玉にあげられたのはわたしではなく、小僧の脳髄に像を結んだ自らのスコラ哲学だ。死んだ魂だ。つぎに、詩も語らず政治も語らないかわりに虫のように生活することでは専門家である大衆の名を、四十年間喰い荒してきた政治屋が、わたしの名をとりあげる。しかし、とりあげたのはわたしの名ではなく、自らの奴隷的な魂だ。死せる組織だ。

すでに、現代の日本では、じぶんで何らかの現実を所有していると考え、そう振舞う個人、集団、政治組織にも、また逆にそれらに所有されている個人、集団、大衆組織にも語りかけるのは無駄であると宣告しないわけにはいかない。あえて語りかけるばあい、まるで砂漠の砂に語りかけるように、耐えながら語りかけるのである。

わたしは、世界を凍らせることを禁忌して詩をかこうとする。そして、世界はわたしの語ることを禁圧するような現実をこしらえあげる。ここには、ある必然的な関係があるのだろうか。

詩にとって確かなことは、たとえそのなかで世界を凍らせる言葉がつづられたとしても、やがて詩は終り、こころの励起はおわりをもつということだ。だが、現実はいつまでも終らないで、わたしたちを禁圧する。詩は一時的にわたしたちを解放させるが、現実は「永久」にわたしたちを抑圧する。もちろん、抑圧された現実のなかでも、たたかったり、眠ったり、愉しんだり、休息したり、判断を中止したりしているし、残念なことにそれが生活しているしるしになっている。

わたしが、いままで詩的な喩として言語のうえからのべてきたところは、この「永久」的な現実の抑圧と、詩の一時的な解放との結び目をとめるクサビのようなものである。古代人はかれらがかれら以外のものでありうることを妄想したとき、それが何であるかをさぐり当てるところに詩的な喩を発生させた。わたしたちは、いま、わたしたちがわたしたちであり得る方法を、わたしたちがわたしたちでない現実社会のなかで妄想するときに、詩的な喩の全価値にたどりつく。わたしは、さきには言語について喩を語り、いま現実とわたしのあいだで喩を語ったが、べつのことを言ったとはおもわないのである。

マルクス主義文学とは何か

もともと、マルクス主義文学というようなものはどこにもない。しかし文学は、ひとびとがその社会的な性格や政治的効果について考えるはるか以前からすでに存在していたのだ。現在わたしたちは、つまらない文学と優れた文学と、大衆にひろくよまれている文学と少数の読者にしか読まれない文学と、つまらぬ文学者とすぐれた文学者と、そして反動的な政治思想をもつ文学者と進歩的な政治思想をもつ文学者とをもっているだけである。しかし、マルクス主義文学とか、革命文学とか反革命文学というようなものはどこにもないし、もともと存在することはできないのである。このことは、文学者や文学運動の主観的な意図とはかかわりないことに属している。

しかし、こういうことが理論的にわかりかけ、文学者たちが呪縛をとくための努力をはじめるようになったのは、ごく最近のことであり、もんだいはいまなお過程的なところにある。ルフェーヴルは『美学入門』（多田道太郎訳）のなかで、「マルクス主義芸術」などはないし、美的な創造のためのマルクス主義的処方箋というものもない、とかいている。それにもかかわらず、おなじ著書のなかで、「文学のレーニン主義的把握、社会主義リアリズムは、あらゆる芸術の、自然発生的であいまいな要素を意識的にする。そして、プロレタリアートの行動方向にそってこの要素を変化させ、社会主義建設の方向にそってそれを拡大するのである。」というような矛盾した見解をそのまま投げ出している。

いうまでもなく、マルクス主義芸術が存在しなければ、社会主義リアリズムも存在しえない。しかし社会主義リアリズムの提唱は歴史的にたしかに存在したのである、社会主義リアリズムというようなものは、その提唱、その内容、その歴史ともに誤解につぐ誤解のつみかさねであり、そのもとで窒息させられ萎縮したのはすでに歴史的な事実として人類がもっていた文学、芸術そのものであった。

そこで、種々の折衷がおこなわれた。社会主義リアリズムは形式、ジャンルの多様性をゆるすものであるという考え、また、社会主義リアリズムというのは世界観のもんだい、げんに社会主義的な建設にむかっているのだぞという文学者の心構えのもんだいであるとする考え、社会主義リアリズムという概念をせまくうけとって、方法上のリアリズムと解してはならない、超現実主義も抽象主義もそこに包摂されるもので、いわば文学・芸術のリアリティというほどの意味に解すべきだとする考え……。そして、ついに社会主義リアリズムという概念自体が無化され骨をぬかれ、ついに言ってもも言わなくてもよいほどのものとなっている。

文学・芸術が作家のうちからうみだされ、作家にとって自己の対象化された作品となり、そのことによって社会的な存在となるかぎり、文学・芸術から自己表現としての意味をうばうことをできなければ、社会的な効果のもんだいをうばうことはできないことはいうまでもない。これを、まず、有用性の断面からすっぱりと切ったのが社会主義リアリズムの提唱者たち(スターリン・ジュダーノフ)のかんがえであり、この有用性(政治的・教育的)の断面のなかで、何とか自己表現としての多様性をみつけようとするのが、種々の折衷論の試みであったといえる。

しかし、これらの提唱と試みは、文学そのものをまるごとつかんだうえで、有用性をかんがえることでもなければ、自己表現をかんがえようとするものでもなかった。権力的な呪縛によってまず平面にとじこめられた人間が、平面のなかで砂漠のオアシスをさぐろうとするようなもので、すでに問題のたてかたのなかに根本的な誤差があったというべきである。

しかし、文学・芸術の作品は、あやまった提唱からもいい作品がうまれることもあるし、始末にわるい悪人が優れた作品をうむこともある。また、政治的な反動がいい作品をうむこともあるし、人格・世界観の非のうちどころがない人物が、つまらぬ作品をつくってしまうこともある。そして、誤差をふくんだ理論のもとでも、いやおうなしに作品の歴史はつみかさねられ、おおくの芸術家はその誤差によって枯死し、また、少数の真底からの芸術家はそのもとでも優れた作品をつみかさねるのである。だから、マルクス主義文学とか社会主義リアリズムとかアバンガルドとかいう範疇を信じているものに、そんなものは存在しないなどと敢えていうひつようもないかもしれぬ。ただ、それが強制力を、いいかえれば文学の政治権力をもたないようにすればよいので、個々の文学者、芸術家は誤差を信じても一向かまわないと言うべきである。何を信じようと文学・芸術はその作家の自己表現力以上のものも以外のものもうみだしはしないのである。

日本のプロレタリア文学運動も、誤差をふくんだ理論のもとで展開され、作品をうみ、そして昭和の文学史に一つの傾向をのこした歴史であった。もしも、この運動が優れた文学理論のもとで作品活動をつづけていたら、優れた文学・芸術作品をうみ出せたであろうか？

わたしは、以前そうかんがえてプロレタリア文学を検討する仕事をいくらかやってきた。しかし、これはすこぶる疑わしい。正しい理論のもとでこの文学運動が展開されても、中野重治はやはりいまとおなじ仕事しかしなかったような気がする。しかし、小林多喜二はもっといい作品をうみだしたかもしれない。かれは誤差の理論のもっとも忠実な実践者だったからという程度のちがいにすぎないのではないか。

ただ、優れた文学理論のもとで文学運動が展開されていたら、政治と文学とを混同したり、文学運動が政治運動の代用をしたり、政治的崩壊と文学的な崩壊とが同一次元でおこったりしなかったはずだ。弾圧は権力の仕業で力が足りなければどうしようもないが、政治への関心が戦争下に一八〇度裏かえったりすることも、政治運動を文学的にやるという馬鹿気たかんがえもあらわれなかったということだけは、断定してもあやまりではあるまい。

日本のプロレタリア文学運動の理論は、とうぜん批判し、検討し、否定されるべきものである。この点については何のうたがいもない。しかし、そこで創られた作品、論文の存在そのものは、これを否定し、無化するわけにはいかない。これは、やっかいな問題である。ある文学者は、ほとんど救いようもない日本プロレタリア文学の理論を、ただそれが事実としてつみかさねられてきたという理由で、救いだそうとして無駄な努力をはらい、ついにはこじつけによってこれを生かそうとする。たとえば、これは戦後の民主主義文学運動のひとびとによって、大なり小なりとられてきた態度である。これらは、文学・芸術といえども歴史となったとき、いわば死体となった作品ののっぴきならない強味のようなものを発揮し、現在を規制しうることのよい例ではないか。

過日、知人とたまたま文学の話になり、現在流布されている評価から、鷗外も漱石も武郎も、芥川も、太宰治も堀辰雄もみな拾い出さなければならないという話になった。知人は宮本顕治の芥川論におよんで、「敗北の文学」とか何とかいって、じぶんのほうが勝ったつもりになっちゃってね、と吐きすてるように云った。

芥川がプチブル文学者だからその作品は限界があるというような評価、作品の内容に階級的な視点が貫徹していないからだめだという評価、こういう評価の流布が桎梏であるというもんだいは、現在でもけっして解決されていないのである。

「敗北の文学」にこうかいてある。

「いつかは滅びるであらう」いつか、酷薄な社会的現実は、氏の芸術観に、悲壮な認識を与へずにはおかなかつた。しかも、芥川氏は「落莫たる百代の後」、氏の作品を愛する誰かに美しい夢を見せることを信じようとしてゐる。氏の軽蔑してゐた民衆こそ、偉大なる創造力をもって、ゲエテを

――そして、氏をも乗り越して突進するものであることを認めた時、芥川氏は小ブルジョアジイのイデオローグに過ぎない氏の文学も、いつかは没落しなければならないといふ告知を、新興する階級の中に聴いたであらう。

「芸術は民衆の中に残つてゐる。」さうだ。

民衆が新しい明日の芸術を創造する。これは、事実上氏自身が自らに向けた否定の刃ではないか。あらゆる天才も時代を越えることは出来ないとは、氏の度々繰り返したヒステリックな凱歌であつた。かうした絶望そのものが、「自我」を社会に対立さす小ブルジョア的な魂の苦悶でなければならない。

こういう評価が、そこから芥川を拾い出さねばならない当のものである。わかりやすくするため、話を「落莫たる百代の後」の民衆の文学評価にもってゆこう。そこで、十年をへだたらない芥川龍之介と小林多喜二の文学を、民衆が比べたとする。芥川と中野重治でもよいし、他のプロレタリア作家でもよい。民衆は、このいずれも過渡期の作家として眺め、ただ優れているという理由だけで芥川の文学作品を評価し、愛好するとおもう。それは、ほとんど自明のことがらである。「百代の後」に、その社会が民衆を解き放ち、高からしめていればいるほど、優れた芸術が優れた芸術として評価をうけることはうたがいない。

民衆に作品をもって何かを指示し、教えようとする主観的な善意をもっていると否とにかかわらず、またその作家がイデオローグであったか政治的無能なインテリであったかにかかわりなく、ほぼ、どれだけの自己表現力をもって作品を総体化したかによって、民衆に読まれることは、いうまでもない。

芥川が小ブルジョアジイのイデオローグであったから、百代の後、社会の主人公となった民衆が、その芸術を没落させるなどという考えは、浅墓な思いつきにすぎない。また、イデオロギーとして民衆を社会の主人であると理解したインテリの文学を、後代が、善意だけはみとめて高く評価するなどとかんがえることもまことに甘ったれた虫のいい考えかたである。

そして、わたしたちは「敗北の文学」の論者と、その論者の頭脳に像をむすんだ苦悶するプチ・インテリ文学者芥川とのかかわりあいに、ひとつの過渡的な喜劇以上の何も見つけることができないのである。過渡的なある一時期に誤差の理論がもうもうと流布され、それが誤差の苦悶となって反映しているすがた、誤解が誤解を招待している姿、民衆の立場にたつことは文学や芸術のより高い価値を約束されたことだと思いこむ浅墓な文学観の持主に像をむすんだすぐれたインテリゲンチャ作家のすがたしか見つけだすことができない。

この文学、芸術についてマルクス主義を名告った犯罪的ともいえる評価と関係は、どこからきたのだろうか。文学者としてのマルクス主義者と、文学者としての芸術至上主義者とのあいだにおこったのではない。またおこりうるはずがない。それは誤差をふくんだ文学理論によってみちびかれた文学の流布されるすがたと、それをひとつの政治的勢力として眺めなければならなかった孤独な気質的な文学者とのあいだにおこったのである。

わたしたちのあいだで、マルクス主義文学とかんがえられているものは、おおくこのようなものをでない。たとえば芥川龍之介と小林多喜二のあいだ、芥川龍之介とその他のプロレタリア文学者のあいだは、ただ過渡期のちがった思想傾向をしめすインテリゲンチャ文学にほかならないという観点から逆倒できる相対的な関係にしかすぎない。そしてこの逆倒によって「落莫たる百代の後」に民衆は、芥川の作品をプロレタリア作品よりも愛好するのである。

しかし、このような問題は、すくなくともいわゆる「マルクス主義文学」とよばれているものの理論によっては、未解決である。

日本と世界とのもっとも著名なマルクス主義芸術理論家の言うところが、どれだけの誤差をふくんでいるかをみてみよう。

ドストエフスキーにおける小ブルジョワ的なものは、かれの価値と意義とに限界を与えている。バルザックの反動的な雄弁調、かれのいくつかの小説にみられる神秘主義的激情は、小説の少なからぬページを、耐えがたいものにしている。トルストイは、ロシア農民階級の反映であり、そのふかい革命的諸傾向の鏡（レーニン）でありながら、自分でそのことをはっきりとは知らなかった。だから、かれの完全な偉大さは『戦争と平和』において、観念論のぼかされている部分でしか見られない。かれの芸術理論はといえば、これはもう回顧的な興味しかもたぬ。（ルフェーヴル『美学入門』）

例へばボードレールやヴェルレーヌの詩は芸術性をもつてゐるか？　勿論、持つてゐる。或は非常に多く芸術性を持つてゐるかも知れない。しかしボードレールやヴェルレーヌの詩は、現代に於いてその芸術性に比例した価値を持つてゐるかと云ふに、持つてゐない。それは芸術作品の芸術性と云ふことがそれ自身価値でない証拠である。

成程、芸術的に完成された作品は、多くの場合何等かの意味で価値を持つてゐる。しかしそれは芸術性そのものの中に価値がある為ではなくて、その芸術性の実現されてゐる作品が何等かの意味で我々に役立つ所に現はれて来るのである。（蔵原惟人「マルクス主義文芸批評の旗の下に」）

いったい、こういう評価を満足させるには、作品のなかに進歩的な雄弁調をくわえたり、唯物論のぼかされた背景を描きくわえればいいというのか。また、そういう作品が「我々に役立つ」かどうかは、「我々」以外にきめることはできないのである。また、作品のなかに小ブルジョア的なまたは反動的な人物があらわれて、物語の運びをかきまわしたり、作品全体の基調を小ブルジョア的や反動的な帰結にみちびいたとしても、それが「我々」に役立たないかどうかをどうして決めることができるのか。

強盗や殺人の物語をよんで、強盗や殺人を示唆されるか、またはそれを嫌悪するか、またはたんに架空の物語としてよむかは、「我々」の心の状態が決定権をもつもので、それ以外の要素は第二次的なものの以下である。また、そこにどういう人間がどのようにえがかれているかは、作家が価値として表出した全体からみれば、第二次的なもの以下となる。

いま、酒造りが、ふた色の醸造された酒をもってきて、どちらが一級であり、どちらが二級であるかを試嗜しようとしていた。そこに、馬鹿な先生があらわれて、酒の目的は人を酔わせることにあるのだから、アルコール分の多い方がいい酒だと判定したというわけだ。

もし、ひとつの文学作品があって、これらの先生がもっている甘い菓子のようなイデオロギイ把握に不快感をあたえたり、これを打ちくだいてしまったとすれば、いかなる意味でも「我々」にとって役立つのである。また、この世界がこしらえあげた支配的な倫理を破壊したとしたらそれは「我々」に役立つのである。しかも、この問題は、文学・芸術の価値からいえば第二次的なもの以下としてしかあらわれない。芸術がまず価値として表出されなければならないために、「役立つ」というもんだいは、つねに間接性としてあらわれざるをえないのである。

この間接性のため、文学・芸術によって甲なるイデオロギイが乙なるイデオロギイにかわることはありえないのである。ただ、甲なるイデオロギイが打くだかれるということはありうるとしても、それを乙なるイデオロギイに移行させるのは、文学・芸術をよむ「我々」自身のもんだいである。そして、甲なるイデオロギイにたいして文学・芸術が破壊力をもつとすれば、それは甲なるイデオロギイ自体にとっていかなる意味でも負ではありえない。

もちろん、百代の後の民衆はドストエフスキイの諸作品やトルストイの諸作品を、社会主義リアリズムの凡庸な作品よりも価値あるものとして読むことはまちがいない。

ようするに、こういう過渡と実現のあいだのすべてのもんだいについて、いわゆる「マルクス主義文学」の理論と作品は、何の解決をもしめしえない。これらのなかに過程と尺度のもんだいが排除され、マルクス主義文学という範疇がもともと存在しえないこと、人間にとって社会的に理想とは何か、現実とは何かがまったくつかまれていないことによっている。まず、うちくだかれなければならないのは、「我々」であり、「我々」のあいだに顔をだして、途方もないでたらめを教える先生であることをはっきりとつかまなければならない。

混迷のなかの指標

安保闘争や三池闘争をひとつの境として、反権力の政治運動と思想運動とは混沌のなかにはいった。たちこめる霧のなかに、あるいは傷つき、あるいは藻がき、あるいは絶望の底からはいあがろうとしているおたがいの姿がみえる。願わくは、ひとりの思想的な死者もなく、この過渡的な混沌をくぐりぬけることを、とくに、昨年、いささか縁をともにして敗れた若い世代のためにおもう。

現在、思想的にたちこめている濃霧は、きわめて深いが、かならずしも透視が不可能なのではない。ひつようなのは、何を指標として情況をさしのぞくかということにかかっている。撰ばねばならないのは、おおくの前衛主義者が現在採用しているものとちがった指標でなければならないことは、自明のようにおもわれる。

現在の混迷の本質は、マルクス・レーニン主義を体得したと称するものがあつまって、前衛を名乗り、労働者や大衆にたいして活動をはじめ、それが国際的に公認されたならば、労働者や大衆の動向、思想がどうなっているかにかかわりなく前衛党とよばれるという錯誤が、マルクス主義が運動として輸入されてから四十年、また敗戦後十五年で完全に破産し、日本の風土のなかではじめて真偽をとわれていることだとおもわれる。これは反権力の運動にとって危機であるともいえるが、また、はじめて、前衛とは何かというもんだいが、具体的にわたしたちの風土のなかで真に問われはじめたことで慶賀にたえないともいえる。

こんな情況のなかで、どんな前衛主義者の集りも先験的な前衛ではありえない。現在、騒然と行動している前衛主義者に共通の盲点は、じぶんたちの組織が労働者・大衆にもっとも影響を強め、そのまわりに知識人や同志をあつめられれば、前衛たりうるという錯覚からどうしてものがれられないことである。そして、日共は倍増した党員をようして団結と統一を誇示し、そこをはなれた構造改革派はじぶんたちの勢力の植つけに奔走し、反対派の諸勢力も、前衛主義者をあつめ、労働者・大衆さえ獲とくできれば、前衛たりうるという誤解から、まさに戯画的な日共のステロタイプを演じている。

しかし、現在、ほんとうに問われているのは、そういう前衛主義者の発想そのものなのだとわたしにはおもえる。あまりに根柢的にとわれているため、霧の底へ沈んだものによってしか気付かれないとはいえ。

いま、前衛主義者にひつようなのは、じぶんたちがけっして前衛などではなく、「前衛」（カッコ付き）であるということに徹し、うしろをむいて労働者や大衆や知識人を獲得しようなどとかんがえるよりも、みずからの自立した活動の軌跡によって、また、右こ左べんしない思想的探求によって、労働者・大衆の自立に寄与し、また、具体的に大衆そのものにつくという前期集団のあり方を根柢的に追求することであるとおもう。もちろん、わたしがこんなことをいっても、かれらの脳髄に通ずるなどという幻想はもっていないが、機会があたえられたとき、それを指摘しつづけるのは混迷のなかでの義務であるとおもう。

現在の前衛主義者（日共をもふくめて）の諸集団のいずれかひとつが、他の諸勢力をおさえたり吸収したりして、労働者・大衆の前衛として決定的な役割をはたすということはかんがえられない。ただ、前期集団としての自立した力をつくして、いつかうまれてくる前衛へと架橋しうるだけである。労働者や大衆が客観点な理由から眠っているとき、分解した前衛主義者が、レーニン組織論的な意味で、前衛と自己規定することほど奇妙なことはない。

手を握ってみよう。

（はるの・よいこ　漫画家）

編集部より

＊第6巻をお届けいたします。吉本隆明さんの全体像をはじめて明らかにする本全集が、できるかぎり多くの読者に迎えられることを念願しております。

＊吉本隆明さんの書簡をお持ちの方がいらっしゃいましたら、封書の場合は、文面・封筒の表裏、はがきの場合は、はがきの表裏の複写をご提供いただければ幸いです。

＊初出の掲載誌で探しているものがあります。詩「緑の聖餐」が掲載された『聖家族』（1949年5月25日　第3号、聖家族発行所発行）をご所持の方がいらっしゃいましたら、本文・目次・奥付・表紙の複写をご提供いただければ幸いです。

＊次回配本（第7巻）は、2014年6月を予定しております。

よぎったためらいを打ち消し握ってみた。父はギュッと握り返してきた。「あれっ⁉」という異和感、そして既視感を覚えた。

それは父の『幸福論』の中の、死の床にある祖母に「もう少し頑張れや」と手を握ったら、「もう頑張れないよ」と、祖母が握り返してきた。自分が握る分にはいいが、握られるのは嫌だな——と感じてしまった。という件りだったのを思い出した。

私は別に〝嫌〟な訳ではない。でもあまりにも〝新鮮〟な感覚。身体的接触という意味なら、玄関にヘタリ込んだ父を渾身の力で肩に担ぎ上げたこともあるし、ナマ尻を素手で洗ったこともある。ガクガクの頭を抱え「飲まないと死ぬぞー！」と、水分を取らせようとしたのは入院直前のことだ。幼ない頃は肩車もしてもらったし、もちろん手を繋いで歩いたし——あ…なんだそうか！　手と手を繋いだのは、およそ50年振りだったんだ！——と気付いた。

父と私は似た性格だ。お互いベタつくことを避けてきたように思う。抱えたり洗ったりは形而下的行動だが、手を握るという行為は形而上…というより〝想い〟そのものなのだ。初恋の少年・少女の、ぶつかるような一瞬のキスよりも、手を繋いで歩く方がドキドキするような——キミも頑張れ。オレも頑張る。これが最後かも。ごめんな。ありがとう。また会おう。握った父の手には万感の想いが込められていた。

冷んやりとして柔らかく、肉厚な手の平の感触を私は生涯忘れない。次に会ったなら、まずく、幾分か記憶も捏造されているだろう。わたしは、たぶん、子ども時代を過ごすあらゆる人たちと同じように、ただ生きていた。薄い膜のようなものに包まれ、「繭」の中で暮らしていたように思う。もちろん、そこが「繭」の中であることに気づいてはいなかったが。

何度か書いたことがあるが、入った中学は進学校だった。早熟で、頭のいい少年たちがたくさんいて、とりわけ、「文学」や「思想」を好むグループがあった。グループの中にはリーダーと目される少年がふたりほどいた。わたしはすぐ、その「取り巻き」のひとりになった。1960年代の半ばで、その、小さなグループの中では、たくさんの現代詩人の名前が（ヨシマスゴーゾーやアユカワノブオやテラヤマシュージやアマザワタイジローやホリカワマサミが）、たくさんの政治思想家の名前が（ハニヤユタカやタニガワガンやクロダカンイチが）、それから、様々な分野のたくさんのガイジンの名前が（ハイデッガーやトラークルやロートレアモンやゴダールやトロッキーやビンスワンガーやモウタクトウやコルトレーンが）飛び交った。わたしは、どの名前も知らなかった。それでも知っているふりをしてうなずき、慌てて、本屋に行き、その名前の連中が書いた本を買って開いてみたが、なに一つ理解できなかった。そもそも、漱石の「こころ」の感想文を800字書くことさえ苦痛だったのだ。

「ことば」は目の前にあったが、ずっとわからないままだった。その理解できないことばを、わたしは、丹念に追いかけた。他にすることがなかったのだ。わたしに理解できるのは、「繭」

吉本隆明全集 6

産み落とされた日……高橋源一郎
父の手……ハルノ宵子

月報1
2014年3月
晶文社

産み落とされた日

高橋源一郎

これから書くことは、どこにでもあるような、陳腐な出来事だとわたしは思っている。けれど、それ以外に、書くことは思いつけないのである。

小学校1年生の頃、関西で父が経営していた工場が破産して、東京に夜逃げをしてから、繰り返し引っ越すようになった。父親が仕事に失敗する度に暮らしは貧しくなり、時に、母親の実家で暮らした。明日はどうなるのかわからない日々が何年も続いたが、ほとんど気にはならなかった。あの頃、わたしが何を考えていたのか、正確にたどり直すことは難しいし、おそらの内側にある、親しみやすいことばだけだった。

わたしの耳に飛びこんできたたくさんの名前の中で、もっとも頻度が高かったのは「ヨシモトリユーメー」だった。その名前を持った人は、「詩」の方にも、「思想」の方にも登場していた。どうやら、そのグループの中では、もっとも尊敬されているようだった。なぜなら、グループのリーダーと目された少年が、その名前を口に出す時、ひどく重々しく「ヨシモトは」とか「ヨシモトリユーメーは」というからだった。もちろん、わたしは、その名前の人が書いた本を買って、開いてみた。他の、たくさんの、知らない名前の人たちの本と同じように、なにも意味はわからなかった。わたしは、意味などわからぬまま、読み続けた。そして、少し、時が過ぎた。

中学3年の頃だった。そのグループのリーダーのひとりNと、放課後、うどん屋に入った。寒い夕方で、客は他にいなかった。食べ終わると、突然、Nが鞄から一冊の本を取り出した。『吉本隆明詩集』だった。そして、Nは、なんの前触れもなく一編の詩を読み始めた。

「異数の世界へおりてゆく　かれは名残り
をしげである
のこされた世界の少女と

ささいな生活の秘密をわかちあはなかつたこと
なほ欲望のひとかけらが
ゆたかなパンの香りや　他人の
へりくだつた敬礼
にかはるときの快感をしらなかつたことに」
と読み始められた詩は、さらに2連、23行にわたって進み、最後のパートにたどり着いた。

「秘事にかこまれて胸を
ながれるのはなしとげられないかもしれないゆめ
飢えてうらうちのない情事
消されてゆく愛
かれは紙のうへに書かれるものを恥ぢてのち
未来へ出で立つ」

Nが読み終わった時、わたしは、自分が、数分前とは違う世界にいることに気づいた。もちろん、その詩に書かれていることは、やはりほとんど理解できなかった。気づいたのは、「理解できなくてもかまわないことばがある」ということだった。理解できなくとも、感じることはできるのだ。それで、ぜんぜんかまわないのだ。その時、わたしは、生まれて初めて「文学」のことばに触れて涙をこぼしていたが、それは感動したからではなかった。わたしは、わたしを包んでいた「繭」を切り裂かれ、外の世界に転げ落ち、反射的にそうしたに過ぎなかった。この世界には、わたしの知らないものがたくさんあるのだ。そして、それを、いつか知ることになるのだ。産まれ落ちたばかりのわたしは、震えながら、そう感じていた。

（たかはし・げんいちろう　作家）

父の手

ハルノ宵子

2012年1月、父が救急で入院した時、それはもちろん急性期を救うための、帰って来るはずの入院だった。しかし、脱水による重篤な急性腎不全を起こしていると聞いた時、「しまった！　1日遅かったたか」と悔やんだ。〝老人〟の体力を甘く見ていた。

だが1日早かろうが、ダメな時はダメだし、遅くても助かる者は助かる運命にある。これは私が長年、山ほどの猫たちの病と付き合ってきた中で得た経験則だった。

その後父は恐るべき生命力で、腎不全の危機を脱した。それがかなり奇跡的だということは、医者に言われなくとも、たぶん私が一番分かっていたと思う。

意識はもうろうとしていたが、状態は安定している。父の緊急入院から2週間。実はこの時、私自身も他の病院での入院・手術を控えていたのだ。前年乳ガンが見付かっていたのだ。〝悪性〟とは言われたが、焦るような種類のモノではないという印象を持っていた。今流行の某医師なら、「放置しておけ」というタイプのガンだろう。しかし私は〝曖昧〟を抱えて生きるのが苦手な性格なので、たぶんそちらの方が精神衛生上よろしくないと判断し、手術をすることに決めていた。ある意味〝好期〟だと思った。父（同時期母も）が入院していてくれた方が安心だし、4ヶ月前にも1度手術を〝ドタキャン〟していたので、今回ばかりは、親身になってくれる先生方に、申し訳ないという思いが大きかった。

入院の前日、いつものように父の病室に行った。目は閉じたままだけど、耳はちゃんと聞こえているはずだ。「私も明日から入院だから、最低1週間は来られないけど、私も頑張るからお父ちゃんも頑張ってね！」と言った。寝巻きの袖から伸びている父の手を見た。父の手はきれいだ。節くれ立った私の指なんかより、はるかに細っそりと長い指。彫刻のような手。一瞬そして、具体的な前衛は、みずからの思想をもって自立した時期の大衆が、みずからを方向づけるものとして、みずから撰びとるとおもう。先験的な前衛などというものを、すくなくとも権力を否定するまでに自立した段階の大衆が認めるはずがないのだ。

こういう根柢的なもんだいをじぶんに課さなかった前衛主義者は、いわば無色の労働者・大衆を擬制的にオルグし、官僚思想化することによって、定型を破って奔騰しようとする知識人や労働者・大衆の内発的なうごきを、すべて原則に反するものとして排除してきたのである。これが、労働運動において、思想運動において、文化運動において、根柢的な自覚のうごきと営みを具体的に、歴史的に圧殺してきたものの真の本質である。ここに想いいたらないかぎり、わたしたちは現在の思想的な混沌から、何ものもうることなく次の情況に走らなければならない。

日共「第八回大会」を契機とする分裂のなかで、党員文学者たちは、政治的な声明をだしている。わたしの眼にしたのは「真理と革命のために党再建の第一歩をふみだそう」(『読書新聞』昭36・7・31)と「革命運動の前進のために再び全党に訴える」(同、昭36・9・4)のふたつである。このなかには、わたしが敵として対立してきた文学者も、長年いっしょに文学をやってきた文学者も、また詩人として評価し友情をかんじている文学者も知人もある。しかし、私的なこと一切をぬきにしていえば、これらの声明を貫流しているものへの根柢的な異見は、さきにのべたところとおなじである。声明のなかには、「マルクス・レーニン主義」とか「党」とかいう言葉が、先験的につかわれているが、たとえば、レーニンのどこが真理でどこが誤解で、どこが特殊的に真理で、というようなことが検討された形跡はみあたらないし、前衛党とは何か、が根柢的な意味で問われてはいないのだ。前衛主義者があつまり組織をつくり、労働者・大衆にはたらきかけ党員を獲とくすれば、それが年月をつみかさねて前衛党となるという発想はすこしもうたがわれていない。いつか、労働者・大衆がみずからえらびとるだろう真の前衛への架橋のもんだい、いいかえれば過渡期のもんだいがまったくふまえられてはいない。

もちろん、第一回の声明と第二回の声明とはニュアンスがちがっていることを見おとすのは不当である。第一回の声明では、党内民主主義の建設がたんに一党内のもんだいでなく、日本の民主勢力の先頭に立ちうるかどうかの岐路であるという分派闘争の観点が強調され、第二回声明では、中央派閥の支配体系から自分たちは思想的にも組織的にも自由であるが、「われわれの党をはなれることはできない」という立場から、社会主義への日本の道を探求しているすべての人々が対等に新しい前衛党の創出について、日本革命の展望について討議し実行する場をつくりださねばならぬ、という再編への志向の観点がとられている。

しかし、根性はすてきれてはいない。ひとにぎりの異端として政治の場からしめだされ、正統前衛の名を「党機関を私物化する」官僚にうばわれはしないか、というような危惧は無意味だということが根柢的に問われてはいない。日本共産党にしろ、社会党にしろ、また反対派の諸勢力にしろ、その何れかひとつがそのまま前衛となることはありえないという透徹した認識はそこにはない。わたしは、第二回の声明によき芽をかいま見るとともに、またぬきがたい桎梏の印をもよみとる。

この党員文学者の声明は、政党員として出されているので、文学者としてだされているのではない。しかし、このような声明にあらわれた思想的な混迷が、これらの文学者たちの文学運動にとっても無縁でありうるはずはあるまい。

第一に、政治運動の優位の下に文学運動があり、政党的な平和や独立や民主主義を綱領とするというような奇妙なありかたが、かつてこれらの声明を出している党員文学者によってまともに検討されたことはないことを指摘しなければならぬ。(このような芸術運動の組織論がスターリン・ジュダーノフに示唆された政策論の所産で、日本ではプロレタリア文学運動と大政翼賛会下の文学報国会以外にかんがえられたことがないことを想起せよ)。民主的な多数決原理で幹部が選ばれるというような文学運動は、それ自体が本質的矛盾であり、そんな原理を必要としない創造集団に分散すべきなのだ。声明にあらわれた政治論のばあいとおなじように、これらの党員文学者の中に、文学運動が即自的に政治的抵抗体、または政治協力体（全ソ作家同盟や文学報国会のように）としての役割をもつというスターリン的なそしてファッショ的な母斑がひきずられていることを意味しているためのように思える。

第二に、これらの文学者はみずからが立っている文学・芸術論が、社会主義リアリズム論のハンチュウにあることについて、根柢的な批判を提起すべきである。これらの声明を発した文学者のなかには典型論者もあり、アバンガルトもいるが、その芸術理論がいずれも社会主義リアリズム論のハンチュウに修正し、変種していることにかわりない。

ここに真にマルクス思想的であるべき芸術・文学の理論とはなにかを検討すべきである。またレーニンの文学の党派性とは、政治的な保守主義者はかならずつまらぬ文学作品をうむかのように批判し、自己党派はかならず優れた作品をうむかのように擁護するといった態の党派性でないことを踏まえたうえで、レーニン文学論の限界とは何か、社会主義リアリズム論の錯誤とは何か、では真にマルクス思想的な文学論とは何か、をみずからに問うべきであるとおもう。なぜなら政治的党員として真理に忠実なる困難なたたかいにはいったと声明したものが、文学・芸術的にみずからの誤差の理論にけんとうを加えないということはありえないからである。このこともまた真に困難な困難なたたかいと試行錯誤のみちであろう。どこにも依るべき範型もなく、無数の神話と濃い霧のなかを未踏の地点へ歩み入るみちだからだ。しかし、これを避けることによっては、たんに前衛主義者の一分派であるという地点を超えることはできない。

想い出メモ

竹内好が信夫清三郎『安保闘争史』の書評のなかで、竹内好や清水幾太郎をとりあげるならば、その時期なにもかかずにもっぱら行動していた吉本隆明をとりあげるべきであるとかいていた。おそらくは竹内好の史家の筆というものにたいする疑念が云わせたのだろうが、そんなにわたしの役割を買いかぶる必要はないのだ。行動していたわたしはひとつの肉塊をもった大衆にすぎなかったし、学生集会でたのまれてしゃべっていたときには、たいてい自己嫌悪を噛みながらやっていた。ひとりの思想者としては、まったくネガチブだった。だから、わが進歩派や擬以革命派文化人といっしょに、つまらぬマルクス主義政治学者の筆にのこることをわたしは拒絶するのである。(もっともビラの方はのこってしまったらしい。)

わたしは、政治のアバンガルトが外部にそそいでいた眼を内部にそそぐと芸術のアバンガルトに転化し、芸術のアバンガルトが内部にそそいでいた眼を外部にそそぐと政治のアバンガルトに転化するなどという馬鹿気たかんがえをまったく信用していない。芸術も政治もそんな簡単なものじゃないよ、なめなさんな、というわけである。

芸術的前衛はただ政治的大衆になりうるだけだし、政治的な前衛はただ芸術的大衆になりうるだけである。そしてわたしはおおむねそのとおり実践してきた。そして、この政治と芸術とが背離してゆく領域をあつかうのが思想のもんだいであるとかんがえる。

安保闘争の終熄後、ぼう大な『安保闘争史』をかいた学者をわたしは軽蔑しない。頓馬もそこまで徹底すれば、ひとつの美でさえある。しかし、若い世代が全力をつくしてたたかい、その衰退にむかったまさにそのときに、大衆づらをするならともかく前衛づらをして登場してきた諸勢力にたいしてはあまり好意をもっていない。わたしは安保闘争後、いままで一緒に文学をやってきた仲間たちと訣れてしまった。自称前衛たちはいまや離散集合たけなわらしいが、わたしにとっては袂別こそが自明であった。安保闘争をへてわたしが学生運動に感じているのは一種の近親嫌悪と異質背離のようなものである。これは挫折感のしからしめるものだろうが、かつて敗戦を体験し、労働運動での敗北を体験しているわたしは、挫折をみとめるがじぶんに挫折感を許さないのである。近親嫌悪と異質背離を感じているときは、危険だから一年ばかり頼まれても学生諸君とつきあいをやめてきた。

こんど、福田善之、菅孝行作の『ブルースをうたえ』の台本をよんで、この近親嫌悪と異質背離をまざまざと再現させてもらった。感謝せずばなるまいとおもう。全学連を慕ってまいりました、などとケロッとして云えた文化人の何と幸福なことよ。かれは戦後の平和運動でも幸福であり、安保闘争でも幸福であり、つぎの何々闘争でも幸福であろうとおもう。馬鹿にしているわけではない。この文化人は良質な思想家のひとりである。

最後に、六月十五夜の想い出のフィルムのうち鮮やかなのをかきとめておこう。

ひとつは、警官隊の棍棒におわれて我さきにと遁走したときの屈辱感と敗北感とであり、それはわたしにとって安保闘争の心理的総括である。もうひとつは、暗闇のなかを泥土にまみれながら逃げまわり、エネルギーあまって塀を一枚余計こえて警視庁構内でとっつかまったときの心情。しまったという感じ、いやはやという滑稽感、何てこったというおもい、そのあとの平静。

そのとき、手錠をはめられ道場に一緒につれてこられた三十余人の無名学生諸君の生涯に幸あれ。権力とこのことを諷刺したり挙げつらったりした日共（日共くずれ）文化人、保守文化人にはかならず復讐せよ。これが安保闘争の思想的総括のひとつである。

芸術とディスコミュニケーション

芸術

どうしてこんなに子どもを産むのだろう
ぼくにはわからない
ぼくはやりきれない

戦争を避難して行く荷車のうえでさえ
若い女がお産をしている
夏の雷のように砲声
彼女の夫は列のなかにはいない
居合わせた人たちの
だれが世話をするのか

あられが走る麦畑のなかで
中年の農婦が産気づく

農具をまとめて彼女は足ばやに帰る
彼女は経験から自分でしまつする

アパートでは若妻が
森のなかではインディアンが
特急列車では女の子を連れた人妻が
砂漠ではジプシーが

どうしてこんなに子どもを産むのだろう
産むことはそんなにほめたことじゃない

あるときひとり静かにすわって
なにも産まないことを誇れ

これは「荒地」の優れた詩人、衣更着信の「芸術」という詩の全部である。かれは、なぜ優れているのだろうか。いうまでもなく、芸術の本質を伝達とか、産むことにおかずに、ひとり静かにすわっていること、とか、なにも産まないことにおいてかんがえているからだ。

まず、基点に、しずかに坐っているというディスコミュニケーションの状態があり、それから、およびただしい無形のエネルギーを消費したうえで、紙のうえとか、フィルムのうえとか、舞台のうえとかに何かがあらわれる。できあがった芸術が何ごとかを伝えるとすれば、コミュニケーションによってではなく、ディスコミュニケーションによってであることは、わたしが改めていうまでもなく創造家には常識であるかもしれない。

マス・コミが発達して、芸術の表現手段が豊富になったなどと喜んでいるのは、もちろん芸術家ではなく、ただ、たまたま全身の筋肉をうごかして働くのが嫌いなため芸術に首をつっこんだ男だとか、政治家になりそこねた政治家とか、そういった連中にかぎるのである。なぜならば、芸術家はいつもディスコミュニケーションを狙って作品をつくりあげ、ディスコミュニケーションによって社会に伝達されることを信ずるものだからである。マス・コミの発達は、芸術にとっても芸術家にとっても何の役にもたたないことは、いうまでもない。芸術や芸術家は、もしその言葉を本質的な意味でつかうならば、徹頭徹尾、反時代的になることによってしか、時代を生きられないことは必然である。

そうはいっても、わたしたちは、今日、大なり小なり俗物であることを免れない。そして、これにはそれ相当の理由があるのである。

先頃、わたしは政暴法闘争のさ中に、「昼寝をしろ」というスローガンをかかげたというので、政治屋志望の学生とか、政治評論家とかのひんしゅくをかった。それは、こういう学生や政論家が、革命的作家といえば小林多喜二や中野重治しか思いうかばない救いがたい頭の持主であったばかりでなく、かれらはわたしが芸術家であることを忘れていたため、「昼寝をしろ」というスローガンをコミュニケーションとしてうけとり、ディスコミュニケーションとしてうけとることを忘れたからである。

しかし、こういう資本制マス・コミにしらずしらず脳髄がおかされている学生や政論家が、いっぱしの革命家気取りで横行しているすさまじさをみると、芸術の本位はディスコミュニケーションにあるなどといって、うかうか昼寝していられないような気がする。病根は意外にふかいのだ。

たとえば、梅本克己は「マルクス主義哲学における修正と発展」(『現代のイデオロギー』)のなかでこうかいている。

すなわち、資本によって独占される巨大な現代マスコミの間接性がつくりあげる虚偽の映像に対して、真実のオリジナル・事実の真相を労働者階級が獲得するためには、今日のコミュニケーションの「間接性」の構造と機能をあきらかにしなければならぬ。これに対応しうる認識論と組織論との統一を構成せねばならぬ、ということである。

なるほど、これを構造改革論の見本というのかもしれないが、わたしには、とんと納得できない「修正と発展」としかおもわれない。わたしは、教条を引合にだすのが忌々しくてならないのだが、レーニンの組織論や認識論のいちばんの欠点は、かれがコミュニケーションを過信し、ディスコミュニケーションを過小評価した点にあるとおもっている。もちろん後進国ロシヤのガタ自動車やおんぼろ機関車が走っていた時代に、コミュニケーションに着目し、全国的新聞をつくれといってみたり、何かといえば映画やパンフレットをというのは卓見だったにちがいないが、なにも、うんざりするほどマス・コミが発達し、食傷している高度資本制の現代日本で、金儲け商売をやるため以外にマス・コミを研究しろなどという修正や発展を提唱することはナンセンスである。

「マルクス・レーニン主義」、「革命」、「階級」、こういったコトバは食傷され、こんなコトバをつかって、労働者を意識化しようなどとしてもどうしようもなくなり、それでだめなら映画だ、テレビだ……とやっきになっているというのは見られた図ではない。

それよりも、わが優れた詩人、衣更着信にならって、労働者に「あるときひとり静かにすわってなにも産まないことを誇れ」というざら紙のパンフレットを配付したほうが、「マスコミの間接性がつくりあげる虚偽の映像」に対抗する近みちなのだとわたしにはおもわれる。

わたしたちが、いまあらためて問わなければならないのは、マス・コミの研究などではなく、ディスコミュニケーションの現代的な意味である。そうではないか。革命的と自称する学生や政論家でさえ（いやだからか）、「昼寝をしろ」という簡単なスローガンを理解することができなくなっているほど、現代マス・コミは虚偽の映像を流布してしまっているのである。かつて、嗤ったように、いまも、また上からのマス・コミに対して、下からのマス・コミを対置させよ、といった類いの組織論やコミュニケーション論や認識論を嗤わざるをえないのである。

レーニンの認識では、労働者は外部からイデオロギーを伝達することによって階級として意識化される存在であった。これはいうまでもなくコミュニケーションの立場である。しかし、ディスコミュニケーションの立場からは、「ひとり静かにすわって、なにも産まないことを誇れ」というように、生活実体、いいかえればディスコミュニケーションの場へつき放すのが、労働者を意識化する方法であることはいうまでもない。

梅本がマルクス主義認識論、言語論、芸術論、コミュニケーション論を「修正し発展」したいとかんがえるならば、マス・コミの氾濫によって、いまや極度に追いつめられ、ゆき場のなくなった労働者や大衆のディスコミュニケーションの欲求、その実体をあきらかにし、組織化する方法を追求するのでなければ無意味で、マス・コミの実体を理解せよなどというようでは、構造的改革派といわれても仕方がないとおもう。梅本は、いんぎんに三浦つとむの言語論の揚げ足をとっているが、そんなつまらぬことでいい気になってもらってはこまる。三浦の言語論のほうが、問題意識としても、実践的な業績としても、マルクス主義言語学と称するものをディス・コミ的に修正し発展させる点ではるかに前方を歩いているのだ。

おそらく、いちどでも映画とか文学とかの作品をつくったことがあれば、芸術の本質がディスコミュニケーションにあることを知らないものはあるまい。知っていても「お守札」のほうがまちがっているため、矛盾をおしころしているか、かくしているにすぎない。ただ理論が流布する虚偽の映像のほうを、真の欲求によってぶちやぶればよいので、これはじぶんのあたまをぶちこわすことだからべつに困難なことではない。

しかし、ディスコミュニケーションの認識論、言語論、芸術論、組織論をうちたててゆくことは、それほどやさしいことではない。ちょうど、いままで身体の外側だけをみていた眼を、内側にむけて全身像をつかみだし、人間の身体とはこれだ！　というにひとしい仕事だからである。

新しい芸術というのは、何もマス・コミの後をおいかけたり、技術の発達のあとを走ることではない。たれも踏み行わなかったことを、自らの力で行うことよりほかに、新しさというコトバなどはつかうべきではないのだ。

どうしてこんなに子どもを産むのだろう
ぼくにはわからない
ぼくはやりきれない

六・一五事件と私

あの戦後最大の闘争で、たたかわない「前衛」党を眼のあたりに視たならば、前衛不在の声がおこるのは当然であった。つまりそれは、日常的にもたたかっていなかったことを意味していたのだ。

安保闘争だけが闘争ではない、日常の地味な闘争のつみかさねこそが重要である、といった類いの発言をわたしは信じない。ひとはいつも日常ほりつづけていた方法によってしか大闘争をたたかえないからである。

ところで、マス・コミによってテレビ・ドラマやミュージカルスに身をいれることに政治的な意味があるかのように錯覚していたため、闘争をぽかんと見送っていたある日共文学者は、前衛不在の声がいささか軽薄なオポチュニストの口の端にまでのぼるようになったのに業を煮やして、おれは前衛不在などということを信じない、おれの所属する政党にはシラミが三匹たかっているが、おまえたちには二匹しかたかっていないではないかといった類いの珍妙な反駁をやっていた。そして、これは現在の思想的情況のなかで教訓的な発言だなどと追従する文学者まであらわれる始末である。

わたしは、この間、擬制的なもの一切の有用性はこの闘争をもっておわったと総括した。ただし、擬制的なものの終焉は、他人目にはにぎやかな繁栄とうつるかもしれないと付けくわえることも忘れなかったつもりである。

しかし、現在のように、亡霊の声があまりに高く、あの闘争の余波を全身に浴びていま必死の思想的模索をつづけているものたちの声が、波の下に沈んでいるのをみると、時々ふと、なにもかも変らなかったのではないかという疑念におそわれることがある。せめて、わたしは賑やかな声をあげている亡霊を死体として病理的にあつかうことで満足しなければならないのだろうか。亡霊もまた自己の解体を認識せずに、人間の形をたもつことを欲しているからである。

ところで、本紙（昭和三十六年十一月十三日号）に「現代芸術運動裁断」をかいている花田清輝など、さしずめ小児病と若干の被害妄想とを併発しているのではあるまいか。被害妄想のほうはこういってやれば治癒する。あなたは楠正成などに自分をなぞらえる必要はない。平和なマス・コミで映画批評やテレビ・ドラマやミュージカルをかいている芸術家は、たとえどんなことをかこうとも討死する気づかいはないし、また、かつてみずからの組織の擬制を否定したこともない芸術家を、政治家が血祭りにあげる気づかいもないからと。

だが、小児病のほうは、芸術プロパーの場へ転地療養するほかにほとんど治癒が不可能なのではないか、とおもえるほど根ぶかいのである。それは、自覚症状がないし、神話のなかに呼吸してきたものの根柢的な症状だからである。わたしは、小児病のもっとも鋭敏な反応薬らしく、その思想的痙攣は花田清輝のばあいも、わたしについて、もっともよくあらわれている。

かれ（針生一郎―註）は、安保でつかまって、お世話になりました、と警察に頭を下げて留置場を出てきた吉本隆明などと、なんらえらぶところのない意気地なしのようにみえます。代々木にたいして強い人物が、『芸術新潮』や桜田門にたいして弱いのでは、おはなしになりません。

この浅はかさ、現実的な闘争過程をしらない空想的小児病質、政治的屑にふさわしいデマゴーグ振りに愛想をつかしてばかりはおられない。地方在住の知人の話では六・一五闘争は帝国主義者の手先、権力の手先の陰謀であった、なぜなら彼等は警視庁へ逃げこんだからというデマが、日共の下部にまことしやかに流布されているそうである。

たとえば、路上で巡査に道をたずねて、「どうも有難うございました」とあいさつしたところを、こういう小児病患者が目撃していたとすれば、奴は警察に頭をさげた意気地なしだとか、警察の手先だったとかいうことになるのだが、わたしは憮然としてこういう患者を政治の場から隔離する方法とたたかいについて思いをめぐらさないわけにはいかないのである。

花田の文章の拠点は、週刊『コウロン』（昭和三十五年七月五日号）の金子鉄麿君のかいた記事「全学連主流派のブレーン」であるとおもえる。金子君は好意的な配慮をこめてかいている。

残留組の署員たちは警察口調で、多子ちゃんを抱いた吉本氏に「良かった。おめでとう」と言葉をかけた。「どうもお世話になりました」と答える物腰はどう見ても闘士ではない。国鉄あたりに長年つとめた職員といった様子。

記憶にあやまりなければ、これは事実にたいする金子君のやむをえない誤認である。こういう挨拶をかわしたのは、留置場内の同房のサギ師君や小盗君たちと一回、釈放されて階段を出口の方へ下りながら、出合い頭に取調べでなじみになった公安主任と一回である。友人諸君（奥野健男、橋川文三、週刊『コウロン』記者金子君、わたしの妻子もいた）と一緒に階段を下りながら「やあ、どうもお世話になりました」、「やあ、よかったね、お目でとう」てなのんびりした挨拶をかわして擦れちがったとしたら、わたしとわが敵君のしゃくしゃくたる余裕を語る以外の何ものでもないことは自明ではないか。わたしが、ほんとうに「頭を下げ」たのなら、戦争中、右翼に「頭を下げ」てお詫びの文章をかいた花田清輝のように、友人、記者のまえでは偉そうにしてみせるだろう。

さて六・一五におけるわたしのタイホ理由は「建造物侵入現行犯」であり、その建造物は警視庁そのものである。

おなじく警視庁内でタイホされた三十数人の学生と写真をとられているあいだに、わたしは取調べにのぞむじぶんの方針を判断した。そこで第一夜、姓名だけ名のり、住所、職業その他を黙否した。一夜かえらぬことで、家人が他に累を及ぼさぬ配慮をするにちがいないとかんがえたからだ。

第二日、はじめて住所、職業をあかした。わたしの調書にたいする方針は、一、わたしがあくまでも単独行動であるという線をまもること。二、新事実が取調べ側から立証されたときは、単独行動であるという線が守られるかぎり（つまり他に累を及ぼさぬかぎり）小出しに認めること（自分からは出さぬこと）。三、行動組織及び他に累が及ぶにいたる線では、完全に黙否すること。こういう線をこころに決めたわたしは、いささかスリルを覚えながら、まったく、スリルのある調書を与えた。

はじめの調書は、第三日目（と記憶する）、わたしが国会内集会で演説したという新事実をつかんだ取調べ側によってくつがえされた。それは公知の事実であるため認めることにし、わたしが南門のなかへはいっていくと、顔見知りがいたらしく指名をうけて喋言ったということで、第二のスリルある調書がつくられた。

わたしは、きわめて冷静に余裕をもってじぶんの方針を貫いた。（警官君はお茶も運んでくれたし、世間話もしましたよ、花田さん）。わたしも敵君もちょっと緊張したのは、いわゆる「騒乱罪」が適用されるか否かが方針として登場したときだけで、そのときわたしの演説内容に「行動目的を示唆」する点があったかどうかが問題になったが、わたしは左様な事実なしとつっぱねた。しかし、「騒乱罪」方針自体が立消えたためこのもんだいは消滅した。

さて、わたしの罪状のもんだいに入る。第一、「建造物侵入現行犯」。検事取調べで問題になったのは、「建造物（警視庁）へ侵入した際、他人の住居に入るのだという意識があったかどうか」であった。わたしは、警官隊の棍棒に追われ、追付かれたものは力いっぱい殴打されている、塀をのりこえるほかに生命を全うして逃げる路がなかったから、不作為であり、そこがどこの塀かも意識しなかったと主張した。

第二、「国会南門内集会」。この第三日目にわかった新事実では、「南門内に入ったとき何人からか阻止されたか否か」が検事調書の中心となった。わたしは、何人からも阻止されずに南門内へ入ったから(精神的にはやや離れた門外でピケを張っていた日共行動隊から阻止されたが)、建造物侵入ではないと主張した。

さて、わたしが自ら最上の方針とかんがえた方法をもって臨んだ取調べの要点はこれですべてである。わたしは、起訴されるどんな理由も先験的にはもっていなかったので、この方針を最上と判断した。もちろん、起訴するかどうかは敵君の問題でわたしの関知するところではない。取調べ検事は、お名前は、というわたしの問いに答えて「地検の増山です」と名乗っていた。花田清輝に興味があったら、ひとつわたしが「頭を下げ」たかどうか訊ねてみたらよかろう。

わたしにしてみれば、「やあ、お世話になりました」という余裕もあれば、「お元気で」という余裕もあったし、また、わが親愛なる敵君も「お目でとう」とか「よかったね」という余裕があったことはいうまでもない。

わたしは、どんな譲歩も、どんな他への不利益も行なってないし、わたしの行動組織について完全に黙否してきている。つまり、わたしは「代々木にたいして強く」なる権利も、花田清輝のような転向戦前派とたたかう権利も完全に保有しているというわけだ。

検事が取調べ中、「建造物」というのが、警視庁であるか、住宅であるかは問題ではない、ただ他人の住居という点だけが問題なのだというのをきいて、なるほど法律というのはそういうものかといささか認識を新たにした。ところが、出所したあと、警視庁へ逃げこんだなどという諷刺詩を月刊娯楽雑誌

『現代芸術』にかいているのをみて、花田清輝というのは、つくづく現実のリアリティに斬込むことのできないつまらぬ芸術家だなあという感想を禁じえなかった。わたしの六・一五体験とこの詩をひきくらべて、芸術家、思想家としてのこの人の秘密が判るような気がしたのである。もちろん、その人格にいたっては、検事以下の屑だとおもわないわけにはいかなかった。壺井繁治にしてもおなじだ。

ところで、わたしは、このささやかな症候から何をひきだせばよいのだろうか？　芸術におけるコミュニケーションの本質をしらない誤った芸術理論を信心しているため、マス・コミの影響力を過信し、みずからもしらずしらず変革するつもりのマス・コミが流布する映像にしてやられているひとつの例をひきだすべきだろうか？　それとも、大衆のうちにマス・コミから追いつめられ疎外されて存在するディス・コミュニケーションの意識を視ない誤った組織論によって、大衆的動向と屈伸性のある関係をむすびえなくなった閉鎖集団のなかで、どうしようもないほど変質してしまったコミュニケーションの方法をつかみとるべきであろうか？

おそらく、わたしたちの当面しているのはおなじひとつの根にある何ものかである。いまのわたしには、ひとりのつまらぬ芸術家を指弾する興味はないし、組織のなかで個性がみがかれるなどという馬鹿気たこと（いつでも生活の現実過程によってしか個性はみがかれない）を過信しているため、ちっぽけな仲間意識のパーソナルな煽動文しかかけなくなってしまった人物などになんの関心もない。

わたしたちが当面しているのは、依然として小児病発生の根源を思想的に課題とすることであり、芸術の運動と組織とを病根からべつな形でかんがえることではないのか。

交通が成立たない部分

現在、前衛不在というようなことが云われています。これは、ある意味ではまったく正しい声であるということができますが、しかし、前衛が多すぎるといいかえてもおなじことだとおもいます。

多すぎる政治運動や思想運動は、必然的に話の通じる部分、共通の部分で結びつこうとして、離散や集合をくりかえすということになり、また現にそういう傾向にあります。しかし、わたしに云わせれば、こういう運動の形態、交通の形態は現在の情況のなかで無効なのであって、そのようにしてできあがった政治や思想の運動が、何ごとかの役割を演ずるなどということはまったく考えられません。

ひとつの集団と他のひとつの集団とは、まったく話が通じない。前衛と大衆とは話が通じない。また、ひとつの集団のなかでも、Aなる人物とBなる人物とは話が通じない。そういうことがはっきりとあるとすれば、その話が通じない、交通が成立たないという点こそ、現在、考え、掘りかえしてみるに価するのではないかとおもいます。

じぶんの組織とおまえの組織とは話が通じない、きみとわたしとは話が通じないということが、いわば、結合の唯一の契機であるようにおもわれます。いわば、この話しが通じない部分にこそ、現在の体制からおいつめられた個人の、また集団の本音が、本質が存在し、またヴィジョンとして浮びあがってくるからであります。

わたしたちを、現在の情況からつぎの情況につれてゆくモメントは、この話の通じない部分、交通のできない部分にしか存在しません。波の上にしか目がとどかない個人や集団、交通が可能な通路にしか連けいのパイプが存在しないとかんがえ、それしか視ないものには、現在、わたしたちを訪れている思想情況の本質は、けっしてわからないとおもいます。

わたしたちは、ほんとうは現在、きみとわたしとは別々で、きみにはわたしは決してわからない。きみの集団にはわたしの集団はけっしてわからないという情況で自立する以外には、そこを通ることなしには、次の情況にたどりつくことはできないところにきているのです。より集まって一般的な声明でも発すれば、何かできるとか、何かをやっているのだなどというのは、自己ギマンでなければ、とんだ錯覚であるといわなければならないと思います。

わたしたちは、そういうところから、思想展開の契機がひらけるなどと妄想してはならないし、妄想すべきでもないとおもいます。いわば波の上にすべてをみることは、波の下にすべてをみることと異ったものとならざるをえません。

政治というものを、思想によって裏づけることができ、それが必要だとすれば、交通形態の拡大に対応する別の交通形態を、とかんがえることではなく、その拡大によって波の下に追いつめられたものを考察し、組織し、みちびくことであるとおもわれます。現在の思想情況はそれを強いているのでここしばらくの間、わたしたちはこの情況に持続的に耐えねばならないとおもいます。

前衛的コミュニケーションについて

レーニンは、一九一三年一一月のゴーリキイへの手紙で「あなたが『あるボルシェヴィキ』の新しい治療を受けているとの知らせは、いくらもとのボルシェヴィキだったにしろ、私をすっかり不安にしてしまいました。医者としての同志、わけてボルシェヴィキの医者と来ては桑原桑原！　ほんとに、いつだったか、いい医者が言ってくれましたが、医者としての同志たちは一〇〇分の九九まで『驢馬』なのです。あなたに断言します。私たちは（何でもない時のほかは）第一流の名医にしかかかってはならぬのです。」とかいたそうである。（本多秋五『転向文学論』）

いま愚劣な前衛主義者にかこまれて、レーニンを横取りして論文でもかこうとすれば、これ以外の言葉は、すべてかれらに呉れてやれ、とでもいうよりほかない。国中に藪医者の「前衛」が充ち溢れ、あとからよほどお人好しの患者以外にはついてゆかないというのが、現在の思想情況であることをはっきりと確認する必要があるからだ。プロレタリア「党」だ、構造改革「党」だ、人民民主主義「党」だ、なかには眼に見えない「党」だ……などとどうしようもなくなった藪医者たちは、特効薬のように「党」をかつぎまわっているから、よほどのショック療法でも加えなければ、うわ言をやめさせる方法はない。

試みに刺を通じて門口に立ってみたまえ。そして、中に向ってこう告げてみたまえ。われわれは諸君の終焉の声をきくためにきた。かつて一度もそう思ったこともないように、諸君の「党」の終焉が、見すてられた大衆、インテリゲンチャの運命に関するものだとは思っていない。しかし、人の死するやその言はよし、というコトワザもある。一度くらい奈落の底にとどくほどの声でほんとのことを口にしてもよいはずだとおもってきたのだ、と。

しかし、驚いてはいけない。きかれるのは相も変らぬ革命的空語であり、けっして、大衆の力から割り出したコトバではなく、宗派の本山から割り出された声なのだ。

すてておけ。われわれは、かれらの門口から、未来へ入ろうなどと夢にも見たことはないし、結局、自分自身でこしらえた道以外からは、かつてだれも未来へ入ったものはない。〈わたしはわたしの道を行く〉、というドドンパの文句さえあるくらいの世の中である。

現在、わが思想情況のなかにあらわれている「前衛」のうちに、革命に到達できそうなものなどひとつもない。パニックだ、パニックだ、とか、戦争だ、戦争だとか、構造改革だ、構造改革だとか天下泰平なのをいいことにして、まったく他力本願の念仏をとなえているより能がないものに、革命などができるはずがないのだ。

さすがに、いまでは、わたしが「前衛」党を批判したり、「前衛」主義者を批判したりしても、わたしを反動に加えるものはいなくなった。今より六、七年まえ、はじめて戦争責任論を展開したときとくらべれば、雲泥のちがいである。なぜ、事態はこのようになったのだろうか。かれらもまた、じぶんの所属する「前衛」党の無謬性を信じられなくなったからである。かれらは、わたしの主張にちかづいたのだろうか？　近づいたのである。しかし、誰でもじぶんの足跡が途中で消えてしまうのを好まないように、わたしとかれらとの異差を強調しなければならぬ。そこで、青春を費したところのものに、たとえ誤謬があったとて、みだりにこれを去ることができようか。それは自ら選んだものにたいして自らの責任をないがしろにするものだから、そこに止まり、それを内から変えてゆこうとする努力をすててはならない、というように。

責任だって？　大衆は、誰ひとりきみに責任など取ってもらおうとも思っていないし、きみよりもずっと大人で、ずっとましだ。きみはただ閉された仲間と一緒にいた哀れな囚われた若者、もういい加減に眼をさまして戻ってくるころだとかんがえ、まあ、あまり叱咤もせずに迎えてやろうとおもっている小児だとしかかんがえていない。

　わたしが無責任な批判ばかりするだって？　きみの愛好する大衆にたいする責任というやつでバランス・シートをつくってみようではないか。どちらが責任をとっているかは、一目瞭然である。某年某月某日、きみが何をしていたとき、わたしは何をしていたか、某年某月某日、わたしがパチンコ玉をはじいていたとき、きみが映画館の暗がりで眠っていた、某年某月某日、きみがプロレタリア文学を賞めそやしていたとき、わたしはそれを批判していた、某年某月某日、きみが細胞会議でかくかくの議事を論議していたとき、わたしは失業者の貌をして職業紹介所へ向っていた、というようなことをつけ加えてもいい。そのうえで、きみがわたしより損をしているとおもったら、遠慮はいらないし、とがめられることもないので、わたしより得なことをするがいい。きみは、じぶんに他人よりも辛いことをやっているのだ、という感じがなくならないあいだ、けっして「前衛」にはなれないし、また、もともと辛いことをする必要はないように人間はできている。しかし、沢山の偶然にないまぜられた必然が、きみを今の境涯につれていったとしたら、きみはそこを逃れられないし、また逃れる必要もないのだ。わたしたちはそのようにできあがっている。それが、わたしたちのたたかう場所である。

　わたしが、日本的レーニン主義者にかんずるいちばんの不満は、労働者や大衆をオルガナイズされることを待っている何ものか、とかんがえていることである。しかし、かれらは具体的に生活している何かではあっても、オルガナイズされるのを待っている何かではない。日本の「前衛」的コミュニケーションが、つねに労働者や大衆のなかのコミュニケーションを待っている何かに向って放たれながら、コミュニケーションの伝達されない、あるいは、コミュニケーションを拒否する生活実体へ向って放たれないのは、もともと、レーニン自身が、コミュニケーションについて、楽天家であったことにもよるし、それをただ単に模倣しているにすぎないからである。

ここで、「前衛」的コミュニケーションの範囲はある限界線をつくり、その内での決議、アッピールは、その外へ、大衆の外から大衆をその限界線のなかへ吸引するように行われる。

しかし、おそらくこの逆型のコントラ「前衛」的コミュニケーションがありうるはずである。それは、コミュニケーションを拒否する大衆の生活にむかって、その生活のほうへつき放し、その方へ組織化する方法である。しかし、もっと廻り道をしよう。

「前衛」的コミュニケーションの方法は、現在の「進歩」的末端にいたるまで採られている方法の範型である。これは、魚屋のおかみさんをオルグして母親大会につれてゆこうとする平和と民主主義者から、市民会議の地域的な結成をとく市民主義者まですこしもかわりない。

もしも労働者に「前衛」をこえる方法があるとすれば、このような「前衛」的なコミュニケーションを拒否して生活実体の方向に自立する方向を、労働者が論理化したときのほかはありえない。また、もしも魚屋のおかみさんが、母親大会のインテリ××女史をこえる方法があるとすれば、平和や民主主義のイデオロギーに喰いつくときではなく、魚を売り、飯をたき、子供をうみ、育てるというもんだいをイデオロギー化したときであり、市民が市民主義者をこえる方法も、職場の実務に新しい意味をみつけることではなく、今日の大情況において自ら空無化している生活的な実体をよくヘソの辺りで嚙みしめ、イデオロギー化することによってである。

ところで、われわれの「前衛」主義者は何をしているのだ?

構造的改革派と同調者が、たとえば、講座『現代のイデオロギー』のなかでやっているのは、「現代日本マルクス」主義の革命論と戦略論による振りわけである。まったく、十年一日のようなその論議、字面だけの勇ましさ、安保闘争敗北の死臭のうえに、青年たちの声なきうめきのうえに、権力から粉砕されて四散した学生運動の屍のうえに、現代日本マルクス主義の運動には、講座派マルクス主義と、労農派マルクス主義と、トロツキズムの潮派があるなどと（佐藤昇「現代日本マルクス主義の三つの潮流」）いけしゃあしゃあと分類し、甚だしいのはマルクス主義やプラグマチズムを商売にしている学者ジャーナリストの分際で、現代の「トロツキズム」批判などをやっているのだ。（香内三郎「現代の『トロツキズム』批判」）

しかし、だいそれた分類や批判などはやめるがよい。すくなくとも戦後十五年をつうじて、天皇制支配から自由になった以後の自立的インテリゲンチャや労働者は、ソヴェト・ロシヤの権威からも、日本共産党の桎梏からも自由なところで、それに頼らずに労働運動を組織し、文化について考察し、それにもとづいて、ひとつの旗標をまもりつづけてきた。その旗標にはたとえどんなことが書かれているか、これらの批判者に見えなかったとしても、何ものをもたのむな、ただ戦前、戦中、戦後をつうじての日本知識人と労働者や大衆の失敗と錯誤の歴史から学べ、とかかれていたのである。しかし、これらの批判者は、自分自身の軌跡から何を学んだのだ？　そして、いまどこにいるのだ？　佐藤昇は、かつて戦時中軍事工業新聞におり戦後共産党におり、いまそこを離れた自己の軌跡から何を学んだがゆえに、二段革命論か、平和共存拒否か、構造改革拒否か、というような目安で、現代マルクス主義の諸潮流を分類しているのだ？　香内三郎は、かつて学生運動をやり、いま、学者ジャーナリストをやっている自己の軌跡から何を学んだがゆえに、トロツキズムの批判をやっているのだ？　香内自身は何ものなのだ？　何をしたのだ？

われわれの現在の思想情況のなかで、もし充分の時間があり、それをかけることができるならば、これらの通俗〈マルクス〉主義者と理論的な細部にわたって論争をかわすべきであろう。たとえば、佐藤昇とは革命のヴィジョンについて、森信成とは唯物論とは何かについて、香内三郎とは安保闘争の評価について、梅本克己とは芸術論や言語論について、という具合にだ。そして、われわれは、充分とはいえないまでも、その時間をもっている。やがて精密な反批判を展開するだろう。しかし、ここでは、かれらのなかにあるまだ醒めきれない神話、借り物の洋服、赤いシャツの銀鎖りをコントラ「前衛」的コミュニケーションの方法から批判すれば充分である。

わたしが、わたしの思考と行動の軌跡を固執すれば、かれらもまた自分のそれを固執し、わたしを傍観者と名付けたがる「前衛」主義者に変貌する。ほんとうは、大衆の歴史と無関係なひとにぎりの集団で、大衆の歴史に傍観してきたのはじぶんたちであることも知らずに。この関係は相互的である。だから宜しい。わたしはじぶんの軌跡を放棄しよう。しかし、かれらはその「前衛」党くらしの月日を放棄することができるか？　できないだろう。放棄すれば彼等の掌の中にのこるのはゼロだから。いや、彼等はゼロではない。それによって得た学者やジャーナリストとしての位置がある。しかし希望をいだいて「前衛」的コミュニケーションに応じた労働者や大衆には、もし放棄すれば何ものこらないのである。いや、負がのこるのである。かれらが教えこまれ、じぶんを腐らした方法はすべてひとつであり、サルトルがつとに指摘している。

ジョゼフ・ド・メーストルとガロディ氏とのあいだには、（任意の日本の「前衛」主義者の名前を代入せよ—筆者）才能とはちがうが何かしら共通なものがある。そして、もっと一般的にいえば、行き当りばったりにフランス共産党から百の保守的なやり方を引き出すためには、共産主義者の書いたものの一篇をざっと読むだけで十分なのである。くり返しによって、おどかしによって、仮面をかぶったおどしによって、断言のもつ軽蔑的な力によって、一挙にあらゆる論争の上に席を占め、人を幻惑し、ついには伝染力のあるものとなるほど傲慢で尊大な確信を示すことで一向になされない論証を謎めいて暗示することによって、説得がなされているのだ。反対者にはけっして答えがあたえられない。反対者は信用されないのであり、警察や情報局の者であり、ファシストなのである。

（略）トロツキストはスターリン主義者にとって、ユダヤ人がモーラスにとってのように、悪の権化であり、トロツキストから生ずるものはすべてかならず悪いのである。

もしも、この方式を教えこまれなかった「前衛」主義者がいたらお目にかかりたい。かれらは、児戯に類することしかしなかった場合でも、完全な密教の信徒であり、メソンである。近年、わたしとの論争でこの方式を採用した「党」員文学者のひとりは、最近、声明をだしてこんどは「党」内民主主義を主張し、「党」外との連けいについて「対等」の立場で話合おうという呼びかけをやっている。いったい信用するのは誰と誰だ！　もしも、これがこの「党」員文学者の良き転回を意味するならば、それを認めてもいい。歴史とは個人に関してもそういうものだ、ということにしてもいい。しかし、文学者でないただの労働者や大衆の「党」員のばあい、いったいどうするのだ。かれはとても、日常社会に復帰できないほど、くずれ果て、何ものをも信用しきれない状態においてなげ出される。これらのくずれ「党」員たちは亡霊のように「前衛」的コミュニケーション社会をうろつき、ただ人の足を引いてひきずりおとすほどのことをしながら一生を棒にふるのである。

すべての神話は、その起源をもっている。さいしょに、ふと影のように「キリストに賛成せぬ人はキリストに反対する人であり、キリスト教的でないものは反キリスト教的なものである。」（フォイエルバッハ『キリスト教の本質』）というささやきが意識にやってきたとき、かれは神話のなかに入る。自由なインテリゲンチャもまた自由ではない。プロレタリヤ的規律が必要だって？　今より約百年ばかりまえ、農兵や郷士であったとき以外に、自力で権力をうちたおすたたかいに参加したことのないわが労働者に、規律の範形を課するのは（たとえそれが〈プロレタリア〉という名前を借用するだけであっても）、まるで永久に奴れいでいろというようなものである。

「党」は亡霊のように前衛主義者のあいだを横行する。反帝・反スタ・プロレタリア「党」や倍増した

「党」員を擁する日本共産党から、眼にみえない「党」を信仰する地方分派にいたるまで、かんがえ直せ！　やり直せ！　それは「前衛」的コミュニケーションの方法の錯誤なのだ。

　どんな大衆の生活も、「前衛」党のために存在するのではなく、それ自身のために存在している。この単純な客観的な真理は、「党」の亡霊が横行するところ、「党」員の脳髄が過熱するところでは、しだいに影がうすくなる。また、どんな革命もただ労働者や大衆がその経済的な人間的な疎外をうちはらわれて、全人間的になるためにしか存在しないということもわすれられる。そして、この単純な真理は、かれが「党」員同志でいちゃついているのではなく、いつも大衆の生活実体と無形の無言のコントラ前衛的コミュニケーションを果たしている以外には保てないのである。

　ところで、わたしたちの構造的改革論者はどんなことを、大衆についていっているのか。

> この、同盟軍依存の戦略構想（講座派—註）において欠けているのは、労働者階級や勤労大衆を社会主義の思想によって鼓舞し、社会主義の精神によって教育し、社会主義をめざす闘争に組織すべき革命の指導部隊としての主体性であり、大衆の戦闘力や創造性にたいする信頼である。したがって、こうした考え方にとらわれているとすれば、今日、社会主義の思想が資本主義諸国の広汎な勤労者のなかに浸透しているというフルシチョフの指摘に言葉の上で賛成してみても、実際にはそれを少しも信じていないということになる。（佐藤昇「現代日本マルクス主義の三つの潮流」）

　昔々の修身課の教師でさえこんなつたない説教をすることは稀であった。労働者階級や勤労大衆を社会主義の思想によって鼓舞するだって？　社会主義の思想が資本主義諸国の広汎な勤労者のなかに浸透しているだって？　いったい、どこに鼓舞するような〈社会主義〉の思想があり、どこにそれに浸透された広汎な勤労者がいるのだ？

こういう方法こういう盲目はただ構造的改革派だけに特有なものではない。

学生運動はもちろん小ブルジョアの運動ではある。だがそれがプロレタリア運動の一環として位置づけられ推進されるかぎり、かかるものとしての学生運動の展開は、ただに一般学生大衆の政治意識を向上させ平穏無事の日常的意識への低迷からときはなちうるだけでなく、さらに、スターリニズムと社会民主主義の桎梏のもとに苦吟している今日の労働運動に深刻な影響をあたえずにはおかないであろう。そしてとくにこの運動を組織し、その先頭にたって闘う学生運動家たちは、小ブル的個人主義から脱皮しプロレタリア的人間としての自己形成をかちとり、労働者階級解放の闘いに献身しうる主体としてみずからを変革し創造するために絶えざる努力をつみかさね、そしていま労働戦線の内部で苦闘している革命的労働者たちと結合して、プロレタリアート解放のための革命的前衛組織を創造するために闘わなければならない。(黒田寛一「敗北と挫折の体験にふまえて」)

このスコラ哲学と、ゴミ屑のような政治屋根性を反帝・反スタ的につきまぜた自称革命的マルクス主義者は、脳髄の屈伸性と発条をうしなっていることで、ほとんど救い難い〈マルクス主義〉主義のひからびたミイラである。この謀略好きの政治屋が〈プロレタリア〉というとき、そこに生きた具体的な労働者のイメージはどこにもなく、ただプロレタリア階級意識の幾何学的な点線が考えられ、学生というとき小ブルジョアの脳髄をもった、これからプロレタリア的人間へ染色しうる無機的な生体にすぎないのである。

小ブル的個人主義から脱皮しプロレタリア的人間としての自己形成をかちとり、労働者階級の闘いに献身しうる主体としてみずからを変革し創造するために絶えざる努力をつみかさね、だって?

むかし、狐付きの軍国主義者どもや、エセ・マルクス主義者、典型的な藪医者どもが、こういう天皇の教育勅語まがいの偽善的な御託宣をならべたものだ。ここには、レーニン型の「前衛」的コミュニケーション意識が、わが日本の劣等感のかたまりのようなインテリゲンチャ的風土のなかで、硬直し、奇形化した典型がある。またわが社会の歪形化された構成のなかで極限までひねこびてしまった範例がある。スターリンの論文でさえ、ここまではワイ小化されていない。まさに、〈朕惟フニ……汝等努力セヨ〉まで堕落しつくしているのだ。

学生は小市民インテリゲンチャである。このことは善でも悪でもない。その生活実体は具体的なプロレタリアの生活以下のばあいも、それ以上のばあいもある。学生運動は学生インテリゲンチャの大衆運動である。その運動が、具体的に労働者運動以上の力を発揮するばあいも、それ以下の役割を果すばあいもある。これは、客観的な情勢の如何により具体的な運動過程そのものによって表われるのであり、如何なる理念によっても先験的に規定されるものではない。そんなことは自明のことがらである。しかるに、わがスコラ哲学者によれば、学生運動はプロレタリア運動の一環だというのだ。ひからびた脳髄のなかでは、小ブルはプロレタリア階級に移行すべき生物として、プロレタリア運動の至近距離に、その一環となることを待ちのぞみ、そうなるほかないように位置づけられているのだろうが、具体的な現実過程は、貧弱な小ブル哲学者の空想など容れる余地はないのである。まず、インテリゲンチャ大衆運動として自立しないどんな学生運動も、この独占資本下のいかなる社会構成のなかでも、他の運動と直接、間接の環を結ぶことはできないことはあきらかである。現実の事物の運動への理解を〈マルクス〉主義文献の読みあさりから入ったこの哲学者において、レーニン型の組織論の交通形態は、極端にまでワイ小化される。もちろん、そんなことを指摘してチンピラ哲学者をいじめるのは容易であるが、レーニン型の「前衛」的コミュニケーションの方法が、ワイ小化された極限において、当然、ここへゆきつかざるをえないことにさかのぼって、問題を根柢的に問うのでなければ、事態は一向に改善されることはないのである。

わたしは、いま、ふたつの通俗的な〈マルクス〉主義の説教師が、その程度にちがいはあるにしろ、おなじような説教（一方的コミュニケーション）型をとることを引例してみた。ほんとうは、ここで問われているのは根源的なもんだいであるとおもえる。

はたして、一般学生大衆の政治意識は、このスコラ哲学者のいうように、日常的意識によってそのなかに低迷しているのであろうか？　また、現在、眠っている労働者大衆は、日常的生活の安楽さに麻酔することによって階級的な自立意識をうばわれているのだろうか。もしそうだとすれば、スコラ哲学者のいうとおり、これらの日常生活に低迷している学生大衆や労働者を、サークルにでも組織し、革命的マルクス主義と自称するスコラ哲学を鼓吹すれば、革命化することになり、その日常意識を打破されることになる。しかし、この方法は、新人会以来、福本イズム以来、ふみおこなって決して成功しなかったところのものであり、すでに、日常意識と非日常意識とはどのような関係にあるのか、という問題として、わたしたちによって探求しつくされてきたもんだいである。このスコラ哲学者の発想こそ、歴史の現実的過程から何も学んでこなかった脳髄〈マルクス〉主義のなれの果てであり、ただ、ラジカリズムであるということ以外に、何の意味もない「前衛」的コミュニケーション意識の典型である。

わたしは、このスコラ哲学者のように「一般学生大衆」や、一般労働者大衆をかんがえない。即自的な一般学生大衆や一般労働者大衆は、けっして、この自称革命的マルクス主義哲学者がいうようにまだプロレタリア意識化されないインテリゲンチャや労働者なのではない。潜在的には、このスコラ哲学者の口説などを直ぐに打倒してしまう萌芽をもち、また、どんな保守主義にもリベラリズムにも、支配者意識にもなりうる萌芽をもった存在である。だいいちの誤認はここにある。

また、これらの学生大衆や労働者大衆は、日常生活に馴れ、また、それにひたり切っているから、このスコラ哲学者の革命的マルクス主義によって急進化したり、階級意識に目覚めたりしないのではない。かんがえてもみたまえ、現在の停滞し、膨大化した独占支配下で、そのどこをさがしたらひたり切ったり、安楽になったりする持続的な時間があたえられているか。かれが、日常生活にひたり「低迷」すればするほど、どうしようもなくなっている支配の秩序を萌芽的に識知せざるをえないのだ。コントラ＝「前衛」的コミュニケーションの方法意識からすれば、この日常意識、快楽の機関はあり、物的な交通手段は拡がっているにもかかわらず、すでに日常生活そのもののなかに、どんな持続的な安楽の保証もなくなっている高度資本主義の社会構成のなかの生活実体そのものを意識化する方向にコミュニケーションの志向をむけなければならないはずである。

これは、べつに学生大衆の日常的要求をとりあげなければならぬとか、労働者大衆の経済的な要求をとりあげることが第一義だとかいうことを意味するものではない。これでは、たんにスコラ哲学者の説教の急進的仮面を柔らげただけで、まったくおなじ発想にほかならない。また、一般学生大衆や一般労働者大衆を、まだ〈説教師〉まで到達しない段階にある大衆であるかのように誤認して、無意識のうちにただ〈説教師〉のオルガニゼーションの予備軍であるように錯覚しているにすぎないことになる。一般学生大衆や労働者大衆は、これらの〈説教師〉などよりも生々としているし、潜在的にはそれを充分に圧倒するほどの力もたくわえている存在なのだ。この力をひきだす方法は、宗派的〈説教師〉たちに同伴せよ、おまえはプチブル・インテリまたはまだ目覚めていない労働者だから、階級意識に目覚め、プロレタリア運動の一環となれ、などとオルガニゼーションすることではなく、自立せよ、その日常生活意識をとことんまで意識化してみよ、というコントラ「前衛」的コミュニケーションでなければならない。

はて？　と、反帝・反スタ・プロレタリア「党」派から、人民民主主義「党」派や、構造的改革「党」派をとおり、眼にみえない「党」派までにいたる前衛主義者は、首をかしげる。すると、いったい、われわれのすることは何なのだ？　労働者大衆には、おまえの日常意識をもっともっと底のほうまでつきつめよ、自立せよとよびかけ、一般学生大衆には、自立的なインテリゲンチャ運動たれ、もっともっと日常意識に低迷せよ、とよびかけるとすれば、いったい、だれがおれたち「前衛」主義者のカモになってくるのだ？　おれたちは、ひとにぎりの「前衛」主義者として何をなすべきか？

そうだ、かれらは、わが国の四十年にわたる「前衛」的コミュニケーションの方法を無意識のうちに踏襲し、レーニンでは生き生きとした屈伸性をもっていたものを、日本型の密教交通手段にすりかえたことについて、しばらく、その非日常的な〈前衛〉意識に低迷して考えてみたほうがいい。自己が、自己の場所を見定めるために、だれでもそうするほかないのだし、そうしてきたのだから。すると「前衛」主義者は、一般学生大衆や一般労働者大衆のもっとそばにぴったりと付かなければ仕方ないことに気がつく。これは、日本資本主義の現実の客観的な運動そのものが強いる必然的な交通形態である。そのようなどんな場所ももたない「前衛」主義者は、ひとにぎりで、または単独でひとつの時代的な軌跡を描き、現実の運動が、かれの意識の交通形態とどこで激突し、どこでへし折られ、どこで敗れるかを試みるよりほかないのである。

さて、わたしは、反感や憎悪を他人からも、自分からも消すことができない。革命というやつが、鍛冶屋仲間の吹子や鉄槌の叩きあいから生まれるとおもっている「前衛」主義者が、わたしにいだく憎悪や反感を、どこへ吹きとばしてやる妖術もわたしは、もちあわせていない（許してやれ、それくらいしか誇るものはないのだ）。また、わたしから「前衛」主義者というのは、労働運動でも、文化運動でも、いつも馬鹿なことを仕出かし、運動を組織エゴイズムにより割りつけ、そのあげく、「前衛」的無謬性の神話によって、責任を免れてきた奴だという反感や憎悪を消すことができないように。憎悪や反感が不毛だというのも神話である。わたしたちは、支配者とたたかう方法をこれらの対立以外から手に入れることはできないからだ。

「きみは資本主義が死滅し、社会主義となり、社会主義が死滅し、共産主義となることを信ずるか？」、「信ずる」、「きみはじぶんが小市民インテリゲンチャであることを認めるか？」、「認める」、「きみは労働者階級が資本主義を止揚させる主体であることを信ずるか」、「信ずる」、「ならばきみは小ブル的個人主義から脱皮しプロレタリア的人間としての自己形成をかちとることを誓うか」、「誓う」、「ならばスターリニスト党の諸分派か、トロツキスト党の諸分派の何れかを選ばねばならない」

愚劣な「前衛」的コミュニケーションをやめるがよい。もしも、わたしたちが選ばねばならなかったものがあったとしたら、まず先験的に日本資本主義社会そのものであった。つぎに何をえらんだのだ？　たくさんの現実的事件と、じぶんの遊戯や勉学や貧困や生活であった。そうして、つぎに何を選んだのだ？　いっこうに変りばえもしないこの現実であった。あたまのなかにいや応なく蓄積されたのは〈マルクス主義〉的文献であり、ブルジョア的知識であり、自然についての認識であり、芸術についての諸感覚であった。そして、これから何を選ばねばならないのか？　ざんねんなことに現実であり、現実についての認識である。われわれは、じぶんが亡者となる以外に、亡者の良し悪しを選択するなどということはありえないのである。

いま、わたしたちは、この世界に出現する事柄と、わたしたちの社会に出現する事柄について、すべてを抑え直さなければならないところにきている。自己に対する世界に対する懐疑なしに、福音をとくものに禍いあれ。ただでさえ〈社会主義〉国の指導者と称する連中も、〈資本主義〉国の民主主義者と称する支配者も気狂いじみた〈花火〉をうちあげている。どちらにころんでも、わたしたちの選択した現実は救済されないことだけはわかりきっている。すべてを抑え直さなければならないし、気狂いじみた指導者が、〈社会主義〉勢力か、〈資本主義〉勢力か、何れかを選べといっても、われわれは亡者を拒絶しなければならない。わたしたちの現実を、その抑圧と疎外を何遍でもえらび、そこからすべてを変革しなければならないし、それ以外の方法は与えられていないことを知るべきである。

現状と展望

本年一月はじめ、わたしたちが予見せざるをえなかった政治、経済情況はつぎのようなものであった。

さて、新年は、こういうペテン師たちのお手並を拝見する年になりそうである。「去年《こぞ》の死」はいずれもいくらかは悲劇的な外貌をもたざるをえなかったが、ペテン師たちは賑やかなおしゃべりをかわしながら楽天的に死ぬ。おおきく深く息をしながらかれらの破局を観察しよう。ことわっておくが、この破局は人々の眼には商売はんじょうと視えるにちがいないのである。(『読書新聞』)

そして、半年たたないうちにこれらの破局をみたのだ。破局は、日本共産党をいびりだされながら、まだ自らの神経を打破できない構造的改良派のすがたのなかに、また分解した共産主義者同盟の幹部をペテンによって吸収しながら、下部学生から反撃をくらって、反帝、反スタ、プロレタリア党をつくれというスローガンの集中的な誤謬を露呈しつつある革共全国委のすがたのなかに象徴的にあらわれているのだ。現在の状勢のなかで構造的改良派が幻想を客観情勢から打破られ、ついに自己権力の底から出なおす以外にみちのないことを認識するのは時間のもんだいである。また、すでに客観情勢から反帝、反スタ、プロレタリア党の建設というスローガンの矛盾をあばきだされている革共全国委が、早晩、小出しにか、または大幅にか、このスローガンの撤回を迫られることは必至である。

一年まえにすでに予見されたように、これらの破局を指摘することも、その戦術的、戦略的な誤謬を指摘することもべつに困難ではないし、またさしたる意味をもつものではない。しかし、すくなくとも、これらに象徴される諸政治勢力を、イデオロギー的に、政治的に、思想的に止揚するのは、きわめて困難な課題としてわたしたちの前によこたわっているのだ。それは、これらが知識人や学生のあいだに特殊の影響力をもっているためでもなければ擬制的な組織活動を継続しているからでもなく、所定の運動機関を牛耳っているからでもない。無自覚ではあれこれらが現在の情況のうんだ必然的な産物にほかならず、これらが思想的意義を消失するには、ある段階を必要としているからである。それにもかかわらず、これらの思想的な役割の消失を予見することは容易である。構造的改良派と革共同全国委のあいだにはぬくべからざる距離があるにもかかわらずそこに共通の愚昧さはあらわれている。それは、かれらが、必然的に前期集団として以外の機能も役割もはたしえないにもかかわらず何ら組織的な自己認識がなく、神格化のはてにみずからを労働者前衛または有資格者と錯覚していることである。この錯覚から解放されないかぎり、主観的善意から「プロレタリアート」、「労働者」、「人民」などという言葉をもてあそんでも、現実の「プロレタリアート」、「労働者」、「人民」を萎縮させ小官僚的な思想に呪縛し、その自立意識に水をかけ、畸型化するほどのことしかなしえないことは自明である。かれらが前期集団としての宿命を自覚し、頭蓋のなかに宿った擬制イデオロギーを打ちくだかないかぎり、そして何よりも思想的自惚れをとり除かないかぎり、ほとんどその役割の消失は必至であるばかりか、有力な障害物となってあらわれざるをえないのだ。

昨年来、前衛の不在、プロレタリア党をつくれなどということが小前期集団のあいだに相言葉のように流布された。このような情況は、日共が絶対無謬、先験的前衛論をもって多少ともそれに批判的な内部勢力を、完全にたたき出したことと表裏をなしている。そして、まさしく、その本質において表裏をなしているのだ。

わたしたちは、あらためて言い直さねばならない、前衛（患者）が多すぎる！

今日、労働者運動が内実をぬかれ、方途を失い、旋回をとげているちょうどそのときに前衛が多すぎ、字面だけのプロレタリア革命論や民族民主革命論や社会主義的構造改革論や、市民革命論をひっさげた知識人自称前衛が氾濫し、右往左往する情況ほどこっけいなものはない。かれらは、当然、労働者、大衆の自己覚醒を何らかの意味で促す啓蒙的な前期集団であることを自覚し、それに唯一の意義を見出すべきであるにもかかわらず、そのような自覚の徴候は皆無なのだ。後ろを向いて柄でもなく労働者、大衆を擬制イデオロギー的に教育しようなどとかんがえたり、労働者の中にソヴィエトをなどと唱えて、革命的瞬間を先導しようなどと空想せずに、前をむいて自らの呼吸にふさわしい自立的な独走を試みるほかにこれらの生きのびるみちはあるはずがない。労働者、大衆が眠っている時期に、それを後ろにむき直ってひっぱたく組織なぞは不在でも一向にさしつかえはない。ただ、わがふりをみて学ぶべきものを学べと実践的にいいきれる自立集団だけが、今日の労働者、大衆にとって緊急にひつようなだけである。わたしはここで現在の政治的、思想的な情況を展望するまえに、予め昨年来わたしに加えられた批判のあるものに答礼しなければならない。もしもそこにいくらかでも思想的展開のモメントがあるとすれば、反批判の機を逃すべきではないとかんがえるからだ。

昨年来、わたしに批判をくわえたのは、ほぼふたつの潮流にわけることができる。ひとつは構造的改良派であり、ひとつは革共全国委である。これらは、その批判の根拠をさぐってゆくと、いくつかの共通点をもっていることが理解される。

第一に彼ら自体が前期段階の啓蒙集団にすぎないことを自覚していないことである。即ちまださめきらない自惚れと誇大妄想がわたしへの批判を生みおとしたというわけだ。第二に、それぞれ別々な意味でかれらが「マルクス主義」主義者であることである。いいかえれば、どこかに無謬の真理を空想しなければ自立できない宗教主義者であるという点である。まさに、科学的にではなく宗教的に空想した真理に、わたしが叶わないということが、わたしへの批判の根拠をなしている。第三に頭脳の理解からはいった、たんなるイデオロギスト、プチ・インテリ学者であり、偶然、マルクス主義文献にとりつき、擬制集団の空気を吸ったにすぎないという点である。

もしも、他の文献を撰んで深入りしていたら、かれらはどうなったか？　かれらの自称する「マルクス主義」には、わたしたちが現実の社会過程にむきあいながら蓄積してゆく思想過程が止揚されて含まれていない。その頭脳のハンチュウの外にあるのは、水と油のようにはじくよりほか能がないか、せいぜい統一戦線の政策的な観点か、利用主義によって理解しうるだけである。第四に労働者大衆の生活過程、その再生産過程にたいする現実的な無智がおおいがたい点である。

あるひとつの思想を理解するには、かならずその思想にたいする一定の深入りを必要とすることはいうまでもない。それなくして理解できるのは、わたしたちが自然科学とよんでいるものだけである。わたしは、これらから加えられた批判のうち、必要なものに反批判をくわえようとするわけだが、もちろんかれらにわたしの思想を理解させようなどという愚かなことをもとめようとはおもわない。ただ、かれらの共通項を解体し、止揚しようと欲しているだけだ。それなくして、わたし（たち）は、ほんとうは気はずかしくて「革命」というような言葉を口にすることはできないのである。

構造的改良派とその同調者たちは、講座『現代のイデオロギー』第一巻を、日本のマルクス主義の概括にあてている。

佐藤昇「現代日本マルクス主義の三つの潮流」、森信成「日本唯物論における客観主義」、山崎春成の『社会主義への道』と山川均」、香内三郎の「現代の『トロツキズム』批判」、梅本克己「マルクス主義哲学における修正と発展」などである。山崎春成のまじめな山川均の批判的紹介、森信成の加藤正論をのぞいては、とうていまともな批判にたえる代ものではない。そして、まさにアクチュアルなもんだい以外をとりあげるときにしか、みるべきものがないというところにこの派の特質はするどくあらわれている。全般的な批判は、この講座がおわってから根柢的におこなうとして、ここでは、わたしを直接対象として無知としかいいようのない批判をくだしている香内三郎の論議に必要な反批判を加えておこう。

たしかにかれは（吉本は—註）トロツキズムに対しても一定の距離をたもっていた。だが六〇年一月の「戦後世代の政治思想」におけるその賛美と、六一年の「後門の阿呆」視のあいだには、あまりにもひらき（傍点は香内）がありすぎる。実体は一年前の好況期とは違い、秋風落ばくの徴候を示しているが、かれの（吉本の—註）評価がこうした実体の推移と相応じて平行するだけのものであるならば、思想家としての役割を自ら放棄するものに他ならない。かれの賛美は一定の政治的役割をもった。その責任はあきらかにしなければなるまい。

一九六〇年の安保闘争の高揚期に、何をしていたかわからないのに、戦後世代が全力をつくした闘争が敗北したまさにその途端に、ジャーナリズムに賑やかに登場した学者的ジャーナリスト（いかなる意味でも思想家でもなければ、政治家でもない）香内三郎にわたしの責任を問う資格がないなどとはいわない。わたしたちはあらゆるものの責任を追及するのに、ただのひとであるという資格さえあれば充分だというのがわたしの一貫した観点だから。かくして、わたしはまた香内の無知の責任を追及する資格をもつのである。

香内がおおざっぱに「トロツキスト」とよんでいるものには、安保闘争後盲目的にも反帝、反スターリニズムプロレタリア党をつくれというスローガンをもちだすことによって、わたしが「後門の阿呆」と名づけた革共全国委もあれば、安保闘争後、この革共全国委のスローガンに転向していった共産主義者同盟の幹部もある。しかし、安保闘争を主導した共産主義者同盟の本体および下部無党派学生大衆は、闘争の敗北から打撃をうけ、分裂し、解体にひんしたが、しかし、そのどん底からたちあがるべき思想的、政治的苦闘をつづけながらいまもまだ健在である。まさに、わたしが「戦後世代の政治思想」において「一定の距離をたもって」とりあげ、「讃美」（!?）したところの実体はかわってはいないし、わたし自身も、いささかも変更する必要をみとめない。それは、「後門の阿呆」とも「前門の馬鹿」とも何のかかわりもないのだ。

香内は「トロツキスト」ということばを、まさに香内を「スターリニスト」と呼ばねばならないとおなじ意味でつかっているが、その実体はほとんど何もつかまれてはいないし、追及しようとする意欲すらみせておらない。まして、わたしの「戦後世代の政治思想」、共産同との共闘、その距離（?）と讃美（?）とをわたしの思想の体系のなかで位置づけ、批判しようとはしていない。おそらく、わたしの著書の一冊も本気では読んではおるまい。

香内はいかにもジャーナリストらしく、わたしの共闘し、讃美（!?）したところの当体が、一年前は好況期で、現在は秋風落ばくの徴候をしめしているなどかいているが、まったくいい気なものというほかはない。その俗物的な視線こそがジャーナリズムに毒された学者の眼ざしというのだ。わたしの知っているかぎりは、これらの当体は「前門の馬鹿」にも「後門の阿呆」にも頼らず、自力で闘争の敗北からまなび、思想的にも政治的にも「一年前の好況期」よりも一歩を前進した地点にとうたつしている。すくなくとも、わたしは、香内ら構造的改良派および同調者よりも、これらの戦後世代を讃美（!?）する理由を今も喪失していない。香内はつづいてわたしの「擬制の終焉」をとりあげて、こうかいている。

これを基調として吉本は、安保闘争の全過程を「指導者」「イデオローグ」と「大衆」「庶民」とを対置させて切り開いてゆく。（それは正しいことだ——吉本）その批判様式は、かつて「庶民」思想からの遊離、断絶をついて、革命運動の「転向」「戦争責任」を裁断したときの構図とほぼ同様である。（ほぼ同様であるならわたしの思想の一貫的展開の証明ではないか——吉本）吉本の「庶民」と「イデオローグ」とは、互いになんら内面的にかかわり合うことなく、媒介のないまま次元を異にして聳立している。そのためかれの論理は、その間の相互作用を具体的にとらえる政治「指導」一般、運動の「思想」を具体的に解明してゆく視野をもたない。そのときに「庶民」は明らかに物神化されて一つの尺度となり、ある点では最強の威力を発揮するが、その審判はいちじるしく倫理的となって、そこからは多かれ少かれ常時存在するこの「断絶」をどう埋め、どう克服してゆくか、という処方を生み出す道を閉じてしまう。人はたえず「絶望」の淵に立っていなければならない。(その通りだ——吉本)

まったく、こういう構図学者にかかると、ひとりの思想者が十年かかってかんがえてきたもんだいと体系は、中学生の算術に還元され、阿呆の論理にまでもひきさげられてしまう。もっとも、香内が喰いついている個所は、わたしの思想のうちいちばん難解なところで、曰く言いがたしとでもいって、つき離すのがいちばん手間がかからなくていいわけだ。日本の「マルクス主義」主義者にこれが判るくらいなら、現在のような情況におちこむことはなかったろう、とでも言っておけば足りる。わたしの「日本ファシストの原像」や「海老すきと小魚すき」などをよめば、わたしの大衆(庶民、労働者)をイデオローグから自立させ聳立させるという思想が、一定の根拠をもって主張されていることを、知ることができるはずだ。その思想は、革命のもんだいを政治「指導」一般、運動の「思想」の具体論に解消しようとする発想を根本的に変革する以外に、頭脳では理解できても、ほんとうにはものにできないのである。

現代マルクス主義学者とひとりの思想者とが訣別しなければならない点はまさにここである。

戦争中、日本の大衆は戦争イデオローグたちにひきまわされ、戦後は支配イデオローグと進歩的イデオローグにひきまわされてきた。いったいイデオローグというのは、現代の日本では支配者と大衆とが和解し、あいまいな平穏さを保っているときにだけ出現し、いったん支配者の攻勢か、大衆の攻勢がはじまり、その対立にあるきびしさが現われると、影をうすくする存在としてしか成立していない。そのとき、イデオローグは、どういう根拠によって存在し、どのような根拠によって、たとえば転向期や戦争、戦後のような断層をこえるのだろうか。なぜ、マルクス主義イデオローグは、戦争イデオローグに転化し、戦争イデオローグは、また戦後マルクス主義、または民主主義イデオローグとして再転することができるのか。

またこの間、イデオローグ→大衆（庶民でもよい）→イデオローグ、あるいは、イデオローグ→大衆（庶民でもよい）→大衆的定着というように、戦争の危機の時代、支配層の攻勢の時代を通過したものは皆無といってよく、いかなるときも戦争イデオローグに転化してまでもイデオローグとして自己を保持することだけは手離さなかったという特質はなにを意味しているのか。

また、大衆（労働者、庶民）とはなにか。このような時代の転換にさいして、大衆とはつねにイデオローグにひきまわされる存在であるほかないものであるか。労働者は戦争下は産業報国運動にくりこまれ、戦争に参加し、戦後は既成党とそのイデオローグにひきまわされる存在であり、庶民はつねにそのときどきの支配イデオロギーをうけいれる存在にすぎないだろうか。

また、大衆（労働者、庶民）がイデオローグを超えるみちは、みずからがイデオローグに上昇する以外にないのであろうか。

労働者はつねにイデオローグに組織されて、イデオローグに移行させなければならないという、たとえば香内のような俗流マルクス主義者がつねにかんがえ、既成前衛が大衆を組織するためにとってきた方法は、はたして正当であろうか。こういう根本的な疑念は、もしも日本の現代の政治思想史や政治史をまともにとりあげ、みずからの思想的課題としてかんがえるかぎり、かならず当面しなければならないものである。イデオローグ、または大衆のイデオローグ化を、生活者の次元から文化者の次元への上昇としてとらえる俗流マルクス主義イデオローグは、たやすく「転向」するというイデオロギーの日本的形態と表裏をなすものにほかならない。このような方途を正統「マルクス」主義的とかんがえるかぎり、責任はすべて悪しき歴史に転化され、香内のように階級対立のきしみあい、ひしめきあう情況では、すがたを消し、妥協の時期には強がるイデオローグのありかたを根絶することはできないし、大衆（労働者、庶民）が自己権力をもってイデオローグを超えることは不可能とならざるをえないのである。

そして没主体的に政治「指導」一般、運動の「思想」を具体的に解明した痴呆的な「組織論」、たとえば、石田雄から黒田寛一までは横行するが、運動の現実過程とも大衆の具体的な思想とも何のかかわりもないものとならざるをえないのである。そのもっとも好適な例を香内ら構造的改革派やその同調者のなかに見出すことは、けっして偶然とばかりはいいえない。

わたしのかんがえでは、大衆の自立権力化という課題は擬制的イデオローグたちの思考方法のハンチュウから聳立させられなければならないのは必然なのだ。大衆（労働者、庶民）はつねに生活者としての自己をイデオロギー化することによって、いいかえれば生活者としての自己の根にむかって下降的にむかうイデオロギーによって自立し、イデオローグを超えるのであって、俗流マルクス主義者のいうように、また実践してきたように大衆を生活者から文化者、いわゆるイデオローグの次元へ上昇させることによっては自立することはできないのである。

またこれによって大衆を組織したとかんがえる擬制的な思考は転倒されなければならないのだ。

わたしが庶民を化石化し、物神化するなどという香内の批判は、おおよそ見当の外れた愚論にほかならないが、このような愚論が湧出する思想的な源泉は、けっして読みの浅さとか誤解とかいうような次元で解消されるものではない。それ自体、香内ら俗流マルクス主義者の根柢にメスを加えねばならない病根のあることを立証しているのだ。

香内的な発想が、擬制マルクス主義者にとって共通の病根であることは、吉本批判において香内のエピゴーネンにすぎない思想的盲目（メクラ）黒田寛一の発言によってもあきらかである。学生運動に巣くった政治的屑の私有物の観がある『早稲田大学新聞』一九六一年六月二十一日号の対馬忠行、関根弘、黒田寛一の座談会「7・8月の政治、思想状況」において黒田はこういっている。

彼（吉本）自身としては変わらないけれどもその形がどんどん変わっていくわけですよ。だから現実が変わればしょっちゅう変わっていく。そこですよ、問題は。（何がそこですよだ――吉本）彼らのいう自称庶民ですよ。庶民というのは絶対的な不可侵になる。（いつ？――吉本）だから彼は定型の超克とか擬制の終熄とかいうけれども、彼の不可侵としての庶民にちっともメスをふるわないからへんちくりんなことになる。（へんちくりんなのはそっちのほうだよ――吉本）その点がまずいとなると悪たれ以上のものはつかないということなんですよ。

おそらく、香内三郎の吉本批判をそっくり借用したにちがいない。この自称「革命的マルクス主義者」は、昨年安保闘争のさ中にわたしが忠告したにもかかわらず、哲学者、イデオローグとしての自己と革共全国委というとるに足りぬ一集団員としての自己を区別して行使することができない。自称「革命的マルクス主義」＝革共全国委＝黒田主体という等式の物神化によって、その批判はつねに政治的屑の暗陰をひきずり、私的徒党の擁護におわる。黒田のいういわゆる「庶民」吉本が、全思想情況の分析からくる判断によって行動し、それが革共全国委に都合がいいばあいは、「自己の哲学の敵ですらあるルカーチをクレムリン官僚からうばいかえそうと立上ったJ＝P・サルトルや、党員権を剝奪されながらもマルクス主義者としての自己の信念と確信を貫徹せんとしているH・ルフェーヴルなどのような気骨ある理論家や思想家は、宇野弘蔵、埴谷雄高、吉本隆明などをのぞいて、ほとんどまったくあらわれなかったといってよい。」（黒田著『現代における平和と革命』）などとかくくせに、自己の徒党にとって不都合な、また自己の能力に余ると判断すれば「社会科学以前的な脳ミソ」の「庶民」にかわるというわけだ。

一私的徒党の御用哲学者として自己をワイ小化することしかできないそのみみっちいスケールは、とうてい革命運動などを組織する器ではない。プロレタリア党を作れというスローガンも、つまりは、思想的にも社会科学的にも自己の力量以下のものをしか包括できない密教的小集団の形成としてしか結晶しうるはずがない。黒田は、社会科学の知識が自慢らしいが、その社会科学なるものは、わたしなどの眼からは、批判に価するものとなっていないということくらい知っておいたほうがいい。それよりも「社会科学以前」の根性の歪み、陰謀的組織化、現実過程への無智と無理解のほうがはるかにもんだいなのだ。

おなじ座談会で、対馬忠行はこういっている。

ぼくは今のところ最も執心した問題は、やっぱり党がないということですな。それが一番根本の中の根本、それを一日も早くつくるということに重心をおかなければいかんと思うんです。それじゃどうしてつくるかという問題になりますけれどもね。先へ走りますが、それはいわゆる新左翼といいますか、反スターリン運動内部でずいぶん分解していますけれども、ここらでそれぞれの分解状況からひとつ統一した強固なものにもっていくというふうに行かなければならないんじゃないか。まあそのための一つの契機を与えるためには、たとえば革共同全国委員会でもいいですが、何か一種のテーゼ的なプラットホームですな、これを発表してもらいたい。そしてそれを中心に討議して、早く固まっていかなければいかんのじゃないか。（後略）

老いらくの病とはこれをいうのだが、まず、小児科の看板をかかげ小児病患者をあつめれば病院ができあがるとでもおもっている典型的な病根がこの「ソ連論」者にもあらわれている。現在、さしあたって必要なのは、医者と大衆がうごくことであって、小児科の看板と小児病患者が右往左往することなどは、第二義以下の意味しかもちえないことはいうをまたないのである。

いい歳をして自分の思想を肥やすことができず、「カ」という引出しをあければ、革命に関する文献的知識が整理してあり、「ソ」という引出しをあければソ連論の文献目録があり、「レ」という引出しをあければレーニンの著作目録が、「ト」という引出しにはトロツキーという項目が記してあるといった果敢ない文章をつづることはできるが、わたしたちの直面する現実情況のなかで、何をいかになすべきかを分析する能力のひとかけらもなく、自称「革命的マルクス主義者」の小児科的なテーゼをあてにすることしかできないのは、歴史的過程のなかから何ごとも学び得なかったことによっている。今日、わたしたちのあいだでマルクス主義者などと自称しているものたちは、この程度の愚物をさしているのだ。「彼自身としては変わらないけれどもその形がどんどん変わっていく」のは、まさに黒田および革共全国委の安保闘争後の転換であった。そして、その転換による錯誤の集中的表現は〈反帝、反スタ、プロレタリア党〉の建設というスローガンにあらわれたのである。ほぼこれがかれらの生命とりとなることは、早晩事実によって実証されることはまちがいない。大衆がいかなる意味でも眠っている客観的な条件のなかで、前衛の創設というもんだいは第一義の意味をもちえないのはいうまでもない。まず、ひつようなのは自らを自らの呪縛から解き放つことであり、自ら死んでも小銭をつかんではなさない老婆のような密教的組織の醜怪性を打とうとすることである。

安保闘争の敗北による共産主義者同盟の解体によって、みずから我が世の春の到来と錯覚した黒田らは、田吾作たる分際をわすれてプロレタリア党の建設という現在の段階でいかなる意味でも噴飯物であるスローガンをもちだして自らの墓穴をほりはじめたのである。そして、安保闘争を主導したインテリゲンチャ、学生運動をプチブル・ブランキズムと批判したその舌の根もかわかないうちに、政暴法闘争において、批判した当のことをもっとも戯画的に再現してみせたのもかれらであった。しかも、その現場指導を、共産主義者同盟からの転換者にゆだねざるをえない状態であった。

もちろん、優れた政治指導者と政治組織だったら、こういうおろかな闘争方法をとらなかったろう。ようするに、情勢の冷静な分析能力がゼロであり、闘うべき時期、を認識することができず、ただ主観的スローガンとしてあらゆる政治方針を提起するにすぎないのである。マルクス主義分献を解読しても、現実的に適用するだけこなすことができない。社会科学を知っているような口ぶりを弄する黒田のあたまに宿っているのは、現在の現実的な情況ではなくて、思想的盲目によってえがかれた前衛患者の分布地図にしかすぎない。(『組織論序説』という著書の犯罪的愚劣さをみよ)

さて、わたしはここで、一見、奇妙にみえる(だが本質的にはまったく共通の病根による)構造的改革派と革共全国委のわたしにたいする批判の一致性をあげつらってきた。それは「庶民」の物神化という批判であり、「前衛党一般の否定」という批判である。このことは、自称の「革命的マルクス主義」や「民主的マルクス主義」が、もともと四十年をさかのぼらない過去において同一の病原を感染した類同物にすぎないことをおしえている。

もちろん、わたしは、現在の段階で、したがって戦後一貫して自称「前衛」なるものを、いかなる意味でも頭の上に物神化したこともなければ、肯定したこともない。まさしく「一般的」に否定してきたのだ。情況は戦後十五年にしてわたしの否定の意味に薄明のような根拠をあたえようとしている。そして亡霊のような前衛になやまされ、ますます亡霊化する部分と、官僚的に硬化する部分とに解体しつつあるのが、「前衛党一般の肯定論」者の当面している実情況である。

構造的改革派、革共全国委その他の官僚主義者や亡霊は、ただ自らを前期的な啓蒙集団として自己限定する以外に、いかなる意味でも、大衆(労働者、庶民)の自己覚醒に関与しえないことを認知する以外に救いはないのだが、ここに、現在の政治的、思想的、また経済的情況における錯誤されやすい課題がよこたわっている。「前衛党一般の肯定」が課題となるためには、とうぜんひとつの決定的な転機が大衆（労働者、庶民）的な規模で体験されなければならない。そのときは、構造的改革派、革共全国委その他の擬制集団の必然的解体と、その止揚としての「前衛党一般」が現実的なもんだいとなる転機と一致することはいうまでもないことである。

もっとも急進的な知識人をつかまえて、きみはもっと後方へさがったほうがいい、未来はどこへゆくかわかっているのだし、登場する主人公がだれであるかも、すでに一世紀ちかくも前から予想されている。と宣告したとすればかれはどう答えるだろう？

また、もっとも正統的な「前衛」党にむかって、きみたちはもう五十年にもなるが、そのあいだに労働者の階級のためになにもなしえなかったことは、はっきりしている、戦争があり挫折があり、また挫折がありいったいどこにどんな大衆のための記念碑がつくられたのかわからない。すべてのきみたちのエネルギーは内部闘争でつかいはたされ、醱酵し、すえたにおいを発散している。もうすでに後方にしりぞいておたがいの時期をみつけだすべきだ。あえて養老院にゆけとはいわない。いまきみたちに必要なのは休息と眠りとだけではないか。と問いかけたとしたらどうだろう？

すくなくとも、わたしたちの風土のなかではどんな答えも、響きもかえってこないのである。Aなる知識人が急進化すると、Bなる知識人はよりおおく急進化し、Aなる「前衛」党が急進化しなければならなくなる。この競り合いの心情は、いわば自動的であり、そこにどんな大衆の意志も反映していないようにみえる。

このようにして、現在、わたしたちは、日本共産党を右翼におき、その左方にくつわをならべている諸組織をみているわけである。わたしのかんがえでは、このうちいずれかひとつに、どのような先験的な優位性をあたえることもできない。また、どのような正統性をあたえることもできないのである。なぜならば、これらの優位性はただそれをえらぶ大衆によってしか判定されないし、また、いまのところ大衆はその本質でどんな票決をも行なっていないからである。とびかわされるのは、ただ主観的な優位についての空語だけであり、それも主として特権的な知識人によってのみ語られているにすぎないのだ。

わたしたちは、新約聖書をめくって読んでゆくと、人が三人あつまるところに、かならずわが名がある、というキリストの説教にゆきあたるはずである。そして、これが宗派の組織論におけるヨーロッパ的な原型であるということができる。ところで、この三人は、なににによって結びついているのだろうか？〈わが名〉によってか？ 信仰の同志感によってか？ 利害の共通性によってか？ ここに組織にまつわるヨーロッパ的な思想の問題の原型があるということができる。

現在、わたしたちの思想状況を支配しているようにみえる諸組織はそれ自体として組織の原型を赤裸々に露呈している。Aという組織を硬化してゆけば、Bという組織にゆきあたり、Cという組織を軟化してゆけばBという組織にゆきあたる。それは、ほとんどひとつにくるめて論じてもいいほどであるようにみえてくる。

しかし、わたしの視るところでは、解体の契機はしだいに深化し、ほとんど無数の単独の思想者にまでゆきつくようにおもわれる。そして、この契機だけは、現在の客観的な情勢・支配者からの無形の威圧の強化と、それにたいしてまだ（あるいはすでに）眠りつづけている労働者や大衆の状況とがにらみあったところで、必然的に生みだされたもののようにおもわれるのである。安保闘争とその敗北は、これらの組織のひとつの解体をうながした。それは、誤まったたたかいの結果であろうか？ それとも、ほとんど単独者にすぎない学生組織をあげて、権力とのたたかいにたたねばならなかったことの必然的な結果であろうか？

そして、その解体のあとの季節に、日本共産党は分裂し、春日新党をうみだし、党員文学者の声明をうみだし、学生戦線の分布図の流動をうながしたのはなにを意味しているのだろうか？　そして解体したものは、その底から新たな摸索をつづけふたたび再起する過程にはいるのはなぜであろうか。

これらの流動は、当事者たちによって主観的には、みずからの力によって、みずからの思想によってそうしたまでだ、とこたえられるかもしれない。しかし、わたしは、そのような主観的なこたえには、ほとんど興味はないし、また信をおくことができない。

わたしたちは、いま、まったく類型のない状況にはいろうとしているのであり、その思想をたずねているのである。あまりに深く眠りすぎたため、他からの激動の声にゆりうごかされて、ねぼけ眼でおきだした「新党」や「党」員文学者は、あくまでも他動的にこういう。社会主義は全世界で着々と成果をおさめ、日本でも広範に滲透している、社会ファシズムの台頭をおさえれば、歴史はコミュニズム勢力の勝利のためにひらかれている、と。しかし、わたしはこれらの〈コミュニスト〉の身につけているスターリニズムをそのまま〈コミュニズム〉とはかんがえないとおなじように、全世界における〈社会主義〉勢力の勝利ということも信じない。

これらスターリニズムは、ただ武器の優位、戦争における勝利以外に〈帝国主義〉勢力にうちかつとはおもわれないからである。なぜならば、これらの〈社会主義〉勢力は、理念による優位、思想による優位、国家構成における優位、疎外の止揚による優位を絶対的にはもっていないからだ。そして、それなしには、ブルジョワ的に腐りきった武力の誇示だけしかないのだ。

わたしたちは、もしも、日本国家権力のもとで、ひとつの〈革命〉を夢想し、ヴィジオネールによって描くとすれば、ソビエト革命、中国革命をふたつの支点とし、いわゆる〈社会主義〉圏として形成され、交通しているものを、負債とかんがえ、あるいは負い目としてかんがえるようなことができないのである。あとからくるものにとって、また、後方をえらぶものにとって、すでに実現されたものが助けになり範型となったなどとかんがえることは空想と他力本願にほかならない。あとからくるものは、かならずすでに実現された形態を止揚することなしには、けっして実現されないことは、自明だからである。

わたしたちは、いま、他力的な〈革命〉の空想でなければ、その逆の〈革命〉的な空語にかこまれて、すべての世界的な徴候と現象との政治思想的な余波を、現在の日本のわたしたちの思想状況のなかで集中的に煮詰めなければならないところにきている。このような困難な作業にわたしたちが耐えるかどうかはときがしめすだろうが、現在、わたしたちの眼の前に存在している諸組織や集団が、このような作業にとりかかろうという姿勢すらしめそうとしていないのをみるのは、なぜだろうか？　そして、安保闘争の激動のなかでは、よき徴候をしめした諸個人や諸思想集団も、孤立や作業の困難さにたえられずに、あるいは教条に安心立命をもとめ、あるいはかの先験的な神話の集団のなかに思想的に復帰しようとする傾向さえしめしているのはなぜだろうか？

わたしたちの耐えてたたかいつくりあげねばならないものは遠くそして困難であり、そのような心事のなかでは、他をかえりみることさえも不要とせざるをえないのである。

思想的不毛の子

わたしたちが、以前に提起した戦争責任論は、ついに実を結ばなかった。この問題は、個々の思想家の手にゆだねられ、はてしなく孤立した命脈をたどることが、戦後十五年余をへて、どうやら明らかになった。

いま、わたしたちよりも、いっそう若い世代によってこの問題が論じられ、いろいろな形で文学の作品のモチーフとしてくりこまれるとき、それがどのような意企をもつのかあまりつまびらかでない。作品自体にあたってみてもそれほどはっきりしていない。

わたしたちが体験した十五年戦争で、知識人、労働者、大衆がどのような役割を演じ、また演じなかったか、あるいは、かれの内心はどのような声に充たされ、つきつめられ、鬱積したか。こういう問題を考える場合、わたしたちは次のようなことを忘れなかったつもりである。

(1)　世界的な規模でおこなわれ、ほとんど全世界のひとびとをその渦中にまきこんだ戦争のなかで、戦争責任の問題の本質を明らかにすること。

(2)　日本が遂行した満州事変、日中戦争、太平洋戦争のなかで、日本の知識人、労働者、大衆の戦争責任の実体を明らかにすること。

(3)　戦争のなかでの人間の存在が見舞われねばならなかった人間的または非人間的な状況をはっきりさせること。

第一の問題は、ヤスパースがやり、大熊信行がやり、その他の人々がやった。第二の問題は、わたしたちがやった。第三の問題は、多くの戦後の文学作品がモチーフとしてこの問題を内包していた。

わたしたちの問題に則して言えば、第二のやり方以外には不満なところが多かった。現にこの上演される戯曲の台本についてもそれが言える。つまり、嘘が多く、その嘘は真実にうらうちされていないためフィクションとしても不都合となり図式化されている。

わたしたちの知識人は、レジスタンスの運動をまったくもたなかったし、また、自分の肉体を不具にして戦争への参加を個人的に拒否するという思想的体験ももたなかった。あったのは「要領よく」戦争への参加を逃れた知識人だけである。これは消極的な抵抗でさえありえなかった。

それが、かえって反動的に、戦後のフランスのレジスタンス文学にたいする無条件の讃美となり、ポーランド映画にたいする論議となった。しかし、これをめぐって論議を展開した批評家たちは、すべて身のほど知らずの、また、おのれを忘れた者にすぎない。自分たちが、どんな思想的不毛の子であるかを忘れて、ただ革命を論じたにすぎない。そこには、戦争にたいするネガティブな抵抗すらありえない知識人の伝統のなかで、ヨーロッパの戦争中の抵抗を論じているのだという深い落差の自覚もなければ、ただ転向の思想的体験しか伝統としてうけついでいない世代が、ヨーロッパ的な抵抗を論じているのだという絶望感もなかった。ようするに論者たちは、単なる自己欺瞞の徒にすぎなかったのだ。

わたしは、断固としてこういう安直な論議に反抗し、ポーランドの連中、フランスの連中にあこがれるよりも、みずからのみじめな思想的風土にかえり、そこから出直し、そこをふみしめなければ致しかたがないことを強調し続けざるをえなかったのである。

わたしは、敗戦のとき、動員先からかえってくる列車のなかで、毛布や食糧を山のように背負いこんで復員してくる兵士たちと一緒になったときの気持を、いまでも忘れない。いったい、この兵士たちは何だろう？　どういう心事でいるのだろう？　この兵士たちは、天皇の命令一下、米軍にたいする抵抗もやめて武装を解除し、また、みずからの支配者にたいして銃をむけることもせず、嬉々として（？）食糧や衣類を山分けして故郷にかえってゆくのは何故だろう？　そういうわたしにしても、動員先から虚脱して東京へかえってゆくのは何故だろう？　日本人というのはいったい何という人種なんだろう。

兵士たちをさげすむことは、自分をさげすむことであった。知識人・文学者の豹変ぶりを嗤うことは、みずからが模倣した思想を嗤うことであった。どのように考えてもこの関係は循環して抜け道がなかった。このつきおとされた汚辱感のなかで、戦後が始まった。

徳田球一、宮本顕治ら非転向の共産党員が十数年の空白の獄中生活から解放されて、運動をはじめた。しかし、空白の十数年をとびこえたその運動は、戦争体験をなめつくして、おなじ十数年をすごしてきた大衆とのセンスのちがい、落差が著しく、とても問題にならなかった。わたしたちは、すべてを嗤うことにより自分自身を嗤うという方法で、みずからの思想形成をはじめるほかなかった。この方法のほかにたよるべきものはなかったのである。

戦後十五年余をへた現在、わたしたち日本人という奴がどれだけ成長したかどうか知らない。相変らずであるような気もするし、また、いくらか成長したような気もする。安保闘争は、戦争を体験しない戦後世代にとって内戦体験に相当しているかもしれない。そして、その挫折感は、わたしたちの敗戦経験に、それより規模は小さいけれど匹敵するものがあるとおもう。そこで発揮されたエネルギー量は大なり小なり、わたしたち日本人の自立能力が、ただ権力の言うがままに諾々として武装を解除して故郷へ復員した日本人が戦後十五年でどれだけ変ったか、どれだけ成長したかの目安を示している。わたしたちの能力は、あれだけのものであった！　そのことを噛みしめる必要性があると思う。あれだけのものであった、という汚辱感のなかから再び未知の地点へ歩み入るのである。

若い世代の芸術活動のなかに、たとえばどのような意味からであれ、戦後責任のモチーフが持続されてゆくことは、嬉しいことであるとおもう。すべてを人間の問題に還元してもならないし、世界史の問題に普遍化してもならない。あつかいかたが困難であるが、しかし、それが結局はわたしたち自身の汚辱感、卑小感を解き放つことにつながってゆかなければ、いつまでたっても、日本的な循環から逃れることはできない。

文芸時評

1

こんど、たまたま、トルストイの『戦争と平和』、『アンナ・カレーニナ』、『復活』などをつぎつぎによみつづけたあとで、時評のための数種の文芸雑誌をよむ破目になった。ちょうど、ある明確な観念の構築物のなかを果てまでつれてゆかれ、その尖端に凝縮しているひとつの思想をはっきりと透視したあとで、のっぺらぼうなもやもやした浮游観念をみせつけられたようなものであった。トルストイの代表的な作品と雑誌につめこまれた月産の作品を比較して、ああトルストイにくらべればといったような途方もない感想をのべるつもりはすこしもない。また、そんな比較をされたらわが雑誌作家も不本意なおもいがするにちがいない。

しかし、明確な観念の構築物とのっぺらぼうな浮游観念の表現という比較だけは、それほど唐突なものではないと信ずる。三浦哲郎「初夜」、森山啓「宿敵」、檀一雄「惑いの部屋」（以上『新潮』）にしても、正宗白鳥「リー兄さん」、佐藤春夫「虱をつぶした話」（以上『群像』）にしても、のっぺらぼうの浮游観念の世界という点で区別することができなかったのである。ただ作者が三浦哲郎のように初々しい感情をもっているか、正宗白鳥や佐藤春夫のように甲らのはえた人間ばなれした怪物であるかによって、甘い気分をさそわれるか、年輪というのは空おそろしいものだなどという感想をそそられるかのちがいにすぎない。これらの作品はおおざっぱに私小説ということになるかもしれないが、現在、私小説としてこの種の作品がどんな意味をもち、どんなところに追いつめられているかをさぐろうとすれば、共通の性格をみつけられないことはないとおもう。

わたしが今月の作品にみたものについていえば、それは自己観念への偏執ともいうべきものであった。「初夜」では、〈私〉夫婦がべつに用意なしにあわただしく性交したあげく妊娠した胎児は不安ないやな気がして中断してしまうが、「臥し所を清め、その上に心を放った」あげく児を受胎して喜ぶ〈私〉夫婦の意味のつけようもない妄執のようなものが作品を成立たせている。これがなければ小説にならないのである。

森山啓のばあい〈私〉の偏執は癌ビールス説で、作品のなかにおおまじめにビールス説の素人談義を披瀝しているすさまじさである。よんでいると、追いつめられた〈私〉は、じぶんの妄想を固執するほかに行き場がなく、その行き場のない〈私〉の妄想が、あまりに現実的な根拠がないという読者の側からの痛ましさ、可憐さの感情をあてにして、これらの作品はかろうじて小説としての命脈をたもっているといえる。

白鳥の「リー兄さん」にしても、表題の人物の奇行や無能者的な性格の異常がなければ、小説になってこないし、佐藤春夫の作品でも、荷風の「ふらんす物語」の種本をちょろまかしたといいふらした〈S某〉という人物にたいする作者の老いの一徹とねじれた憎しみの心理の追求をのぞいたら小説にはならなかったはずだ。

もはや、現在では〈私〉はそんなところにまで追いつめられざるをえなくなったのか、それとも、〈私〉の体験記なら、小説よりも現実のマス社会をふらつき回ったほうが、はるかに小説的な面白さにぶつかるから、もはや私小説は異常な自己観念に偏執した人物をえがくよりほか見せ場をもたなくなったのか。

おそらく現在の社会のどのへんに住んでいても、これらの作者がえがいているような〈私〉の生活などはないはずである。だから、習慣的な手付でこういう作品をかいているのでなければ、これらの作品は〈私小説〉の仮装をこらしたアンチ私小説として性格づけたほうが、あるいは適当なのかもしれない。今月の小説読者がこういう作品にひかれるとすれば、おなじように実生活のうえですでにみつけだせなくなった〈私〉を、こういう作品で慰めているのかもしれないのである。

今月の雑誌のどこをさがしても、この種の作品か、またはそのまったくの裏面にあたる福田恆存「有間皇子」（『文学界』）や、井上靖「補陀落渡海記」（『群像』）のような作品しか、心にのこらなかった。「有間皇子」は、この作者の好みによってつくられた心理的な意匠劇であり、作者はべつに政治の世界では権力ある術策家は善をなし、単純な正義派はいつも幼稚さからくる悪しかなしえないといった高級な理念を劇化しているわけではない。中大兄や蘇我赤兄や中臣鎌足よりも謀議に破れた有間皇子のほうが単純にえがかれていることはないのだ。

ひとつの懐疑は他の懐疑を触発し、触発された懐疑はまた疑念をもとめてさ迷うといった心理の綾取りのようなものがこの戯曲をつらぬいているので、これを政治と文学のもんだいをあつかったドラマとしてみようとする批評は見当はずれというべきである。描かれた政治的葛藤は児戯に類する理解しかなく、有間皇子の謀反の場面にいたっては、平和主義者福田恆存にふさわしくひとつの勢力がひとつの勢力と現実のうえでたたかうとき、どういう情景がおこるのかも知らないナンセンスにちかいのである。

意匠の面白さという意味で、井上靖の「補陀落渡海記」は、優に戯曲「有間皇子」に匹敵している。仏教徒の信仰の仮面をかぶった体のいい自殺行為である補陀落ゆきの故事を、べつに自分では死にたくもないのに先例にならって周囲からおしつけられなければならなくなった金光坊という坊主の心理を追いこんだもので、入定仏ミイラとおなじように宗教的な、異常心理からくる自殺として教徒の往生志願を解釈し、雨期がきてもそういう異常心理になりきれない坊主が、周囲から自殺のお膳立てをこしらえられていくときの動きを面白くみせている。

この二作品に共通しているものは、裏かえされた〈私小説〉であるという点である。人物のうごき素材などすべて作者が興趣を感じた心理的な意匠を何の芸もなく直写するための人形や書割に使われているにすぎない。

松川事件の判決の情況を仙台に追った小沢信男「七夕日記」(『新日本文学』)も、中村光夫との論争文である佐藤春夫「うぬぼれかがみ」(『新潮』)にしても、まったくおなじで、芸もなく裸になった作者が、おのれの頰のくぼみ具合、口のつき出し具合をみてくれと居直っているようなものだ。ここまで解体したところで物をかこうとすれば、作家としての悲劇的な貌(つくった貌でもいい)をみせてくれてもよさそうだが、ただぽかんとして己れに対する懐疑もいらだちもないのである。

前衛の鋭い視線だとか、民主主義の鉄則をまもれだとかいうことばを、己れの解体をかけるだけの度胸もない中腰で安らかにふりまわしている発言のなかで、専門家集団とは社会主義社会における階級の廃止された社会の模型をなすべきで、もはや本質的に民主主義的原則を止揚していなければならないというようないいかたで文学集団が、プロレタリア文学運動以来のヘソの緒をきりはなす方法を示唆している埴谷雄高「党と大衆団体について」(『新日本文学』)は、この雑誌の今月号の点睛であった。

今月は、私小説的な傾向の増大、純文学と大衆小説の癒着という現在の動向が、裏と表にあたっているので、現実の体制から追いつめられてゆき場のなくなった〈私〉のあがきではないか、という疑問を中心にすえてみた。

2

現在、日本の文学の世界で、すぐれた作家や作品が輩出し、一挙に文学の様相が一変するという革命的な事態を空想するとすれば、まず第一に、政治的には保守的な、したがって文学的には何よりも自立した作家が、憎たらしくもまたたくましく成長し、それが政治的には進歩的だが文学的には怠けもので水準以下の作家たちを根柢からゆさぶるという事態しか想定できない。

まず、武田泰淳とか福田恆存とか江藤淳とかいう才能ある作家や批評家が、保守的な前衛としてフルシチョフのような三流左翼のやることにあげ足をとったり一喜一憂したりしていい気になったり、日本でこそ通用するが、ほんとうはどうしようもないような作品や評論をかいて此の世はすこぶる平和で民主主義的で満足だなどとかんがえずに、じぶんをゆさぶり、孤独になり、この世のあらゆるものを根柢から疑うといった態の自己懐疑に旅立ち、そのはてにこの社会の底をさらいつくすような作品をつくるのが先決問題である。現状では金もなく、才能もなく、暇もなくといった条件のそろっている進歩派文学は、ますますその条件を拡大され、自力ですぐれた作品をうむ可能性は減少するばかりだからだ。

しかし、この世はよくできたもので、わたしなどの空想を充たしてくれるような兆候はどこにもないのである。まったくよくない進歩文学と見合ったように、まったくよくない保守文学がある。かれらは、マス・コミ小説をかいて自家用車を手に入れたり、ルーム・クーラーを設備したりすると、もう途端に神経異常を来たし、ちっぽけな飽満感をもてあますにいたる。足りない足りない、この世を呪えという呪文ばかりを虚空にとばしているものからみると、いかにもみみっちく、なさけないような気がしてくる。

もしも、共産主義も地獄であり、戦争中の天皇制支配の時代も暗黒であり、ただ、現在の日々の生活だけが文学者の望みなら、その望みのすべてを汲みつくす作品が保守的文学者によって生みだされなければならないはずだ。しかし、繰返していうが、そのような兆候は現在どこにもないのである。

今月眼についた作品は、吉行淳之介「闇のなかの祝祭」(『群像』)や、小島信夫「四十代」(『文学界』)など、三十代の後半から四十代にさしかかった作家の家庭の危機小説であった。ふたつとも、こういうい作品である。

「じみな小説」しかかけない作家たちでさえ、自家用車を手にいれたり、数百万を投じて冷暖房やプール付きの家の設計をかんがえられるようになっているという物質的条件をぬきにしては、成りたたない作品である。

吉行の「闇のなかの祝祭」は、沼田という壮年の作家が、奈々子という女優の愛人と妻とのあいだで板ばさみになるという三角関係をあつかったものである。

人間の恋愛のなかでもいちばんむつかしく、また恋愛小説としてもいちばんむつかしい主題で、まあ、アンナ・カレーニナをかいたトルストイの手腕がなければ、どうしようもないものだ。

しかし、この作家は、男と女が長い間一緒にくらしてゆくには、情熱とか肉とかではなく忍耐だという、人間、四十ちかくもなればだれでもかんがえつきそうな単純な思想で、作品をこなそうとする。その女優との恋は、自家用車をかったり、ホテルや旅館をとまりあるいたりする物質的な基礎がなかったらとうてい成り立つ必然もないようなもので、したがって一席の有婦の男の恋愛体験談のお粗末という域をでないのである。

こういう恋愛がむつかしいのは、一対一の男女間の恋愛が、ある社会的な基盤のうえにたった心情のやりとりという趣きを呈するのに対し、男女の関係自体が全社会であるようなところにかならず追いこまれるところにあるだろうが、この作家は妻君にむかっては忍耐を発揮するだけであり、恋人の女優にたいしては甘い物質的な基礎を発揮するだけなのだ。

小島信夫「四十代」も、どうしようもなくなった夫婦の生活を、家を改築し日常生活の趣きをかえることによって風を通そうとする神経ばかり異常にたかぶった作家夫婦の滑稽悲惨私小説である。

これをこの作家の表現でいえば、「一、冷暖房設備をし、プールを作ること。一、別れること。」という二者択一を迫られるところまで追いこまれた夫婦の物語ということになる。

自嘲が諷刺に転化しかかって中途でとまっており、ユーモアに小骨がひっかかってふっきれないのは、ようするに登場する作家夫婦が生活者としては、水準以下のでくのぼうなのに、物質的条件ばかりぜいたくに設定されているからであるとおもう。

これらの作家たちに現実を眼下に見くだすような観念の構築をもとめるのは注文外れであるが、ぬきさしならぬ日常生活の底を掘れば、現代社会のぼう大な虚構の全貌にとどくはずだという認識をもとめるのは無理ではないはずだ。もし、家庭とか日常とか恋愛とかを疑うならば遊冶郎的または小所有者的にではなく、そこまで徹底して疑うべきである。

異常ついでに、あげておけば大岡昇平の「佐藤春夫の日本人の心情」(『群像』―この題名から異常だ)も奇妙な評論である。「先月最大の雄篇は佐藤春夫『うぬぼれかがみ』であり、また戦後最醜の文章である。或いは日本文学始って以来かもしれず、無論世界文学史に例はあるまい。」という大げさな文章ではじまり、佐藤春夫が荷風を梅毒だと思わせるようにかいたりしたのは怪しからんといった悪態をつらねている。

だいたい人間が梅毒であろうが、眼っかちであろうがそんなことはどうでもいいことだとおもっているわたしには、いっこうこういうモチーフがおもしろくない。昔々、桑原武夫とやったスタンダール論争から、近年、篠田一士のような小批評家とやった中原中也論争まで大岡昇平の論争はおもしろいとおもってきたわたしも、こんどはいただけなかった。

佐藤春夫の「うぬぼれかがみ」は、べつに醜悪でもないし、何だって大岡にこれほど佐藤春夫をけなす理由があるのか、まったくつかめない。それに、いかに常識的文学論と銘うっても、「ヒトノミチ」や「師弟の道」を楯にするのはいただきかねる。

けっきょく、今月、いちばん正常で中正、鋭くして温和、情理かね具えた文章は、本多秋五「中野重治」であった。手法は、本格評論調と『物語戦後文学史』調をつきまぜたもの。それに何よりもいいのは、この批評家が近来、とみに自信にあふれていることであるとおもう。わたしは、本多とちがって日本共産党も日共党員文学者も、政治的になめきっているが、それでもこの論旨はよくのみこめた。世の中、本多秋五の怖がるようなものは何もないのだ、という徹底した認識のもとに文学を事業としてもらいたいものだ。

3

たまたま必要があったときでなければ、文芸雑誌をまともに読んだことのないものが、時評に手をだす根拠というのはふたつしかない。

ひとつは、時評を受けもつことで、雑誌を無料でしかもある程度まともに読みうるという利得である。ひとつは、社会現象や思想現象のひとつとしてなら、雑誌作品を理解することができるから、いわば症候診断として批評するということである。

まともな、文芸時評などは、平野謙のように文学がすきですきでたまらない批評家にしかつとまらないのはあきらかであろう。離れてみれば同時代の文学作品などはすべてアバタづらでみられたものではない。

ここ数カ月、純文学と大衆文学というもんだいが批評家の関心を占めているらしく、『群像』は伊藤整、山本健吉、平野謙の座談会「純文学と大衆文学」を企画し、『文学界』は、江藤、佐伯、河上、平野の座談会「文壇総決算」でこれにふれ、大岡昇平は「文学的発言法」(『新潮』)、「松本清張批判」(『群像』)でこれに言及している。そしてどうやら、純文学というのは歴史的概念だから、昨今のように純文学と大衆文学との境界が必然的に消滅するような情勢では、ことさら純文学概念に固執する必要はないという平野説と、松本清張や水上勉の作品が何だ、あんなものは娯楽作品で、芸術と娯楽という古典的なハンチュウさえあればたくさんで、文芸時評家の商略的オベンチャラの合理化など意味がないという大岡昇平とは、いたるところでサヤ当を演じている。

しかし、もんだいは文学者の根性ひとつではないか。昭和のプロレタリア文学者であれ、私小説作家であれ、新興芸術派であれ、かれらがひとしなみに、文学者と人民、文学者と市民、文学者と庶民というような二重の意識に耐ええないで、文学者すなわち政治組織遊泳人、あるいは、文学者すなわち文壇(学界)遊泳人という融着した意識で文学を作りつづけたために、いつも純文学の風俗化と大衆文学の純化という融着帯をゆきつもどりつすることしかできなかったのである。

しかも、文壇遊泳人も政治遊泳人もそれ相当の物質的基礎をうることができるようになり、世俗的地位も与えられ、また一方で、政治組織の神話もこわれ、タガをゆるめなければ存在しえなくなったとすれば、現在のような純文学と大衆文学との融着も、融着したままの品質均衡も当然であるといわなければならない。

根本的な療法はふたつしかない。ひとつは隠者となって文学に没入すること、もうひとつは、ふつうの生活人となって文学をマス・コミにはわたさないこと。じぶんのなかに文学者と人民という明瞭な二重構造を確立できず、政治組織や文壇世界を遊泳しているだけのくせに、純文学の俗化と大衆文学の純化による融着を、いかにすべきかなどと論ずることはナンセンスというものだろう。『新日本文学』あたりでいまに止揚されてしまうのも知らずいい気なことをいっている文学者や、『群像』や『文学界』あたりで安い原稿料でこきつかわれている文学者は、すべからくふつうの生活人になるか隠者になったほうがいいとおもう。

それかあらぬか、今月、わたしの眼についた作品は、三島由紀夫「十日の菊」(『文学界』)、森茉莉「僕は日曜日には行かない」(『群像』)の二作であった。このふたりの作家は、文壇にたいしては比較的に自立性を保てる条件をもち、政治にたいして隠者の位置を保っているものということができる。そしてまさにその度合だけ、他の作品にたいして強固な作品の世界を自立せしめているようにみえる。

「十日の菊」は、二・二六事件に襲撃された重臣の家族にヒントを得た三幕の戯曲である。反乱軍に加わった息子の兵士から、ひそかに主家の重臣が襲撃されることをきいた女中頭は、息子も傷けず、重臣も死なせぬ唯一の方法として、襲げきの夜、素裸になって重臣と同衾し、襲撃の兵士の足音をききながら、重臣を逃がし、じぶんは素裸で兵士のまえに立ちふさがる。兵士たちはその裸体に唾をひっかけて立ち去るが、唾を吐きかけた兵士のなかに「悲しそうな、そのくせ狂おしく鋭く光った、澄んだきれいな目」をしたじぶんの息子がいる。息子は母親の行為にたいし自殺する。

おそらく、三島をつきうごかしているのはここに母親の行為と息子の遭遇のあいだにとりひきされる異様な美というものだけである。戦後、生きのこり老いぼれた無気力な重臣家族のなかに、母親の元女中頭が訪れ、この母親の復讐とも親愛ともつかぬ言動を触媒にして、澱んだ重臣の家族がゆりうごかされ、しかも忌わしくしかゆりうごかされないという問題は、戯曲構成として意味をもってもモチーフとしてはもう第二義にしかすぎないようにみえる。

わたしには、この作者はきわめて異常にみえるが、それは、この作者の心を寄せる美というものが健全だとおもいながら不健全を提出しているか、または不健全とおもいながら健全を提出しているという ような盲点（空白性）をもっているからで、いわば作者の誤算が、いつも気持のわるい空白感をもたらしている点にある。

森茉莉の「僕は日曜日には行かない」も、異常な空白感をひきずっている作品である。しかし、この場合は、空白感は、三島のように美意識からよりも、作者の生理・人格からじかにやってくる。

作家の杉村達吉が美貌の男弟子伊藤半朱《ハンス》と同性愛を結ぶ。半朱《ハンス》は八束与志子という許婚者をうるが、達吉のぼう害でうちこわされ、与志子は街中で、ある日、達吉とつれだった半朱《ハンス》をみつけ放心の態で歩みよろうとして、車に轢かれて死ぬ。

この間の同性愛と異性愛にはさまれた達吉と半朱《ハンス》との奇妙な葛藤が作品を自立させている。登場する人物は、ひとかけらの生活思想もない皮膚感覚と生理の権化なのだが、これをかいている作者は、おそらく、爪に灯をともすけちな異常な生活ばばあであるとおもわせるところに、作品をささえている強固な輪廓が成立っているようにおもわれる。

わたしは、二人の隠者文学者の空白な美意識に現在の自立したすがたをみつけなければならないとすれば、もう一方に、生活者の自立した作品を対置させなければならないのだが、今月その適例をさがすことはできなかった。そして、今月のみならず、天変地異でもないかぎり、隠者の文学は栄えるが、生活者の文学はいつも擬似政治意識や文壇意識から風化をうけざるをえないのではないか、という感想を禁じえないのである。

4

本紙（昭和37年1月1日号）に「呂」という匿名子の「ルポ・新日本文学会大会」という文章がのっている。それによると「創造活動報告草案」（責任者野間宏）というのに「安保反対闘争後、孤立のなかに追いこまれてあらわに自分のそれまでの文学思想を否定し、別個の道を歩もうとしている批評家が出てきたが、江藤淳、吉本隆明その他がそれである。」とかかれており、それをめぐって論議が交わされたそうである。

まったく、進歩文学の総元締のような貌をしないでもらいたいものだ。新日本文学会が会員外の文学者の文学的業蹟について、個人の資格以外に公的草案をつくり、勝手な論議をすることは、断じて誰からも許されないことを知るべきである。事実ならば「決定案」を読んだうえ公的声明を発して「新日本文学会」弾ガイを公けにするか、思想的誣告として告訴でもする外はあるまい。

何よりも情けないのは、かれらが文学運動を創造運動としてではなく、政党と大衆団体との関係としてとらえるスターリン的誤謬から逃れられない点である。わたしは、新日文を進歩的文学の一集団という以上の如何なるものとしても考えたことはない。

草案のわたしに対する評価で当っている点があるとすれば、新日文は進歩文学の総元締のつもりかもしれぬが、わたしはそれを一集団としかかんがえず文学的出発の当初から「別個の道を歩もう」として、真の進歩派にふさわしい文学の理論・創造を探求する活動をしてきたということだけだ。

過去および現在におけるじぶんたちの文学運動論や芸術理論の錯誤を自己検討する謙虚さも努力もしないで、すくなくとも文学的にも思想的にも独りあるきのできる江藤淳やわたし（ふたりは何の関係もない）について余計なお節介をするのは身の程知らずというものである。そんな暇があったら、戦後のプロレタリア文学運動の指導者の常套語であった運動が解体したのは、おまえたちが協力しなかったせいだなどという願みて他を言う他律的論理をならべないように、自らを律するに足るきびしい真理へ、より正しい文学運動や文学論の論理へ、つきすすむ自立性をもつべきである。

総元締の貌をしたり会員外の文学者の個人的業蹟を公的論議の対象にすることなど、まったく不用だし、そんな資格は誰からも与えられてはいないのだ。

このことは、はっきりさせておく必要がある。なぜならば、セクト主義的な新日文内の自称「文学者」のある者は、大衆団体内の問題は内部で論議するのが民主主義の鉄則であるなどと云うことは知っているが、会員外の問題を会内で公的論議に付することが、スターリン的越権に通ずるものであることを少しも自覚してはいないらしいからだ。これは、単なる偶然の誤認ではなく、その文学運動の理念そのものの本質的矛盾からでている。ここにこそ、真の意味で現在における思想・文学運動の問題点があるのだ。

たまたま、『中央公論』（新年特大号）に大宅壮一が「詩と小説と権力と」というソ連文学者、詩人の生態を語るルポ的論文をかいている。そこに描かれているソ連文学者の道化ぶりを正確かどうかはべつとしても、話半分に読んだだけで、うそ寒い感じがする。なぜならば、文学創造や文学運動のもんだいを、政党と大衆団体という関係でとらえる視点のゆくみちがそこに暗示されているからだ。

そして、大宅の挙げたところによれば、かつて『スターリン讃歌』という恥しらずな詩集を編さんした野間宏が、いま何の反省もなく「創造活動報告草案」の責任者となって、文学的出発からそのような詩・文学の創造における虚偽を終始拒絶してきたわたしの批判者となって立ち現われているというわけだ。思想の一貫性という点でも、誤謬の質と量でもそんな資格があるか。

大宅壮一の論文は、読みものとしても、今月第一の出来であった。そこでの論議の筋にあたらしさがあるとはおもわないし、詩や小説がべつに権力や反権力と直接するというあり方が正当でも何でもないことは、戦後充分にあきらかにされている問題にすぎないが、ソ連の実情に具体的に触れているため、またべつのリアリティをだすことに成功している。

そのリアリティとは、文学運動や文学理論のあり方を根柢的にかんがえなおさなければ、多少文学の自律性がわかるイデオローグがあっても、民主主義的ルールが確立されても、その行く道はきまっていると、感じさせる点にある。

わたし（たち）は、文学的にも思想的にもまだ困難なたたかいぶりをしなければならないらしい。匿名子の新日本文学大会のルポをよみ大宅壮一の文章をよみ、進歩的常識の現在における動向をかんがえ情況の転位をかえりみてその感を深くする。

先月に引きつづき、純文学と大衆文学論争が尾をひいている。『群像』では高見順「純文学攻撃への抗議」が平野謙を批判し、松本清張「大岡昇平氏のロマンチックな裁断」が大岡昇平に反駁している。『文学界』では十返肇「実感的文学論」が、この問題をとりあげている。論調は華々しいが、空虚さはおおえない。

もんだいは、大衆文学や純文学の区別をもうける必要はないとか、純文学はあくまでも純文学だからこれを擁護すべきだとかいう点にあるのだろうか。作家や批評家たちがヘソのあたりにおしかくしているのは、マス・コミ膨脹の負担感と疲労感、生活の膨化とうらはらな窮乏感ではないのか。

この情況がつづくかぎり、いわゆる純文学と大衆文学の融着はつづき、それに充されない文学者も批評家も読者も、古典（近代文学の古典もふくめて）へ復帰するという現象がつづくとおもう。問われているのは根柢的なもんだいである。しかし、論議はただうわ澄みをすくっているにすぎない。政党と文学運動の関係などという設定はナンセンスにすぎないが、文学運動と現実情況の関係という設定はけっして無意味にはなっていない。ワタシタチハドコヘユクノデショウ、とじぶんの胸にたずねてみるところから出発してみなければ無意味である。

ゼントヨーヨーデスなどと答える文学者とは、進歩派であると保守派であるとをとわずおつきあいは御免こうむりたい。わたしたちが欲しているのは、自覚的な認識者であり、トラックをいちばん尻で廻っているのに、一着だなどとおもっている文学的徒党ではない。

今月の小説ベスト五を最後にあげておく。福永武彦「告別」（『群像』）、丹羽文雄「有情」（『新潮』）、島尾敏雄「島へ」（『文学界』）、森茉莉「紅い空の朝から……」（『新潮』）、三浦哲郎「三つの形見」（『文学界』）ここには、連載の作品は含まれていない。

Ⅲ

谷川雁論

——不毛なる農本主義者——

谷川雁の『工作者宣言』という本をよんだ。この詩人といちども会ったことはないが、四、五年まえ、鮎川信夫からこの詩人がラブレターのような独特な手紙をかき、いい詩もかく人だ、というような話をよくきいた。そういえば、たしか、この詩人の詩を最初に高く評価し、紹介したのは鮎川信夫や中桐雅夫ではなかったかとおもう。こういうことは簡単なようだが、優れた批評眼と、どんな微細な詩誌にも親身になって、たえず眼をそそいでいる偏見のない真実のようなものが必要である。おそらく、谷川雁の思想を、あたらしいおどろきでもって発見し、紹介した鶴見俊輔や日高六郎なども また、鮎川や中桐のような偏見のない真実をもっているだろう。こういう精神にだけだ、わたしがおどろくのは。それにくらべれば踊る芸術的三百代言や、政治的三百代言などは踊る宗教のようなもので、あぶくのような存在にすぎぬ。

わたしも詩のうえで、鮎川や中桐のような存在になりたかった。しかし、まぎれもなくなれなかったのである。わたしには、かれらにくらべて何かが不足しているとおもわれた。しかし、鮎川や中桐とわりあいに近くあり、その仕事にも注意してきたおかげで、何処になにがしという詩人がおり、こういう詩をかくというようなことを学んだ。鮎川や中桐の批評は、しんらつで、正確だから、ほとんど一篇も谷川雁の詩をよまないうちから、その特長を思いうかべることができるほどであった。わたしのように、文学者や詩人とつき合いのない人間にとって、偏見のない批評家から聴きかじる作品論は、まんざらすてたものではない。

関根弘などにいわせれば、わたしのようなのは、「嘘発見器の孤独」なのだそうだが、とんでもないことだとおもう。曰く、新日本文学会々員、曰く、現代詩の会々員、曰く、思想の科学会員、曰く、現代詩人会々員、曰く……いったい、どこまで寝首がつづくんか。こんなものは孤独ではない。連帯だなどという錯覚を関根弘は、いつからおぼえこんだのだろうか。かつて、丁稚小僧をしながら商家を転々としていたとき、関根は孤独だったかもしれないが人間の連帯とはなにかを知っていたかもしれない。いま、賑やかな文化人になりさがった関根は、人間の連帯や孤独について語る資格をもたない。また、発見されるべき嘘を十数年後にして発見されるような男を、精神の師などとよんでいるものは、他人を嘘発見器とよぶことはできないのである。

軍事（軍需よりもなお悪い）工業新聞とやらの記者だった関根弘はしらず、わたしたち（すなわち、わたしとか谷川とかの年代のもの）にとって戦争は加害でもあり被害でもあった。だからこそ、加害の思想も、被害の体験もとりだして検討することができるのだ。これは、まがりなりにも抵抗者のような貌をしてきたものが、軍事工業新聞にいようが、どこにいようが、すべて戦争の被害者だなどというのとは、わけがちがうのである。

問題の岐路は、わたしたち戦争世代が、加害の思想を徹底的に検討するみちをとるか、被害の体験をもとにして思想をくみあげてゆくか、というところにあらわれる。しかし、そんなことは、いまはどうでもいい。

ここに、戦争の体験を、もう一度、思想的にやり直してみたいと、性こりもなくかんがえている戦中派の現物がいる。谷川雁がそれである。わたしは、よほど喧嘩早いとでもおもわれているらしく、「庶民・吉本隆明」という谷川雁の堂々たる論文をよんで、さっそくおこり出し、何かかけば勿怪の幸だと鶴見俊輔などはかんがえたらしい。しかし、わたしのほうは、いっこうに気がすすまなかった。わたしは、善意の人が苦が手で、とうてい喧嘩する気になれないのである。まして、当るも八卦、当らぬも八卦などといったような、わたしの他画像に喰いつくほどもうろくじいではない。わたしたちは、守るべき城壁をたてにしたときはじめて出撃するのだ。

『工作者宣言』のなかにおさめられた論文のうち「工作者の論理」、「観測者と工作者」、「伝達の可能性と統一戦線」、「女のわかりよさ」、「母親運動への直言」などは、いずれも同性や異性にあてたラブ・レターである。ひとによっては、谷川が「工作者」という概念を展開したのは、これらの書簡体論文のなかにおいてであるから、高く評価するかもしれないが、わたしなどは、いっこうに評価しない。こういう論文は、めでたく往生したあとで、初期の鮎川信夫や木原孝一などにあてた非公開の手紙といっしょにして、全集の「書簡―日記」の巻におさめたほうがいいとおもう。それは、谷川のラヴの変遷を語るかっこうな資料と化するはずである。

詩人というのは、わたしなどをふくめて文章の商品価値に馴れていないため、ものをかき、それを公表するということのこわさをしらないほうだが、さすがに谷川の書簡体論文の臆面のなさ、はにかみのなさは群をぬいている。ラブ・レターをそのまま公開したら文学になっていた、などということは、文学史上、その例をみないのである。

谷川は、おまえの文章は分らないという批判にたいして、「いったい『分らない』とはどういうことか。相手の思想に触ることができないということではないか。それなら黙っておればよいのだ。無縁なものには攻撃する必要もなければ防衛する必要もない。にもかかわらず『分らない』とわめき、つぎには『分りたい』とにじりよってくるのは、ほうっておけば自分が危いという感覚に責められるからだ。／つまり分らないものからさっさと立ち去ることをせず、なおも分らないと発言する者は彼の小さな所有地が無事に保たれるのを確認したがっているのである。」「私たちの前衛とは暗号の創造力と解読力を同時にそなえている人間たちの組織である。創造力がなくて解読力しかもたない人間は後衛にすぎない。

とすれば解読力すらもたない人間はいったい何であろうか。わざわざ定義するのもめんどくさいのでイエスがマリアに宣告したように『我汝と何の関りあらんや』と申し上げることに私が決めている彼等――その見本はさしずめ大学教授から小学校の教師にいたるぼう大な啓蒙思想家にあらざる思想啓蒙家の群である。ことばが信号の信号だとするならば、暗号は信号のN乗である。このN乗のNを理解するかどうかは思想解読における算術から代数への道を決定するものだ。」などとかいているが、いい気なものだとでもいうほかはない。

谷川や、その「同志」などが、とうに思想の失業者としてお払い箱になっているべきなのに、いまだ名前だけでも前衛といっていられるのは、こういう知識人のマゾヒストがいるおかげじゃないか。ついでに、ジャーナリストもマゾヒストのなかにくわえておくほうがよかろう。

ようするにラブ・レターなどは、どんな深淵な啓蒙思想がそのなかにふくまれていても、文学や思想の表現とはならないのである。それは、恋人の写真が、当事者にとってどんなに素晴しくても、他人にとっては独立した鑑賞の対象とならないのとおなじだ。こういうナルチシズムは、谷川やその「同志」の組織に由来するものか、それとも谷川の個人的な資質に由来するものか、つまびらかにしないが、他人のマゾヒックな関心に頼らなければ存在できないような集団や個人思想などは、たとえその「破滅」を「腕を組んで冷然と眺めている」人物がいたとて、反動よばわりすることはゆるされないのである。

ここに谷川が、「大衆に向っては断乎たる知識人であり、知識人に対しては鋭い大衆であるところの偽善の道をつらぬく工作者」を設定しても、「大衆に向っては断乎たる前衛であり、前衛に対しては鋭い大衆であるところの偽善の道をつらぬく工作者」を設定できない理由がある。このような欠陥は、どこにあらわれるか引用してみよう。

(1)「四、五年前、私が精神のコンミューンと言いだしたとき見えない見えないと首をふった連中は、いま中国の人民公社の前で声も出せないではないか。トロール漁法というものは一本釣りの漁師にはなっとくゆきかねる節が多いかもしれないが。」（「伝達の可能性と統一戦線」）

⑵「考えてみれば、いかに私たちが躍起となったところで、日本の変革を規定している主要な条件は、日本の内部よりも、それをふくんだ外部にあるだろう。とすれば私たちの組織論は内から外への方向をもって思想の現代性および世界性とつながっていなければならない。」（「分らないという非難の渦に」）

⑶「日本の小社会における内部対立の型はすべてこの二種類の見本にふくまれると考えてよい。そこにはいずれも外来者という契機が内部対立の核になっていることに注目すべきである。つまりそれは対立が外部との関係から内側へ移行する過渡的な段階である。あえていえば、それは今世紀における階級闘争のアジア・アフリカ的スタイルでもある。」（「びろう樹の下の死時計」）

⑷「いかなる条件の下でも『資本主義社会のなかの社会主義的状況』が達成できるはずもないと即断するのは、かえって生産的ではない。いわばこのような疑似社会主義の実験を『日本にもある人民公社』という形で大衆が盲目的かつ散発的にふみきりはじめた事実、この事実のなかに一九五八、九年の日本を象徴する時点があるのではないか。」（「びろう樹の下の死時計」）

なんという、薄弱な精神なのか、これが、うたがえ、すべてをうたがえといった思想家の五代目ぐらいに当るとかんがえている人物のコトバとすればどうしようもあるまい。しかし、それはいい。こういう発言は、日本は後進国だといったり、日本の革命はブルジョワ民主主義革命だといったり、安保改訂は、日本の従属をふかめるものだなどといっている連中と、どこがちがっているのか。戦争中は、いい年をして国家社会主義にコロリとしてやられたくせに、戦後は、性こりもなく民族的に社会主義をかんがえている文化人とどれだけ逕庭があるというのか。

おそらく、谷川は、戦争世代のうち、民族的な幻想を、宝庫のようにだいたまま、戦後にすべりこんだ、数すくない、いやほとんど唯一といってよい詩人であろう。かれが、民族的な幻想や国家的な幻想共同体などを徹底的に破壊するためには、このような民族的な特殊性の構造をふかく検討しなければならないという逆説的な地点から行われてきた、わたしたちの戦争責任論にたいし、第二義的な評価(「庶民・吉本隆明」)しかあたえられないのはこれにもとづいている。谷川が、下部へ、根へ、原点へと主張するとき、それはわたしなどのモチーフと外形的には類似しているようにみえながら、まったくちがっているのはそのためである。かれは、かつて農本ファシズムがエネルギーの根源をみたとおなじところに、革命的なエネルギーを発見しようとする。しかし、わたしたちは、すくなくともわたしは、このような民族的な原点には、幻想のエネルギーしか存在しなかったゆえんをつきつめるために、民族的な特殊性の解明にむかい、その構造をあきらかにしようとする。ここに、現在の日本社会にたいするヴィジョンの相違が分離してくる。わたしなどは、日本の擬制原始共同体に、日本にもある人民公社などを幻想せず、高度の独占資本をささえている不毛な土台石しかみない。かれが、日本の変革を規定している主要な条件は日本の内部よりも、それをふくんだ外部にあるとかんがえるとき、わたしは、内部の独占勢力と外部の独占勢力との相対的な共同性を主要な条件としてかんがえる。すくなくとも、おなじ戦争世代にぞくして、戦争体験を思想の発条としながらも、逆立した方向に十四年すすめば、これだけの社会的ヴィジョンの相違があらわれてくるのだ。

いや、これだけの社会的ヴィジョンの相違は、戦争体験の検討の方向の構造だけではあるまい。わたしは、谷川雁の『工作者宣言』という著書をよみながら、何ともいえず、うっとおしくなった。これは、ほとんど、蝶ネクタイの似合ったインテリゲンチャが、みずから好んで「馬小屋」などに住みたがれば、どういうことになるかという思想的な実験報告みたいなものである。わたしなどのように子供のときから必然的に馬小屋のような陋屋のセンベイ蒲団のなかで育ち、あらゆる思想の起点を、この体験からみちびいて手離すまいとしてきたものには、ほとんど谷川の世界は、逆立ちしてみえるのだ。民族の独立、日本、日本人民、独占体制そのものの構造にたちむかわないそんなお題目は、蝶ネクタイの幻にすぎない。

「『城下の人』覚え書」は、この著書のなかでもっとも優れたものであり、ほとんど評論として読むにたえる唯一のものである。工作者などというばかばかしいお題目には、いっこう感心しないし、オルガナイザーづらをしたラブ・レターなどには感心しなかったわたしも、この論文にはうごかされた。ここでは、西南戦争の賊軍に加担した谷川の母方の祖父の話が軸になって、戦争・革命のように生死の問題をふくんだ行動に加担し、挫折した人間の問題が、ていねいにかかれている。これは、谷川雁の戦争体験と戦後体験のつなぎ目をかんがえるために、ほとんど必須の話題としてすすめられている。

この老人は、第一に、みずからが戦闘に参加した西南戦争について周知の漢詩「孤軍奮闘囲みを破って還る」をききながら、「そんな詩を私は好かんな。我が剣はすでに折れ、我が馬は倒る、なんて」という感想をもらす。（教訓　戦争体験なんてそんなもんじゃねえよ。ロマンチックでもなければ、空っぽの無意味な体験でもないさ。）第二に、この老人は、登山で死んだ学生をテーマにした「山に登るくらいのことで死ぬのは犬死だ。あえて冒さねばならない危険はもっとほかにある」という論議と、「死んでみればつまらないと思われることにも生命をかけてやるのが青年だ」という論議をきいて、突然「靴を大事にしなければならない」という話をする。（教訓　「侵略戦争で死んだのは犬死だ。あえてしなければならない危険はほかにあった」、「死んでみればつまらないと思われる帝国主義戦争でも、その情況で生命をかけてやるのは青年の心情だった」。「妻子や親がどうやって喰べていくかということを大事にしなければならない。」）第三に、この老人は、西南戦争で賊軍に加担して、「では、なぜ降伏したのか」と問われて、「生きのびられるかぎりは生きて世の中に役立たなければならない」とこたえる。（教訓　「なぜ帝国主義戦争に思想的に加担した戦争世代のくせに生き残ったのか。」「無智は挫折につうじることをくりかえし実践によってたしかめつづけるために。」）

谷川雁は、この老人の生きかたから、戦後、レッドパージと党内闘争の二つにはさまれ、二重の疎外者として孤立した人間、生きながら殺されてしまった青年についておもいうかべ、老人が敗北を認めず、生きながら殺されてはたまらないという呪文によって、生涯を貫ぬこうとしたのだとかんがえる。この理解は、充分の説得力をもっていて、難解でもなんでもない。しかし、谷川は、そのようなことを、どこにもかいていないが、この生きながら殺されてはたまらない、という体験を戦争世代は、大なり小なり戦争体験と戦後体験とによって二重に実感したことを主張しようとしているとおもえる。

谷川のばあい、第一の戦争体験は、もう一度このみちを方向をかえてゆこうというかたちで、生きながら殺されてはたまらないという敗北の否認が実践され、第二の戦後体験につながる。この過程で、しだいに民族的な原点へ、下方へ、根へという崩壊が、極限までつきつめられる。谷川の思想を独自なものにしているのは、この過程である。

ここから、西南戦争は決して簡単に権力＝進歩対反権力＝保守の闘争ではなく、そのなかに文明の進歩に関する根本的な課題を埋蔵していると結論する。もちろん、このような結論は、戦争世代によってしか現在のところ同感ないし理解されないものである。いいかえれば、この西南戦争への結論は、太平洋戦争への結論を二重像としてふくむからである。

わたしは、谷川などとまったく正反対のみちをたどった。第一の戦争体験挫折感は、無智が栄えたためしがないという自省によって越えられようとし、きわめて位相のおくれたかたちで大衆運動にちかづいた。もはや、捕虜となる以外に留まる理由がないところまで追いつめられたとき現場をはなれた。ふしぎなことに、数百人の小さな企業でのその体験は、すでに思想的に超えたとかんがえた戦争体験の体験としての意味を、あらためて喚起した。なぜか、という問題をいまはうまく語る自信がないからやめる。

ほんとうは、谷川雁や井上光晴や橋川文三など（悪い意味でいう場合わたしもふくめていい）の戦中派の思想は、それ自体では無意味であるとおもう。鶴見俊輔に云わせれば、谷川の仕事は「個性的というだけでなく、古事記以来マルクス主義にいたるまでの日本の伝統の全体を独自の仕方で集約している」そうだが、それはばかばかしい仕事である。それは、戦争中、気のきいた農本ファシスト（社会ファシストではない）が、谷川のように蝶ネクタイ風にではなく、もっと無智だが、はるかに凄味のあるかたちで、やってのけた問題であり、その結果と限界は、ごらんのとおり現在の情況となってあらわれているのだ。

農民——日本にもある人民公社。庶民——所有意識への否定的回帰による革命的インテリゲンチャへの道。ああ、その道は、コトバを反転すれば、いつか通った道にすぎぬ。

わたしたちが、民族的に特殊な思想体験への没入を、まさにその特殊な体験の特殊性を否定するために深めてきた時期に、わたしたちの社会思想は戦前へ回帰しはじめたようにおもえる。ここで前進的でありうるのは、それ自体では無意味な仕事にかかわってきた世代をのぞいては、ありえまい。無意味な作業を有効なものとして実践してきた谷川雁の思想が試練にたつのはこれからである。

「『城下の人』覚え書」を感心してよみながら、しかし、わたしのすきな不毛の匂い、あらゆる文化とは無縁な生活の匂いとはまったくちがった、ゆたかな文化の臭気を感じないわけではなかった。

わたしの祖父は、九州天草で小造船所をやっていた舟大工の頭りょうだったが、死期にちかづいた頃、ぼけた頭で「おいは天草へもどるばえ」などと口走り、東京の棟割長屋で悪戦している不肖の息子を困らしていた。わたしが、地方主義と文化主義を軽蔑するのは、この少年期の体験に潜在している。

中野重治

わたしは、中野重治という文学者についてあまりくわしくしらない。もちろん、その貌をじっさいにみたことはない。むかし、小学生のころ天皇の貌を、いちどだけ上眼づかいでちらっとみたことがあった。何かのことで区内の小学生が行列をつくって道に沿って並んでいると、自動車がとおり、そのなかの貌を、最敬礼の上眼づかいにみたのであった。いま、ちょうど上眼づかいくらいに、中野重治の貌をながめてみなければならない。

昭和二十一年に発行された新日本名作叢書『鉄の話』のうしろに徳永直が、「解説『紹介的に』」という文章をかいて、中野重治の概観について触れている。

　中野重治は日本でめづらしい作家である。一流の作家であり、一流の詩人であり、一流の評論家である。そして日本のプロレタリア的な文学、民主々義的な文学の草分けの一人である。ラヂオや講演会などでよく朗読される「浪」や、「夜苅りの思ひ出」や、その他有名な詩がたくさんある。

この徳永の解説は、一九四六年七月にかかれている。その頃、ラジオや講演会などで中野の詩が朗読されるような雰囲気があったことも、うかがうことができるし、紹介的にだいたい中野の貌もしることができる。

中野重治が一流の作家や評論家であるかどうかは、徳永のようににわかに断定することはできまい。しかし、中野が、一流の詩人であり、その詩集は、明治以後の代表的な詩集を十あげれば、確実にそのなかにかぞえられるものであると云うことはできよう。だが徳永があげている「浪」や「夜苅りの思ひ出」は代表作ではない。ことに「夜苅りの思ひ出」は、最悪作のひとつである。『中野重治詩集』の序文のなかで、中野は「この本で一番いやなことは、非常にいやな、自分にもいやだし人にもいやに違ひない作品が大分はいつてゐることだ。われながら不愉快だが、自分で書いたのだから仕方はない」とかいているが、ここで、いやな作品とは、具体的にどの作品をさしているか。わたしは、ふた通りにかんがえられるとおもう。

ひとつは、「夜苅りの思ひ出」や「待つてろ極道地主めら」や「兵隊について」のような作品である。他のひとつは、「あかるい娘ら」や「煙草屋」のような作品である。いずれも、中野重治が、じぶんの資質を滑らせすぎて、つい本音がでた作品とでもいうことができる。中野重治の本音とは何か。

ひとつは、貧民が分限者にいだく憎悪感、独学者がのらくら学生にいだく憎悪感、おしなべてこのような種類の憎悪感である。他のひとつは、貧民が分限者にいだく劣等感、独学者が、のらくら学生にいだく劣等感である。その例をあげてみよう。

顔の黄色いのがゐる
眼鏡がゐる
羽織
るばしか
釦の直径が一寸もある外套がゐる
乞食のやうなのもゐる

そして銀座をあるく
酔ふと卑しいお国言葉をわざとつかふ
学問の蘊奥
人格の陶冶
そして
「苦悶の象徴はちよつと読ませるね」
へどだ
そして正門のあたりをぞろぞろと歩いてゐる
ふつとぼおるばかり蹴つてゐるのもゐる

（「東京帝国大学生」）

いったい、何が、反吐なのかさっぱりわからない。一般的にいって、他人である学生が、フットボールばかり蹴っていようと、厨川白村を愛読しようと、酔って卑しいお国言葉をわざとつかおうと、この種のことは、人間の快・不快原則を刺戟する種類のことがらではない。しかるに、なぜ、反吐がでるのか。それは、中野の快・不快原則が、つねにじぶん自身にたいする快・不快原則ときりはなされたところにうまれ、べつべつに消失するたぐいであることを意味している。この資質は、おそらく、快・不快よりも生活の事実に強いられて生きてきた生活者の意識にねざしている。ここには、中野重治の脆い素朴があるようにみえる。また、短絡しやすい論理があるようにみえる。

その煙草屋はお寺のとなりにある
美しい神さんがゐて
煙草の差し出し方が大さうよい

上品な姉と弟の子供がゐて
何時かなぞはオルガンを奏いてゐた
それに
顔つきの大人しい血色のいゝ主人がゐる
もつと立派な煙草屋は千軒もあらう
そしておれも煙草を
いつも〳〵よその店で買つてしまふ
しかしおれは
そのお寺のとなりの煙草屋を愛してゐる
その小さな店に
おれのさぶしい好意を寄せてゐる

（「煙草屋」）

なぜ、好意は、好意ではなく、さぶしい好意でなければならないのか。なぜ、煙草の差し出し方に良し悪しをつけねばならないのか。これらは、すべて感覚的な論理の短絡である。この短絡は、すべて自己の行為というものを、ほかと睨みあわせてすることを強いられて生きてきた生活者の感覚に根ざしている。

中野重治の詩のうち、すぐれた作品は、かならずこのような資質上の根が深くからみついている。一般的に善でも悪でもなく、美でも醜でもないモチーフが、独特にねじれあって、いわば、しかたのない美を形成している。「東京帝国大学生」にあらわれた憎悪感も、「煙草屋」にあらわれた劣等感もかならずしもぶざまなものではない。それは、一般に下層の庶民が生活の事実から強いられて手にいれた心情を象徴するものでありえている。しかし、つぎのような作品になると、ほとんど、生活者の意識の問題をはなれて心理の問題に転化してしまう。

わたしの心はかなしいのに
ひろい運動場には白い線がひかれ
あかるい娘たちがとびはねてゐる
わたしの心はかなしいのに
娘たちはみなふつくらと肥えてゐて
手足の色は
白くあるひはあはあはしい栗色をしてゐる
そのきやしやな踵なぞは
ちやうど鹿のやうだ

（「あかるい娘ら」）

おそらく、中野重治は、これらの作品をすべていやな作品と呼んだ。だが自分にもいやだから、人にもいやにちがいないというのは中野の独断にしかすぎない。わたしのかんがえでは、中野の詩からこの種の「いや」な作品をとりのぞいたとしたら、なおそのあとに政治詩人としての中野はのこるかもしれないが、詩集の価値は、半減してしまうのである。

自己にたいする嫌悪はたまる傾向があるが、他にたいする憎悪はながもちしない。中野は初期の詩作品で、最初の自己嫌悪の核をとりだし、「村の家」のような転向期の作品で、第二の嫌悪の核をとりだした。はじめに生活の意識から、つぎに政治の意識から、つぎつぎにとりだされる自己嫌悪の核は、中野に抑制と節度をおしえたにちがいない。しかし、詩集にあらわれた分限者にたいする憎悪や「鉄の話」、「春さきの風」のような初期短篇にあらわれた少年時の憎悪は、もちこたえるには、あまりに素朴すぎたのである。

そのゆくえは、どこへいったのか、検討してみなければならぬ。すべての素朴な快・不快や愛憎を美学に短絡させることによって文学者となったものは、いかなる経路をふんで完成されるか。あるいは挫折するか。

すでに昭和十五年に、中野重治の「汽車のなか」や「小説の書けぬ小説家」にふれながら、「私の独断によれば、たえず『邪推』めく矜恃と結びつくことによって鋭く美しくきらめく中野の感受性はほとんど宿命的なものにちがい。私はかかる中野重治の資質から狷介孤独な芸術家を感じ、その奥に一種酷薄なエゴティストを感ずる。」（『現代の作家』角川文庫所収「中野重治」）とかいたのは平野謙である。

平野が太平洋戦争の直前から戦中にかけてかいた中野重治論（いずれも『現代の作家』所収）は、いわば中野論の定本のようなもので、たれが論じてもこれ以外のことをいうことはできまいとおもわれる。それは、読みの正確さにかけては追従をゆるさぬ平野謙の資質にもよるだろうが、本来、中野重治という作家が、美学において初期の『詩集』の範囲をはなれることができず、次第に年輪をそのうえにかぶせてゆくという性質の文学者だからだ。

そこには、現代の動きにつれて、のびたり歪んだりする表皮の重ねはあっても、展開されてゆくひろがりがない。継続し、発展してゆく美学がないからである。いわば、美意識上の常民である。この常民性が頑強に固執されて、昭和初年蔵原理論の政治主義的な折衷芸術理論のヘゲモニイの下で、文学の自律性をある程度たもちえたのであった。

こんど筑摩書房版の『中野重治全集』第一巻につけられた、平野謙の解説をよんでみて興味をひかれた。平野はそこで、一九二四年のソヴィエト共産党中央委の文芸政策討論にふれて、トロツキーの論が群をぬいて才気煥発のものとおもえると評価しながら、「わけて中野重治の場合、すぐれた詩人・小説家として出発しながら、一見トロツキーに反対するワルジン的アウェルバッハ的立場を一時期固執したために、『政治と文学』の問題はもっとも鋭角的な軌跡を描かねばならなかった、といえよう。」とのべている。

たしかにこの鋭角的な軌道は、詩集の「いやな作品」を二系列にふりわけ「芸術に政治的価値なんてものはない」などの苦しい評論をかかせはしたが、その固執された美学の核は、まず、かわらなかったということができる。

平野謙が、トロツキーの発言をいまさらのように、高く評価しながら、なぜ、プロレタリア文学運動そのものの道行きに、ここ二、三年来、肯定的な評価をあたえるようになったのか、了解できにくいところがあるが、いま、戦前、戦中の定本的中野重治論にたいして、あらためて決定版ともいうべき中野論をかきくわえつつある途上で、ちょっかいをかけることはやめにしたい。

平野謙の中野重治評価を軸として、それをいくらか創作方法の問題にひきよせたものに、佐々木基一の中野論がある。

佐々木は、中野の短絡する感覚的な論理が、意味づけと方向を決定する知的決意に変形して現われることがないとし、「動機と結果との直接的連続、目的と手段・意図と方法・素材と思想との間の一元的統一においてしか表現が可能でない、というのが中野重治の宿命的な作風であり、鮮烈な原始的感受性が強引に対象を自己に引きつけ、独断的に自己を普遍的なものに結びつける、という点においても、彼は詩人であり、分析する人ではなく歌う人である。」（『昭和文学の諸問題』現代社所収「中野重治」）とかいている。

佐々木基一がここでいいたいのは、感覚的な把握で対象を截断し、その截断の仕方のなかに美が成立するという宿命に固執するかぎり方法としての発展はありえない、それが、中野の作品に展開の感覚をあたえない理由に外ならない、かくして、中野においては社会にたいする政治意識は、このような感覚的な自己肯定に結合して存在しているということである。

平野謙の評価にしろ、佐々木基一の評価にしろ一種のいら立たしさを感じないでは、よみえないものがある。おまえの作品は、独断的な感受性の旋回律からできている、それはおまえの宿命的な資質だからどうしようもないさ、こういう類の自問自答が中野の作品をめぐって繰返されているという印象がおおいえないのだ。

おそらく、すべての文学作品は自己資質のうえに開花しないかぎり芸術的な自立性をもつことができない。それならば、中野が自己の資質に固執することは、すべての創造の前提を実行しているにすぎないので、べつに欠陥というべきものではない。それならば、中野の感受性が独特すぎるということも、いわば、うごかしえない美質ではないか。

ここにはじめて、感覚的な現実（対象）把握と、論理的な現実把握のもんだいがおこる。たとえばナップ芸術理論の政治主義的な偏向のもとで、中野が芸術に政治的価値なんてものはない、とうそぶくことができたのは、中野のなかで、感覚的な現実把握と論理的な現実把握とが融着したまま、分化しなかったという資質上の問題にしかすぎなかったともいえる。

感覚的な現実と論理的な現実の像が、はっきりと分けられ、それぞれの機能的な像として存在していたわけではなかった。だから、マルクス主義は唯一無二の窓なりという命題が、アプリオリにしか設定できなかったのである。トロツキーのすぐれた文学論とは、雲泥のちがいである。

わたしは、まえから「村の家」の勉次が父親から、おまえは政治的な転向をしたのだから、これからは物など書いて生恥をさらすなといわれながら、いや、やはり書いてゆきたいとこたえる個処を肯定してきた。しかし、後年「街あるき」をかき、「斎藤茂吉ノオト」をかいた中野をそれほど評価することはできない。ことに「戦争吟」をかいた中野を肯定する気になれないのである。

人は、あるいは酷にすぎるというかもしれぬ。あるいは、某々等のような感情的な反撥をまねくかもしれない。しかし、わたしには中野が、感覚的な現実把握に固執し、それをねじくりまわす文学的な作業をつづけるうちに、資質上の根である下層的な生活人を失って、もはや、文学的な作業をとどめるすべを失ったのではないか、としかかんがえられないのである。

文学者、芸術家は、生活人であることをやめたとき、感覚的な現実把握を、論理的な現実把握まで昇華させ、いわば、方法的な体系のうえにたたないかぎり、時代の動向に耐ええないものである。

平野謙や佐々木基一が、中野の宿命的な感受性の質をみたところに、弱さを恥じとするこころ、告白をいとう精神、抑圧された心情をみたものは、荒正人であった。荒は、そのある部分を中野の天禀（資質）とみ、ある部分を、プロレタリア文学運動の風潮とみた。

荒正人は「なかの・しげはる論」（『第二の青春』八雲書店所収）のなかでかいている。

> さういつた前進的雰囲気のなかで、告白といふやうな所作はおろかしいこと、避けるべきこと、抑圧しなければならぬことであつた。「昔のふた」を開けることは、パンドラの匣とおなじく不幸を招くことであつた。ひたすらに飛躍がもとめられてゐたのだ。「赤まゝの花」「とんぼの羽根」「風のさゝやき」「女の髪の毛の匂ひ」――このすべてを乗り越えよ。それが不可能ならば、それを忘れよ。禁止だ！

荒は、この中野批判にすでに萌芽をみせている観点をたどって、やがて「市民文学論」にゆきつくのである。

わたしは、わずらわしさを我慢して、竹内好の中野重治評価のひとつにふれておきたい。「教養主義について」（『国民文学論』東京大学出版会）のなかで、竹内好はかいている。

> 中野文学の根本精神は、一口にいえば、ブルジョア的（日本的）俗悪さとの戦いに貫かれてい

ると私は思う。（中略）「ぞッとする」という表現は、かれがブルジョア的俗悪さ（日本的教養主義）にたいして投げつける常套語だと見ていい。（中略）私の中野論の結論からいえば、それは中野におけるブルジョア的なものへの抵抗の特殊な強さ（同時に弱さ）をあらわしている。そしてそれは「古い百姓のイデオロギイ」（嘘とまことと半々に）ということと関係するのでないかと私は想像する。

ここでは、荒正人とちょうど対照的な立場からの中野重治にたいする評価がある。しかし、根本的なところでは、竹内の中野観も、ふるくは平野謙の定本的な中野論を、一歩もでるものではない。

わたしは、このあとで、奥野健男の「中野重治」（『現代作家論』近代生活社所収）、武井昭夫の「むらぎも論」（『近代文学』昭和二十九年十一月）、井上光晴の「中野重治ノート」（一九五七年二月）にも触れるつもりで、いくらか準備しかかったが、とりやめにした。若い世代としての視点のちがいが、それぞれの評家の足場をてらし出しはするだろうが、平野、荒、佐々木、竹内の評価をいくばくも出ることはできないことは、あきらかである。

その相違は、はじめ中野文学に惹かれたが、しだいに否定的な観点に移行したということにつきることは疑いないからだ。

中野重治は「芥川氏のことなど」（『中野重治全集』第六巻・筑摩書房）のなかで、こうかいている。

この自殺した文人と僕は一度だけ話したことがある。

今年の六月ごろ氏は人を介して、話をしたいから都合のいい時間と場所とを指定せよと言つてきた。

その日僕は田端に用事があつたし、（それを氏は誰かから聞いて知つていた。）それにこの高名の人をどこかへ呼び出そうとも思わなかつたので自分で出かけた。
僕らはいろんなことを何時間か実によくしやべつた。

いったい何をしゃべったのか。戦後の作品「むらぎも」のなかに、主人公片口安吉が、芥川をモデルにおいたとかんがえられる葛飾振太郎をたずねるくだりがある。葛飾は、片口に「君が、文学を止めるとかやらんとかいつてるつてのはあれや本当ですか?」とたずねる。片口は「いえ、そんなことありません。」とこたえる。

葛飾が、そんなら安心だけれど、というと、片口は、安心だけど、というようないい方は、すこし、傲慢じゃないかなあ、とちらりと考えかける。葛飾は、わきからとやかくいう筋合のものではないが、われわれは、思想の上でも感覚の上でも古くなっているが、君らは両方で新しいのだから、是非やってもらいたい、人はもってうまれてきたものを大事にしなければならない、と片口にいう。

葛飾は、また、片口安吉にむかって、「土くれ」の諸君もいいけれど、才能として認められるのは、深江君と君ぐらいだろう、ともいう。片口は、それをききながら、この人は学問的・道徳的にまちがっている、才能というものにたいする根本的な見方のちがい、この人は、自分を、おれに取りかえせぬまでに軽蔑させてしまう、と考える。激励としてさえ、勘ちがいしかねない古さだとかんがえる。

中野の「むらぎも」は、その構成上の必然から、この場合の葛飾を芥川とよみ、片口を中野とよみ、雑誌「土くれ」を「驢馬」とよみ、深江を堀辰雄とよむことを余儀なくさせる。中野が芥川をたずね、語ったことの内容について、別に書いていることを知らないから、「むらぎも」のこの個処は、芥川と会ったとき「いろんなことを何時間か実によくしやべつた」ことのうち、もっとも印象にのこったもののひとつだったにちがいない。

ようするに、芥川は、若い日の中野が、政治運動に足をいれ、文学をやめてしまおうかと云ったうわさをききつけて、きみの才能がおしいから文学をやめるなと伝えたかった。芥川は、思想的にもじぶんは古くなり、中野ら新人会の若い世代は新しく、つぎの時代をおうものだ、と本気でかんがえていたのかもしれない。

文学作品のなかにでてくるこのような挿話のなかに登場する芥川龍之介や中野重治をよみながら、何とも名状しがたい気持にさせられる。すべては、さよう、文学も、政治運動も、それはコップのなかの嵐だ、コップのなかの問題だ。それらの登場人物は、コップのなかの登場人物だ。そういう無惨なおもいがしてくるのを、禁ずることができない。

わたし（たち）は、おそらく、このようなコップのなかの関係を、文学のうえでも、その他の諸々のことについても、もつことは不可能であろう。戦争が大人にしてくれたからな。絶交ごっこや才能ごっこのような、政治ごっこのようなまねはできないからな。

すべて、才能などというものは、野ざらしになって消えてしまっても、もともとなのだ。すべて、政治などというものは、かれのなかに全人類の面影がいつでもヴィジョンとしてないかぎり指導者たるべきものではないのだ。

わたしは、「転向論」のなかで、「村の家」の勉次は、平凡な生活人である父親からみれば、おのれの思想をつらぬきえなかった上っ調子な息子にしかすぎない、という意味のことをかいた。これを変更しようとおもわない。

中野は、平野謙との対談「転向と文学の諸問題」（『図書新聞』昭和三十四年四月十一日）のなかで「村の家」の父親のようなのは、いちばんたちが悪いのだという意味のことをかいている。しかし、わたしは、そうはおもわぬ。年輪をかさね、文学者として円熟した現在の中野は、たしかに、芥川から認められたとおりの才能を開花させたということができるかもしれない。

だが、中野は、いまも、コップのなかの文学者、コップのなかの政治家にすぎないかもしれない。思想として「村の家」の父親にうち克つだけの骨格をいまももちえてはいないかもしれない。こういう疑問をぬぐうことはできない。中野はいまも、「村の家」の父親ほどのどこにでもいる生活人に及ばないのではないか。

わたしは、すべてコップのなかの問題など、みとめることはできないし、みとめたことはない。まして、コップのなかで才能ごっこをやっていたら、いつのまにか、日本の文化の総体を、嚮動していた、などという文学運動をみとめないのだ。それは、局所における局所的な文学にすぎない。それが、局所をはなれて、普遍化するためには、何ごとかかれの文学的な人間的な見地に転換がなければならない。その転換の徴候は、現在までのところ、中野の作品のなかからは、はっきりと見出すことはできないのである。

わたし（たち）は、おそらく、おまえの才能はおしいなどというようなコップのなかの世界をもつことはあるまい。また、中野重治という「この高名の人」と会うこともないかもしれぬ。文学というものは、そういう場所以外ではなすべき業ではないとかんがえているのだ。

埴谷雄高論

すぐれた対立者はいないか、対立者はいないか、わたしは、こんな呪文を、一、二年来、胸のなかでくりかえしてきた。現在では、どこをさがしても、敵になにかをあたえうるすぐれた対立者は、存在しなくなっている。わたしにとって、彼はいつも卑小な敵であり、かれにとってわたしはいつも卑小な敵であるというわけだ。いまでは、思想は、ちょうどそれが入りこめる程度の卑小な器をもとめる。器はすべて、規格品である。今日、甲の器からでて、乙の器にはいり、乙の器からでて丙の器にはいることは自在である。わたしの敵は、いますべて甲でなければ乙の、乙でなければ丙の器であるにすぎぬ。このような容易な敵と、容易に思想的に敵対しうることは、わたしたちの時代の美質でなければならない。かくして美質にとりかこまれながら、砂をかむような索漠たる対立をくりかえすのである。

わたしにとって、甲の敵は、きみの云っていることは、労農派も昔いったことがあるし、福本イズムとやらもきみの貌ににていないことはない。ヒルファーディングも、『金融資本論』のなかで触れていることだ。専門家たるおれをさしおいて素人が口出ししてもらってはこまる。もっと社会科学を勉強してもらいたい、などとしたり貌で忠告する、堕落したパリサイの徒である。このものたちは、学者としてもつまらぬ存在で、一術語を解読するために、百の文献を参照するというような、厳密な実証的な努力にはたえられないくせに、素人でさえ、手易くつめ込めるような、知識をもとにして、ジャーナリズムにおどっている小野心家に過ぎない。

乙の敵は、わたしにとって何か。かれは、学生時代は、幼稚ではあるが、現状変革の思想的なヴィジョンをすべての人民の運命と照しあわせて検討する術を知っていたにもかかわらず、十年の政治生活のあいだにすべての良き芽を摘みとられ、一個の官僚に転落したものである。もはや、かれのこころに人民の像は面影さえもみえず、ただ、組織内の派閥と、党内へゲモニイの問題に頭を占領された箸にも棒にもかからぬ小官僚にすぎぬ。おまえは、おれのような政治生活をしたこともないのに、やたらにおれたちの批判をふりまわすのは怪しからぬ。おれは、これでも数カ月政治運動によって監獄にぶちこまれた貫禄付きだ。おまえなどもひとつ監獄へぶちこまれてみるがよい、などと文学青年まがいの小官僚の分際で、ヒステリックな叫びごえをあげるのである。わたしは、おまえなぞ五、六カ月では足りぬ、せめて十八年くらい独房生活をして頭を冷してくるがいい、などとやりかえす親切心をもちあわせていない。殆ど断言してはばからないが、運動が退潮期にさしかかって追いつめられたとき、おれたちが孤立したのは、おまえたちが協力しなかったせいだ、などと泣き言をいうのは、かならず、このものたちである。かれは、何ごとも、自らの主体性において決定し、行為を選択し、それをつらぬくという充足した思想をもちえないため、官僚的な尊大さと官僚的な卑くつさのあいだに動揺する平和捕虜になり下がる。アンリ・ルフェーヴルは、『哲学者の危機』（『総和と余剰』第一部　森本和夫訳、現代思潮社）のなかで、このものたちを指して云っている。

教条主義者は謙虚である。彼は何物をも発明しない。彼は創造するということをしないのだ。創造したのは彼ではない。彼は絶えず《創造》という言葉（創造的マルクス主義など）（構造的改良とよめ——註）を口にする。しかし、彼自身は謙虚である。彼はこれまでにいわれなかったこと（権威によって、権威をもって）に恐怖を感ずる。彼は、それを怖れて、震えるのだ。繰返し、習慣、風習が、真実の基準となり、その不断の確認となる。自分に関しては、彼は謙虚以上なのだ。そして、この謙虚さは、驚くべき尊大と自惚れの中に、その構成要素として入る。（中略）教条主義者は、人が彼を完成した美しい住居の所有者として、あるいは少くとも相続人か管理人として見るかぎり、謙虚である。ところが、この満足した謙虚さは、私を満足させはしない。教条主義者たちは、私を傲慢だと見る。よろしい。私はただ、この《傲慢》あるいはむしろこの矜持、この不満が、哲学的精神、あるいはそこから我々が救出すべきものに合体することを考えているのだ。

ところで、丙の敵は、わたしに云う。きみは、文学のなかに社会科学の方法をもちこむことによって、文学自体を枯死せしめようとする偽詩人だ。そもそも、文学というものは、純粋に美的なもので社会科学とは縁うすき芸術的な感動の所産である。……ばかばかしい。自明の繰言はやめるがよい。このものたちのいっていることは、わたし自身がいままでの文学的な作業によって、このものたちよりもはるかに厳密に論及しているところだ。ただ、わたしとこのものたちとの差異は、このものたちが、あたかも靴をつくることに専念する靴屋というにすぎないような、文学をつくることに専念する文学者という職人的概念を芸術的精神として誇示するのにたいし、わたしは、それを誇示するに価しない自明のことと考える点にある。そして靴屋が文学にかかわったり、文学者が政治思想にかかわったりしたら、それは職人的概念をふかめるために試みるに価するとかんがえる点に、このものたちとの決定的な差異があるにすぎない。このものたちは、文学の領域においてさえも、わたしを啓発するに足りる仕事をもっていはしないのだ。このものたちが、わたしを不快でならないのは、このものたちの文学的な精神が、売文と売名以下のものであるのにたいし、わたしの売文が売名以外の憤怒のごときものを、いささか含んでいるからにほかならない。

わたしが、丙の敵のつぎに、丁の敵について語ったとしても、おそらく、こんな砂を噛むようなことを、繰返すほかないだろう。現実にあくまでも執することは、わたしのなかにある思想の国の国是であるし、とりわけ現在の世界は、砂を嚙む索漠さに耐えることを思想の展開のために必須の条件としている。わたしはこういう卑小な敵とのたたかいを避けようとはおもわない。しかし、このような卑小な敵とたたかうには、ただ、わたしがかれらとおなじ社会に生存し、あるときは、偶然にもおなじ雑誌、または異なった雑誌に、肩をならべて見解を発表しているということだけでも充分である。いま、わたしが、いささか、これらの卑小な敵とちがった思想について語ったとしても、かれらは、わたしのような不快な存在が、かれらの思想を通り過ぎてしまった、などと錯覚しないほうがよい。

埴谷雄高は、思想が、書物に配列された知識や、現実の行動のなかでぶつかる感情的な事件ともちがった何かであることを知っている点で、まず、わたしが現在当面しているすべての敵と本質的にちがっている。「あまりに近代文学的な」(『濠渠と風車』未来社)のなかで、はじめに未決の独房内で、語学の勉強用にというような偶然からよみはじめたカントの『純粋理性批判』が先験的弁証論にいたって、晨に道を聞けば、夕に死すとも可なり、とはかくのごときものかとおもうほど震憾されたとかいている事実は、埴谷のなかで、思想がどんなものとして存在しているかを、はっきりと物語っている。

いうまでもなく、ある書物に展開された思想は、それが肉声をはなれた表現である理由で、震憾さるべく用意されたものの精神をしか、震憾することはありえない。語学を勉強するために『純粋理性批判』をよんだのは、埴谷自身がかいているように、まったくの偶然であるかもしれないが、先験的弁証論の領域で戦慄をおぼえ、心底からつきうごかされた事実は、けっして偶然ではない。たとえば、社会科学や哲学が蓄積された知識であり、文学が感覚的な職人芸であるとかんがえているものは、例外なくこのことを理解しない。かれは、いかに知識を蓄積し感覚的な芸をみがいても、けっして社会科学や哲学や文学の本質に参入することはできない。まず、わたしたちのなかで、強烈な現実的な事件があり、その事件が強要する精神的な適応の過程がおこり、このとき、はじめて紙の上にかかれた思想が、あたかも現実上の事件とおなじように精神上の事件となりうるのだ。このように、書物がひとつの精神上の事件たりえたとき、おまえはカントを理解するだけの哲学上の素養があったのか、などと問うことは意味をなさない。ひとは、知識なくして本質に参与することもできるし、知識があっても本質をあかされない場合もある。

しかし、ある人間にとって思想がその本質をさらけだしてみせるためには、ふたつの条件がいる。ひとつは、その人間にとってすでに精神上の（知識上のではない）素地が蓄積されていることである。もうひとつは、その思想が、その人間にとって隔絶した高さにあるばあいである。たとえば、わたしにとって、埴谷雄高における『純粋理性批判』ほどの切迫さはないとしても、それにちかい体験を書物にたいしてもったのは、十代半ばにおける『昆虫記』、二十代はじめの『新約聖書』、二十代半ばの『資本論』であるが、このいずれのばあいも、その強烈な精神上の体験は、一種の隔絶感、ひらたくいえば及びがたさの感じをともなった。まだ、幼なく、いまとちがってさまざまな可能が可能性としてあったにもかかわらず、わたしがけっして到達できない、隔絶した思想の高さがそこにあったのである。

こんど、埴谷雄高が精神を震憾されたと、あきらかにかいている『純粋理性批判』をとくに先験的弁証論の領域をしろうとして、古ぼけた岩波文庫本をとりだしてみた。残念なことに、ほとんどそこに提出されている問題についてゆくことができなかったのである。純粋理性の二律背反の章にこうかいてある。

我々が理性を現象の客観的綜合へ適用する場合には全く異つた結果となる、この場合、理性は絶対的統一の原理を非常な尤もらしさをもつて貫徹しようとするが、やがて宇宙論的意図に於ては、かれの要求を断念することを余儀なくせられるやうな矛盾に捲き込まれてしまふ。

すなはちこゝに、人間の理性の新現象が現れる、詳しくいへば、それは全く自然的な矛盾であつて何人もこれに対して穿鑿をし技工的な罠をかけることを要せず、理性は自らしかも不可避的にそれへ陥る、固より我々はこれに由つて全く一面的な仮象が惹起するところの空想的確信のまどろみに対して予防せられる、けれどもそれと同時に或は懐疑的絶望に惑溺するか、或は無謀なる独断的暴勇を振ひ起して、自説を頑強に固守し、反対論の理由をば更に傾聴せず、これに対するに公平な態度をもつてすることを知らないやうに誘惑せられる。両者いづれも健全なる哲学の死である、尤も前者は所詮まだしも純粋理性の安死術（Euthanasie）と名づけられうるであらうけれども。（天野貞祐訳）

ここで何がいわれているのか。ようするに人間の理性は、あくなき正確さで適用されたとしても、自然との断層をあきらかにして、不可避的な矛盾をさらけだす。理性は、仮象にまどわされた空想的確信にくらべれば、はるかに自然的なものに接近しうるにもかかわらず、ついに必然的な限界をもたざるをえないものだ、ということにつきている。埴谷が、こころの底からゆり動かされ、晨に道をきけば、夕に死すとも可なり、とまで震憾された先験的弁証論の領域から、こういう個処をいくつかみつけだし、きわめて文学的にそれを読みとるというつまらぬことしか、いまのわたしにはできないのである。埴谷は、独房のなかで、理性はあくなき厳密さで行使されても、自説を頑強に固守し、反対論の理由をきかず、公平な態度をもつことができないで、無謀な独断論的暴勇を振いおこすにいたるだけだ、というような個処を、どんな心情でよんだろうか。憎悪の哲学は不毛であり、敵は人間ではなく制度であるというような後年の埴谷の思想は、案外こんなところからカントに学んだのではないか。しかし理性はかならず自然的な矛盾におちいらざるをえないとすれば、制度を敵とするという思想もかならず矛盾に陥るはずだ。埴谷は、はたしてそのことをカントから学んだろうか。いやまなんだはずだ。長編『死霊』のなかには、三輪与志のような虚体につかれた人物や、首猛夫のような理性的幽霊を弾がいする行動家や、黒川建吉のような未来からの眼をもった人物が登場するではないか。これらの人物は何れも、先験的弁証論の領域をこえようともがく埴谷の思想を負っているのではないか。等々。

ようするに、こんな読みかたをしているかぎり、埴谷雄高が『純粋理性批判』に出遇ったように『純粋理性批判』に出遇うことはできない。埴谷はかいている。

勿論、この領域（先験的弁証論――註）は吾々を果てなき迷妄へ誘う仮象の論理学としてカント自身から否定的な判決を受け、そこに拡げられる形而上学をこれも駄目、それも駄目、あれも駄目と冷厳に容赦なく論破するカントの論証法は、殆んど絶望的に抗しがたいほど決定的な力強さをもっている。けれども、自我の誤謬推理、宇宙論の二律背反、最高存在の証明不可能の課題は、カントが苛酷に論証し得た以上の苛酷な重味をもって吾々にのしかかるが故に、まさしくそれ故に、課題的なのである。少くとも私は、殆んど解き得ざる課題に直面したが故にまさしく真の課題に当面したごとき凄まじい戦慄をおぼえた。（「あまりに近代文学的な」）

それならば、埴谷が、純粋理性の批判からうけとった戦慄は、自然的なものは純粋理性の果てしない行使によって解きえず、また、解きえない課題が存在するがゆえに、理性の行使によってその課題にむかわざるをえないという二律背反にほかならなかった。ひとは、いつも論理自体によってうごかされることはない。ただ、未知の領域にあくなき論理によって肉迫しようとする思想にうごかされるのだ。埴谷がカントにうごかされたとすれば、まさしく、それであった。かくして、埴谷は、戦後ただちに『死霊』をかいて、カントが先験的弁証論で、仮象の領域として論証したところへむかって、言語のともなう映像のたすけをかりながら、理性的に肉迫しようと試みたのである。

だれでも、じぶんの少年時代に思想的な意味をあたえることはできない。その時代は、純粋な思想家というのとおなじ意味で反対概念である純粋な生活者の時代だからだ。あらゆる感覚的な萌芽といっしょに無償な生活者の生活が行われる。その時代は、わずか一つか二つの思想的な喩法をつかうことによって、一べつすることができる。たとえば、わたしにとって、それは「埋立地」であり、「岸壁」であり、「角貝」であり、そこに少年時代の生活的な意味を感覚連合させることができる。埴谷雄高は、『死霊』のなかでただ一個所、《気配》というような意味によって、それを集約しているようにおもえる。『死霊』の登場人物、三輪与志は、少年の頃、森の境で一人あそんでいると、何処からか地響きがおこってくるような気がする。駆りたてるような、逃亡が不可能なような気配である。

それは、暗い洞窟に沿って羽ばたく蝙蝠の影のように目にとまらぬ拡がりであったけれども、何処かの果てで捉えられねばならなかった。その影のようなものの本体は是非とも明らかにされねばならなかった。それは、怯えやすい少年の魂をもっていた彼にとって一種の自覚の機縁をなしていたばかりでなく、こうした謂わば宇宙的な気配の怯えなくしては、自身自体があり得ぬとすら思われる貴重なものであった。（『死霊』）

この《気配》は、少年期の感覚的実感であったばかりでなく、すべてを通過したあとで、埴谷が、小説の登場人物の性格として与えた思想的な意味である。埴谷によれば、このような気配が、ささやきやざわめきとなって、周囲の自然物のあいだに拡大してゆく感覚をおぼえたとき、自己自体は無限に縮小した感覚となり、漏斗状にひろがった空間のなかの微分子と化して《俺だ！》という叫びを上げたくなる。この異常感覚の、思想的な意味は、埴谷によれば、《自分は自分である》と断定できない苦しみの感覚的な表現でなければならない。少年時代、周囲の物から《気配》が起ってくるたびに感じた怯えは、《自分》というものを、《自分である》といいきれないためにおこる思想的な不快感と対応しなければならない。埴谷が、初期作品『不合理ゆえに吾信ず』のなかで、しばしば偏用している《不快》（存在の不快、自同律の不快）という言葉は、少年期の異常感覚にあたえた思想的な意味であり、また、影像として少年期に森の境や墓地や家々のいらかのあいだからおこる地響きのような《気配》と、自己存在の縮小感覚とをともなった風景をひきずっている。おそらく、埴谷が少年時代の異常感覚に後年、思想的な意味をあたえうると考えたのは、カントが宇宙論的な段階で純粋理性の不可避的におちいる矛盾として論証した領域を超える方法が、こういう感覚的な異常体験によって、みつけだすことができると信じたからであった。

しかし、少年時代の異常感覚と、それに思想的な意味をあたえようと試みた埴谷とのあいだには二十年ばかりへだたりが介在している。その間、スチルネルの使徒を任じて夜昼をさかさまにしたデカダン生活をやっていた学生時代があるかとおもえば、レーニンの『国家と革命』を傍にして、革命時における権力機関の在り方についてのレーニンの見解を論破しようとしてアナーキズムの立場から『革命と国家』をかこうと企てたアナーキスト時代があり、やがて、レーニンの見解に鉄槌を下されて党組織にはいり、「農民闘争」のフラクションをつとめた実践運動の時代がある。こういう閲歴のもつ重さは、埴谷のばあいさして重要なものではなく、体験の思想的な意味だけが問題となっている。このことは重要である。埴谷においてはじめて、思想が現実的な行動からはいり、現実的な体験をこえて自立する典型があらわれたのである。青少年時代の埴谷が現実の体験から手にいれた思想的な意味はふたつある。ひとつは、前衛的な組織の実体とその在り方とのあいだに介在する思想的なもんだいであり、ひとつは、人間は人間を如何にして組織化することができるか、という問題にたいする心理的な洞察である。

埴谷は、「永久革命者の悲哀」のなかで、レーニンの『国家と革命』を原理とする前衛組織にはいっていったとき、その根元には転覆さるべき当のものとまったく同じ原型から生じた三つの同じもの、卑屈、傲岸、無知の体系を見出して複雑な苦悶に直面した、とのべている。これはあきらかに、体験の思想的な意味である。政治の目的が、かかって現存する権力をあたらしい権力におきかえることにあるとすれば、それを目的とする組織には、レーニンのように全人類の生活の根本的革新という本質的な把握をしうる認識者から、資質上の行動者、不満なる野心家、官僚主義者にいたるまでのあらゆるタイプが、活動家として存在しうる。埴谷の精神上の師であるカントは、直観的把握から悟性的な段階へ、悟性的な把握から理性的な段階へ、認識の秩序をあきらかに定めているが、現実にむかっての行動は、たんに概念的な現実認識からさえも有効なはたらきをしめす、という理由で、先験的な欠如感や憎悪があれば、ひとはだれでも政治家でありうるし、わたしのかんがえでは、それは、埴谷が卑屈、傲岸、無知の体系として卻ける意味で、不都合ではありえない。もちろん、この時期の埴谷が、それを知らなかったはずはない。『死霊』のなかで、黄ばんだ皮膚に薄汚れたしみをうかべた首猛夫が語る人間をオルガナイズする方法は、埴谷がこの時期に手にいれた組織化の心理学が、どんなものであるかをはっきりとしめしている。

鎌首をもたげて凝っと眺めている相手と、まあ、少くとも五分間は睨み合う必要がある。おお、決して伏目になってはならないんですよ。そして、有無をいわせぬ応用、つまり、強者の視線を会得出来れば——ちょっ！　相手の視線に触れると、内気に俯向く小娘など、三日でやれることを三年もほっておく奴等に任せておけばよいと、心から納得出来る筈です。だが、はじめから鎌首を垂れてするすると逃げ出しかける相手には——まあ、こんなふうに閉めかけた扉へ素早く片足を差し挟んでおく。閉めかけた胸の扉へちょっと風を通すんです。相手の心へ絶えず片足かけておくこの方法は、ところで、その維持がなかなか難しい。というのは、相手がこちらへ懐く嫌悪感——おお、それは必らず懐かれるし、また、懐かせねばならないんですがね、その嫌悪感を一定にとどめておくけじめが難しいということなんです。つまり、そのけじめを越えて、憤怒させたり、或いは逆に、妙な優越感を持たせたりすれば、忽ちこちらの足が挫かれるんですからね。だが、疼く程度の嫌悪感を保たせ得たら――占めたものだ。嫌悪するが故に、新たな嫌悪を容認するといった奇妙な事態が生じて……僕は行き過ぎなど顧慮せず、差し込んだ片足の範囲を拡げてゆけるんです。この二つの行動方法を適用して――僕は何処へでも、まあ、たとえ泥足がはばかられる宮殿へでも、入ってゆくという訳です。(『死霊』)

相手の胸の扉にたえず足をかけ、嫌悪感をいだかせながら、しかも、憤怒させたり、優越感をもたせたりするほど、相手に踏みこまない――こういうオルガナイズの方法によって得られた組織が、卑屈、傲岸、無知の体系から縁がないということはありえない。この時期の埴谷の体験の心理学によれば、この世には人間だけしかいないはずであった。そして、人間は、この社会でカントならば先験的とでも名づけたような欠如感や憎悪をもって、生きており、それは組織化のかなめにある共鳴盤にほかならない。前衛組織のなかに卑屈と傲岸と無知をみつけた埴谷と、オルガニゼーションの心理学に通暁した埴谷と、ここに青年期の思想的意味は集約された。

現在でも、わたしたちの知っている政治活動家の最上の部分は、前衛組織のなかに、卑屈、傲岸、無知の体系を洞察できる認識と、オルガニゼーションの心理学に通暁した眼とをあわせもっているものをさしている。しかし、彼自身がいったい何者なのか、という主体的な問題は、まったく別問題であり、別個の次元から起ることができる。この問題については、最上等の政治家もこたえる術をしっていないのである。政治の目的が現存する権力をかえる現実的な物質力のなかにあるかぎり、不可避的に彼自身は何者かという問題は、別個のものとならざるをえない。これは、悪ではありえないし、また、必然的な成り行きのようにおもえる。また、それは、現実変革の思想的な始祖と布教者のあいだによこたわる不可避的な悲劇である。

埴谷雄高の転向は、不可避的な悲劇としておこった。もともと転向は、それが政治的意味をもたないかぎり――いいかえれば、反権力をひょうぼうする政治家が権力の側に移行する活動家になったり、反権力的な思想家が、権力的な思想家になったり――現実的な課題とはなりえない。だから、埴谷の場合に、それが転向と名づけられても、政治的な意味はまったく無いといっていい。ただ、そこに政治活動家の不可避的な悲劇が、おこったというにすぎない。その不可避的な悲劇は、いうまでもなく、オルガニゼーションの心理学と、彼自身はいったい何者か、という主体的な問題が、ただ、別次元に属しているという理由で、さけられない亀裂として、おこったのである。

転向の思想的な動機について、埴谷雄高はつぎのようにかいている。

コムミュニズムは、私の問題のなかで部分となり、新たに出現した問題が尨大化するにつれて、益々小さな部分となった。とはいえ、それは消滅した訳でもなかった。一度コムミュニズムにとらわれたものは、たとえそれを強く振り離しても、向うからこちらをはなさないものと思われる。ただ私には新たに湧き起った問題があまりに強烈な、鋭い形で迫って、がっちりと私の全精神をつかんでしまったため、もはやそれに生死を賭けるほどの力を私に及ぼし得なくなった。私は、より混沌、より茫洋とした問題へのめりこんで、もしこんな形容が許されるならば、魂の奥底まで殆んど息つくことも出来ぬほど凄まじく震憾された。その契機となったのは、僅か一冊のカントであり、その場所は灰色の壁に囲まれた小さな孤独な部屋であった。（「あまりに近代文学的な」）

ここには、政治と思想認識の問題について埴谷雄高の特徴がするどくあらわれている。埴谷によれば、政治的な活動家は、認識者であり、その認識によって自立していなければならぬ。だから、あらたにカントの『純粋理性批判』が未決の独房のなかで衝撃をあたえたとき、埴谷の認識の野は、カントに占有され、占有された部分を差っ引いただけコミュニズムの問題がのこされることになる。これが、埴谷の転向の方法にほかならなかった。もちろん、彼自身は何者かという問題が、別次元から触媒のようにそれをつきうごかしたのである。埴谷の転向は、たとえば、佐野、鍋山のばあいと比較してみることができる。政治的な行動は、社会の支配体制にたいする概念的な欠如感や憎悪によっても成り立ちうる。佐野、鍋山のばあい、コミュニズムのイデオロギイは、既成の体系としてこの概念的な段階での政治行動を、思想的に補う形で把握される。だから、佐野、鍋山の転向は、現実的な行動よりも実感的ではないが、体系としてとり入れられたコミュニズムよりもより実感的な民族という概念によって、まず折衷される形でおとずれた。これに反して埴谷のばあい、あきらかに認識の野の分割の問題として転向はおとずれている。

人間の現実的な行動と、行動の原理となる思想とのあいだには、さまざまな段階があり、その何れの段階も二律背反の関係にはない。直感的な行動も、悟性的な行動も、理性的な行動も、そういう言葉をつかえば思想的な行動も、行動の現実にたいする働きとしてべつの効果をうむわけではないのである。埴谷の転向に、もし問題があるとすれば、認識にもいくつかの段階があり、その何れの段階もひとしく認識であることにかわりないという問題を、早急にマルクスやレーニンと、カントとに分割した点にあった。

ここに、おそらく少年時代からの自己資質上の問題が、あますところなく集中され、独房の夜を訪れたのである。たとえば、少年期の異常感覚である、周囲の自然物にたいする怯えは、被害感情となってあらわれ、生きながら死ね、死んだふりをしてあらゆる現実的な価値判断を回避せよ、と呼びかける。そして、貧民窟、うすよごれた貧困に由来する現実を眼をそむけずにたどることに絶えがたい嫌悪をかんじる資質が、現実から思考を昇華させる方法をおしえる。カントの厳密な尨大な論理の体系は、このような資質のうえでとらえられたのである。

その転向が、政治的な転向ではなく、認識の分野の分割の問題であったという理由で、出獄後、骨の髄までむしゃくしゃしながら生きねばならなかった。時代は、満州事変から日中戦争をへて、太平洋戦争にいたる天皇制支配の強化されてゆく過程であり、本音をもらせば、その瞬間に粉々にひき裂かれるほかはなかった。現実の支配力は強大であり、一度や二度、悲鳴をあげてもびくともする相手ではなかった。この間、埴谷はポーやマラルメのサンボリスムから言葉の暗喩の方法をまなび、生きながら死んだふりをしていても、言葉を行使できる方法——という意味で、サンボリスムに現実思想的な意味を与えて摂取する。言語の暗喩法はやがて、埴谷自身を暗喩のように曖昧な存在にかえてゆく。これは、サンボリスムを、たんに言語の映像連合の方法としてではなく、現実思想的な意味で摂取したもののうけた当然の罰というべきであったかもしれない。

敗戦の報至るや、やっと本心を明らかにしてすべてのひとが立ち上ったにもかかわらず、暗い曖昧のなかに多年棲んでいた私は、なおジョコンダの妖しき微笑を浮べていて、ほう、あいつ何者だい、黒か白か、などと尾をひっぱられても、声帯のつぶれた悲劇役者のように、殆んど聞きとりがたい呼吸音を微かに立てながら、ゆらゆらとくらげの動きをつづけるばかりだったのである。(「平和投票」)

昭和八年の転向から敗戦までの埴谷の思想的な体験は、このように概観することができる。ひとくちに云って、認識の秩序を、現実から切断する過程であり、それは戦時下の現実的な動向にたいする防禦と、資質的な偏向とがからみあって、しだいに完成されていった過程であった。しかし、埴谷の思想的な輪廓ではなく、構造がどこまでとどいたかを知るために、ぜひとも、長編『死霊』を検討することがひつようである。『死霊』は、日本の近代小説のなかで、まったく類例を絶した作品である。いわゆる小説概念によれば、登場人物は具体的に生活し、葛藤し、行動しなければならないし、舞台は具体的な場所と事物にかこまれていなければならない。たとえ超現実的な作品の場合でも、そこに表現された精神のうごきには、リアリティがなければならない。しかし、『死霊』はこれらのいずれの条件をも充さないし、はじめからそのように企図されていない。登場人物は、いずれも《極端化》された観念の象徴であり、作品の芸術性は、これらの極端化された観念の典型が劇的に対立するところに存在している。もちろん、これらの極端化された観念の表象である人物を、できるかぎり実在化するために、三輪夫人や津田夫人のような現実的な生活を象徴する人物を点綴し、学校や精神病院や墓地や屋根裏部屋が背景のなかにあらわれる。首猛夫という強烈な実践理論家が駈けまわって、観念の対立を促進する狂言まわしを引きうける。しかし、当然のことであるが、これらの添え物は、舞台にリアリティをもたせるためよりも、むしろ、極端化された諸観念をはかる零準位の役割として設定されているとかんがえるべきである。あるいは、文学としての最小条件をあたえるためにそえられた書割として意味をもっているだけである。

『死霊』の根本的なモチーフは、現実から切断された認識の世界に、人間を行動させ、対立させることによって、生の意味を現実から認識の世界に転倒させ、そこから逆にながめた現実の世界の意味をあきらかにしようとする企図のなかにある。昭和八年の転向から敗戦までの期間は、現実の社会に生きた埴谷を基準にすれば、埴谷自身が概観しているように、現実の動向にたいする防禦の姿勢と、資質とにうながされて、しだいに認識を現実から切断する方法を獲取する過程にほかならなかった。しかし、埴谷は、この過程をたんに防禦と後退としてかんがえることをいさぎよしとせず、積極的な意味を与えないではおられなかった。その方法は、ただ、ひとつ、現実の世界と認識の世界を、まったく転倒して、認識の世界に人間を生活させることである。このような転倒によって、現実的には防禦と後退であった時代的な体験は、認識的には、はてしなく積極的な行動の時代であったことがあきらかにできるはずである。『死霊』のモチーフは、根本的にはこのような転倒した世界に認識的行動をする人物を描きだそうとする点にあった。かくして、『死霊』は、転向期から敗戦までにきずきあげた、埴谷の思想の構造を啓示する作品にほかならない。

高等学校の庭におとずれた少女と一緒に失踪し、運動に従事して獄中で発狂し、精神病院におくられる親友矢場徹吾に会うために、三輪与志は、精神病院をおとずれ、そこで精神病医岸博士と会う。岸博士は、カントのいう意味での純粋理性の象徴であるが、理性の意味は、埴谷雄高の根本的モチーフによって転倒されている。

岸博士の思想によれば、現実の世界に生きることは、人間のもっている無限に可能な先験的な観念が、しだいにひとつの型にはめこまれてゆくことにほかならない。しかし、この先験的な観念は、ほんとうは生の原型、または生自体なのだ。生きるということは、この無限に可能性のある先験的な観念を自己増殖することであるはずなのに、ひとびとは、反対に、この観念にタガをはめる行為を生きることだといっている。先験的な観念と、現実的な行動のあいだにはソゴがあり、ソゴから現実的な観念がうまれる。ふつう、生きることの意味は、このようなソゴからうまれる現実的な観念をさしているが、これは、まったく逆でなければならない。

こういう岸博士の思想のなかに、埴谷雄高によって転倒された理性の概念があることはあきらかである。岸博士によれば、精神病患者は、《精神と精神の在り方との間に一分の間隙もない》ものをさすので、そこには現実的な生の痕跡がない。転倒してみれば、精神病者とは、先験的な観念に密着し、可能な限界をこえて生自体によって生きているものである。だから精神病者の治療は、生きようとする意志、つまり先験的な観念と現実的な観念のあいだのソゴにひとつの型をみつけだし、それを拡大してゆくことで、生の痕跡もない美しい精神からソゴした醜い観念を発見することである。三輪与志は、傍で兎や犬や馬や羊の形を厚紙で切っては、並べている白痴の娘と、それを並べる訓練をしている姉娘をみながら岸博士の思想を了解する。

——おお、解りました！

と、三輪与志はゆっくり頷いて、つづけた。

——貴方が、先刻、あの娘の治療が不可能だといわれたのは、あの娘の描いた構図と……綾取りとの間に、一定の生きた——つまり若しそういってよければ、相互に齟齬した醜い観念を、いまだに発見出来ないという意味だったのですね。

しかし、岸博士は、転倒された認識をもつにもかかわらず、カント的な純粋理性の象徴であり、人間の生きる意味は一定の型にはまることであり、また人間を一定の型にはめることが可能であるということを信じている。埴谷が、主人公として設定している三輪与志は、宇宙論的な段階での純粋理性の不可避的な矛盾を、純粋理性以外の概念によって超える課題を負わねばならない。岸博士に対峙する三輪与志の思想のなかに、カントのいう矛盾領域に肉迫する埴谷の思想が象徴される。

三輪与志は、認識を直観的、悟性的、理性的というような段階でたどってゆくかぎり、人間はけっして一定の型から、いいかえれば現実から切断することはできないとかんがえる。まったく、ちがった思惟形式をもつ以外に矛盾領域をこえることはできないのではないかと思い悩んでいる。しかし、人間は、自己意識の延長外にでることはできない。たとえば、精神病者は岸博士によれば、無限に増殖の可能性をもった先験的観念に密着して生きている精神的幽霊であるにもかかわらず、じっさいは、一つの観念の型からもっとものがれられない存在にしかすぎない。人間にできるのは、あり得た自然とあり得る自然の整理だけではないのか。

三輪与志の思想は、すべての可能性から拒否されて、《虚体》という観念に到達する。それは人間でなくては創りえないものであり、かつてなかったもの、また、決してあり得ぬもののヴィジョンをさしている。《虚体》とは、埴谷が矛盾領域に肉迫するためにあみだした概念であり、かつてなく、また決してありえないがためにかえって存在しうるものである。超理性ともいうべき認識が、人間にとって可能であるならば、それは《虚体》の概念に到達しうるはずである。

しかし、『死霊』で、埴谷雄高は、虚体の概念を展開することができず、少年時代からの異常感覚によってそこへ到達するみちを暗示する。

そして彼は次第に悟った、彼の暗い内面に触手をもちあげ匍いまわりはじめる彼自身の怯えなくしては、如何なる気配の増大もないことを。そして、さらに彼は予感した、彼の怯えとくいちがったように彼の意識を駆け抜けるこの宇宙的な気配は何処かの果てで彼自身と合致せねばならぬことを。

『死霊』の三輪与志は、あらゆる思考方法を拒絶したうえで、なお、人間の思考は成り立ちうるか、という課題につかれた人間にほかならない。このような人間のニヒリズムは、それなりに日本の近代思想のかぶった毒の性質を極端にまで拡大したものとして意味をもっている。だが、埴谷が企図したのは、このような人物の典型をつくることではなく、あきらかに理性の限度をこえた矛盾領域にたいして到達しようとする思考の原型をえがくことであった。しかし、《虚体》という概念にいたったとき、もはや、それを展開すべき術がなかったのである。

わたしのかんがえでは、それは、『死霊』における埴谷の企図した、現実の世界と認識の世界との転倒の不完全さ、不徹底さによっている。完全な転倒は、理性のうえに超理性的な《虚体》の概念を設定することではなく、直観、悟性、理性というような認識の秩序そのものを転倒して、理性的な思考が直感的であるような世界を設定することでなければならなかったはずである。その世界では、いちばん一つの観念からのがれられないような精神病者（たとえばキャタレプシイ）の行為そのものが、無限の可能性を行使した行為として倒置されねばならないし、また、超理性的な思考が、無意識的なものであるかのように倒置せられねばならない。このような転倒を完全にすすめることによって、『死霊』は、作品としてもっている観念的な欠陥からのがれられたはずである。しかし、これは、不可能をもとめるにていいるかもしれない。

もちろん、埴谷は、そのことを知っていた。そして『死霊』のなかで、高等学校時代に寄宿舎外の小図書館に住みこみ、就寝時間となっても寄宿舎にかえらない変人で、いまは、朝鮮人の鋳掛屋ぐらいしか訪れない貧民窟の屋根裏部屋に棲んでいる三輪与志の親友黒川建吉を設定することにより、観念としてこの問題にこたえようとする。黒川建吉の思想は、三輪与志の《虚体》思想の袋小路にたいする批判であり、同時に、カント的純粋理性が不可避的に矛盾におちいる領域の指摘者でもある。

黒川建吉の思想によれば、思想的なものであれ、また現実にたいする実践的な行動であれ、すべて、軌道から、型から、秩序から逸脱しようと試みてきた歴史的な先人たちの行為は、けっきょくは、まだ、本当の実を結んでいない。その理由は、現実的な行動とそれをうごかす認識との関係が、人間がいままでとりえた既成の方法によって結びつけられているかぎり、《不動に物云わぬ存在》《完全全一の存在》としての宇宙的な存在に指ひとつ触れることはできないからである。（たとえば、三輪与志は、認識論的にこの存在に触れようとして《虚体》の概念をあみだそうとする。）

人々は、革命的な行為の成功や、膨大な思想の体系によって、すべてを変え、また、すべての領域に触れえたと信じている。しかし、それは人類が考えてきた既成の認識と既成の現実的な行動の限界内にあるからそう信じているだけで、ほんとうは、指一つふれていない《不動に物云わぬ存在》があるのだ。われわれは、いつかこの存在に到達し、ゆすぶり、傷めつけ、血を流さしめ、変革しなければならない。そのために一切の目的を根こそぎ変更しなければならない。この宇宙的な存在の責任が追及されたとき、新たな形而上学が可能になるのだ。

このように黒川建吉が、その思想を展開するとき、純粋理性が不可避的に挫折せざるをえない宇宙的な存在の領域は、現実的な象徴となってあらわれる。この宇宙的な存在を、無階級をひょうぼうする社会にも存在する階級的矛盾と解しようと、人間の疎外の窮極的な原因と解しようと読者の勝手である。しかし、埴谷は、『死霊』のなかで、これに現実的な、歴史的な暗喩を与える外なかったことで、失敗し挫折したということができる。

もちろん、作中の超人的な実践家であり、オルガナイザーである首猛夫は、黒川建吉が宇宙的な認識の問題に到達する思考形式を示しえないで、そのかわりに傷つけるとか、血を流させるとか責任を追及するとかいう現実的行動を暗示する比喩を混合してしまう曖昧さをかぎつける。なぜ曖昧かといえば、それは、認識論としては妥協的であり、現実的な行動としては非実践的であるからだ。強烈な実践家である作中の首猛夫がそのことを知らぬはずがない。首は、《不動に物云わぬ存在》の責任を追及することは、如何なる方法で可能なのか、と質問し、黒川は答える。


——とすると……どんな方法で?

——無限の可能性を判別し、うけいれる眼をもって、です。

——というと……どんな眼?

——無限の未来に置かれた眼です。

——というと……どんな眼なのだろう?

——それは、死滅した眼です。

——あっは、死滅した眼だって? おお、おお、『未来の眼』と君が言った意味は果たしてそうだったのだろうか。ふーむ、解ったぞ。君はつねに未来の場所から現在を見る。

永久革命者とは何か

文学者のなかでもとびきり芸術家的なひとりの人物が、作品のかわりに、こんどは、数年にわたって政治論文をかきつづけたとする。かれは、いったい何をしてしまったのだろうか。架空の世界をつくりあげるために、血を流してきたものが、現実の世界の流血が、すこしも痛みを感じないですむものだと錯覚して、ある時期からふと住みつく世界をかえてしまったのだろうか。けっして、そうではない。かれは、政治理論と政治組織の貧困な風土で、過重な負担をおわされた必然的な前期革命者にほかならない。いったい、政治理論の本質的な部分を、ひとりの文学者に負わせねばならない社会で、おめおめと生きている革命家とは何者か。いまではせいぜい、ジャーナリズムの支配に微笑や逆立ちした冷笑をおくり、インテリゲンチャの劣等感を喰いものにして、列伍をととのえているありふれた政治屋たちの別名にしかすぎなくなっている。政治からとおくにあって架空の世界を構想していた文学者が、政治屋たちへの侮蔑をこめて政治について語らなければならない奔騰の時代ははじまっているのだ。

もともと、革命家というやつは、レーニンが『国家と革命』のあとがきでつぶやいているように、「革命の経験」をやりとげることは、それを書くことよりも愉快であり、有益である、と断言できるものをさしている。そのほかは、革命について考察することはできても、革命家と呼ぶべきではあるまい。まして、芸術家や文学者が革命家をまねようとすれば、かれは、われわれの俗物芸術家がやっているように、芸術作品のなかで革命を演じたり、政治を演じたりする政治的芸術屋にしかなりえないのである。

それにもかかわらず、文学者や芸術家が政治について論及しなければならないとしたら、かれは、すくなくともその時だけ文学者や芸術家を断念するか、または、革命そのものの概念を、根こそぎとりかえて提出するよりほかないのである。

埴谷雄高が「永久革命者の悲哀」から「革命の意味」にいたる一連の政治論文で提出した理論のスタイルについて注意しよう。たとえば、政治組織に所属していれば、マス・コミ文化を合理化しようが、日和見を謳歌しようが、政治責任をとっているつもりでいるものたちは、埴谷の論調のなかにいささかの恭順の意もあらわれていないことを不満とするかもしれない。また、脳髄は呆け、理論は停滞し、本質は歪曲されていても、組織の指導部にぞくしている故をもって赦されると信じてうたがわないものは、埴谷の政治論文に何ら実践的な指針となるものがないとさわぎだすかもしれない。しかし、これらの不満や憤慨はすべて意味をなさない。

埴谷雄高は、一連の政治的論文のなかで注意ぶかく革命の概念をレーニンやトロツキイとはまったくちがった意味で提出している。それは、文学者や芸術家として床屋政談をかくことをいさぎよしとしなかったというよりも、「虫が好かぬといった程度の政治嫌い、権力嫌いとはことなった極度の理論癖をもった非権力者」が、政治について論ずることを強いられる風土において、とるべき必然の態度にほかならないといえる。

周知のように、レーニンは一九一七年『国家と革命』において、実践的な立場からえがかれた革命の窮極的なヴィジョンを提出した。その国家論の不備は、現在、日本の三浦つとむ、黒田寛一、津田道夫などの政治理論家によって補われているが、かれの窮極的なヴィジョンは、最後の無階級社会までとどいていたのである。レーニンが、マルクスとエンゲルスの国家論をできるかぎり抜き書きしながら指摘した点は、つぎのように要約される。

第一に、諸階級の分裂がおこったとき、支配的な階級が自己の特殊利害をそれぞれに保有し、共同の利害をそれぞれの特殊な利害の総体からだんだんと独立させることにより国家が形成されたということである。レーニンは、国家が社会から発生しながら、社会からみずからをますます疎外してゆく権力であるというエンゲルスの概念から、権力が主として監獄その他を自由にすることのできる武装した人間の特殊な部隊にある、とかんがえた。このようなレーニンの規定は不充分なものとして、三浦つとむによって批判され、国家は観念的な自己疎外のひとつであり、まず国家意志そのものに国家のかなめが存在することが指摘された。津田道夫は三浦学説を展開して、国家が人間の共同体に本来付随する〈社会的機能〉と〈政治的機能〉の二重の性格をもつものであることを論じた。黒田寛一は、レーニンの国家論が現象的な結果論にほかならないことを指摘し、国家の本質が共同性の幻想的形態であり、その実体構造がレーニンのいう暴力装置であるというかんがえを展開した。わたしは、これらの諸学説にさしあたって論評をくわえるつもりはない。ここでは、レーニンの国家論のもっとも重要な部分が、日本において展開されていることを記憶しておけば足りる。

第二に、国家が以上のようなものであるかぎり、このような国家はプロレタリア革命によって「揚棄」され、そのあとでプロレタリア国家、または半国家は死滅するという点であった。

第三に、資本主義から共産主義への移行は「政治上の過渡期」なしには不可能であり、この時期の国家は、プロレタリアートの革命的独裁しかありえないという点であった。そして、共産主義社会への第一段階では、生産手段は社会化されるが、消費手段を「労働に応じて」分配する不公正は、まだ廃絶できない。その理由は、資本主義が倒されたのちに、ひとびとはなんらの権利の規準もなく、社会のために働くことを直ぐにえとくすることができないにもかかわらず、このような変化にふさわしい経済的前提はすぐに得られないからである。この段階では、国家はまだ、事実上不平等なブルジョア的な権利を保護することをさけられない。「各人はその能力に応じて、各人にはその欲望に応じて！」の段階で、はじめて国家はまったく死滅する。

もしも、国家そのものの本質についてのレーニンの考察の不備を補うとすれば、わたしたちのさしあたっての未来の構図は、政治的にいえばここで解きあかされている。のちの世の革命家は、ただ、具体的なプログラムをさしだし、それにむかって行為をすすめればいいことになる。ひとりの文学者が政治について語るとき、本質的にはもはや、これにつけくわえるべき何ものもないのである。埴谷雄高は、革命と革命家をまったくレーニンとはちがった意味で提出する。いや、レーニンをレーニン自体とまったくちがった意味で提出する。

レーニンとは、何か。新しい歴史の一頁を開いたレーニンとは、何か。私は、レーニンはただ一揃いのレーニン全集のなかにいて、そのほかの何処にも見出せないと、断言する。（「永久革命者の悲哀」）

政治的革命が国家権力をうちくだき、国家そのものの死滅にまでひたすら走らなければならないように、革命は、ひとびとの固定化した頭蓋をうちくだき、硬化した思考法を根こそぎ転覆しながらはしらなければならない。そこでは、レーニンは一揃いのレーニン全集と化し、やがてレーニンの死滅にまでいたらなければならない。わたしは、埴谷のコトバを引用しながら、スターリン治下のソヴィエトで十年間収監されていたという内村剛介からきいた話をおもいだした。あるとき内村がレーニン全集をよんでいると、入獄しているソヴィエトの知識人がそばに寄ってきて、そんな本をよむのはよしたほうがいい、その本にかかれていることで、いま、ソヴィエトで現実化されていることは何もないから、と云った。

ここで、レーニンは未来についてまちがっていたのだろうか。一揃いのレーニン全集のなかに、どんな不備や誤謬があったとしても、大局的にはそこに生産的な思考があることはあきらかである。レーニンは、空想したのだろうか。そうではあるまい。プロレタリア独裁の段階をへて、国家の死滅へと、国家論を展開してゆくレーニンの手続きのなかには、どのような空想もふくまれてはいない。われわれは空想家ではないから、個々人が不法行為をおかす可能性と不可避性を否定するものではない、というような微細な点にまで気をくばっているかとおもうと、「計算と統制——これが、共産主義社会の第一段階が『具合よく運営される』ために、ただしく機能するために必要とされる主要なものである。ここではすべての市民が、武装した労働者である国家にやとわれる勤務員に転化する。すべての市民が、一つの全人民的な国家的『シンジケート』の勤務員および労働者となる。必要なことは、彼らが仕事の基準をただしくまもって、平等に働き、平等の賃金をうけとることだけである。」というような主要なものにまで触れている。

すべて理論というものは、本質的に理論的なものであって、ゆきあたりばったりのプラグマチズムや床屋政談でないかぎり、その理論の本質に照して、現実に展開された諸施策を訂正させるだけの機能をもつものである。世のいわゆる政論家や、革命的実践家と自称するやつが、現実的な社会のできごとが、理論どおりゆくはずがないというとき、かれは理論というものの本質をわきまえていないか、または理論が本質論をもたないか、の何れかである。入獄しているソヴィエトの知識人が、レーニン全集にかかれていることは、いまのソヴィエトで一向に行われていないといったとき、内村剛介が何とこたえたかは、きかなかったが、真理は一揃えのレーニン全集のほうにあったことはあきらかである。

埴谷雄高の政治論はこの問題からはじまっている。レーニンにたいする埴谷雄高の位置は、レーニンにたいするスターリンや毛沢東の位置と本質的にちがっている。このちがいは、スターリンや毛沢東が、みずから政治的な実践家であるのにたいし、埴谷雄高がたんに理論家として振舞っているところからくるにはちがいないが、さらに、もうひとつ、スターリンや毛沢東が政治家としてふるまい得たのにたいし、おなじようにレーニンを祖としながらも、埴谷雄高が政治家として振舞い得なかったという日本現代史の戦争期における必然的制約にもよっている。埴谷はやむをえずその政治論を、たとえてみれば、レーニン主義を『死霊』の著者として展開するというように提出しなければならなかった。レーニン主義を『死霊』的に提出するとはどんなことを意味しているのか。

レーニンが『国家と革命』のなかで本質的にまた現実的に提出してみせている国家死滅後の社会に、自己を投影しひとりの人間を生活させてみる。もちろんこの人間はヴィジョンであるし、その生活もまたヴィジョンである。そして、このような未来の無階級社会で生活する人間がいだくであろう思想もまたヴィジョンであるが、その可能な思想的ヴィジョンから、現代の諸条件と人間を透視するとき、どのような問題をはらんでいるか。すくなくとも埴谷雄高の政治理論の根本的なモチーフはここにかかっている。この方法を逆レーニズムとでも名づけておけば、埴谷雄高の政治理論の方法はあきらかである。レーニンの政治理論の方法は、たとえてみれば、現に存在する同時代の社会を、原始社会からの累積であり、また、本質的な法則性の貫徹する過程であるというにひとしい。したがって、本質とは人類史にとって何かを把握しながら、具体的な社会の歴史を分析することによって、未来を可能な視野のうちにおさめることができるとかんがえる。埴谷雄高の方法は、レーニンの達成をふまえることによって、一挙に未来の無階級社会に身をおき、そのとき可能であるだろう視野から、逆に現在を視ようとする。

もちろん、埴谷の方法がレーニンにくらべて、ひとつの弱点をもつであろうことは、誰の眼にもあきらかである。現在の段階から、想像される未来の無階級社会の人間の認識は、あくまでも現在からの想像であり、ほんとうの未来になった無階級社会での人間のヴィジョンには如何に想像力をはたらかしても到達できないことを、人間の諸感覚と社会の諸関係の対応の問題として、すでに、マルクスが理論的にあきらかにしてしまったとおりであるからだ。レーニンの方法が可能な未来をしめすことができるにたいして、埴谷の方法が可能な現在をさすことに成功しえない理由は、ここにあるとかんがえられる。しかし、それにもかかわらず、埴谷の方法が逸脱した現在を批判する方法として、スターリンや毛沢東よりも、ある意味ですぐれているのは、まさに、可能な現在をさすことを、はじめから放棄している点にかかっている。

埴谷雄高は「政治のなかの死」(『幻視のなかの政治』)で、つぎのようにかいている。

政治を政治たらしめている基本的な支柱は、第一に階級対立、第二に絶えざる現在との関係、第三に自身の知らない他のことのみに関心をもち熱烈に論ずる態度である。自身の知らない他のことを論ずるために、私たちはまず他人の言葉で論ずることに慣れ、次第に、自身の判断を失ってしまうのが通例であるが、この他人の言葉を最も単純化した最後の標識は、さて、ひとつのスローガンの高唱のなかに見出せる。

もちろん、こういう政治にたいする埴谷の嫌悪をこめた考察のうしろには、無階級社会での国家権力の死滅や、自分のことをかんがえることと、他人のことを考えることの矛盾の死滅、いいかえれば社会的人間と人格的人間との分裂の揚棄が、すなわち、政治自体の死が想定されていることはあきらかである。他人のことばで、他人の思考で、自身のあずかりしらないことを熱心に論じ、それに関与することが政治であるならば、政治は階級対立のあるところでは、社会から人間にちかづく方向をしめし、たとえば、芸術は人格から社会へちかづく方向をしめし、このふたつの矛盾は、つまるところ階級的矛盾によって規定されるにちがいないのだ。埴谷は、こういう矛盾が、政治のなかに悪しき実見者と善意の雷同者と少数の執念に充ちた反対者をうみだし、ついに、政治の死滅をめざす組織のなかに階級構造をつくりだすとかんがえている。

わたしだったら、ひたすら大衆の構造について語るところを、前衛的な政治組織の階級構造について語る埴谷の執念は、一種の熱気を感じさせるが、それは埴谷の思想的な閲歴が、未来者としての反対派をしめていることによっている。わたしたちが、権力に抵抗するばあい、もとをたどれば、わたしたち個々の利害がその権力のなかにふくまれていないとかんがえるからであるし、共通の利害もまたそこにふくまれていないことをしっているからである。ところで、利害の共同性はもとより、意識の共同性をも本質とするような組織のなかでさえも、「自身の胸裡にいだいた倫理の体系」と集団の方向性とが矛盾にさらされ、個人が自身の「良心」か「信念」を圧殺しなければならないとしたら、その原因はどこにもとめるべきであろうか。埴谷はあきらかにそれを組織の厳密な階級構造にもとめる。しかし、この見解は、埴谷の執念によって色あげされたものではないかとおもわれる。おそらく、個人のいだいた倫理の体系と集団との一般的な矛盾は、たとえ、組織の無階級性が実現されても解消することはないのである。ただ、このばあい、その矛盾はまったく個人の胸裡にある矛盾のようにかんがえることができるか、まったく個人にかかわりない組織の一般的な矛盾とかんがえることができるようになるにすぎない。

政治は、どのようにして社会から出発して人間にちかづくことができるのか。社会の本質的な対立をもっとも人間の執念を混合していえば、「やつは敵である。敵を殺せ。」という単純なスローガン以上のものではありえないと埴谷は、かいている。埴谷的にかんがえれば、この世界の政治的なあらゆる対立は、「やつは敵である。敵を殺せ。」というスローガンと、「おれの富有は、つまるところきみたちの富有だ。」というスローガンの対立に帰することになる。何ともなさけない戯画的な図だが、レーニンが『国家と革命』で展開した考察は、人性的にはこのような貧しい図柄に帰着してしまうのだろうか。

こういう疑問は、政治の意志は、敵を殺せということにつきる、とかいたとき当然埴谷雄高にもおこったはずである。埴谷はこの貧弱な対立の戯画をつぎのようにきりぬけようとする。まず、革命の目的を階級支配をささえている「制度」の変革とかんがえることにより、あらゆる人間的な匂いを革命の概念から遠ざける。そしてつぎに、この階級支配をささえている少数の支配者も、レーニンのいわゆる暴力装置の構成員でさえも、情況により可変であり、味方に転化することができるものだ、というように、人間を情況により可変なものとしてとらえるのである。ここには、前衛組織のなかの階級構造が、粛清をうみ、革命は流血をうむという革命史にたいする埴谷の苦い内省がこめられているとともに、現代が、戦争は皆殺し戦争、革命はうしなってはならない多くのものをうしなわせる可能性をもっている時代だという根本的な認識にささえられていることはいうまでもない。

ところで、埴谷は、なぜ、万物の主体は人間であり、人間の疎外の窮極的な要因は、人間の主体的な行為によってしか排除されないという認識を遠ざけて、革命を制度の変革というように無機的に限定しなければならなかったのであろうか。埴谷があらゆる政治的な意志の裏側には、人間の憎悪がつめこまれており、この憎悪は、あらゆる正当性のなかにも存在するばかりか、これが階級保持、大衆蔑視、理論軽視とむすびつくとき、ヒトラーのばあいのように哲学にまで形成されるとかんがえるからにほかならない。

では、憎悪とは何か。埴谷は、兄を殺されて階級的憎悪を燃やしつづけたレーニンのばあいのように、それが多産な理論によって昇華されないかぎり、悪であり不毛であるとかんがえている。しかし、憎悪の本質とはなにか。埴谷のかんがえにあたうかぎり近く、フランスの実存主義的プロフェッサー、ジャン・メゾンヌーヴは、その著、『感情』のなかでつぎのようにかいている。

憎しみは《攻撃的》である。愛はその対象を称揚するが、憎しみはそれをけなし卑しめようとする。だが、憎しみはこの点「軽蔑」と区別される。誰かを軽蔑するとは、なるほど、彼を愛しないことではあるが、しかし、ことに自己がはるかに優れていると感じ、好んで尊大な態度をとることである。軽蔑は敵をやっつけ、その敗北を楽しむためにわれわれを刺戟して敵との接触を求めさせる憎しみのようなダイナミックな感情ではない。この複合的な享楽が現われるのはまさしく憎しみの対象がわれわれの攻撃に曝され、われわれを害しようと望んでいる者を思いのままに料理しようとするときである。なぜならば、憎しみの本質は悪の権化と見做す存在に打撃を与えようと欲することであるから。純粋な心理分析の限界を認めるのはここにおいてである。これは憎しみの深い意味を解明できない。なぜならば、憎しみは悪の問題に結びついているから。それ故、包括的に検討するとき、この感情は道徳的および形而上学的関連を含んでいる。

この実践的感覚にたいする見解は、いわば、憎悪をそれ自体として政治意志とむすびつけようとする埴谷の見解とあまりはなれたものでないことは手易く理解される。しかし、わたしたちは、憎悪について、いままで、この程度以上の考察をもっていないのである。

わたしのかんがえでは、憎悪は、埴谷やメゾンヌーヴの見解とはちがって、軽蔑とか悲しみとか寂しさとかよばれているものと、本質的にべつのものではなく、社会的疎外についての実践的感覚のひとつにほかならないとおもえる。そして、社会的疎外の態様の複雑さは、その感覚的なすがたを高度に複雑にしてゆく。もしも、「やつは敵である。敵を殺せ。」という政治意志のなかにだけ、憎悪の本質をもとめ、憎悪とはわからない現れかたをする憎悪を考察の外におくならば、わたしたちは、本質とはとおいところでこの問題を展開しなければならなくなる。

埴谷雄高が、ナチスの憎悪の哲学のなかに大衆蔑視の一項をくわえたのは、決定的に正当であった。なぜならば、社会的疎外についての感覚は、その疎外のなかで個別者である大衆と、疎外を一般者であるかのようにかんがえうる支配者イデオローグのばあい、まったくちがってあらわれるだろうからである。被支配大衆のいだく憎悪と、ファシズムの憎悪とは、社会的疎外を、たとえ個別な場面で個別的に感覚したばあいでも、共同性からの疎外と感覚することによって生ずることにはかわりないとしても、埴谷の指摘するような決定的なちがいがあらわれざるをえない。

わたしたちが、ある特定の人物に憎悪をいだくばあい、その人物があたえる疎外についての感覚が、共同性からの疎外として映るからである。それならば、埴谷が敵は人間ではなく、制度であるというように理想化することによって、支配体制に密着している少数の支配者さえ敵ではなく、味方に転化することができるという原理は、はたして本質的に成立つであろうか。

憎悪自体が社会的な疎外についての実践的な感覚であるとすれば、埴谷の見解は原理として成立つことになる。しかし、ここに同時にもともと人間主体によってしかおこなわれない「制度」の変革を、人間からきりはなしてかんがえようとする埴谷の弱点もまたあらわれざるをえないのである。なぜならば、人間は、社会的な疎外についての感覚においても、自らの現実的な感覚をはなれて、それを仮構することができるため、あるばあいには社会的な疎外を一般者であるかのように幻想して、かぎられた場面でふるまうことができるため、同一組織のなかで、または、おなじ被支配大衆のなかでも、憎悪はうまれることができるからである。

このようにして、革命を目ざす前衛組織のなかにさえある階級構造は、社会の階級構造の反映であるとかんがえている埴谷の見解も、修正しなければならない。前衛組織のなかに名目的に、何々委員会の長または成員として階級づけられ、また、卑屈や傲慢として感覚的に存在している階級構造は、本質的には、政治屋たちが社会的な疎外を一般的な共同性であるかのように幻想して、自らを権力の所有者であるかのように仮構したり、また、政治的細胞たちが社会的な疎外のほかには、いかなる意味でも疎外をうけとる必要がないにもかかわらず、ひとつの組織や被支配大衆相互のあいだにいても、疎外についての感覚を被虐的に仮構することができることによっている。

人民内部の矛盾と、敵と味方との矛盾とがまったくちがっているかのように類型づける毛沢東にたいして、埴谷は、毛が人民内部の矛盾とかんがえているところの、「人民の利益が根本的には一致している基礎の上での矛盾」を、じつは、国家機能の非生産者管理と、社会化された生産との矛盾であると批判している。しかし、この問題についても事情は、いっこうにかわらないのだ。人民政府というものを、人民の疎外の共同性とかんがえずに、人民の利益の共同性とかんがえ、人民に奉仕する政府という概念をあみだしたとき、毛の人民政府と人民とは本質的な矛盾のまえにたたざるをえないのである。あらゆる組織の階級性と、官僚性と、大衆との乖離を、このような視点をのぞいてかんがえることはできないであろう。そして、このような要因のうしろには、その人民政府の下でいぜんとして、生産諸力と社会的諸関係の矛盾がよこたわっているとみるべきである。

さて、わたしは、円環する埴谷雄高の政治理論の方法の最後であり、また、最初である問題にたちかえろう。「永久革命者の悲哀」のなかで、スターリニズムにふれながら埴谷はかいている。

霊廟も愚劣である。元帥服も愚劣である。プラカードのあいだに掲げられている肖像写真も愚劣である。閲兵も愚劣である。それらの現象を支えている隠秘な階級支配の本質は愚劣である。すべてを、ピラミッドの階段にひきもどす過去から見るな。すべてを、上下関係のない宇宙空間へひきゆく未来から見よ。針の先ほどの些細な不審も見逃すな。汝の熱っぽい掌の上で験してみよ。たとえそれが現在如何に激烈に思われようと、それらが未来から見て愚劣と看做されるものは、すべて、必ず変革されると、私は断言する。

こういう批判は、いわば、仮装の権力者またはその下僕によって発せられないかぎり、けっしてきとどけられそうもない組織にむかって、組織の外部から徒労の声をくりかえしているのに似ている。そして、いつも、はねかえってくる声は、われわれは人民の前衛であるから（誰も認めてもいないのに）、これにたいするへり下った批判以外のものはすべて敵を利するだけであるというものにほかならない。埴谷はこの問題にたいして「分割支配の鉄則に思い至れば、決定的瞬間が近づきつつあるとき、内部抗争に踏みいることは利敵行為であると一般にいわれる。ところで、他方、長い眼で見れば、すでに現存する、また、全世界のひとびとの胸のなかにある社会主義そのものの存在を強固に擁護するためには、そのような口実の楯によって自己を防衛しようとする一部の層を敢えて積極的に変革することこそ必要である、という見解の方を正しとすべきであると思われる。」とのべている。そして、権力なき永久革命者は、悲哀において永久的であるか、組織内部の下級者は批判において無権力者であるほかはないというわけである。

埴谷の逆レーニズムともいうべき方法の有効性のはんいは、つまるところここにきわまっている。おれは、おまえを批判し、否定する。ただし、おまえが、おれの声をききとれない岩石であるかもしれないことは、もともと承知のうえだ。おまえが、無機的な岩石であるとすれば、わたしの悲哀もまた永久的であるだけだ……。

さて、悲哀のない永久革命者は可能か。可能だとすれば、それは何か。わたしにはきわめて単純なようにおもわれる。埴谷雄高のように「永久」を時間的な属性としてかんがえ、「自己内部ですでに数百年にわたる革命の全過程が完了し、無階級社会のヴィジョンと現在の生活態度がすでに一致しているはずのもの」に永久革命者をみるかぎり、悲哀はまた革命者の属性において永久でなければならない。しかし、「永久」をいわば空間的な属性とかんがえ、現存する社会において、いつも自己自身を最底部の社会的な疎外者のヴィジョンに移行させることができ、しかも、その疎外を共同性においてとり出しうるとすれば、わたしたちは、悲哀のない永久革命者の像をみちびくことができる。この空間的な視角によって捕捉されるもので、被支配者の最後の疎外をヴィジョンとして体現していないあらゆる権力や組織は、たとえすべてのものによって支持されようとも、最後の革命者によって、最後にはかならず打倒される、とわたしもまた断言しておこう。

『虚空』について

埴谷雄高という名は、戦後、わたしが日本の同時代文学などみむきもしなかったころから、一種の畏怖の表情で語りつたえられた伝説的存在であった。そういう表情を人から人へはこんでゆくものに、どんな作品をかいている人なの、とたずねると、かれらはまた一種名状しがたい表情をうかべて『死霊』とこたえるのであった。どんなことをかいているの、とかさねてたずねると、たれもまともにこたえずに、おそろしく難解な小説なんだと、また一種の表情をうかべるのがつねであった。

おおよそ文学作品が難解というのには、ふたつの意味がこめられている。ひとつは、作者の思想が難解であることであり、もうひとつは、作品に系譜がなく独在していることである。埴谷雄高の作品は、この難解の条件をふたつながら具えているということができる。さいわい、作者の思想の難解さのほうは、評論集『鞭と独楽』、『濠渠と風車』、政治論集『幻視のなかの政治』などがかかれたことでだいぶ解消された。今日、埴谷雄高は、日本の現代がうんだもっとも独創的な政治思想家として人々のまえに登場している。その政治思想に異論をもつばあいでも、日本の現代がどれだけの創造的な思想を自力でつみかさねうるのかという問題をじぶんに課するかぎり、かれの仕事を無視してさきへすすむことはできないのである。

しかし、文学者埴谷雄高から系譜なき難解さは消すことができない。かれは、昭和の十五年戦争をはさんで前後する数年間の日本現代史の実験が、ただその実験の世界に類例ない独自性を誇示するためにのみ生みだした文学者であるため、西欧と日本の近代文学史のなかに系譜をもとめることができないのである。埴谷のゆいつの長篇『死霊』のまえで人々が名状しがたい表情をうかべながら、それを戦後文学の最大の作品のひとつにかぞえざるをえなかったのは、埴谷がこの日本現代史の実験に耐ええたまれな存在であることを、作中人物織りなす思想的ドラマのなかからいやおうなしにかぎとらざるをえなかったからである。

ここにおさめられた作品は、『死霊』をのぞく埴谷の全文学作品をあつめている。ここでもまた系譜なき難解さはすこしも解消していない。ただ、文学というのも芸術の一種だから、すべての難解さをこえてひびいてくるあるひとつの主調音をききとることはどんな初歩的な読者にでもできるはずであり、その主調音さえききとることができれば、すくなくとも作者と作品を感覚的に理解しえているものであることはいうまでもあるまい。だからどんな文学作品にたいしても解説はもともと不要なはずだ。ここでは、ごく不慣れな読者を対象にして作品のあらましの位置をあきらかにしておきたい。

埴谷雄高の『死霊』をのぞいた中篇・短篇小説は、あらまし二つの系列にわけることができる。ひとつは、いわば意識の純粋実験ともいうべきもので、「洞窟」、「意識」、「虚空」、などの作品がこの系列にぞくしている。もうひとつは「深淵」、「標的者」のように政治思想を展開した作品である。このいずれの作品も、原体験となっているのは独房生活であり、それにつづく十五年戦争期の、もっとも優れた自殺の方法はじぶんが生れてきたはずがないと確く思いこむことだという現実体験にほかならない。日本のマルクス主義思想が、全現実を喪失し、一点にとじこめられたひとりの人間の意識内におかれたとき、それはどのような方法をあみだしたか。

埴谷雄高のばあいひとつは、無限に想像世界を領有しようとする意識の実験にむかった。「洞窟」では、壁に肩をつけると、左肩だけが急速度に冷えてゆき、その冷えが意識内部の凍ってゆくような冷えとかさなり、そのあいだじゅう熱病に冒されたような状態で本質的な不快感、存在がただ存在していることのために感ずる不快感を体験するところから作品ははじまっている。「意識」では、孤独な魂が自身をまぎらわすためにあみだした意識の遊戯がのべられている。眼球の片端をぐいと指先でおしつけると、世界の存在は物珍らしくなり、やがて意識が眼の瞳孔を透視し、暗黒の光線があつまり、そこから肉体を意識の遊歩場としておこなわれる純粋意識の実験があくことなくくりひろげられる。そして、こういう眼球実験を淫売屋の娼婦の部屋のベッドに横たわってやっている男は、部屋におかれた水槽の金魚の眼をみつめ、つぎのようにかんがえる。

《ヘッケルの系統樹——》と、私は胸のなかに呟いた。私が嘗て食いいるように眺めた系統発生史の図では、あの透明に澄んだ水中に微動もせず眼を見開いている金魚の発生の位置は私達に真近かかった。私達の眼球が嘗て歳月知れぬ太古におくった水中生活期の痕跡を示すものだとして、と私はさらに呟きつづけた、この眼球を覆う瞼はいつ頃発生したのだろう。私はほとんど胸のなかで叫びあげるようにそう呟いた。私の芯は澄みわたったように目覚めていた。私は眼を閉じたままその想念にしがみつづけた。この瞼は私自身の内部に闇をつくった。そしてまたさらにそこからはあの眩ゆく自発してくる光をも。《もしその内部に闇と光をたたえる瞼の蓋がなければ、恐らくこの私の意識はなかったろう。それはこのようなものとしてはあり得なかっただろう。そうだ。その蓋がなければ、それはつねに外界を映しつづけている金魚の意識とそっくりそのまま同じだったろう。》そう私は胸のなかで叫んだが、そう不意に叫びあげてみると、それはすでにそれだけで、この私がいまだ知らなかった一つの怖ろしい発見のように思われた。

たしかに、それは埴谷のあたらしい発見であった。ジャン＝ポール・サルトルと独立に、サルトルが日本に紹介されるよりもはやく、埴谷はサルトルが想像的意識とよんだものを感覚—視覚的反映との発生的差別において、展開している。もちろん、こういういい方は、文学作品の評価としては邪道であろうが、埴谷の一系列の作品は、純粋意識の実験による想像的な未知への探索ということをのぞいては理解することはできないのである。おそらく、ここに意識の実験による想像的世界の形成という意味で、まず日本の近代文学史ではたれも達したことのないところまで達した作品がある。すこしく批評家根性をだしていわせれば、文学の理論にとって埴谷のこの系列の作品はつきない宝庫であるということができるのである。もちろん、作者は、そんなことを問題にしていない。人間が意識をもってしまった嘆きを「この限りもない塵埃に薄汚れた地上の一角に現われなければ、と私は胸のなかに呟いた、瞼もまた現われ得ないのだ。」というように現実嫌悪の思想と円環させる。

埴谷雄高の思想を理解するには、その全作品と論文を注意ぶかくつなぎあわせるほかはないのだが、かりに二本の足をかんがえてみれば、ひとつは現実否定、もうひとつは政治自体の根こそぎのそう滅である。いずれも、たしかに、十五年戦争という現実社会の実験場があたえたものにちがいないが、その発生の由来までさかのぼれば、やはりどうしようもない個性にまでゆきつくにちがいない。作品「洞窟」のなかに主人公が、まつわりついてくる五つばかりの女の子を拒絶する場面がある。この主人公はいたいけな幼児がひとなつっこくすり寄ったり、肉体にふれたりするとぞうっとして飛びあがりそうになる。そしてこういう幼児の行為が、愚かしいものであるくせに、優れたものをこの上なく愚かしくしてしまう行為だとかんがえる。主人公は意地悪く、こんどは手にまつわりつかせるようなふりをしては、それをひき外し、幼児の気持を苛立たせて泣かせてしまう。道の真中で急に火がついたようにわめきだす女の子をみて、人にいいにくいことなのに、どんづまりまで自身を通そうとするこの愚物はいったい何だ、とかんがえてはげしい屈辱を味わう。読者は、この場面を、少女を風呂場で強姦して、それをとくとくと他人に語ったというドストエフスキイの挿話と対比させてもいい。なぜならば、この場面は「洞窟」の主人公が、幼女を強姦する方法にほかならないからだ。あまりに、意識内の世界をみつづけたものはしばしば意識外の行為にちかい人間の行為を、そしてそういう行為が形成する現実を嫌悪せざるをえなくなるのである。ドストエフスキイは本能でもって少女を強姦するのに、「洞窟」の主人公は、意識でもって幼女を強姦する。

「深淵」は、埴谷の意識内の実験が、人性的な関心のほうへ流れずに、政治思想のほうへ流れくだった作品であり、いわば、埴谷思想の分水嶺をかたちづくっている。何かもの思いにふけって肘掛椅子から左手の床を見下ろすと、しだいにその床が斜めにかしぎ、揺動し、その真中に漏斗状の底しれぬ穴がのぞかれるという心臓神経症の病候からこの作品ははじまる。医者は、それが三半規管系の障害であるという生理的診断をくだす。しかし、主人公は、じぶんの三半規管系には、まったくべつの番人がおり、別の線が通じ、別のベルが鳴っていて、この眩暈には実在感があり、それは、いわば自由感にほかならないと主張する。横倒しになり、逆立ちしたまま世界をみるときのように、ヴェールを脱いだ事物にじぶんが直面しているような自由感だ、と。

医師は、主人公にひとりの患者をつれてくる。患者は、数年間地下に潜入したまま消息がしれなかった男である。男は、「ここにひとつの公理がある。組織のなかでは、しばしば、罪があって排斥されるのではなく、排斥する気があってから罪がつくられるのだ」という核心的なもんだいを提出する。まず、いかなる方法をもってしても、政治はこの公理から逃れられないと男はいう。主人公は愚劣だとこたえる。この公理をぶちやぶる方法はあるか。政治自体をそう滅させる方法はあるか。主人公はその方法はある、それは「死者」の理論だとこたえるのである。

ここには、長篇『死霊』に登場する黒川建吉の思想があり、また、後年、埴谷がかいた政治論文の基底の思想がかたられている。この「深淵」と、「標的者」で極限までひっぱられた平和思想の世界とをあわせることによって、政治理論家埴谷雄高しかしらぬ読者でも、いやおうなくかれの全文学作品に歩み入るみちをみつけだすことができるはずである。

萩原朔太郎
——その世界——

萩原朔太郎には、すこし異常なところがあったようである。いままでのところ、これを実証するにたりる資料としては、木俣修が編集した北原白秋宛の書簡集『若き日の欲情』のほかにはないが、その大正四年四月二十六日の手紙につぎのようなことが訴えられている。

　きのふ、も少しで絶息するところでした。実に苦しい日でした。おとゝひ大酒をしたのでれいの病気が（神経系統の）出たのです。私のこの病気は『赤い花』の作家ガルシンが脳《マヽ》まされたものと全く同じ奴です。肉行《マヽ》のあとで笑つたうす白い女の唇や酔中に発した自分の醜悪な行為や言語などが言ひがたい恐しい記憶ではつきりと視えたり聴こえたりするのです。その度に神系が裂けるやうな恐ろしい苦痛をする。きのふは柱に何度も頭を叩きつけたので今朝まだいたい。狂気になるかとさへ思ひました。御葉書久しぶりでなつかしく拝見しました。何か不愉快のことがある様子ですが私に関することならばきかせて下さい。気にかかるから、決してかまひません。

白秋は、室生犀星などとともに、若い日の朔太郎が同性愛的に親近感をいだいた詩人だから、ここにはいくらか内証話じみた誇張があるかもしれないが、それにしてもすこし生理的な異常があったということは断定できるとおもう。詩集『月に吠える』と『青猫』の世界で、もっともすぐれた系列をたどってゆくと、生理的感覚をとらえた作品にゆきあたる。その作品の生理的な感覚の表現をすこしく病理的なところまでかたむけている偏執は、朔太郎のこの異常性をぬきにしてはかんがえられないらしい。

もちろん、ある詩人に病理的な異常性があったということは、たんに作品の傾向を決定するひとつの原因をなした、というほかに何の意味ももつものではない。だから、朔太郎の異常神経や異常心理が作品の世界にあらわれたというにすぎないならば、べつに私的な書簡によってそれをあげつらう必要はないはずである。だが朔太郎は、異常神経をかたむけてつくった詩の世界によって、日本近代詩の表現の領域を、ほとんど極限まで拡大していった。たんに一人の詩人の生理的な条件にすぎないものが、時代的な意味をもつものとしてことさら考察されなければならない理由である。

朔太郎の初期の文語抒情詩から『月に吠える』にいたる作品のなかで、もっともあざやかな特徴をなしているのは、生理的な幻想や幻視を言語によってとらえた世界である。たとえば『純情小曲集』のなかの初期作品「月光と海月」は、月光の水のなかにむらがっているたくさんのくらげを、月光の水に身をひたしてとらえようとすると、手がからだからはなれて延びてゆき、からだは「玻璃のたぐひ」となってつめたく溺れそうになりながら祈りをあげるという主題をうたっている。どこにもそんなことはかいてないのだが、透明なくらげの幻視が夜の空気のなかにいっぱいに泳ぎまわり、わが身もまた透明な幻視のひとつに変身してつかまえようとするがどうにもならない、といったような生理的（むしろ性的）なもやもやした幻想の世界があざやかにつたわってくる。『月に吠える』のなかの「殺人事件」などもまったくおなじ世界で、とつぜんのピストルが鳴ると「私の探偵」は「玻璃の衣裳」をきて、恋人の窓からしのびこみ、そこでまっさおな血をながした女の屍体と、そのうえで鳴いているつめたいきりぎりすをみる。曲者を追跡して街の十字巷路にでると、そこにふんすいがあり、うれいを感ずる恋人を殺した曲者は大理石の歩道をいっさんにすべって逃げてゆく、という主題である。「玻璃の衣裳」をきた「私の探偵」は、作品「月光と海月」では、からだが「玻璃のたぐひ」になってゆく私であり、恋人をころした姿のない「曲者」は「月光と海月」ではくらげに相当している。ふんすいやぴすとるは生理的（むしろ性的）象徴にほかならない。詩「殺人事件」は、いわば朔太郎のえがいた生理的幻想の殺人事件であり、じぶんの恋人がすでに他人によって性的に奪われたのを追跡してゆくという現実的な意味を象徴させながら、じつは性的な願望を神経の揺動する形象によって表現したものにほかならない。

　朔太郎の詩はこのような主題を追跡しながら日本近代詩を決定的に転換させた。生理的感覚を形象化するために必然的にあみだしたその手法は、近代詩の表現段階に新たな領域をみちびきいれたのである。新たな領域とはなにか。

くさつた蛤

半身は砂のなかにうもれてゐて、
それで居てべろべろ舌を出して居る。
この軟体動物のあたまの上には、
砂利や潮みづが、ざら、ざら、ざら、ざら流れてゐる、
ながれてゐる、
ああ夢のやうにしづかにもながれてゐる。

ながれてゆく砂と砂との隙間から、
蛤はまた舌べろをちらちら赤くもえいづる、
この蛤は非常に憔悴《やつ》れてゐるのである。
みればぐにやぐにやした内臓がくさりかかつて居るらしい、

それゆゑ哀しげな晩かたになると、
青ざめた海岸に坐つてゐて、
ちら、ちら、ちら、ちらとくさつた息をするのですよ。

「月光と海月」のなかの透明なくらげは、ここではぐにゃぐにゃした軟体をもった蛤になり、月光の水は、ここでは海の水底になっている。そして、「殺人事件」のぴすとるやふんすいは、この詩では、くさった息にかわっている。いわば、生理的な感覚の世界が、はるかに前者より具象化されたものとみれば、この作品はけっして、「月光と海月」、「殺人事件」とちがった作品ではないことはいうまでもない。詩集『月に吠える』が出版されたのは、大正六年だが、このような無定形感覚内部の言語化は、当時の近代詩の段階では、まず不可能にちかいものであった。じじつ山村暮鳥の『聖三稜玻璃』のほかには、未踏の世界であったのである。しかも、暮鳥において断想的な世界としてあったものが、『月に吠える』では、ほぼ完成したすがたをとった。

まず、詩人のなかに生理的な幻視として、もやもやした透明な円体、または、ぐにゃぐにゃとした軟体のイメージがあり、つぎにそれが、月光の水のくらげや、海底のぐにゃぐにゃした貝の舌に暗喩され、しかもそれが詩人の生理的な意味の世界として展開されるという複雑な表現過程は、朔太郎をまってはじめて完成されたのである。暮鳥や朔太郎がつくりだした手法は、意識されない超現実主義にほかならなかった。作品「春の実体」では、この生理的な幻視は透明な「虫けらの卵」がそこかしこにいっぱい塡った世界になり、「恋を恋する人」では、「手に空色の手ぶくろをすつぽりはめ」、「腰にこるせつとのやうなものをはめ」、「襟には襟おしろいのやうなものをぬりつめた」女性に変身したわたしが、ひっそりとしなをつくって白樺の幹に接吻するという具象化度の濃い世界にかわっている。具象化の度合はさまざまにゆれうごいたが、詩集『月に吠える』の主脈をつくっているのは、この種の異常な生理感覚を形象化した世界であり、そこにふさわしい必然的な手法が、近代詩に未踏の表現の領域をもたらしたのである。わたしたちは、朔太郎の代表的な詩集をあげようとするとき、『月に吠える』をだいいちに推す。それは、朔太郎の個性的な生理感覚の世界が、近代詩の表現として未踏の領域をきりひらいたという意味にほかならない。もちろん、朔太郎自身の個性的な思想は、近代詩の表現段階とはべつに、詩集『青猫』にいたって、さらに独自の歩みを深めていった。詩集『青猫』の世界は、もはやたんに無定型感覚の形象化された世界というものにとどまらなかった。この時期に朔太郎がかかずらわったのは、じぶんの異常な生理に思想的な意味をあたえることであった。たとえば、「寝台を求む」をみよう。ここでは、「恋を恋する人」とおなじように朔太郎の女性変身願望、同性愛的な生理性が作品の起動力をなしている。娘たちは、みなじぶんの白い寝台をもっており、そこにうずくまってナルシスムにふけったり、同性愛の女と抱きあってからだとからだとを撫であっては皮膚のよろこびを感ずることができる。しかし、男にはこういう生理的な現実の寝台がない。悲しみにみちて大きな人類の寝台を、いわば形而上的な寝台をもとめる、というのが主題をなしている。ここではじめて、朔太郎の生理的な感覚は、思想的な意味をもとめてさまよいはじめたのである。

（中略）今では室生君と僕との中は想思の恋中である。こんな人はもはや二人とはあるまいと確信して居たのがあなたに逢つてから二度同性の恋といふものを経験しました。恋といつては失礼かも知れないが、僕があなたをしたふ心はえれなを思ふ以上です。万有をこえて涙を流すものに合掌するものに真実を認めてください。

曾てあなたの芸術が私にどれだけの涙を流させたか、その涙は今あなたの美しい肉身にそゝがれる。真に随喜の法雨だ。身心一所になる鶯の妙ていだ。私の感慨は狂気に近い。かんべんして下さい。あなたをにくしんの母と呼ぶ。（大正三年十月二十四日、白秋宛）

△　一所に銭湯に這入つた日からあなたの気分がぜんぜん私の気分を支配して行くのを感じた。何ともいへない法悦のよろこびが私の血管に泌みわたつて行くのを覚えた。

（中略）

△　あなたに対するとき一種妙な気分になる、母にあまたれる駄々ッ子のやうでもあり、恋人同志の痴話狂ひのやうなものである。赤城亭のときのも此の感情のばくはつでした。妙に甘たるい、それで居て神経質な情愛です。（大正四年一月、白秋宛）

こういう書簡をよむと、わたしたちはじぶんの神経が、正常らしいことをあらためて感ずるのだが、すくなくとも詩集『青猫』の世界にきて、朔太郎じしんはこのやりきれない生理感覚の過剰をこえていたのである。大正五年四月二十二日の白秋宛の書簡で、じぶんは非常な大問題にぶつかり、長い間煩悶したが、それを解決し、過去三十年間の生活を根本からひっくり返すような羽目に立ちいたった、と述べているが、その大問題が何であれ、すくなくとも『青猫』の世界では、朔太郎の生理感覚は自己制御されたものとし、詩のなかに登場した。

三十づらをしながら、母に寄食している生活上の無能者であり、不和な結婚者として家庭失格者であり、たれも仕事とも文学ともみとめてくれない詩人であるというようなさまざまな根がからみあったろうが、朔太郎の性的な感覚の特質が、思想的な意味をもとめて流れはじめたとき、たたかわずして挫折した生活者のかげが、朔太郎のこころを占めるにいたった。「強い腕に抱かれる」のような女性願望のつよい作品で、朔太郎がうたったのは、強くたくましい腕をもった女に抱かれて、弱々しくいつも何かを怖れている心を保護してもらいたい欲求であり、また、この願望がうらがえされたかたちであらわれたのは、家のまん中にでんと坐って、一生おまえにとりついて離れてやらないというようにかまえている最初の妻にたいする憎悪であった。

対象のない性的な幻視を形象化するところから詩的出発をはじめ、女性変身の願望や、母・子コムプレックスを異常につきつめるところに展開された朔太郎の詩の世界、かれがもとめたものが、すべての予望と空想を裏切るものであることを、結婚において実感せざるをえなかったとき、もはや、人生にたいする青年の大半のイデアをうしなった生活者の世界に転ずるほかなかった。

妻の教訓　Ｉ（恐ろしき蒙昧）

私の別れた妻が、私に教へてくれた教訓は一つしかない。観念《イデア》で物を食はうとしないで、胃袋で消化せよと言ふことだつた。妻はいつも食事の時に、もつと生々した言葉でこれを言つた。「ぼんやりしてないで、さつさと食べてしまひなさい。」（『絶望の逃走』）

しかし、ここから朔太郎が、「見らるる如く、平凡な、常識的な、しかしながらガッチリした『危なげのない人間』にまで鍛錬された。」かどうかうたがわしい。ただうたがいえないのは、かれの詩の作品の世界からは、生理的感覚の形象化は、まったくといっていいほどかげをひそめたことである。詩集『青猫』の末期から「郷土望景詩」の諸作品をへて詩集『氷島』にいたる後期の作品にわたしたちが見出すものは、靴も運命もすりきれて、都市の煤煙の空をみる眼であり、空気のように蹌踉として、何か未来への接合点のようにみえる港の方へあるいてゆくすがたである。

この時期の朔太郎の詩は、じしんですべて芸術的意図と芸術的野心を廃棄し、ただこころのままに詠嘆したといっているように、近代詩の表現領域になにかをくわえるという性質のものではありえなかった。もはや、やりばのない憤怒において本ものであり、生活にいっさいの望みをうしなった生活の疲労と嘆きのようなものとして独自であった。朔太郎の芸術的意図とは、いいかえれば生理的感覚の形象化であり、芸術的野心とは、その主題の世界を展開するにあたって未踏の領域を近代詩の歴史にきりひらくことであったはずだ。朔太郎のような個性的な詩人のばあい、詩的出発のモチーフをうしなったことは、芸術的意図の全崩壊をさえ意味したのである。

珈琲店 酔月

坂を登らんとして渇きに耐へず
蹌踉として酔月の扉《どあ》を開けば
狼藉たる店の中より
破れしレコードは鳴り響き
場末の煤ぼけたる電気の影に
貧しき酒瓶の列を立てたり。
ああ　この暗愁も久しいかな！
我れまさに年老いて家郷なく
妻子離散して孤独なり
いかんぞまた漂泊の悔を知らむ。
女等群がりて卓を囲み
我れの酔態を見て憫みしが
たちまち罵りて財布を奪ひ
残りなく銭《ぜに》を数へて盗み去れり。

（詩集『氷島』）

こういう概念的な作品のどこに朔太郎の思想はひめられているのだろうか。ぐでんぐでんに酔っぱらったひからびた初老の酔漢をとりかこんでばかにしたような眼でみている女給たちが、このひとお金があるかしらなどとさわぎながら財布をさぐりだしてもっていってしまう、という最後の四行は、詩人朔太郎がじぶんにあたえた『氷島』時代の自画像にほかならぬ。ここに、みずからじぶんを卑しめて描く肖像画家の自嘲がうつらないのは、この詩が文語脈を採用しているからにほかならない。じつに「郷土望景詩」や『氷島』においてつかわれている文語脈は、敗残の生活者朔太郎が、敗残を自任するたるんだこころをじぶんにゆるさなかった最後の思想的ささえともいうべきものであった。

小出博は「萩原朔太郎の生活ルポルタージュ」（『明治大正文学研究』第十二号）の中で、「乃木坂倶楽部（註　『氷島』時代、朔太郎の住んだアパート）を見つけてあげたのは実は僕で、萩原さんの詩や書きものから君が想像してゐるやうなウラぶれたアパートではない、当時としてはむしろ尖端的な、食堂や娯楽場などを持つたモダンなものだ。部屋だつて、ベッドだつて、どうして立派なものだつた。萩原さんは当時の逼迫した心境からあゝ描いてゐるのだ。」と三好達治が語ったことを伝えているが、これは、詩集『氷島』をつらぬく全作品において表現と現実のあいだにあてはめることができる間隙であった。わたしたちは珈琲店酔月で、女給たちに馬鹿にされている初老のうらぶれたすがたは、詩のなかに塗りこめた朔太郎の自画像であり、もとより実在の朔太郎の外貌ではなかった、と断言できるはずである。そして、これを断言するためには、詩人朔太郎の外貌に相当する思想家萩原朔太郎の世界をかいま見ることがひつようである。

詩は凹面鏡のように現実のしたに身をしずめることができるが、思想は凸面鏡のように現実のうえに最小限度の構骨をつきださざるをえない。そのため、思想家朔太郎の風貌をかたる『新しき欲情』、『虚妄の正義』、『絶望の逃走』のような思想的アフォリズムは、いくぶんかの軽薄さといくぶんかの常識性をまぬかれてはいない。しかし、このような思想的断章をのこしえたのは、日本の近代文学史のうえでは、芥川龍之介をのぞいては、朔太郎以外にはなかったのである。小説と小説のたいこ持ち程度の評論を軸にして変則的な発達をとげてきた日本の近代文学史のなかで、朔太郎が企図した思想的批評は、どこにもすわるべき場所をもたなかった。朔太郎が心中にいだいた文学的爵位によれば、詩第一、評論第二、戯曲第三、小説第四でなければならなかった。『虚妄の正義』のなかで、日本では文学におけるもっとも通俗で卑賤な小説が最高の地位をあたえられ、もっとも上位のものが蔑視されているというふんまんをぶちまけているが、日本のすぐれた近代詩人のうち、このふんまんを心中にそだてなかった詩人は、おそらくひとりもいないはずである。しかし、このふんまんを実際の仕事によって果敢にぶちまけえたのは、萩原朔太郎をもってこう矢とするのである。文壇者流はおれの思想的アフォリズムを黙殺するだろうが、などという憎さげなセリフをつぶやきながら、朔太郎は日本の近代文学者がたれも試みたことのない試みをねばりづよくつづけたのである。

わたしの考えでは『新しき欲情』、『虚妄の正義』、『絶望の逃走』などのアフォリズムにおいて、みるべきものは、その女性論と芸術論とである。女性論は、いわば、結婚の失敗をけいきとした女性にたいする幻滅感を、もっとも辛らつに展開したものである。たとえば、女嫌いというのは、女を単なる脂肪以上の人格や精神があるものだと買いかぶった男が、経験の幻滅によってみちびいたものだ、というのがあり、また、男性は、複雑な組織をもった、こわれやすいデリケートな機械だが、反対に女性は、すべてが原始的で簡単な仕掛けにできていて、ちょっとやそっとの乱暴なあつかいではこわれない機械である。「にもかかはらず我々が、いつもその反対のことを考へ、婦人を壊れ易くデリケートのものとして、注意深く考へるのは、そもそもどうしたわけだらうか？　我々は女性について、いつもその見かけの外貌しか注意してゐない。そして女たちは、いつも男の前に弱々しく、さもいぢらしき風情に於て、脆き花のやうに装うてゐる。それからして男たちは、その外観によつて実質をごまかすところの、あのイカモノ師のペテンにかかり、一つのくだらない安時計を、最も精巧にしてデリケートな機械と誤り、買ひかぶつてしまふのである。」(「婦人と安時計」『虚妄の正義』)

ここには、朔太郎の体験的な幻滅と体験的な女性批判がかかれている。すくなくとも『虚妄の正義』の一章は、こういう一種のさっそうとしたスタイルの女性論にあてられているが、こういう主題に力こぶを入れて思想的断章を展開する朔太郎のアフォリズムの世界が、文壇にむかえられるはずがなかったのである。わたしは、朔太郎の女性批判のなかに日本的リアリストたちの思想にたいする苛立ちをみとめ、ここに日本的近代をただそうとする姿勢をみつけだすが、自然主義文学と私小説によって、放蕩と家庭エゴイスムの世界について、鍛えに鍛えぬかれてきた日本文壇は、朔太郎のこの程度の女性認識を鼻であしらうくらいの体験的リアリズム観をそなえていたはずである。朔太郎のアフォリズムは、日本の自然主義的リアリズム思想にたいする渾身の反措定と、おのれの仕事にあたえる席をもたない近代文学史にたいする強烈な反抗をモチーフとしてかかれたのだが、それは、いわば、援軍なきたたかいにひとしかったのである。

芸術論において朔太郎がもっとも痛烈な批判をくわえたのは、プロレタリア文学であった。新興のプロレタリア文学は、朔太郎の眼には、自然主義的思想のあるべき延長とみえずに、稚ない理想の幻想としてみえた。この一方で自然主義的思想をうちながら、一方においてプロレタリア文学をうつという姿勢は、当時のすぐれた近代主義者に共通するものであった。文壇における小林秀雄の位相は、すでに、大正末期に萩原朔太郎によって詩壇に確立されたということができる。

この不思議な人物等は、未だ現実されない世界に於て、未来に起り得るであらうところの、或る観念の幻影(プロレタリア芸術)を論じ合つてる。然り! それは一つの許さるべき理想である。だが彼等の錯覚は、しばしばその「想像されるもの」を以て、彼等自身が現在に住んでるところの、実際の世界のものと混同し、観念上に於て「有るべきもの」と、事実に於て「有るもの」とを、無差別に一緒に考へてゐる。この不幸な混乱からして、しばしば彼等は得意になり、実に有るところの彼等の芸術――それは現在の社会に属する一般の芸術で、その外の変つた何物でも有り得ない。――を、彼等の夢の中で観念されてゐる、他の別世界の新芸術と錯覚する。そこで妄想から得意になり、あだかも自分等の仲間だけが、現実の社会から超越してゐる、特別の火星人でもあるかのやうに言行してゐる。いかに！　幸福なる狂人よ！　人は認識不足からも翼が生え、夢魔の箒に乗つて天界を遊行する。（「夢景人物」『虚妄の正義』）

もちろん、現在のすすんだ観点からは、朔太郎の批判はほぼ的を射ぬいていた。朔太郎の芸術論は、大著『詩の原理』において文学原論として集大成される。すでに触れるべき余裕がないが、『詩の原理』は漱石の『文学論』とともに、日本の近代文学史がうんだもっとも優れた文学原論の書であり、いまなおこえることは容易なわざではないのである。

石川啄木

いまから五年ほど前、失業していたとき、街を職さがしに歩きながら、何か用事あり気に路をゆく勤め人や商人が、別世界の人間のように羨やましくてならなかったことがある。わたしとそれらの人々とは、たかが明日はどうなるか判らない職をもっているか、いないかのちがいにすぎないのに、まるで別世界の人間のようにこっちだけが窪んでみえるのはどうしたことか、おれの思想は、この程度のことに耐えないものなのか、こういった自問自答をなんべんもこころに繰返して歩いていた。

啄木をおもうと、そのときのことが生々しく蘇ってくる。啄木はこういうことがよくわかる文学者であった。その文学よりも、その生活のほうがもうすこし深く滲みとおっており、金がないとか、新しい背広をきて旅にでたいとかいうことが、じぶんの文学よりも大事だと本気でかんがえ、そのことによって悶える世界にいた文学者であった。「月末になるとよく詩が出来た。それは、月末になると自分を軽蔑せねばならぬやうな事情が私にあつたからである。」（「食ふべき詩」）こういうことを云えるようになって啄木のかくものはほん物になった。

ずいぶん情けない話ではなかろうか。かれは路ゆくしがない勤め人や商人とおなじ生活人の覚悟をしったときはじめて一人前の文学者になった、というにすぎないからである。しかし、日本の一系列の文学者には、はじめ軽薄な文学青年として文学者のなれ合いの小世界をわたりあるき、とうとうその世界から生活社会にとびでることによってしか、一人前になれない型がある。啄木はその系列を徹底させたほとんど唯一の文学者といってよいとおもう。その生涯のおわりまで、ただの勤め人や商人を羨やむ心情を思想の肉体としてもっていたことをわたしは評価せざるをえない。このことを評価しないで啄木をおだてても仕方がないとおもう。

こみ合へる電車の隅《すみ》に
ちぢこまる
ゆふべゆふべの我のいとしさ

打明けて語りて
何か損をせしごとく思ひて
友とわかれぬ

考へれば、
ほんとに欲しと思ふこと有るやうで無し。
煙管《きせる》をみがく。

啄木の詩のうち今日も読むに耐えるのは、この種の作品ばかりである。いずれも生活人の水平線に完全にはまることによって詩のうしろに影にそうように視えてくる何かが察知されるといった類いの作品である。生活の中で、あるときは、じぶんを憐み、あるときは、判断をとめて煙管なぞをみがくことによって、それを強いたもの（国家権力）に対峙してゆずらない方法をえとくしているといった案配である。そして、これはふつうの生活人の誰もがやっている方法にすぎないが、啄木はただそれを思想として意識していたのだ。
批評家としての啄木は、近代文学史のなかでかけねなしに第一級だが、その批評が、かれの乏しい語学でよみかじった社会主義文献の知識から噴きだしたものだとかんがえるのは、馬鹿気たことだとおもう。その源泉は、かれの阿呆のようにちぢこまってみえる生活の詩のなかにかくされている。むかし、十七歳の戦闘的な少年であったとき、わたしは、「起きるな」という啄木の詩が好きであった。いまも好きである。

起きるな、起きるな、日の暮れるまで。
そなたの一生に涼しい静かな夕ぐれの来るまで。
何処《どこ》かで艶《なまめ》いた女の笑ひ声。

室生犀星

——因果絵図——

犀星の第一詩集『愛の詩集』に「よく見るゆめ」という作品がある。とくに目立った作品というわけではないから、犀星の詩がすきなものでも、おぼえていないかもしれない。「僕」は気がつくと裸のまま、まっ昼間の街をあるいている、恥かしさに着るものはないかと見まわすが、住来にはボロ切れ一つおちていない、くらい小路に逃げこむのだが、そこでも疎らに人がとおっていて、不審そうにじぶんのほうをみている、途方にくれてある軒下にたってぼんやり考えていたが、たすけてくれるような知人はとおりあわさない、裸であるいてやれとすてばちになって、はげしい往来へでていったら、こんどはふしぎに人々は咎めず、安心したような眼つきでじぶんをながめ、あるものは握手さえ求めてきた、といったような作品である。

ここで、裸で街を歩いている恥かしさが、「僕」の意識にたまったさわりであるとすれば、不審そうに「僕」をみてゆくひとびとの視線はさわりがひきよせる影であり、大胆に往来へでてゆく「僕」に握手さえもとめるものたちは、意識がつくりだした願望であろう。そして、この作品には、若い犀星の意識の芯に恥として封じられた出生の関係が、生理的なすがたで象徴されているようにおもわれる。

もともと、女中っ子に生れつき、捨て子同然、もらい子にあずけられようと、うまれてきた人間になんの責任もない。だが、犀星は自伝的作品でくりかえし出生の関係にこだわっている。あるときは、学校をでなかったのがひけ目であったとかき、あるときは容貌が醜かったのが愛されない理由であったとかき、あるときは、肉親の情愛をしらぬひね餓鬼で、復讐心ばかりがつよくて子供仲間をふるえ上がらせたというようにかいている。しかし、ふしぎに、まぐろの刺身のかわりにイワシしかたべられなかったとか、靴のかわりにワラ草履しかはけなかったとかいうことは、ただいちどもひけ目として語られていない。上京して文学に浮浪した「銀製の乞食」時代の生活は、「乞食は祈り乞食は求め遠方へ遠方へ去る」というようにきわめて浪漫的にうたわれるのである。犀星はおそらく貧困というものが物質ではなく関係だといいたかったにちがいない。決定的なことは、年少すでにあたりはぼろ幕のたれさがった芝居小屋で、さりげない残酷と物慾の劇がかれを子役のひとりとして演じられ、いつまでもおわりそうもないことであった。

養母の父は河師で、晩年失明しあんま術をおぼえて、看護女を道案内に揉み療治のながしをやっている。「作家の手記」のなかで、この祖父と養母の関係をつぎのようにかいている。

　私は或る晩、外から帰つて来て驚いたのは、あらう事か、母の肩に取りついて祖父が揉み療治をしてゐるところだつた。母は伸びて肩を張り、祖父はその肩先を実に永い間揉みほぐしてゐた。私は不図、祖父とはいへ、母の本当の祖父でないのかも知れぬ。自分の祖父を呼んで態々肩を揉ますといふことが世界にあり得ようか、実際の祖父でないから揉ませられるのだと思うて見たが、この祖父以外に祖父があり得る筈がないとすれば、母といふ人は実に酷い女だと思うた。実際、祖父の家はその日の食物にもこと欠いてゐたから、母が憐愍から肩を揉ましてゐたのかも知れぬが、孰方にしても頭のしんの疼くほど私はいやらしい気がしたのであつた。

犀星は、こういうことに向ける眼をもったとき、母をにくむよりも、そこまで母が坐り込んでいる生活の逞しい野蛮さを思わずにはいられなかったとかいている。ここに描かれている養母と祖父のあいだでは、貧困の意味は物質からさえ剝奪され、関係に手わたされているようにみえる。封建的とか近代的とかいうことばは、そのままでは意味をなさない。実相は正確にことばに粘着しなければならぬ。倫理もまた意味をなさない。そこに一条のさくばくとした糸が、いかにも鞏固そうに、また意味ありそうに人間をからめているのである。年少の犀星がうけとったのは、泥のかたまりをそのまま呑みこんだようなこころのさわりであった。糸はいたるところで犀星をとりまいていて、人格とか人徳とかいうやくざな概念を根こそぎむしりとってゆくのである。

犀星の冷眼は養母の狂乱をみすえ、養母と養父のあいだを再現してみせる。

> 僕の抵抗は母の煙管を取り上げようといふ企によつて武者振りついて行くのであつたが、気狂うた母の手元は乱れて滅多打ちに打ち据ゑるのであつた。おのれおのれといふ鋭い四十女の声が頭の上で聞え、そして前掛を引き裂くことによつて気焔をあげてゐる僕の頭脳、肩、背中には、夥しい打擲が対手が子供であるといふ意志なんぞ持たない憎しみから、めちやくちやに打ち下ろされるのであつた。これを信じる者は誰もゐまい、かういふ事実を人びとは信じることに依つて屢々人生の惨虐さを会得する筈のものであるが、僕の場合はへとへとになつて母の手を逃げるより外に、そのおしまひの場面をくらやます方法はなかつた。（中略）
>
> 自分の不幸な経験は単にこれだけでは済まされなかつた。春の薄睡たい或午後過ぎ、自分は母が細紐を父の首すぢにあて、縊れる真似をして見せてゐるのを見、それがどの程度まで退屈な悪戯か、またどの程度まで真実のものであるかを疑ふのであつた。父は危ない手付で、さういふ母の悪いいたづらを払ひ除けようと懶い力ない指先で努めながら、顔は依然として泣き笑ひの状態を続けてゐた。自分はそれらの現世的な宿命のままに行為する父を一寸拝みたい気持になつたのも、強ち自分の文学的教養によるものばかりではなかつた。（「弄獅子」）

ながながと引用したが、きょうだいの関係はもうくりかえすひつようはあるまい。おおよそ正常なこころをもつ可能性は根こそぎとりはらわれている。憎悪が社会性をもち、倫理が意味をもつためには、生活のどこか一個処くらいに正常な足がかりがのこされていなくてはならない。犀星の出生の関係は、だれもほどこすべのない領域とよぶほかないのである。老いて体がきかなくなり卑屈になった祖父が、じぶんの娘に揉み療治によばれ金銭をおしいただく無気力なすがたあり、一方でろくに育ててもくれなかった父親なぞは、あんまによんで食いぶちをあたえてやるのはむしろ施しだと坐り込んでいる養母がある。また、捨て子同然の女中っ子を育ててやっている恩もしらず歯向うひね餓鬼をこらしめてやるのだと煙管をふりあげる養母と、おれを豚のように飼育して、やがて稼いでくる金をまき上げようとおもっているのだとかんがえている貰いっ子がつかみあう図が循環する。そしてまた、乞食寺同然の寺をどうにかしたのはじぶんの働きだとかんがえ夫を内心では縊り殺したい養母と、悪性女とくされ縁をつないで、いまは諦めるよりほかないとかんがえている病床の養父がいる。因果絵図みたいにこれらの図がめぐるのだが、どこにはじめもおわりもないのである。

『愛の詩集』や『抒情小曲集』の詩人犀星は、これらの因果絵図のもんだいを詩にすくいあげることが、ほとんどできなかった。そして詩「よく見るゆめ」のように、裸で往来をあるく恥をさわりとして意識に封じるほかなかったのである。『抒情小曲集』三部の手法でこの関係を詩にすくいあげる端緒をひらいたのだが、うまくいかなかった。現在『抒情小曲集』がその当時もっていた意義を再現することは、それほどやさしいことではない。当時犀星の試みた新しさはいまは古び、ひとびとはこの詩集に純情な感傷家犀星をしかみられなくなっている。『抒情小曲集』のすくなくとも第三部は、朔太郎の『月に吠える』に相当している。朔太郎の『月に吠える』は、生活に罪のない青年の生理的な異常感覚の世界であり、朔太郎はそれにふさわしい手法をあみだした。しかし、犀星の粘着する強じんな抒情をもってしても、朔太郎とは比較にならぬほど深い出生の傷をあらいたてながら、「銀製の乞食」である現実の境涯を、うちがわから切開する方法をみつけだすことは困難であった。自伝作品「弄獅子」で、じぶんが散文へ転換したのは、結婚をけいきとして、おもに男女の嫉妬というものの実相をつうじて人間にたいする洞察がひろがったためだという意味のことをのべているが、むしろ詩の方法からみても散文への転換は必至であったということができる。

　犀星は散文に転ずるとともに、出生の関係にまずさいしょのメスをいれる。抒情詩時代の漠然とした迷いは切開されなければならない。倫理もとおらないし、空想によってのがれることもできない。ただ醜かいいな関係がひしめきあって、あらゆる正常さを禁圧しているようなさわりの世界を、折伏してしまうひつようがある。だが、「人間は物をほしがつた瞬間からそれを手に入れるまで実に永い時間を要するものらしかつた。」（「虫寺抄」）という後年の犀星の述懐はここでもあてはまる。初期の犀星の作品は、やくざな倫理なぞ通用しないはずの世界を倫理的にしかえがきされていない。限界はべつの側面であらわれざるをえない。たとえば、「幼年時代」には、「私」だけがことさら教師から憎まれ、読み方ひとつちがっても居残りを命ぜられる執拗な場面がある。きょうはきっとくるなとおもって幼なごころをぶるぶる震わせていると、事実がそこに吸いよせられてくる。ある日、居残りを命ぜられて立っている「私」はいじめぬかれて気をうしなってしまう。教師はきゅうに優しくなってきょうはこれでいいからかえれという。「私」はこのとき「私」と教師との関係を、あたかも出生にまつわる関係と同質のものとして直感する。ここがおそらく重要である。「私は『大きくなつたら……』と思うた。『もつと大きくなつたら……』と私の心はまるでぎちぎちな石ころが一杯つまつてゐるやうであつた。私はこの日のことを母にも、姉にも言はなかつた。唯心の底深く私が正しいか正しくないかといふことを決定する時期を待つてゐた。」（「幼年時代」）

　復讐は「私が正しいか正しくないか」という倫理としてやってくる。成人したらじぶんを苦しめたより数倍も大きな苦しみを与え、かれらを見かえしてやろうというようにおとずれる。「私」だけが教師からことさら苛められ、憎まれているようにみえるのは、「私」がじぶんの出生にいだいている憎悪のてりかえしにすぎない。教師はただ一般的にいじめているだけなのだが、「私」はことさらいじめられているのである。幼ない「私」はじぶんの出生と他人の出生を無意識のうちにくらべてしまう劣勢の倫理からのがれられない。出生そのもののぬきさしならない関係はたがねでうがたれ切開されるわけではないのである。「幼年時代」にでてくる「私」の実母が、遊びにゆくと菓子皿にようかんや最中をもってくれたり、ひる寝のひざをかしてくれるやさしい母として描かれ、養母は悪性女ではなく叱るときはきついが可愛がるときは可愛がってくれる女として肯定され、姉はやさしい理想の姉として設定されているのは偶然ではない。後年の自伝「弄獅子」で実母も養母もあまり好きでない面白くない母親だったとかいているのとは雲泥のちがいである。ここで近親を美化せざるをえなかったのは、犀星が出生をただ他人にたいする劣勢としてとらえたための当然の成り行きだということができる。

　復讐はもっと根ぶかく、出生の泥のような関係に踏みこんでこれをくつがえすものでなくてはならぬ。そうでなければ出生にたいする自己憎悪は放たれないはずだ。初期の犀星の歩みは多作にもかかわらずそれほどすみやかではない。さいしょの成熟はおそらく「香炉を盗む」あたりにあらわれたのである。「香炉を盗む」は初期の傑作であるが、結婚によってあらたに出生の関係のなかに入りこんできた女性との生活体験なしにはうみだせない成熟した認識をふくんでいる。朔太郎や芥川をモデルにした作品「青い猿」のれい子との恋愛体験がうしろにあってかかれている。「香炉を盗む」の女は、男が情人にあいにゆくのをいつもだまって送りだす。しかし女は男のうごきを何もかも透視している。日昏れに男がでかけようとして着換えを済ますころ、勝手で茶碗や皿をあらっている女の手はひとりでにぴりぴりと震える。男は、黙っておくりだす女がじぶんの情事ばかりか情事の光景も、何もかも透視しているのを感じ戦りつする。じつは、男が女に透視力があるように感ずるのは、情事をかくしているさわりの反映である。女は男のさわりの部分をうずめようとして空想力をからめるだけだ。このとき男と女との関係は、嫉妬を仲だちにして「幼年時代」の教師と「私」の関係のように、犀星独特の出生の因果絵図のなかにはいりこんでくる。人間と人間とのあいだに、こういう生理的に粘着した認識がありうることを、犀星は結婚まで予想もしていなかったはずだ。そのおどろきは「香炉を盗む」を支配しているようにみえる。「弄獅子」のなかで、妻の音楽教師としての過去にじぶんにはない華かさを妄想して嫉妬する犀星がえがかれているが、すでに生理的な認識ともいうべきものに特別な位置をあたえようとする犀星の特質は「香炉を盗む」ではきざしをみせている。

犀星の出生にたいする切りこみの成熟をかたる他の典型的な作品は「あにいもうと」である。「あにいもうと」で、養母の娘時代は「もん」として、養母の父は河師の親方赤座として登場する。莫連とでたらめと醜悪と無智とがぎらつく生活世界でも、生きる根性のようなものが人間とけものを区別するものだと犀星はいいたかったのかもしれない。娘時代の養母は無智と莫連としてえぐり出されるが、根性は一本わすれずにえがかれているし、養母の父は、冷酷無惨な掟を河師仲間におしつける暴君だが、そこに一条の下層の倫理みたいなものが想定されている。かつはえぐりかつは肯定しながら、こういう世界をえがきだすためには、犀星はいうにいわれぬ格闘をしなければならなかったはずである。ふっきらなければならないのは遠い出生の関係だが、ふっきるのはいまの犀星だ。こうかんがえてくると「チンドン世界」、「続あにいもうと」、「竜宮の掏児」、「近江子」のような短篇も、「戦へる女」や「聖処女」のような長篇も、悪性女である養母の正体をかしゃくなくえぐりだしながら、同時にこれを肯定し市井の餓鬼どもの性格に背負わせたものにほかならない。なにが、犀星をふっきらせたのかは、「銀製の乞食」時代の生活体験にてらして知るよりほかない。散文に転じてしばらくたった時代について犀星は「文学的自叙伝」でこうかいている。

末はのたれ死になつてもいいんだ。千古の文学をひねくるのではないのだ。どうせ小説家の屑になつて吹ツ飛んでしまふのだ、書けるだけ書いて廃艦になつてもいいのだ。けふさへ旨くお茶をにごして行けばいいのだ。お金がほしいから書くのだ。誰も認めなくとも大きにお世話さまなんだ。僕はさういふ悲しい自問自答のなかで荒廃された文章の上を、がたぴし、蒼白い車を引きずりながら小説を売つて歩いたのであつた。芥川君がいつか云つた。「君、あべこべなんて言葉を小説につかふなよ！」何をいやがるんだ僕には僕の用語があるんだ。それで叩き上げた人間なんだといふふうに僕は濫作に濫作を重ね心ある人々を悲しめた。

時期は「香炉を盗む」の直前に相当しているが、僕には僕の用語があるんだ、という居直りは、文学者と言葉の関係において、おれにはおれの出生があるのだという居直りと同義であるはずだ。都会の文学青年や芸術青年の群れに投じて、名声飢餓にがたがたしながら「性欲学」などという怪しげな本づくりをしてたべていた時代のやぶれかぶれは、莫連女である養母のたんかのうえに犀星を坐りこませる。「庭を造る人」をかき、芭蕉を論じ、「洞庭記」をかいて狂暴をしずめ、また一方で「香炉を盗む」からはじまり「あにいもうと」や「チンドン世界」で出生関係の妄念に切開のメスを入れるまでに、それ相当の距離があったのである。切開がおわり、ほぼじしんの世界を確立したと信じたとき、かつて散文の処女作「幼年時代」でとりあげた「私」が正しいか、正しくないかを決定する説を、ふたたび渾身の力をこめてとりあげる。

軍人には立派な鍛錬された武器があり、それぞれの学者には学説という楯や弓矢があるやうに、我々のあさる人生にも休まずに精悍な武器をとり、仮借なく最つとあばくものをあばき最後の一人をも残さずに、それの人生を裁かねばならないのである。私は多くの過去では骨ぬきの好いお料理のやうな小説を書いてゐたのは、過ちでなく何であつたらう。此処まで来るとのほほん気取りでは書いてゐられないし、不適当な言葉ではあるけれど進んで今は容赦なくあれも討伐しこれも討たねばならぬやうな気がする。（中略）

他の作家は知らず私自身は様々なことをして来た人間であり、嘗て幼少にして人生に索めるものはただ一つ、汝また復讐せよといふ信条だけであつた。幼にして父母の情愛を知らざるが故のみならず、既に十三歳にして私は或る時期まで小僧同様に働き、その長たらしい六年くらゐの間に毎日私の考へたことは遠大の希望よりさきに、先づ何時もいかやうなる意味に於ても復讐せよといふ、執拗な神のごとく厳つい私自身の命令の中で育つてゐた。（「復讐」）

他人にとって（たとえば広津和郎）、犀星の復讐の説があいまいに耐えず、なぜ、何にむかって、如何に復讐するか不明であったとしても、犀星にとっては自明であった。復讐は出生の関係にたいする憎悪の井戸からひとりでに噴きあげてくる。すでに「あにいもうと」にはじまる市井の餓鬼どもの世界はうずたかくつまれて一年たち、機は充分に熟していたのである。復讐は何にたいしむけられたのか。

たとえば、「聖処女」では妾上りの女がうんだ私生児閃子が設定される。閃子はきれいな貌と、なみはずれた性的牽引力とはぎれのいい性格といった生理的武器だけをもって、市井の男餓鬼のあいだをはぎれのいいたんかをあびせながら巧みにぬってあるき、こらしめ、金を貢がせてあるく。そして、ついに美貌の遊人の青年に身をまかせる。「戦へる女」は、銀色の乞食時代の生活体験を三人の女にあたえ、女たちが色餓鬼どもに結束して挑戦し、自活する世界をえがく。そして、最後に女たちはそれぞれよりかかる男をみつけだす。「近江子」では、お人好しのインテリ女は、技師の名をかたる食詰め男にだまされて同棲するが、ペテンの正体がわかったあとも、男のぐうたらな好人物を赦して、はなれない。「竜宮の掏児」の切子は、男にだまされた後、すて身の莫連女に生長し、色欲でたかってくる男たちを馬鹿にし、生みおとした子をたねに男をゆすって生きてゆく。

この時期の犀星が造形した人物たちは、理智などはひとかけらもないが、性的な牽引力と美貌ときわだったたくましい性格をもった素性のない女たちや、それをとりまく卑小な男餓鬼たちである。給仕上りのえげつない出世欲と色欲をもった小心男がでてくれば（「竜宮の掏児」）、それは卑小化されたじぶんの閲歴が投影されている。犀星の復讐はあきらかに女性に転倒され、出生の関係をつかさどった女中の実母と、莫連な悪性女の養母は、むしろ美点としてさかさまに掘りさげられ、実母からは性格の弱さを削りとり、養母からは悪性をすててこねあわしたうえで、閃子や切子や豹の性格をつくりあげている。男餓鬼の偽善と色欲はこういう女たちにあばき出される。そして、ここが重要なのだが、何か生理的な牽引力のようなものが、けっきょく女主人公たちの復讐を挫折させる。女たちは生理的な自然にたちかえるとき復讐をわすれ安堵するのである。

犀星の中期の市井ものは、いまよんでみれば女性にたいするあくなき好奇心と、時代の風俗しかのこっていないようにみえる。これが、出生にたいする自己憎悪の深い井戸から噴きだした復讐のすがたであろうか。かつて小林秀雄が室生犀星論のなかで、犀星中期の転換を審美的範疇の移動にしかすぎないと評したのも、おそらくこの疑問をふまえていた。問題はさらに掘りさげてみるひつようがある。

わたしのかんがえでは、犀星は、人間が生きる必要上まとう粉飾をことごとく信じきれず、どれひとつ身につけまいと決意して、生理的存在としての人間、じぶんというところまでたどりついたとき、はじめて出生のもんだいを超える足がかりをつかんだのではないか。ここまで根性をきめれば、年少のころくるしめられた貧困とか学歴のなさとか枯渇した情愛などは何ものでもない。ここから眺めるかぎりもはやたれも裸の色餓鬼や欲餓鬼にしかすぎないのだ。社会は犀星の因果絵図つきの半生のあいだに人間の生理のほか何も信ずるなと囁きつづけたため、出生の因果を破りすてる場所もそれ以外にみつけることができなかったのである。義とするものは生理的な人間しかなく、如何に生くべきかの決断でさえ生理によるほかはない、こんなところまできて犀星の散文世界ははじめて全面的に開花したのである。以後、なにを描いても、えぐりだされてくるのは、生理的な審美眼がきりとってくる粘りつくような風景である。そして逆に自然は、復讐をひつようとしないゆいつの生理的存在にみえてくる。犀星の女にたいする過度の好奇心は、禁圧された出生にたいする反動にちがいあるまいが、自身を生理的存在=男にまで削りとったためにうまれた人生への過剰な期待にほかならないのである。社会をきりとろうが（「聖院長」）自然を切りとろうが（「洞庭記」）、女をきりとろうが（「聖処女」）、古典をきりとろうが（「舌を噛み切った女」）、犀星の生理的判断がとらえた生ぐさい風景以外のものは作品の世界にあらわれてこないようにみえる。

わたしは、犀星が出生からの脱出を成就するすがたが、じぶんをそして人間を審美的な生理そのものに化身させることにほかならなかった、という結末にかくべつの批判をのべるべきではあるまい。これが犀星のゆきついたゆいつの可能性であったかぎりにおいて。犀星のむざんな出生の社会性も、ただ一般のもんだいとしてかんがえれば、おおくの下層にとってとくに珍らしいものだったとはいえない。文学はその一般からでて、ばらばらに疎外された人間が、いったいどんなみちをとおってじぶんの世界へたどりついたのか、という過程の独自性からしかうまれはしない。犀星はそこに犀星的な世界をきりひらいた。はたからとやかく云っても空しさだけしか残らない。ここにひとりのすぐれた作家があり、かれはじぶんを審美的な生理にまで削りとることによって、出生にたいする自己憎悪をこえ、文学的世界を開花させた、と語れば足りるのである。あとは、枝葉がそのうえにひろがり独特の色どりをそえたという問題にしかすぎない。

自然は犀星にとって独特の意味をもっている。「弄獅子」のなかで、富豪とか良家の子弟というものは、自然をかなしい心で見つめる必要はないが、貧家の子供でたえず苛められ悲観しているものは、いつのまにか自然のなかにはいり込んでいるものだ、とかいている。じぶんを一個の生理的肉眼にかえてしまった後は、犀星にとって自然もまた、べつの生理にほかならなくなった。庭いじりをはじめた頃、犀星はひとなみに文人趣味をくすぐられたろうが、一瞥で対象を生理的にからめとらなければおられない犀星の眼に自然はそう手易く救いになったはずがない。生活のなかでじぶんが嫌悪すべきものにおもわれてくると、自然もまた嫌悪すべき存在にかわる。「庭をつくる人」は、わたしなどには縁どおい世界だが、犀星のぬきさしならぬ自然との関係はえがかれている。

自分は茲二年ばかりの間に「庭」を考へることに、憂鬱の情を取除けることができなかつた。或時は自分の生涯の行手を立塞がれるやうな気になり、或時はさういふ考へを持つときに、何か後戻りをする暗みの交つた気持を経験するのだ。愛する樹々や石のすべてが何か煩さく頭につき纏うて、夜眠つてゐても其眠りをさまたげられるやうで不快だつた。自分は心神の安逸を願ふときには努めて草木庭園のことを考へないやうにしてゐた。自分は頭の痛む午後や、変に昂奮してゐる時などに、石や草木の幻のやうなものに取つかれ、脳に描く空想を一層手強く締めつけられて来るのだつた。夢にうなされた昼は昼で疲れ、草木や石はそれぐ\に何か宿命や因縁めいた姿で纏ひつき鋭い尖つた枝々が弱つた神経に障つてくることも珍らしくなかつた。自分はかういふ境遇から離れたい為に、つとめて自然の中に、庭園のまはりに近寄らないやうにしてゐた。（「憂鬱なる庭」）

対手が犀星の小説に出没するような餓鬼どもだったら、つかみかかったり、つかみ倒したりすることでまぎれるだろうが、自然は犀星にとってじぶんの生理的な影であるため、つかみかかることも消すこともできずに犀星を憂鬱にする。そして、庭をよぎるひよどりさえ、おまえの庭は木と木のあいだがすっきりしていないから、飛ぶときに気持がわるくなる（「洞庭記」）などというのである。いうまでもなく木と木のあいだには犀星の生理がねばりついているのだ。

文学者のうち動植物の奥の奥までわかっているものはすくなく、わかっていても一匹の虫をぴんからきりまで書きわけるものはいないというのは、犀星の自負である。この特質がつきつめられたのは戦争の動乱期であった。一匹の飼い虫の生態は、さかりから死まで生ぐさい肉眼によって追いつめられる。「虫寺抄」はわたしのもっとも好きな作品のひとつであるが犀星の文学にとってもひとつの頂きをしめしている。飼虫を夏から秋へ、秋から冬へかけて、軒下から煖炉をとった部屋のなかにうつしながら、脛長脚がある日ほろほろと脆くも折れ、一片の落葉のように籠のしたに身をよこたえるまで、戦乱のさ中にかきわけた犀星は、このとき生涯ではじめて、ただいちど復讐をわすれて内心の勝利をさけんだような気がしてならない。

一ところにじつとしてゐるのは、やはり死へ近づく止むなき所作の一つに思はれた。一ところにじつとしながら実に静かに死のきざはしを登つてゆくのではないか、じつとしてゐるといふことが既に彼（虫—註）にとつてとりもなほさず死を意味するものかも知れぬ。そのまま、類ひまれなる静かさのなかに夕映がひととき明るくなり、やがて鼠色にいろを変へるやうに彼は何の苦痛もなく、思ひわづらふこともなく、その命のともしびを自然に消してしまふのであらう。（「虫寺抄」参、わかれ）

虫の死はおいつめられて、ある生理的ななまなましさをつたえる。犀星にとって戦争下の動乱の社会は、いっさいの人間的な葛藤や愛憎の死滅した自然のようにみえた。「筑紫日記」のなかの「臣らの歌」や「勝利」をみると犀星もひとなみに戦争に一喜一憂した詩や俳句をつくっているが、そこに描かれた戦争は、一匹の飼い虫にくらべてほとんど死物にしかなっていないのである。虫の死は犀星の生ぐさい復讐が死に瀕したことを象徴している。虫は女性の裸体でも観察するように冷暖をまじえた眼でながめられたのである。

じぶんを生理的な人間にまで凝縮したあとでは、出生はほとんど生理のもんだいとして犀星をおとずれる。じぶんに眼ざしをむけると、そこに容貌があり、性がありそれがほとんどすべてである。容貌にたいする犀星の劣等感は度外れていて、自分の生涯的に嫌悪するのは容貌のほかのものではなかった（「容貌」）と述懐しているほどだが、生理的存在としての人間は、犀星がかんがえるように容貌や外観や性器からだけなるものではないだろう。そこには胃の腑もあれば、心臓もあり、肝臓もあれば、腸管や脳髄もある。それにもかかわらず、犀星のじぶんにたいする凝視は、容貌と性にだけ集中されて、臓器はなにも語らない。じぶんは醜いと犀星がいうとき、容貌は出生にたいする自己嫌悪のすべてを背負いこまされるのである。犀星の散文世界をいろどる生理的肉眼のなかに臓器思考のたぐいはけっしてすがたをあらわさない。徴候は初期の作品にみつけだすことができる。たとえば、「性に目覚める頃」の「私」は、サイ銭箱からサイ銭を盗みとる美しい娘をうかがいながら、あの人は美しい、そして盗みは醜いが、ふたつはべつべつなものだとかんがえる。べつべつなのは「私」の性器指向と臓器指向なので、この場面は娘のすてた糸屑をにぎりしめて娘の手や足の感覚をおもいおこしたり、紅い緒の雪駄に足をのせれば娘の全身の温味を感じられるのではないかとかんがえる性器指向の場面にながれてゆく。ここには中身より外貌にフェティシズム的に固執する犀星の特徴はあらわれていて、やがて生理的存在としてのじぶんを容貌や肉感に固着させてゆくのである。

犀星が女性を外貌に執着する存在としてみとめることは、じぶんの出生を醜い容貌という点に収斂しようとする特質のとうぜんの反映でなければならない。犀星のじぶんにたいする眼ざしはじぶんの容貌にねばりつく。すると意識は女の本性にとどくまえに鳥もちをかけられたように女の外貌におちてしまうといった按配である。

私は冬が来ても手袋ひとつ持つて行かない女に、やたらに名文の手紙ばかり書いて送り、少女のこころを捉へることが出来るやうに考へたのは、阿呆らしいことであつた。いくら名文を書いたつてそんな名文は少女の装身具にはならない、少女は飜訳調の名文よりか革の手袋とか時計とかを、よろこぶものである。（随筆「女ひと」）

私から去つたひと達は女にもつともほしい筈の顔の良さがなく、贈り物を欠いた二つの事がらが原因してゐたものと思つても、間違ひはない、（同右）

女の人が男を好くのはその男の縹緻がどうといふわけではない、気性とか、仕事の出来栄えとかで好きになるのだと、うまいうそを仰有るが、女くらゐ面くひはなく、面くひは当り前のことなのだ。（同右）

こんなことはただの遊冶郎にさえいえるが、犀星の女にたいする好奇心の核心はここにしかありえない。ただ犀星の口からでると、こういうありふれたことばが思想的な定言のように透徹するのは、出生の因果絵図いらい描いてはこわし、描いてはこわしてきた幻想の女がるいるいと折りかさなっているからだ。「装身具」、「贈物」、「縹緻」、「面くひ」、この種のことばが女の本質にずばりとはいってゆくよりもその外貌に固着するものであることに注意しなければならない。犀星が、女は面くいであるというのは、自身が面くいだからだ。そのためじぶんの容貌を度外れて醜くかんがえずにはおられないのである。「幼年時代」の教師と「私」、「香炉を盗む」の男と女のように、出生の関係は妄執となって生理的存在以後の犀星と女の関係をつらぬいている。

長編「杏つ子」のなかで、平四郎という小説家の演ずるいちばんの悲劇は、じぶんの「面くひ」から、ただ美形の幼な知合だというほかどこにもとり柄のない少女を、すばらしい女みたいにおもいこんで、息子の平之介の嫁におしつけて破鏡にみちびき、また一方で、じぶんの生理的審美眼の鋳型で娘を育てあげたため、親父以外の男がみんなつまらなくみえる偏見を無意識のうちに植えつけられた娘が、日常生活をやってゆくのに別段の悪性をもたない平凡な男と一緒になって、ゆえもなく男を蔑すんだあげく離婚してしまう個処である。もちろん、平四郎の出生の関係を詳細にかきこみ、それまでの自伝的作品を光をかえてこの作品にはめこんでいる犀星が、こういう平四郎の悲劇を洞察していないはずがない。しかし、犀星はおそらくじぶんの生理的肉眼の偏った光をあまねく洞察しつくしているわけではないのである。

かくして犀星にとって倫理はいつも女の生理的覚悟ともいうべきものの表現となってあらわれる。近年の傑作「かげろふの日記遺文」をみよう。

兼家の第三夫人、素性のしれぬ「街の小路の女」は、犀星の生理的な肉感がえがいた理想の女であり、中期の作品にしばしばあらわれたように、実母と養母のイメージを美化してこねあわせたものにほかならない。権高い第一夫人時姫にも、精神的なインテリ女である第二夫人紫苑の上にもみたされない兼家は、ただ生理的存在として没我的な「街の小路の女」にひかれる。第一夫人と第二夫人は、それぞれ金銭と物質を代償に街の小路の女に身をひくようにせまる。しかし、女はそれをシリぞけて生理的覚悟ともいうべきもので、自ら兼家の前をさる。生理的存在にまで粉飾をぬぎすてた女は、ぬきさしならぬ肉感的な倫理で人生を決断するが、理智とか素性などは断崖にたつと金銭や物質で愛情をあがなおうとする俗物性しかしめしえないものだ、と犀星はいいたいのかも知れぬ。

街の小路の女は、犀星の成熟した肉眼がうんだ審美的な理想であろう。この理想が現実の社会に成就することは、かれの人生にたいする復讐がまったく成就することを意味するのだが、もちろんそんなことはありえないのである。なるほど、犀星の透徹した生理的肉眼は、いまは社会も歴史も人間も自然も独特の偏光によって咬いつくすことができるはずだ。しかし、人間は性器と五感だけで生きているわけではないから、現実社会の彼方（犀星にとって）からやってくる光線と、臓器からさしてくる暗い光線は、犀星世界にひきずりこんでも光源の所在を探しあてることができない。そこに犀星をときとしておとずれる苛立ちと不安のみなもとがあり、それが逆に犀星の作品にいつまでも得度しない面白さをあたえているようにみえる。

恥について

あるとき、あるところで、それは電車のなかであっても、歩いている路上であってもよいのだが、あっと口のなかで叫んでしまうような恥の記憶をだれでもいくつかもっているにちがいない。島尾敏雄の作品をよむと、この恥の処理といったものが大変うまくできているような気がする。無理に恥をひたかくして強がったり、てんてこ舞いをすることもなく、また自虐によってとんだ醜態をさらすこともない。それでいて、相当ふかく恥をだしきっている。

文学はいずれにせよ恥をさらすことにちがいないので、これを軸にもってくると、政治文学者にはじぶんの恥をさらさないでいい作品をかこうという虫のいいものがおおく、私小説作家は、あらいざらいにむしろ演技的に恥をさらしてみせる、ということができるかもしれない。

島尾敏雄は恥の処理法からみれば、私小説作家の系譜にちかい。そして、私小説作家とおなじような恥のさらし方をしている作品も沢山あるようにおもう。しかし、島尾敏雄の独自性は、そういう個処にはないので、むしろ「意味」をぬくという方法によって、恥をさらす手法をみつけたほとんど唯一といっていい作家だとかんがえるべきではないか。「意味」をぬくというのは、作品のなかで意味のつながりによって何かを指すことをやめることであって、作家自体のもんだいとしてみれば、現実の社会でじぶんの存在を隠したいとか、隠れてしまいたいとかいう欲求に対応しているのだ。恥の形容に、穴があったらはいりたいというのがあるが、島尾敏雄は、架空の穴を現実のいたるところに見つけ出し、そのなかにはいってしまう。その穴は、ふつうの視覚ではよくわからない。もっともらしい関係と関係のあいだに、それが心のうごきであれ、人間と人間のあいだであれ、人間と社会のあいだであれ、穴をみつけて、たちまちそこで架空の世界を構成する。ひとびとには、つながり合い、つながりあうことで意味を持つようにみえる現実の世界が、島尾敏雄の作品では、ふかい穴にへだてられた孤島のようなのが、現実の意味をもっているのだ。

わたしは島尾敏雄の文学の新しさなどという批評をあまり信用しない。それは私小説的な古さといってもおなじことなのだ。かれの善意ある魂というようなもの（たとえば夫人とのあいだの）もあまり信じない。それは悪意といってもおなじことだからだ。わたしたちが生活社会を信用するかぎり、それはどうしようもない鳥もちのような世界であり、それ以外にどんな達人の生き方もかんがえられそうもない。偶然が、そして必然が、この作家に異常な生活体験を強いたとしても、それはよく誰もが耐えるように耐えたというに過ぎまい。

しかし、かれの文学の独自さは信じられる。孤独な実験室からやおら腰をあげ、人生の意味を問い、社会の意味を問わねばならない年齢にきたこの作家が、これからたずねてゆく世界は何なのかは知らないが、その文学は起承をもち転結をもたざるをえないのは確実である。そのとき、島尾敏雄の恥の処理の仕方は、本格的に真価をとわれるのではなかろうか。さいわい、現在の島尾敏雄は遠隔の地に居住している。つまらぬ文学の世界につきあえないのは何よりも結構なことである。（もっともこれは東京の真中に住んでもおなじだが。）

わたしは、この作家にとってちょうど生活上の不幸がはじまったころに知りあい、その不幸がおわったころから会っていない。このことをわたしは大層気に入っているということをつけくわえておきたい。

時代の書の因果

戦争中、漢文を研究していた二人の壮年の学者がいた。ひとりは、昭和十九年に『魯迅』という本を出版し、ひとりは昭和十七年に『司馬遷』という本を出版した。漢文といえば子曰くや寺子屋としか結びつかない通念と、漢学的な学問の伝統のなかで、少壮の学者が、なんとかして中国思想・文学の研究を近代化しようとすれば、どれほどの労苦がいり、また、訴えかける相手のいない空しさを耐えねばならなかったかは、本人にたずねるか想像をたくましくするほかに道がないのである。その意味では、わたしたちは、おそらく誰もが、当時、この著者たちから遠くにいた。

しかし、かれらは生涯に二度と味えない快感をこのとき堪のうしたような気がする。ひとびとの頭脳のなかに石のように固定化し、伝習化された観念にたいして、孤独のうちに深い坑道をほりつづけ、やがて決定的に転回してしまおうとする意欲とこころおどりのようなものは、これらの文体のなかにはっきりとしめされている。かれら自身にとって生涯の書となっているのはそのためである。

何の因果でこのふたりの学者は、中国文化を生涯の対象にえらばねばならなかったのかは、この著書だけからは理解できない。魯迅にまさる文学者は日本の近代文学史にも数人はいるし、『史記』にまさる歴史書は世界に数おおくあることは疑いないことである。撰ぼうとすれば、他の対象がえらべたはずだ。偶然がふたりの青年を中国に近づけ、その偶然を何とかして自己にとって必然に、そして古色蒼然とした漢文の世界を何とかして世界文化の視野のなかにひき出そうとするけんめいな努力が痛ましいほどつたわってくる。

武田泰淳は「風媒花」のむすびのところで、「『中国！』と、峯は気恥しい片想ひで立ちすくんでゐた。」という一節をかいている。竹内好は近著『不服従の遺産』のあとがきで、「マルクス主義が魅力をもつ理由の一つは、階級および国家の終滅が予定されているからである。その終末観の濃いものほど私には魅力がある。初期のマルクス、レーニン、そして国家主席をやめた毛沢東である。」としるしている。

しかし、これは戦後中国革命が成ったあとでかかれた感慨で、かれらが最初の作品をかいたときには、日本人の侮蔑の対象であった中国を撰んだ劣勢感のほうが強かったはずだ。それが逆転したとき、一種の複合がおこり、中国コンプレックスと呼ぶべきものがあらわれる。わたしならば中国に片想いし、戦争責任を感ずるくらいならわが死者を想えというところである。

対象に深入りすれば、だれでもあばたもえくぼにかわり、惚れた因果はかえってくる。竹内は魯迅からもっとも深く保守的であることにより革命的な道を、もっとも非政治的な思想に徹することにより政治的でありうる方法をまなんだといえるかもしれぬ。また、武田は自己を無化することによってはじめて世界は混沌のままで再現しうるという思想を、司馬遷から引きだしたかもしれない。

まだ薄明のようにしかあらわれていない因果のようなものが、戦争のさ中にたった著者たちの足場を照らし出して、かれにとって生涯の書を、いわばすぐれた時代の書にしているのである。

たとえば、竹内は、「藤野先生」と「吶喊」自序から引きだされた魯迅の文学への転心を、幻灯にうつしだされた同胞の無気力な姿にたいする屈辱感からだという定説にたいして執拗な疑義を提出している。ひとくちにいえば、ある現実上の屈辱的な事件がおこり、それにたいして精神の激動を体験したことと、その精神の動きが、また現実上の行動になってあらわれるということは、別なのだという解釈を対峙させているのである。仙台留学時代の試験問題事件と幻灯事件は魯迅に屈辱をあたえたかもしれないが、医学をやめて文学をやるにいたった事実とは、きりはなさなければならない。
こういう動機と結果を区別する試みに、竹内好が太平洋戦争にたいしてとった頑強な立場が象徴されている。『魯迅』が時代の記念碑として意味をもつとすればこの一点にかかっているとおもえる。

武帝の大きな影の落ちている漢帝国の一隅で、司馬遷は一つの歴史を書きつづった。その歴史は「世界」に関するものであった。それを書きつづることは「全体」を考えることであった。

刺さるべき始皇帝は天下の帝王、世界の中心であった。一躍、始皇を突かんとするは、「列伝」から「本紀」まで、史記の世界を一文字に、飛翔疾駆することにほかならぬ。

李陵こそは漢のために、全力あげて匈奴を攻撃した強者である。真の弱者は銃後にあって強者ぶる刀筆の吏である。

これらの片々たる引用文は『司馬遷』をすぐれた時代の書としているものの象徴である。兵隊がえりの中国学者が、じぶんに与えた使命感と戦時下の文化にあたえた眼ざしとを映しているということができる。

抵抗の書などというものは存在しない。ただ時代の書があるだけだ。また、刀筆をもって抵抗したなどというものは、たんなる自慰にしかすぎない。のこされた書物は、たれにとっても形骸である。また、文をかくということは、あくまでも文をかくことであってそれ以外のものではありえない。文学は無力であり、文学者は無用のものであるということに徹したとき、はじめておぼろ気に文学の自立した力のようなものがあらわれる。こういった文学観はかれらの処女作に象徴されている共通性のようにおもえる。

竹内好は現代の数すくない思想家のひとりであり、武田泰淳はもっとも優れた作家のひとりである。しかし、現在の竹内好は、『魯迅』執筆のころに比べれば、はるかに文をもって現実をうごかしうることを信じているようにみえるし、武田泰淳のじぶんを無化する方法は汚れて成熟している。

わたしのかんがえでは、中国思想に惚れたたたりのようなものが現われたのではないかとおもう。『魯迅』で竹内好は、魯迅にとって筋肉のように自然な非政治の政治性を、和風の矛盾的な同一としてとらえた。『司馬遷』で、武田泰淳は、歴史をうごかすのは政治的人間であるという中国思想の筋肉のようなもの、じぶんを無化することも政治に関与するためのものだという筋肉のような思想を、素直にのみこんでみせた。そして、政治より自然のほうが好きな和風の思想的筋肉からは、中国の文芸も思想も、政治的なずん胴にしかみえないという一点に復讐されつつあるのではないか。

小林秀雄
——その方法——

第二次大戦をくぐりぬけた文学者のうち思想的な負債の概して少なかった文学者に指を屈するとすれば、だいいちに、小林秀雄をあげなければならないとおもう。『ドストエフスキイの生活』、『無常といふ事』、『歴史と文学』とならべてみて、これに匹敵する仕事を戦時下にのこした批評家は、まずかんがえられない。もんだいを戦争権力に迎合したか、どうか、という観点にかぎったとしても、戦後抵抗文学者などと名告りをあげた文学者たちよりも、はるかに負債はすくないということができる。しかし、かれの場合負債はいわば先験的にその方法のなかにかくされていた——ここに小林秀雄における歴史と文学のもんだいがよこたわっている。

わたしは、戦争中、小林秀雄の熱心な読者であった。敗戦直後の混迷のなかで、この文学者の声はもっともききたい声のひとつだったが、聞きえなかったという記憶をもっている。かれの沈黙はそのとき戦争の傷をなめていたことを象徴している。熱心な読者というのは、いつも極端に相手をじぶんの想像で作りかえてじぶんがその声をききたいと願っているのと、まさにおなじ理由で文学者は声をのんでいなければならないことを、決して理解しようとしない読者のことをいうのだが、わたしもまた、ご多分にもれなかった。他愛のない文学者のほうは、戦後にぎやかな転換の声をあげたが、かれは頑固に沈黙をひびかせていたのである。

わたしの記憶のなかでは、かれの戦後の第一作は「ランボオ論」か、「モオツアルト」論で、このあとに「罪と罰」論がつづく。これらのいずれも、勝手につくりあげていた小林秀雄像にそむかないできばえであった。かれがオポチュニストでないということで、熱心な読者ははなはだ満足だったのである。当時、あまりにひどい文学者がおおすぎたからだ。しかし、わたしのききたかった声の半分は充たされなかった。戦争とはなにか、敗戦とはなにか、これから生きてゆくとは何かについてもはや小林秀雄からなにももとめえないのを知らねばならなかった。かれは「歴史と文学」や「文学と自分」の延長線では何も語らなかったし、いまもってまともには語っていない。このことは、かれが戦後、文壇をすてて社会的視野の外にでたのとふかくつながっているようにおもえる。

　いまにしておもえば、当時わたしがききたいと願ったことは、人にもとめて得られるものではなかった。あの混迷のなかで、いかにも何をなすべきかが判ったように語ったのが、藪医者ばかりであったことは、十五年をへた現在、藪医者の破産によって実証されたのである。

たしか、単行本として出た『無常といふ事』で、古典をあらためてよみかえし、『私の人生観』まではもとめてついていった。しかし意識して文学の世界から遠ざかり美術論にはいっていった小林に、もうついてゆくことができなかったのである。すべてじぶんじしんで解かなければならないと思いきめた。以後、わたしは断片的にか、または戦争期の回想としてしか、小林秀雄を念頭においたことはない。

　こんど、この小文をかくために、小林秀雄のおもな作品をひろい読みしてみて、あらためてその出来ばえにおどろいたのだが、「西行」論にあたったとき、ふと時の経過によって丁消しされる負債というものにおもいあたった。新潮文庫本で「西行」をよむと、はじめに「後鳥羽院御口伝」の引用があり。そのあとに「まことに簡潔適確で、而も余情と暗示とに富んだ言葉であるが、非凡な人間が身近にゐるといふ素直で間違ひのない驚き、さういふものが、まざまざと窺はれるところがもつと肝腎なのである」としてある。記憶にまちがいなければ、オリヂナルでは「言葉」は「御言葉」であり、「窺はれる」はたしか「拝される」となっていた筈だ。戦後十五年のあいだに丁消しされた負債といえば、天皇制にたいする負債だけではないか、天皇制が現在、権力一般のもんだいに解消したということ以外に、わたしたちが自力で克ちえたことはなにひとつないのではないか、そういう思いを禁じえなかった。小林秀雄も文庫本に再録するにあたって、天皇制にたいする往時のじぶんの観念に気はずかしさを感じて敬語を改めたにちがいない。この気はずかしさは、自力で獲たものでないものが、社会によってすでに与えられていることにふと気付いたときの気はずかしさにあたっている。こんな気はずかしさがあるかぎり、思想的にはわたしたちは生きてはいけないはずなのだ。

こんどあらためて、小林秀雄にたいする驚嘆は驚嘆としてのこり、戦後十五年のあいだに小林秀雄があるいた道と、じぶんがまがりなりにもふみこんだ道との距りが批判として浮き彫りされてきた、という平凡なことがわたしをおどろかせたが、かんがえると、こんな批判や被批判などにはかかわりなく、現実はわたしたちの足下に深い陥穽をはなっているような気がしないでもないのである。

本多秋五は「小林秀雄論」（『転向文学論』所収）のなかで、プロレタリア文学運動の影響下にあった学生時代に、小林の「マルクスの悟達」をみて、表題だけで失笑したという体験を語り、マルクス学説は、科学的理論として、客観的妥当性だけを論議さるべきもので、「悟達」の問題などありうべきはずがないとかんがえていたとのべている。青年の誤読や独断は、いわば特権ともいうべきものだが、その結果の責任はじぶんにしかかえってこない性質をもっている。初期の小林秀雄は、本多秋五も指摘しているように、マルクスもエンゲルスもレーニンもよくよんでいて、きわめて適切に引用していることがわかる。たとえば「マルクスの悟達」や「文芸批評の科学性に関する論争」などの批評文は、現在よんでみても、ただ、いやおうなく小林秀雄的な色彩でエンゲルスやレーニンの言葉がよまれているということを除いては、けっしておかしいものではない。これは、たとえば芸術的価値と政治的価値をめぐるプロレタリア文学者の論説が（中野重治のものも含めて）いまでは、それこそ失笑しかさそわないのと、きわめて対照的である。ただプロレタリア文学者が、失笑に価するテーマをめぐって口角泡をとばして論争をやったことの意義をもとめるとすれば、体験しないものには決して了解できない論理の一貫した体系の魅惑を、いいかえれば手ぶらでは解きえられそうにもみえない現実の諸相を、ひとつの原理から一貫して解きほぐそうとするときの論理の魅惑を、かれらが存分に浴びているということをおいてはない。小林秀雄がプロレタリア文学者よりもマルクス主義的にエンゲルスやレーニンを読みこなしながら、自己自身をしか語ろうとしていないことと、また対照をなしているのだ。

「マルクスの悟達」のなかで、哲学には唯物論的な方向と観念論的な方向とがあり、そのあいだに様々な色合の不可知論が介在しているので、哲学上の新しい観点をみつけだそうとする痙攣的な努力は、ただ精神の貧困をあらわしているだけだという「唯物論と経験批判論」の一節を引用して、小林は、レーニンの言う意味を約言すればこの世はあるがままにあり、他にありようはない。この世があるがままであるという事に驚かぬ精神は貧困な精神であるということだ、とかいている。プロレタリア文学者に、せめてこれくらいの理解力があったら、芸術作品の世界はあるがままにあり、他にありようがないことに驚いたうえで、芸術の価値を論じなければならないくらいは判ったろうし、芸術の窓と政治の窓がいたちごっこをしたり、芸術は芸術だが世界観の窓はひとつだなどという奇妙な争点をめぐって、情熱と論理をかたむけるといった事態はおこらなかったはずだ。

　小林秀雄の方法の時代的な意味を批判することは、逆立ちしたプロレタリア文学の方法を批判することと同義である。精神の天動説を信じるあまり、世界は己れの内部の真実を核としてめぐるとかんがえることと、精神の地動説を信ずるあまり、世界は現実の必然を核にしてめぐるもので、人間はふりまわされるおけらだとかんがえることは、まったく等しくなければならない。わたしたちの内部にある真実は、現実世界の虚偽から与えられた影であり、また現実世界の必然というのは、わたしたちの内部が現実から自立することによって手に入れる自由の影である、ということは自明だからである。

人は様々な可能性を抱いてこの世に生れて来る。彼は科学者にもなれたらう、軍人にもなれたらう、小説家にもなれたらう、然し彼は彼以外のものになれなかつた。これは驚く可き事実である。この事実を換言すれば、人は種々な真実を発見する事は出来るが、発見した真実をすべて所有する事は出来ない。或る人の大脳皮質には種々の真実が観念として棲息するであらうが、彼の全身を血球と共に循る真実は唯一つあるのみだといふ事である。雲が雨を作り雨が雲を作る様に、環境は人を作り人は環境を作る。斯く言はば弁証法的に統一された事実に、世の所謂宿命の真の意味があるとすれば、血球と共に循る一真実とはその人の宿命の異名に過ぎぬ。或る人の真の性格といひ、芸術家の独創性といひ又異つたものを指すのではないのである。この人間存在の厳然たる真実は、あらゆる最上芸術家は身を以て制作するといふ単純な強力な一理由によつて、彼の作品に移入され、彼の作品の性格を拵へてゐる。（「様々なる意匠」）

たれもが引用する文句でいささか照れくさいが、小林秀雄の方法は、現在にいたるまでここから少しも動いてはいない。ただ時代が主題の外観を変え、年齢が深度を与えてきたということを除いては。これは、かれの芸術観であるとともに、いわば生活者としての思想だ。

すべては、まったくそのとおりだが、なぜ、小林秀雄は、人がさまざまな可能性をもってうまれてきながら唯一の真実（宿命）をしか所有できないために、小林秀雄は文学者となり、Xは靴屋となり、Yは大工となりといったさまざまな宿命にばらまかれる外ないにもかかわらず、これをばらまいている現実がおなじただひとつの現実だということに驚かないのか、いぶかしくおもわないわけにいくまい。ひとはじめに驚いたものしか情熱をこめて解明しようとはしないものである。小林秀雄が唯一の真実（宿命）の意味はときほぐそうと試みたが、驚かなかった現実のほうは解明しようとしなかったのは当然である。
マルクスやレーニンからアントロポロジイの達人、悟達の人間をみちびきだす小林秀雄の手つづきは見事で、同時代のマルクスのおけら達はくらべものにもならないのだが、人間を唯一の真実を所有するさまざまな人間にばらまいているのは、ただひとつのおなじ現実だということに驚かなかったため、現実の解析へ、その本質の解明への道はうまれなかった。この点については、人間学の達人である小林秀雄といえども、もっとも貧弱なプロレタリア文学者のひとりにさえ、一歩をゆずらざるをえないのである。
おそらく、小林秀雄の方法の欠陥は、内在的にはやってこない性質のものであった。もし試練がくるとすれば外在的に、かれが驚かなかったがゆえに解明しなかった現実のほうから、かれじしんはその原因にあずからないのに現実のほうがかれに強いるという形でくるはずであった。戦争は、まさしくそういうものとして小林秀雄をおとずれている。多くの文学便乗者からかれを区別したものは人間学の達人であったのだが、多くの生活者たちとおなじように戦争へあるがままの宿命を抱いて埋没したのは、現実への驚きを放棄したがためであるというような具合に。

文学者は、思想を行ふ人ではなく、思想を語る人だ。今日の様に、実行の世の中になると、文学者なぞは、口説の徒ではないか、といふ人が増える。そんな事を言ふ人が増えても減つても、文学者は昔から口説の徒たる事にいささかも変りはないので、口説の徒で充分であると信ずる者を動かすことは出来ませぬ。文学者にとつて、思想の価値は、それを巧く書くか拙く書くかといふところで定まつてしまひます。（「文学と自分」）

かれの戦争中の大作『ドストエフスキイの生活』や、古典論『無常といふ事』にどのような形にもあれ戦争の直接のかげをみつけることができないことには充分な理由があったというべきである。いかに生くべきかのもんだいを、ただ現実必然にあわせてめぐる自分というようにかんがえて、戦争の現実にはまりこんでさえも、また廻転していったプロレタリア文学者たちの現実優位の慣性《イナーシャ》とは、ほぼ対称的なところにあった。文学者は口説の徒であるという自覚のあとには、生活者がのこる。小林秀雄のなかの生活者は、戦がはじまったからには、いつ銃をとらねばならないかわからないが、そのときがきたら喜んで国家のために銃をとるだろう、しかも、文学はあくまでも平和の仕事だとすれば、文学者として銃をとるなどとは無意味なことで、一兵士としてたたかうのだ、銃をとるときがきたら文学など廃業してしまえばよい、というかんがえに到達する。

政治を文学的に、また文学を政治的にやることをもって、政治と文学との統一とこころえたため、戦争をさえ、文学的に推進せねばならなかったプロレタリア文学者は、ちょうど多数の生活者を嗤うことができないように、小林秀雄を嗤うことはできない。小林秀雄のこのかんがえのなかには、おそらくたくさんの正当性がかくされていた。

しかし、なぜ、生活者としてのかれの思想は、戦争とは何か、国家とは何かについてひとかけらの疑念もなく、いわば宿命的にこれを肯定したのだろうか。さまざまな個人にその宿命を強いるものが、おなじ一つの現実であることに驚かなかったかれには、現実は解明され再構成されるべき何かではなく、おおきな宿命と同義としてうつったのである。小林秀雄にしても、戦争とか国家とかの本質についてのレーニンの教説くらいは、よんで知っていたろう。しかし、知っているとか、理解しているなどということは、何のたすけにもならないことは、プロレタリア文学者もまた戦争期に身をもって証明したところである。ひとが、小林秀雄のいわゆる大脳皮質にやどる真実をすてるためには、かれが現実から身をもって体得する「血球とともにめぐる真実」のほうの比重がおおきくなりさえすればよい。いわばこのとき、かれはかならずそれにふさわしい（それを合理化する）論理をあみだして大脳皮質にやどる真実のほうを訂正しているものである。おおざっぱにいえば、戦争とか国家とかをじぶんの力ではおよびがたいおおきな何とかかんがえるへいぼんな生活者の思想にすべりこんだといえるかもしれないが、そこに小林秀雄なりの論理は編みだされている。

人間の歴史は、必然的な発展だが、発展は進歩の方向を目指してゐるから安心だと言ふのですか。では、人類に好都合な発展だけが何故必要なのでせう。歴史の必然といふものが、その様な軽薄なものではない事は、僕等は、日常生活で、いやといふ程経験してゐる筈だ。死なしたくない子供に死なれたからこそ、母親の心に子供の死の必然な事がこたへるのではないですか。僕等の望む自由や偶然が、打ち砕かれる処に、その処だけに、僕等は歴史の必然を経験するのである。僕等が抵抗するから、歴史の必然は現はれる、僕等は抵抗を決して止めない、だから歴史は必然な事を止めないのであります。（「歴史と文学」）

これはもう、生活者の異様なひとつの思想である。人間の望む自由や偶然が打ち砕かれるところにだけ、歴史の必然を体験するものとすれば、歴史はかならず人間を打ちくだかなければならない。そうでなければ人間の自由はありえないからである。痛めつけられなければ慾望をかんじなくなった被虐者のように、現実から異常な事件によって痛めつけられなければ、自由をかんじられない生活者の思想がここにある。このかんがえは『ドストエフスキイの生活』の序文である「歴史について」のなかにも展開されているから、戦争期の小林秀雄には、なれしたしんだ思想である。

しかし、いまここでいう小林の必然と自由との相関が被虐的であることと、当時このかんがえかたがどれだけ人間の自由というものの領域を拡大させた意義をもっていたかは、おのずからべつもんだいである。この意義がなければ、明日は必然的に戦争の死に出遇わなければならないと思いきめていたわたしたちの世代が小林秀雄にひかれるわけがなかった。社会生活的にはこす狡く保身的でありながら戦争には傍観的であったリベラリストをこえて、黙々と戦争にしたがった多数の生活者の苦しみと知識人とを架橋しようとする試みがここにはあったのである。

じっさいは小林秀雄のいうところとは逆である。わたしたちが現実から自立し自由であるとふるまうところにしか、歴史の必然はおとずれない。もし、わたしたちの思想が、歴史や現実をあるがままとかんがえるなら、偶然の連鎖のなかでしか生きていないことになる。死なしたくない子供が死ぬのは偶然のつみかさなりとみえるから、母親はその偶然のひとつがもしも他の偶然におきかわっていたらとおもい嘆くのである。もしも、あのときこうではなくああしていたら子供は死ななかったかもしれないというように。

わたしたちが、歴史の必然をものにしたいならば、わたしたちの思想が社会や国家や権力や、そういうもろもろのものから自立していることが必須の条件である。しかし一方で、わたしたちのなかの生活者は、いつもこれらのもろもろのものと関ることによってしか生きていない。ここに過渡的な問題の全てが表れる。

わたしたちが、現実から背かれ、あるいは背いているということを自覚するとき、偶然の連鎖のようにしかみえない歴史は、ひとつの必然の過程へとびうつる。近くでみているとどこへいくのかまったくわからないようにみえた蟻のむれが、眼をはなしてみると巣の方へ向っていることを知るように。

敗戦は小林秀雄を傷つけている。個人をたくさんの宿命にばらまいているただひとつの現実という思想におどろかなかったかれは、ただひとつの現実や歴史が、じぶんに何の原因もないのに突然頓座したということに当然傷つかねばならない。ただかれの傷にリベラリストの傷はふくまれていないかもしれないが、多数の生活者の傷がふくまれていることを忘れてはなるまい。

もはや抵抗しようもない戦後の現実のなかで、ニヒリスムはますます深くじぶんのなかにもぐりこむ。現実がかれの自由を保証してくれないとすれば、第二の現実をもとめなければならない。戦後の音楽論や美術論への没入は、ほぼこういうモチーフからなされているようにみえる。音楽や美術品はかれにとって自由を約束してくれる必然として、いわば第二の現実として考えられている。まず、対象が贋物か真物かということが、とことんまで問われなければならないのは、それが「必然」としての強固な役割を負わねばかれにとって意味をなさないからである。

「真贋」のなかに、良寛の書軸を手に入れて得意になって掛けていたのを、吉野秀雄に贋物だと言われて、一文字助光の名刀で縦横にきりつけてバラバラにしてしまったという挿話をかいているが、これを小林秀雄の美意識のきびしさとよむのは、おそらくまちがっている。じぶんの自由を保証してくれる「必然」がニセモノであることに耐えられないという生活者の思想をみるべきなのだ。贋物を必然と錯覚して、じぶんの自由を換起したとすれば、かつて戦争中、現実や歴史にたいしてやったとおなじことをやることになり、それはかれの生活者の思想にとって耐えられないことだからである。かれは、美術品のなかに流動する現実よりもずっとたしかな第二の現実を発見し、それがじぶんの自由を保証してくれるかどうかをたしかめる。かれの戦後の思想はあきらかに一歩をすすめているので、真贋の鑑定においてかれがみているのは、現実さえあれば自己の自由が保証されるというかつての思想から、すすんで対象そのものへ入ってゆく運動へという過程へふみこむことにほかならない。ただ、かれは敗戦の傷によって、社会的な現実をすてて、美的な現実をえらぶことを強いられただけだ。

先年、上野で読売新聞社主催の泰西名画展覧会が開かれ、それを見に行つた時の事であつた。折からの遠足日和で、どの部屋も生徒さん達が充満してゐて、喧噪と埃とで、とても見る事が適はぬ。仕方なく、原色版の複製画を陳列した閑散な広間を、ぶらついてゐたところ、ゴッホの画の前に来て愕然としたのである。それは、麦畑から沢山の烏が飛び立つてゐる画で、彼が自殺する直前に描いた有名な画の見事な複製であつた。尤もそんな事は、後で調べた知識であつて、その時は、たゞ一種異様な画面が突如として現れ、僕は、たうとうその前にしやがみ込んで了つた。（中略）僕が一枚の絵を鑑賞してゐたといふ事は、余り確かではない。寧ろ、僕は、或る一つの巨きな眼に見据ゑられ、動けずにゐた様に思はれる。（「ゴッホの手紙」）

〈僕〉を見据えているのは、絵であっても、音楽であってもさしつかえない。「モオツアルト」論のなかにも、道頓堀をうろついていたときト短調シンフォニイのレコードをきいて、脳味噌に手術をうけたように驚いたと回想されている。かれの美術論や音楽論の核が、かならずこの種の体験からできており、そこから対象の解明へつきすすみ、またこの種の美にアレストされた体験的な真へまいもどって終ることに注意しなければならない。小林秀雄にとって美は歴史の必然の代同物だから、その感じかたも歴史にたいしてかつて感じたと等身大であってもさしつかえないのである。この種の美的な体験を誇張とうけとるのはまちがっている。それは、歴史と文学というモチーフを、美と文学というモチーフにおきかえたためにおこった生活者の生活的体験の異名にほかならないのだ。

西行論断片

定家の歌論ということになっている『愚秘抄』におもしろいことがかいてあった。

又歌をよまんには、かりにも座をたゞしくせでよむ事なかれ。自由にしてよみならひぬれば、晴の時よき歌よみいだされず。西行は毎度縁行道して嘯きてよみ習ひけるが故に、先年仙洞にて老若の勝負の御歌侍りし時、当座にて各心をつくしてよみあひしに、御敵方たるによりて、西行はやうのあんなる、外にいだすな、たてこめてよめやと勅定ありしは、縁行道の事をきこしめし及びける故にや。されば其時はそれ程におぼゆる秀逸なかりし也。

ようするに、歌をよむには座をただしくしてよまないといけない。気ままによむ習慣がついていると、いざというときいい歌ができない、西行は諸国行脚のさいに歌をよみつけているから、仙洞で歌合せのとき、西行を外にだすな、だすといい歌をつくられてしまうからということになったが、そのため、西行はその歌合せではあまりいい歌はできなかった――というのである。

創作心理というものは、なるほどそういうもので、じぶんの流れのなかにはいらなければどうしようもないし、また環境がかわると調子がでないということもそのとおりであるにちがいない。しかし、定家がそんなことを西行についていったかどうかはうたがわしい。

西行は、定家を高く評価していて、おそらく専門歌人として同時代のうちもっとも優れたものとしていた。かれは、定家の歌合せの判詞をよんで感心し、旅先から「若し命いきて候はゞ必ずわざと急ぎまゐり候べし。」（贈定家卿文）とかいた。歌の勝負事にもくわわったろうが、諸国行脚で西行がかんじたのは「命いきて候はゞ」ということであった。『愚秘抄』のこの個処をよむと、なんでこういう詩人を、歌の遊びごとの席などにひきだしたりするのだろうといぶかしくおもうが、西行という人物は、その歌作からひとびとがえがいている固定観念よりも、ずっとユーモラスで理窟っぽいところをもっていたから、案外遊びごとが好きだったかもしれないのだ、そして、このことを歌作のうえでよく洞察していたのはやはり定家であったことも、『定家十体』から推定される。

しかし、西行の歌がどんなさり気ない叙景歌でも、生活者のうたであったことはたしかだ。わたしの好きな一首。

いはれ野の萩がたえまのひまひまに　このてがしはの花咲にけり

こういう歌は、観念のうえの空想ではつくれるものではない。にんげんの想像力の作用は、もっと原初的で大づかみであり、野はらに萩がいちめんに茂っていて、そのところどころと絶えたところに、このて柏の花が咲いているというそれ自体ではトリヴィアルなイメージを統覚することはできないものだ。ある旅でたしかに西行はこういう平凡な路をとおりすぎ、たしかにこういう情景をみたのである。

雄大な風景も、枯れはてた自然も、物珍らしい旧跡も、名勝も、もう西行をべつに驚かさなくなるほど、旅の体験もつんだ。凡百の風景、どんなつまらぬ路にもある風景、こころはそういうものにだけ眼をとめる。そして、そういうものにしか眼をとめなくなったじぶんのこころを、ふとつかみあげてみる。これが一首の意味であるとおもえる。このとき西行のこころには懐疑も感傷もなく、ちょうどいわれ野をとおりすぎたときの足の歩みの速さとおなじ速さで歌は投げだされている。

Ⅳ

河上徹太郎『日本のアウトサイダー』

批評がなり立つためには、批評すべき対象が、とにかく関心の範囲にはいっていることがひつようであるとおもう。本書がとりあげている中原中也、萩原朔太郎、昭和初期の詩人たち（三好達治、堀辰雄、梶井基次郎、金子光晴）、岩野泡鳴、河上肇、岡倉天心、大杉栄、内村鑑三などは、著者の関心にはいっているのとくらべものにならぬほどわずかだが、わたしの関心にもはいっている。しかし、その関心のもちかたは、一オクターブくらいずれているような気がする。わたしは年少のころ河上徹太郎をかなり熱心によんだひとりだが、「今度の敗戦」は、オクターブをずらしてしまった。変化したのは、こちらの方で、河上は『自然と純粋』以来のテーマを、一貫してここでもあたためている。

日本民族は自然民族であり、文化は自然発生的であり、宗教は自然神教的であり、たとえばこれに対称的なものはキリスト教的な風土、文化、宗教であるというのは、処女評論から河上徹太郎がもちつづけてきた主題だが、この本で日本のアウトサイダーとは、自然教的な日本の環境のなかで、キリスト教的な、いいかえれば純粋教的な「幻を追う者」をさしている。

だから、一見すると何の脈絡もないようにみえる詩人や思想家や政治家たちは、演じた「自然的」なものと「純粋的」なものとを葛藤劇中の人物として共通の性格をもつというのが、著者の根本的なモチーフになっている。

三好達治や堀辰雄や梶井基次郎に「純粋的」なものをみつけ、ここにアウトサイダーをみることには、たぶん、異論があるとおもう。これは、河上肇や岡倉天心についてもいいうることである。戦争や権力の構造は、これらの詩人、思想家の「純粋的」なものの仮構性をあきらかにしたはずだ、というのが、わたしなどのかんがえ方の核心であるが、河上徹太郎は、そうかんがえていない。「自然物が純粋にそれ自身になるとき、鑑賞の世界では、その物は特定物であるといふ個別性を失ふことなしに、他の如何なる所与物を以ても内容を置換出来るといふ純粋型式のみを保有するに至ると。従つて自然と純粋といふ概念は今や対立してゐずに、一存在の両端の存在様式を現すのだといへる。」というような初期の評論にある「自然」と「純粋」とのディアレクティクをしっているものは、いかに河上がじぶんの主題を強固に養ってきたかにおどろくはずである。

今度の敗戦によって日本の得た最大の功徳は、日本の文化が素直に外国に受け入れられるようになったことだ、と断言しているように、敗戦は河上にとって、ただ自分の思想的な主題をいっそうのびのびと展開できるような基盤をあたえてくれたものとしてしかうけとられていないのではないかとかんがえる。大杉栄や河上肇を批評するときにはっきりとあらわれるが、これら「自然的」なものと「純粋的」なものとを内部で和解させることができないため、「純粋的」な行為と「自然的」な心情とを分裂させた思想家は、本書では、いくぶん融通の利く古典人のようにえがかれている。それが、本書にあらわれた河上徹太郎のオクターブのずれではないかとおもう。

井上光晴『虚構のクレーン』

『虚構のクレーン』は、戦争世代が文学作品としてうみ出した戦争体験の最大の記念碑である。ここで戦争世代というのは、戦争と天皇制を、現実体験とイデオロギーの双方から骨身に刻みこまれながら、もがきたたかった世代をさしているので、かならずしも戦争期に二十歳前後の青年であったもの全般をさすものではない。

おなじ世代に属していても、資質的に文学技術者であり、現実の情況にも、社会体制の如何にもかかわりないところで、文学を論じ、うんでいるのもいれば、戦争中は、戦争や天皇制のもんだいに、戦後は、革命や被支配者のもんだいに、のめりこむようにかかずらわずにはおられない悪業ふかい文学者もいる。この資質上の差別は、おなじ世代にあっても、いかんともしがたいのである。

井上光晴は、いうまでもなく、言葉のほんとうの意味で戦争世代にぞくする作家である。

現代では、芸術家としての資質的な悲劇は、文学技術者のうえにあらわれえないとすれば、井上光晴こそもっとも芸術家の名に価しているといわなければならない。かれは、かつて戦争と革命以外の主題におもむいたことはなかった。

モチーフ1

この作品には、三人の戦争世代の青年が登場する。主人公の仲代庫男は、高等学校の読書会で、岩上順一の抵抗だか迎合だかわからない戦争小説論をよんで、それを反戦的なものだといいふらした学生をなぐり倒し、咳血させ、転学する。友人の津川工治は、外出して知らぬ男と姦通している妻をみつけ、そのため帰営がおくれて脱走容疑をうけ、気が狂った兄をかかえている。この二人のやりきれない設定の仕方のなかに、まず作者の第一のモチーフがかくされている。

反戦だか戦争肯定だかわからない左翼文学者（戦後この文学者はもっとも節操がかたかったとされているのだ！）の評論を、戦争肯定として読み、しかも、それを反戦的だといいふらした男をなぐり倒して咳血死させた主人公のやりきれない悲劇のなかに、戦争世代としての井上光晴の体験的な意味が象徴されている。

また、妻に姦通され、脱走容疑で痛めつけられる兄をかかえた青年のなかに、庶民としての戦争世代の体験が象徴されている。また、戦争中、闇タバコをうり、コンサイスの英語辞典を買いだめし、敗戦のどさくさに軍倉庫から食糧をもち出し、戦後共産主義に接近してみせる生活力たくましい青年のなかに、井上光晴の眼にうつった異質の同世代が象徴されている。

モチーフ2

作中につみかさねられたエピソードは、いずれもこの最初の設定を動かしがたいところまで掘りさげてゆく過程である。第二のモチーフが、この過程にあらわれる。それは、一言でいえば、天皇制的なイデオロギーを信じ、戦争を肯定してうたがわなかった戦争世代も、現実的な行動のなかでは、虐げられたものをかばい、不当なものを看過することができないごく普通の庶民的な正義感をもっていたという問題である。それは、焼け出されて郷里にかえり、炭坑に勤めた主人公と、坑内に徴集されてきた朝鮮人坑夫との心情的な交流の描写に典型的にあらわれる。

主人公は、ここで、しばしば、イデオロギー的に信じている天皇制と、「テンノーヘイカノタメ、タンコーユク」という片言を覚えこまされながら、虐待される朝鮮人坑夫にたいするシンパッシイのあいだにさけめがあることを体験する。

わたしの知っている範囲では、戦争世代の体験的な意味を、この程度にまで掘りおこした作品はほかに存在していない。あるのは、天皇制を信じこんだ心情を裏かえした作品か、傍観者のこっけいな文学青年的な優越感か、さもなければ坊主ざんげのような戦争体験の横流しである。いや、そのとき流出したエネルギーだけは貴重であった、というような非科学的なエネルギー論もある。

『虚構のクレーン』で、井上光晴はこの何れの方法もとっていない。一介の青年であった戦争世代のなかで、その日常体験をうごかした心情と、天皇制にたいする盲目的な信頼感とが如何に分裂し、分裂したまま調和したか、という問題として、戦争体験の意味をすくいとっているのである。

モチーフ3

こういう理解の過程で、第三のモチーフがあらわれる。作品は、ほとんど敗戦まででおわっており、設定された三人の戦争世代の青年が、戦後、どのような経路をたどるかは、暗示的にしか描かれていないが、その暗示は充分の発展性をはらんでいる。

主人公は、敗戦で「自分の中のもの」が崩れてゆくのを決定的に体験するが、このとき、主人公のよりどころとなるのは、朝鮮人坑夫たちの虐待と差別待遇にたいして、戦争中、自分がしめした心情と日常行動での同感であることを、作者ははっきりと暗示できている。

敗戦の混乱した心情のなかで、主人公は、この原体験をよりどころにして、戦後佐世保にうまれた「純正共産主義研究団体」の指導者に、あなたは戦争中、ずっと運動していたのかと質問する。指導者は、急に力を落した声になって、「天皇制の問題といっただけで三年くらいこんだんですからね。はっきり天皇制打倒といえば七年だったんだから、実際ひどかったねぇ……」などというような、わけのわからぬことを言うのである。この世代的なさけ目の描写に第三のモチーフがある。

このような作品の結末によって、井上光晴がしめしえたのは何か。それは、いかなる意味でも戦争世代がもっている前世代にたいする優位性と、戦後世代にたいする示唆のありどころである。

続篇ともいうべき作品が、戦後日本を舞台に展開されたとき、井上光晴がこの作品で暗示した第三のモチーフは、現在の現実的な問題となって、読者を作品の世界から現実の世界につれだすことはうたがいない。

橋川文三『日本浪曼派批判序説』

この本の主論文に対応する「日本ロマン派の諸問題——その精神史と精神構造——」という論文が、『文学』の一九五八年四月号に発表されたときのおどろきは大きかった。いつも先駆的な仕事につきまとうおどろきは、じぶんが云いえずして模索していた問題があきらかにいま云われたのだ、というような感じをともなうのだが、橋川文三の仕事にはじめて公けに接したときの感じもそれであった。

橋川が本書の論文で、まったく独創的に提出した新しい問題点はいくつかかぞえあげることができる。その最大のひとつは、いうまでもなく日本浪曼派そのものを、はじめて批判的にとりあげたことである。このはじめてとりあげたことの困難さは知る人がしっている。第二の功績は、日本浪曼派の文学史的な位置づけを、プロレタリア文学運動の挫折、転向という脈絡から切りはなし、したがって亀井勝一郎から保田与重郎へその評価の力点をうつしかえることによって、従来の文学史的定説をくつがえしたことである。第三の功績は、日本浪曼派の成立を、前期共産主義の理論と運動に初めから随伴したある革命的なレゾナンツであり倒錯した革命方式に収斂したものであるという大胆な仮説を提出したことである。そしてここから、発生の社会的な要因として第一次大戦後の急激な大衆的疎外現象をともなう二重の疎外に対応する応急な過激ロマン主義としての性格をあたえた。

橋川によって提出された新説は、わたしの知っているかぎりでも、佐々木基一、平野謙、江藤淳などの仕事におおきな影響をあたえた。そればかりではなく、現在の日本の思想史と文学史にひとつの主脈をうちたて、俗化現象さえ読者のなかに普遍化させたのである。しかし、保田与重郎を対象にして展開した日本浪曼派の「イロニイ」の分析にまで立ちいって橋川の仕事から影響をうけえたものはまれである。それは、保田与重郎の難解さというよりも、戦争世代の難解さに属しているからである。そして、この難解さこそ日本の近代思想史と文学史の核であることを、老いぼれた敵と老成ぶった若い敵たちはまったく知らないのである。

桑原武夫『研究者と実践者』

桑原武夫は、あとがきで、研究者と実践者とを兼ねたいというのが、じぶんの理想であり、また、生来の好みであるという意味のことをかいている。立言のとおり、ここには、フランス革命の立て役者のひとりサン＝ジュストについてのかなりまとまった研究や、芸術の社会的効果についての、この方面では一級品に数えていいようなまともな論策がある。そうかとおもえばフランス文学者としてのじぶんの足元を照らして、日本の近代化と伝統の問題や、ナショナリズムの課題に立ち向かった論文もあり、また、ユネスコの哲学人文科学会議での発言の紹介や、ヒマラヤ登山隊長としての体験談もあり、ひろく研究者と実践者とのあいだに足場をふまえている著者の姿はいかんなく発揮されている。

　あるひとつの事実があるとき、Aからみればこう、Bからみればこう、Cからみればこう見えるが、そのいずれも真であって、それぞれの立場は排反関係にあるわけではないというプラグマチズムの思考方法を、戦後の日本の思想界にみちびきいれ、ついに強固に土着させたのは桑原武夫を先達とする京都人文学派の人たちであった。

「第二芸術論」あたりでは、常識論ではないか、オポチュニズムではないか、という反発をもって桑原をむかえた戦後の思想界も、最近では、このほかの仕事に、大部分降伏してしまっているか、石頭の感情的反発しかのこらなくなってしまった。いまこそ、桑原学風に本質的に対立しなければならないときに、こういうていいたらくになってしまうのが、日本の進歩派の「機」に迎合する得意の転向だから絶望的である。

本書にも桑原学風は、いたるところにばらまかれている。たとえば「揚州八怪」について語り『古文真宝』や『唐詩選』について触れるとき、後進社会における伝統的なものは亡びてしまうなら亡びるがいいので、愛惜する必要はない、日本人はどうあがいても絶望的なまでに日本的なのだから、という桑原の立場が、これらの古典の読み方を、趣味的にし、軽薄にしている。革命肯定の立場にたてば、ソ連、中国では芸術は現状維持的、日本では現状破壊的であることが要請されるはずだ、という断定などもおなじく趣味的である。こういう著者の倣倨さは、すでに、事実に則するプラグマチズムの立場からさえそれて、自身の反発するアカデミズムに転化しているところからくるともおもえる。しかし、この著者は、いまよりもっと高く評価されたうえで、批判的に問題にされなければならない人材のひとりである。

大江健三郎『孤独な青年の休暇』

長篇『われらの時代』から、大江健三郎がどこへ歩いていったかを知るためには、ぜひとも、ここにあつめられた五編の中短編を見るひつようがある。大江健三郎の作家としての主調音は、すべてこめられている。この作家は、ここでは、もはや「学生」作家、または「若い世代」の作家ではなく、ひとりの成熟した「作家」である。

たとえば「後退青年研究所」は学生運動に挫折した青年を調査するアメリカ人社会学者のオフィスにつとめるアルバイト学生の眼を設定しているが、その眼は学生の眼ではなく成人の眼がはめられていてシニカルである。調査に応募する学生の種がきれると、主人公のアルバイト学生は、八百長で「挫折」をでっちあげようと考え、応募学生に作り話をさせて、アメリカ人学者を満足させる。作り話といっていても、そこに挫折の典型があればアメリカ人は満足し、また、作り話で「挫折」をでっちあげて、アルバイトの金をせしめる学生は、閲歴によってではなく、人間によってすでに本当の「挫折」であるというモチーフが、つっ離した文体で展開され、「共同生活」とともに大江健三郎の成長をよく示した佳篇である。

「後退青年研究所」や「上機嫌」をのぞけば、主人公は「学生」から、資本主義機構の片すみにはめこまれて、虫とおなじように働いているサラリーマンの青年に移される。安月給と希望のない前途と、くりかえされる日常生活で、禁圧状態におかれている。孤独と内閉ともう想が主人公をとらえているとき、周囲は、あたかも灰色の悪意に塗りこめられた壁のような日常である。しかし、どうやら、こういう状態が、主人公にとって許されている現代の自由の状態であるらしい、大江はその思想を展開するために、主人公と周囲との禁圧された平衡状態を破るように、物語をすすめる。主人公に小さな破局がきて、禁圧状態は中断する。すると、灰色の悪意の壁であった周囲は、みんな小さな善意をもった平凡人の世界にかわっていて、主人公を赦し、うけいれる。しかし、そのとき、主人公はもはや、自分に自由の可能性のないことを知る。このモチーフは、「孤独な青年の休暇」「共同生活」「ここより他の場所」などを貫いている。すでに、風俗的な傾斜はあるとしても、この作家の作品から疎外感がなくなったときが、日本のインテリゲンチャの最後の時である。

そういう鋭敏なバロメーターの役割を、大江健三郎は失っていない。

『金子光晴全集』第一巻

こんど秋山清・清岡卓行・安東次男の編集で、ユリイカから『金子光晴全集』が刊行されるという。秋山清は、金子光晴の生活についてもっともよく知っている詩人のひとりであり、清岡卓行は金子光晴の詩についてもっともよく理解する詩人のひとりであり、安東次男はその初期の詩で金子光晴の影響をもっとも摂取した詩人のひとりであることをかんがえれば、この全集はさいしょの決定版としての意味をもつ。

本書にあつめられたのは、初期詩集とよぶべきものである。現在の金子光晴をしるものにとってはいくらか奇異におもわれるかもしれないが、『こがね虫』にはじまる金子光晴の初期詩集は、白秋からはじまり泣菫・耿之介へと外れてゆく日本象徴詩の傍流を、たとえば吉田一穂とともにまもる地点に位置しているといえなくはない。

それは、近代詩の象徴が、漢語の感覚と意味の複雑さにたよって自我拡充をおこなおうとしたときの迷路をもっともあざやかにしめすものにほかならない。

この迷路を出発点とし、そしておそらくこの迷路を脱けだすことができたのは、金子光晴ただひとりであった。耿之介や一穂が挫折した漢語の魔力から、なぜ、金子が溺れながら脱出することができたか。

それを検討するためには、ぜひとも、ここに集められた詩集をみる必要がある。おそらく、金子光晴は近代詩人のなかで、西欧の近代を骨髄までしみこませることができた唯一の詩人であった。

このことは、清岡卓行が解説でふれているように、戦争期に、白秋が挫折し、杢太郎が挫折し、光太郎が挫折したとき、自虐によってよく耐えることによってあきらかにされたのである。しかし、この金子の特質をみぬくために、かならずしも、後期の『鮫』や『落下傘』をひつようとしないのである。すでに、処女詩集『こがね虫』の漢語による象徴との格闘のなかに、それにつづく『大腐爛頌』のなかに、この詩人の自我なるものが、日本語格の平板さをくぐり、象徴がポンチ絵のようなイメージに転化することを拒否して、抽象的になることをおそれないだけの深さにたっしていることをしることができる。この特長は、散文詩のなかでは、さらに効果をはっきりしている。

淡紫の陽ざし、相呼ばふ落葉の下に、醒めてゆく瀝青《アスファルト》　　（「章句」）

こういう表現は、いうまでもなく日本の近代象徴詩の遺産でもありまた、制約でもある。しかし、おなじ個所の、「往来の生籬に沿うて、春の淋しい詩《うた》がのぼる。月日は、私の生涯から、閲歴を奪ひ、桃色の羞恥を奪ひ、カメレオンの官能を奪ふ。あゝ、厭ふべき老年は、虱の如く集まる。月日は今日を昨日とし、少女を寡婦とする。」こういう表現は、金子光晴に独特なものであるばかりでなく、この詩人の近代が、日本語格の制約からはみだしていることをしめし、この詩人の自我意識がいかに根ぶかく同時代をこえていたかをしめす。現在でも、この程度に、日本語の不利な使い方であることを承知のうえで、おそれ気もなくこういう詩をかくことに耐えるだけの強烈な詩人はあまりいないのである。

やや、手易くたたかいをいとうことによって、反戦詩としての重量をうしなっている後期の詩よりも、この独自な詩人の資質が潜在している初期の巻を評価したいとおもう。

椎名麟三『罠と毒』

いまになって、椎名麟三が、『美しい女』をかいたうえに、屋上に屋をかさねるように、こういう作品がかきたくなったのは、善意に解釈すれば、じぶんの戦争体験と転向体験のかさなりあった地点に、多方面からひかりをあててみたくなって、あえてこういう作品にとりくもうとしたのかもしれない。しかし、手法といいモチーフといいたるんでいて、『美しい女』に、はるかにおよばないのである。

テーマは、ファシスト団体にいようが、軍事工業新聞にいようが、おれは抵抗者だなどと名告りをあげた某批評家の泣き言といっこうにかわりばえがしない。舞台は、戦争中の飛行機部品の下請工場。製造部長は転向者で、その周辺に二人の技術者、インテリゲンチャがいる。同性愛の相手の女につめたくされて、絶望だと口走ったり、わたしは人類を愛しているんだわと口癖のようにしゃべる女工員がいる。椎名的な道具立てはこれだけだが、もちろんこの作品は転向者のいる工場風景のなかで、戦時下の小さな喜劇をえがいたものである。喜劇は「天皇ハ人ヲ殺シテクソタレテ」という便所の落書を、まともにうけとった特高係が出入りするところからはじまり、転向者の製造部長が、べつに深くかんがえもせずに作りあげる「増産研究会」が、「生産委員会」となり、とうとう工場の社長室に二号をはべらしているような無智な社長にまともな考えもなく生産管理を要求して、委員が故意にそれを深読みした特高係に検挙されるところでおわる。

作者は、転向ファシストとちがって、こういう戦時下の世代体験を抵抗だなどとよぶほど鉄面皮にもなれないし、さればとて、ささやかな喜劇として笑いとばすほどふっきれてもいないために、こういう喜劇にも悲劇にもなりえない作品をかかざるをえなかったにちがいない。だから、転向者の製造部長に、応召の直前、「ぼくは、ぼくなりにこの日本の帝国主義に対してたたかって来たつもりなんだよ。誰も信じないだろうけど、ほんとはそうなんだ」、「転向したというのは表向きで、ぼくはいまでも共産主義を信じているんだよ」と云わせてみたりするが、作品の最後へきて、便所のラク書きの主が、社長の妻の弟の無能な重役であることを暴露し、全モチーフを滑稽化してしまうのである。

書評は、こういう作品をまえにしてなすすべを知らない。作者が鉄面皮だったら、たちまち戦時下、生産力理論的な転向の類型を主人公にみつけて、ガクガクの論を展開するのは雑作もないが、とうてい照れくさくてできるものではない。さればとて、椎名の作品にどうしても必要な道具立てとしての痕跡をとどめているのは、この他には何かというと素っ頓狂に、わたし人類をあいしているんだわ、と口走る光子という女工員くらいなもので、しかもこの女工員は、人間意識の盲点の発動に実存的自由をみつけようとする椎名の思想をうらうちするほど、たしかに描かれてはいない。この作家はいま戦後追及してきたモチーフをうしなって崩壊にさらされながら、なにも新しい代償をつかみきれない危険なところにあるのではないか。

金子光晴「落下傘」

詩「落下傘」は、日本と中国の戦争がはじまって、一年たった昭和十三年の作品である。泥沼のような戦争にふみこんだはずなのに、蔣政権を相手にせず、という近衛声明がでたり、徐州大会戦の戦捷がつたえられたりして、庶民のあいだには、相当いいきな気分が流れていた。金子光晴が、この詩の第二節で、落下傘のうえから鳥瞰している日本の風俗や思想の風景は、イロニイと自嘲を口に含んでいて、きわめて正確である。

この優れた詩人は、当時、けっこう面白おかしくやっている日本の庶民社会に、どうしてもなじめない気質と宿命をいだいて、落下傘のうえのようなところから、ばかにみすぼらしい目じるしばかりあつめて、この社会の動きを視つめていたのだ。もみ殼や、魚の骨、洪水のなかの電柱、義理人情の並ぶ家庇など、みんな思想のバーズ・アイ（空の鳥の眼）がとらえた日本批判の目じるしであることに注意しなければならぬ。このバーズ・アイは、けっして金子光晴の思想が、庶民の世界をこえるほど偉大であることを意味しない。日本の自然秩序的な感性、風俗、思想などにたいして、水と油のように異教的であるために、どうしても生活社会に入りこんだ眼をもちえなかったのだ。「おちこんでゆくこの速さはなにごとだ。なんのあやまちだ。」これは、じぶんのバーズ・アイがやがて地上に失墜しそうな危惧感が、戦争へ傾斜してゆく暗い社会をとらえたすぐれた表現である。しかし、これだけならたいして問題ではない。その身が安全なうちなら、ありふれた諷刺詩人や反戦詩人でも、これくらいのことはできるはずだ。金子光晴が、ただひとり戦争に耐ええたのは、かれがじぶんのバーズ・アイのもつ宿命をよく自覚しえたことによっている。かれは、じぶんの思想が、けっして日本の社会に土着しえないことを識り、落ちても着くところがない宿命を忘れずにうたうのである。そして、これが金子光晴の戦争に耐えた方法のすべてを証している。この優れた詩人が、本当の孤独と絶望をかんじたのはじつに戦後であった。日本の社会は、ファシスト↔コミュニスト、戦争↔革命、進歩↔保守、独裁↔民主、こういう循環を破壊しないかぎり駄目ですよ。そうではないか、金子さん。

感想

——『銀行員の詩集《第10集》』——

こんど数百の詩をいちどによむことができてたのしかった。まだ、かきはじめたばかりの詩から、ある程度までかきこんだが迷路にはいりこんでどうしようもなく、よんでいるほうでもどかしくなる詩もあり、もう充分ひとりだちできる一人前の詩まで、段階もさまざま、優劣もさまざま、主題もさまざまといった案配である。これらを、おおよその優劣を目安にして、５から８までの点をつけておいた。だから、８の詩をかいている人は、もう一人前、日本ならどこへいっても詩人として通用するはずだから、詩人になったらよかろうとおもう。

まだ、詩をかきはじめたばかりで、素直に主情をうったえている詩には、もっとたくさん日記をつけるようにたゆまず書くこと、という感想をかいておいた。また、ある程度までかけるようになったが、どうも迷路におちこんでいるような詩には、投げないでかくこと、じぶんの好きな詩人の詩を徹底的によみ模倣すること、という感想をかいておいた。平均して7、8位の詩をかいている詩人には、云うことなし、勉強、生活をわすれないこと、とかいておいた。じじつ、これでいうことはないのである。

たしか、いまから七、八年まえ、その頃の銀行員の詩集の批評をかいたことがあった。そのころの詩集は、どこのサークル詩もおなじで、たたかえ、やっちまえ式の下手くそなそう音でゆきなやみ、停滞していたとおもう。いまや、そのおもかげはない。すべてつつましやか、すべて素直で主情的であり、自分の体験した感覚をうたっている点で、けれんや虚偽はない。サークル詩で政治的効用などをつかもうという虫のいい傾向に批判的であったわたしは、いまや理想の状態として、この詩集の傾向にかっさいをおくるべきであろうか。いちがいにそうは、いえないようである。

　わたしが、当時、ばくぜんと、そしていまは理論的にえがいているサークル詩は、強靭な現実的態度にたってうたわれた高度な芸術性をもった詩である。いく人かは、それを実現しているようにみえる。しかし傾向としては、サラリーマンの悩みといったようなものが、主情的にうったえかけられている。労働者運動が後退期にあるいまにしておもえば、かつての、たたかえ、やっちまえ式の詩は、ひとかわむけばいじらしい中間層の悩みというところが本音だったのか。こういう感覚を禁ずることはできない。

　縁あってこの詩集に応募された詩をよんだわたしはうったえる。もう二度と、じぶんが信じないこと、疑問におもうことには、たとえそれがどんなものにたいしてであれ、組みするような詩をかくな。もっと、下へ現実へ自分の主体へおくふかく滲みこんでゆくように詩をかけ。サークル詩はこうでなければならない、とか、詩はこうでなければならない、とかいう価値規準はもともと存在しない。価値は、サークルや詩の運動の内がわからきめられ、内がわから創造されるものであって、先験的な規定などは何ひとつ信ずる必要はない。ただし、じぶんたちがいいとおもった詩が、すべての種類の人にとっていい詩であるとはかぎらない。じぶんたちがいいとおもった詩が、他人にとって客観的な力をあたえるためには、それぞれ特殊な場所に生活していながら、しかも、その特殊な生活が普遍的なものとしてつかまれるという思想性がいる。この詩集のなかでも、いくにんかはそれを把んでいて、さらに難処へつきすすまなければならない段階にある。そして大部分の人にとっては、日記の代用であったり、他人の慰安にならない自己慰安であったりしている。

　詩なんて大したものではないから、つまらなくなったらやめてしまいなさい、といっていいのか、どうせ毒を喰わば皿までだ、ゆくところまで行ってみなさい、といっていいのかわたしにはわからぬ。ただ、これだけは云っておいてまちがいない。疎外された労働があるかぎり、そのような社会では、詩は大なり小なり個性的な、個人の主体によって創られる無為ににた苦しい作業であること。だから、詩をかくことが苦しい作業にみえる段階までいったら、詩をやめるもよし、つづけるもよしである。

武井健人編著『安保闘争』 日高六郎編『一九六〇年五月一九日』

この二冊の本を、六月十五日夜、国会と首相官邸のあいだにはさまれた空間になげ出したと想像せよ。たちまち『安保闘争』のほうは国会南門をとおって構内抗議集会にむかい、『一九六〇年五月一九日』のほうは整然として首相官邸のまえの坂をくだってゆくだろう。両者はけっして手をつなぐことはないか。そんなことはない。手をつなぐ可能性は存在している。

読者は、手をつなぐということを誤解してはいけない。ふたつの著書は、段階的な統一戦線や国民的統一戦線のなかで手をつなぐというのではない。わたしがえがくのは擬制的なものどうしとして手をつなぐ可能性についてである。読者はいわゆる眼光紙背に徹するよみ方で、このふたつの著書をよみ破らなければならないとおもう。もしも、それに失敗するならばすべてに失敗するかもしれない。

『安保闘争』は革共同全国委に所属する筆者たちの手になるもので、いわば、共産主義者同盟の統一総括がかかれない現在、日本共産党以外に「前衛党」であることを目指している組織によってかかれたゆいつの著書で、その意味できわめて貴重である。

おおくの読者たちにとってなじみがない筆者によってかかれてはいるが、安保条約成立の政治的、経済的な背景から周到な分析をはじめ、安保闘争の全過程にわたって一貫した立場からするどい批判を加えており、一読に価するものをもっている。

『一九六〇年五月一九日』は、やはり安保闘争をその前史から政治思想史的にとりあげているが、内容は資料的な公正度に配慮をおき、いわゆる市民主義思想家の立場からの是々非々主義的な寛容につらぬかれている。

かんがえてみれば、わたしなどは、この二冊の著書の筆者たちの周辺から恩恵やら困惑やらをとりどりにうけた。まず、『安保闘争』の著者たちの周辺からは、デモの実際的技術を習得した。そのほかは別段たいして感心もしなかったし、ずいぶん自画自賛とうらはらなインチキ性もみてきたからまなぶところもなかった。『一九六〇年五月一九日』の著者たちの周辺からは救援をうけたし、はんたいに闘争の現場では困惑もこうむった。いま、わたしたちは、なりふりかまわずみずからの思想を深くほりさげ、また、現実の社会過程にむかってねりまわさなければならない時期に当面している。ここらで、貸借関係を清算しておかなければならない。

両著書は、すでに安保新条約そのものについての理解がまったくちがっている。一方は、それを日本資本主義が帝国主義的に自立しようとする段階での独占資本の法制的表現であるとする。一方は、それを米日の従属的軍事同盟であるとする。そして、安保闘争そのものは一方の著書ではプロレタリアートと革命的なインテリゲンチャが秩序のわく内にとどまった既成の指導部をこえてたたかった条約闘争であり、ついに既成指導部の裏切りによって敗北をこうむらざるをえなかったとかんがえる。一方の著書では、民主主義と人民主権の自覚が「国民」のなかにひろがってゆく戦後はじめての闘争であったとする。

一方の著者たちはプロレタリア革命遂行のためのスターリニズム、プロレタリア党のための闘争が、安保過程後の集中的な課題であるとする。一方の著者たちは、一階級、一政党の独裁を必要とせず、勤労諸階層の要求を基盤におき、憲法を実現し、両陣営から自主中立する中間政権をつくり、その行先は「国民」の自由な選択にゆだねるという構想をたてている。

たとえてみれば一方は、読者にガラス玉をなめろというようなもので、一方は、あめ玉をなめろというようなものである。ガラス玉は味もそっけもないし腹のなかですこしも消化しない。あめ玉はなめれば甘いだろうが、あめ玉ばかりなめていると胃酸過多になってついに大手術をうけざるをえないことは必定である。読者がいずれの玉をなめるかは自由であるし、このほかに日本共産党の外ればかりのパチンコ玉をなめるという自由もまた存在している。

しかし、ここであきらかなことは、一方の著者たちが狭き門をくぐろうとして気負いたち、一方の著者たちが幅ひろい間口をひろげてバラ色に語っていることのなかには、主観的な姿勢はあっても、みずからの構想を客観的な情勢のうつりかわりのなかで実現しようとする現実過程への思想的主体がまったく脱落していることである。

いうまでもなく、安保闘争は、共産主義者同盟や革共同全国委の主導のもとで、たたかわれた。それは、既成の前衛神話を相対化する現実的な過程として独占資本に対してたたかわれたのである。しかし、ただたんに、これらの著者たちがいうように、既成左翼の右翼化（『安保闘争』）または既成左翼の硬化（『一九六〇年五月一九日』）のなかでたたかわれたというものにすぎないならば、一方の著者のいうように革命的前衛の創出によって、あるいは一方の著者たちがいうように非独裁的中間政権の樹立によってすべては解決するかもしれぬ。しかし、事情は、まったくちがっている。

わたしたちは、おもむろに後退する情勢のなかで、真に創造的な思想、政治理論、組織をみずからの手によってうみだすことができないままに、安保過程をとおり、現在に立っているのである。

もんだいは、ガラス玉かあめ玉か、パチンコ玉かではない。どれをなめても駄目なのだ。わたしたちが、じぶんの手によって創造した思想により、じぶんの手によってたたかいえないかぎり、たれも、どこからもたすけてはくれないし、何ごともはじまらないのである。マルクスやレーニンを軍人勅諭のように暗誦する著者たちと、労働者を市民に還元して市民組織をかんがえる著者たちとは擬制的なものとして手をつなぎうるのではないか。丁度、六月四日品川駅頭におけるように。わたしたちが労苦して戦後思想的に模索し安保過程につきつめた体験が、こんなものであってはたまったものじゃないとかんがえざるをえない。

歌集『喚声』読後

はじめに、ひとつ訂正しておかなければならない。
この歌集にもおさめられている広島をうたった一首

呪詛の声今は弱者らの声として歳月が又許し行くもの

この意味をまえに小論のなかでまちがって解釈した。わたしは、かつて昭和初年にマルクス主義政治運動がさかんだったころ、リベラリストのがわからなされた批判が、弱者の声として卻けられたように、いままた、インテリゲンチャの批判がおなじように遇されてゆく、というように解した。この歌が、広島のことを主題にしたのを知らなかったためである。

近藤芳美といえば、奥野健男やわたしなどが学生のときだした『大岡山文学』に寄稿された二・二六事件のころの暗い学生生活を描いた小文が記憶にのこっており、かつはまた、その政治的関心を披瀝した作品があたまにあったため、広島の歌を、ひとりでに政治にたいするインテリゲンチャ的な姿勢をうたった作品にすりかえてしまったのである。

しかし、この誤読は、こんど歌集『喚声』をよんでも、ある必然をもつもののようにおもえた。集中には、戦争の暗い記憶がうたわれ、スターリン批判がうたわれ、ハンガリー事件がうたわれ、また、安保闘争がうたわれている。そのいずれも、くぐもった声の独特な情感におおわれており、虚偽をひとつも許すまいとする姿勢と、じぶんの実感にそぐわない声に和して、自分が築いた世界以上には飛躍しまいとする意志につらぬかれている。それは、あるときは、もどかしく、また、あるときはきびしく、またあるときは苛立たしくも感じられる。しかし、これはおそらくわたしのほうが軽薄だということだろう。時代などというものは、うわべは転変がはげしいようにみえて、その基底はなかなかかわらないものである。近藤芳美が第一次戦後派としての先駆性をいまもなおもちつづけているのは、よく己れを熟知した歩みをうしなわないためのようにおもわれる。

しかし、わたしは、前衛的な政治運動が頂点にあり、その周辺に弱いインテリゲンチャのシンパッシィがあつまり、その対極には、現状保守を欲する反動があつまる、という戦前派的な図式をまったく信じていない。インテリゲンチャは不屈の批判をあらゆるものに自在にむけうるだけの自立性をもたねばならず、前衛運動は、もしそれが虚偽であれば、大衆の手によってひきおろされねばならないとかんがえる。近藤芳美の政治的関心に、わたしがいささか不満をもつとすれば、この点にほかならない。

無謬の世界その独裁を正義としたたえつづけ来ぬ幾億の文字
政治のこの変説はうべなわんたれが苦しむか文学の場合
一人の名たたう言葉に始れるすべての文字よ逃れ得ぬ今
くるしみて何故今言わぬ歴史の中一つの愚かさの終り行く日と

こういう作品が、近藤芳美の独特の世界をしめしたすぐれた作品であるにもかかわらず、それが天道につらぬいたというようなふっきれた感じをもちえないのは、「無謬の世界」はなんべんも再生産され、「一人の名たたう言葉」も、逃げおおせてはまたなんべんも再生産されるものだ、という透徹した批判において不足があるからではあるまいか。

いつもそう感ずるが、『喚声』でも、粒のそろったすぐれた作品を相当数しめしているのは、夫人をうたったものである。

鳩時計しめりて時を打たざる夜糸繰る妻と吾が二人あり
ガスの炉を消せば聞ゆる夜の落葉稚なく妻は我が名さささやく
水に浸し妻が忘れしあじさいかテラスに青き霧のあかりに
ななかまど吾が庭くまに咲く或る日病みし彼の夜のまななこせる妻

こういう作品をまえにしては、ほとんど云うことばがない。今年は、島尾敏雄の「死の棘」や、庄野潤三の「静物」などのような、解体してゆく夫婦の生活を、薄氷をふむおもいでささえてゆく夫の冷あせがでるような世界が、文壇の話題にのぼり、また、かなりのすぐれた作品をうんだ。しかし、この歌集のなかの夫婦は、はじめからこわれているのではないか、とおもえるほど危機というものがない世界に住んでいる。古風だ、といいたいところだが、どうして、この作品の夫婦は、キーンと張った鋭い神経の持主同士で、しかも独特の距離がその崩壊を防止しているようにおもえる。子供がない（であろう）こともさいわいしているといった案配である。こういう沈せんした世界は、せんぼうにたえないとより云うことができない。

わたしたちの日常は、感覚を鈍麻させることによってしか、とうてい耐えられないような騒音にみちている。それを、この作品のような世界にまで静かにさせるには、独特の工夫と絶えまない努力がいるにちがいない。さいわい短歌は、こういうかくれた生活上の工夫や努力のほうは隠してくれる。ひとびとはここに、人間が現世に執着することの本質的な意味をみつけだす。わたしは、戦争中の弱年のじぶんにただひとつ後ろめたい悔恨があるが、それは兵士たちとなって出てゆく民衆の家庭の事情について、とくにその精神的事情についてほとんど何も理解しなかったことであった。近藤芳美の相聞歌をよみながら、そんなことを改めておもいだした。

この歌集で、わりあいに弱い自然詠のなかから記憶にのこった作品をひとつだけあげておく。

薔薇の棘白くするどく地を這えり入日の後を雪きたる如

岡井隆歌集『土地よ、痛みを負え』を読んで

わたしは、以前に魯迅の論文をよんだとき中国の広さが羨ましいな、と思ったことがある。論争者のひとりは上海に住んでいる、他の一人は延安に住んでいる。かれらは一生顔をあわせる必要がないから、おもいきりよく論争できる。論争とはそういうものではないのか。魯迅が日本に住んで文学者だったら、あれだけの鋭い論争はできなかったのではないか、そんなことをかんがえたのである。ところで、最近、魯迅友の会の会報『魯迅』をよんでいたら、竹内好が「つまり魯迅は、戦争中占領地区の上海にはいられない、後方（国民党地区）にも延安にも行くまい。しかもチャップリンのように国際人ではないから亡命もしないだろう。あるいは放浪者として過したかもしれない。」と発言しているのにぶつかった。そして、またまた中国の広さが羨ましい気がした。

しかし、文学の世界、詩の世界は、日本のように狭い土地や文学界でも、無限の広さとして累層化することができるものだ。わたしは、戦前の文学者同士の論争などは、ほとんど信用していない。論争した翌日、文学者のあつまりに出て顔をあわせれば、やあっ、というようなことになっておしまいになってしまうからだ。しかし、わたしなどの年代は戦争体験から垣のうちにはいらないで文学をやる方法を探求した。そして、いまではその可能性が土着できるのではないか、とかんがえている。

詩壇と歌壇とは、上海と延安ほどへだたっているのか、まえに岡井隆と小気味のよい論争をかわしたのをおぼえている。わたしは、その論争も役に立って短歌の世界が、すくなくとも鑑賞や表現論の世界

では、よそよそしく感じられなくなった。いま、岡井隆の歌集に小批評を試みるのに、ある機縁を感じている。

わたしが、この歌集をよみおえて感じたことは三つある。ひとつは思想のこと、もうひとつは表現のこと、さらにもうひとつは職業と文学のことである。

この歌集をおおっている暗い思想は、岡井のことばでいえば、「ナショナリストの生誕」、「思想兵の手記」、「運河の声」、「アジアの祈り」というところに集約される。岡井には後進地帯にわだかまる想念を、思想的な範疇として自立させたい欲求があるようだ。たとえば、「朝鮮人居住区にて」の作品で、

　とじのこすうすい流浪の唇は言うかとも見える〈平壌《ピョンヤン》で死にたかつた！〉
　にんにく・牛の胃《せんまい》をうる灯が見えてここから俺は身構える、何故《なぜ》？

これは思想のとば口にある意識のわだかまりである。この作品をよみながら、戦後二年目ごろ、朝鮮人の石鹼工場に油脂の水素添加技術をおしえにいったときのことをおもいだした。かれらがわたしに体臭的な親近感をすりよせてくると、わたしのなかにわだかまる意識がうまれ、岡井隆の作品でいえば「身構える」こころになるのが常であった。「何故？」ということをわたしは論理的につきつめてみたことはない。しかし理解のとどくかぎりでいえば、わたし（たち）は、そこにわたし（たち）の過去のすがたをまざまざとみていることに起因している。しかし、この問題は、思想的範疇として自立させうるかどうかはおのずから疑問でなければならない。岡井の作品でいえば、次のようなものがいわば思想的に自立された意識のわだかまりである。

　肺野《はいや》にて孤独のメスをあやつるは〈運河国有宣言〉読後

最もちかき黄大陸を父として俺は生れた朱《しゅ》に母を染め

職業的な仕事や出生のなかにこのわだかまりが侵入している表現は、いうまでもなく岡井のなかで後進ナショナリズムのもんだいが思想として自立していることを象徴している。それはどこからきたのか。医学の分野での学問的後進性の自覚からか、ある普遍的な挫折感からか、この歌集からはあきらかではない。しかしすくなくとも、岡井のなかである拒まれた思想があり、その思想は暗い観念にすがたをかえて、後進地帯の問題にわだかまる意識をひろげてゆく。わたしはイデオロギーとして認めるよりも、岡井の内的な象徴としてこれを読まざるをえないのである。

現代の定型詩人は、自由詩の分野から想像できにくいような表現の問題に当面しているにちがいない。思想は定型外にある既得権だが、これの表現はまったく短歌固有のもんだいである。岡井は「あとがき」で「短歌飜訳説」をのべ、短歌表現は、日常語の表現からのホンヤクとかんがえたほうがいいという見解をみせているが、現代に歌人であることもまた辛いといわなければならない。では、岡井のいうホンヤクとはどういう問題であろうか。

〈否《ノン》?〉なぜ?〈何故《なぜ》つて……〉かさね置く手袋の雪融けながら湖《うみ》なす卓は　（岡　井）

手套を脱ぐ手ふと休む何やらむこころかすめし思ひ出のあり　（啄　木）

啄木のばあいは、手袋をぬぎながらふっとかすめたある漠然とした想念を、そのときの情況として提示することによって短歌として成立した。そして、読者も、しばしば日常でおなじ瞬間をもったということがこの作品によって想起できれば、かすめた想念が何であったかは読者の固有のもんだいとしてくりひろげられ、その度合が大きければ大きいほど作品を深読みできるという具合になっている。岡井の作品では、雪をかぶった手袋を卓上に脱ぎながらの作品でありながら、意識はひとつの問答をくりひろげ、眼は手袋の雪が卓上に融けて水たまりになるのを視ていなければならない。もちろん、実際上は手袋からのたまり水を視ながら、意識が意味のある問答をくりひろげることは不可能である。しかし、作品は、その世界でふたつを同時描写しなければならぬところに追いこまれている。これが岡井に短歌飜訳説をとらせるような現代歌人のおかれている表現の場である。わたしは、岡井の作品をよみ、啄木のおなじ着想の短歌をおもいだし、すでに三十一文字のなかで時間を重ねあわせねばならなくなっている現代の短歌のことをかんがえた。ここでは、もう作品の情感は、そのままでは作品のそとへ流れずに、ひとたびは構成の深度となってから読者の手にわたされる。

岡井の歌集で、わたしがもっとも惹かれたのは「暦《かれんだあ》表組曲」の諸作品であった。

七曜のなかばまで来て不意に鋭く内側へ翻《ひるが》える道あり　（水曜日）
獣《けもの》焼く灰ふりやまぬ今日ひと日人はしきりに和解をいそぐ　（木曜日）
通用門いでて岡井隆氏がおもむろにわれにもどる身ぶるい　（木曜日）
まつ直ぐに生きて夕暮　熱き湯に轟然と水をはなつ愉しみ　（金曜日）
妻不意に鮮《あたら》しく見ゆ、白昼の部屋ぬけてゆく風を抱きて　（日曜日）

岡井隆が医者であることは、この歌集ではじめて合点したわけだが、こういう連作をよむと、かなりな深さまで職業人であり生活人である岡井の日常生活の息づかいがよく伝わり、たとえば、序にある「アジアその既知にして奇異なることも七曜に似てくらし日の色」のような作品でさえも、生活の基底をはらんで膨らんでみえる。そして、月曜日には仕事に身がはいらず、週なかばには疲労が飽和し、いちばんほっとするのは土曜日といったような職業人ならばだれでも感ずる感慨のようなものさえ作品のなかから視えてくるような気がする。そんなことは別にうたっていないのだが。わたしは、すでにはやく化学者であることを断念し、技術者であることも叶わなくなったが、向うから追いたてられないかぎり職業人であることはやめまいとおもっている。岡井の作品から医学的なテーマが消失したとき「あれもこれも」が成就するときかもしれないが、そのときも茂吉などとちがって生活人は消失しないでもらいたいものだとおもう。

大岡信『抒情の批判』

大岡信は、言葉を綿菓子のように繰出すことができる少数の詩人のひとりである。機械の真中に少量のざらめをいれてしずかに熱しながら回転させる。やがて機械につっこんだ棒には綿のようなあめがからみあい膨らんでくる。まるで無から有をうみだしたようにおもわれるのが綿菓子の特徴である。

保田与重郎、三好達治、立原道造、菱山修三など、この詩論集で論じられている詩人・批評家たちは、いずれも無みたいなものである。思想的にも詩的にも意味をつけようにもつけられないのである。ただ、そこには日本的自然と結びついてはなれない無という一般的な意味を掘りだせるだけである。わずかに保田与重郎に、マルクス主義の方法と現実拒否の日本的態様の独特な結合という意味があるにすぎない。

しかし、大岡信は言葉を綿菓子のようにつかうという独特な方法で、まるで意味のつけようがないこれらの詩人・批評家の無のあいだに綿糸のような脈絡をつけ、膨らませ日本的な美意識の構造にまで拡大する。そこに橋川文三や江藤淳以上のあたらしい見解が加わったとは思わないが、その方法、その態度はまったくあたらしいということができる。

大岡信がここで論じた詩人・批評家はわたしなどいずれも少年期からアドレッセンス中期に傾倒した群像である。じぶんのその時期を嫌悪と愛情のからみあった眼でしかふりかえることができないように、わたしがこれらの詩人・批評家を論ずればあおったときのようにしか論じられない。だが大岡信は冷静にしかも対象によく付いて切開している。おおざっぱにいってこの論集にはある空無の感じがつきまとうが、その原因はひとつは論じられた対象が思想的に無であることであり、もうひとつは、わたしの舌が焼酎で荒れているためであろう。

埴谷雄高『墓銘と影絵』

　これは埴谷雄高の第四評論集とよぶべきものである。主調音は、はじめからすこしもかわらず、ここでも、わずかな量の映画評のなかにまでつらぬかれている。一九二〇年いらいインテリゲンチャが政治というとき、それは否定的な意味でも肯定的な意味でも、労働者の前衛の党のもんだいに集約される。そして「党」のもんだいは、その内部の位階制のもんだいに帰せられ、内部の権力者は反対意見をつねに自己に対する反対意見とはみずに、党にたいする反対意見とみなし、それがついには、労働者階級にたいする反対意見として、まっ殺する論理を行使する。

　巻頭のもっとも力作である「悲劇の肖像画」からこの問題意識は一貫してつらぬかれている。そして著者の問題のたてかたが今も有効であることは、最近の日共の内紛のありかたをもってみてもあきらかであろう。

　しかし、かくしてまっ殺される真理、思想、芸術は、いかにしてまっ殺にたえるかという段になると、著者の処方せんはきわめてペシミスムにつらぬかれ、アヴェルバッハとともに粛清されたアフィゲーノフのように、形式主義者と批判されたメイエルホリドのように耐えることもやむをえないというふうにしか、結局は示されていない。

　わたしのかんがえでは、この著者にはふたつの幻影が住みついているようにみえる。ひとつは、政治的人間は思想において教条主義や官僚主義を批判しつつ（スターリンもそうであった）、政治的行動ではじぶんが批判した当のものを行ないうる動物だということ、いいかえれば思想と政治とはべつべつだという認識があいまいなことである。もうひとつは、「党」にたいする物神性を払しょくしきっていないことである。

この著者の問題意識が、政治の課題を党のもんだいに集中し（大衆のもんだいに集中すべきである）、党のもんだいを内部の階層制に集中し（物神性に集中さるべきである）、これに有効な批判をくわえながら、この党自体がきわめて相対的な意味しかもちえないものだという認識を透徹できないために、現実政治にたいする根底的な有効性をもちえないのである。たとえばこの著者の射程は、現在の日共の内紛にメスを入れることができても、内紛当事者が、自分たちの内紛を労働者・知識人の運命に関するものだと錯覚しているその根底は批判することができない。

しかし、少数の人間にとって自明のことも、多数の人間にとって自明ではない。霧のなかの状況では、人びとは霧のなかの著書によって学ぶべきである。

わたしはこの著者を現代のもっともすぐれた政治思想家として推し、胸のなかに鉛のようなものが落ちこんでくるのを感ずる。

V

岸上大作『意志表示』

詩人岸上大作の短い生涯の詩は、日本の過途期が、どんな深く苛酷であるかを鏡のように映している。岸上君はみずから鏡を破り、わたしたちの鏡は撓む。

本のうわさ

——萩原朔太郎『詩の原理』——

文学原論としてこれだけよくできているものは漱石の『文学論』の他にあまりないのではなかろうか。日本の近代詩人たちが世々文壇を呪ったのも当然と感じた。こういう仕事を入れる場所が日本の近代文学史にはないから。

詩人のノート

このノートは、『固有時との対話』という詩集をまとめあげる前後にかかれたものである。詩は十六歳ごろから書いた記憶があるし、このノートをかく前年ぐらいまで、詩の同人雑誌にも関係していた。しかし、いくら詩をかこうとしても、かけない時期がやってきた。現在のように故意にかかないのではなく、かきたくてもかけなかったのだからスランプの時期と呼ぶべきであろう。

その間、こういうノートをとって、北村透谷流に云えば「考えること」をしていた。その頃、スミスからリカードウ、マルサス、の古典的な主著をよみ、マルクスやサン・シモンやシスモンディなどの著書にはじめて触れた。ノートには、読書の感想もあるし、書物とは何の関係もない思考訓練もあるし、雑然たるニヒリズムのようなものもある。

こういうノートを一年か半年か、つづけているうちに何となしに又詩がかけるようになった。いまからかんがえると、こういう自分が自分に課した思考訓練は、なつかしくもあるし貴重でもあったような気がする。

こういうノートによって、物を感覚することの外に、物を考えることを学んだ。それが、明らかに何かの役に立ったとか、役にたつかもしれぬとかいうことを断言することはできないが、わたしにしてみれば、無償にして考え、無償にして学んだ数少い時期の記録である。

いまでは、さまざまなものとたたかいながらでなくては、こういう時間を得ることができない状態になってしまった。しかし、またこういう時間を得て、「考えること」をしてみたいとおもう。

いま、読みかえしてみると、随分つまらぬこともかかれているが、仲々大したことも考えているようにおもう。ひとりの人間が、ゼロから物を考えると、考えたことはわずかでも、新しく発見された考えであることに間違いはない。それをやらないと根が枯れてしまうように人間の思想はつくられている。

今でも、古雑誌や古本を読みに、時々、上野の図書館にでかけるが、このノートをとっていた時のように無償の行為である場合は稀である。

『異端と正系』あとがき

こんど、『芸術的抵抗と挫折』以後、かきためた評論をまとめることになった。詩論をのぞいた未収録の評論は、事情のゆるすかぎりここにあつめられていることになる。

プロレタリア文学(芸術)理論の批判を近代批評史の検討という形で完成するというのが、この時期のわたしの主題をなした。それは、本書にあつめた「社会主義リアリズム論批判」という評論をもって、一応おわった。わたしの立論が、日本のいわゆる進歩的文学者やいわゆるマルクス主義文学者にうけいれられるには、まだ数年の期間が必要であろうが、わたしとしては、本質的な問題点はすべて出しつくしたつもりである。ただ、昭和批評史の総検討というまとまりからいえば、戦後批評史の検討が欠けている。これは、平野謙から竹山道雄までの戦後批評家を論ずるという形で今後しめくくるつもりである。

破壊的な作業のあとには、当然、それにかわる芸術理論の形成がはじめられなければならない。わたしは、いくつかのすぐれた先駆的な業績をたよりにして、芸術表現論の体系を展開しようとする試みにかかった。それは、どんな名分も神話も無視してあゆんできたものの当然の責任である。表現論の端緒は、ここに収められた「文学的表現について」のなかにすでに存在している。わたしの対立者たちは、やがて、わたしの否定的な批判の対象となった芸術理論と、わたしの芸術理論の何れがより正しいかを検討することができるはずである。

わたしの主題は、この過程で、ふたつのヴァリエーションをうみだした。ひとつは思想的な情勢論の試みであり、ひとつは対立者との論争である。前者で、わたしは政治思想の領域にも足をふみいれ、また、時事的な発言をもこころみた。そのおかげでおもいがけない政治的批判をもらい、こういう試みが無意味ではないことを知った。今後も、ひまがあればこの種の試みをやり、文壇文学屋や政治的文化屋や芸術的政治屋をゆさぶるつもりである。

ここに収録された論争は、実りの少ない論争という批評をうけ、わたし自身もはじめから実りなどを捨ててかかったものだが、もとは、とることができた。日本ファシズム論としていくらかの考えをすすめることができたし、論争をはじめるにあたってわたしが予想した情勢判断は、修正する必要をみとめないで、現在にいたっている。しかし、時代はきびしく、夜めざめているよりも、白昼めざめているほうが難しいことをおしえている。

このような時期に、現代思潮社の石井恭二氏は本書の成立にたいして、あらゆる意味で寛容であった。そのことを記念のため記しておきたいとおもう。

『試行』後記

第一号

『試行』はここに、いかなる既成の思想、文化運動からも自立したところで創刊される。もちろん現在の情況そのものがわたしたちに負わせている客観的な条件や制約そのものから、必然的にわたしたちは自由ではない。わたしたちがそれぞれ抱いているヴィジョンと、げんに集まりうる同人がかろうじて三人であり、この三人がそれぞれの課題を負っているという事実から出発しなければならないという現状とのあいだに、たくさんの過程と困難とがよこたわっている。

げんみつにいえば、わたしたちはおおくの思想、文化運動のように量をもって場所を占めることを第一義としない。しかし、わたしたち同人のただ一人をも、またおそらくは寄稿者のどの一人をも、どんな量をもってもうち倒すことができないことに自負をもつ。

わたしたちが力をかたむけて発表する作品、論文のたぐいが、どれだけ独走しようとも、たれもおしとどめることはできないのである。

まず、わたしたちは前運動の段階から、いいかえれば混沌の段階から出発する。同人はもちろん、寄稿者も、自己にとってもっとも本質的な、もっとも力をこめた作品を提出しつづけるという作業をつづけながら、徐々に結晶するという方策のほかに出発点をもとめないし、もとめることにあまり意味をみとめない。しかし、わたしたちの結晶がどのような力をもち、どのような責任を負うまでに成長しても、その責任に充分たえうるだろうとおもう。

こういう段階では、わたしたちをもっとも力づけるのは、直接寄稿、直接購読による支援である。このことを、普通いう意味での投稿とか講読とかいうもの以上の意味をこめていいたいとおもう。

もちろん、同人の最後の一人が健在であるかぎり、この雑誌は悠然と継続されることを信じてもらってよい。わたしたちは、自己以外のどんな権威も頼んではいないから。そしてそういうものの結晶が実現することがさしあたって現在の情況のなかでかんがえられるヴィジョンである。

この雑誌は、まずはじめに現在の思想、文化の情況がはらんでいる多様性と混沌とを内容によって反映させるだろう。安易な統一や徒党性をもっとも低い位置におかなければならないとかんがえるからである。しかしまたたえず雑誌自体が停滞し、物神化されることをも警戒しなければならないとかんがえている。

　現在とりあげられ解決されなければならない課題は、文学・芸術・思想・政治のすべての分野に山積みされている。その全領域にわたってわたしたちの「試行」をくりかえすためにこの雑誌は解放される。特定の分野を排除したり、特定の分野に自己を限定したりすることはありえない。

　表紙のデザインをしてもらった黒沢氏にはとくに感謝する。

第二号

　事務体制をととのえるために時間をとり第二号の発行がいくらかおくれた。この間に予約購読者諸氏には、受領証と第二号が若干遅れる旨の通知が必ず届いたはずだから、もし届いていない場合は申出て欲しいとおもう。それは名簿落ちを意味している。

　創刊号は完全に販りきって、自給自足体制に一歩ふみだすことができるようになったが、ひきつづき、直接予約購読と直接寄稿が本誌にとって最大の支援となることを訴え、寄稿者・読者諸氏の協力をお願いしなければならない。

　わたしたちは、ただ単に雑誌の内容についてだけではなく、思想・文学の運動の物的条件としても、未踏の試みに踏みこもうとしているのであって、それが成立するかどうかは結局ふたつの要因に尽きる。ひとつは、それぞれの力量と思想とに応じて、現在のわたしたちの眼にふれるどのような雑誌も、誌面を押しつぶされる危惧から求め得ないだろう本質的な作品・論文をうみつづけることである。そのような仕事はかならずなされねばならないし、またなされているはずだ。ただ、わたしたちはそれを掘りだしさえすればよいのだとかんがえる。直接寄稿者諸氏は、つまらぬ物おじやつまらぬ利用意識をすてて、ただじぶんの思想・作品の力そのものによってしか、たれも動かすことができないこと、それが思想・文学運動の本質であるという地点で、一層の協力が得られたらとかんがえる。

　わたしたちは、このような雑誌の持続には、物質的基礎がともなわなければならないことを熟知している。それは、直接購入・直接予約購読にたよるほかないことは、いうまでもないことである。そして、おおげさにいえば、今日の自立的な思想・文学の運動が、よくマス・コミ世界の基底部で、存続しうるか否かは、このような理解と支持とがえられるか否かにかかっているといえる。

『試行』が、思想・文学の運動として成立するか否かの精神上の条件については、わたしたちの自負は一向に衰えないし、またすこしの危惧をももっていない。たとえ遠隔の地にあっても、また直接何のかかわりがなくても、すべて自立するものは、わたしたちとコミュニケーションを交わしているのだといえるから。

わたしたちのかんがえでは、『試行』の誌面は、やがて未知の未踏のヴィジョンによって充たされなければならないはずである。ひとときの停滞も思想的芸術的にはゆるされないという課題をじぶんたちに負わせることによってしか、今日の情況をつきぬけることはできないことはいうまでもない。そのような条件を設定するとき、かならずその圏内から新しい作品や論文が登場しなければならないはずなのだ。

なお、この雑誌は、どこにも寄贈されていない。その理由は、ひとつには経済的な余裕をもたないという単純な原因によるが、もうひとつは、常識的には当然寄贈されるはずの思想家・文学者がいちはやく予約によって経済的に間接の支援をおくられたことによる。それは、わたしたちの物質的条件について抱いているヴィジョンに合致した。

小伝

一九二四年十一月二十五日、東京都月島東仲通りに生まれた。佃島尋常小学校、府立化学工業学校、米沢高等工業学校応用化学科、東京工業大学化学科を卒業。大学卒業後、二、三の化学工業会社につとめ、現在は特許事務所に勤務中である。

詩をかきはじめたのは十六、七の頃である。はじめて外部の雑誌にものを発表したのは、服部忠志主宰の短歌雑誌『龍』で、姉の死について、頼まれてかいた。大学卒業後一年の頃と記憶している。そのあと、『大岡山文学』、諏訪優の『聖家族』、藤村青一の『詩文化』、『現代評論』、『現代批評』、『近代文学』、『新日本文学』、『詩学』、『現代詩』、『荒地詩集』などに詩と評論を発表してきた。現在、「荒地」、「現代批評」の同人である。

解題

解題凡例

一、解題は書誌に関する事項を中心に、必要に応じて校異もあわせて記した。

一、各項は、まず初出の紙誌ないし刊本名を記し、発行年月日および月号数（発行日が一日の月刊誌の場合は年月号数のみを記載）、通号数ないし巻号数、発行所名の順序で記した。次に初収録の刊本名、発行年月日、発行所名を記し、さらに再録の刊本を順次記した。著者の著書以外の再録については主要なものに限った。また初出、初収録の表題との異同がある場合はそれを記した。初出の表題や見出しが複数ある場合の言及は最小限にとどめた。

一、校異はまずページ数と行数、本文語句を表示し、そのあとに矢印で底本や初出などとの異同を示した。底本や単行本や初出は［底］［擬］［初］などの略号を使用した。

例　六三二・2　おおきな何か＝［擬］←［初］おおきな力をもった何か

これは「小林秀雄」の本文六三二ページ2行目で、初出誌では「おおきな力をもった何か」とあったのが、単行本の『擬制の終焉』と底本では「おおきな何か」と改められていることを示す。

この巻には、一九五九年九月から一九六一年一二月までに発表されたすべての著作を収録した。（ただし、一九五九年九月の一部は第五巻に収録され、Ⅱ部末尾の「文芸時評」の連載四回目は一九六二年一月にまたがっている。また後に『戦後詩史論』に「戦後詩史論」と改題して収録された「戦後詩史」3～6と「言語にとって美とはなにか」連載一～二回は除かれている。）

全体を五部に分ち、Ⅰ部には、詩二篇を、Ⅱ部には、主題や長短にかかわらずこの期間の主要な評論・エッセイを収録した。この部は、プロレタリア文学理論の批判的検討を終え、独自に文学表現の理論を構築するための「言語にとって美とはなにか」の連載につながる論考と六〇年安保をはさむ政治思想評論が、二つの絡み合うはげしい流れをなしている。Ⅲ部には、作家論の形をとった評論・エッセイを収録した。Ⅳ部には、書評のたぐいを、Ⅴ部には、推薦文やコメントやあとがきのたぐいを収録した。

この巻に収録された著作は、断りのないものは『吉本隆明全著作集』を底本とし、他の刊本、初出を必要に応じて校合し本文を定めた。引用文についても出来うる限り原文に当って校訂した。また編者であった川上春雄旧蔵『全著作集』訂正原本の、主として引用出典との照合赤字入れを参照し、反映させた。

Ⅰ

時のなかの死

『ユリイカ』(一九六〇年八月号　第五巻第八号、書肆ユリイカ発行)に発表され、『模写と鏡』(一九六四年一二月五日、春秋社刊)に収録され、『吉本隆明全著作集1』(一九六八年一二月二〇日、勁草書房刊)に再録された。また『吉本隆明全集撰1』(一九八六年九月三〇日、大和書房刊)、『吉本隆明全詩集』(二〇〇三年七月二五日、思潮社刊)、『吉本隆明詩全集5』(二〇〇六年一一月二五日、思潮社刊)にも再録された。

この詩の第二節の〈　〉内に書かれた文は、『戦旗』一九六〇年六月二一日号に掲載された共産主義者同盟中央委員会による樺美智子の追悼文からとられている。また、第三節の「一九四五年八月の『ノート』から」とされた短歌二首について、一九六七年八月九日付けの川上春雄宛書簡で著者は「短歌は、今氏さんの塾にいたとき と、大学のときとに作ったおぼえがありますが、その作品で小生が自身で記憶しているのは、『時のなかの死』という長詩にはめ込んだ二首だけです」と記している。第四節の「追憶」「ノート」として書かれている文には、後に『初期ノート』に収録されたノート「覚書Ⅰ」「箴言Ⅰ」からの語句や文章の一部が組み込まれている。

孤独の幼女

『現代詩手帖』(一九六一年二月号　第四巻第二号、世代社発行)に発表され、『模写と鏡』に収録され、『吉本隆明全著作集1』に再録された。また『吉本隆明全集撰1』、『吉本隆明全詩集』、『吉本隆明詩全集5』にも再録された。

Ⅱ

もっと深く絶望せよ

『図書新聞』(一九五九年九月五日　第五一七号、同年九月一二日　第五一八号、同年九月一九日　第五一九号、同年九月二六日　第五二〇号、図書新聞社発行)に「文芸時評」として四回にわたって連載発表され、『異端と正系』(一九六〇年五月五日、現代思潮社刊)に収録され、『吉本隆明全著作集5』(一九七〇年六月二五日、勁草書房刊)に再録された。表題は単行本収録にあたって、連載第三回の見出しからとられた。

工作者と殺人キッド

『週刊読書人』(一九五九年一〇月一二日　第二九五号、日本書籍出版協会発行)に発表され、単行本未収録のまま『吉本隆明全著作集13』(一九六九年七月一五日、勁草書房刊)に収録された。

戦争のこと・平和のこと

『一橋新聞』(一九五九年一〇月三〇日　第六六三号、一橋大学一橋新聞部発行)に発表され、単行本未収録の

まま『吉本隆明全著作集13』に収録された。初出では「若い世代と戦争の体験」の総題のもとに、著者と井上光晴の文章が掲載された。

「怒れる世代」をめぐって

『読売新聞』夕刊（一九五九年一一月六日　第二九八一五号、読売新聞社発行）に発表され、単行本未収録のまま『吉本隆明全著作集13』に収録された。初出では「意見と異見「怒れる世代」をめぐって③」の連載題のもとに原題「断層の現実認識を」で掲載され、収録にあたって表題のように改められた。また『全著作集』以前に、『シンポジウム発言』（一九六〇年三月二五日、河出書房新社刊）の末尾に、佐々木基一、大江健三郎、石原慎太郎、江藤淳、河上徹太郎の「意見と異見」連載とともに、初出原題のまま収録された。

社会主義リアリズム論批判

『現代批評』（一九五九年一一月二〇日　第五号　第一巻第五号、書肆ユリイカ発行）に発表され、『異端と正系』に収録され、『吉本隆明全著作集4』（一九六九年四月二五日、勁草書房刊）に再録された。単行本の「あとがき」で著者は、「プロレタリア文学（芸術）理論の批判を近代批評史の検討という形で完成するというのが、この時期のわたしの主題をなした」が、それはこの「評論をもって、一応おわった」と言及している。

憂国の文学者たちに

『東京大学新聞』（一九五九年一一月二五日　第三九三号、東京大学新聞社発行）に発表され、『異端と正系』に収録され、『吉本隆明全著作集13』に再録された。初出では原題「安保改定に抵抗する　憂国の文学者達に」であったが、単行本収録にあたって表題のように改められた。

戦争と世代

『自由劇場』（一九五九年一二月一日　第三号、自由劇場発行）に発表され、『模写と鏡』に収録され、『吉本隆明全著作集5』に再録された。初出パンフレットは自由劇場第三回試演会の村上兵衛作『冬に蒔かれた種子』の特集であった。『背景の記憶』（一九九四年一一月一〇日、宝島社刊）とその文庫本（一九九九年一一月一五日、平凡社ライブラリー、平凡社刊）にも再録された。

文学的表現について

『思想』（一九五九年一二月五日　第一二号　第四二六号、岩波書店発行）に発表され、『異端と正系』に収録され、『吉本隆明全著作集4』に再録された。単行本の「あとがき」で著者は、「破壊的な作業のあとには、当然、それにかわる芸術理論の形成がはじめられなければならない。わたしは、いくつかのすぐれた先駆的な業績をたよりにして、芸術表現論の体系を展開しようとする試みにかかった」とし、「表現論の端緒は」この評論のなかに「すでに存在している」と言及している。

詩人論序説

『現代詩手帖』（一九五九年一二月号　第二巻第一二号、一九六〇年一月号　第三巻第一号、同年三月号　第三巻第三号、同年五月号　第三巻第五号、同年一一月号　第三巻第一一号）に五回にわたって連載発表され、単行本未収録のまま『吉本隆明全著作集5』に収録された。収録にあたって連載題が表題とされた。初出の連載二回目以降は、各節にあたる「音韻と韻律」「喩法論」「表現転移論」「＊＊表現転移論」が表題で、連載題は副題であった。第三節「喩法論」は改稿の上「言語にとって美とはなにか」連載第三回の一部（刊本の第Ⅲ章の「2　詩的表現」）に組み込まれている。そのことについて連載第三回の末尾に「体系にはめこむため全面的にかきかえた」との著者の註記がある。また、第二節「音韻と韻律」、第三節「喩法論」は『詩とはなにか――世界を凍らせる言葉――』（二〇〇六年三月一日、詩の森文庫、思潮社刊）にも再録され、第四節、第五節の二つの「表現転移論」は『詩学叙説』（二〇〇六年一月三一日、思潮社刊）にも再録された。

戦後世代の政治思想

『中央公論』（一九六〇年一月号　第七五年第一号、中央公論社発行）の巻頭に発表され、『異端と正系』に収録され、『吉本隆明全著作集13』に再録された。また、外国語表記の変更などごくわずかな補訂をして『吉本隆明全集撰3』（一九八六年一二月一〇日、大和書房刊）にも再録された。この項は『全集撰3』を底本とした。

若い世代のこと

『法政』（一九六〇年一月号　第九巻第一号、法政大学発行）に発表され、単行本未収録のまま『吉本隆明全著作集13』に収録された。初出には「すぐれた革命家も芸術家もまだ生れてない」の副題があったが、収録にあたって省かれた。

知識人とは何か

『工業大学新聞』（一九六〇年一月二〇日　第五六二号、東京工業大学新聞部発行）に発表され、『異端と正系』に収録され、『吉本隆明全著作集13』に再録された。

短歌的表現の問題

『短歌研究』（一九六〇年二月号　第一七巻第二号、日本短歌社発行）に発表され、単行本未収録のまま『吉本隆明全著作集5』に収録された。改稿の上「言語にとって美とはなにか」連載第三回の一部（刊本の第Ⅲ章の「1　短歌的表現」）に組み込まれている。そのことについて連載第三回の末尾に「体系にはめこむため全面的にかきかえた」との著者の註記がある。

日本ファシストの原像

『現代の発見第3巻　戦争責任』（一九六〇年二月一〇日、春秋社刊）に発表され、『異端と正系』に収録され、『吉本隆明全著作集13』に再録された。単行本の「あとがき」で著者は、一九五九年に始まった花田清輝との論争を念頭に、「実りの少ない論争という批評をうけ」たが、「日本ファシズム論としていくらかの考えをすすめることができた」と言及している。

大衆芸術運動について

『思索と生活』（一九六〇年二月二二日　第一号、思索同人発行）に発表され、単行本未収録のまま『吉本隆明全著作集13』に収録された。

言語の美学とは何か——時枝美論への一注意——

『理想』（一九六〇年三月号　第三二二号、理想社発行）に発表され、単行本未収録のまま『吉本隆明全著作集4』に収録された。改稿の上「言語にとって美とはなにか」連載第三回の一部（刊本の第Ⅲ章の「4　散文的表現」）に組み込まれている。そのことについて連載第三回の末尾に「体系にはめこむため全面的にかきかえた」との著者の註記がある。

カンパの趣意は明快そのもの

『日本読書新聞』（一九六〇年三月一四日　第一〇四四号、日本出版協会発行）の「読者の声」欄に発表され、単行本未収録のまま『吉本隆明全著作集13』に収録された。初出には「多田赫子の質問に答える」の副題があったが、収録にあたって省かれた。

映画的表現について——映像過程論——

『キネマ旬報』（一九六〇年三月一五日　三月下旬号　第二五四号、同年五月一日　五月上旬号　第二五八号、キネマ旬報社発行）に発表され、『模写と鏡』に収録され、『吉本隆明全著作集5』に再録された。前半「1」の初出は原題「映画的表現とは何か——映像過程論・序説——」、後半「2」の初出は原題「続・映画的表現について——映像過程論から最近の映画論を批判する——」であったが、単行本収録にあたって表題のように改められた。また『夏を越した映画』（一九八七年六月一〇日、潮出版社刊）にも再録された。

読書について

『新刊ニュース　速報版』（一九六〇年四月一日　第一四九号、東京出版販売発行）に発表され、『模写と鏡』に収録され、『吉本隆明全著作集5』に再録された。また『背景の記憶』とその文庫本、『読書の方法——なにを、どう読むか——』（二〇〇一年一一月二五日、光文社刊）とその文庫本（二〇〇六年五月一五日、知恵の森文庫、光文社刊）にも再録された。

腐蝕しない思想をもて　されば希望は諸君のうちにある

『道学新共同デスク』（一九六〇年四月二五日　第三号、北海道学生新聞連盟書記局発行）に発表され、単行本未収録のまま本全集に収録された。原稿として書かれたものではない可能性があると推測される。また『吉本隆明資料集47』（二〇〇五年七月二〇日、猫々堂発行）にも収録された。

芸術論の構図

『早稲田大学新聞』（一九六〇年五月一一日　第八〇三号、早稲田大学新聞会発行）に発表され、『擬制の終焉』（一九六二年六月三〇日、現代思潮社刊）に収録され、『吉本隆明全著作集4』に再録された。初出は原題「芸術理論の諸問題――座談会「反スターリニズムの周辺」によせて――」であったが、単行本収録にあたって表題のように改められた。初出の副題は同紙掲載（四月一三日第八〇〇号）の著者・黒田寛一・対馬忠行の座談会をさしており、座談会での発言を敷衍する形で執筆が依頼されたものと推測される。

短歌的喩について

『短歌研究』（一九六〇年六月号　第一七巻第六号）に発表され、単行本未収録のまま『吉本隆明全著作集5』に収録された。改稿の上「言語にとって美とはなにか」連載第三回の一部（刊本の第Ⅲ章の「3　短歌的喩」）に組み込まれている。そのことについて連載第三回の末尾に「体系にはめこむため全面的にかきかえた」との著者の註記がある。

〝パルタイ〟とは何か

『日本読書新聞』（一九六〇年六月六日　第一〇五六号）に発表され、『擬制の終焉』に収録され、『吉本隆明全著作集13』に再録された。初出では「三つの関係文献『魔笛』『パルタイ』『壁』」の副題があったが、単行本収録にあたって省かれた。

ある履歴

『日本読書新聞』（一九六〇年八月一五日　第一〇六六号）に発表され、『模写と鏡』に収録され、『吉本隆明全著作集5』に再録された。初出は特集「私の読書遍歴　8・15の前と後」欄に、その一篇として原題「胸くそ悪く」で掲載されたが、単行本収録にあたって表題のように改められた。また『背景の記憶』とその文庫本、『読書の方法』とその文庫本にも再録された。

擬制の終焉

谷川雁・埴谷雄高・森本和夫・梅本克己・黒田寛一との共著書『民主主義の神話――安保闘争の思想的総括――』（一九六〇年一〇月三〇日、現代思潮社刊）に発表され、『擬制の終焉』に収録され、『吉本隆明全著作集13』に再録された。初出では末尾に「（一九六〇・九・二〇）」の日付の記載があったが、単行本収録にあたって省かれた。また、外国語表記の変更や語句の訂正などごくわずかな補訂をして『吉本隆明全集撰3』にも再録された。この項は『全集撰3』を底本とした。

短歌的喩の展開

『短歌研究』（一九六〇年一一月号　第一七巻第一一号）に発表され、単行本未収録のまま『吉本隆明全著作集5』に収録された。改稿の上「言語にとって美とはなにか」連載第三回の一部（刊本の第Ⅲ章の「3　短歌的喩」）に組み込まれている。そのことについて連載第三回の末尾に「体系にはめこむため全面的にかきかえた」との著者の註記がある。

白昼の部分と夜の部分

『お茶の水女子大学新聞』（一九六〇年一一月二〇日第七六号、お茶の水女子大学新聞部発行）に発表され、『擬制の終焉』に収録され、『吉本隆明全著作集13』に再録された。初出は原題「あふれている楽天家たち――思想を尺度に変えて――」で掲載されたが、単行本収録にあたって小見出しからとられた表題のように改められた。

趣意書

B4サイズの半紙一枚に無署名でガリにきり起こされた文書。単行本未収録のまま『吉本隆明全著作集13』に収録された。収録にあたって一九六〇年一一月頃の文と推定されている。

想像力派の批判――現代批評家裁断――

『群像』（一九六〇年一二月号　第一五巻第一二号、講談社発行）に発表され、『擬制の終焉』に収録され、『吉本隆明全著作集4』に再録された。初出では原題と副題が逆であったが、単行本収録にあたって改められた。

「四季」派との関係

『ユリイカ』（一九六〇年一二月号　第五巻第一二号）に発表され、単行本未収録のまま『吉本隆明全著作集5』に収録された。

政治と文学の背理

『日本女子大学生新聞』（一九六〇年一二月一五日　第七九号、日本女子大学学生新聞編集部発行）に発表され、単行本未収録のまま『吉本隆明全著作集4』に収録された。

去年の死

『日本読書新聞』（一九六一年一月一日　第一〇八五号）に発表され、『模写と鏡』に収録され、『吉本隆明全著作集13』に再録された。初出では、「三色の春」の総題のもとに大島渚、著者、杉浦明平が文章をよせ、それぞれに啄木、一休、一茶の歌が原題とされ、著者のものは「門松は冥途の旅の一里塚めでたくもありめでたくもなし――一休――」であった。単行本収録にあたって表題のように改められた。

慷慨談――「風流夢譚」をめぐって――

『日本読書新聞』（一九六一年二月二〇日　第一〇九二号）に発表され、『擬制の終焉』に収録され、『吉本隆明全著作集13』に再録された。初出では「深沢を孤立させておいて何の〝言論の自由〟ぞや」が副題であったが、単行本収録にあたって改められた。

睡眠の季節

『東京大学新聞』（一九六一年四月一二日　第四四九号、同年四月一九日　第四五〇号）に連載発表され、単行本

未収録のまま『吉本隆明全著作集13』に収録された。初出では「1」が原題「学生運動の方向をさぐる」、「2」が原題「黒田寛一氏への必要な反論――学生運動の方向をさぐる(続)――」であったが、単行本収録にあたって「1」の初出冒頭の小さな表題に改められた。

現代学生論――精神の闇屋の特権を――

『週刊読書人』(一九六一年四月一七日　第三七一号)に発表され、『擬制の終焉』に収録され、『吉本隆明全著作集13』に再録された。初出では、前号の上原淳道につづけて企画題「現代学生論　二つの視角(下)」のもとに、原題「〝精神の闇屋〟の特権を――評論家の立場から――」で掲載されたが、単行本収録にあたって表題のように改められた。

「党生活者」

『国文学　解釈と鑑賞』(一九六一年五月号　第二六巻第六号、至文堂発行)に発表され、単行本未収録のまま『吉本隆明全著作集4』に収録された。初出では特集「民族遺産の肯定と否定」のもとに、その一篇として「党生活者　小林多喜二」の項に原題「低劣な人間認識を暴露した党生活記録」で掲載されたが、収録にあたって表題のように改められた。

葬儀屋との訣別

『京都大学新聞』(一九六一年六月一二日　第一〇六四号、学生団体京都大学新聞社発行)に発表され、『擬制の終焉』に収録され、『吉本隆明全著作集13』に再録された。初出では原題「擬制終焉の後に」、大見出し「葬儀屋からの訣別/急進インテリ運動のはじまり」であったが、単行本収録にあたって表題のように改められた。

頽廃への誘い

『六・一五/われわれの現在』(一九六一年六月二五日、全学連安保被告団発行)に発表され、『擬制の終焉』に収録され、『吉本隆明全著作集13』に再録された。また『戦後日本思想大系6　革命の思想』(一九六九年六月一〇日、筑摩書房刊)にも再録された。

軋み

『現代思潮社ＮＥＷＳ』(一九六一年七月　第三号、現代思潮社発行)に発表され、単行本未収録のまま『吉本隆明全著作集13』に収録された。

詩とはなにか

『詩学』(一九六一年七月三〇日　七月号　第一六巻第八号、詩学社発行)に発表され、『模写と鏡』に収録され、『吉本隆明全著作集5』に再録された。また『われらの文学22　江藤淳・吉本隆明』(一九六六年一一月一五日、講談社刊)、『吉本隆明詩集』(一九六八年四月一日、現代詩文庫8、思潮社刊)、『詩とはなにか』にも再録された。

マルクス主義文学とは何か

『国文学　解釈と鑑賞』(一九六一年九月号　第二六巻

第一一号）に発表され、『擬制の終焉』に収録され、『吉本隆明全著作集4』に再録された。初出では特集「マルクス主義文学とは何か」のもとに、その一篇として巻頭に原題「何をマルクス主義文学というか」で掲載されたが、単行本収録にあたって表題のように改められた。

混迷のなかの指標

『週刊読書人』（一九六一年一〇月一六日　第三九六号）に発表され、『擬制の終焉』に収録され、『吉本隆明全著作集13』に再録された。初出では副題「反権力運動の思想状況批判」があったが、単行本収録にあたって省かれた。

想い出メモ

『自由劇場』（一九六一年一〇月推定　第六号）に発表され、『模写と鏡』に収録され、『吉本隆明全著作集5』に再録された。初出は、劇団自由劇場の第一回公演（一〇月一〇～一六日）の福田善之・菅孝行『ブルースをうたえ』を特集するパンフレットであった。また『背景の記憶』とその文庫本にも再録された。

芸術とディスコミュニケーション

『記録映画』（一九六一年一一月号　第四巻第一一号、記録映画作家協会発行）に発表され、単行本未収録のまま『吉本隆明全著作集13』に収録された。

六・一五事件と私

『週刊読書人』（一九六一年一一月二七日　第四〇二号）に発表され、『模写と鏡』に収録され、『吉本隆明全著作集13』に再録された。初出原題の表記は「6・15事件と私」で、他に大見出し「混迷のなかの病理」、小見出し「花田清輝氏に一言」があった。

交通が成立たない部分

『日本読書新聞』（一九六一年一一月二七日　第一一三二号）に発表され、単行本未収録のまま本全集に収録された。一一月一九日に、北九州労働者手を握る家建設期成会、同東京センター後方の会共催の講演・討論会「戦闘の思想的土台をめぐって」において、埴谷雄高、谷川雁、著者の三講師の講演が行われ、それぞれにその話の要点を求められて掲載された。なお『吉本隆明全著作集14』（一九七二年七月三〇日、勁草書房刊）収録の同講演の解題に全文が掲載された。また『吉本隆明資料集45』（二〇〇五年五月一〇日）にも収録された。

前衛的コミュニケーションについて

『先駆』（一九六一年一二月一日　第一号、先駆社発行）に発表され、『擬制の終焉』に収録され、『吉本隆明全著作集13』に再録された。

現状と展望

『思索と生活』（一九六一年一二月　第二号）に発表され、『擬制の終焉』に収録され、『吉本隆明全著作集13』に再録された。初出では表題、著者名の後に「――序論――」の表示があったが、単行本収録にあたって省かれた。

未来は負い目

『中央大学新聞』（一九六一年一二月六日　第六〇〇号、中央大学新聞学会発行）に発表され、『擬制の終焉』に収録され、『吉本隆明全著作集13』に再録された。初出では原題「未来は〝負い目〟――実現形態の止揚を――」であったが、単行本収録にあたって表題のように改められた。

思想的不毛の子

『「免罪符」パンフレット』（一九六一年一二月一九日、早稲田大学演劇研究会発行）に発表され、『模写と鏡』に収録され、『吉本隆明全著作集5』に再録された。初出は早稲田大学演劇研究会第三〇回記念公演（一二月一九日、厚生年金会館小ホール）の大谷静男作・演出『免罪符』の公演パンフレットであった。また『背景の記憶』とその文庫本にも再録された。

文芸時評

『日本読書新聞』（一九六一年九月二五日　第一一二三号、同年一一月六日　第一一二九号、同年一一月二七日第一一三二号、一九六二年一月八日　第一一三七号）に四回にわたって連載され、単行本未収録のまま『吉本隆明全著作集5』に収録された。

Ⅲ

谷川雁論――不毛なる農本主義者――

『思想の科学』（一九五九年一二月号　第一二号、中央公論社発行）に発表され、単行本未収録のまま『吉本隆明全著作集7』に収録された。収録にあたって副題が省かれたが、初出に戻した。全著作集解題で、初出掲載のさい校正刷りに「手を入れたが、それは発表されなかった。ぼくは手を入れたのになあ、というかんじがいつまでものこっていて」未収録になっていた、と著者のことばが紹介されている。

中野重治

『日本読書新聞』（一九六〇年二月二二日　第一〇四一号、同年二月二九日　第一〇四二号、同年三月七日　第一〇四三号）に三回にわたって連載発表され、『自立の思想的拠点』（一九六六年一〇月二〇日、徳間書店刊）に収録され、『吉本隆明全著作集7』に再録された。初出は十四人の作家をとりあげた「近代作家像への照明・続編」シリーズの最終回として掲載された。末尾の文について、著者と検討の上全著作集の訂正原本に入れられた赤字を反映させた。

五六・11　そういう場所以外では↑〔底〕そういう場所以外で

埴谷雄高論

『論争』（一九六〇年三月一〇日　第四号、論争社発行）に発表され、『異端と正系』に収録され、『吉本隆明全著作集7』に再録された。未完と思われる。そう推測させるのは、半年後に同じ掲載誌に発表された次の項の初出副題に「補論」とあったことと、この項の初出はページいっぱいに組み上げられており、その末尾の『死霊』第三章からの引用文には大幅な省略があることなどである。その省略箇所は校訂せずに左に書き出しておく。

五六八・13と14の間＝と、傍らから首猛夫がぽつりと訊き質した。その険しい眼から燃え上った青い焔はめらめらと揺れ動いた。彼が目論んでいた目標へもう一歩とでもいったふうな全身を賭けた激しい緊張振りであった。／黒川建吉の蒼白い表情は鋭い波動のような間歇的な痙攣をのぞいては、格別目立った興奮も示していなかったけれども、それでも、自身のなかを辿り進むような長い言葉に熱っぽくうかされていた。夜中に起きつづけて自問自答でもしているような彼は、しかも、相手の執拗な質問がうるさそうでもなかった。彼は声低く答えた。

五六八・18と19の間＝と、黒川建吉はぽつんと云った。首猛夫はぴたりと立ち止った。

また『われらの文学22　江藤淳・吉本隆明』、『現代の文学25　吉本隆明』（一九七二年九月一六日、講談社刊）、『吉本隆明全集撰3』にも再録された。全集撰再録にあたって、外国語表記の変更、読点の挿入などごくわずかな補訂がされた。この項は『全集撰3』を底本とした。

永久革命者とは何か

『論争』（一九六〇年九月一〇日　第六号）に発表され、『擬制の終焉』に収録され、『吉本隆明全著作集7』に再録された。初出では副題「埴谷雄高補論」があったが、単行本収録にあたって省かれた。また『われらの文学22　江藤淳・吉本隆明』、『現代の文学25　吉本隆明』、『吉本隆明全集撰3』にも再録された。全集撰再録にあたって、語句の挿入、訂正などごくわずかな補訂がされた。この項は『全集撰3』を底本とした。

『虚空』について

埴谷雄高著『虚空』（一九六〇年一一月二五日、現代思潮社刊）に発表され、『自立の思想的拠点』に収録され、『吉本隆明全著作集7』に再録された。初出では原題「解説」であったが、単行本収録にあたって表題のように改められた。

萩原朔太郎——その世界——

『近代文学鑑賞講座15　萩原朔太郎』（一九六〇年一二月三〇日、角川書店刊）に発表され、『擬制の終焉』に収録され、『吉本隆明全著作集7』に再録された。初出原題は「朔太郎の世界」であったが、単行本収録にあたって表題のように改められた。『際限のない詩魂——わが出会いの詩人たち——』（二〇〇五年一月一日、詩の森文庫、思潮社刊）にも再録された。

石川啄木

『日本読書新聞』（一九六一年四月一〇日　第一〇九九

号）に発表され、『自立の思想的拠点』に収録され、『吉本隆明全著作集7』に再録された。初出では、特集「啄木――その50回忌に――」の総題のもとに、その一篇として原題「かけねなしに第一級の啄木の批評の源泉は阿呆のようにちぢこまったその生活の詩の中にかくされている」で掲載されたが、単行本収録にあたって表題のように改められた。『際限のない詩魂』にも再録された。

室生犀星――因果絵図――

『群像』（一九六一年五月号　第一六巻第五号）に発表され、『擬制の終焉』に収録され、『吉本隆明全著作集7』に再録された。初出では「現代作家論」の見出しで原題「室生犀星」であったが、単行本収録にあたって表題のように改められた。

恥について

『島尾敏雄作品集1』（一九六一年七月二〇日、晶文社刊）の「月報」に発表され、単行本未収録のまま『吉本隆明全著作集9』（一九七五年一二月二五日、勁草書房刊）に収録された。『島尾敏雄』（一九九〇年一一月三〇日、筑摩叢書、筑摩書房刊）にも再録された。

時代の書の因果

『日本読書新聞』（一九六一年八月一四日　第一一一七号）に発表され、『自立の思想的拠点』に収録され、『吉本隆明全著作集7』に再録された。初出では、前号につづく「八・一五記念」として「暗い夜の思考――戦争下に生まれた抵抗的労作――」の総題のもとに、その一篇として掲載された。副題「孤独のうちに深く坑道をほる竹内好著「魯迅」武田泰淳著「司馬遷」」は単行本収録にあたって省かれた。

小林秀雄――その方法――

『国文学　解釈と鑑賞』（一九六一年一一月号　第二六巻第一三号）に発表され、『擬制の終焉』に収録され、『吉本隆明全著作集7』に再録された。初出では特集「小林秀雄・人と作品」の一篇として原題「小林秀雄の方法」で掲載されたが、単行本収録にあたって表題のように改められ、また本文の手直しがされている。末尾近くの「ゴッホからの手紙」の引用文に初出からの脱落があったことから、単純な組み落としもあるかもしれないと考えられるので、異同を掲げておく。

六二五・5　かんがえられない。＝［擬］←［初］かんがえられる範囲ではひとりもいない。

六二五・8　かくされていた＝［擬］←［初］かくされていたということはできる

六二五・13　作りかえてじぶんが＝［擬］←［初］作りかえているじぶんが

六三〇・5　うまれなかった。＝［擬］←［初］うまれなかったということができる。

六三〇・8　性質のものであった。＝［擬］←［初］性質のものであったということができる。

六三〇・10　現実のほうが＝［擬］↑［初］外在的な原因によって現実のほうが

六三一・20　よい。いわば＝［擬］↑［初］よいので、いわば

六三二・2　おおきな何か＝［擬］↑［初］おおきな力をもった何か

六三三・18　かれは、＝［擬］↑［初］かれの思想は、

六三四・16　過程へふみこむことにほかならない。↑［擬］過程にほかならない。↑［初］過程へふみこむことにほかならないといえる。

西行論断片

『帖面』（一九六一年一二月　第一〇号、帖面舎発行）に発表され、『模写と鏡』に収録され、『吉本隆明全著作集7』に再録された。初出原題は「波の合間」であったが、単行本収録にあたって表題のように改められた。また『われらの文学22　江藤淳・吉本隆明』にも再録された。

Ⅳ

河上徹太郎『日本のアウトサイダー』

『日本読書新聞』（一九五九年一〇月五日　第一〇二二号）に発表され、単行本未収録のまま『吉本隆明全著作集5』に収録された。初出では著者名・書名のほかに原題「処女評論以来の主題」が掲出されたが、収録にあたって表題のように改められた。

井上光晴『虚構のクレーン』

『図書新聞』（一九六〇年一月三〇日　第五三七号）に発表され、単行本未収録のまま『吉本隆明全著作集5』に収録された。初出では著者名・書名のほかに原題「戦争世代の最大の記念碑」が掲出されたが、収録にあたって表題のように改められた。

橋川文三『日本浪曼派批判序説』

『週刊読書人』（一九六〇年四月四日　第三一九号）に発表され、単行本未収録のまま『吉本隆明全著作集5』に収録された。初出では著者名・書名のほかに原題「独創的な問題提出」が掲出されたが、収録にあたって表題のように改められた。

桑原武夫『研究者と実践者』

『読売新聞』夕刊（一九六〇年四月二一日　第二九九八一号発行）に発表され、単行本未収録のまま『吉本隆明全著作集5』に収録された。初出では著者名・書名のほか原題「幅の広い芸術論集」が掲出されたが、収録にあたって表題のように改められた。

大江健三郎『孤独な青年の休暇』

『東京新聞』夕刊（一九六〇年五月二五日　第六四〇七号、東京新聞社発行）に発表され、単行本未収録のまま『吉本隆明全著作集5』に収録された。初出では著者名・書名のほかに原題「〝挫折〟の主調音で貫く」が掲

出されたが、収録にあたって表題のように改められた。

『金子光晴全集』第一巻

『日本読書新聞』（一九六〇年七月二五日　第一〇六三号）に発表され、単行本未収録のまま『吉本隆明全著作集5』に収録された。初出では書名のほかに原題「戦争期を耐えた自我」が掲出されたが、収録にあたって表題のように改められた。『際限のない詩魂』にも再録された。

椎名麟三『罠と毒』

『週刊読書人』（一九六〇年一〇月三一日　第三四八号）に発表され、単行本未収録のまま『吉本隆明全著作集5』に収録された。初出では著者名・書名のほかに原題「戦時下の世代体験」が掲出されたが、収録にあたって表題のように改められた。

金子光晴「落下傘」

『中央公論』（一九六〇年一一月号　第七五年第一二号）に発表され、単行本未収録のまま『吉本隆明全著作集5』に収録された。初出では特集「七十五周年記念再録評論集」の欄に「落下傘《昭和十三年・六月号所載》金子光晴」の「解説」として掲出されたが、収録にあたって表題のように改められた。『際限のない詩魂』にも再録された。

感想――『銀行員の詩集《第10集》』――

『銀行員の詩集《第10集》1960版』（一九六〇年一一月一日、銀行労働研究会刊）に発表され、単行本未収録のまま本全集に収録された。初出の刊本では木原孝一と著者が選者で、「選者のことば」として掲載された。本全集では副題を付した。『吉本隆明資料集128』（二〇一三年九月一五日）にも収録された。

武井健人編著『安保闘争』　日高六郎編『一九六〇年五月一九日』

『図書新聞』（一九六〇年一一月五日　第五七七号）に発表され、単行本未収録のまま『吉本隆明全著作集5』に収録された。初出では編著者名・書名のほかに原題「対極的な二つの安保総括」が掲出されたが、収録にあたって表題のように改められた。

歌集『喚声』読後

『未来』（一九六一年一月一五日　第一一巻第一号、未来短歌会発行）に発表され、単行本未収録のまま『吉本隆明全著作集5』に収録された。初出では特集「歌集『喚声』批評」の一篇として掲載された。他の評者は杉浦明平、高安国世、吉田漱であった。

岡井隆歌集『土地よ、痛みを負え』を読んで

『未来』（一九六一年五月一五日　第一一巻第五号）に発表され、単行本未収録のまま『吉本隆明全著作集5』に収録された。

大岡信『抒情の批判』

『週刊読書人』（一九六一年五月二九日　第三七七号）

に発表され、単行本未収録のまま『吉本隆明全著作集5』に収録された。初出では著者名・書名のほかに原題「新しい方法と態度」が掲出されたが、収録にあたって表題のように改められた。

埴谷雄高『墓銘と影絵』

『福島民報』(一九六一年八月二一日 第二四二三五号、福島民報社発行)、『信濃毎日新聞』(同年八月二四日 第二八五六七号、信濃毎日新聞社発行)などに発表され、単行本未収録のまま『吉本隆明全著作集7』に収録された。全著作集の解題から、八月一八日に共同通信で配信されたものと推定される。初出では著者名・書名のほかに原題「一貫した問題意識」、「一貫している問題意識」などが掲出されたが、収録にあたって表題のように改められた。初出をもとに校訂した。

V

岸上大作『意志表示』

岸上大作『歌集 意志表示』(一九六一年六月二〇日、白玉書房刊)の帯に推薦文として無題で発表され、単行本未収録のまま『吉本隆明全著作集5』に収録された。著者のほかに窪田章一郎、近藤芳美が推薦のことばをよせた。『際限のない詩魂』にも再録された。

本のうわさ——萩原朔太郎『詩の原理』——

『思想の科学』(一九六一年一月号 第二五号)に発表され、単行本未収録のまま『吉本隆明全著作集5』に収録された。初出では「本のうわさ」欄に多数の書き手のひとりとして、原題「萩原朔太郎著『詩の原理』(新潮文庫)」で掲載されたが、収録にあたって表題のように改められた。本全集では副題を付した。

詩人のノート

『現代詩』(一九六〇年二月号 第七巻第二号、飯塚書店発行)に発表され、単行本未収録のまま『吉本隆明全著作集5』に収録された。初出では見開きページの右面に、「詩人のノート」の表題で後に『初期ノート』に収められた《一九五〇・四・三〇》の日付をもつペン字原稿の写像が、左面に「ノート付記」の原題でこの文と著者の写真が掲載された。収録にあたって表題のように改められた。

『異端と正系』あとがき

『異端と正系』(一九六〇年五月五日、現代思潮社刊)の「あとがき」として発表された。日付と署名はなかった。『吉本隆明全著作集5』に収録された。

『試行』後記

第一号(一九六一年九月二〇日、試行社発行)、第二号(同年一二月一五日、『試行』同人会発行)に「後記」として発表され、『吉本隆明全著作集5』に収録された。初出の末尾にそれぞれ「(吉本隆明)」、「(吉本記)」の署名があった。初出を底本とした。

小伝

『現代日本名詩集大成10』（一九六〇年一二月二〇日、東京創元社刊）に発表され、『吉本隆明全著作集5』に収録された。初出には『固有時との対話』が収録されたが、著者名の扉裏に「小伝」として掲載された。全著作集解題でも指摘されていた誤りを校訂した。

六八六・下・2　一九二四年↑〔底〕一九三八年

六八六・下・8　服部忠志主宰↑〔底〕岡野直七郎主宰

六八六・下・10　大学卒業後一年↑〔底〕大学三年

（間宮幹彦）

吉本隆明全集《よしもとたかあきぜんしゅう》6 一九五九―一九六一

二〇一四年三月二五日 初版
二〇一四年四月二〇日 二刷

著　者 吉本隆明
発行者 株式会社晶文社
東京都千代田区神田神保町一－一一
郵便番号一〇一－〇〇五一
電話番号〇三－三五一八－四九四〇（代表）
〇三－三五一八－四九四二（編集）
URL http://www.shobunsha.co.jp
印刷 株式会社堀内印刷所
製本 ナショナル製本協同組合
用紙 池口洋紙株式会社

ISBN978-4-7949-7106-7 printed in Japan
落丁・乱丁本はお取替えいたします